国家社会科学基金一般项目"明代乐府诗学研究"（17BZW108）结项成果

本书得到绍兴文理学院优秀学术著作出版基金、中国语言文学博士点立项建设资金、浙江省越文化传承与创新研究中心建设资金资助

国家社科基金丛书

GUOJIA SHEKE JIJIN CONGSHU

明代乐府诗学研究

Study on Yuefu Poetics in Ming Dynasty

刘亮 著

人民出版社

序

　　乐府本是中国古代国家的礼乐机构,其名首见于秦代,而它广为后世所熟知,却缘自汉武帝时期将其用于新的国家礼乐制度建设。其后乐府的内涵外延不断丰富发展,一方面用于泛指汉魏六朝以后国家的礼乐机构,另一方面则指汉魏以后与乐府相关的诗歌艺术作品。在此基础上发展而成的乐府学,自然也呈现出一种复杂的形态。研究乐府,离不开中国古代的诗歌与音乐,但是更要弄清楚中国古代的礼乐制度与文化。也许正是由于这个原因,在近代以来中国现代学术体系建设的过程中,乐府学没有独立的学科地位,它被分解到中国古代的制度文化、音乐学和文学等多个学科之中,同时都被边缘化了。就文学研究来讲,20世纪初虽然也出版过多部与之相关的著作,如罗根泽的《乐府文学史》、萧涤非的《汉魏六朝乐府文学史》、王运熙的《乐府学述论》等著作,但他们所关注的重点都在文学,乐府只不过作为出处背景而已。就音乐学研究来讲,如郑觐文的《中国音乐史》、王光祈的《中国音乐史》,以及杨荫浏的《中国古代音乐史稿》等著作,虽然也涉及乐府,但他们所关注的重点在音乐,对乐府诗本身基本没有研究。出版于1935年的朱谦之的《中国音乐文学史》(商务印书馆),虽然涉及诗歌与音乐两个方面,却基本没有论述古代的乐府制度和礼乐文化对其艺术本质产生的决定性影响。20世纪80年代以来,随着文学、音乐和古代礼乐制度等方面的研究不断深入,学者们才逐渐认识到,

"乐府"作为一门独立的综合学科的价值和意义。2006 年，吴相洲教授首提"乐府学"的概念和创立乐府学会的倡议。2013 年，《民政部关于乐府学会筹备成立的批复》正式下发，全国性的乐府学会正式成立。这标志着新世纪的乐府学研究走向了一个新的阶段。也正是从这一时期开始，产生了一批优秀的成果，如吴相洲的《乐府学概论》、项阳的《以乐观礼》、王辉斌的《中国乐府诗批评史》、孙尚勇的《乐府通论》等著作。

不仅如此，考察中国古代的乐府诗学研究，主要集中在唐末以前，这与《乐府诗集》的编辑有关，也与中国古代对乐府和词、曲等关系的流变认识有关。这种情况一直持续到 20 世纪 80 年代以后。如萧涤非的《汉魏六朝乐府文学史》和王运熙的《乐府学述论》，所讨论的范围都截至六朝。出版于 1931 年的罗根泽的《乐府文学史》只写到唐代，他说："唐代中世以后，乐府亡而词兴，至元朝词衰而曲起。"所以他的乐府文学史"即止于中唐"，并说："中唐以后，以至现在，虽不无一二诗人，时或偶作仿古乐府，然凤毛麟角，不成风气，无叙述之价值。"①同样，杨生枝的《乐府诗史》一书，也将乐府诗史的结束放在唐末。他同样认为："唐末，随着乐府歌诗绒幕的下垂，早已成熟的长短句新体诗——词，在音乐变化的乐曲声中，登上了文坛宝座。"②可见，在这一传统的研究系统里，人们坚守着一个重要的学术理念，那就是从唐代以后乐府已亡，代之而起的则是词和曲。唐代以后虽然偶有创作，但是已经完全不能和此前相比，已经没有了多大的研究价值。但是事实远非如此。首先是乐府与词和曲之间的关系，显然不是简单的替代。因为词和曲兴起之后，乐府诗作为一种独立的诗体一直存在，并没有被词和曲取代。其次是乐府诗的创作，按郭茂倩《乐府诗集》的分类标准，且不说作为国家礼乐制度建设中最为重要的郊庙歌辞代有新作，就是其他各类乐府诗体，在宋代以后的创作也颇为兴盛。至于乐府的研究，从宋代以后更是不断发展。20 世纪 80 年代以后，学者们就认识

---

① 罗根泽：《乐府文学史》，东方出版社 1996 年版，第 242 页。
② 杨生枝：《乐府诗史》，青海人民出版社 1985 年版，第 534 页。

到了这一点。如尚丽新在对《乐府诗集》的版本进行研究的时候就曾经指出：虽然自汉到唐"正是乐府文学发展史上最具典型性的时段。但是不容忽视的是，成熟的乐府研究是从宋代才开始的，而且在宋、元、明、清四代，乐府文学的研究和乐府诗的创作一直就没有停止过"①。这一看法代表了 20 世纪 80 年代以来人们对乐府学新的认识。所以我们看到，自此以后，宋元明清的乐府诗逐渐进入更多学人的研究视野。首先是相关文献的编辑。如郭丽、吴相洲二人有感于"赵宋以降，乐府仍设，乐章留存及文士拟作，巨倍于前，续编之事，阒而不闻"，于是"上宗《乐府》经世不刊之成例，下搜宋辽金元云漫烟浩之文献，集为是编，效李康成《玉台后集》故事，名为《乐府续集》"。② 此编虽止于元末，明清两代的续编有待来日，但是却以充分的事实证明了宋代以后乐府诗创作成果的丰硕，同时也为唐代以后的乐府诗学研究提供了一个方便使用的重要文本。其次是相关的研究。如王辉斌的《唐后乐府诗史》，首次对宋、辽、金、元、明、清六朝的乐府诗进行了史的论述。③ 吴相洲的《乐府学概论》专列"明代乐府学"一节，对明代乐府学的主要问题进行了概括性介绍。孙尚勇的《乐府通论》，也对宋代以后的古乐府进行了讨论。此外，新时期以来有关的文学史著述，对明代乐府诗学也多有涉及。

刘亮的《明代乐府诗学研究》便是在这一学术环境下产生的。该书是国家社会科学基金项目结项成果，它以明代的乐府诗学为对象，是第一次对其所作的全面系统的研究。包括明代乐府诗学的发生背景、明代乐府诗学的主要内容、明代乐府诗学的价值及其对后世的影响等等。作者从文献的搜集入手，归纳整理明代诗学中有关乐府文献研究、乐府音乐研究、乐府文学研究的相关材料，将全书分为十三章，内容大体可以概括为以下六个方面：一是对明代乐府诗学发生背景、文献分布情况与明人的乐府观念的介绍，二是明代乐府文献

---

① 尚丽新：《〈乐府诗集〉版本研究》，中国社会科学出版社 2012 年版，第 304 页。
② 郭丽、吴相洲：《乐府续集》，上海古籍出版社 2020 年版，第 1 页。
③ 王辉斌：《唐后乐府诗史》，黄山书社 2011 年版。

研究,三是明代乐府音乐研究,四是明代乐府诗歌创作论、批评论研究,五是明代乐府诗学名家研究,六是明代乐府诗学的价值与影响研究。可以看出,本书是迄今为止对明代乐府诗学所作的最为系统与全面的讨论。在我看来,本书的写作,不仅对明代乐府诗学,对研究整个中国古代的乐府诗学都有相当大的推进意义。

作为一代乐府诗学之研究,本书最值得关注之处,是对明代乐府诗学的历史定位。作者并不满足于一般的材料罗列和介绍,而是经过大量的文献阅读和分析,试图探寻明代乐府诗学的特色,并将其放在整个乐府诗学史上来进行评价和认知。如我们上文所述,从漫长的古代一直到 20 世纪 80 年代之前,乐府诗学的研究基本局限于唐五代以前,"中唐以后乐府亡"是此前人们所坚持的乐府诗史观。由此而言,宋代以后的乐府学在整个乐府诗学史上处于什么地位,这不能不是人们思考的一个重要问题。作者在此书中首次明确提出,"明代是中国古代诗学的高峰,也是乐府诗学的高峰"。何以如此?因为在作者看来,"与汉唐、宋元时期的乐府诗学相比,明代乐府诗学家既有理论的探索,又通过创作实践进行检验,大大发展了乐府诗研究的方式和范畴,在诗学研究的体系化、完整性方面都远远超越前代,将中国古代乐府诗学推向了顶峰。这里面既包括诗歌解题、字词考证、作者考证等微观研究,也包括对于乐府诗史构建的宏观研究"。作者之所以得出这个结论,是经过认真的研究和思考的。而循着他的这一见解和相关思考,恰恰可以让我们更好地把握此书的写作脉络,掌握其中的要点。首先通过对明代社会状况的分析,考察明王朝对礼乐文化的重视和建设。再结合明代的社会思潮,将明代乐府诗学放到整个明代的复古诗学昌盛的历史背景上加以分析,指出二者之间的内在逻辑关系。依据这一学理的脉络,作者将对明代乐府诗学的文献搜集,诗集的编选、刊刻,乐府诗的创作、批评等各方面的内容有机地整合在一起,在几个方面都下了极大的功夫。一是尽量全面完整地占有研究资料。作者广泛地搜集明代乐府诗学研究的各种资料,包括经、史、子、集各部,这些资料的占有,既为本书的写作奠定了坚实的基础,也为读者提供了极大的方便。二是弄清明代乐府诗学与明代古典诗学的关系,乐府诗学的发展与明代礼乐制度以及明代的复古文化思潮之间的关系,这构成了本书的基本叙述顺序。三是将明代乐府诗学放在整个乐府诗学发展史的角度来进行认识,无论是明代乐府诗集的编辑、创作和批评的叙述与评价,作者都在里面体现了很强的史的意识。比如从创作论的角度来讲,作者指出,明人的乐府诗不但数量多、内容丰富,而且从创作方式、字法、句法和章法等方面都非常讲究,表现出明人在创作技巧和方法方面的努力追求。从批评论的角度来讲,明人不但探讨了乐府诗的艺术本质、独特风格,而且对汉魏六朝以至唐宋和明朝的乐府作家、作品都有不同的品评,并且从乐府的源流、演变、继承、影响等各个方面都有深入的讨论。事实上,即便是我们研究唐前乐府,明人相关的研究和评价,迄今也是极为重要的参考材料。诚如作者所言:"与汉唐至宋元时期的乐府诗学相比,乐府诗歌创作论与批评论堪称明代乐府诗学中最有特色、也是价值最高的一个部分。"由此可见,作者将明代乐府诗学定位为中国古代乐府诗学的顶峰,是在认真严肃的研究基础上得出的。这既是本书的结论,也是贯穿本书内容的一条基本主线。它搭建了一个完整的理论框架,对明代乐府诗学的概貌作出了一个宏观描述,发掘了明代乐府诗学的深层价值,肯定了明代乐府诗学在整个乐府诗学发展史上的地位。内容丰富,论述全面,确为近年来乐府诗学研究中的一部优秀著作,值得我们充分重视。

然而就明代丰富的乐府学而言,本书的论述还仅仅是个开始,还值得进一步深化和拓展。作为一部全面论述明代乐府诗学的著作,本书的整体叙述还是以文学为基础,对于乐府学中相关的礼乐制度和音乐形式方面的研究还有些薄弱。当然从乐府诗学的研究传统来讲,本书就明代乐府诗学中的问题作出这样系统的论述已实属不易,不过就乐府学作为一门具有综合性的学科来讲,我们需要对明代乐府发展过程中的礼乐制度和音乐形式方面的问题作更加深入的思考,如此才能突破单一学科的局限,更好地推动乐府学科的发展建设。仅举一例,翻看三百三十二卷的《明史》,我们发现"礼"在志中占了十四卷,"乐"占了三卷,其中详细记载了明代的郊庙之礼以及与之相关的音乐制度和各种乐章。不仅这些内容本身就是明代乐府诗学研究的重要内容,而且,这些郊庙之礼的乐章和礼乐制度的建设,对明代的雅乐和俗乐的发展有重要意义,对乐府歌诗的音乐形式、表现内容,乃至对整个明代乐府诗学的发展都有重要影响。① 我认为,作为一个完整的乐府学研究体系,它本身就应该包含礼、乐和诗三大部分。乐府诗学的研究重点虽然还在于其中的"诗",但是作为诗歌的乐府所以不同于其他类型的诗,一个重要的事实就是它与礼和乐有着不可分割的关系。从某种程度上说,是礼和乐的发展与建设,决定并影响着明代乐府诗学的发展与建设。当然,由我们当下主要从事文学研究的人来做这样的工作,总是有些力不从心,我本人就深感在这方面的短处。我期望更多学科的学者聚集在一起,将多学科的知识综合起来,共同把乐府学的研究推向深入。

刘亮教授是近年来成长起来的优秀青年学者,2005 年毕业于南京师范大学,博士学位论文题目就是《晚唐乐府诗研究》,导师是著名学者潘百齐教授。2008 年至 2010 年在上海大学从事博士后研究,出站报告为《乐府诗的叙事传统》,合作导师是著名学者董乃斌教授。我们在乐府学会上相识,他的聪明才智令我敬佩。2023 年 5 月,他将大作《明代乐府诗学研究》稿件赐我,并请我作序。我对明代乐府诗学素无研究,感谢他给了我一个很好的学习机会,于是将读后感受略书如上,勉充序言,并请专家学者多多批评指正。

赵敏俐

2023 年 7 月 15 日于京西会意斋

---

① 在这方面,音乐学界相关的研究值得充分参考,如项阳《明代国家吉礼中祀教坊乐类型的相关问题》《礼乐之间:一个久违的思想空间》《从〈朝天子〉管窥礼乐传统的一致性存在》等文章,见项阳:《以乐观礼》,北京时代华文书局 2015 年版。

目　　录

绪　　论

　　近年来,随着中国乐府学会的成立,乐府诗及乐府诗学的研究愈发受到学界关注。但与汉魏至唐代乐府诗及乐府诗学受到高度重视相比,唐代以后的乐府诗及乐府诗学研究还有很大探讨空间。比如明代,这是一个诗学高度发达的朝代。但迄今为止,关于明代乐府诗学的研究成果还寥寥无几。明代乐府诗学的发展状况、主要内容,其诗学价值及影响等,都还未得到充分讨论。正是有鉴于此,本书尝试以"明代乐府诗学"作为研究对象,希望能对乐府诗学研究的深入开展贡献绵薄之力。

一、研究范围及方法

　　本书以明代的乐府诗学为研究对象。所谓"乐府诗学",当然是以乐府诗的发生论、创作论、批评论等为研究对象,也就是"研究的研究"。本书所说的乐府诗,仍以郭茂倩《乐府诗集》中的乐府概念为主要依据,并不包括后人所说的"词"和"曲"。"明代乐府诗学",当然是明代诗学的一部分。但与我们一般意义上所说的诗学不同,因为乐府诗是一种讲求"诗乐合一"的特殊诗歌类别,所以在探讨乐府诗学的过程中,除了关注诗学论著和诗歌作品的文本外,还必须对音乐制度有所观照。正如赵敏俐先生所说:"但是这些诗歌又有其特殊性,它的功能、性质、生成、表演乃至流传等都与文人案头的写作大不相同,在它们的背后保留了大量的古代制度、文化、艺术信息,因而我们只有将这些相关的文化信息把握之后,才能对这些诗歌做出更为准确的理解。"①

在这里我们有必要对"诗学"和"诗歌批评"这两个概念做一个简要的辨析。"诗学"和"诗歌批评"是既有联系又不完全相同的两个概念。"诗学"的概念很早就出现了,无论是东方还是西方,早期都曾经用诗歌研究来代替整个文学研究,这实际上是一种广义的诗学概念。后来随着文体的不断区分和细化,在中国文学的内部"诗学"逐渐和"词学""曲学""小说学"等成为并列的概念。如果用较为简单易懂的话来说,"诗学"就是关于诗歌研究的学问。

"诗歌批评"当然属于文学批评和文学批评史的范畴。关于"文学批评"一词,虽然经常被使用,但其实并不容易说清楚。童庆炳先生曾在《文学理论教程》中指出:"文学批评既是文学活动过程中产生的一种文学现象,又是文学活动的一个有机组成部分。从作为一种文学活动的组成部分来看,它属于接受范畴,主要是以文学作品为对象的理性评价活动;从作为一种文学现象来讲,它又超越了接受范畴,它对一切文学活动和文学现象甚至包括批评本身都要加以分析和评价。因此,文学批评是对以文学作品为中心兼及一切文学活动和文学现象的理性分析、评价和判断。"②可见所谓文学批评,当指对作家、作品及具体文学现象的评论;文学批评史则是文学批评构成的历史。尽管有人认为文学批评的概念可以分为狭义的和广义的,但不管怎么分,文学批评始终是要围绕具体作家作品和文学现象展开的,其方式以直接的评价评述为主。

相比之下,本书所说的"诗学"却并非如此。与"诗歌批评"相比,"诗学"的方式和范围要广泛得多。既可以围绕诗歌作品展开,也可以是更加宏观抽象的论述;既可以通过诗话、诗集序跋直接表达,也可以通过作品的编撰、校注、拟写等来间接表达对于诗歌的见解。而且,"诗学"有时并不是一种"理性"的评价活动,而是带有更多的感性、感悟色彩。总而言之,"诗学"的概念

---

① 吴相洲:《乐府学概论》"序",人民文学出版社 2015 年版(下同),第 2 页。
② 童庆炳:《文学理论教程》(第 5 版),高等教育出版社 2015 年版(下同),第 374 页。

要更加宽广,本书采用这个概念而不是"诗歌批评",将有助于对整个明代乐府诗研究的总体把握。

从时间范围来说,本书研究的时间断限与明朝存在的时间基本一致,即从明太祖洪武元年(1368)至崇祯十七年(1644)。但由于文学、学术发展与政治、军事并非完全同步,肯定会出现一些作家、诗学家身跨两个朝代的情况。如元末明初著名乐府诗作者杨维桢,虽然其主要生活于元代,但根据《明史》的记载,洪武初年他曾应召入京,并有过乐府诗创作活动。又如著名政治家、诗人宋濂,其生卒年分别是1310年和1381年,也是身跨两个朝代,其乐府诗观念也无法完全按照朝代来进行割裂。本书在开展研究时,将这些诗学家和作家也纳入了研究范围。而对于生活在明末清初的冯班,尽管其《钝吟杂录》中包括《古今乐府论》《论乐府与钱颐仲》等重要的乐府诗学资料,但他的主要文艺活动时间是在清代,本书并未将其作为直接研究对象,而是留待日后研究清代乐府诗学时再加以论述。

从内容上说,本书探讨的内容包括明代乐府诗学的发生背景、构成明代乐府诗学的主要内容、明代乐府诗学的价值及其对后世的影响等。具体包括以下六个方面。

第一,明代乐府诗学发生的背景、文献分布情况与明人的乐府观念。明代复古诗学高度发达,乐府诗的整理与刊刻也蔚然成风,出现了《古乐苑》《乐府原》《历代乐府诗词》等较有影响的乐府诗选本,元代左克明编撰的《古乐府》和杨维桢的《铁崖古乐府》也得到了广泛的流传。同时,明代诗学家们大多热衷于拟古乐府的创作,往往将乐府诗作为其复古诗学的载体来看待。他们的乐府诗学可谓既有理论,又有实践。

第二,乐府文献研究与明代乐府诗学。明代诗学家们对乐府文献的研究主要包括三个方面:一是对乐府诗歌作品的补录。如杨慎《升庵诗话》卷十补录了无名氏《柳枝词寿杯词》一首,这首诗本身是乐府诗,但郭茂倩的《乐府诗集》并未收录,理应补录。二是对乐府词语、诗句的考释。考证字词的如《升庵诗话》卷三解释乐府中"白纻"一词,引用了《韵语阳秋》《乐府解题》的相关注解,并引用了王建与元稹的相关诗句,得出了"白纻"即"舞衣"的结论。三是对版本和作者的考证。如谢榛《四溟诗话》卷一对《陌上桑》"驾虹霓"、《秋胡行》"思与王乔乘云游八极"、《董逃行》"遥望五岳端"作者的考证等。

第三,乐府音乐研究与明代乐府诗学。尽管明代的乐府音乐研究总体上不如宋代以前那么兴盛,但依然是明代乐府诗学中必不可少的组成部分。主要包括两方面内容:一是对乐府歌唱与表演体制的研究。如许学夷《诗源辩体》卷三认为晋乐所奏《白头吟》一曲是后人"添设字句以配章节",乐府对于古词的确存在"增损"的情况。又如胡震亨《唐音癸签·乐通》论及唐代乐府的歌唱体制与调名情况,对唐代的雅乐、俗乐、十部伎、鼓吹曲的歌唱演奏情况进行了考证分析。二是考证乐曲流传情况。如吴讷《文章辨体序说·乐府》论及东汉时期"乐分四品"的情况。又如《升庵诗话》卷九对《三台》与《甘州歌》流变经过的考证,王世贞《艺苑卮言》卷八对李贺、李益诗歌入乐府情况的考证等。

第四,乐府诗歌创作论、批评论与明代乐府诗学。与汉唐至宋元时期的乐府诗学相比,乐府诗歌创作论与批评论堪称明代乐府诗学中最有特色,也是价值最高的一个部分。主要包括五个方面的内容:一是乐府诗源流演变批评;二是乐府诗体格、句格与章法批评;三是乐府诗创作手法批评;四是乐府诗风格批评;五是构建乐府诗史。以上五点几乎涉及和乐府诗歌本身相关的所有重要内容。与汉唐、宋元时期乐府诗学更多集中于文献考证和音乐制度研究不同,明代诗学家们试图在对乐府诗全方位研究的基础上构建出乐府诗发展的历史脉络,这也是明代乐府诗学超越前代的标志。

第五,诗学名家与明代乐府诗学。明代参与拟古乐府创作和乐府诗批评的诗学家众多,其中成就最高、影响较大的包括李东阳、杨慎、胡应麟、王世贞、许学夷、钟惺等。其中杨慎侧重于乐府文献与音乐制度的考证,其乐府诗学带有汉唐以来传统乐府诗学的痕迹。胡应麟堪称明代乐府诗学的第一大家,其乐府诗学既有传统的词句考证,也有对于乐府诗史的构建,尤其是将"章法"等批评概念引入了乐府诗学研究,大大促进了乐府诗学的发展。王世贞作为明代后期的诗坛领袖,其大规模的拟古乐府创作尤为值得注意。许学夷的《诗源辩体》致力于诗体源流的清理,其关于乐府诗发展源流与脉络的理论有颇多可取之处。

第六,明代乐府诗学的价值与影响。明代乐府诗学对确立乐府诗在诗歌史上的经典地位及推动明代诗学走向高峰具有重要意义,并影响到清代以后的乐府诗学研究。一是明代乐府诗学的价值。明代乐府诗学研究角度多样,内容丰富,创作实践与理论探索相结合,而且出现了胡应麟、许学夷等乐府诗学大家,将复古诗学和乐府诗学推向了高峰。二是对清代以后乐府诗学的影响。明代乐府诗学是乐府诗学史上的高峰,明代乐府诗学中的很多研究方法、研究概念,如乐府诗"高古"之风格以及"叙事"之手法等,清代以后的学者多加以继承,直到近现代仍然被乐府诗学研究者广泛采用。

在研究目标上,本书的目标主要有三个:一是搭建起明代乐府诗学的整体框架。对有关乐府文献研究、乐府音乐研究、乐府文学研究的内容分别进行较为深入细致的剖析,并形成宏观性的描述。二是发掘明代乐府诗学的深层次价值。充分肯定明代乐府诗学在乐府诗学发展史上的地位,肯定其对明代复古诗学及重情诗学发展的贡献。三是进一步完善"乐府诗学"及"乐府学"学科的建设工作,并为后续的其他研究提供经验和成果借鉴。

在研究思路上,本书拟通过对明代乐府诗学相关研究资料进行汇编,经过大量基础文献的阅读,归纳整理明代诗学中有关乐府文献研究、乐府音乐研究、乐府文学研究的相关材料,并通过材料的分析解读,探寻明代乐府诗学中有关作家、作品、手法、风格研究及构建乐府诗史的情况,掌握一些著名乐府诗学家的研究成就及研究特点,找出明代乐府诗学与复古诗学及重情诗学的内在关联,肯定明代乐府诗学的价值及其对后世的影响。

在具体研究方法上,本书针对不同的研究对象,分别采用文献、语言、历史和逻辑的方法,综合运用文本细读、定性分析、个案研究、比较研究、接受研究等手段,对明代乐府诗学展开系统和全面研究。文献法主要关注明代诗学中与乐府诗研究相关的材料,强调资料占有的全面性和真实性。历史研究法强调将明代乐府诗学放到整个明代复古诗学昌盛的历史背景上加以考察,找出明代乐府诗学与复古诗学的内在逻辑关系。比较研究法考察明代乐府诗学对汉唐、宋元乐府诗学的继承关系及其对清代以后乐府诗学的影响,并关注明代不同诗学家在乐府诗学方面的异同。

　　本书的重点难点包括三方面:一是如何尽量全面完整地占有研究资料。明代乐府诗学研究的相关材料,尤其是原始文献中的材料,分散在大量的明代诗集、诗话著作中。对这些材料的收集整理本身就带有较大的难度,需要花费一定的时间。另外,对收集到的材料还要进行文本细读和归纳整理。二是要弄清楚明代乐府诗学确立乐府诗在中国古典诗歌领域经典地位的途径和过程如何。作为中国古代乐府诗学的顶峰,明代乐府诗学对乐府诗的经典地位的确立具有重要意义。其确立的途径和过程需要研究。三是如何找出明代乐府诗学与整个明代复古诗学和重情诗学的内在关联。明代乐府诗学虽然可以看作是复古诗学的一个组成部分,但鉴于乐府诗正是明代复古诗学最重要的体裁和载体,乐府诗学的发展对明代复古诗学、重情诗学的交替繁盛是起到了原生动力和促进作用的。这一点有待深入研究。

二、研究现状及选题价值

　　尽管20世纪以来乐府文学一直是中国古代文学研究领域的热点之一,但综观过去已有的研究,视点大都集中在乐府音乐制度、作家作品的考察和乐府文学史的构建上,对"乐府诗学"的研究较少。近年来,随着"乐府学"逐渐成为中国古代文学领域中一门独立的学科,"乐府诗学"也开始引起学界的关注。从国家社科基金项目立项情况看,尽管近年来先后有王福利"汉唐乐府诗学研究""宋代乐府诗学研究"、向回"唐代乐府诗学研究"等获得立项,但作为中国古代乐府诗学的顶峰——明代乐府诗学目前还缺少专门和深入的研究。

近年来国内外出现了一些涉及明代乐府诗学及其相关问题的研究论文（著作），其中直接探讨明代乐府诗学的文章有 4 篇，部分研究内容涉及的文章近 20 篇（含博士、硕士论文 3 篇），著作 3 部。但尚无直接以明代乐府诗学为研究对象的专著问世。相对于明代乐府诗学极为丰富的内容，已有的研究还主要集中在杨慎、胡应麟、许学夷等少数重要文学批评家的乐府诗学上，从内容上看主要是分析这些诗学家的乐府观念、对乐府诗人的品评、对乐府诗史的构建等。

一是明确以明代乐府诗学作为研究对象的成果。已有的较为深入探讨明代乐府诗学的文章包括赵明正的《元明清时期的汉乐府研究》①，徐莹的《明代诗学中的汉乐府批评》②，李树军的《吴讷〈文章辨体〉的"乐府"分为六类》③《〈文章辨体〉与〈文体明辨〉的歌行与乐府研究》④，王辉斌的《徐献忠与〈乐府原〉考释》⑤《梅鼎祚与〈古乐苑〉的乐府题解批评》⑥，高歌的《〈乐府原〉研究》⑦，沈赟昀的《梅鼎祚〈古乐苑〉研究》⑧，刘亮等的《杨慎的乐府诗文献研究》⑨等。赵明正的文章用较多篇幅从"汉乐府成为诗评界经典""研究成果的丰硕和研究成果的集大成""叙事诗批评形成""对诗艺探讨的得失"等方面论述了明代的乐府诗学。文章认为，"元明清以来，汉乐府成为诗评界经典，这与元代古乐府运动、明代复古运动和清代学者的推崇是分不开的"⑩。李树军的两篇文章侧重从诗歌辨体的角度来考察明代的乐府诗学。其中前一

---

① 赵明正：《元明清时期的汉乐府研究》，《湖南大学学报（社会科学版）》2006 年第 1 期。
② 徐莹：《明代诗学中的汉乐府批评》，海南师范大学硕士学位论文，2013 年。
③ 李树军：《吴讷〈文章辨体〉的"乐府"分为六类》，《文献》2008 年第 4 期。
④ 李树军：《〈文章辨体〉与〈文体明辨〉的歌行与乐府研究》，《贵州文史丛刊》2008 年第 2 期。
⑤ 王辉斌：《徐献忠与〈乐府原〉考释》，《山西师大学报（社会科学版）》2014 年第 3 期。
⑥ 王辉斌：《梅鼎祚与〈古乐苑〉的乐府题解批评》，《学术论坛》2016 年第 1 期。
⑦ 高歌：《〈乐府原〉研究》，江苏师范大学硕士学位论文，2017 年。
⑧ 沈赟昀：《梅鼎祚〈古乐苑〉研究》，南京师范大学硕士学位论文，2018 年。
⑨ 刘亮等：《杨慎的乐府诗文献研究》，《名作欣赏》2017 年第 3 期。
⑩ 赵明正：《元明清时期的汉乐府研究》，《湖南大学学报（社会科学版）》2006 年第 1 期。

篇文章认为,乐府是《文章辨体》中选录的重要文体之一,吴讷将乐府分为六类,而罗根泽先生在《何为乐府及乐府的起源》一文中误认为吴讷分为七类,于北山先生校点的《文章辨体序说》亦从其误,有必要予以纠正。① 后一篇文章则认为,明初高棅的《唐诗品汇》不置乐府体,而把唐人乐府诗编入五言古和七言古中。"在高棅看来,唐人创作的乐府诗大多没有音乐,与古诗没有太大区别。"而吴讷、徐师曾则将歌行从乐府诗中分离出来专门立一体。②

在已有文章中,分别有两篇是围绕徐献忠《乐府原》和梅鼎祚《古乐苑》展开的。王辉斌在《徐献忠与〈乐府原〉考释》一文中认为,《乐府原》全书之"题解类批评"主要立足于考释的角度,以"原其本事"为批评的宗旨,因而所获成就与特点重点表现在三个方面,即"意旨探原"、"旧说辨正"和"填补空白"。"《乐府原》在当时不仅引起了人们的关注,而且还对清代朱乾《乐府正义》等著述产生了较为直接之影响。"③高歌的《〈乐府原〉研究》则是一篇对徐献忠《乐府原》展开全面探讨的硕士学位论文。该文在整理该书的基础上,主要从该书的编者及编撰情况、编排体例、选诗和评诗四个方面展开。文章认为,《乐府原》之"原",可分为乐类之原和诗题之原,前者追溯各类音乐之起源及其在后世的流传变化,后者是对题意的解读与分析。《乐府原》中评点不同时期的乐府诗时明显有所不同。④

王辉斌在《梅鼎祚与〈古乐苑〉的乐府题解批评》一文中肯定了《古乐苑》一书在增补乐府诗作品和发展题解的价值。⑤ 沈赟昀在《梅鼎祚〈古乐苑〉研

---

① 李树军:《吴讷〈文章辨体〉的"乐府"分为六类》,《文献》2008 年第 4 期。
② 李树军:《〈文章辨体〉与〈文体明辨〉的歌行与乐府研究》,《贵州文史丛刊》2008 年第 2 期。
③ 王辉斌:《徐献忠与〈乐府原〉考释》,《山西师大学报(社会科学版)》2014 年第 3 期。
④ 高歌:《〈乐府原〉研究》,江苏师范大学硕士学位论文,2017 年。
⑤ 王辉斌:《梅鼎祚与〈古乐苑〉的乐府题解批评》,《学术论坛》2016 年第 1 期。该文认为《古乐苑》"增补了许多为宋人郭茂倩《乐府诗集》所未收之上古歌诗,反映了其对'前乐府'的高度重视"。"《古乐苑》的'题解类批评'主要表现出了三个方面的特点:一是题解的数量远远超过了《乐府诗集》;二是其题材大都藉材料以立论,具有'原创性';三是注重对乐府诗题旨或寓意的揭示。"

究》一文中则认为梅鼎祚编撰《古乐苑》有"直接原因和间接原因"。除了受朋友所托，也是受到盛行拟古乐府时代风潮的影响。《古乐苑》纠正了《乐府诗集》中的一些失误，具有较高的文献价值。①

刘亮等在《杨慎的乐府诗文献研究》一文中指出，杨慎作为明代中期较早的乐府诗学大家，"在乐府诗题及本事的考证，名物的考释，字、词舛误的考订，诗歌版本的考证及诗歌补录上都取得了突出的成绩。与后来的胡应麟、许学夷等人相比，杨慎在乐府诗学理论体系的建构上做的还不多，他的一些考证工作也带有牵强附会的嫌疑"②。

已有著作包括吴相洲的《乐府学概论》、王辉斌的《中国乐府诗批评史》《乐府诗通论》、孙尚勇的《乐府通论》等。吴相洲先生《乐府学概论》一书中"明代乐府学"一节已不限于"汉乐府研究"的探讨，对明代乐府诗学的讨论更显全面性和系统性。吴相洲先生认为，明代虽然宫廷乐府活动持续存在，但水平已经远不如唐宋时期，明代很多诗人是将写作乐府诗当作训练诗艺和寄托诗学观念的手段。整理、研究、评论乐府常见于诗话当中，将乐府诗学推向了顶峰。《乐府学概论》一书对明代乐府诗整理情况进行了大致的描述，肯定了《古乐苑》《乐府原》《诗触》等诗集的价值。如对于《古乐苑》一书，吴相洲先生一方面肯定了梅鼎祚"意在修正《乐府诗集》编辑错误"，"对郭集所录有删有补，对郭集叙论和解题也有增加"；另一方面又指出"为《乐府诗集》补编作品要冒很大风险"，"梅氏将一些伪托先秦歌谣收入乐府，不仅不合郭氏本意，作品可靠性也值得怀疑"。③《乐府学概论》一书还从"文献研究""音乐研究"

---

① 沈赟昀：《梅鼎祚〈古乐苑〉研究》，第 1 页。该文指出，"直接原因是受好友吕胤昌所托，间接原因是受明代'拟古乐府'的时代背景影响，梅鼎祚想借《古乐苑》去批评和思考整个明代乐府"。"考察《古乐苑》中的题解以及引用文献可知，梅鼎祚引用了很多前人如刘勰和郑樵的观点去证明自己对于乐府的看法，他认为明代的乐府诗依然可以入乐。……纠正了《乐府诗集》中很多错误的地方，他引用的解题来源都很可靠，说明他学术态度严谨，因此，《古乐苑》虽存在争议，但不可否认的是它的文献史料价值。"

② 刘亮等：《杨慎的乐府诗文献研究》，《名作欣赏》2017 年第 3 期。

③ 吴相洲：《乐府学概论》，第 273—274 页。

"文学研究"等方面对明代乐府诗学进行了较为全面的爬梳和清理,其中颇多真知灼见。如该书充分肯定了文学研究的特殊地位,认为"从文学角度来评论乐府是明人乐府诗学的最大贡献","明代诗评家最大功劳是确立了明代以前中国诗歌描述基本格局","构筑起一部清晰明前诗歌史,其中就包括乐府诗史"。① 吴相洲先生作为中国乐府学会的创会会长,奠定了乐府学研究的一些基本领域,其开创之功值得铭记。

王辉斌先生的《中国乐府诗批评史》是一部与本书相关度较高的学术著作。该书将汉武帝之前的乐府诗及乐府诗批评称为"前乐府""前乐府批评",并将唐后乐府诗分为旧题乐府、即事类乐府、歌行类乐府、宫词类乐府、竹枝词乐府等(后四种归入新题乐府)。该书将乐府诗的批评形式分为六种类型,包括整理类批评、选择类批评、题解类批评、品第类批评、专论类批评、笺释类批评等。该书第八、第九两章专论明代乐府诗批评。第八章论述了李东阳的拟古乐府观,对徐献忠《乐府原》进行了考释,并论述了王世贞的乐府变化论。第九章则重点论述了梅鼎祚《古乐苑》的题解批评、胡应麟的乐府批评论及胡震亨的唐代乐府论。其中也提出了不少独到的见解。如他认为《古乐苑》虽然价值很高,但也存在三个问题。② 又如在论及胡应麟的乐府观时,又指出:"胡应麟对歌行与乐府关系的认识,乃是有别于唐代诗人的……胡应麟虽然在《诗薮》中专论乐府,却未能看到唐代歌行类乐府的发展实况……"③客观来说,王辉斌先生的乐府诗批评史研究具有一定的创新意义,但可能也存在一定的问题和不足。前文已经说过,"文学批评"这一概念是有特定含义的,并非所有的乐府诗学研究都可以用"批评"来定义。文学批评主要是围绕作家

---

① 吴相洲:《乐府学概论》,第 285、288 页。

② 王辉斌:《中国乐府诗批评史》,武汉大学出版社 2017 年版(下同),第 384—387 页。三个问题分别是"将有关古诗作为乐府诗以收录","有不少题解的文字,乃原文照抄于郭茂倩的《乐府诗集》,而对其出处则不予注明","对'歌'类乐府分类之不合理性"。

③ 王辉斌:《中国乐府诗批评史》,第 389—340 页。此段内容亦见王辉斌:《胡应麟〈诗薮〉与乐府批评论》,《阅江学刊》2016 年第 1 期。

作品本身展开的理性论述,但王辉斌先生所说的"批评"已经明显超越了这个界限。如明代乐府诗学中大量存在的"题解",其中很多内容恐怕不宜归入"批评"。至于乐府诗歌作品的整理、选择等,用"批评"来概括也是不合适的。同时,将唐代以后的乐府诗划分为旧题乐府和新题乐府两个部分的做法也值得商榷。所谓新题乐府,本是中唐时期出现的诗歌概念,它相对的"旧题"特指汉魏六朝时期出现的乐府诗题。因此"新题乐府"这个概念本身就带有鲜明的时代色彩。但如果用这个概念去衡量唐代以后全部的乐府诗创作,则难免会出现削足适履的问题。另外,《中国乐府诗批评史》明代部分虽然已经关注到王世贞、胡应麟等著名的诗学家,但显然还是遗漏了众多的明代乐府诗学家。如晚明时期著名的诗学家许学夷和钟惺等人,他们在乐府诗学领域都非常有建树,分别代表了那个时代乐府诗学新的走向。又如关于明代的乐府诗总集,除了《乐府原》和《古乐苑》外,还出现了《乐府类编》《古乐府诗类编》《历代乐府诗词》《六朝乐府》等,尤其是还出现了《唐乐府》这样专门的唐代乐府诗总集。这些乐府诗总集都具有较高的乐府诗学价值,而《中国乐府诗批评史》中均未涉及,不能不说是一大缺憾。

孙尚勇先生的《乐府通论》是近两年出版的一部关于乐府文学的力作。该书对"乐府本体""乐府艺术""乐府文学""乐府民俗宗教""乐府审美接受""乐府文献"等领域及各个朝代的乐府诗创作进行了宏观论述。尤为值得注意的是,该书第十一章为"乐府诗学论",并分为"乐府与诗"、"乐府创作"和"乐府批评"三个部分。在"乐府创作"部分,作者指出,"明后期,在上述宋人从意义和文辞两角度拟乐府主张之外,胡应麟提出了形神格调之说","然何谓'形神',何谓'格调',胡氏亦未尝明言,故其理论对创作实践的实际影响终究有限"。[①] 在"乐府批评"部分,作者又从"论乐府史""论作家"两个层面展开论述,涉及胡应麟等人关于乐府史和李白等乐府诗人的评论。如指出:"胡

---

① 　孙尚勇:《乐府通论》下册,中华书局 2020 年版(下同),第 819—820 页。

应麟认为,六朝乐府尚能沿袭汉乐府之轨辙,李白的创作是乐府史之'一大变',杜甫虽得汉乐府精髓但却颇多'己调',张籍、王建乐府虽影响很大但不能及于汉之高格,李贺乐府的'险怪'作风影响了有元一代及明初创作,至李东阳以咏史体创作古乐府,遂宣告了古乐府生命力的衰歇。"①孙尚勇先生对于乐府的整体论述非常系统,其关于乐府诗学的探讨也很有启发意义。但明代乐府诗学的内容极为丰富,《乐府通论》一书实际上也仅是"浅尝辄止",并未能真正对明代乐府诗学展开全面而又深入的探讨。另外,《乐府通论》最后一部分"乐府文献论"除了探讨郭茂倩《乐府诗集》的版本和刊刻情况,还专门辟出一节"明清文人别集编录乐府体叙录"。这部分主要著录了明清两代文人别集中的乐府诗情况,对本书也有一定的帮助。但孙尚勇的"乐府文献论"主要着眼于乐府诗创作,对明代乐府诗学的相关文献还缺少系统的梳理。

二是研究中涉及明代乐府诗学的相关成果。近年来学界还出现了一些在研究中部分涉及明代乐府诗学的论文(著作)。这些论文(著作)往往不是以乐府诗作为直接研究对象,而是侧重于研究明代文学思想、思潮、文学批评或名家诗学,但其中有一部分是涉及乐府诗学的,这些内容也值得本书借鉴。

在文章方面,其中一些文章就明代诗学家们对不同时代乐府诗人诗作的品评进行了论述。如杨贵环《许学夷〈诗源辩体〉对曹植诗的批评》一文的第二部分专门探讨许学夷对曹植乐府诗的批评,指出曹植乐府诗在体例上已经与汉乐府大不相同。② 并指出曹植的乐府四言诗源出于古乐府,体现出其本色论诗的批评思想。邓新跃在《杨慎崇尚六朝的诗学取向的批评史意义》一文中论述了杨慎对李梦阳乐府诗的评价,指出杨慎在《空同诗选题词》中认为李梦阳创作中成就较高的是宗法汉魏的较少受格调律法束缚的乐府诗、五言

---

① 孙尚勇:《乐府通论》下册,第 830—831 页。
② 杨贵环:《许学夷〈诗源辩体〉对曹植诗的批评》,《湖北社会科学》2012 年第 7 期。该文指出,"许学夷还认为汉乐府五言诗体例自由无拘束,语言自然率真,而曹植乐府诗则体例渐趋整饬,语言亦多构结,内容亦多杜撰臆造,认为其乐府诗已不具汉人乐府诗的体例"。

诗,而七律是他诸体诗中最为下劣的。高度推崇李梦阳学习汉魏而作的乐府诗,正是杨慎论诗的远见卓识处。① 部分文章还涉及对明代诗学家乐府观念及构建乐府诗史尝试的研究。如陈斌在《许学夷的汉魏诗史观》中指出,徐祯卿的诗论使汉乐府及古诗获得了亚经典的崇高地位,但许学夷认为徐祯卿过分推崇汉乐府的"古拙"是不恰当的,"追根究底,这种过分乃至极端的看法,乃是他们所秉持的退化的文学史观使然"②。许学夷洞见了"前七子"退化论诗史观的狭猹,眼光超越了前人。魏宏远在《论王世贞诗文流变观》一文中则认为王世贞对于李东阳《拟古乐府》的认识前后期出现了较大转变③,且其对于"前七子"师法范围的理解更加宽泛一些,其中包括对于"前七子"乐府史观的理解。

在著作方面,则有罗宗强的《明代文学思想史》,袁震宇等的《明代文学批评史》,陈文新的《明代诗学》《明代诗学的逻辑进程与主要理论问题》,朱易安的《中国诗学史(明代卷)》,廖可斌的《明代文学思潮史》《明代文学复古运动研究》,左东岭等的《中国诗歌研究史(明代卷)》,陈书录的《明代诗文创作与理论批评的演变》,李国新的《明代诗声理论研究》,李圣华的《晚明诗歌研究》等。

罗宗强先生的《明代文学思想史》堪称研究明代文学思想的集大成之作。该书对明代不同时期文学思想的发生、发展及变化进行了深入剖析。罗先生研究明代文学思想非常善于联系时代政治、经济与文化的发展。如他认为台阁文学思想的一个重要特点是"传圣贤之道与鸣国家之盛",这与"永乐至洪

---

　　① 邓新跃:《杨慎崇尚六朝的诗学取向的批评史意义》,《唐都学刊》2007 年第 2 期。亦见邓新跃:《明代前中期诗学辨体理论研究》,中山大学博士学位论文,2004 年。

　　② 陈斌:《许学夷的汉魏诗史观》,《福建师范大学学报(哲学社会科学版)》2006 年第 4 期。

　　③ 魏宏远:《论王世贞诗文流变观》,《兰州学刊》2008 年第 1 期。该文指出,王世贞"早年认为李《拟古乐府》'太涉议论,过尔抑剪,以为十不得一',晚年有所转变,指出'其奇旨创造,名语迭出,纵不可被之管弦,自是天地间一种文字'"。

熙间,社会比较安定"是分不开的。① 同时,他对于文学内部发展变化的把握是极为敏锐和准确的。如谈到文学复古思潮的兴起时,他认为:"文学复古思潮的出现,更重要的是文学发展的内部原因。前已言及,景泰以后文学思想开始发生变化,延至李东阳们出来,台阁文学思潮与复古文学思潮之间的过渡期已经结束,转变已是水到渠成的了。"②又如在论及竟陵派对于性灵说的修正时,罗先生指出钟惺、谭元春既反对复古,也反对公安。反对复古,是反对复古派末流的只学古之皮毛;反对公安,是反对公安派末流的平庸浅俗。这些观念立论超卓,视野宏大,对研究明代文学与诗学者皆有启发意义。

袁震宇、刘明今所著的《明代文学批评史》,是王运熙、顾易生先生主编的《中国文学批评通史》之五。该书对明代不同时期的文学批评情况进行了纵向梳理,其中有部分内容涉及乐府诗学。如第二章在论及李东阳论诗重视声调时,作者认为"对于纠正以文为诗有一定的积极意义,但过分追求则不免偏颇"③。与先秦时代诗乐合一不同,后世诗与乐分离后,文人们写的诗篇主要是供人们讽咏的案头作品,而不是用作歌唱的曲词,其主要价值已在通过富于音韵的文字塑造出诗的意境,因此李东阳过分强调以声论诗是不恰当的。又如第五章在论及王世贞对李梦阳的批评时,作者指出王世贞批评李梦阳的骚赋"根委有余,精思未及",拟乐府"不如自运",④这显然涉及明代诗学家们对当代人乐府诗创作的评价。

陈文新先生的《明代诗学》《明代诗学的逻辑进程与主要理论问题》是专门以明代诗学中的主要人物和主要问题为研究对象的两部著作。前者是学界第一部关于明代诗学的专著。而对于后者,作者曾自我评价代表了其"在明

---

① 罗宗强:《明代文学思想史》上册,中华书局2013年版(下同),第136页。
② 罗宗强:《明代文学思想史》上册,第279页。
③ 袁震宇、刘明今:《明代文学批评史》,上海古籍出版社1991年版(下同),第85页。
④ 袁震宇、刘明今:《明代文学批评史》,第254页。

代诗学领域的主要建树"①。这两部著作实际上是在作者多篇系列论文的基础上形成的,包括《论诗文体性之异——明代诗学的一项重要建树》(《武汉大学学报(人文社会科学版)》2000 年第 3 期)、《公安派诗学的重新考察》(《社会科学研究》2000 年第 4 期)、《明代诗学三论》(《文学评论丛刊》2000 年第 3 卷第 2 期)、《明代诗学论时代风格与作家风格》(《孝感学院学报》2001 年第 4 期)、《从格调到神韵》(《文艺研究》2001 年第 6 期)、《明代格调派的演变历程及其对意图说的否定》(《武汉大学学报(人文科学版)》2001 年第 2 期)、《论明代诗学主流派的内部争执》(《东方丛刊》2001 年第 4 辑)、《明代前期的哲学流派与诗学流派》(《人文论丛》2001 年卷)、《启蒙学术思潮中的学术变异》(《哲学评论》2001 年第 1 辑)、《明代诗学的逻辑进程与主要理论问题》(《文学评论》2002 年第 3 期)、《诗"贵情思"——明代主流诗学论诗的音乐性》(《社会科学战线》2002 年第 5 期)等。在陈文新先生看来,明代诗学的主要问题包括"诗'贵情思而轻事实'""诗体之辨:从体裁到风格""信心与信古""'清物论'的生成及其在明代的展开""从格调到神韵"等。其中在对"诗'贵情思而轻事实'"这个问题的探讨过程中,作者谈到了明代主流诗学对音乐性的重视,这与本书所要研究的内容有一定的相关性。但我们也要看到,陈文新先生主要还是侧重于宏观研究,对"乐府诗学"这一内容还未能进行更加深入细致的探讨。

　　朱易安先生的《中国诗学史(明代卷)》系陈伯海、蒋哲伦先生主编的"中国诗学史系列丛书"之一。该书也是以时间先后为顺序,对明代不同时期的诗学发展情况进行了较为全面的梳理,其中颇多创见。如该书指出,"李东阳注意到诗歌的'情'与'声'的关系,很可能与黄淮的诗学观点有联系"②。作者认为"格调说"突出强调了诗歌的音乐性,揭示了诗与文的区别。朱易安先

　　①　陈文新:《明代诗学的逻辑进程与主要理论问题》(古典文学论著四种前言),武汉大学出版社 2007 年版,第 11 页。

　　②　朱易安:《中国诗学史(明代卷)》,鹭江出版社 2002 年版,第 63 页。

生还关注到成化年间诗格诗法盛行这一情况,肯定了黄溥《诗学权舆》一书关于声情、法度等论述的价值。

廖可斌先生《明代文学思潮史》一书,按照其在导言中所说:"文学思潮,顾名思义,其主要功能应该是展现文学发展的整体运动过程……重点关注的应该是人们的文学活动和文学风尚。"① 与以往的各种文学批评史不同,该书更注重从文学活动和文学风尚角度来剖析不同时期的文学思潮。不仅有按照时间顺序的梳理,也重视地域文化对于文学的影响。在对明代文学三次复古思潮及浪漫文学思潮兴起的分析中,该书对"格调"等和乐府诗学密切相关的概念进行了深入辨析。② 作者认为王世贞所说的"才生思,思生调,调生格"已经涉及格与调之间关系的奥秘。廖可斌先生又有《明代文学复古运动研究》一书,该书第五章曾论及李梦阳的乐府诗创作,讨论了李梦阳古题乐府与新题乐府的区别。③

左东岭先生等合著的《中国诗歌研究史(明代卷)》主要是就 20 世纪明代诗歌研究进行经验总结和学术检讨,其中部分章节也涉及对于明代诗学理论的研究。如第五章"李东阳与杨慎研究"中,第一节"李东阳研究"部分专门列出"诗学理论研究",指出郭绍虞《中国文学批评史》和方孝岳《中国文学批评》对李东阳"格调"说的解读差异很大。④ 但总的来看,该书主要还是对 20 世纪明诗研究学术史的梳理与归纳,涉及明代乐府诗学的内容不多。

李国新先生的《明代诗声理论研究》是一部从声诗理论角度来阐释明代诗学的著作。该书认为,诗声是明代诗学较为核心的话题,已涉及诗歌的诸多

---

① 廖可斌:《明代文学思潮史》,人民文学出版社 2016 年版(下同),第 1 页。
② 该书认为,"调"就是指诗歌作品中情与理、意与象、诗与乐相结合所构成的具有动态特征的总体形态,或者说是混合流;"格"是指这种混合流的境界、层次之高下。
③ 廖可斌:《明代文学复古运动研究》,商务印书馆 2008 年版(下同),第 152 页。该书指出:"相比之下,乐府诗与七言歌行两种体裁的法度要求不那么固定。乐府诗包括古题乐府和即事名篇的新题乐府诗两种。李梦阳创作的古题乐府诗,往往谨遵汉魏古作的句格,所受的束缚也比较大。新题乐府诗和七言歌行则句式、句数不一定,句法、章法就不那么呆板。"
④ 左东岭等:《中国诗歌研究史(明代卷)》,人民文学出版社 2020 年版,第 151 页。

层面甚至诗歌的本质特征。明代诗声理论的核心"诗主声"是中国诗学发展到一定阶段的理论总结。作者指出,明代复古诗学家将明初杨士弘、高棅、李东阳等人"音律之正""声律纯完""以声辨体"等理论主张发展成较为系统的格调论。晚明胡应麟与许学夷抛弃了王世贞等人较为纯粹的形式声音的一面,将整体上浑沦的声音和声气作为审美诉求,并进一步提出了"神韵",表现了复古诗派由产生到发展、到成熟并最后回归中国传统以气为根本创作动因的审美理想。① 李国新的论述的确可以为我们认识明代诗学提供一个新的视角,诗声与乐府之间本身也具有较为密切的关联。但在明代复古诗学的核心"格调"论中,声音只是一个方面,且神韵说的来源也不仅是声调论,不宜过分拔高诗声理论在明代诗学中的地位。

陈书录先生《明代诗文创作与理论批评的演变》一书试图开拓一条诗文创作和诗文理论批评交叉研究的新路,力求把握文化心态与审美心态演变的内在规律。该书分为"轨迹篇"、"特征篇"与"动因篇",其中"轨迹篇"主要进行一种过程演变的描述,后两篇则进行特征的把握和内在动因的分析。作者尤其注重对于文学与文学理论现象背后所蕴藏的深刻政治、经济、文化动因的挖掘,重视对文学及文学理念演变的考察。如在论述李东阳及茶陵派的功过时,作者指出:"至于成化后出现的以李东阳为领袖的茶陵派,也并没有给明代诗文带来'中兴'的局面。李东阳虽然举旗纠偏,追求浑雅正大的审美理想,但他由于受到庙堂文化的钳制,力不足以御强横,只是明代诗文中由儒雅品位的沉降变而为审美意识的回升的一个转捩点。至于茶陵派中的另一位代表人物杨一清尊崇气节,致力于儒雅文学品位的复壮,显示出由茶陵派向前七子过渡的征兆。"②但该书中论及声诗及乐府的内容较少,主要还是在整体的视野和思维方法上给本书以一定启示。

此外,近年来学界还出现了一些以明人的乐府诗创作为研究对象的论文。

---

① 李国新:《明代诗声理论研究》,中国社会科学出版社 2017 年版,第 173 页。
② 陈书录:《明代诗文创作与理论批评的演变》,凤凰出版社 2013 年版,第 111 页。

如蒋鹏举的《明代前期、中期的乐府诗创作与世风诗运》①《论明代乐府诗的价值》②，王辉斌的《明代的拟古乐府创作及其褒贬之争》③，王立增的《古乐想象与文学呈现：明代乐府诗的复古和新变》等④，皆对本书的撰写有一定启发意义。

李圣华先生《晚明诗歌研究》一书虽然是以晚明时期的诗歌创作为主要研究对象，但该书关注到王世贞《弇州四部稿》卷四至卷七所收录的拟古乐府诗四百零三首，"动辄数章，宛转清丽"，还注意到《续稿》卷二中所收录的拟古乐府诗五十九首，尤其是《襄阳蹋铜蹄》《莫愁乐》二首"趣味变化悬殊"，"体现了和前期颇不相同的诗学旨归"。⑤

除了以上所说的关于明代诗学、文学理论、文学思想、思潮的宏观论著外，部分以具体诗学家为研究对象的著作还涉及明代诗学家的乐府观念。如王明辉在《胡应麟诗学研究》中谈到了胡应麟对诗与乐府的区分。

从以上可以看出，一方面，学界对明代乐府诗学的研究已经取得了一定的成果，本书的研究正是在已有研究的基础上展开的；另一方面，相对于明代乐府诗学极为丰富的内容，已有成果无论是在相关基本文献的搜集、整理还是乐府诗学理论的探讨上，都还存在明显的不足，距离全面性、系统化还有较大差距。

本书的研究价值至少包括两个方面：首先，乐府诗是明代复古诗学、台阁诗风、重情诗学、辨体诗学的主要体裁和载体。明代复古诗学昌盛，对此学界以往的研究已经颇多。但迄今为止，还很少有人注意到乐府诗恰恰是明代复古

---

① 蒋鹏举：《明代前期、中期的乐府诗创作与世风诗运》，《南都学坛》2005 年第 2 期。

② 蒋鹏举：《论明代乐府诗的价值》，《陕西师范大学学报（哲学社会科学版）》2005 年第 3 期。

③ 王辉斌：《明代的拟古乐府创作及其褒贬之争》，《阆江学刊》2011 年第 5 期。

④ 王立增：《古乐想象与文学呈现：明代乐府诗的复古和新变》，《中州学刊》2022 年第 10 期。

⑤ 李圣华：《晚明诗歌研究》，人民文学出版社 2002 年版，第 48—49 页。

诗学的主要载体。胡应麟、王世贞、许学夷等明代诗学家创作了大量的拟古乐府作品,同时也通过对乐府古诗的评价来阐发自己的复古诗论。从乐府诗学这一特定的角度入手去发掘明代复古诗学繁盛的原因,无疑具有一定的原创意义。同时,复古诗学是作为台阁诗风的对立面走上历史舞台的,而复古之风大盛之后,明代诗学中其实也同时蕴藏着与复古诗学相抗衡的另外一股潮流——重情诗学,公安派和竟陵派都属于这个范围。另外,明代诗学家中还有像杨慎这样较为持中之人,他的诗学其实在很大程度上也是通过对乐府诗的研究和品评体现出来的。

其次,明代是中国古代诗学的高峰,也是乐府诗学的高峰。与汉唐、宋元时期的乐府诗学相比,明代乐府诗学家既有理论的探索,又通过创作实践进行检验,大大发展了乐府诗研究的方式和范畴,在诗学研究的体系化、完整性方面都远远超越前代,将中国古代乐府诗学推向了顶峰。这里面既包括诗歌解题、字词考证、作者考证等微观研究,也包括对于乐府诗史构建的宏观研究。因而具有较高的研究价值。

如果本书能够取得预期成果,还可以为其他历史时期的乐府诗学研究提供成果基础和理论方法借鉴,进一步开展"元代乐府诗学研究""清代乐府诗学研究"等。

第一章　明代乐府诗学的文献考察

明代乐府诗学涉及的相关文献范围极为广泛,包括史书、书目、乐府诗总集、诗歌总集与选集、作家诗歌别集、诗话、类书、杂记与杂考等各个方面。下面试作简要概述。

第一节　史书与书目

一、史书

与明代乐府诗学直接相关的史书主要是指《明史》《明史纪事本末》《明实录》《明会典》《明会要》等。

《明史》是中国"二十四史"中的最后一史,通行的清代"武英殿本"共三百二十卷,署名者是张廷玉等。清顺治年间初开明史馆,但因国家初创、百废待兴,修史一事未能实施。康熙十八年(1679)以徐元文为监修,正式开始纂修明史。乾隆四年(1739)最终定稿。前后历时九十多年,是历史官修史书中历时最长的一部。今中国国家图书馆另外藏有署名"万斯同"的清抄本《明史》四百一十六卷,卷数与武英殿本有所不同。万斯同作为《明史》纂修工作的实际承担者,署名亦无不妥。民国初年张元济先生为补前人之不足又推出

"百衲本"二十四史,成为史学界的一座丰碑,其中就包括《明史》。

万斯同本《明史》卷六十七至卷六十九为《乐志》,记载了明代朝廷礼乐制度的变迁。如卷六十七"乐一"云:"西夏收遗乐于故金,遂戛戛乎难言之。明代继起,肇置雅乐,如冷谦、陶凯、詹同、宋濂、乐凤韶诸人,相与切究元音,冀还正始,而党故阔略,亦多所未遑。成祖欲定黄钟之律,屡发明问时,无有应诏者。延及宪孝,制作綦备。然而殿庭、燕享属之教坊,郊坛、祭祀委诸道观,不亦陋欤!"①对明代早期继承学习元音及成祖至宪宗、孝宗朝制乐并不成功的情况进行了记载,这有助于我们对明代乐府诗学的理解。另外,武英殿本《明史》卷九十六至卷九十九为"艺文志",尤其是卷九十九"集部"部分著录了明代众多的乐府类诗歌总集、别集和乐府学类著作。如别集类除了常见的杨维桢《古乐府》十六卷外,还有顾应祥《乐府》一卷、胡缵宗《拟古乐府》四卷等。乐府学类的著作则著录有徐献忠《乐府学》十五卷,胡翰《古乐府类编》四卷,梅鼎祚《古乐府》五十二卷、《衍录》四卷、《唐乐苑》三十卷等。按又有单行本《明史艺文志》四卷,清光绪九年(1883)镇海张寿荣刻八史经籍志本。

《明史纪事本末》,是清代谷应泰编写的一部纪事本末体史书,全书共八十卷。2015年中华书局曾出版过河北师范学院历史系点校本。该书仿照袁枢《通鉴纪事本末》的体例,将明代三百年间发生的重大事件分成80个专题进行论述。作者谷应泰是清初顺治年间人,生卒年不详。根据《四库全书总目》所说:"应泰字赓虞,丰润人。顺治丁亥进士,官至浙江提学佥事。"②顺治丁亥年即顺治四年(1647)。谷应泰自叙末尾云:"顺治戊戌冬十月提督两浙学政佥事丰润谷应泰撰。"③顺治戊戌年为顺治十五年(1658),可知顺治十五年时谷应泰正在两浙学政佥事任上。《明史纪事本末》虽然记载的都是明代

---

① 万斯同:《明史》卷六十七,清抄本。
② 纪昀等纂:《武英殿本四库全书总目提要》第15册,国家图书馆出版社2019年版(下同),第107页。
③ 谷应泰:《明史纪事本末》第1册"自叙",中华书局2015年版(下同),第2页。

重大历史事件,但其中部分内容涉及当时的乐府诗创作活动。如卷五十四"严嵩用事"云:"(嘉靖)三十六年(1557)冬十月,杨顺、路楷杀前锦衣卫经历沈炼。初,炼既编保安,即子身至。里长老问知炼状,咸大喜,遣其子弟从学。炼稍与语忠义大节,乃争为炼詈嵩以快炼,炼亦大喜。日相与詈嵩父子以为常。尝束刍为偶人三,目为林甫、桧及嵩而射之。语稍稍闻,嵩父子衔之。而侍郎杨顺来为总督,故嵩党也。应州之役,多杀边民掩败。炼怒让之,且为乐府以诮顺。"①可以反映出明人对于乐府诗的观念和态度。另外,该书中记载的抗倭斗争及抵御瓦剌入侵等重大事件与乐府诗学之间也有内在的联系。

《明实录》,据梁鸿《大明实录》叙言所说:"明代《实录》见于史志者,为部一十有三,为卷二千七百有九,而怀宗如,未为完帙。又当朱明有国之日禁例綦严,进《实录》者焚稿于太液池,藏真于皇史宬,廷臣非预纂修不得寓目。至申时行当国,虽许流布,而传钞者稀。汲古阁毛氏所藏之棉纸精抄,为册二百五十有九。昆山顾亭林先生自言手抄《实录》凡十三朝。今则自内阁库本及徐坊抄本外,所谓毛本、顾钞举不得见。惟广州图书馆藏有范氏天一阁旧藏之太祖、英宗两朝实录数册而已。南京龙蟠里图书馆旧曾传钞明代《实录》,自洪武迄崇祯凡十六朝为卷二千九百二十有五。曩尝见其目矣。丁丑之秋,中日战起。越四月而京师不守。明年三月,鸿志秉政金陵,下车即首问图籍,则馆中善本皆为人草载以去,所存者惟近年影印之书耳。既越一载,有以复壁秘藏告者,遂命所司按视得实,破壁取之,都为书八百三十七种,闭置经年,有糜烂者,然名椠精抄举无所见,惟传抄本明代实录宛然在焉。"②可见明代实录命运坎坷,历经战火而能藏于墙壁之中留存下来也算奇迹。

1962年我国台湾曾出版过183册的影印版《明实录》。1982年上海书店进行过翻印,共100册。2016年中华书局再次翻印,为183册。《明实录》中亦有部分材料涉及明代礼乐制度。如据《明太祖实录》记载:"[洪武八年

---

① 谷应泰:《明史纪事本末》卷五十四,第3册,第825页。
② 姚广孝纂修:《大明实录(明太祖高皇帝实录)》卷一,抄本。

（1375）夏四月］甲辰，皇太子摄祭皇地祇于方丘，天下山川神祇俱，更设登一铏二，每位增设酒斝、岳镇、海渎俱十五，天下山川神祇俱三十，始用上亲制乐章。初《圜丘》《方丘》乐章皆翰林学士朱升等所撰，其文过深而词藻丽，遂更制之。"①通过这段记载我们可以得知明太祖亲制乐章的概况及原因。

《明会典》，是一部明代官修的典章制度合集，成书于明孝宗弘治十五年（1502），共一百八十卷，署名者为李东阳。明世宗嘉靖年间曾经续纂，但未颁行。明神宗万历年间又对此书进行重修，历时十一年方成，共二百二十八卷，署名者为申时行。1936年商务印书馆万有书库曾对万历本进行过排印出版。1989年中华书局重新影印出版。据书前明孝宗序言所说："朕祇承天序即位以来，早夜孜孜欲仰绍先烈，而累朝典制散见迭出，未会于一。乃敕儒臣发中秘所藏诸司职掌等诸书，参以有司之籍册，凡事关礼度者悉分馆编辑之。百司庶府以序，而列官各领其剧而事，皆归于职。名曰《大明会典》。辑成来进，总一百八十卷。朕间阅之，提纲挈领，分条析目，如日月之丽天而犀星随布。我圣祖神宗百有余年之典制，斟酌古今，足法万世者，会稡无遗矣。"②可见最高统治者对这部典籍的重视程度。此书对明朝历代典章制度的记载尤为详细，其中包括对礼乐制度的记载。

《明会要》，清代龙文彬纂，共八十卷。目前中国国家图书馆藏有清光绪十三年（1887）永怀堂刻本二十册及清光绪间广雅书局刻本二十四册两个版本。该书分为十五门、四百九十八个子目。该书卷六至卷二十为"礼"，卷二十一至卷二十二为"乐"。其中卷二十一为"乐器"，卷二十二为"乐歌""乐舞""论乐"。如"论乐"部分云："洪武七年（1374），命翰林儒臣撰《回銮乐章》，谕之曰：'古人诗歌辞曲，皆寓讽谏。后世乐章，惟闻颂美，无复古意。夫常闻讽谏，则惕然有警。徒闻颂美，则自恃心生。自恃者日骄，自警者日强。

---

① 姚广孝纂修：《大明实录（明太祖高皇帝实录）》卷九十九。
② 李东阳纂修：《明会典》"序言"，清文渊阁四库全书本。

朕意如此。卿等体此撰述,毋有所避。'"①从这里可以窥见明太祖对于乐章功能的看法及对整个明代乐府诗学的潜在影响。

二、书目

《文渊阁书目》,明杨士奇(1366—1444)撰,有《文渊阁四库全书》四卷本及清嘉庆四年(1799)至嘉庆十六年(1811)桐川顾氏刻读画斋丛书二十卷本两个版本。该书著录了明代以前一些重要的乐府诗作品集和乐府诗学著作,包括"《古乐府集》一部四册,《乐府集》一部五册,《乐府集》一部二十册,《乐府诗集》一部二十册,《乐府诗集》一部二十册,《乐府诗集》一部十六册,《乐府解题》一部五册,《乐府解题》一部二册"②。其中关于《乐府集》和《乐府解题》的记载非常珍贵,是我们研究乐府史的重要依据,具有较高的文献价值。如关于刘次庄《乐府集》一书,杨晓霭曾撰文指出:"可以推断在刘须溪之后,《乐府集》就散佚了。"③并认为晁瑮《晁氏宝文堂书目》及李廷相《淮阳蒲汀李先生家藏目录》中所著录的"《乐府集》"不足为凭。但《文渊阁书目》中却明确著录了两种版本的《乐府集》,这足以证明明代永乐年间《乐府集》一书仍然是存在的,并未散佚。较为遗憾的是,《文渊阁书目》只著录了书名和册数,未标明作者,也缺少题注,使其文献价值打了一定折扣。

《菉竹堂书目》,明叶盛编。叶盛(1420—1474),字与中,号蜕庵,又号泾东道人、淀东老渔,明代江苏昆山人。《菉竹堂书目》六卷,有清道光二十九年(1849)至光绪十一年(1885)南海伍氏刻光绪十一年(1885)汇印粤雅堂丛书本。根据叶盛自序所说:"叶氏《书目》六卷,叙列大率本鄱阳马氏。其不同之大者,经、史、子、集外制特先之,曰尊朝廷且赐书所在也。吾叶氏书独以为后录,终其卷是吾一家之书,不可以先人退逊之义,其亦可以观视吾

---

① 龙文彬纂:《明会要》卷二十二,清光绪十三年(1887)永怀堂刻本(下同)。
② 杨士奇:《文渊阁书目》卷二,清文渊阁四库全书本(下同)。
③ 杨晓霭:《刘次庄〈乐府集〉考辨》,《文献》2004 年第 3 期。

后人也。"①该书"诗词集"部分著录有"《古乐府集》四册,《乐府诗》二十册,《乐府诗集》二十册,《乐府解题》五册"②。对我们研究明代乐府诗学也有一定参考价值。

《世善堂藏书目录》,明陈第撰。陈第(1541—1617),字季立,号一斋,福建连江县人,晚号温麻山农。嘉靖三十八年(1559)中秀才第一,明代著名藏书家。是书卷首有《一斋公世善堂藏书目录题词》:"吾性无他嗜,惟书是癖。虽幸承世业,颇有遗本,然不足以广吾闻见也。自少至老,足迹遍天下,遇书辄买,若惟恐失,故不择善本,亦不争价直。又在金陵焦太史、宣州沈刺史家得未曾见书,抄而读之。积三四十余年,遂至万有余卷。纵未敢云汗牛充栋,然以资闻见、备采择,足矣足矣。"③该书卷下"集类"著录有"李西涯《拟古乐府》一卷""《古歌谣乐府》四卷"等。其中《古歌谣乐府》四卷未见他书著录,有一定参考价值。

《千顷堂书目》,明末清初黄虞稷所撰,共三十二卷,较为流行的有清文渊阁四库全书本和民国适园丛书本两个版本。黄虞稷(1629—1691),字俞邰,号楮园,晋江安海人,黄居中之子,著名藏书家。"千顷堂"是其藏书处,故址在今南京市白下区马路街。该书所著录之明集最为丰富,为研究明代文史必备之书。该书卷二著录有"胡翰《古乐府诗类编》四卷……贺贤《续古乐章》,徐献忠《乐府原》十五卷,何景明《古乐府》三卷,胡缵宗《古乐府》二卷,梅鼎祚《古乐苑》五十二卷,又《衍录》四卷,又《唐乐苑》三十卷"④,其中既有重要的乐府诗作品集,又有重要的乐府诗总集和乐府学著作,如"《唐乐苑》三十卷",给我们研究明代乐府诗学提供了更加广阔的空间。

---

① 叶盛编:《菉竹堂书目》"序",清道光二十九年(1849)至光绪十一年(1885)南海伍氏刻光绪十一年(1885)汇印粤雅堂丛书本(下同)。
② 叶盛编:《菉竹堂书目》卷四。
③ 陈第:《世善堂藏书目录》"题词",清乾隆六十年(1795)鲍氏刻知不足斋丛书本。
④ 黄虞稷:《千顷堂书目(附索引)》卷二,瞿凤起、潘景郑整理,上海古籍出版社2001年版(下同),第57页。

　　《天一阁书目》,清范邦甸等编,共十卷,附碑目二卷,有清嘉庆十三年(1808)扬州阮氏元文选楼刻本。天一阁始建自明代范钦。清代阮元巡抚浙江时,命范钦十世孙范邦甸整理藏书,编撰此书目。2010 年,上海古籍出版社曾将此书与《天一阁碑目》合并出版。该书著录了一些重要的乐府诗学典籍,如卷四之四著录有"《乐府古题要解》二卷,红丝阑抄本",并注明是"唐史臣吴兢撰"。① 该卷同时著录有郭茂倩《乐府诗集》,并引用元代李孝光的序言进行论述:"宋郭茂倩编。至元六年李孝光序云:'太原郭茂倩所辑乐府诗百卷,上采尧舜时歌谣,下迄于唐。而置次起汉郊祀,茂倩欲以为四诗之续耳。郊祀若《颂》,铙歌、鼓吹若《雅》,琴曲杂诗若《国风》。以其始汉,故题云《乐府诗》。乐府,教乐之官也,于殷曰瞽宗,周因殷,周官又有大司乐之属,至汉乃有乐府名。茂倩杂取诗谣不可以皆被之弦歌。且后人所作,弗中于古,率成于侈心,犹录而不削,其意或有属也。岁久将勿传,监察御史济南彭叔仪父前得其书,手自校雠,正其缺讹。及是,更构求善本吴粤之间,重为校订。使文学童万元刻诸学官,属孝光序之。'"②另外,该卷还著录有明李攀龙《拟古乐府》二卷、皇甫汸《拟古乐府》一卷等。尤其值得注意的是,该卷在著录梅鼎祚《古乐苑》五十二卷时注明:"卷首有范汝槐之印。"③这对我们今天研究明代乐府诗学具有重要的文献价值。

第二节　乐府诗总集与诗歌总集、选集

一、乐府诗总集

　　对明代乐府诗学产生影响的乐府诗总集有两类:一类是前代编撰的乐府

---

　　① 范邦甸等编:《天一阁书目》卷四之四,见范邦甸等:《天一阁书目　天一阁碑目》下册,江曦、李婧点校,上海古籍出版社 2010 年版(下同),第 521 页。
　　② 范邦甸等编:《天一阁书目》卷四之四,第 521 页。
　　③ 范邦甸等编:《天一阁书目》卷四之四,第 523 页。

诗总集在明代继续得到刊刻传播,如《乐府诗集》《古乐府》等,明人在刊刻时
往往会加上序言或跋语、注释等,这些本身就包含着乐府诗学的内容;另一类
是明人编撰的乐府诗总集,如周巽亨《历代乐府诗辞》,徐献忠《乐府原》,梅鼎
祚《古乐苑》《唐乐苑》,吴勉学《唐乐府》等,其编撰原则及注释等也含有乐府
诗学的内容,具有一定的研究价值。由于后面还会用专章对此进行讨论,此处
不再赘述。

二、诗歌总集与选集

　　除了专门的乐府诗总集外,明代还出现了不少涉及乐府诗的诗歌总集与
选集。如专选古诗的《古诗纪》《汉魏六朝一百三家集》等,专选唐诗的《唐诗
品汇》《唐音统签》等,也有通选历代诗歌的《文章辨体》《古今诗删》《诗归》
等。这些诗歌选集均有乐府诗入选,除了选诗的标准本身就带有诗学选择的
意义外,选诗时还往往会有相应的注解和评点,这些也包含了乐府诗学的内
容,或体现了编撰者的乐府观念,或体现了考证研究的结果。

　　《古诗纪》,明冯惟讷编撰。冯惟讷(1513—1572),冯裕第五子,字汝言,
号少洲,山东临朐人。明世宗嘉靖十七年(1538)进士,位至光禄正卿。其著
作主要有《青州府志》八卷、《光禄集》十卷等。《古诗纪》包括《前集》十卷、
《诗纪》一百三十卷、《外集》四卷、《诗话》及《识遗》为《别集》十二卷。据张四
维所作序言说:"先生以隽才大雅,高步一时。见世之为诗者多根柢于唐,鲜
能穷本知变,以窥风雅之始,乃溯隋而上,极于黄轩。凡三百篇之外,逸文断
简,片辞只韵,无不具焉。秦汉而下,词客墨卿,孤章浩帙,乐府声歌,童谣里
谚,无不括焉。《七略》《四部》之所鸠藏,《齐谐》《虞初》之所志述,无不搜焉。
始事于甲辰之冬,集成于丁巳之夏,岁凡十四稔。"①甲辰,即嘉靖二十三年
(1544);丁巳,即嘉靖三十六年(1557)。可见此书的编纂工作前后历经 14 年

---

①　冯惟讷编撰:《古诗纪》"序",明万历刻本。

才完成。而冯惟讷编撰《古诗纪》的动机是看到当时学诗之人只知道学习唐诗，忽视了古诗的价值，所以就以隋代为时间下限编撰了这本《古诗纪》。在"凡例"部分，编者交代了其选编乐府诗的做法："乐府所载晋宋以后郊庙、燕射乐歌，旧辑诗者咸析入各家集内。然此乃一代之典章，非一人所得专也。且其作之有宫徵，其肆之有条贯，似不宜分置。今悉依郭茂倩旧次总列各代之末，而以作者名氏系之题下云。"①冯惟讷对于以往一些辑诗者将乐府诗析入各家集内的做法不太赞同，他认为乐府是"一代之典章"，应该单独列出，因此《古诗纪》的做法是在各代之末集中列出乐府诗。这可以看出冯氏对于乐府诗的"尊体"意识。另外，"凡例"中又云："鼓吹曲辞、舞曲歌辞，凡奏之公朝、列在乐官者，亦如前例编录于郊庙、燕射之后。其自相拟作不入乐府者，仍存本集。"②从这里又可以看出，冯氏将"入乐"作为判断乐府诗的重要标准。后人拟作如果不入乐府，则仍然编入本集。这又体现了编者"乐府诗以乐为先"的观念。此外，编者还标明了"引用诸书"，其中包括《乐府诗集》《古乐府》《乐府解题》等。

《汉魏六朝一百三家集》，又名《汉魏六朝百三名家集》，明张溥编。张溥（1602—1641），初字乾度，后字天如，号西铭。南直隶太仓（今属江苏）人。明末著名文学家。自幼发愤读书，曾有"七录七焚"的佳话。后中进士，选庶吉士，与同乡张采合称"娄东二张"。张溥曾与郡中名士结为复社，与阉党展开斗争。《汉魏六朝百三名家集》内容上包括汉魏六朝时期一百零三家文人的集子。在编撰时，每家的集子中都尽可能地单独列出"乐府"部分。而且编者不仅是简单地选诗，在选诗的过程中还体现了乐府文献考据的尝试。如《吴朝请集》中后二首《战城南》，编者注曰："此与下篇《艺文》失题，列《战城南》后，《英华》遂以为题，当再考。"③编者指出后二首《战城南》在《艺文类聚》中

---

① 冯惟讷编撰：《古诗纪》"凡例"，清文渊阁四库全书本（下同）。
② 冯惟讷编撰：《古诗纪》"凡例"。
③ 张溥编：《汉魏六朝一百三家集·吴朝请集》，明娄东张氏刻本（下同）。

未标题目,而列于《战城南》之后,《文苑英华》遂以《战城南》为二首诗之题目,张溥认为这还需要进行进一步的考证。在一些文集的"题词"中,张溥还对一些乐府诗人和诗作进行了评价。如他在《魏武帝集题词》中说:"孟德瑞应黄星,志窥汉鼎,世遂谓梁沛真人,天下莫敌。究其初,一名孝廉也。曹嵩为长秋养子,生出莫审,官登太尉。经董卓之乱,避难琅琊,陶徐州戮之,直扑杀常侍儿耳。孟德奋跳当涂,大振易汉。而魏虽附会曹参,难洗家耻。间读本集《苦寒》《猛虎》《短歌》《对酒》,乐府称绝。又助以子桓、子建。帝王之家文章瑰玮,前有曹魏,复有萧梁。然曹氏居最夐。"①这段话充分肯定了以曹操为代表的曹氏父子在乐府文学史上的重要地位。

《唐诗品汇》,明高棅(1350—1423)编纂,共一百卷,其中正集九十卷,拾遗十卷。共收唐代681位诗人的作品6725首,是文学史上一部影响较大的唐诗选本。此书在宋代严羽、元代杨士弘等人基础上,明确将唐诗分为初、盛、中、晚四个时期,以初唐为正始,盛唐为正宗、大家、名家、羽翼,中唐为接武,晚唐为正变、余响,方外异人为旁流。其中尤重盛唐诗,对有明一代"诗必盛唐"的复古诗学产生了重大影响。此书在选取唐人诗作时,虽然是按"五言古诗""七言古诗""五言绝句""七言绝句"等诗歌体裁进行排列,并未将"乐府诗"单独列出,但在每种诗歌体裁内部选编诗人作品时,一般是先列其乐府诗,再列其他诗作。如五言古诗部分选刘庭芝诗,先列《将军行》《从军行》两首乐府诗,再列《嵩岳闻笙》《秋日题汝阳潭壁》等其他作品。又如五言绝句部分选李白诗,先列《静夜思》《相逢行》《襄阳曲》等乐府诗,再列《观放白鹰》《初出金门寻王侍御不遇咏壁上鹦鹉》《忆东山》等非乐府诗作品。这说明在高棅的观念中,乐府诗是一种特殊的诗歌形式,其排列顺序应该在其他非乐府诗作品之前。在编撰乐府诗作品的同时,高棅还做了一些考证、注解工作,这里面也包含乐府诗学的内容。如《唐诗品汇》选入韦元甫《木兰歌》时,编者注曰:"《木

---

① 张溥编:《汉魏六朝一百三家集·魏武帝集》。

兰词》一首,诸家选本及乐府俱以为不知名。蜀《文苑英华》乃作韦元甫诗,恐非也。郭茂倩《乐府》载《木兰词》有二篇,前一篇必古辞,后一篇或如《文苑英华》云,韦元甫之作。"①针对《文苑英华》将两首《木兰词》的作者都定为韦元甫的做法,高棅认为前一首必为汉魏古辞,后一首才是韦元甫所作。这对我们今天研究《木兰词》的作者和创作时代仍然具有重要的参考价值。除了考证作者,还有对诗歌本事及主题的考证。如选入柳宗元《古东门行》时,编者在题下注曰:"韩仲韶云:此诗讽当时盗杀武元衡事而作也。"②指出这首诗的创作动因是讽刺盗杀武元衡一事,这对后人理解柳宗元此诗具有参考意义。高棅在选编乐府诗时还做了一些解题和注释的工作。如选入柳宗元《杨白花》诗时,编者在题下注曰:"《乐府解题》云:魏杨白华容貌瑰伟,胡太后逼幸之。白华惧祸,奔梁。太后追思不已,为作《杨白花歌》,使宫人昼夜连臂蹋蹄歌之,其声甚凄断。"③这属于解题的内容。编者又在诗歌末尾注曰:"《许彦周诗话》云:'子厚乐府《杨白花》,言婉而情深,古今绝唱也。'刘云:'语调适与事情俱美,其余音杳杳,可以泣鬼神者,惜不令连臂者歌之。'"④这属于对乐府诗作品语言风格和价值的评判。

《文章辨体》,又名《文章辨体序说》,明吴讷编撰。吴讷(1372—1457),字敏德,号思庵,江苏常熟人,明初文学家、医学家。此书今存明天顺八年(1464)刘孜刻本。人民文学出版社 1962 年曾出版过于北山先生校点本。关于此书的撰写动机,彭时所作《文章辨体序》说:"今传于世,若梁昭明《文选》《唐文粹》《宋文鉴》,固已号为掇其英、拔其粹矣。然《文粹》《文鉴》止录一代

---

① 高棅编纂:《唐诗品汇》"七言古诗"卷十三,汪宗尼校订,葛景春、胡永杰点校,中华书局 2015 年版(下同),第 1268 页。
② 高棅编纂:《唐诗品汇》"七言古诗"卷十二,第 3 册,汪宗尼校订,葛景春、胡永杰点校,第 1244 页。
③ 高棅编纂:《唐诗品汇》"七言古诗"卷十二,第 3 册,汪宗尼校订,葛景春、胡永杰点校,第 1244 页。
④ 高棅编纂:《唐诗品汇》"七言古诗"卷十二,第 3 册,汪宗尼校订,葛景春、胡永杰点校,第 1244 页。

之作,《文选》虽兼备历代而去取欠精,识者犹有憾焉。至宋西山真先生集为《文章正宗》,其目凡四:曰辞命,曰议论,曰叙事,曰诗赋。天下之文,诚无出此四者,可谓备且精矣;然众体互出,学者卒难考见,岂非精之中犹有未精者邪?海虞吴先生有鉴于此,谓文辞宜以体制为先。因录古今之文入正体者,始于古歌谣辞,终于祭文,厘为五十卷;其有变体若四六、律诗、词曲者,别为《外集》五卷附其后。"①可见此书贯彻了吴讷"文辞宜以体制为先"的文学观念,强调文之"正体"。是书将"乐府""古诗"列入"正体",而将"律诗""词曲"列入"变体",体现出复古的文学观念。书中专列"乐府"一章,分为"郊庙歌辞(吉礼)""恺乐歌辞(军礼)""横吹曲辞""燕飨歌辞(宾礼、嘉礼)""琴曲歌辞""相和歌辞""清商曲辞"等七节。

在"乐府"总序部分,吴讷不仅追溯了乐府诗的起源,还对乐府诗发展历史上一些谬误的观念进行了辨析。如关于乐府起于何时,书中说:"后儒遂以乐府之名起于武帝,殊不知孝惠二年已命夏侯宽为乐府令,岂武帝始用新声不用旧辞也?"②因为班固在《汉书》中曾说过"武帝始立乐府",过去一直有人认为乐府机构是在汉武帝时才建立起来的。而吴讷却引《史记》等相关记载证明,汉孝惠帝时已经设乐府令一职。对于"始立乐府",吴讷认为可能是指汉武帝时乐府不再沿用前朝旧声。这个观点对于后人研究乐府起源非常有价值。另外,吴讷还对郭茂倩编撰的《乐府诗集》和左克明编撰的《古乐府》提出了批评。他认为《乐府诗集》有"纷乱庞杂"之弊:"后太原郭茂倩辑《乐府》百卷,缘汉迄五代,搜辑无遗。金华吴立夫谓其纷乱庞杂,厌人视听,虽浮淫鄙俗,不敢芟夷,何哉?"③在吴讷看来,《乐府诗集》虽然对汉至五代的乐府诗收录非常全面,但有"纷乱庞杂"的毛病,元代吴立夫就进行过批评。尤其是对那些所谓的"浮淫鄙俗"之作,郭氏也全部保留了下来,吴讷认为这是不妥的。

---

① 吴讷编撰:《文章辨体序说》,于北山校点,人民文学出版社1962年版(下同),第7页。
② 吴讷编撰:《文章辨体序说》,于北山校点,第24页。
③ 吴讷编撰:《文章辨体序说》,于北山校点,第25页。

同时,他也批评了左克明《古乐府》中收录了"淫鄙之辞":"近豫章左克明复编《古乐府》十卷,断自陈隋而止,中间若后魏《杨白花》等淫鄙之辞,亦复收载,是亦未得尽善也。"①从这两段话我们可以看出,吴讷非常重视乐府诗的"教化"功能,而对乐府诗反映爱情的功能有所忽视。这也在一定程度上体现了明代早期文人的乐府观念。

《古今诗删》,明李攀龙编撰。李攀龙(1514—1570),字于鳞,号沧溟,山东济南历城(今山东济南)人,明代著名文学家,倡导文学复古运动。与王世贞同为"后七子"的领袖人物。《古今诗删》共三十四卷,今存明泰昌元年(1620)蒋一梅刻本、清文渊阁四库全书本。关于《古今诗删》一书的编撰动机,王世贞《古今诗删》"原序"曰:"当三代盛时,国中之乐奏而畅天地之和,歌咏盛德大业,合而名之曰《雅》《颂》。野之人人遭其触发,而名之若青苹之末而动于地曰《风》。顾其循性蓄旨,《雍如》《穆如》则亦雅颂类也。三代而降,天下多感慨而鲜称述,故《诗》在下而不在上。盖《风》之用广而《雅》《颂》微矣。夫子实伤之,故称删。删者,删其不正以归乎正也。"②李攀龙之所以编撰《古今诗删》,正是因为三代以后"诗在下而不在上","《风》之用广而《雅》《颂》微",编撰此书正是为了模仿春秋时代孔子"删诗"之举,"删其不正以归乎正"。此书的编撰体例总的来说是以朝代为序,每个朝代再以不同的诗体为序。但在具体的排序中又不尽然。除了卷一"古逸"外,从卷二至卷五集中收录了从汉代至南北朝时期的乐府诗。其中卷二为"汉乐府",卷三为"魏乐府",卷四为"晋乐府",卷五为"宋乐府"、"齐乐府"、"梁乐府"、"陈乐府"及"北朝乐府"。卷六至卷二十二又按朝代先后收录汉至南北朝其他诗歌作品;卷二十三至卷三十四收录明代各体诗歌。对于李攀龙不取宋元诗的做法,清四库馆臣曾给予批评:"然则文章派别不主一途,但可以工拙为程,未容以时代为限。宋诗导黄、陈之派,多生硬权桠;元诗沿温、李之波,多绮靡婉弱。论

---

① 吴讷编撰:《文章辨体序说》,于北山校点,第25页。

② 李攀龙编撰:《古今诗删》"原序",徐中行订,明泰昌元年(1620)蒋一梅刻本。

其流弊,诚亦多端。然巨制鸿篇,实不胜数,何容删除? 两代等之,自郐无讥。"①李攀龙完全按照朝代更替时间不取元诗的做法的确有欠妥之处。但《古今诗删》将历代乐府诗集中编纂的方式却代表了明代诗歌选本中"诗以乐府为首"的新取向。这对清人编纂《全唐诗》不无影响。

《唐音统签》,明胡震亨编。胡震亨(1569—1645),原字君鬯,后改字孝辕,晚号遁叟。浙江海盐武原镇人。万历二十五年(1597)中举,历任合肥知县、定州知州等职。胡震亨出身于儒学世家,家中藏书万卷。其用毕生之力编撰的《唐音统签》是明代唐诗总集的一座丰碑,成为清修《全唐诗》的蓝本。关于此书卷数,《千顷堂书目》著录为一千零三十二卷,《明史·艺文志》著录为一千零二十四卷,《四库全书总目》著录为一千零二十七卷。故宫博物院所藏清康熙年间范希仁抄补本一千零三十三卷最为完备。海南出版社和上海古籍出版社曾先后影印出版。此书以天干为序排列,共分为甲、乙、丙、丁、戊、己、庚、辛、壬、癸十签。其中前九签共一千卷,辑录唐代诗歌;癸签三十三卷,主要辑录诗话与诗评。甲签至丙签目录前皆标注"海盐胡震亨遁叟编",丁签以后目录前则标注"海盐范希仁文若抄",辛签目录前则标注"邢村范希仁文若抄"。

关于十签的寓意,可以通过戊签之前清杨鼏所作的《序》得知:"唐开元间,列经、史、子、集为甲、乙、丙、丁四科,科各置牙签殊以色。明之季有海盐胡孝辕先生,学贯群书,仿其意而汇全唐三百年诗,次为一编,若初、若盛、若中晚,亦签区之。戊签,其晚唐也。晚唐曷为乎戊签? 甲以帝王诗,而后初、盛、中以次相及也。戊以下无诗乎? 有己、庚、辛、壬矣。己、庚、辛、壬非唐人诗乎? 唐人之不足名家,并不足名诗,与异乎人之人,更兼夫非人之族之诗也。然则癸其遗乎? 是用采古今之诗话、诗史,时参以己见为之殿也。噫! 号极备矣夫。污尊土鼓,太羹元酒,敦厐古朴非不至贵,然其色黯然,世或希有宝之。

---

① 纪昀等纂:《武英殿本四库全书总目提要》卷一百八十九,第 55 册,第 106—107 页。

今有县黎、垂棘、翡翠、火齐、隋侯、夜光珍异之物，即欲閟勿示人，而其光芒气焰精锐自不可遏，今观《全唐诗》，国初诸贤意在痛洗齐梁靡丽，复归古雅，一皆质胜于文。其盛大浑厚涵蓄，中则变而清逸，然刻削犹未尽。迨至晚季，强藩雄制，王室板荡，世变方剧，而诗之变亦于兹而极。如樊川之拗峭，温李之丽蜜，皮陆之典奥，二薛之孤僻，以及李山甫之怨毒，唐山人之苦吟，司空表圣之撑霆裂月，不胜悉数。要其摸写人情，揉弄物态，多纤悉无所遁，声色俱现，极其致往往至于抉鬼神之秘，盗天地之藏。此所为县黎、垂棘、翡翠、火齐、隋侯、夜光也。嗟乎！有如是之珍异，虽欲久袭而藏焉，勿可得已。是以诸签尚须次第布闻，而戊签独先行世。"①按：此段中"候"当作"侯"，"蜜"当作"密"，"摸"当作"模"。

由杨鼏的序言可以知道，胡震亨编撰十签是依照唐开元年间列经、史、子、集为甲、乙、丙、丁四科并各置牙签殊以色的故事。此书甲签收录唐代帝王之诗；乙、丙、丁三签收录初唐、盛唐、中唐之诗；戊签收录晚唐之诗；庚、辛、壬三签收录"不足名家"者之诗；癸签则为采录古今之诗话并加上一些编者本人对于唐诗的见解。胡震亨在编撰唐诗时，虽未明确标出"乐府诗"一类，但辛签却专门收录"乐章""杂曲""歌谣""谚语"等，相当于郭茂倩《乐府诗集》所说的"郊庙歌辞""燕射歌辞""杂曲歌辞""杂歌谣辞"等。可见胡震亨对于乐府诗这种文学样式还是有特别的关注和重视。另外，《唐音统签》中也有一些对于唐代乐府诗作者的考证。如丙签九收录张潮诗时选入《长干行》(忆昔深闺里)一首。关于此诗的作者，胡震亨曰："《长干行》，《李白集》载此诗，而黄鲁直辨为李益作。及考益集，亦无此作。按顾陶《类诗》作张潮，或有所据。"②此诗《李白集》亦收入，黄庭坚则认为作者是李益，但李益诗集中实无此诗。顾陶将这首诗的作者定为张潮，胡震亨认为顾陶可能有其他依据。总而言之，胡震亨此书虽非专为乐府诗而编，然其中涉及乐府的内容亦不少，可作为研究

---

① 胡震亨编：《唐音统签》"戊签序"，清康熙抄本(下同)。
② 胡震亨编：《唐音统签》"丙签九"。

明代乐府诗学的借鉴。

与前九签相比，第十签即"癸签"具有更高的乐府诗学价值。《唐音癸签》三十三卷明代以来有"金陵刘凤鸣记得"单行本行于世。1981 年上海古籍出版社曾出过周本淳先生的标点本。根据周本淳先生考证，此书"必刻成于顺治十五年（1502）之前后，康熙之前"①。在《唐音癸签》一书中，"乐通"部分对唐代的音乐机构、音乐活动等情况进行了记载，这些内容与乐府诗学关系极为密切。"乐通一"记载了唐代"雅乐调""俗乐调""十二和""二舞""庙舞""十部伎""鼓吹曲""大射乐章""乡饮酒乐章""伥子之唱""凯歌"的有关情况，"论唐初乐曲散佚"一节尤为值得关注。"乐通二"记载了"唐各朝乐"及"唐曲"，对后人研究唐代乐府具有极高的参考价值。

《诗归》，包括《古诗归》与《唐诗归》，是明代后期钟惺、谭元春编撰的诗歌选集，其中也包括对乐府诗的编撰与注释、评点。本书将在后面设专门的章节来论述《诗归》的乐府诗学，此处不再赘述。

《古诗镜》《唐诗镜》，明陆时雍编撰。陆时雍，字昭仲，生卒年不详，浙江桐乡县人，崇祯六年（1633）癸酉科贡生。《古诗镜》三十六卷，有明刻本，现藏于中国国家图书馆等处。《唐诗镜》五十四卷，有明刻本，现藏于复旦大学图书馆等处。又皆有《四库全书》本。2010 年河北大学出版社曾出版过由任文京、赵东岚点校的以《四库全书》本为底本的《诗镜》，就包括了《古诗镜》与《唐诗镜》。《四库全书总目》云："《古诗镜》三十六卷、《唐诗镜》五十四卷，明陆时雍编。时雍字仲昭，桐乡人，崇祯癸酉贡生。是编撰自汉魏以迄晚唐之诗，分为二集，前有总论一篇。其大旨以神韵为宗，情境为主。"②各卷按朝代先后排列，各卷都收入一部分乐府诗。一般是先列诗题，次题解，次正文，最后是评点。其题解部分多沿袭《乐府诗集》等前人旧说，反倒是"评点"部分时有精彩观点。

---

① 胡震亨编：《唐音癸签》"前言"，上海古籍出版社 1981 年版（下同），第 16 页。
② 纪昀等纂：《武英殿本四库全书总目提要》卷一百八十九，第 55 册，第 159—160 页。

如《古诗镜》卷一评点汉乐府《箜篌引》古辞曰："是哭是歌，招魂欲起，寥落四语，意自怆人。"评点《西门行》曰："淋漓击节，'游行去去如云除，弊车羸马为自储'，意致骚骚勃发。"评点《悲歌》曰："'悲歌可以当泣，远望可以当归'，情至处无复余情，此汉人苦构。骚人任意撼写，无此造作。然二语实奇而奥。"①卷二评点《白头吟》曰："文君骄怨。《白头吟》意气悍然，决裂殆尽。'愿得一心人，白头不相离'，此身已久属长卿，顾安所得而誓不离耶。鱼不受饵，竿长何为。'男儿重意气，何用钱刀为'，似诮长卿富易妻也。"②卷三评点蔡邕《饮马长城窟行》曰："起二语托兴自然，'枯桑知天风，海水知天寒'，取喻既佳，痛语自别张华。'巢居知风寒，穴处识阴雨'，则索然无味矣。'长跪读素书，书中竟何如。上言加餐食，下言长相忆'，此为故人代宽，或以自遣，或以自诱，此诗人之善托也。"③卷四评点曹操《短歌行》曰："耸然高峙，绝无缘傍。壮士搔首语，不入绮罗，丽句老气，酷烈扑人。"④

此书中不乏对精彩乐府诗句的评点。如评点曹丕《燕歌行》二首曰："宛转摧藏，一言一绪，居然汉始之音。'忧来思君不敢忘'，何言之拳拳，'仰戴星月观云间，飞鸟晨鸣声可怜，留连顾怀不自存'，不觉形神俱往矣。"评点其《秋胡行》曰："倚徙踟蹰，有《卫风·静女》之致。"⑤陆时雍还通过评点的形式对乐府诗的总体思想内涵和艺术价值进行肯定，如《古诗镜》卷五评点曹植《美女篇》云："诗道精微，不徒形似，《美女篇》之所美者，皆在形骸之外。"⑥《唐诗镜》卷十八在评点李白《蜀道难》时说："《蜀道难》近赋体，魁梧奇谲，知是伟人。"⑦《唐诗镜》卷四十六评点元稹《冬白纻》云："醒世语，殆不虚作。"评点其

---

① 陆时雍选评：《诗镜·古诗镜》卷一，任文京、赵东岚点校，河北大学出版社 2010 年版（下同），第 3、5、8 页。
② 陆时雍选评：《诗镜·古诗镜》卷二，任文京、赵东岚点校，第 22 页。
③ 陆时雍选评：《诗镜·古诗镜》卷三，任文京、赵东岚点校，第 24 页。
④ 陆时雍选评：《诗镜·古诗镜》卷四，任文京、赵东岚点校，第 31 页。
⑤ 陆时雍选评：《诗镜·古诗镜》卷四，任文京、赵东岚点校，第 33—34 页。
⑥ 陆时雍选评：《诗镜·古诗镜》卷五，任文京、赵东岚点校，第 43 页。
⑦ 陆时雍选评：《诗镜·唐诗镜》卷十八，任文京、赵东岚点校，第 634 页。

《当来日大难行》云："踌躇满志。"①这些评点对作品的思想内涵和艺术价值的把握都比较准确。

陆时雍评点乐府诗最突出的特征，是他在评点时善于发现不同时代诗人诗作之间的相互影响、承继和发展关系。如《古诗镜》卷六评点陈琳《饮马长城窟行》曰："轻剽矫捷，似不类建安体裁。剖衷沥血，剜骨摧心，遂作中唐鼻祖。"②认为陈琳这首诗从体裁上看不像是建安时代的作品，其沉痛之风正是中唐诗歌的鼻祖。卷十四评点鲍照《代东门行》曰："此诗直参汉制，第鲍诗棱厉，汉人浑浑耳。'居人掩闺卧，行子夜中饭。野风吹草木，行子心肠断'。苦情密调，吐露无余矣。"③肯定了汉乐府对鲍照乐府的影响。又如《唐诗镜》卷十七在评点李白《妾薄命》结尾"昔日芙蓉花，今成断肠草。以色事他人，能得几时好"四句时云："末二语善乎风人之怨，朴貌深衷，是西汉家数。"④指出了李白这首乐府诗对西汉乐府诗写作方法上的继承。卷十八在评点李白另外一首乐府诗《乌夜啼》时说："此诗视本词，似从旁题咏得其大意。太白作古乐府，每自出杼轴。"⑤认为李白此诗与《乌夜啼》古辞相较，既得其大意又能自出机杼，这正是李白古题乐府诗的特色。卷四十六评点元稹《有鸟》云："近情切里，原自老杜脱胎，第其筋力缓纵。"⑥指出了元稹新题乐府诗与杜甫之间的继承关系。

第三节　作家诗歌别集与诗话

一、作家诗歌别集

明代作家与乐府诗学相关的别集主要有两类：一是作家创作的"拟古乐

---

① 陆时雍选评：《诗镜·唐诗镜》卷四十六，任文京、赵东岚点校，第 1072、1074 页。
② 陆时雍选评：《诗镜·古诗镜》卷六，任文京、赵东岚点校，第 55 页。
③ 陆时雍选评：《诗镜·古诗镜》卷十四，任文京、赵东岚点校，第 134 页。
④ 陆时雍选评：《诗镜·唐诗镜》卷十七，任文京、赵东岚点校，第 608 页。
⑤ 陆时雍选评：《诗镜·唐诗镜》卷十八，任文京、赵东岚点校，第 634 页。
⑥ 陆时雍选评：《诗镜·唐诗镜》卷四十六，任文京、赵东岚点校，第 1080 页。

府”作品专集,如李先芳《拟古乐府》、沈炼《乐府》、周道仁《乐府》、胡缵宗《拟古乐府》等,这部分内容我们后面会设专章讨论。二是包含拟古乐府诗作品及记载乐府诗活动、乐府诗研究内容的作家别集。这方面的别集数量非常多,因为明代有大量的作家写过乐府诗,或是对乐府诗进行过研究和评论。其中重要的包括李梦阳《空同集》、李东阳《怀麓堂集》、李攀龙《沧溟集》、王世贞《弇州四部稿》、胡应麟《少室山房集》等。

《空同集》,明李梦阳撰。李梦阳(1473—1530),字献吉,号空同,祖籍河南扶沟,出生于庆阳府安化县(今甘肃庆城县),后又迁居开封。明代中期著名文学家,是复古派“前七子”的领袖人物。《空同集》今天可见的最早版本是明嘉靖十一年(1532)曹嘉刻本,共六十三卷,现藏于中国国家图书馆等地。又有明万历二十九年(1601)李思孝刻本,为六十四卷。通行本为清文渊阁四库全书本,共六十六卷。《空同集》卷一至卷三为“赋”;卷四为“风雅什”,近似于“郊庙歌辞”;卷五至卷八皆标为“乐府”;卷九至卷三十七依次为五言古、效杂体、七言古、五言律、七言律、五言绝句、七言绝句、七言排律、六言、杂言等。全书的编排体现的是诗以乐为先的观念。

《空同集》卷五包括“琴操”五首,其中《卫女操》《漆室女操》《哀凤操》三首歌咏历史人物,《慧蛾操》为咏物之作,《月星操》为忧天象而作,皆为作者自制之题;“楚调歌”十二首,皆近于骚体诗或迎神送神之作,其中《步虚词》在《乐府诗集》中归入杂曲歌辞;“铙歌曲”三首,包括《雷之奋》《凤之升》《月如日》,最后一首云:“月如日,光如轮。轮五色,缤哉纷。贯紫霓,扬风翎。扶太乙,侵紫庭,化为白气干天经。张我弧,挟我矢,祛裋灭妖天下理”①,或与挫寿宁侯张鹤龄及助韩文草疏劾刘瑾等事有关;“咏史”十一首;“短调歌”十一首,其中《子夜四时歌》八首,《车遥遥》一首(《乐府诗集》归入“杂曲歌辞”),《幽兰》一首,《掌上舞》一首。卷六至卷八皆标为“杂调曲”,但与《乐府诗集》中

---

① 李梦阳:《空同集》卷五,上海古籍出版社 1991 年版(下同),第 41 页。

的"杂曲歌辞"并不完全相同。其中部分题目确属"杂曲歌辞",如卷六《拟前缓声歌》《仙人篇》《升天行》《游子篇》,卷七《空城雀》《白马篇》,卷八《妾薄命》《行路难》,但多数题目属于"相和歌辞""清商曲辞"。另外还有"鼓吹曲辞""横吹曲辞""舞曲歌辞"等,或为作者自制之题。如卷六《拟乌生八九子》属"相和歌辞·相和曲",《长歌行》《猛虎行》属"相和歌辞·平调曲",《董逃行》《秋胡行》属"相和歌辞·清调曲",《君马黄》属"鼓吹曲辞·汉铙歌十八首",《洛阳陌》属"横吹曲辞",《独漉篇》属"舞曲歌辞",卷七《石城乐》《襄阳谣》《白铜鞮》属"清商曲辞"。部分题目属于作者根据古题衍生出的题目,如《赋得古别离送龙湫子》(杂曲歌辞有《古别离》)、《豫章篇》(相和歌辞·清调曲有《豫章行》)。从《空同集》卷五至卷八"乐府"部分可以看出,李梦阳在乐府诗的分类上并没有遵循郭茂倩《乐府诗集》的分类标准,而是较为随意。这也显示出郭茂倩《乐府诗集》的分类标准并没有被明代文人全盘接受。

《怀麓堂集》,明李东阳著,共一百卷。今天可见最早的刊本为明正德刻本,为残本,共五十一卷,藏于福建省图书馆。又有清康熙二十年(1681)廖方达刻本、清文渊阁四库全书本、清嘉庆八年(1803)茶陵李氏刻本等。是书卷一、卷二皆为"古乐府",是李东阳拟古乐府的作品。对于这些拟古乐府的作品我们后面还会专门进行论述。在《怀麓堂集》的其他部分,还有李东阳对于自己乐府诗创作活动及对同时代作家乐府诗创作评价的记载。如《与李白洲提学书》云:"得所寄诗,皆清峭奇绝去蹊径。捧诵后,却藏诸箧笥。为岭南珠玉,间欲报之,觉燕石之形秽久矣。旧作古乐府数十篇,冗懒不及录。姑以一二承教,幸不惜。"①这段话说明当时乐府诗被文人雅士作为相互间酬赠的重要工具。李白洲先寄了一些作品给李东阳,李东阳自愧不如,找不到更合适的诗作回赠,只能将自己过去写的几首古乐府回赠给李白洲。这一方面说明当时文人有酬赠乐府诗的活动,另一方面也说明李东阳对自己创作的古乐府极

---

① 李东阳:《怀麓堂集》卷三十四,上海古籍出版社1991年版(下同),第364—365页。

为重视,所以将其用来酬赠。又如卷二十八《桃溪杂稿序》曰:"匿及先生以忧去,谢病几十年,每恨不及亟见。见所寄古乐府诸篇,奇古深到,不能释手。"①《桃溪杂稿》是李东阳的好友、茶陵诗派代表人物之一谢铎的作品集。李东阳在序言中称赞了谢铎创作的古乐府诗"奇古深到",令人爱不释手。

《沧溟集》,明李攀龙撰,共三十卷、附录一卷,有明隆庆六年(1572)王世贞刻本、明万历三年(1575)胡来贡刻本、明万历二十八年(1600)吴用光刻本、清文渊阁四库全书本等。李攀龙作为复古诗学的代表人物之一,其《沧溟集》集中体现其乐府诗学观念与批评主张。《沧溟集》卷一、卷二均标作"古乐府",收录李攀龙本人创作的乐府诗。卷三以后依次为五言古诗、七言古诗、五言律诗、七言律诗、五言排律、七言排律、七言绝句等。这种编排也是体现了诗歌以乐府为首的观念。另外,《沧溟集》中也有李攀龙评价时人乐府诗及评价其本人乐府诗创作的内容。

前者如《报刘子威书》云:"曩于张仲子帖中睹所摹足下者之跋数语也,文翰虽吴人固有乎,而此独不常矣。重玩佳集,则足下以才自雄,洁而弥丰,计且欲立埃墙之表,坐览千里不遏之势,有裕如焉。其于不朽,乃称盛事。然体裁各率所自至,而风尚不可不一谕。盖曰汉魏以逮六朝,皆不可废,惟唐中叶不堪复人耳。见诚是也。于不佞奚疑哉! 佳集取材班、马,气骨卓然。古乐府等书兴寄不浅,固宜一洒凡近,动盈尺牍。乃旁及章篆灵异,自赏不能辄止。岂由质之华易,而由华之质难耶? 未闻馨控九折之坂,而失驰康庄者也。要之,才患不自雄耳。以余观于佳集,官知神欲亦在乎熟之而已。季朗壮丽,相敌唯帝作,对必能悬。解字为句,将句为篇,宗古诗、乐府,小而辨物。唐之律绝瑜瑕较然务工,所明无渝其似。斯艺苑之致矣。惟是大方,以先固陋敢借意焉。"②从这段话可以知道,刘子威也曾著《古乐府》一书,李攀龙认为刘子威

---

① 李东阳:《怀麓堂集》卷二十八,第300页。
② 李攀龙:《沧溟集》卷二十六,清文渊阁四库全书本(下同)。

的乐府诗"兴寄不浅"。他还称赞刘子威学诗能宗古诗和乐府,这显然是将汉魏乐府诗作为文学经典来看待了。

后者如《报朱用晦》云:"不佞十年自弃岩穴,不深岁辱,三迁不遑将母,无补清朝而又未敢遽乞病免坐,恐此道寻荒。仰孤足下相存,美意奈之何。不佞七言律成篇而已。乐府落落,似合似离,今何以当足下之心,而曰'千古天授'也? 将由足下益知,不佞则何以哉?"①在李攀龙给朱用晦写这封书信之前,其七言律诗已经名满天下。但李攀龙却说自己的七言律诗仅仅是"成篇而已"。相比之下,乐府诗却能做到"似合似离",并被朱用晦称为"千古天授"之作。可见李攀龙本人对其乐府诗也是较为得意的。

《弇州四部稿》,明王世贞撰。王世贞(1526—1590),字元美,号凤洲,又号弇州山人,江苏太仓人,曾官至刑部尚书,卒赠太子少保。王世贞是明代中后期复古诗学的代表人物,继李攀龙后为"后七子"领袖。有《弇州四部稿》一百七十四卷、《弇州续稿》二百零七卷。目前可见最早的《弇州四部稿》为明万历五年(1577)王氏世经堂刻本,另有清文渊阁四库全书本等。所谓"四部",是指"《赋部》《诗部》《文部》《说部》",其中《诗部》与乐府诗学关系最为密切。如卷四有《拟古乐府》七十五首,包括《汉郊祀歌》二十首、《汉铙歌十八曲》等;卷五有《拟古乐府》五十九首,包括《西门行》二首、《东门行》二首、《补铙歌四章》等;卷六有《拟古乐府》四十七首;卷七又有《拟古乐府》一百八十五首。值得注意的是,王世贞不仅拟写了大量古题乐府诗,还在一些题注中表达了自己以反映现实为旨归的乐府诗学观点,如《乐府变序》。关于王世贞的拟古乐府创作,我们在后面的章节还会专门进行讨论。

《少室山房集》,明胡应麟撰。胡应麟(1551—1602),字元瑞,号少室山人,又号石羊生,浙江金华府兰溪人。万历丙子举人,是明代中叶著名的诗学家,明中后期"末五子"之一。胡应麟曾携诗拜谒王世贞,为王世贞所欣赏。

———————————

① 李攀龙:《沧溟集》卷二十八。

《少室山房集》现存世版本有清文渊阁四库全书本一百二十卷,及清光绪间广雅书局刻民国九年(1920)番禺徐绍棨汇编重印广雅书局丛书本六十四卷等。据王世贞所作《石羊生传》所说,胡应麟曾作"《皇明诗统》三十卷,《皇明律范》十二卷,《古乐府》二卷,《古韵考》一卷"①。可见胡应麟曾作《古乐府》二卷,然《明史·艺文志》及各种书目未见记载。《少室山房集》卷一至卷十皆为乐府诗。其中卷一为"乐府十八首",包括《拟大明铙歌曲十八首》;卷二为"乐府三十首",除了《汉铙歌十八首》外,又有《补蜀汉铙歌十二首》;卷三为"乐府三十首",包括《拟汉郊祀歌》十九首及《琴操》十一首;卷四为"乐府诗二十五首",包括《短歌行》《善哉行》《日出东南隅行》等,除了传统诗题,胡应麟还写了《两头纤纤诗》二首;卷五为"乐府诗三十首",除《王子乔》《桂之树》《猛虎行》外,还有一首《斗鸡曲》;卷六为"乐府十八首",包括《远别离》《饮马长城窟》等,还有一首《虎穴行送曹秀才从军》;卷七为"乐府五十五首",除了《长安道》《折杨柳》等,还有《十五卢家女》《赋得盈盈楼上女》《剑侠行》。可见胡应麟衡量乐府诗的标准并非机械地按照诗题,同时也看重诗歌题材和风味。在以上几卷中,除了乐府诗作品本身以外,《拟大明铙歌曲十八首》和《补蜀汉铙歌十二首》等皆有序言,集中体现了胡应麟的乐府诗观念和批评准则。

二、诗话

"诗话"是中国古代文学批评的重要形式之一,明代又是继宋代之后中国诗话兴盛发达的又一个高峰。明代诗话的数量,《中国丛书综录》曾著录五十八种成书的明人诗话。但实际上明代散见诗话更多。吴文治先生主编的《明诗话全编》共编纂明代诗话七百二十二家,其中包括单独成书的明代诗话一百二十多种。但更多的是散见诗话,散见诗话的篇幅占到四分之三。关于明代诗话兴盛的原因,吴文治先生说:"诗话到明代之所以能再次形成一个发展

---

① 胡应麟:《诗薮》"石羊生传",上海古籍出版社 1979 年版(下同),第 6 页。

的高潮,其原因是多方面的。诗话和诗歌创作,在朱明王朝统治的二百七十六年中,可以说是同步发展的。明朝诗坛有一个突出的不同于先前各朝的特点,这就是诗人派别多,诗作数量多,诗派之间纷争多。这一时期的诗话,有相当数量便是不同诗歌派别之间不断纷争的产物。"①由于篇幅所限,本书主要针对几种和乐府诗学密切相关的成书诗话进行概括性叙述,包括《麓堂诗话》《升庵诗话》《四溟诗话》《艺苑卮言》《诗薮》《诗源辩体》等。

《麓堂诗话》,又名《怀麓堂诗话》,明李东阳编,集中体现了李东阳的诗学观点。是书有知不足斋丛书本、明抄本(艺海汇函本)、清抄本、清乾隆四十年(1775)刻本、清文渊阁四库全书本等多个版本,皆为一卷。东阳论诗受严羽影响甚深,故王铎在《麓堂诗话》"序"中说:"近世所传诗话,杂出蔓辞,殊不强人意。惟严沧浪诗谈,深得诗家三昧,关中既梓行之。是编乃今少师大学士西涯李先生公馀随笔,藏之家笥,未尝出以示人,铎得而录焉。其间立论,皆先生所独得,实有发前人之所未发者。先生之诗独步斯世,若杜之在唐,苏之在宋,虞伯生之在元,集诸家之长而大成之。故其评骘折衷,如老吏断律,无不曲当。人在堂上,方能辨堂下人曲直,予于是亦云。用托之木,与《沧浪》并传。虽非先生意,亦天下学士大夫意也。"②但与严羽不同的是,李东阳更加强调辨体、声音、格调对诗歌的重要作用,因此《麓堂诗话》中有不少内容与乐府诗学有较为密切的关系。如针对当时不少人机械地模拟古乐府平仄短长的现象,李东阳认为:"古、律诗各有音节,然皆限于字数,求之不难。惟乐府长短句,初无定数,最难调迭;然亦有自然之声。古所谓'声依永'者,谓有长短之节,非徒永也。故随其长短,皆可以播之律吕;而其太长、太短之无节者,则不足以为乐。今泥古诗之成声,平侧短长、句句字字,摹仿而不敢失。非惟格调有限,亦无以发人之情性。若往复讽咏,久而自有所得。得于心而发之乎声,则虽千变

①　吴文治主编:《明诗话全编》"前言",凤凰出版社1997年版(下同),第1—2页。
②　李东阳著,李庆立校释:《怀麓堂诗话校释》附录三,人民文学出版社2009年版(下同),第346页。

万化,如珠之走盘,自不越乎法度之外矣。如李太白《远别离》、杜子美《桃竹杖》,皆极其操纵,曷尝按古人声调?而和顺委曲乃如此。固初学所未到,然学而未至乎是,亦未可与言诗也。"①在李东阳看来,乐府诗的音节虽然不像古体诗和律诗那样容易掌握,但也有自然之声。明代许多诗人不明白这个道理,按照模拟律诗的做法去拟写古乐府诗,追求平仄、字数与古人一致,实际上却是失去了"自然之声"的本意。这无疑是明代乐府诗学中非常重要的一种观点。

《升庵诗话》,又名《乐府诗话》,明杨慎撰。杨慎(1488—1559),字用修,号升庵,杨廷和之子,四川新都(今成都市新都区)人,正德六年(1511)状元,明代中期著名文学家、诗学家,被誉为明代三大才子之首。曾官翰林院修撰,预修《武宗实录》。后因"大礼议"被流放滇南,故自称博南山人、金马碧鸡老兵。《升庵诗话》集中体现了杨慎诗学观点,也是明代影响较大的一部诗话著作。该书流传下来的版本较多,包括中国国家图书馆藏明刻本四卷、上海图书馆藏明嘉靖二十年(1541)刻本四卷、北京大学图书馆藏清乾隆间绵州李氏万卷楼刻本十二卷补遗二卷、清光绪七年(1881)至八年(1882)广汉钟登甲乐道斋仿万卷楼刻函海本等,今通行本为民国丁福保《历代诗话续编》本十四卷。杨慎以博学著称,其论诗往往与众不同,甚至别出心裁,尤其是对乐府诗文献的考证。丁福保《重编升庵诗话弁言》曰:"升庵渊通赅博,而落魄不检形骸,放言好伪撰古书,以自证其说。如称宋本《杜集》《丽人行》中有'足下何所有?红蕖罗袜穿镫银'二句,钱牧斋遍检各宋本《杜集》,均无此二句。又如岑之敬《栖乌曲》载《乐府诗集》,有'明月二八照花新,当垆十五晚留宾'之句。升庵截此二句,添'回眸百万横自陈'一句,别题为岑之敬《当垆曲》。……陈耀文且有《正杨》之作以诋之,后学或引以病升庵。然升庵之才器,实在有明诸家

---

① 李东阳著,李庆立校释:《怀麓堂诗话校释》,第20—21页。按:《怀麓堂诗话校释》一书在对此段进行标点时,"乐府"和"长短句"之间有个顿号。但实际上李东阳在这里说提乐府诗句式长短不一,而不是说"词",因此加上顿号是错的。

之上,瑕玷虽多,而精华亦复不少,《四库提要》谓求之于古,可以位置于郑樵罗泌之间,后学弃其瑕玷而取其精华可也。"①丁福保认为杨慎关于《丽人行》和《栖乌曲》逸句的说法可能出于伪造。杨慎的乐府诗文献研究的确有不少问题,但丁福保依然认为杨慎所著精华甚多,其地位可以处于郑樵、罗泌之间。关于杨慎的乐府诗学,我们在后面还将专门进行论述。

《四溟诗话》,明谢榛撰。谢榛(1495—1575),字茂秦,自号四溟山人,又号脱屣山人。山东临清人。明代中期著名诗人、诗学家。终身布衣,曾与李攀龙、王世贞等共同倡导文学复古运动,为"后七子"之一。在"后七子"中,谢榛年齿较长,成名也早,在结社之初实为领袖人物。后来李攀龙名声渐大,谢榛因与李攀龙意见不合,受到排斥,削名"七子"之外。《四溟诗话》本为《四溟山人全集》后四卷,又名《诗家直说》。清代以来,《四溟诗话》一书刻本较多,有上海图书馆藏清乾隆十九年(1754)刻本、中国国家图书馆藏清道光二十五年(1845)番禺潘氏刻海山仙馆丛书本等,今通行本有丁福保《历代诗话续编》本、人民文学出版社宛平校点本。谢榛论诗以"气格"为主,取径较宽,虽然也倡导学习盛唐,但不废宋诗。胡曾在《序》中称赞:"四溟山人眇一目,称眇君子。然其论诗,真天人具眼,弇州《艺苑卮言》所不及也。"②胡曾认为《四溟诗话》远在王世贞《艺苑卮言》之上。谢榛对于诗与乐的关系的理解与李东阳不同:"《乐书》:'伏羲造琴瑟以律吕,乐曰《立基》,神农乐曰《下谋》,黄帝乐曰《咸池》。'盖乐始于伏羲,而成于黄帝,是以清和上升,风俗丕变,未有时也。李西涯谓诗为乐始,误矣。"③谢榛对于乐府诗的体式及创作规律有自己独特的见解。如《孔雀东南飞》一诗,谢榛认为诗中大段的妆奁服饰描写非常重要:"《孔雀东南飞》,一句兴起,余皆赋也。其古朴无文,使不用妆奁服饰等

---

① 杨慎:《升庵诗话》"弁言",载丁福保辑:《历代诗话续编》中册,中华书局 2006 年版(下同),第 634—635 页。
② 谢榛:《四溟诗话》"附录",宛平校点,人民文学出版社 1961 年版(下同),第 130 页。
③ 谢榛:《四溟诗话》卷二,宛平校点,第 39 页。

物,但直叙到底,殊非乐府本色。"①他认为《孔雀东南飞》作为一首长篇叙事诗,如果一味直叙到底,则"非乐府本色",而在叙事过程中加上妆奁服饰的描写就能起到很好的艺术效果。这种理解还是非常深刻的。

《艺苑卮言》,明王世贞撰。王世贞之生平前面在介绍《弇州四部稿》时已经简单叙述过。《艺苑卮言》本为《弇州四部稿》的一部分,集中体现了王世贞的诗学观点,后单独成书。是书明代以来版本较多,流传下来的明刊本有国家图书馆藏明新安程氏新刻增补《艺苑卮言》十六卷、明万历十七年(1589)樵云书舍新刻增补《艺苑卮言》十六卷、陕西省图书馆藏明嘉靖三十七年(1558)苏州刻本《艺苑卮言》六卷、吉林大学图书馆藏明万历邹道元刻本十二卷等。北京大学图书馆又藏有清光绪十一年(1885)长沙玉尺山房刻本《艺苑卮言》八卷。目前通行本有丁福保《历代诗话续编》本八卷及凤凰出版社 2009 年出版的陆洁栋、周明初校注本。《艺苑卮言》的乐府诗学除了包括考证诗歌文献、风格批评、创作批评外,最精彩的部分是对历代乐府诗人诗作的评价。王世贞的评价不仅是就人论人,就诗论诗,他还特别注意联系同类诗人进行比较研究,或是发掘不同时代诗人及作品之间的影响关系。如《艺苑卮言》卷三云:"晋《拂舞歌》《白鸠》《独漉》得孟德父子遗韵,《白纻舞歌》已开齐梁妙境,有子桓《燕歌》之风。"②王世贞指出晋代的舞曲歌辞《拂舞歌》《白鸠》《独漉》受到曹氏父子的影响,而《白纻舞歌》下开齐梁乐府妙境,有曹丕《燕歌行》之风格。又如《艺苑卮言》卷四云:"青莲拟古乐府,以己意己才发之,尚沿六朝旧习,不如少陵以时事创新题也。少陵自是卓识,惜不尽得本来面目耳。"③王世贞认为李、杜二人的乐府诗各有长短,在创新性方面杜甫新题乐府更胜一筹,但也不能尽得乐府本来面目。可见在王世贞看来,汉魏六朝乐

---

① 谢榛:《四溟诗话》卷二,宛平校点,第64页。
② 王世贞:《艺苑卮言》卷三,载丁福保辑:《历代诗话续编》中册,中华书局 2006 年版(下同),第 993 页。
③ 王世贞:《艺苑卮言》卷四,载丁福保辑:《历代诗话续编》中册,第 1007 页。

府仍是无法逾越的高峰。

《诗薮》，明胡应麟撰，集中体现了胡应麟的诗学理论。中国国家图书馆藏有明万历三十七年（1609）刻本，包括《内编》六卷、《外编》六卷、《续编》二卷；又有明万历刻本《诗薮》二十卷、明万历刻少室山房四集本《诗薮》二卷。清四库馆臣在编《四库全书》时，并未收入此书，然并未影响此书之刊刻流传。清末光绪年间有广雅书局刊本。1958 年中华书局上海编辑所以南京图书馆藏日本贞享三年丙寅（1686）重刊明本校补广雅书局刊本，并加标点排印出版。1979 年上海古籍出版社又以上海图书馆藏明万历十八年（1590）胡氏少室山房原刊本残卷、朝鲜旧刊本校补，并加专名线重排出版。这也是目前最完备的本子。包括《内编》六卷、《外编》六卷、《杂编》六卷及《补编》二卷。在明代诗话著作中，《诗薮》以体系宏大、严密著称。从其乐府诗学文献分布的情况看，其有关乐府诗的论述主要集中在《诗薮·内编》的卷一至卷三和《诗薮·外编》的卷一至卷六。其中《内编》部分重在从诗歌体制上谈，而《外编》部分更多探讨源流演变问题。胡应麟是明代后期复古诗学的集大成人物，在他的诗学体系中，存在一种"越古越好"的倾向。他在《诗薮》中说："今律则称唐，古则称汉，然唐之律远不若汉之古。汉自《十九首》、苏、李外，余《郊庙》《铙歌》乐府及诸杂诗，无非神境，即下者犹踞建安右席。"[1]在胡应麟看来，汉代古诗远在唐代律诗之上，汉乐府诗更是后世难以企及的"神境"。从这种观念出发，胡应麟对汉乐府的总体评价很高，也为汉乐府诗的经典化作出了重要贡献。《诗薮》中乐府诗学的内容非常丰富，后面我们还会设专门的章节进行讨论。

《诗源辩体》，明许学夷撰。许学夷（1563—1633），字伯清，又称许山人，明南直隶常州府江阴县（今江苏省江阴市）人，明代后期著名诗学家。万历三十五年（1607）曾与徐弘祖同游惠山。崇祯六年（1633）与沈鹜、邱维贤等二十

---

[1]　胡应麟:《诗薮》内编卷二，上海古籍出版社 1979 年版（下同），第 34 页。

二人结成沧州社,学夷为领袖。《诗源辩体》是明代后期一部非常重要的诗学著作,集中体现了许学夷"以辩体为先"的诗学理念。目前可见最早版本是国家图书馆等处所藏明万历四十一年(1613)刻本《诗源辩体》十六卷,卷首有夏树芳作的序言,与《许伯清诗稿》同刊。又有崇祯十五年(1642)陈所学刻本《诗源辩体》三十六卷后集纂要二卷,亦藏于国家图书馆。今通行本为人民文学出版社1987年出版的杜维沫点校的本子,共三十八卷,一千一百一十五则。是书前集三十六卷论述先秦至晚唐诗歌,后集纂要二卷论述宋、元、明诗。据许学夷在"自序"中所说:"诗有源流,体有正变,于篇首既论其要矣,就过不及而揆之,斯得其中。独袁氏、钟氏之说倡,而趋异厌常者不能无惑。汉魏六朝,体有未备,而境有未臻,于法宜广;自唐而后,体无弗备,而境无弗臻,于法宜守。论者谓'汉魏不能为《三百》,唐人不能为汉魏',既不识通变之道,谓我明诸公'多法古人,不能自创自立',此又论高而见浅,志远而识疏耳。"①可知此书是由于对竟陵派不满而作。许学夷并不是一般地反对复古或赞成文学复古,而是从文体通变的角度去看待文学史,具有独到眼光。《诗源辩体》中的乐府诗学也充分体现出了这一点,作者在书中考察乐府的起源、演变以及不同时期的发展特点,提出了很多重要观点,如"乐府之诗,当以汉人为首""《颂》流而为汉《安世房中》、武帝《郊祀》"等②。《诗源辩体》成为明代后期极为重要的一部与乐府诗学密切相关的著作。本书在后面也会设专门章节进行深入讨论。

第四节　类书与杂记、杂考

一、类书

在明代乐府诗学相关文献中,还有一部分是过往的研究者不太关注的,这

---

① 许学夷:《诗源辩体》"自序",杜维沫点校,人民文学出版社1987年版(下同),第1页。
② 许学夷:《诗源辩体》卷三,杜维沫点校,第54、44页。

就是类书。类书虽然主要是分类辑录前人之作,编者本人一般不直接发表见解,但明人所编一些类书中收录了前代乐府诗学资料,如陶宗仪《说郛》、唐顺之《稗编》、陈耀文《天中记》、陈禹谟《骈志》、顾起元《说略》等。

　　《说郛》,元末明初陶宗仪编。陶宗仪(1329—1412),字九成,号南村,浙江台州黄岩人。元末明初著名史学家、文学家,编有《南村辍耕录》《说郛》等。按《说郛》一书,通行的有一百卷及一百二十卷两种本子。其中一百卷本为抄本系统,较早的有明抄本,现藏于国家图书馆;一百二十卷本为刻本系统,较早的有明刻本,亦藏于国家图书馆。清代官修《四库全书》采用的就是一百二十卷本。《说郛》作为明代早期一部非常重要的类书,收录了一些前代乐府诗学文献。如卷十七上收录的宋叶蓥《爱日斋丛抄》,有《妇拜礼》一条:"太祖尝问赵中令:'礼何以男子跪拜,而妇人不跪?'赵不能对。遍讯礼官,皆无知者。王贻孙,祁公溥之子也。为言古诗'长跪问故夫',即妇人亦跪也。唐太后朝,妇人始拜而不跪。赵问所出,因以太和中幽州从事张建章《勃海国记》所载为证。大重之。事具《国史·王贻孙传》及他杂说。叶氏燕语正举此。且云天圣初,明肃太后垂帘,欲被衮冕,亲祠南郊,大臣争莫能得。薛简肃公问:'即服衮冕,陛下当为男子拜乎?'议遂格礼九拜,虽男子亦不跪。贻孙之言盖陋矣,简肃亦不达。幸其言偶中。使当时有以贻孙所陈密启者,则亦无及矣。汪圣锡端明作《燕语证误》又云:'《汉书·周昌传》:吕后见昌,为跪谢。周宣帝诏命妇,皆执笏。其拜宗庙及天台,皆俛伏。则其时妇人已不跪矣。故特有是诏。云始于则天,非也。明肃乃谒太庙,非郊也。'……曰古有女子伏拜者,乃太祖问范质之侄'古者女子拜如何',遂举古乐府云'长跪问故夫',以为古妇女皆伏拜,自则天欲为自尊之计,始不用伏拜。看来此说不然。乐府只说'长跪问故夫',不曾说伏拜。"①按:"长跪问故夫"一句出自古诗《上山采蘼芜》,本非乐府诗。然叶蓥却明确将其归入"古乐府"。

---

　　① 陶宗仪:《说郛》卷十七上,清文渊阁四库全书本(下同)。

又如该书卷二十三下收录的唐王叡《炙毂子录》,有"序乐府"一条:"炙毂子曰:'《乐府题解序》云:乐府之兴,肇于汉魏。历代文士,篇咏实繁。或不观本章便断题取义;赠人利涉则述《公无渡河》;庆彼再婚乃引《乌生八九子》;赋《雉班》者,但美琇锦;歌《骊马》者,但序驰骤。若兹者不可胜载,递相祖袭,积用为常。欲令后生援以取正,顷因涉阅传记兼诸家文集,每有所得,辄以纪之。岁月积深,或成卷轴。因以编次目之,故为《古题解》。耽学君子,无或忽之也。'"①并对汉魏乐府旧题进行解题或分类说明。如在对"相和歌辞"类的诗题逐一解题后,作者言:"已上乐府《相和歌》。按《相和歌》,并汉魏间讴谣之词,丝竹更相和,为执节者歌之。本一部,魏明帝分为二。更递夜宿。始十七曲,后合为十三曲。今所载之外,复有《气出唱》《精列》《东光引》等三篇。自《短歌行》下,晋荀勖采撰旧诗,旋用于汉魏,故其数广。"②又如在列举汉《铙歌》诸曲后,作者云:"已上乐府《铙歌》。按汉明帝乐四品,其最末曰《短箫铙歌》,军中鼓吹之乐。旧说黄帝使岐伯所造,以建武威、扬德业、观战士也。《周礼》所谓'王大捷则令《凯乐》,军大捷则令《凯歌》'也。所谓汉曲,有《朱鹭》《思悲翁》《艾如张》《雍离》《上陵》《将进酒》《圣人出》《上之回》《远如期》《石留》,共十八曲,字皆纰缪,不可晓解。《钓竿篇》,晋世亦称为汉曲。已上十八曲,恐非是也。"③至于解题或说明的原则,作者注云:"已上古题,及近代援古题名题。汉代杂题,多起齐梁。又有古歌诗数千篇,亦两汉之行于世。而题目又如《两头纤纤》《五杂俎》等,体复不类,并不载之也。炙毂子曰:'此部全出《乐府题解》,余加以《古今注》,附之义,俟作者采经史以补之也。'"④可见王叡是在《乐府题解》的基础上参以《古今注》而成书。按:《炙毂子》原书久已失传,《说郛》在一定程度上起到了保存文献的作用。

---

① 陶宗仪:《说郛》卷二十三下。
② 陶宗仪:《说郛》卷二十三下。
③ 陶宗仪:《说郛》卷二十三下。
④ 陶宗仪:《说郛》卷二十三下。

《稗编》,明唐顺之撰。唐顺之(1507—1560),字应德,一字义修,号荆川,武进(今江苏常州市武进区)人。嘉靖八年(1529)会试第一,曾官翰林编修、兵部主事。明代著名文学家、儒学家,曾率军抗击倭寇。国家图书馆现藏有明万历九年(1581)东海茅氏文霞阁刻《新刊唐荆川先生稗编》一百二十卷目录三卷,另有清文渊阁四库全书本。该书卷三十七至卷四十二"乐",收录了历代有关乐府诗和音乐的研究资料,包括《隋书·乐章》《晋书·乐章》,沈括《声气之感》,郑樵《乐府总序》,马端临《辨声乐不传之论》《辨乐亡之论》,胡翰《古乐府诗类编序》等。另外,该书卷七十三"文艺二·诗赋"中还收录了刘勰《文心雕龙五论》、吴讷《文章辨体二十四论》等,其中也多有关于乐府诗的论述。

《天中记》,明陈耀文撰。陈耀文(1524—1605),字晦伯,号笔山,河南汝宁府确山(今驻马店市确山县)人。嘉靖庚戌(1550)进士,曾任中书舍人、宁波、苏州同知、南京户部郎中、淮南兵备副使等职。其生平事迹见清乾隆十一年(1746)刊《乾隆确山县志》卷三。国家图书馆今藏有明隆庆三年(1569)刻本《天中记》六十卷,又有明万历陈龙光校刻本、明万历二十三年(1595)屠隆刻本、清文渊阁四库全书本等,皆为六十卷。是书以作者居住之地近天中山而命名。《天中记》作为类书,收录了《太平寰宇记》《五代史》《杂志》等著作中的很多内容,其中一些内容与乐府诗学相关。尤为值得注意的是,《天中记》中收录了多条《乐府杂录》的条文,其中一些条文今本《乐府杂录》不载。如卷四十三引《乐府杂录》曰:"闻笛辨亡安公子。始自炀帝将幸江都时。有乐工于笛中吹,其父病废于卧内。闻之乃问其子曰:'何得此曲子?'对曰:'宫中杂翻也。'父歔欷问其子曰:'宫曰君,商曰臣。宫声往而不返,大驾东巡必不还矣。汝可托疾勿去也。'其精鉴如此。"①此条未见于今本《乐府杂录》,可以说《天中记》为后人保存了珍贵的乐府诗学文献资料。

---

① 陈耀文:《天中记》卷四十三,清文渊阁四库全书本(下同)。

《骈志》，明陈禹谟撰。陈禹谟（1548—1618），字锡元，常熟（今江苏省常熟市）人，一作湖北彝陵人。万历间举人，历任南京国子监学正、四川按察司佥事、贵州布政使等职。《骈志》是陈禹谟编撰的一部类书，共二十卷。国家图书馆今藏有明万历刻本，又有清文渊阁四库全书本等。该书之所以取名"骈志"，是因为书中取古事之相类者比而录之。标题对偶而置，而各注其所出于条下，不另立门目，但以十天干为序。《四库全书总目提要》认为是书"所采既繁，所储遂富。或一言而出典各殊，或两事而行踪相近。多可以考证异同，辨别疑似"①。该书考证了历史上乐府诗歌唱传播的一些情况。如卷三"王敦咏魏武帝乐府歌萧詧诵魏武帝乐府歌"条云：

《晋书》：王敦每酒后，辄咏魏武帝乐府歌曰："老骥伏枥，志在千里。烈士暮年，壮心不已。"以如意打唾壶为节，壶边尽缺。

《周书》：萧詧疆土既狭，居常怏怏。每诵"老马伏枥，志在千里。烈士暮年，壮心不已"，未尝不盱衡扼腕，叹咤者久之。②

这一条通过对比《晋书》中记载的王敦及《周书》中记载的蔡詧歌咏曹操《龟虽寿》的情况，一方面向我们展示了两晋南北朝时期士人吟唱乐府诗的情景，同时也说明了曹操乐府诗在两晋南北朝时期的巨大影响。类似的内容还有卷十中的"少翁言能致其神巫者言贵妃可致"条等。

《说略》，明顾起元编撰。顾起元（1565—1628），字太初，又字璘初、瞒初，号遁园居士，应天府江宁（今江苏南京）人。万历二十六年（1598）戊戌科进士，官至吏部左侍郎，兼翰林院侍读学士。明代后期著名学者、书法家。国家图书馆今藏有明万历四十一年（1613）吴德聚刻本《说略》三十卷，又有明天启四年（1624）顾起凤刻本六十卷。清四库馆臣编修《四库全书》时曾收入此书，并作提要云："是编《明史·艺文志》作六十卷。考起元自序，全书实止三十

---

① 纪昀等纂：《武英殿本四库全书总目提要》卷一百三十六，第37册，第141页。
② 陈禹谟：《骈志》卷三，清文渊阁四库全书本。

卷,与此本相合,盖《明史》偶误也。"①其实《说略》一书在明代实有六十卷本,清四库馆臣未能得见。按照清四库馆臣所说:"其书杂采说部,件系条列,颇与曾慥《类说》、陶宗仪《说郛》相近,故《明史》收入小说家类。然详考体例,其分门排比,编次之法实同类书,但类书隶事,此则纂言耳。"②《说略》一书中收录了一些关于考证乐府诗题本事的内容。如卷三引《方舆下》:

> 江左今有莫愁湖,在西城南。按古乐府有《莫愁乐》《石城乐》。
> 《唐书·乐志》曰:"石城有女子名莫愁,善歌谣。"《石城乐》第二歌云:
> "阳春百花生,摘插环髻前。捥指蹋忘愁,相与及盛年。"《莫愁乐》云:
> "莫愁在何处?莫愁石城西。艇子打两桨,催送莫愁来。"尚未详也。
> 莫愁,卢家女子,善歌唱,尝入楚宫。李商隐诗"如何四纪为天子,不及
> 卢家有莫愁"是也。莫愁村今在承天府汉江西。石城在州西北,晋羊
> 祜所建。郑谷诗:"石城昔为莫愁乡,莫愁魂散石城荒。江人依旧棹桴
> 艋,江岸还飞双鸳鸯。横诗村近莫愁连竹坞,人歌楚些下苹洲。"又沈
> 佺期诗"卢家少妇郁金香"即此也。按《通考》载梁武帝诗"洛阳女儿
> 名莫愁"云:"莫愁卢家女,洛阳人。"则莫愁又有两人矣。③

像这样的内容虽然只是作为类书对前人著作进行辑录,但也可以看作是明代乐府诗学的一个组成部分。

二、杂记、杂考

与类书相比,杂记、杂考中直接体现乐府诗学的内容更多一些,如陈建《拟古乐府通考》,杨慎《丹铅余录》《丹铅续录》《丹铅摘录》《丹铅总录》,陈耀文《正杨》,陈士元《孟子杂记》,胡应麟《少室山房笔丛》,郭孔延《古乐府析疑》等。

---

① 纪昀等纂:《武英殿本四库全书总目提要》卷一百三十六,第37册,第133页。
② 纪昀等纂:《武英殿本四库全书总目提要》卷一百三十六,第37册,第133页。
③ 顾起元:《说略》卷三,清文渊阁四库全书本(下同)。

《拟古乐府通考》，明陈建撰。据《万历粤大记》记载：“陈建字廷肇，号清澜，太守恩季子也。与兄越、超、赴皆领乡荐，而建为春秋魁。究心国家，因革治乱之迹及道术邪正之机，两上春官皆乙榜。以母老选授侯官教谕，日勤鎔铸。贫生如袁栖梧等分俸周之。与巡按潼川白公贲论李西涯乐府，因著《拟古乐府通考》。”①可见陈建《拟古乐府通考》是专为李东阳拟写的古乐府诗所作，这应当是明代为数不多的乐府诗学专著。可惜的是该书已佚。

《丹铅余录》等，明杨慎撰。其中《余录》目前可见较早的版本有香港中文大学图书馆藏明嘉靖年间李世芳刻本《丹铅余录》十七卷，北京大学图书馆藏明隆庆六年（1572）吴群、凌云翼刻本《丹铅余录》十三卷等；《续录》较早的本子有国家图书馆藏明嘉靖刻本《丹铅续录》十二卷、上海图书馆藏明嘉靖十六年（1537）刻本十二卷等；《总录》较早的本子有国家图书馆藏明嘉靖三十三年（1554）梁佐刻蓝印本《丹铅总录》二十七卷、首都图书馆藏明万历刻本《丹铅总录》二十七卷；《摘录》较早的本子有北京大学图书馆藏明嘉靖二十六年（1547）石氏刻本《丹铅摘录》十三卷等。今通行本为清文渊阁四库全书本，包括《丹铅余录》十七卷、《丹铅续录》十二卷、《丹铅摘录》十三卷、《丹铅总录》二十七卷，归入子部杂家类杂考之属。“丹铅”系列作于杨慎居滇之时。所谓“丹铅”，即“点勘之具也”②。杨慎虽然已有《升庵诗话》，然《丹铅余录》等杂记中仍有一些关于乐府诗学的内容。如对于乐府诗中字词名物的考证，《丹铅余录》卷十四云：“古书不可妄改，聊举二端。如曹子建《名都篇》：‘脍鲤臇胎虾，寒鳖炙熊膰。’此旧本也。五臣妄改作‘焦鳖’。盖‘焦鳖脍鲤’，毛诗旧句，浅识者孰不以为‘寒’字误而从‘焦’字邪？不思‘寒’与‘焦’字形相远，音呼又别，何得误至于此。”③杨慎认为五臣随意将曹植《名都篇》中的“寒”字改为“焦”字是错误的，古书不可以妄改。还有一些是批评时人拟古乐府之风气

---

① 郭棐编：《万历粤大记》卷二十四，明万历刻本。
② 杨慎：《丹铅余录》“原序”，清文渊阁四库全书本（下同）。
③ 杨慎：《丹铅余录》卷十四。

的:"汉《铙歌十八曲》自《朱鹭》至《石留》,《古今乐录》谓其声辞相杂,不复可分,是也。近世有好奇者拟之,韵取不协,字用难训,亦好古之弊矣。"①杨慎同意《古今乐录》中认为古乐府"声辞相杂,不复可分"的观点,并对明人机械地模拟汉《铙歌》的做法极为不满。

《正杨》,明陈耀文撰。陈耀文生平简介见"天中记"条。由于杨慎的巨大影响,在明代学术史上出现了一些专门对杨慎的学术观点进行商榷甚至是批判的著作,其中较为典型的就是陈耀文的《正杨》。所谓"正杨",就是纠正杨慎之误的意思。较早的刊本有明隆庆三年(1569)刻本《正杨》四卷,藏于国家图书馆、苏州图书馆等处。又有清文渊阁四库全书本,亦为四卷。关于《正杨》一书,清四库馆臣曰:"是书凡一百五十条,皆纠杨慎之讹。成于隆庆己巳,前有李蓘《序》及耀文《自序》。慎于正德、嘉靖之间以博学称,而所作《丹铅录》诸书不免瑕瑜并见,真伪互陈。又晚谪永昌,无书可检,惟凭记忆,未免多疏。耀文考正其非,不使转滋疑误于学者,不为无功。"②充分肯定了《正杨》一书的文献价值。陈耀文对杨慎《丹铅》系列的纠正有一部分就涉及乐府诗学。如关于《滟滪歌》,杨慎曾说:"《滟滪歌》云:'滟滪大如襆,瞿塘不可触。金沙浮转多,桂浦忌经过。'此舟人商估刺水行舟之歌,《乐府》以为梁简文所作,非也。蜀江有瞿塘之患,桂江有桂浦之险,故涉瞿塘者则准滟襆,涉桂浦者则准金沙。今《乐府》桂浦作桂楫,非也。"陈耀文则云:"此《乐府》所载,不云简文作。桂浦亦非作桂楫也。"③又如对于"石尤风"的考证,我们在后面还会论及。在《正杨》中此类内容甚多。

《孟子杂记》,明陈士元撰。陈士元(1516—1597),字心叔,小名孟卿,号养吾,又号江汉潜夫、环中愚叟,湖北应城人。《孟子杂记》四卷,较早的本子是浙江、陕西文史馆藏明隆庆五年(1571)陈氏浩然堂刻本。清代又有文渊阁

① 杨慎:《丹铅余录》卷十二。
② 纪昀等纂:《武英殿本四库全书总目提要》卷一百十九,第 33 册,第 111—112 页。
③ 陈耀文:《正杨》卷四,清文渊阁四库全书本(下同)。

四库全书本、嘉庆刻湖海楼丛书本等。根据清四库馆臣所说："此书第一卷叙孟子事迹,后三卷发明孟子之言。名以传记,实则经解居多。"①《四库全书》将是书归入经部,但实际上却是一部杂记作品。书中很多作者的按语内容都包含着乐府诗学的内容。如:"元又按:刘向《说苑》云:'齐庄公攻莒,杞梁与莒战,梁遂斗杀二十七人而死。妻闻而哭,城为之弛而隅为之崩。'又古乐府有《杞梁妻歌》,乃杞梁妻妹朝日之所作也。梁战死,妻曰:'上无考,中无夫,下无子。人之苦至矣。'乃抗声长哭,城感之颓。遂投水而死。其妹朝日悲其姊子贤贞操,作歌名《杞梁妻》也。晋左九嫔《杞梁妻赞》云:'遭命不改,逢时险屯。夫卒莒场,郊吊不宾。哀崩高城,诉情穷昊。遂赴淄川,托躯清津。'"②陈士元在按语中考证了乐府诗《杞梁妻歌》的诗题本事及作者,这些当然也属于明代乐府诗学的内容。

《少室山房笔丛》,明胡应麟撰。是书分为正续集十部共四十八卷,包括"经籍会通""丹铅新录""史书佔毕""艺林学山""九流绪论""四部正讹""三坟补逸""二酉缀遗""华阳博议""庄岳委谈""玉壶遐览""双树幻钞"。最早的刻本应该是万历四十二年(1614)良贵堂刊本。又有万历四十六年(1618)的《少室山房全集》本、清末广雅书局重刊的《少室山房集》本。1958年中华书局上海编辑所出版过断句排印本。2009年上海书店出版社又重新进行了标点排印出版。与《诗薮》注重诗学体系的构建不同,在《少室山房笔丛》中,胡应麟对乐府诗的研究方式更接近于杨慎。书中与乐府诗学关系比较密切的是"丹铅新录""艺林学山"。

"丹铅新录"显然是为了纠正杨慎《丹铅录》之误而作,强调对乐府诗字词名物的考证。如杨慎关于"井公六博"的解释是:"古乐府:'井公能六博,玉女善投壶。'盖因井星形如博局而附会之,亦诗人北斗挹酒浆之意也。曹子建诗'仙人揽六箸,对博泰山隅。'齐陆瑜诗:'九仙会欢赏,六箸且娱神。戏谷闻余

---

① 纪昀等纂:《武英殿本四库全书总目提要》卷三十六,第11册,第121—122页。
② 陈士元:《孟子杂记》卷二,清湖海楼丛书本。

地,铭山忆旧秦。'周王子深诗:'谁能揽六箸,还须访井公。'庾子山诗:'藏书凡几代,看博已千年。'陈张正见诗:'已见玉女笑投壶,复睹仙童欣六博。'"而胡应麟却认为:"井公事见《穆天子传》,杨以井星形如博局当之,臆说之绝可笑者,盖未见汲冢书也。按《穆天子传》第五卷记王与隐士井公博,三日而决,一卷中凡两见。井公必当时有道之士,致周穆以万乘之尊屡从博戏,亦奇矣。古博弈事殆创见于此。王子深'谁能揽六箸,还须访井公'正用周穆访隐士事,若天上井星,从何访之? 庾子山'藏书凡几代,看博已千年'二语亦正用周穆事,《图经》称穆天子藏书于大酉山、小酉山,庾诗本之。凡读书未解,尽缺疑不妨,惟臆说最害事。"①胡应麟引《穆天子传》证明了"井公"指有道之士,而不是天上的井星,杨慎之说实为臆说。在"艺林学山"部分,胡氏更侧重于对乐府诗作者的考证。如认为《慕容攀墙视》不是慕容垂所作等,皆有创见。胡氏的乐府诗研究是明代乐府诗学最重要的组成部分之一。

《古乐府析疑》,明郭孔延撰。据《(同治)泰和县志》卷十九记载,郭孔延字瞻阆,郭子章之子,曾著《评释史通》二十卷。《郭公青螺年谱》中又有"戊午四十六年,公七十六岁"一句②,则万历四十六年(1618)时郭孔延七十六岁,可推出其生于世宗嘉靖二十二年(1543)。根据《郭公青螺年谱》记载:"公又与汪公许《古乐府析疑》《格物论》诸什,汪赋诗三十六韵序传草以酬之。"③可知郭孔延曾赠《古乐府析疑》给汪公许,汪写诗回赠。由《古乐府析疑》一题可知,这应该是一部乐府诗学专论,对古乐府中一些疑难问题进行辨析。可惜该书也未能流传下来。

---

① 胡应麟:《少室山房笔丛》卷七《丹铅新录》三,上海书店出版社 2009 年版(下同),第 77 页。
② 郭孔延:《郭公青螺年谱》,民国抄本。
③ 郭孔延:《郭公青螺年谱》,民国抄本。

第二章　明代乐府诗学的发生背景

恩格斯在《在马克思墓前的讲话》一文中曾指出:"马克思发现了人类历史的发展规律,即历来为繁芜丛杂的意识形态所掩盖着的一个简单事实:人们首先必须吃、喝、住、穿,然后才能从事政治、科学、艺术、宗教等等;所以,直接的物质的生活资料的生产,从而一个民族或一个时代的一定的经济发展阶段,便构成基础,人们的国家设施、法的观点、艺术以至宗教观念,就是从这个基础上发展起来的,因而,也必须由这个基础来解释,而不是像过去那样做得相反。"①按照马克思主义文艺理论的理解,文学艺术都是依赖于一定的政治、经济、文化条件才能存在与发展的。我们研究明代乐府诗学,当然也必须对其发生发展的历史背景有所了解。这样我们的研究才不会成为无源之水、无本之木。

第一节　帝国统一与内忧外患

1368 年 1 月,朱元璋在南京称帝,建立了明王朝,年号洪武。中国在经历了元末长期的战乱和动荡后,重新走向了统一。在明朝建国之初,朱元璋作为

---

① 《马克思恩格斯选集》第 3 卷,人民出版社 2012 年版,第 1002 页。

一位"平民皇帝",登基之后非常重视农业生产的恢复发展。据《明史》记载:

> 元季丧乱,版籍多亡,田赋无准。明太祖即帝位,遣周铸等百六
> 十四人,核浙西田亩,定其赋税。复命户部核实天下土田。而两浙富
> 民畏避徭役,大率以田产寄他户,谓之铁脚诡寄。洪武二十年命国子
> 生武淳等分行州县,随粮定区。区设粮长四人,量度田亩方圆,次以
> 字号,悉书主名及田之丈尺,编类为册,状如鱼鳞,号曰鱼鳞图册。先
> 是,诏天下编黄册,以户为主,详具旧管、新收、开除、实在之数为四柱
> 式。而鱼鳞图册以土田为主,诸原坂、坟衍、下隰、沃瘠、沙卤之别毕
> 具。鱼鳞册为经,土田之讼质焉。黄册为纬,赋役之法定焉。凡质卖
> 田土,备书税粮科则,官为籍记之,毋令产去税存以为民害。又以中
> 原田多芜,命省臣议,计民授田。设司农司,开治河南,掌其事。临濠
> 之田,验其丁力,计亩给之,毋许兼并。北方近城地多不治,召民耕,
> 人给十五亩,蔬地二亩,免租三年。每岁中书省奏天下垦田数,少者
> 亩以千计,多者至二十余万。官给牛及农具者,乃收其税,额外垦荒
> 者永不起科。二十六年核天下土田,总八百五十万七千六百二十三
> 顷,盖骎骎无弃土矣。①

朱元璋先是让周铸等人核实天下之根本——浙西的田亩,又进一步让户
部核实天下土地,编制鱼鳞图册,摸清了全国田亩的底数。又在中原和北方采
取了减轻租税的措施,鼓励百姓垦田。经过二十余年的努力,实现了天下"无
弃土"的局面。

朱元璋还实行了"屯田""开中"等法,让粮食储备得到了较快恢复发展。
"有明盐法,莫善于开中。洪武三年(1370),山西行省言:'大同粮储,自陵县
运至太和岭,路远费烦。请令商人于大同仓入米一石,太原仓入米一石三斗,
给淮盐一小引。商人鬻毕,即以原给引目赴所在官司缴之。如此则转运费省

---

① 张廷玉等:《明史》卷七十七《食货志一》,第7册,中华书局1974年版(下同),第1881—
1882页。

而边储充。'帝从之。召商输粮而与之盐,谓之开中。其后各行省边境,多召商中盐以为军储。盐法边计,相辅而行。"①到了明成祖永乐年间,朝廷又对"开中"法进行了改革,"成祖即位,以北京诸卫粮乏,悉停天下中盐,专于京卫开中。惟云南金齿卫、楚雄府,四川盐井卫,陕西甘州卫,开中如故。不数年,京卫粮米充羡"②,让京师的粮食更加充足。

在重视恢复农业生产的同时,朱元璋还定下了对于商业活动轻税的原则,这在很大程度上保护了商人的积极性,让明代工商业有了较快发展。据《明史》记载:

> 凡商税,三十而取一,过者以违令论。洪武初,命在京兵马指挥领市司,每三日一校勘街市度量权衡,稽牙侩物价;在外,城门兵马,亦令兼领市司。彰德税课司,税及蔬果、饮食、畜牧诸物。帝闻而黜之。山西平遥主簿成乐秩满来朝,上其考曰"能恢办商税"。帝曰:"税有定额,若以恢办为能,是剥削下民,失吏职也。州考非是。"命吏部移文以讯。十年,户部奏:"天下税课司局,征商不如额者百七十八处。"遂遣中官、国子生及部委官各一人核实,立为定额。十三年,吏部言:"税课司局岁收额米不及五百石者,凡三百六十四处,宜罢之。"报可。胡惟庸伏诛,帝谕户部曰:"曩者奸臣聚敛,税及纤悉,朕甚耻焉。自今军民嫁娶丧祭之物,舟车丝布之类,皆勿税。"③

对于商业活动的税收,只是"三十而取一",这确实是一个非常低的税率了。

明代前期到中期国家之所以能一步步走向兴盛,除了太祖朱元璋奠定了较好的基础外,还和先后出现的成祖、仁宗、宣宗、孝宗这几任杰出皇帝有密切关系。明成祖朱棣发动"靖难之役"夺取政权后,并未被胜利冲昏头脑。"(永

---

① 张廷玉等:《明史》卷八十《食货志四》,第7册,第1935页。
② 张廷玉等:《明史》卷八十《食货志四》,第7册,第1935页。
③ 张廷玉等:《明史》卷八十一《食货志五》,第7册,第1975页。

乐)十四年(1416)春正月己酉,北京、河南、山东饥,免永乐十二年逋租,发粟一百三十七万石有奇振之。辛酉,都督金玉讨山西广灵山寇,平之。三月癸巳,都督梁福镇湖广、贵州。壬寅,阿鲁台败瓦剌,来献捷。夏四月壬申,礼部尚书吕震请封禅。帝曰:'今天下虽无事,四方多水旱疾疫,安敢自谓太平。且《六经》无封禅之文,事不师古,甚无谓也。'不听。乙亥,胡广为文渊阁大学士。六月丁卯,都督同知蔡福等备倭山东。秋七月丁酉,遣使捕北京、河南、山东州县蝗。"①当永乐十四年(1416)吕震等人请求搞封禅活动时,朱棣认为四方仍多水灾疾疫,"安敢自谓太平"。而且"六经"中都没有封禅之文,后人搞封禅活动并无多大意义,于是"不听"。朱棣这个决定体现其高超的政治智慧和足够的忧患意识,没有搞封禅活动,避免了劳民伤财。

继明成祖之后,明仁宗、明宣宗、明孝宗这几位皇帝也颇有功绩。仁宗在位时间虽然只有不到一年,但史书却对其评价颇高。"赞曰:仁宗为太子,失爱于成祖。其危而复安,太孙盖有力焉。即位以后,吏称其职,政得其平,纲纪修明,仓庾充羡,闾阎乐业,岁不能灾。盖明兴至是历年六十,民气渐舒,蒸然有治平之象矣。若乃强藩猝起,旋即削平,扫荡边尘,狡寇震慑,帝之英姿睿略,庶几克绳祖武者欤。"②《明史》充分肯定了明仁宗统治期间政治清明、国库充实、百姓安居乐业。到明宣宗宣德年间,整个国家已经呈现出"上下交足、军民胥裕"的大好局面:"明初,沿元之旧,钱法不通而用钞,又禁民间以银交易,宜若不便于民。而洪、永、熙、宣之际,百姓充实,府藏衍溢。盖是时,劝农务垦辟,土无莱芜,人敦本业,又开屯田、中盐以给边军,饟饷不仰藉于县官,故上下交足,军民胥裕。"③而对于明孝宗,《明史》的编修者也不吝溢美之词:"赞曰:明有天下,传世十六,太祖、成祖而外,可称者仁宗、宣宗、孝宗而已。仁、宣之际,国势初张,纲纪修立,淳朴未漓。至成化以来,号为太平无事,而晏

① 张廷玉等:《明史》卷七《成祖本纪》,第1册,第95—96页。
② 张廷玉等:《明史》卷九《仁宗本纪》,第1册,第125—126页。
③ 张廷玉等:《明史》卷七十七《食货志一》,第7册,第1877页。

安则易耽怠玩,富盛则渐启骄奢。孝宗独能恭俭有制,勤政爱民,兢兢于保泰持盈之道,用使朝序清宁,民物康阜。《易》曰:'无平不陂,无往不复,艰贞无咎。'知此道者,其惟孝宗乎。"①称赞明孝宗是"恭俭爱民,兢兢于持盈"的"一代令主"。

编写《剑桥中国明代史》的西方学者也高度评价了明王朝的治理能力:"试以明政府所要执行的任务来说,它既要维护这么广大疆域上的统一和同舟共济的意识,又要表现出充分的自我振兴的面貌,以便在和平而有秩序的情况下使社会哪怕是缓慢地,但却是灵活地发生变化,所以它的成就给了人们很深刻的印象。除此之外,明政府也允许那些生计稍微充裕而有余资的中国人自行其是地利用其资财,因为不论比起当时或以后世界上的其他国家来说,它向人民征收的税项是很少的,它把它的勤劳人民在财富所出之地里所创造的大部分财富留了下来。不平等现象随处可见。但是,社会仍然是开放的;它给各阶层人民提供了广阔的选择余地,这在不久以前还是不可能的。对于明代中国的政府,不可贸然予以等闲视之。"②在西方学者看来,明政府有两个方面做得特别好。一是实行轻税政策,百姓可以积累财富;二是社会开放,给各阶层人民更多选择的余地。这相比之前的中国社会,是巨大的进步。

但事物的发展总有两面性。在明王朝繁荣发展的过程中,也一直孕育着危机,各种内忧外患层出不穷。从内忧来说,由于明代废除了宰相制度,皇帝面临繁重的日常公务,不得不倚重于太监进行处理,所以先后出现了刘瑾和魏忠贤把持朝政的情况,这无疑会造成其他朝臣的不满。另外,各地藩王也在伺机而动,一些有实力的藩王试图夺取政权,如正德年间就出现了安化王和宁王的叛乱。到了嘉靖年间,朝廷内部权力斗争激烈,严嵩掌权后朝政腐败,国家又出现了严重的财政危机。到了明代末年,瘟疫横行,各地农民起义不断,直

---

①　张廷玉等:《明史》卷十五《孝宗本纪》,第 2 册,第 196 页。

②　[美]牟复礼、[英]崔瑞德编:《剑桥中国明代史》"导言",张书生等译,中国社会科学出版社 1992 年版(下同),第 7 页。

至明王朝灭亡。

与内忧相比,明王朝所遭受的"外患"似乎更加严重。在明代前期,虽然蒙古民族退居漠北后建立的北元政权已经瓦解,但北元分裂出来的瓦剌、鞑靼对明王朝的安全产生了重大威胁。明英宗正统十四年(1449)秋七月,瓦剌大军攻打大同,右参将吴浩战败而死,瓦剌脱脱卜花王寇辽东,阿剌知院寇宣府,围赤城,又别遣人寇甘州。明英宗不顾吏部尚书王直等人的劝阻,坚持御驾亲征,"上曰:'卿等所言,皆忠君爱国之意。但虏贼逆天悖恩,已犯边境杀掠军民,边将累请兵救援,朕不得不亲率大兵以剿之。'"①至于明英宗之所以不听朝臣的劝阻,是因为"司礼监太监王振实劝成于内"②。由于指挥不当,明军遭遇重大失败,八月壬戌,"车驾欲启行,以虏骑绕营窥伺复止不行。虏诈退,王振矫命抬营行就水。虏见我阵动,四面冲突而来,我军遂大溃。虏邀车驾北行,中官惟喜宁、随行振等皆死,官军人等死伤者数十万。太师英国公张辅泰、宁侯陈瀛,驸马都尉井源平,乡伯陈怀襄,城伯李珍遂,安伯陈埙修,武伯沈荣,都督梁成、王贵,户部尚书王佐,兵部尚书邝野,吏部左侍郎兼翰林院学士曹鼐,刑部右侍郎丁铉,工部右侍郎王永和,都察院右副都御史邓棨,翰林侍读学士张益,通政司左通政龚全安,太常少卿黄养正、戴庆祖、王一居,太仆少卿刘容,尚宝少卿凌寿,给事中包良佐、姚铣、鲍辉,中书舍人俞拱、潘澄、钱昺,监察御史张洪、黄裳、魏贞、夏诚、申祐、尹竑、童存德、孙庆、林祥凤,郎中齐汪、冯学明,员外郎王健、程思、温程式、逯端,主事俞鉴、张瑭、郑瑄,大理左寺副马豫,行人司正尹昌,行人罗如墉,钦天监夏官正刘信,序班李恭、石玉等皆死焉"③。经此一役,明军死伤数十万,王振、张辅泰等人死于乱军之中,连明英宗本人也被瓦剌军队俘获。所谓"虏邀车驾北行",只是一个维护明英宗面子的说法。这次事件史称"土木堡之变"。

---

①　孙继宗等修:《明英宗实录》卷一百八十,广方言馆旧藏抄本。
②　孙继宗等修:《明英宗实录》卷一百八十,广方言馆旧藏抄本。
③　孙继宗等修:《明英宗实录》卷一百八十,广方言馆旧藏抄本。

"土木堡之变"发生后,也先率瓦剌军队直扑北京。幸有于谦主持京师保卫战,并拥立明英宗朱祁镇的弟弟朱祁钰登基,第二年改元"景泰",是为明代宗。也先见无法彻底打败明王朝,被迫讲和,并于1450年将被俘的明英宗归还。后瓦剌发生内讧,脱脱卜花汗被杀,也先称汗,建立了瓦剌帝国,并与明王朝恢复了正常的贸易关系。也先死后,瓦剌帝国分裂,从此对明王朝再未构成威胁。

与北方游牧部落相比,东南沿海一带的倭寇之患对明王朝产生影响的时间更长,其损害也更大。倭寇之患始于元代,与当时中国、日本交恶有关。本来在唐宋时期,中日关系尚好,日本也定期"朝贡"。但到了14世纪,日本国内进入南北朝分裂时期,不仅停止了朝贡,大批战败的武士、浪人与海盗勾结在一起开始侵扰中国东南沿海。元世祖忽必烈曾多次派使者赴日本要求日本称臣纳贡,但都遭到拒绝。忽必烈一怒之下两次派军队远征日本,但未能取得成功。元代著名学者吴莱曾写过一篇《论倭》,记述了当时的情况:"今之世,提封万里,东西止日所出入,南北皆底于海。边徼无烽燧之警,士卒无矢镞之费。外夷重译,乡风效顺。梯山航海,莫不来献方物。汉唐之盛所未有也。然以倭奴,海东蕞尔之区,独违朝化三十余年。奉使无礼,恃险弄兵。当翦其鲸鲵以为诛首可也。"①在这篇文章里,吴莱还警告世人——倭奴已今非昔比,对中国的威胁大大增加,国人必须引起高度重视。袁桷有《马元帅防倭记》一篇②,可见元代开始"防倭"已经成为一项重要事务。

倭寇于明初仍然不时骚扰东南沿海各地,"是月[洪武二年(1369)正月],倭寇山东濒海郡县"③。"是月[洪武三年(1370)六月],倭寇山东、浙江、福建滨海州县。"④明代中期之前,倭寇还未对明朝政府和百姓造成重大威胁,所谓

---

① 吴莱:《渊颖吴先生集》卷五,四部丛刊影元本。
② 袁桷:《清容居士集》卷十九,四部丛刊影元本。
③ 张廷玉等:《明史》卷二《太祖本纪二》,第1册,第22页。
④ 张廷玉等:《明史》卷二《太祖本纪二》,第1册,第24页。

的"胡惟庸通倭谋逆"一案很有可能只是朱元璋铲除淮西功臣集团的一种手段。然而从世宗嘉靖年间开始,倭寇频频袭扰东北、山东、东南等地,而东南所受之祸害尤甚,宁波、温州、绍兴、太仓、苏州等地多次被倭寇劫掠,百姓死伤惨重,民生凋敝。史学界称为"嘉靖大倭寇"。明代的百姓甚至把"倭寇来了"作为吓唬小孩子的日常用语,"终明之世,通倭之禁甚严,闾巷小民,至指倭相詈骂,甚以嚇其小儿女云"①。在这一时期,也出现了一些分析倭寇特性和详细记载抗倭斗争经过的文章,如王世贞的《倭志》:"日本,古倭奴国,在大海中,于闽浙为东北隅。其国主以王为姓,世世不易……倭贼勇而戆,不甚别生死。每战辄赤体提三尺刀舞而前,无能捍者。其魁则皆闽、浙人,善设伏,能以寡击众,反客主劳逸而用之,此所以恒胜也。大群数千人,小群数百人,比比猬起……"②不仅交代了倭寇的由来和习性,还记述了倭寇入侵东南、东北等地的常用时间和路线,具有极高的史料价值和现实价值。后来清代纂修《明史》,其中"日本列传"前半部分大都是敷衍《倭志》而成。

　　通过《倭志》我们可以了解到两个信息:一是倭寇之患与日本国相关,其徒多日本武士、浪人;二是明朝时倭寇之患与元代相比已经发生了较大变化,此时的倭患已经不是简单的中日矛盾,而是更为复杂的历史现象。明代的倭患与中国国内盗贼关系甚大,乃至于倭寇的首领竟然大多是福建、浙江一带的中国人。这与元代时期的中日两国之争已大不相同。比王世贞生活年代稍早一些的唐顺之说得更加直接:"海上之患起于中国。奸民以倭贼为爪牙,倭贼以奸民为耳目,合为一体,酿成古今未有之变。至于倭贼所使中国之人为奸细者,结成死党,牢不可破,宁负中国,不肯负倭夷。"③

　　倭患之所以在明代中叶以后变得剧烈,原因是多方面的。除了与日本国内的军阀混战有关,也与明王朝的海洋政策调整密不可分。其实在明成祖永

---

① 张廷玉等:《明史》卷三百二十二《日本列传》,第 27 册,第 8358 页。
② 王世贞:《弇州四部稿》卷八十,清文渊阁四库全书本(下同)。
③ 唐顺之:《重刊荆川先生文集》卷二,四部丛刊影明本。

乐年间,明王朝对于海域的控制能力还是非常强大的,明成祖还多次派遣郑和率领庞大的舰队出使东南亚和西亚地区,这足以证明当时明王朝的造船技术和海军力量在全世界都是领先的。到了宣德年间,宣宗皇帝还派遣郑和率舰队第七次出使南洋和西洋。但从此之后,宣德帝和后面几任皇帝都采取了极为保守的海洋政策,再无出海雄心。这和倭寇之患愈演愈烈是有直接关系的。陈学霖就认为:"(宣德)皇帝为什么重新推动、然后又中断郑和的远航,其原因至今不清楚。对此曾作出过种种解释:国家资源的大量耗费、杨士奇和夏元吉的起作用的反对、对北方边境防御的日益增加的关心、永乐帝死后明朝海军力量的衰落。这些因素的综合肯定造成了这样的结果……虽然明朝廷有充分理由中断海外扩张,但其影响是深远的。这项决定严重地影响海军建制的力量和士气,削弱了它的沿海防御能力。这从而促成了日本海盗在下一个世纪的进一步掠夺。"[1]

面对倭患,嘉靖二十六年(1547)六月巡按御史杨九泽建议朝廷:"浙江宁、绍、台、温皆滨海,界连福建福、兴、漳、泉诸郡,有倭患,虽设卫所城池及巡海副使、备倭都指挥,但海寇出没无常,两地官弁不能通摄,制御为难。请如往例,特遣巡视重臣,尽统海滨诸郡,庶事权归一,威令易行。""廷议称善,乃命副都御史朱纨巡抚浙江兼制福、兴、漳、泉、建宁五府军。"[2]本来朝廷在浙江设置"巡抚"对于抗倭非常有利,但此后由于东南沿海一带奸商和大姓的阻挠,"巡抚"制度一度被改为"巡视"制度,朱纨也被迫自杀:"当是时,日本王虽入贡,其各岛诸倭岁常侵掠,滨海奸民又往往勾之。纨乃严为申禁,获交通者,不俟命辄以便宜斩之。由是,浙、闽大姓素为倭内主者,失利而怨。纨又数腾疏于朝……巡按御史周亮,闽产也,上疏诋纨,请改巡抚为巡视,以杀其权。其党在朝者左右之,竟如其请。又夺纨官,罗织其擅杀罪,纨自杀。自是不置巡抚

---

① [美]牟复礼、[英]崔瑞德编:《剑桥中国明代史》,第334页。
② 张廷玉等:《明史》卷三百二十二《日本列传》,第27册,第8350页。

者四年。"①由此可见当时抗倭斗争的复杂性,日本国内分裂动荡、王令不行以及中国浙、闽一带大姓与倭寇勾结等,都是倭患愈演愈烈的重要原因。后来明朝廷虽然又恢复"巡抚",并先后派遣胡宗宪、俞大猷、戚继光等人前往东南平定倭患,也取得了一些阶段性的胜利,但倭患始终未得到彻底解除。归有光曾写过一篇《备倭事略》,对当时地方官员的守城策略进行了批评:"今所谓守城者,徒守于城之内而不知守于城之外。惴惴然如在围城之中,贼未至而已先自困矣。畏首畏尾,身其余几……"②

万历年间,平秀吉统一日本后,率领日本军队大举入侵朝鲜,在朝鲜半岛与明军多次激战。此时抗倭斗争形势再一次发生重大变化,中日民族矛盾重新成为抗倭斗争的主基调。万历二十四年(1596),平秀吉病死,日军撤回国内。一方面,平秀吉统一日本后对外发动战争,给中国和朝鲜带来了严重威胁;另一方面,日本国内局势的稳定反而间接帮助明王朝解除了东南沿海的倭患:"久之,秀吉死,诸倭扬帆尽归,朝鲜患亦平。然自关白侵东国,前后七载,丧师数十万,糜饷数百万,中朝与朝鲜迄无胜算。至关白死,兵祸始休,诸倭亦皆退守岛巢,东南稍有安枕之日矣。"③

从洪武年间开始,倭寇侵扰明王朝两百多年,是明代重大的历史事件。正如贺复徵在《文章辨体汇选》中所说:"我国外患敌国,唯南倭北蕃称雄。"④倭寇之患、瓦剌入侵都是明代历史上的重大事件,都必然会对我国的文学艺术产生影响。在明代乐府诗创作中,有一部分作品就反映了抗倭抗蕃战争的场景,或是歌颂战争取得的胜利。这些乐府诗的创作和接受本身就体现出一定的乐府观念,也是明代乐府诗学的内容之一。

---

① 张廷玉等:《明史》卷三百二十二《日本列传》,第27册,第8351页。
② 归有光:《震川集》卷三,清文渊阁四库全书本。
③ 张廷玉等:《明史》卷三百二十二《日本列传》,第27册,第8358页。
④ 贺复徵编:《文章辨体汇选》卷一,清文渊阁四库全书本(下同)。

第二节　重视礼乐建设与理学兴盛

礼乐在中国自古就具有重要地位。《礼记·乐记》中有大量关于礼乐价值的论述,我们试举其中一段为例:

> 凡音之起,由人心生也。人心之动,物使之然也,感于物而动,故形于声。声相应,故生变,变成方,谓之音。比音而乐之,及干戚、羽旄,谓之乐。乐者,音之所由生也,其本在人心之感于物也。……是故先王慎所以感之者。故礼以道其志,乐以和其声,政以一其行,刑以防其奸。礼、乐、刑、政,其极一也,所以同民心而出治道也。凡音者,生人心者也。情动于中,故形于声,声成文,谓之音。是故治世之音安以乐,其政和;乱世之音怨以怒,其政乖;亡国之音哀以思,其民困。声音之道,与政通矣。……凡音者,生于人心者也。乐者,通伦理者也。是故知声而不知音者,禽兽是也。知音而不知乐者,众庶是也。唯君子为能知乐。是故审声以知音,审音以知乐,审乐以知政,而治道备矣。①

我们的老祖先就认为音乐与人心相通,音乐可以让百姓和睦相处,礼则对于国家治理非常重要,"礼乐刑政,其极一也",礼乐和刑政的最终功能指向是一致的,都是为了"王道"。孔子也说过"兴于《诗》,立于礼,成于乐"②,礼乐建设对于一个国家来说不仅是娱乐工具或装装样子,它还关系整个国家的命运和风气。

战国时期的荀子对礼乐的教化功能有过精彩论述:

> 夫声乐之入人也深,其化人也速,故先王谨为之文。乐中平则民

---

① 孙希旦:《礼记集解》卷三十七"乐记第十九之一",沈啸寰、王星贤点校,中华书局1989年版,第978—982页。

② 朱熹:《论语集注·泰伯第八》,齐鲁书社1992年版(下同),第77页。

和而不流，乐肃庄则民齐而不乱。民和齐则兵劲城固，敌国不敢婴也。如是，则百姓莫不安其处，乐其乡，以至足其上矣。然后名声于是白，光辉于是大，四海之民莫不愿得以为师。是王者之始也。乐姚冶以险，则民流僈鄙贱矣。流僈则乱，鄙贱则争。乱争则兵弱城犯，敌国危之。如是，则百姓不安其处，不乐其乡，不足其上矣。故礼乐废而邪音起者，危削侮辱之本也。故先王贵礼乐而贱邪音。其在序官也，曰："修宪命，审诛赏，禁淫声，以时顺修，使夷俗邪音不敢乱雅，太师之事也。"①

荀子认为礼乐"入人也深""化人也速"，关系到国家的安危和稳定，是统治者最应该注意的地方。如果一个国家的音乐"姚冶以险"，则民风就会"流僈鄙贱"，让国家陷入纷乱之中，面临灭亡的危险。所以古代的圣王才会"贵礼乐而贱邪音"。

从汉代以来，历代中原王朝都很重视礼乐建设。因为统治者们深知，礼乐可以彰显权威、引导臣民、教化百姓，非常有利于巩固自己的统治。明王朝取代元朝执掌政权后，朱元璋更以恢复汉人江山的功臣自居。除了在农业经济上恢复发展，在文化建设上也要尽快肃清元代残余影响。因此，明代从一开始就高度重视礼乐文化建设。据《明史·乐志一》记载：

> 太祖初克金陵，即立典乐官。其明年置雅乐，以供郊社之祭。吴元年命自今朝贺，不用女乐。先是命选道童充乐舞生，至是始集。太祖御戟门，召学士朱升、范权引乐舞生入见，阅试之。太祖亲击石磬，命升辨五音。升不能审，以宫音为徵音。太祖哂其误，命乐生登歌一曲而罢。是年置太常司，其属有协律郎等官。元末有冷谦者，知音，善鼓瑟，以黄冠隐吴山。召为协律郎，令协乐章声谱，俾乐生习之。取石灵璧以制磬，采桐梓湖州以制琴瑟。乃考正四庙雅乐，命谦较定

① 王先谦：《荀子集解》卷十四"论乐"，沈啸寰、王星贤点校，中华书局2013年版，第449—450页。

音律及编钟、编磬等器,遂定乐舞之制。乐生仍用道童,舞生改用军民俊秀子弟。又置教坊司,掌宴会大乐。设大使、副使、和声郎,左、右韶乐,左、右司乐,皆以乐工为之。后改和声郎为奉銮。①

明太祖朱元璋占领南京后,随即就设立了典乐官,第二年又设置雅乐,用于郊社之祭。吴元年(1366)又规定朝贺不用女乐,而选道童充乐舞生。因为学士朱升不懂乐律,朱元璋又召冷谦为协律郎,较定音律及乐器,定乐舞之制。

朱元璋非常重视礼乐的教化讽谕作用,甚至亲自制定二郊乐章:

当太祖时,前后稍有增损。乐章之鄙陋者,命儒臣易其词。二郊之作,太祖所亲制。后改合祀,其词复更。太社稷奉仁祖配,亦更制七奏。尝谕礼臣曰:"古乐之诗,章和而正。后世之诗,章淫以夸。故一切谀词艳曲皆弃不取。"尝命儒臣撰回銮乐歌,所奏《神降祥》《神贶》《酣酒》《色荒》《禽荒》诸曲,凡三十九章,命曰《御銮歌》,皆寓讽谏之意。②

朱元璋认为古代的诗乐平和中正,后世的诗乐章淫浮夸,他告诫臣下要抛弃一切"谀词艳曲",并命儒臣撰写寓含讽谏之意的回銮乐歌,这显然是一种恢复古乐的努力。

陈琏的《大晟乐赋并序》生动地反映了洪武朝制礼作乐的盛况及影响:

洪武壬申,予典教桂林。越明年季冬,朝廷颁雅乐至,因命道人龙碧潭等分教诸生。不一月,有成。明年春丁祭,八音克谐,六佾整肃,神人以和。时观听者莫不相与嗟叹,以为圣朝盛事。予惟自昔帝王制作之美,必有铺张盛功歌咏休烈者。矧今圣明御宇,崇尚斯文,典章礼乐之懿,诚足跨前代而冠百王。予忝司教铎,亲睹盛事,不揆庸陋,为《大晟乐赋》一通。方之古人之作,终有余愧。然区区忠爱之诚,固不能自已焉。其辞曰:

---

① 张廷玉等:《明史》卷六十一《乐志一》,第5册,第1500页。
② 张廷玉等:《明史》卷六十一《乐志一》,第5册,第1500页。

　　于赫明圣，德冠百王。奉天承运，统有万方。立人极扶，纲常颁正，朔朝明堂。禁纲疏阔，刑书审详。振文风于九有，施教雨于八荒。灾沴不作，岁时丰穰。景星耀而泰阶平，虹晲灭而日月光。醴泉、芝草不足为之瑞，庆云、甘露不足为之祥。首兴文教，礼我素王。悼礼乐之废坠，欲制作而未遑。阅历有年，始见更张。尔乃载命太常爰稽古式。乐作大晟，舞用六佾。惟精美勿迫勿棘，惟尔有司恪恭乃职。于是採嶰谷之竹，出泗滨之石。择文梓之良材，拣孤桐之美质。旁搜金革，广聚胶漆。众材适备，群匠协力。所作伊何，钟磬琴瑟。箫鼓柷敔，埙篪笙笛。惟武有具，亦既整饬。辉煌旌旄，左右勾翟。告成功于九重，动欢声于百辟。天子曰嘉，锡以雅名。载颁侯泮，如敕奉行。惟桂有学，岁月屡更。弦歌洋洋，不减武城。适雅乐之颁至，当甲戌之上丁。将祭之日，天朗气清。乃设簨虡，宿悬于庭。暨于行事，风云不兴。庭燎烨烨，众星荧荧。岳牧承祀，极其精诚。佩玉锵锵，冠履盈盈。筐帛式陈，牲醴惟馨。麾幡斯举，众乐皆鸣。喤喤乎咸韶之音，噰噰乎鸾凤之声。调阴阳之律吕，分宫徵之浊清。舞蹈迭举，登歌载升。合止有节，既和且平。是以观听者莫不神领而意会，心开而目明。不惟感于人心，实能格于神灵。岂非妙推击之条理，而集众音之大成也耶！钧我素王，挺生东鲁。祖述尧舜，宪章文武。允为帝王之师，作我斯文之祖。仰圣德之巍巍，为累朝之褒异。始于汉高皇、元帝之时，次及建武、延光之际。三牲之祀起于西晋，太牢之设见于后魏。惟北齐之显祖，亦克遵于古制。大兴于李唐之朝，尤盛于宋元之世。礼器既全，乐器亦备。惟谥号之极其尊崇，而封爵亦延于后裔。古称成均首善之地，庙学有严祀享弗替。瞻翠华之曾临，聆玉音之屡至。虽万乘之至尊，亦舍奠而致祭。岂非以道不以功，以德不以位耶？今圣明在御，车书会同。制礼超前代之盛，作乐成太平之功。是以文教聿兴，孔道尊崇。跻斯民于仁寿，致四海于时雍。盖将登五帝而侔三王,又岂汉、唐、宋、元区区者之足比隆哉!①

陈琏(1370—1454),字廷器,号琴轩,广东东莞人。洪武二十三年(1390)举人,入国子监,选为桂林教授。永乐年间历许州、扬州知府,升四川按察使。宣德初为南京国子祭酒。正统初以南京礼部侍郎致仕。陈琏的文集题为《琴轩集》,是集卷一专门列出"乐府"部分,诗题皆为"天马歌""白纻歌"等汉魏晋南北朝旧题。从这篇赋文的序言可知,此赋作于洪武年间陈琏任桂林教授时。陈琏的这篇赋文详细记载了明初洪武年间朝廷重修礼乐的盛况,虽有歌功颂德之嫌,但仍不失为研究明初朝廷音乐机构运作情况的重要材料。

当然,朱元璋试图恢复古乐的努力并未取得完全成功:

> 然当时作者,惟务明达易晓,非能如汉、晋间诗歌,铿锵雅键,可录而诵也。殿中韶乐,其词出于教坊俳优,多乖雅道。十二月乐歌,按月律以奏,及进膳、迎膳等曲,皆用乐府、小令、杂剧为娱戏。流欲喧譊,淫哇不逞。太祖所欲屏者,顾反设之殿陛间不为怪也。②

由于时代久远,古曲已经失传,当时的作者也只能追求明达易晓,写出来的曲子无法像汉晋诗歌那样铿锵雅健。甚至连宫殿上演奏的《韶》乐之词都出于教坊俳优,与雅道相背离。十二月乐歌、进膳、迎膳用的曲子都是用当时流行的散曲(这里所说的"乐府"是指散曲,而非乐府诗)、小令和杂剧,与雅乐相去甚远。

在朱元璋之后,明朝廷所用的郊庙、宴飨乐舞一直不够理想,也不断有臣子向皇帝提出恢复古乐、强化礼乐教化功能的建议:

> 永乐十八年,北京郊庙成。其合祀合享礼乐,一如旧制。更定宴飨乐舞:初奏《上万寿之曲》,《平定天下之舞》;二奏《仰天恩之曲》,《抚四夷之舞》;三奏《感地德之曲》,《车书会同之舞》;四奏《民乐生之曲》,《表正万邦之舞》;五奏《感皇恩之曲》,《天命有德之舞》;六

---

① 陈琏:《琴轩集》卷一,民国间东莞陈氏刊聚德堂丛书本(下同)。
② 张廷玉等:《明史》卷六十一《乐志一》,第 5 册,第 1507—1508 页。

奏《庆丰年之曲》;七奏《集祯应之曲》;八奏《永皇图之曲》;九奏《乐太平之曲》。奏曲肤浅,舞曲益下俚。景泰元年,助教刘翔上书指其失。请敕儒臣推演道德教化之意,群臣相与之乐,作为诗章,协以律吕,如古《灵台》《辟雍》《清庙》《湛露》之音,以振励风教,备一代盛典。①

明代的宴飨乐舞是明太宗(即明成祖)永乐年间正式确定的,但奏曲肤浅俚俗。所以到了明代宗景泰元年(1450),助教刘翔上书代宗指出礼乐存在的问题,并建议代宗下令儒臣们向古代雅乐学习,重新创作诗章,协以律吕。当然,这么做的目的还是为了"振励风教",充分发挥礼乐教化百姓的作用。虽然明太宗本人也提出过"惟欲举贤材,兴礼乐,施仁政,以忠厚为治"②。但刘翔的建议也并未得到采纳,"时以袭用既久,卒莫能改。其后教坊司乐工所奏中和《韶》乐,且多不谐者"③。代宗时期依然未能改变明初以来礼乐不够纯粹高雅的问题。

到了明孝宗弘治年间,孝宗还一度听从了臣下的建议想校正雅乐、恢复祖制:

> 弘治之初,孝宗亲耕耤田,教坊司以杂剧承应,间出狎语。都御史马文升厉色斥去。给事中胡瑞尝言:"御殿受朝,典礼至大,而殿中中和韶乐乃属之教坊司,岳镇海渎,三年一祭,乃委之神乐观乐舞生,亵神明,伤大体。望敕廷臣议,岳渎等祭,当以缙绅从事。中和韶乐,择民间子弟肄习,设官掌之。年久,则量授职事。"帝以奏乐遣祭,皆国朝旧典,不能从也。马文升为尚书,因灾异陈言,其一,访名儒以正雅乐,事下礼官。礼官言:"高皇帝命儒臣考定八音,修造乐器,参定乐章。其登歌之词,多自裁定。但历今百三十余年,不复校

---

① 张廷玉等:《明史》卷六十一《乐志一》,第5册,第1508页。
② 杨士奇修:《明太宗实录》卷二十三,广方言馆旧藏抄本。
③ 杨士奇修:《明太宗实录》卷二十三,广方言馆旧藏抄本。

正,音律舛讹,厘正宜急。且太常官恐未足当制器协律之任。乞诏下诸司,博求中外臣工及山林有精晓音律者,礼送京师。会礼官熟议至当,然后造器正音,庶几可以复祖制,致太和。"帝可其奏。末年诏南京及各王府,选精通乐艺者诣京师,复以礼官言而罢。①

在弘治初年,皇帝亲耕耤田时,教坊司以杂剧承应,受到都御史马文升的严厉斥责。给事中胡瑞认为教坊司无法承担演奏礼乐的重任,应该另外选人,但孝宗并未接受。马文升升任尚书后,利用天降灾异的机会再次向孝宗进言要求访名儒以正雅乐,一开始礼官也表示赞同,但最终因为礼官的反对未能施行。到了武宗朝,情况变得愈发混乱,以致于"筋斗百戏之类日盛于禁廷","俳优之势大张"②。

直到明世宗继位后,朝廷的礼乐建设才取得了一些进展:

> 嘉靖元年,御史汪珊请屏绝玩好,令教坊司毋得以新声巧技进。世宗嘉纳之。是时,更定诸典礼,因亦有志于乐。建观德殿以祀献帝,召协律郎肄乐供祀事。后建世庙成,改殿曰崇先。乃亲制乐章,命大学士费宏等更定曲名,以别于太庙。③

张鄂向明世宗建议定黄钟为元声,以旋宫之法定诸声,并进呈《大成乐舞图谱》及《古雅心谈》两部乐书。礼官称赞张鄂"深识近乐之弊",于是世宗授鄂太常寺丞,令诣太和殿较定乐舞。随后张鄂又向世宗建议说世庙乐章律起林钟宫不妥,于是世宗又命张鄂更定庙享乐音。张鄂随即谱定帝社稷乐歌以进。世宗将其晋升为少卿,专门掌教雅乐。

从世宗到神宗再到思宗年间,向朝廷进献乐书的活动一直不断:

> 明自太祖、世宗,乐章屡易,然钟律为制作之要,未能有所讲明。吕怀、刘濂、韩邦奇、黄佐、王邦直之徒,著书甚备,职不与典乐,托之

---

① 张廷玉等:《明史》卷六十一《乐志一》,第5册,第1508—1509页。
② 张廷玉等:《明史》卷六十一《乐志一》,第5册,第1508—1509页。
③ 张廷玉等:《明史》卷六十一《乐志一》,第5册,第1509页。

空言而已。张鄂虽因知乐得官,候气终属渺茫,不能准以定律。弘治中,莆人李教授文利,著《律吕元声》,独宗《吕览》黄钟三寸九分之说。世宗初年,御史范永銮上其书,其说与古背,不可用。嘉靖十七年六月,辽州同知李文察进所著乐书四种,礼官谓于乐理乐书多前人所未发者。乃授文察为太常典簿,以奖劝之。而其所云"按人声以考定五音"者,不能行也。神宗时,郑世子载堉著《律吕精义》《律学新说》《乐舞全谱》共若干卷,具表进献。崇祯六年,礼部尚书黄汝良进《昭代乐律志》。宣付史馆,以备稽考,未及施行。①

除张鄂外,进献乐书的还有李文利、李文察、郑载堉、黄汝良等人,所献之书包括《律吕元声》《律吕精义》《律学新说》《乐舞全谱》《昭代乐律志》等。这些乐书上的内容虽然多数"不能行"或"未及行",但从这些活动中还是可以看出有明一代君臣对于礼乐建设的重视。

研究明代的诗学,当然不能忽略明代哲学思想的背景。中国哲学史上有"宋明理学"一说,也就是将"理学"作为宋代到明代整个社会思想的主流。所谓"理学",即究理之学,实际上是传统的儒学融合了道家和佛家思想后在宋代生成的新的思想体系。北宋后期从周敦颐到二程、张载,再到南宋的朱熹、陆九渊,理学逐渐走向成熟。朱熹堪称是宋代理学的集大成者,影响远远超过陆九渊一派。冯友兰先生曾在《中国哲学史》中说:"在此二百五十年之间,朱学甚有势力。盖朱子哲学系统,实甚精密伟大。象山在当时虽号为与朱子对峙者,然陆派之学,对于修养方面,虽有较简易直截的方法,而其对于宇宙各方面之解释,则简略已甚。陆学之系统,实不及朱学之大。故宋末以后,朱学势力,逐渐增大。至元修《宋史》,于《儒林传》外,另立《道学传》,以纪当时所认为能继文王周公孔子孟子之'圣贤不传之学'者。此传以朱子为中心,而象山慈湖则仅列于《儒林传》。至于明之中叶,朱学继续盛行。"②

---

① 张廷玉等:《明史》卷六十一《乐志一》,第5册,第1509页。
② 冯友兰:《中国哲学史》下册,华东师范大学出版社2000年版,第284页。

其实朱学之影响也有一个逐渐发展壮大的过程。在朱熹生前,其学术尽管也有一定影响,但并未成为官方指导思想,甚至还被一些掌握实权的官员视作"误国空谈","庆元党禁"就充分说明了这一点。直到他去世之后,"四书"才被立于官学。到了南宋末期,朱熹的地位明显提升,于淳祐元年(1241)配享从祀孔庙。在清代确定的"十二哲"中,只有朱熹一人不是孔子的弟子,可谓无上殊荣。当然,在南宋时期,朱熹之学主要还是被当作一种学术来看待的。葛兆光先生就认为:"南宋的理学就在这样的语境下延续着,在士人阶层中,它迅速弥漫并形成风尚,在政治主流的打压下,始终处于边缘,在民间知识界,它已经建构了相当的公共空间,而在政治权力中枢,在实用的政治运作中,它却始终没有发言权。"①

朱元璋建立明朝后,为了尽快在思想意识形态上扫清元朝的残余影响,大力提倡儒学,对朱熹之学推崇备至。朱元璋提倡儒学,当然还是为了给自己的统治寻找合理的依据。"恢复儒家思想体系",实际上是为了尽快获得汉族百姓的支持,同时加强思想统治。据《明史·选举志二》记载:"科目者,沿唐、宋之旧,而稍变其试士之法,专取四子书及《易》《书》《诗》《春秋》《礼记》五经命题试士。盖太祖与刘基所定。其文略仿宋经义,然代古人语气为之,体用排偶,谓之八股,通谓之制义。……《四书》主朱子《集注》,《易》主程《传》、朱子《本义》,《书》主蔡氏《传》及古注疏,《诗》主朱子《集传》,《春秋》主左氏、公羊、穀梁三传及胡安国、张洽传,《礼记》主古注疏。永乐间,颁《四书五经大全》,废注疏不用。其后,《春秋》亦不用张洽传,《礼记》止用陈澔《集说》。"②从洪武到永乐年间,逐渐确立的以测试"四书五经"为主的明代科举制度,集中体现了朱子理学在国家意识形态层面统治地位的确立。

在明代思想界,除了朱子理学得到进一步强化外,从明代中期开始,阳明

---

① 葛兆光:《中国思想史》第二卷,复旦大学出版社 2001 年版(下同),第 225 页。
② 张廷玉等:《明史》卷七十《选举志二》,第 6 册,第 1693—1694 页。

心学的兴盛成为令人瞩目的现象。王阳明(1472—1529),名守仁,字伯安,阳明是其别号,浙江绍兴府余姚县(今宁波余姚)人。其父王华字德辉,明宪宗成化十七年(1481)进士第一名,弘治中累官学士少詹事。据《明史》记载:"守仁娠十四月而生。祖母梦神人自云中送儿下,因名云。五岁不能言,异人抚之,更名守仁,乃言。"①王阳明青年时代就喜欢谈论兵法,还善于射箭。登弘治十二年(1489)进士,历任刑部主事、兵部主事等职。明武宗正德元年(1506)冬,因抗章营救御史戴铣等人触怒刘瑾,被廷杖四十贬到贵州龙场驿。在贵州期间,王阳明悟出"圣人之道,吾性自足,向之求理于事物者误也"的道理,史称"龙场悟道"。后被兵部尚书王琼看中,擢右佥都御史巡抚南赣,迅速平定谢志山等人的叛乱。正德十四年(1519),宁王朱宸濠发动叛乱,王阳明仅用三十五天就打败叛军,抓住了朱宸濠。不料却因此惹恼了好大喜功的明武宗,并未得到封赏。直到明世宗即位后,才升为南京兵部尚书,不久又加封新建伯。嘉靖元年(1522),王华去世,王阳明回乡守制。五十四岁那年,王阳明辞官回乡,在绍兴一带创建书院,讲授心学。嘉靖六年(1527),卢苏、王受在思恩、田州造反,王阳明又被朝廷派往平叛,于第二年收服了卢苏、王受,并进一步击败了断藤峡盗贼。平叛后,王阳明肺病加重,于嘉靖七年(1528)十一月病逝于江西南安府大庚县青龙港(今江西省大余县境内)舟中。

王阳明不仅拥有充满传奇色彩的一生,他的心学思想对后世影响更加深远。阳明心学是广义上的宋明理学的一部分,但它又是对朱子理学的纠正和发展。其思想核心可以归纳为"心即理也。天下又有心外之事、心外之理乎"②。这实际上可以看作是王阳明运用佛教禅宗思想来对朱子理学进行修正。葛兆光先生即认为:"这种思路很像佛教的禅宗,而它的意义也正如七至八世纪之间中国禅宗取代印度佛教一样。否定'心'之为二,强调

---

①　张廷玉等:《明史》卷一百九十五《王阳明传》,第17册,第5159页。
②　王守仁:《传习录译注》卷上,王晓昕译注,中华书局2018年版,第13页。

世谷人心与超越之心的合一,实际上是为了把拯救的权力从外在的戒律约束、外在艰苦修行、外在的理性分析,转移到内心的自我启发和觉悟上来……"①与朱子理学相比,阳明心学省略了大量艰苦的修行过程,其"成圣道路"对普通人具有更大的吸引力。但事物都有两面性,就像禅宗发展到极端会出现呵佛骂祖的"狂禅"一样,阳明心学走向极端也会出现"狂人",会打破封建礼教固有的秩序。因此,清人在修《明史》时对阳明心学的评价并不高:

> 《宋史》判道学、儒林为二,以明伊洛渊源,上承洙泗。儒宗统绪,莫正于是。……原夫明初诸儒,皆朱子门人之支流余裔,师承有自,矩矱秩然。曹端、胡居仁笃践履,谨绳墨,守儒先之正传,无敢改错。学术之分,则自陈献章、王守仁始。宗献章者曰江门之学,孤行独诣,其传不远。宗守仁者曰姚江之学,别立宗旨,显与朱子背驰,门徒遍天下,流传逾百年,其教大行,其弊滋甚。②

从这段话可以看出,清人认为朱子之学才是正统儒学,而王阳明之学与朱子背道而驰,显然是旁门左道。但这段话也同时证明了,在明代中后期,阳明心学影响极大,达到了"门徒遍天下"的地步。

重视礼乐建设和朱子理学的兴盛对明代乐府诗学产生了重要影响。在这股思潮的指导下,在评价乐府诗时,那些更接近于雅乐的歌辞,或是具有反映现实、讽谏作用的乐府诗当然会得到比较高的评价。相反的是,一些描写男女风情的乐府诗,如南朝清商乐府,往往会被当作"淫辞艳曲"。这在一些受理学思想影响较深的诗学家那里表现得尤为突出。如《二顾先生遗诗》卷一"顾子方诗",标为"拟古乐府",其中《当墙欲高行》一首题注云:"此陈思□调也。悟秋子读书至此,喟然叹曰:'曹先生遭际信值奇穷,然躁露招尤,祸非无妄。歌中寓意,绝无责躬悔过之辞。盖千古才人,未闻道者多也。'拈和一章,聊为

---

① 葛兆光:《中国思想史》第二卷,第 305 页。
② 张廷玉等:《明史》卷二百八十二《儒林传》,第 24 册,第 7221—7222 页。

陈思补过耳。"①可见顾子方作此诗的目的是"为陈思补过",对曹植的评价反映出明代程朱理学仍然有强大的影响。

另外,明代理学内部其实也在发生分化,阳明心学的成熟也预示了明代文学思想中"重情"一派将会扮演越来越重要的角色。在明代中后期,乐府诗批评的视角和前期并非完全相同,以钟惺、谭元春为代表的诗学家们愈发重视"情"对于文学创作的作用,这些都是值得我们深入研究的诗学现象。

第三节　复古诗学、重情诗学与辨体
诗学的兴盛

关于有明一代文学的演变规律,清四库馆臣曾在《怀麓堂集》提要中说:"盖明洪、永以后,文以平正、典雅为宗,其究渐流于庸肤。庸肤之极,不得不变而求新。正、嘉以后,文以沉博伟丽为宗,其究渐流于虚憍。虚憍之极,不得不变而务实。二百余年,两派互相胜负,盖皆理势之必然。"②在清四库馆臣看来,明代二百多年间文学总的来说分为两派:典雅派与务实派。这两派在不同时期互有胜负,共同决定了明代文学的发展走势。但实际上明代文学的发展演进情况比清四库馆臣所说的要复杂得多,且典雅派与务实派也无法概括明代文学流派的实际情况。

在明代诗学发展的历史中,复古诗学的兴起无疑是最引人瞩目的现象。这种诗学现象当然不是孤立存在的,它和上文所说的朝廷重视礼乐建设、尝试恢复古乐古礼的方向是一致的。其实文学复古并不是明代所特有的文学现象,也不是到明代才出现的。早在唐代就出现了陈子昂倡导的诗文复古,李白创作《古风》及拟写古乐府诗也是受其影响;中唐又有所谓的"古文运动",且

① 顾杲、顾绌:《二顾先生遗诗》卷一,民国元年(1912)至三年(1914)上海国粹学报社铅印古学汇刊本(下同)。
② 纪昀等纂:《武英殿本四库全书总目提要》卷一百七十,第48册,第100—101页。

这股文学思潮一直沿续到宋代。与唐宋时期的文学复古相比,明代文学复古引起的关注较少,相关的研究成果也不多。廖可斌先生曾对明代文学复古运动有过高度的概括:

> 明代复古运动,从正式兴起的弘治年间算起,到余音袅袅的明末清初,绵延了一个半世纪。它前潮未平,后波又起,高峰期几乎席卷了整个文坛。与前几次复古运动相比,其历时之久与规模之大,都有过之而无不及。尤其值得注意的是,明代复古运动曾引起过非常激烈的文学论战。复古派对中唐以下特别是宋、元至明前期的诗文给予了尖锐批评,反复古派又对复古派的理论和创作进行了猛烈攻击,复古派内部也产生过种种矛盾,爆发过多次争论。……明代中晚期的文坛于是搅得天翻地覆,构成了整个中国古代文学史上最热闹的一幕。①

毋庸讳言,传统的文学史对于明代文学复古的评价一般都不高,往往将其说成是"机械拟古""形式主义"。但实际上,明代文学复古自有其价值。正如廖可斌先生所说:"但就在那些完全僵死的古化石和古文物中,考古学家们不是还仿佛能听到远古时代的山崩地裂、海水沸涌之声仍在其中回荡,还仿佛能看到千百年前金戈铁马奔腾驰逐的雄伟场面仍在其上映现吗?"②明代文学复古运动作为明代文学最重要的现象之一,我们今天研究明代乐府诗学时当然无法绕过。

明代复古文学思潮兴起的原因是非常复杂的,很难将其归结于一端。正如上文所说,文学复古思潮在唐宋时期就已经普遍存在。而且,从文学发展演变的情况来看,所谓"复古"并不是简单地"回到古人",而是"以复古为革新"。无论是唐代的陈子昂、韩愈,还是宋代的梅尧臣、欧阳修,他们提倡复古往往都是想推动现实的变革。明代文学复古思潮的兴起应该也不会背离这个

---

① 廖可斌:《明代文学复古运动研究》,第2页。
② 廖可斌:《明代文学复古运动研究》,第3页。

规律。明代复古思潮兴起一般认为是在弘治后期,以李梦阳、何景明等"前七子"登上历史舞台为标志。但实际上,早在明初文学复古思想就已经存在了。明初高启有《大全集》十八卷,清四库馆臣作提要曰:

> 启天才高逸,实据明一代诗人之上。其于诗拟汉魏似汉魏,拟六朝似六朝,拟唐似唐,拟宋似宋。凡古人之所长,无不兼之。振元末纤秾缛丽之习,而返之于古,启实为有力。然行世太早,殒折太速,未能镕铸变化自为一家,故备有古人之格而反不能名启为何格,此则天实限之,非启过也。特其摹仿古调之中,自有精神、意象存乎其间。譬之褚临禊帖,究非硬黄双钩者比。故终不与北地、信阳、太仓、历下同为后人诟病焉。①

高启《大全集》第一卷、第二卷均为古题乐府诗。清四库馆臣充分肯定了高启的拟古之作,并认为其是明代复古文学的先驱,且不像后来李梦阳等人为后人所诟病。

比"前七子"稍早的李东阳论诗主"格调",强调古诗、律诗之分及唐诗、宋元诗之分,其实已经蕴含了文学复古的因素。与李东阳同时的王鏊则表现出更加明显的复古观念。他在《孙可之集序》中说:

> 凡为文必有法。扬子云:"断木为棋,椀革为鞠,亦皆有法焉,况文乎哉!"近世文章家,要以昌黎公为圣。其法所从授,盖未有知其所始者。意其自得之于经,而得之邹孟氏尤深。同时自柳州外,鲜克知者。昌黎授之皇甫持正,持正授之来无择,无择授之可之。故可之每自诧得吏部为文真诀。可之卒,其法中绝。其后欧、苏崛起百年之后,各以所长振动一世。其天才卓绝,顾于是有若未暇数数然者,而亦多吻合焉。其时临川荆公得之独深,考其储思注词,无一弗合,顾视韩差狭耳。而后之为文者,随其成心无所师承,予窃病之。少读

---

① 纪昀等纂:《武英殿本四库全书总目提要》卷一百六十九,第47册,第189—190页。

《唐文粹》，得持正、可之文，则往返三复，惜不得其全观之。后获内
阁秘本，手录以归，自谓古人立言之旨始有丝发之见。且欲痛刬旧
习，澡濯新思，而齿发向衰，才思凋落，欲进复却，不能追古作者以足
平生之志。读二子书，未尝不抚卷太息，喜其逢而惜其晚也。遂梓刻
以传，庶昌黎公不传之秘或有因是而得者。①

王鏊在这篇集序中特别强调文章之法要有所师承，韩愈文章得之于经，而
又传于皇甫湜，再传于来无择、孙樵，是为文章之正宗。宋代王安石得此法最
深，欧阳修、苏轼虽然天才卓绝却有不合之处。后人作文则无所师承，这在王
鏊看来都是有问题的。王鏊从内阁获得皇甫湜、孙樵二人的文集秘本，并梓刻
以传，目的就是想让韩愈文章之法能够流传后世。从这篇序文中可以看出，王
鏊的文学观念已经带有明显的复古色彩，即以韩文作为文章的最高典范，后人
应该努力继承韩愈文章之法，而不能"随其成心"，随心所欲去写。

当然，明代文学复古思潮的真正兴起还是在弘治后期，随着李梦阳、何景
明等人的崛起，复古思潮成为当时文学思潮的主流。复古思潮兴起的原因很
复杂，但前文已经说过，所谓的"复古"不外乎是以革新为目的。明代在经历
了洪武年间的休养生息，永乐、洪熙、宣德三朝的鼎盛后，于正统年间急转直
下。"土木堡之变"中明英宗被瓦剌人俘获，对明代士人心理已经造成重大打
击。到了弘治后期，社会贫富分化剧烈，再加上各种天灾人祸，让明王朝危机
四伏。这一时期知识分子的忧患意识也空前高涨，希望通过变革来摆脱危机。
这时粉饰太平的"台阁体"已经无法适应现实的需要，文学复古思潮其实正是
在这种背景下走向高潮的。

关于"前七子"的情况，康海《渼陂先生集序》有详细说明：

我明文章之盛，莫极于弘治时。所以反古俗而变流靡者，惟时有
六人焉：北郡李献吉、信阳何仲默、鄠杜王敬夫、仪封王子衡、吴兴徐

_____

① 王鏊：《震泽集》卷十二，清文渊阁四库全书本。

昌谷、济南边廷实，金辉玉映，光照宇内，而予亦幸窃附于诸公之间。
乃于所谓孰是孰非者，不溺于剖劂，不怵于异同，有灼见焉。于是后
之君子言文与诗者，先秦两汉、汉魏盛唐，彬彬然盈乎域中矣。①

这段话不仅交代了"前七子"的成员情况，更将其文学思想揭示而出——
文必先秦两汉，诗必汉魏盛唐，这也是明代文学复古的核心思想。在以往的明
代诗学研究中有一种观点，就是将明代复古诗学总结为"文必秦汉，诗必盛
唐"，这种观点其实是有问题的。这种观点应该是受到《明史·王世贞传》的
影响：

> 世贞始与李攀龙狎主文盟，攀龙殁，独操柄二十年。才最高，地
> 望最显，声华意气笼盖海内。一时士大夫及山人、词客、衲子、羽流，
> 莫不奔走门下。片言褒赏，声价骤起。其持论，文必西汉，诗必盛唐，
> 大历以后书勿读，而藻饰太甚。②

可见《明史·王世贞传》中将其诗学定义为"文必西汉，诗必盛唐"，但实
际上这个定义是不准确的。王世贞本人并没有说过这样的话。从康海的论述
就可以看出，"前七子"所说的是文必先秦两汉，诗必汉魏盛唐，充分肯定了汉
魏古诗的价值，取法上比"文必西汉，诗必盛唐"要宽得多。而王世贞也从未
否定过汉魏古诗的价值。

自李梦阳、何景明等人殁后，文坛上复古之风趋于衰落，文学追求呈现出
多样化的趋势。如杨慎的不主一端，归有光、唐顺之的宗宋，以文徵明为代表
的追求靡丽的江南文风等，都出现于这一时期。但到了嘉靖三十一年
（1552），随着李攀龙正式提出复古问题，"后七子"开始登上历史舞台，复古之
风再次成为文坛的主流。关于明代第二次文学复古思潮兴起的原因，过去研
究者们一般都认为主要是文学内部的革新问题。如罗宗强先生即认为："第

---

① 康海：《对山集》卷十，明嘉靖二十四年（1545）吴孟祺刻本（下同）。
② 张廷玉等：《明史》卷二百八十七《王世贞传》，第 15 册，第 7381 页。

二次文学复古思潮之起因,就是要反对上面提到的三种文风,是文风革新问题。"①所谓三种文风,指的就是李梦阳等人追随者们的模拟文风、吴中靡丽文风和唐宋派的"存理"之风。但在笔者看来,文学内部的革新固然是第二次复古思潮兴起的重要原因,但其社会动因仍然不能忽视。前文已经说过,所谓的文学复古一般都带有变革现实的意愿,明代文学第二次复古思潮同样不能脱离这个规律。在嘉靖朝后期,明王朝面临的内忧外患愈发严重。倭寇之患已经严重威胁到东南沿海一带的安全。奸臣严嵩自嘉靖二十一年(1542)起入阁,嘉靖二十七年(1548)任内阁首辅,其后专擅国政近十五年之久,严重败坏了朝政,使明王朝的国力急剧衰落。在这种背景下,文学复古之风再次兴起也就不难理解了。

从"前七子"到"后七子",尽管这些诗学家相互之间的见解并不完全相同,甚至有互相攻讦的现象,如李梦阳、何景明关于学古方法的争论,谢榛为李攀龙所排斥等,但他们在学习汉魏古诗和盛唐诗方面基本是一致的。这样一来,乐府诗学在明代复古诗学中的地位也就显而易见了。乐府诗本来就是广义上汉魏古诗的重要组成部分。而且,李梦阳、李攀龙、王世贞等复古诗学重要领袖人物都有过拟写古乐府诗和评论古乐府的行为,他们对于乐府诗的态度与他们的复古诗学理论当然是一致的。他们对于乐府诗的研究和评论,在很大程度上成为他们复古诗学的逻辑起点。对于这一点我们在后面还会专门进行论述。

除了复古诗学兴盛,明代中后期文坛上还出现了一股重情诗学的潮流。"诗言志"与"诗缘情"其实一直都是中国诗歌的重要传统。《毛诗序》中就说过:"情动于中而行于言,言之不足故嗟叹之,嗟叹之不足故永歌之,永歌之不足,不知手之舞之,足之蹈之也。"②晋代陆机《文赋》又说:"诗缘情而绮靡。"③

---

① 罗宗强:《明代文学思想史》下册,第 497 页。

② 杨明、羊列荣编著:《中国历代文论选新编(先秦至唐五代卷)》,上海教育出版社 2007 年版(下同),第 66 页。

③ 杨明、羊列荣编著:《中国历代文论选新编(先秦至唐五代卷)》,第 126 页。

可见内在的情感变化是诗歌创作的根本动因。明代复古文学的重要人物们也
讲"情",而且将其与乐府诗紧密联系起来。如王世贞说:"乐府之所贵者,事
与情而已。张籍善言情,王建善征事,而境皆不佳。"①王世贞认为叙事与言情
是乐府诗最重要的功能。张籍善于言情,而王建善于叙事。可见王世贞所说
的"情"与《毛诗序》中所说的"情"是一致的,是指符合儒家传统的、以三纲五
常为核心的人之性情。而笔者在这里所说的"重情诗学"之"情",在概念上却
有很大不同。所谓"重情诗学",是指强调人的自我个性张扬的诗学,不管是
男女之情、夫妻之情还是朋友之情,只要是人间真情,都值得肯定,并不限于儒
家道统。这股文学思潮的兴起当然和阳明心学将士人心理从朱子理学的束缚
下解放出来有关,同时也是复古诗学走向极端后文学内部自我调整的必然
结果。

孙矿在《与余君房论文书》中说:

> 我朝诗成、弘以前,大约沿宋元气习。虽格卑语近,然道情事亦
> 真率可喜。自空同倡为盛唐、汉魏之说,大历以下悉捐弃,天下靡然
> 从之。此最是正路,无可议者。然天下事,但入正路即难,即作人亦
> 如此。久之觉束缚不堪,则逃而之初唐已,又进之六朝,在嘉靖中最
> 盛。然此路实隘而不弘,近遂有舍去近体但祖汉魏之论。然有言之
> 者,鲜行之者,则以此一路枯淡且说物情不尽耳。近十余年以来,遂
> 开乱道一派。昨某某皆此派也。然此派亦有二支:一长吉、玉川;一
> 子瞻、鲁直。某近李卢,某近苏黄,然某犹有可喜。以其近于自然,某
> 则太矫揉耳。文派至乱道,则极不可返。迩来作人亦多此派,此实关
> 系世道,良足叹慨然。弇州晚年诸作实已透漏乱道端倪,盖气数、人
> 情至此不得不然,亦非二三人之过也。②

孙矿(1543—1613),字文融,号月峰,又号湖上散人,余姚孙家境(今浙江

---

① 王世贞:《弇州四部稿》卷一百四十七。
② 贺复徵编:《文章辨体汇选》卷二百四十四。

省慈溪市横河镇）人。万历二年（1574）会试第一，授兵部主事，官至兵部尚书。在孙矿看来，明代成化、弘治以前的诗歌虽然沿袭宋元习气，有格卑语近之病，但"道情事亦真率可喜"。而自李梦阳提倡复古后，大历以后的诗歌全被抛弃。这虽然是条正路，但走向极端会造成很大的束缚，所以很快就有人转而学初唐和六朝诗，这种风气在嘉靖年间极盛。但这条路又很狭隘，所以后来有人转而提倡学汉魏古诗，然而说的人多做的人少，主要原因是这一派"枯淡"且"说物情不尽"。在各条道路都走不通的情况下，又出现了"乱道"一派，具体又分为两支，一支学李贺、卢仝，一支学苏轼、黄庭坚，皆有矫揉造作之病。孙矿认为出现这种情况也是"气数人情"所决定的，并不是"二三人之过"。孙矿推崇"真率"的主张其实已经和重情诗学较为接近。而生活时代较孙矿稍晚的袁宏道和钟惺则进一步发挥了重情诗学。

袁宏道（1568—1610），字中郎，又字无学，号六休，又号石公。湖北公安人。万历二十年（1592）进士。与其兄袁宗道、其弟袁中道合称"公安三袁"。袁宏道对前后"七子"倡导的复古模拟之风极为不满，在文学上提出了"独抒性灵，不拘格套"的性灵说。袁宏道认为人要有真性情，要做"真人"，他在《识张幼于箴铭后》中说："性之所安，殆不可强，率性而行，是谓真人。"①他在写给陶望龄的《别石篑》十首之七中甚至说"我好色，公多病"②，可谓大胆极矣。袁宏道的性灵说集中体现在《叙小修诗》一篇中，这篇叙言表面上只是评价了袁中道之诗，实际上却反映了袁宏道本人的诗学观念：

> ……足迹所至，几半天下，而诗文亦因之以日进。大都独抒性灵，不拘格套，非从自己胸臆流出，不肯下笔。有时情与境会，顷刻千言，如水东注，令人夺魂。其间有佳处，亦有疵处，佳处自不必言，即疵处亦多本色独造语。然予则极喜其疵处；而所谓佳者，尚不能不以

① 袁宏道著，钱伯城笺校：《袁宏道集笺校》卷四，上册，上海古籍出版社 2008 年版（下同），第 193 页。
② 袁宏道著，钱伯城笺校：《袁宏道集笺校》卷九，上册，第 404 页。

粉饰蹈袭为恨,以为未能尽脱近代文人气习故也。

　　盖诗文至近代而卑极矣,文欲准于秦、汉,诗则必欲准于盛唐,剿袭模拟,影响步趋,见人有一语不相肖者,则共指以为野狐外道。曾不知文准秦、汉矣,秦、汉人曷尝字字学《六经》欤?诗准盛唐矣,盛唐人曷尝字字学汉、魏欤?秦、汉而学《六经》,岂复有秦、汉之文?盛唐而学汉、魏,岂复有盛唐之诗?唯夫代有升降,而法不相沿,各极其变,各穷其趣,所以可贵,原不可以优劣论也。且夫天下之物,孤行则必不可无,必不可无,虽欲废焉而不能;雷同则可以不有,可以不有,则虽欲存焉而不能。故吾谓今之诗文不传矣。其万一传者,或今间阎妇人孺子所唱《擘破玉》《打草竿》之类,犹是无闻无识真人所作,故多真声,不效颦于汉、魏,不学步于盛唐,任性发展,尚能通于人之喜怒哀乐嗜好情欲,是可喜也。①

在这篇叙文里,袁宏道对前后"七子"以来的模拟汉魏盛唐诗歌的做法进行了猛烈的批判,认为这些模拟之作远不如间巷妇人孺子所唱的民歌小调,尚是真人真声,可以表达人类真正的嗜好情欲。而对于袁中道之诗,袁宏道一方面肯定了其"独抒性灵""从自己胸臆流出"的一面,但同时对其存在的"粉饰蹈袭""未能尽脱近代文人气习"有所批评。在袁宏道眼中,世人所谓的"疵处",其实正是本色独造之语;而所谓的"佳处",却实际上是毛病所在。

可以看出,袁宏道的性灵说受阳明心学和李贽的影响较大。袁宏道曾经问学于李贽,而其诗论肯定也会受到李贽的影响。在这一时期,诗学领域的性灵说和李贽对于《水浒传》的评点以及汤显祖的戏曲理论内在精神是高度一致的。比"公安三袁"生活时代又稍晚的钟惺、谭元春,虽然对袁宏道诗学中偏于"俗"的一面不满,但也肯定"情"的价值。钟惺在《诗归》序言中说:"真

---

① 　袁宏道著,钱伯城笺校:《袁宏道集笺校》卷四,上册,第187—188页。

诗者,精神所为也。察其幽情单绪,孤行静寄于喧杂之中,而乃以其虚怀定力,独往冥游于寥廓之外。"①只不过钟、谭二人更加倾向于"幽情单绪",而不只是追求世俗的真率之情。

明代中后期重情诗学的兴起对于当时的乐府诗研究、乐府诗批评肯定是有影响的。尤其是钟惺、谭元春在编撰《古诗归》和《唐诗归》时,将"情"字当作了选择乐府诗和评点乐府诗的重要依据。这与李东阳、李梦阳、王世贞、胡应麟等人皆不相同。关于这一点我们在后面还会专门展开讨论。

除了复古诗学和重情诗学,辨体诗学的兴起也是明代文坛上的重要现象。其实对文章进行辨体的观念和做法早就存在,辨体也是中国古典文学逐渐走向成熟的重要标志。正如吴承学先生所说:"以'辨体'为先是中国古代文学批评与文学创作的传统与首要的原则。"②"古人首先在认识观念上视'辨体'为'先'在的要务,又在具体的批评实践中通过对'划界'与'越界'的分寸的精微感悟与把握,从而使'辨体'成为古代文体学中贯通其他相关问题的核心问题。"③这些辨体的内容既体现在一些诗话、杂论中,也体现在一些文学作品总集、选集的编撰上。

前者如曹丕在《典论·论文》中所说的"奏议宜雅,书论宜理,铭诔尚实,诗赋欲丽"④,较早体现出文章辨体的观念。晋挚虞《文章流别论》论及颂、赋、诗、七、箴、铭、诔、哀辞、哀策、对问、碑铭等十一种文体的源流。题为南朝梁任昉所作的《文章缘起》,共八十五题,论述了诗、赋等各种文体的起源及变化。这些都是早期带有辨体性质的学术专论。到了宋代,文章辨体之学愈发得到重视。如王应麟云:"文章以体制为先,精工次之。"⑤张戒亦云:

---

① 钟惺、谭元春选评:《诗归》"序",张国光、张业茂、曾大兴点校,湖北人民出版社 1985 年版(下同),第 3 页。

② 吴承学:《中国古代文体学研究》,人民出版社 2011 年版(下同),第 13—14 页。

③ 吴承学:《中国古代文体学研究》,第 16 页。

④ 杨明、羊列荣编著:《中国历代文论选新编(先秦至唐五代卷)》,第 113 页。

⑤ 王应麟纂:《玉海》卷 202 引倪正父语,江苏古籍出版社、上海书店 1987 年版,第 3692 页。

"论诗文当以文体为先,警策为后。"①著名女词人李清照在《词论》中提出的
"别是一家"之说②,其实就是强调词作为文体与诗的不同之处,这当然也是文
学辨体。

从文学总集、选集的情况来看,大约从东汉时期开始就有了以体分类的文
集。南朝梁萧统的《文选》已经体现出较为明确的分类标准,并对后世产生了
较大影响,宋代李昉等的《文苑英华》、姚铉的《唐文粹》、吕祖谦的《宋文鉴》
等选本均沿袭了《文选》的体例。郭英德先生即认为:"根据不同的分类标准,
历代《文选》类总集文体的二级分类构成了三种基本体式,即以体分类、以题
分类和以时分类。中国古代依据不同文体形态编纂的总集,也大都分别采用
这三种分类体式。采用以体分类的体式编纂集部文献,大约起于东汉时期。
以题分类的分类体式与中国古代类书的编纂关系十分密切,甚至可以说是类
书编纂的派生物。按作家时代先后排序的总集则略为晚出。在总集编纂的实
践中,违背排他性、同一性、穷尽性等分类学基本原则的现象不仅在在皆是,而
且成为中国古代文体分类的惯例。这一文体分类的特征与中国古代传统思维
方式有着密切的因缘关系。"③

郭英德先生在这里说的是"《文选》类总集",是因为在传统目录学中,选
本属于集部总集类。其实这个规律也适用于选集类文集。到了南宋,出现了
真德秀编撰的《文章正宗》。《文章正宗》分正、续集,其中正集二十四卷,分辞
命、议论、叙事、诗赋四类;续集二十卷,分论理、叙事、论事三类。这种分类方
式显然是文体学的一大进步。夏静在《〈文章正宗〉的文类意识》一文中指出:
"在《文章正宗》所归类的辞命、议论、叙事、诗赋四大类中,每一类前都有一个
小序,用以说明每一类文体的缘起、功用及体制特点、写作要求等,并对代表的

---

① 张戒:《岁寒堂诗话》卷上,中华书局 1985 年版,第 9 页。
② 胡仔:《苕溪渔隐丛话·后集》卷三十三,载吴文治主编:《宋诗话全编》第 4 册,凤凰出
版社 1998 年版(下同),第 4204 页。
③ 郭英德:《中国古代文体学论稿》"前言",北京大学出版社 2005 年版,第 5 页。

作家作品予以列举,从而彰显其文体的分类观念和归类意识。"①这种分类辨体的观念对后人影响极大,明代吴讷的《文章辨体序说》、贺复徵的《文章辨体汇选》等都是在《文章正宗》的影响下产生的。

当然,本书关注更多的是对于诗歌的辨体。南宋严羽的《沧浪诗话》有《诗辨》一篇,但辨的主要是风格、时代、成就高下,并未涉及诗体本身之辨。元代陈绎曾作《诗谱》,将诗歌分为"古体""律体""绝句体""杂体"等,②具备了明确的诗体分类意识。到了明代,文人的诗学辨体意识更加强烈。如曹安《论诗文体制》曰:

> 《文章正宗》蔑以加矣,然诸体中亦有遗者。《元诗体要》为类三十有八,曰四言体,曰骚体,曰选体,曰乐府体,曰柏梁体,曰五言古体,曰七言古体,曰长短句体,曰杂古体,曰言体,曰词体,曰歌体,曰行体,曰操体,曰曲体,曰吟体,曰叹体,曰怨体,曰引体,曰谣体,曰咏体,曰篇体,曰禽言体,曰香奁体,曰阴何体,曰联句体,曰集句体,曰无题体,曰咏物体,曰五言近体,曰七言近体,曰五言排律体,曰七言排律体,曰五言绝句体,曰六言绝句体,曰七言绝句体,曰拗体,曰侧艳。固无不备,尚少拟古体和唐体、倡和体、回文体。吴讷编《文章辨体》,其已有古歌谣词、赋、乐府、书、记、序、论、说、解、辨、原、戒、题跋、杂著、箴、铭、颂、赞、七体、问对、传、行状、诗、谕告、玺书、批答、诏册、制诰、制策、表露、布论、谏奏、疏议、弹文、檄谥、法谥、议、墓碑、墓碣、墓表、墓志、墓记、埋名、诔辞、哀辞、祭文、连珠、判、律赋、诗、词曲,亦无不备,尚少文启、表状、问答、奏状诸体。此外,诗文有风、雅、颂、赋、比、兴,又有典谟、训诰、誓命、教令、敕、宣、纪、移笺、简牒、札子诸体,然则诗文之作难矣,不可不知也。③

---

① 夏静:《〈文章正宗〉的文类意识》,《光明日报》2019 年 6 月 24 日。
② 陈绎曾:《诗谱》,载丁福保辑:《历代诗话续编》,中华书局 1983 年版(下同),第 624—626 页。
③ 曹安:《谰言长语》,清文渊阁四库全书本(下同)。

曹安,字以宁,号蓼庄,松江(今属上海)人。明英宗正统九年(1444)举人。宋绪《元诗体要》将诗体分为三十八类,曹安尚且觉得不够完备,认为应该还要加上拟古体、唐体、倡和体和回文体。吴讷《文章辨体》对诗文体制的分类也非常详细,而曹安认为诗歌还可以从风、雅、颂、赋、比、兴的角度去分类。当然,有时将诗体分得过细,反而界限不明,难以操作。但这些无疑反映了明代诗学家具有的较为强烈的辨体意识。

明代还出现了大量诗歌选本,如《唐诗品汇》《石仓历代诗选》《汉魏六朝一百三家集》《诗学体要类编》等,都存在按诗体分类选诗的现象,这是辨体诗学在明代逐渐走向成熟的标志。而晚明出现的许学夷《诗源辩体》,则代表了明代辨体诗学的高峰。

辨体诗学的发展和乐府诗学也有着较为密切的关系。元明以后,乐府诗作为一种诗体已经逐渐从汉魏古诗中分离出来,并拥有了一套相对独立的研究方法和批评标准。而在乐府诗内部,不同时代、不同曲调的乐府诗也被区分得越来越细致,这对于乐府诗学的深入发展具有重要意义。

需要指出的是,尽管我们说明代复古诗学、重情诗学、辨体诗学相继兴起,但由于儒家道统、朱子理学的强大影响,再加上天启年间阳明心学和李贽学说受到打击排斥,以政教来论诗在明代后期始终是诗学领域的重要现象。

第三章　明人的乐府观念与乐府诗学

所谓文学观念,通俗一些说,就是指人们对于文学的观点和看法。具体到某种文学样式,则包括对这种文学样式产生的原因、内容、性质、功能、影响等诸方面的看法。美国学者 M.H.艾布拉姆斯曾在他的名作《镜与灯:浪漫主义文论及批评传统》中提出了文学四要素:作品、艺术家、世界、欣赏者。① 并在此基础上将文学观念归纳为"模仿说""实用说""表现说""客观说"四种。在这四种说法中,"客观说"聚焦于文学文本自身,强调文本的独立性,这种观念与中国传统的文学观念距离较远。余下的三种观念皆与中国传统文论有相近之处。而从乐府诗观念的角度来说,无论是"模仿说""实用说"还是"表现说",都在明人那里有所反映。

在明代近三百年的发展历程中,不同时期的政治经济背景错综复杂,各种文学思潮跌宕起伏,乐府诗学的发展也会呈现出阶段性特征。与整个文学思想的演进相比,乐府诗学的发展既有一致性,又有特殊性。因为诗学家们对乐府诗的看法与评价标准,与他们对一般的诗歌类型或小说、戏曲的看法要求不同。

---

① ［美］M.H.艾布拉姆斯:《镜与灯:浪漫主义文论及批评传统》,郦稚牛、张照进、童庆生译,北京大学出版社 2004 年版(下同),第 4 页。

第一节 乐府体的独立与概念的泛化

在中国古典诗歌中,乐府诗确实是一种非常独特的存在。唐宋时文人已广泛使用"乐府体"这个概念。如唐代诗人曹邺《曹祠部集》卷二有一首诗就题作《乐府体》:"莲子房房嫩,菖蒲叶叶齐。共结池中根,不厌池中泥。"①显然曹邺是将这种多用双声叠字且语意双关的短小绝句称为"乐府体"。宋代黄鹤评杜甫《丽人行》"绣罗衣裳照暮春"至"背后何所见"数句为"乐府体"②。据李昭玘《晁次膺墓志铭》记载:"会禁中嘉莲生分苞,合跗复出,天造人意有不能形容者。公效乐府体,属辞以进,上览之称善。"③虽未明确说出什么是乐府体,但这里指的应该是即事咏物并对现实有所讽颂之作。由以上可以看出,唐宋时期人们已经逐渐开始将"乐府体"看作诗歌中特殊的一个类别。

但从文人诗歌编集情况来看,宋代文人诗文集尚未单独将"乐府"一类列于卷首。如宋本《东坡全集》、王十朋《苏轼诗集注》本都是以题材类别及时间先后为序;李壁《王荆公诗注》本前二十卷为"古诗",也未将乐府诗单独成卷;南宋杨万里《诚斋集》是嘉定元年(1522)其子长孺所编,包括《江湖集》七卷、《荆溪集》五卷、《西归集》二卷、《南海集》四卷、《朝天集》六卷、《江西道院集》二卷、《朝天续集》四卷、《江东集》五卷、《退休集》七卷,按照方回的说法是"一官一集"④,按照其仕宦经历编集,每集内部也并未将乐府诗单独前置;陆游《剑南诗稿》是其本人编次,以时间先后为序,也未将乐府诗单独成卷。

这种情况到元代开始发生变化,诗人虞集的作品编集情况已经初步显示出乐府诗受到的重视程度在加强,《四库全书总目》为其《道园遗稿》撰写的提

---

① 曹邺:《曹祠部集/附录曹唐诗》卷二,清文渊阁四库全书本。
② 杜甫:《集千家注杜工部诗集》卷二,吉林出版集团有限责任公司2005年版,第31页。
③ 李昭玘:《乐静集》卷二十八,清文渊阁四库全书本。
④ 方回编:《瀛奎律髓》卷一,明成化三年(1467)紫阳书院刻本。

要称:"其从孙堪编,盖以补《道园学古录》之遗也。凡古律诗七百四十一篇,附以乐府。刻于至正十四年。"①此时已初步有将乐府诗单列之意识。但此意识尚不明确。元末明初杨维桢作《铁崖古乐府》,大幅提升了文人对古乐府的重视程度,但其门人章瑱为其所编《复古诗集》六卷"所载皆琴操、宫词、冶春、游仙、香奁等作,而古乐府亦杂厕其间"②,还是将乐府诗与其他诗歌杂编在了一起。元人编撰的唐诗总集也开始显现出乐府诗受到重视的趋势。如杨士弘编撰的《唐音》,在收录每位作家的诗作时,一般是先著录乐府诗,再著录其他诗歌。第一卷"唐诗始音"所收录的杨炯作品,先列《从军行》《刘生》《紫骝马》《骢马》等乐府诗,再列《和刘侍郎入隆唐观》《送刘校书从军》《送临津房少府》等;王勃先列《临高台》《采莲曲》,再列《秋夜长》《三月曲水宴》等。然卷二"正音"部分,虽按诗体次序排列,但只列出"五言古诗"等,并未将"乐府"单独列为一类。

到了明代,随着辨体诗学逐渐走向成熟,人们对于乐府诗的辨体也愈来愈细致,乐府体逐渐被认可成为一种独立的诗体。这从明代诗歌别集、总集在卷数和篇目的安排上可以看出。与前人相较,明代文人已经开始有非常明确地将乐府诗单独成卷并置于诗集之首的意识。如明初刘基《诚意伯文集》,根据《四库全书总目提要》所说:"《诚意伯文集》二十卷,明刘基撰。基有《国初礼贤录》,已著录。其诗文杂著,凡《郁离子》四卷,《覆瓿集》十卷,《写情集》二卷,《春秋明经》二卷,《犁眉集》二卷。本各自为书,成化中巡按浙江御史戴璟等始合为一帙,而冠以其孙廌等所撰《翊运录》,盖以中载诏旨制敕,故列之卷首。然其书究属廌编,用以编入卷数,使此集标基之名而开卷乃他人之书,殊乖体例。今移缀是录于末简,以正其讹。余十九卷则悉仍戴本之原次,以存其旧。"③今天我们所看到的《诚意伯文集》就是包括《郁离子》四卷、《覆瓿集》十

---

① 纪昀等纂:《武英殿本四库全书总目提要》卷二百六十七,第46册,第188页。
② 纪昀等纂:《武英殿本四库全书总目提要》卷一百六十八,第47册,第103页。
③ 纪昀等纂:《武英殿本四库全书总目提要》卷一百六十九,第47册,第127—128页。

卷、《写情集》二卷、《春秋明经》二卷、《犁眉集》二卷等。其中卷一、卷二《覆瓿集》，首列"赋"、骚体诗、"辞"，接着就是"古乐府"，包括《艾如张》《芳树》《上陵》《将进酒》《上之回》《朱鹭》等乐府旧题，也有《周小史》《从军五更转》等从传统乐府诗衍生而出的诗题。卷二从《宫怨》以后则为"古诗"。《诚意伯文集》卷十五《犁眉公集上》，也是先列"文"，次为"古乐府"，再列"古诗"。①说明在刘基诗文集编集的年代，人们已经承认乐府诗的独立地位，并将其单独列出。

这种编集的方式在整个明代都非常流行。如石存礼［弘治三年（1490）进士］等《海岱会集》诗歌编排体例为：卷一古乐府六十三首，卷二古乐府三十六首，卷三以后依次为五言古诗、七言古诗、五言律诗、七言律诗、五言绝句、七言绝句。②又如费尚伊［万历五年（1577）进士］《市隐园集》，第一卷为"古乐府"，后面依次为四言古、五言诗、五言律、五言排律、七言古、七言律诗、七言排律、五言绝句、六言诗、七言绝句及碑文、墓志铭等文体。③这显示出明人已经将乐府诗作为一种特殊的诗歌类别从其他的诗体中独立出来。这种将古乐府置于诗集卷首的做法在明代逐渐成为通行做法，也说明了乐府体独立地位的获得。

从历代诗歌选集的编集情况也能看出这一点。如曹学佺（1574—1646）《石仓历代诗选》在对每位作家的作品进行收录时，一般是先列其乐府诗，再列其他作品。如卷七选梁武帝作品时，先列《芳树》《有所思》《河中之水歌》《东飞伯劳歌》等，随后才列《答任殿中宗记室王中书别诗》《首夏泛天池诗》等。卷十五选虞世南作品时，先列《从军行》《出塞》《结客少年场行》等，再列《赋得慎罚》《奉和幽山雨后应令》《赋得吴郎》等五言古诗。④这种编排次序应当受到杨士弘《唐音》的影

---

① 刘伯温：《诚意伯文集（外三种）》，上海古籍出版社1991年版。
② 石存礼等：《海岱会集》，清文渊阁四库全书本。
③ 费尚伊：《市隐园集》，民国间沔阳卢氏慎始基斋刊沔阳丛书本（下同）。
④ 曹学佺编：《石仓历代诗选》，清文渊阁四库全书本（下同）。

响,且更加突出乐府诗的地位。这种编排体制也成为后来《全唐诗》《全五代诗》的通行体例。这也显示出经过明代学者的努力,乐府诗的特殊地位得以确立。

除了诗集的编排,部分学者开始尝试对"乐府体"这一概念进行定义。如宋绪《元诗体要》于"四言体""骚体""选体"后列"乐府体",并注曰:"乐府之名始于汉房中之乐,继而设官,以荐郊祀。后于燕射朝飨亦皆用焉。历代沿袭,盖有古乐府、新乐府之别。莫非讽颂当时之事,以贻后世者。其音调多有不同,今不复识别云。"①宋孟清《诗学体要类编》卷二于"四言古体""五言古体""五言绝句体""五言近体"等之外专列"乐府体",并注曰:"乐府之名始于汉房中之乐,继而设官,以荐郊祀。后于燕射、朝飨亦皆用焉。历代沿袭,盖有古乐府、新乐府之别。莫非讽诵当时之事,以贻后世者。其音调亦有不同,若《将进酒》《妾薄命》《乌夜啼》《公莫舞》之类是也。今录二篇为式,余可类求。凡作乐府,喜怒哀乐各极其情,而约之以理可也。"②无论是宋绪还是宋孟清,都是想通过追溯乐府诗的源头来给乐府体进行定义。尽管他们的定义还不够清晰完善,但都意味着明代前期乐府辨体的发展。

到了明代后期,诗学家们对"乐府体"这一概念的认识更加深入。如王世贞《光禄寺少卿沈青霞墓志铭》载:"丁巳,寇大入,破应州堡四十余。顺见以为失事,当坐,益纵吏士杀俘,避兵人上首功以自解。而公复廉得其状,贻书诮顺,语加峻,且赋诗及乐府者二。"③明确将乐府与诗相区分。《诗薮》的作者胡应麟曾试图对"乐府体"进行一个较为全面彻底的说明:

> 世以乐府为诗之一体,余历考汉、魏、六朝、唐人诗,有三言、四言、五言、六言、七言、杂言、近体、排律、绝句,乐府皆备有之。《练时日》《雷震震》等篇,三言也;《箜篌引》《善哉行》等篇,四言也;《鸡

① 宋绪编:《元诗体要》卷一,明宣德八年(1433)姚肇刻本。
② 宋孟清编:《诗学体要类编》卷二,明弘治十七年(1504)刻本。
③ 王世贞:《弇州四部稿》卷八十六。

鸣》《陇西》等篇,五言也;《乌生》《雁门》等篇,杂言也;《妾薄命》等篇,六言也;《燕歌行》等篇,七言也;《紫骝》《枯鱼》等篇,五言绝也,皆汉、魏作也。《挟瑟歌》等篇,七言绝也;《折杨柳》《梅花落》等篇,五言律也,皆齐、梁人作也。虞世南《从军行》,耿漳《出塞曲》,五言排律也;沈佺期"卢家少妇",王摩诘"居延城外",七言律也,皆唐人作也。五言长篇,则《孔雀东南飞》;七言长篇,则《木兰歌》。是乐府于诸体,无不备有也。①

《三百篇》荐郊庙,被弦歌,诗即乐府,乐府即诗,犹兵寓于农,未尝二也。诗亡乐废,屈、宋代兴,《九歌》等篇以侑乐,《九章》等作以抒情,途辙渐兆。至汉《郊祀十九章》《古诗十九首》,不相为用,诗与乐府,门类始分,然厥体未甚远也。如"青青园中葵",曷异古风;"盈盈楼上女",靡非乐府。魏文兄弟崛起,建安拟则前规,多从乐府。唱酬新什,更创五言,节奏既殊,格调复别。自是有专工古诗者,有偏长乐府者。梁、陈而下,乐府、古诗变而律绝,唐人李、杜、高、岑,名为乐府,实则歌行。张籍、王建,卑浅相秭;长吉、庭筠,怪丽不典。唐末、五代,复变诗馀。宋人之词,元人之曲,制作纷纷,皆曰乐府,不知古乐府其亡久矣。②

胡应麟认为,乐府诗与绝句、律诗等概念不同,并不是某一具体的诗体,而是"于诸体无不备有",诗句可长可短,律诗、绝句皆可,是诗歌中非常特殊的一个门类。同时他还强调乐府与古诗之辨,乐府与歌行之辨,体现出更加细致深入的乐府辨体观念。

应该说胡应麟的观点还是比较正确全面的。但在实际的诗论中,胡应麟也不得不使用"乐府体"这一概念。如"元人绝句莫过虞、范诸家,虽与盛唐辽绝,尚不堕晚唐窟中。至乐府体绝少,惟元好问《塞上曲》《梁园春》《征人

---

① 胡应麟:《诗薮》内编卷一,第12—13页。
② 胡应麟:《诗薮》内编卷一,第13—14页。

怨》，差有唐味。然他作殊蹉驳，大半宋人"。"元五言古作者甚希，七言古诸家多善。五言律，傅与砺为冠。杨仲弘、张仲举次之。七言律，虞伯生为冠，揭曼硕、陈刚中次之。五言绝，杨廉夫为冠。七言绝，名篇颇众，乐府体亦无出杨，第总之不离元调耳。"①这是因为乐府体虽然不是某一种具体的诗体，但总的来说将其称为一种"体"也是可行的。

明代的诗学家更加重视对于乐府与古诗、乐府与绝句之间，甚至是乐府诗内部不同类别的辨体。既然乐府诗是通过各种诗体呈现出来的，包括古体诗、律诗、绝句等，那么又如何进行区分和辨体呢？诗题当然是最明显的途径。如胡应麟在《诗薮》中说："五言绝句始自二京，魏人间作，而极盛于晋宋间。如《子夜》《前溪》之类，纵横妙境，唐人模仿甚繁。然皆乐府体，非唐绝也。"②唐人有很多模仿晋宋人《子夜歌》《前溪歌》的作品，这些作品从形式上看虽然都是绝句，但实际上都是乐府体而不是唐绝句。当然，诗题并不是判断乐府诗的唯一标准。胡震亨在《唐音癸签》卷十中就说："按唐乐府五言绝句法齐、梁，然体制自别。七言亦有作乐府体者，然如宫词、从军、出塞等，虽用乐府题，自是唐人绝句，与六朝不同。"③在胡震亨看来，唐人用五言绝句形式所作的《宫词》《从军行》《出塞》等作品，虽然从诗题上看都是乐府诗，但实际上"自是唐人绝句"。胡震亨的这种观点当然可以商榷，但他确实对乐府诗与绝句的关系问题进行了深入思考。

另外，乐府与非乐府辨体的方法还包括对诗歌风格和意境的把握。如明初偶桓有《乾坤清气集》十四卷，编撰有元一代诗歌。其中卷七至卷十皆为"古乐府"，收录的部分作品诗人本集不载，起到了保存前代乐府诗作品的作用。从所收作品诗题上看，有些诗题显然不是"古乐府"的范围。如卷七所收卢挚《题子陵钓台》："云山苍苍兮烟木稠，石滩潺潺兮江水流。故人兮冕

---

① 胡应麟：《诗薮》外编卷六，第237、242页。
② 胡应麟：《诗薮》内编卷六，第112页。
③ 胡震亨编：《唐音癸签》卷十，第100页。

旒,先生兮羊裘。使人皆先生兮谁其伊周? 使人不先生兮谁其巢由? 可仕止久速兮舍圣人,将焉求清风一丝兮岂为名钩。蕉黄荔丹兮香火千秋,岸下几篙兮荣辱之舟。先生一笑兮白云收。"①又有范梈《杏叶黄》《辘轳怨》《掘冢歌》,前一首云:"杏叶黄,天雨霜。穿窿携日照八荒,回光照见白玉堂。堂中美人双鸣珰,中宵抱被直西厢。忠君爱亲两不忘,奈何零露沾衣裳。清晓楼头见征雁,不如谢官归故乡。"②又有揭傒斯《长风沙夜泊》《马上郎》《车中女》,前一首云:"长风沙,风沙不断行人嗟。行人嗟,奈君何。南风正高北风起,大船初湾小船喜。移船更近大船头,不独风沙夜可忧。但祝行人好心事,长河何处是安流。茅屋参差数株柳,时平尚置官军守。青裙老妪诧鲜鱼,白发残兵卖私酒。鱼贱可买酒可沽,他人心事知何如。"③卷八又有陈旅《东归歌送郑子京》《三笋吟》《海兽葡萄镜歌》,前一首云:"北风吹山蕉叶黄,长亭野日寒荒荒。驱车送子归故乡,人生此处堪断肠。旧游回首秋山下,醉帽簪花同走马。欢娱如此离别何,华月芳年不堪把。子今去矣来何时,翠壶云深那可知。向来亦有燕山期,子今去矣来何时。"④这些作品的诗题皆非汉魏旧题,也非唐人所用之题。然皆纳入"古乐府"范围,可见,在明初的偶桓看来,"古乐府"并非等同于"古题乐府",而是重在古意,而古意的形成又和诗的体制、内容、风格有关。如揭傒斯《长风沙夜泊》一首,"长风沙"是李白古题乐府《长干行》所用之意象,自带古意。整首诗不用律体而用三、七言杂言体,且多次换韵。陈旅《东归歌送郑子京》一诗也是三、七言杂言体且多次换韵。这些都是早期乐府诗的特征。正是通过这些手法,产生了古意。

　　又如胡应麟曾认为古诗《上山采蘼芜》一篇是"乐府体":"今读'去者日

---

① 偶桓编:《乾坤清气集》卷七,清文渊阁四库全书本(下同)。
② 偶桓编:《乾坤清气集》卷七。
③ 偶桓编:《乾坤清气集》卷七。
④ 偶桓编:《乾坤清气集》卷八。

以疏''生年不满百'等篇,已列《十九首》者,词皆绝到,非'行行重行行'下。外九首,'上山采蘼芜'一篇,章旨浑成,特为神妙,第稍与古诗不同,是当时乐府体……"①胡氏认为《上山采蘼芜》一诗虽然表面上看起来是五言古诗,但"章旨浑成",与古诗并不相同,而是当时乐府体。所谓"章旨浑成",就是从风格和主旨上去把握的。

再如边贡《华泉集》卷二"乐府"部分,诗题既包括"君马黄赠祝仁甫""洛阳道送刘少府"这样接近于传统诗题的题目,也有"次杜工部秋雨叹韵柬希尹""桐江水为王推官赠别"这样一些看似不像乐府诗的题目。《次杜工部秋雨叹韵柬希尹》其一云:"睡起山厨湿烟白,堆盘忽见红蟹鲜。狂夫对此兴不浅,恰值床头无酒钱。檐雨霏霏暮声急,蓬头独倚阑干立。美人可望不可攀,闲诵枯鱼过河泣。"②《桐江水为王推官赠别》云:"桐江水,深几许。司刑来,使旌举。夹岸垂青杨,豺狼化田鼠。桐江水,不可泳以游。司刑击兰楫,骇浪成安流。司刑匣中三尺铁,隐隐星光淬鸡血。鼠移巢窟,龙失其波。桐江桐江奈乐何。"③这两首诗都不追求平仄格律,且都存在换韵现象,造成体制风味上与近体诗的距离,从而体现出乐府诗特征。

除了对于乐府与非乐府的辨体,明人对乐府诗内部也开始进行更加深入的辨体,最典型的就是将"鼓吹铙歌"从乐府诗中独立出来。如明初的贝琼在评价杨维桢的乐府诗创作时说:"所著《春秋大意》《左氏君子议史》《丽则遗音》及志、序、碑、铭、赞、颂、古乐府、近体五七言诗、铙歌鼓吹曲凡若干卷行于世。"④依照郭茂倩的《乐府诗集》,"铙歌鼓吹曲"本来就应该是乐府诗的一个类别,而贝琼却将"铙歌鼓吹"与"乐府"并列,体现出明初已经开始出现对乐府诗内部进行进一步辨体的倾向。元末明初诗学家陈绎曾

---

① 胡应麟:《诗薮》杂编卷一,第251页。
② 边贡:《华泉集(外三种)》卷二,上海古籍出版社1993年版(下同),第26页。
③ 边贡:《华泉集(外三种)》卷二,第26页。
④ 贝琼:《清江贝先生集》卷二,明万历三年(1575)李诗刻本(下同)。

在他编写的《诗谱》中列举诗体时,也将"汉郊祀歌"与"汉乐府"并列为两种不同的诗体。① 在陈绎曾看来,"汉郊祀歌"并不只是"汉乐府"的一种,必须单列。而到了明代后期的胡应麟那里,对乐府诗内部的辨体更加细致。他认为:

> 《郊祀》多近《房中》,奥眇过之,和平少之。《铙歌》多近乐府,峻峭莫并,叙述时艰。汉人诗文,率明白典雅,惟此稍觉不类,亦犹《书》之《盘庚》,《易》之《太玄》耳。②

除了将《铙歌》与乐府相对称以外,胡应麟还把《郊祀歌》也进行了单列。应该说,胡应麟和明代其他诗学的这种做法还是有一定依据的。尽管后人将汉代的乐府诗统称为"汉乐府",但实际上汉初《郊祀歌》其他曲调所归属的音乐部门并不相同。在西汉早期,《郊祀》的掌管机构是"太乐",后来乐府才逐渐开始承担一些《郊祀》乐的职能。至于《铙歌》,虽然《汉书·艺文志》等并未明确记载其职能归属,但在明人看来,《铙歌》也近于正式的宫廷音乐,因而将其和《郊祀》一起单列出来。这种做法未必有充分的依据,但反映出明人对于乐府诗内部辨体的努力。

明人在强化乐府辨体的同时,也存在另外一种倾向,就是将乐府诗概念泛化的倾向。其实边贡《华泉集》中将《次杜工部秋雨叹韵柬希尹》《桐江水为王推官赠别》等也归入乐府诗就显示出这种倾向。而泛化的方式大概有两种:一是模糊乐府诗与词、曲的界限;二是将其他类别的诗歌作品也归入乐府诗。前者如陈耀文所说:"夫填词者,古乐府流也……余每得之假阅,辄随笔位序之。久之遂成六卷。移疾归来,游息竹素,综缀正业之余,因复益以诸人之本集,各家之选本,记录之所附载,翰墨之所遗留。上溯开、天,下讫宋末,曲调不载于旧刻者,元词间亦与焉。其义例以世次为后先,以短长为小大,为卷一十

---

① 陈绎曾:《诗谱》,载丁福保辑:《历代诗话续编》中册,第 627 页。
② 胡应麟:《诗薮》内编卷一,第 8 页。

有二,计词三千二百八十余首。"①陈耀文认为填词与古乐府一脉相承。《花草粹编》本为词集,但在《花草粹编》卷一部分,陈耀文收录了《醉公子》《一片子》等已经编入郭茂倩《乐府诗集·近代曲辞》的作品,说明他持有的是一种较为宽泛的乐府观念。后者如《天中记》"天路"条曰:"枚乘乐府曰:'美人在云端,天路隔无期。'"②而这首诗在《玉台新咏》中标为枚乘《杂诗》九首其六,全诗为:"兰若生春阳,涉冬犹盛滋。愿言追昔爱,情款感四时。美人在云端,天路隔无期。夜光照玄阴,长叹恋所思。谁谓我无忧?积念发狂痴。"③在《艺文类聚》中标为"古诗"④,而陈耀文却称其为"乐府",可能主要是从诗歌风味着眼。又如彭大翼《山堂肆考》卷一百三十七"加餐"条云:"古乐府:胡马依北风,越鸟巢南枝。相去日已远,衣带日已缓。浮云蔽白日,游子不顾返。思君令人老,岁月忽已晚。弃捐勿复道,努力加餐饭。"⑤按:此诗为古诗十九首中的《行行重行行》的后半部分,而彭大翼却归入乐府一类。再如《二顾先生遗诗》卷一"顾子方诗"、卷二"顾暇篆诗"都是以"拟古乐府"作为开头。从诗题上看,既有"日出东南隅行""王子乔"这些经典的乐府旧题,也有诗人根据古意自制的一些诗题,如顾子方的"书与采臣""过故居"。这些都显示出较为宽泛的乐府观念。

徐渭(1521—1593)《青藤书屋文集》卷二收录"乐府"八首,分别为《张家槐》《悲饔歌》《歌风台四首》《予尝梦昼所决不为事心恶之后读唐书李坚贞传稍解焉》《六昔》。文集前有陶望龄给徐渭作的《传》:

> 陶望龄曰:越之文士著名者,前惟陆务观最善,后则文长。自举

---

① 陈耀文辑:《花草粹编》"叙",龙建国、杨有山点校,姚学贤审定,河北大学出版社 2007 年版,第 1 页。

② 陈耀文:《天中记》卷一。

③ 吴冠文、谈蓓芳、章培恒汇校:《玉台新咏汇校》卷一,上海古籍出版社 2014 年版,第 55 页。

④ 欧阳询:《艺文类聚》卷三十二,上海古籍出版社 1999 年版,第 562 页。

⑤ 彭大翼:《山堂肆考》卷一百三十七,清文渊阁四库全书本(下同)。

业盛行,操翰者羞言唐宋,知务观者鲜矣,况文长乎！文长负才性,不能谨饰节目。然迹其初终,盖有处士之气。其诗与文亦然。虽未免瑕纇,咸以成其为文长者而已。中被诟辱,老而病废,名不出于乡党,然其才力所诣,质诸古人,传于来祀,有必不可废者。秋潦缩,原泉见。彼阘喧泛溢者须臾耳,安能与文长道修短哉！文长没数载,有楚人袁宏道中郎者来会稽,于望龄斋中见所刻初集,称为奇绝,谓有明一人,闻者骇之。若中郎者其,亦渭之桓谭乎！①

　　根据陶望龄所作的《传》,袁宏道在徐渭去世后数年来到会稽时,在陶望龄的书斋中见到了初刻的《青藤书屋文集》,说此文集应该是徐渭生前亲自编排的。从诗题上看,这八首乐府诗皆为徐渭自制之题,这说明明代文人评判乐府诗的标准中诗题已经不是唯一标准,诗歌风味和艺术特点也是非常重要的判断标准。

第二节　诗以乐为先
——乐府主声说的强化

　　尽管明代诗学家们对乐府诗进行辨体的途径和方法众多,但由于乐府诗自身所具有的内在特点,"音乐性"始终是乐府诗学家们无法忽略的重要特征。"乐府"最早作为秦汉时期的宫廷音乐机构,决定了乐府诗从产生之日起就自带音乐属性。即使后人拟作的一些诗歌作品已经不再进行配乐歌唱,但"音乐性"作为乐府诗与其他诗歌类型相区别的重要特征,却是一直被公认的。萧涤非先生曾在《汉魏六朝乐府文学史》中说:"乐府主声之说,此自当时言之则可,若在今日,则惟有舍声求义。盖其声久佚,不可得而闻知,所谓《郊祀》《鼓吹》《相和》《清商》,等一无声之诗耳。而其义则犹存乎篇章之间,昭

---

① 徐渭:《青藤书屋文集》"传",清海山仙馆丛书本。

然可见,阐而明之,择善而从,则乐府虽亡,而其精神实未尝亡。故兹编于声调器数之末,多所从略。"①萧涤非先生所说固然在理,即我们今天研究乐府诗不能过分讲求其音乐属性,但"乐府主声"却是不易之理,因为声调失传后人虽然无法窥得古人乐府原貌,但这并不改变乐府主声的性质。

其实不仅是乐府主声,中国古典诗歌的诞生本身就和音声有着密不可分的关系。所谓《风》《雅》《颂》就是按音乐类型来划分的。《九歌》也是在楚地民歌的基础上形成的。音声对于诗歌来说,绝不仅仅是增加了娱乐性,更是打动人心、有关教化的关键所在。宋郑樵《乐府总序》云:

> 古之达礼三:一曰燕,二曰享,三曰祀。所谓吉、凶、军、宾、嘉,皆主此三者以成礼。古之达乐三:一曰风,二曰雅,三曰颂。所谓金、石、丝、竹、匏、土、革、木,皆主此三者以成乐。礼乐相须以为用,礼非乐不行,乐非礼不举。自后夔以来,乐以诗为本,诗以声为用,八音、六律为之羽翼耳。仲尼编《诗》为燕享祀之时用以歌,而非用以说义也。古之诗,今之辞曲也。若不能歌之,但能诵其文而说其义,可乎?②

郑樵认为诗和乐的关系极为密切,"乐以诗为本,诗以声为用",他在这里所说的"本"和"用"并不是贬低音声的价值,反而是在肯定音声对于诗歌的重要作用。郑樵认为如果诗歌不能歌唱而只能用来诵读,那么诗义将不可得。郑樵在《通志·乐略·正声序论》中又说:"诗在于声,不在于义,犹今都邑有新声,巷陌竞歌之,岂为其辞义之美哉? 直为其声新耳。"③更是直接提出了"诗在于声,不在于义"的观点。

到了元末明初,"诗以乐为先"的观念仍然流行。如陈谟在《答或人》一文中说:

---

① 萧涤非:《汉魏六朝乐府文学史》"引言",人民文学出版社 1998 年版(下同),第 1—2 页。
② 郑樵:《通志》卷四十九,第 1 册,浙江古籍出版社 2000 年版(下同),第 625 页。
③ 郑樵:《通志》卷四十九,第 1 册,第 626 页。

或问:"诗至唐而拘四声,始有律之名。律者,取其可歌也。今人律唐之律,若填曲腔,然亦皆可歌乎?"曰:"曷为而不可也! 夫情发于声,诗言志也。声成文,谓之音,歌永言也。五声依夫歌之永,十二律和夫声之依。诗歌固有自然之律,而声律缘以起也。李太白《清平调》词,李龟年歌之。王之涣二友不相下,三人者入旗亭中,约曰:'勿多言,第聆妓歌则闻。'多唱之涣《凉州词》者。久之,又闻连歌之涣他诗,而二人者各一诗而止。之涣大笑,二人始服。又如东坡乐府,才大不能束程度,歌者犹櫽括入调。矧诗固古乐府哉? 矧唐律哉?"曰:"或命唐诗为音可乎?"曰:"可。"曰:"谓中唐无盛唐之音,晚唐复无中唐之音,然乎?"曰:"非然也。朱子论风雅颂部分,盖曰辞气不同,音节亦异。论风雅颂正变,盖曰其变也事未必同,而各以其声附之。盖变风,风之声,故附正风。变雅,雅之声,故附正雅。时异事异,故辞气亦异然,而以声相附者,声犹后世所云调若腔也,盛唐中唐晚唐律同则音同,谓其辞气不同,可谓其音不同,不可况。盛唐亦有辞气类晚唐者,晚唐复有类盛唐者乎。尝欲取盛唐诸家和平、正大、高明、俊伟者,不分古体、律绝,类为盛唐诗。其辞气颇类晚唐者,类为晚唐之祖。合为一卷。中唐、晚唐各为一卷。其辞气颇类盛唐者,则类为各卷之首。中唐、晚唐、盛唐,所谓系一人之本者,诗之正变,则诗人之性情,而辞气不同耳。使学习之审,如是,晚唐可入盛唐,不如是,盛唐则至晚唐靡靡而后已,亦少补也。"问者退因谩书之。①

陈谟(1305—1400),字一德,江西泰和人。他认为诗歌本来就是自然之律,唐人的律诗、绝句和宋人的词都是可以入乐歌唱的。即使是像苏轼这样才气纵横的文人,其词也可以入调。不同时代的诗歌辞气不同,但声律却有相通

① 陈谟:《海桑集》卷十,清文渊阁四库全书本(下同)。

之处。这就是一种诗以声为主的观念。

又如朱同《送副使丁士温赴召诗序》云：

> 诗之为教与政通。夫言之精者为文，文之精者为诗。甚矣，诗之
> 未易言也……昔吴季子观周乐，而知诸国为政之得失。虽其聪明绝
> 识有过人者，而要之音韵节奏有不纯在文字之间，是以声入心通若是
> 其神妙，而非后世之所能及也。①

朱同（1339—1385），字大同，号朱陈村民，安徽休宁人，洪武十年（1377）
明经及第。朱同认为，音韵节奏对于诗歌来说有特殊的意义，诗义并不纯在文
字之间，声音可以深入人心，有特殊的感染力。因而早期的诗歌在教化作用方
面非后世之所能及。朱同作为明初著名的文士，这种重视诗歌音声及教化作
用的观点与洪武年间朝廷重视礼乐建设无疑是高度一致的。

高棅在编纂《唐诗品汇》时，乐府诗并未独立成卷。高棅在《凡例》中说明
了原因："乐府不另分为类者，以唐人述作者多，达乐者少，不过因古人题目，
而命意实不同。亦有新立题目者，虽皆名为乐府，其声律未必尽被于弦歌也。
今只随五七言古今体分类于姓氏下，先以乐府古题篇章长短次第之，后以杂诗
篇章长短次第之，不复如郭茂倩专以古题为类也。学者详之。"②在高棅看来，
唐人作乐府诗者虽多，但"达乐者少"。很多作品虽然都号称为乐府诗，但未
必尽被于弦歌。因此，他在编纂《唐诗品汇》时没有将乐府诗单独编在一起，
主要还是考虑到音声的因素。

明代中前期的诗坛领袖、茶陵派的代表人物李东阳关于诗与音声之间的
关系有过更加深入全面的论述：

> 《诗》在六经中，别是一教，盖六艺中之乐也。乐始于诗，终于
> 律。人声和则乐声和。又取其声之和者，以陶写情性，感发志意，动

---

① 朱同：《覆瓿集》卷四，载林弼：《林登州集（外四种）》，上海古籍出版社1991年版，第
684页。
② 高棅编纂：《唐诗品汇·凡例》第1册，汪宗尼校订，葛景春、胡永杰点校，第18页。

荡血脉,流通精神,有至于手舞足蹈而不自觉者。后世诗与乐判而为二,虽有格律,而无音韵,是不过为排偶之文而已。使徒以文而已也,则古之教何必以诗律为哉!①

李东阳认为,《诗》在六经中是极为特殊的一类。在孔门六艺中,诗可以看作是"六艺中之乐"。音声对于诗歌极为重要,可以陶冶情性、感发志意、动荡血脉、流通精神,甚至能让人手舞足蹈而不自觉。但到了后世,人们将诗与乐分开,所作之诗只有格律而无音韵,只不过是"排偶之文",从而丧失了古诗的真谛。这当然也是诗以乐为先的观念。

比李东阳生活时代稍晚的李梦阳虽然批判过李东阳,但在强调音声对于诗歌的重要性这一点上却和李东阳保持一致:

> 知声而不知音者,禽兽是也。知音而不知乐者,众庶是也。惟君子而后知乐。空同子曰:"声言直,音言曲,乐言律。直者单而粗者也,音者方而文者也,律者比而谐者也。如啄啄呼鸡,落落呼猪,咄咄呼马驴,苗呼猫,鸳呼雀。呼之则应者,知声也。人人能谣如今里巷之词曲,不学而能之,疾徐高下皆板眼,所谓知音也。及问其出某吕、某律、孰宫、孰商,则不知也。故曰惟君子而后知乐。"解者未达,乃以"瓠巴鼓瑟,游鱼出听,伯牙弹琴,六马仰秣"为禽兽知音。夫作乐而兽舞凤仪,斯感通之妙,非声音之末也。昔有鼓琴于池上者,调及蕤宾而蕤宾铁跃之出。亦谓知音邪?②

与李东阳相比,李梦阳甚至把是否懂音乐看成君子与普通人、人与禽兽的重要区别。就像小猫小狗小鸡小猪,听到呼唤之声就会回应,说明它们能听懂声;普通民众都会唱当时流行的民间歌谣,他们也没有刻意去学习,但节奏和声调都很准,说明他们懂得音。但如果你问他们这些曲子属于什么宫调,他们肯定回答不了。所以说,只有真正的君子才懂得音乐。

---

① 李东阳著,李庆立校释:《怀麓堂诗话校释》,第1页。
② 李梦阳:《空同集》卷六十五《物理篇第三》,第595—596页。

活动于正德、嘉靖年间的刘濂也曾强调过音声对诗歌的重要作用。其编撰的《九代乐章》"序"云：

> 予选九代之诗，独以声音为主。取其所尝奏于朝廷者为"雅"，宗庙者为"颂"，文人学者之作通谓之"风"。"雅""颂"辞意或不雅粹，声调存焉，犹可说也；"风"而无声焉，不可为"风"矣。虽言辞清远如七子、二陆、三谢、李杜，皆在所逸，况他乎？然以音律论之，九代"雅""颂"皆宫商，东晋而下始有角徵羽五音。六调虽备，而声音之道坏矣。①

在刘濂看来，九代的"雅"和"颂"虽然在辞意上并不雅粹，但还保留了早期的声调。而对于"风"来说，如果声调丢失了，就不再成为"风"了。而且他还从宫调的角度论述了九代及东晋以后的"雅""颂"音调，指出东晋以后"六调虽备"，但"声音之道坏矣"。② 在这篇序言中，刘濂甚至批评郭茂倩的《乐府诗集》虽然广收博采，但"'雅''颂'声调莫辨"。其诗歌主声的观点也是显而易见的。

从明代乐府诗创作及其相关活动的实际情况来看，乐府诗的音声属性也是一直存在的。如杨士奇《送李永定经历序》云：

> 永定，吉水李明达先生冢子也。余往年客武昌，永定从先生在焉。先生长余四十年，忘年与余交厚，时余两人皆假馆授徒，永定治奉养之资，无日不相见也。先生长身修髯，飘拂可数，面洁白如玉雪，气韵磊落有行义，读书不泥章句，兴有所适，竟日忘返，尝爱余作乐府古辞，遇有作，取酒肴余，向余歌相乐也。③

这篇序言记载了杨士奇本人与李永定及其父亲李明达交往的一些事迹。杨士奇说自己喜爱创作乐府古辞，而李明达对酒歌唱以乐，这说明明初文人歌

---

① 刘濂：《九代乐章》"序"，明嘉靖抄本（下同）。
② 刘濂：《九代乐章》"序"。
③ 杨士奇：《东里文集》卷五，刘伯涵、朱海点校，中华书局1998年版（下同），第65页。

唱乐府诗的现象仍然存在。

李东阳还从音声的角度批评了当时存在的一些对古乐府诗进行机械模仿的现象：

> 古、律诗各有音节，然皆限于字数，求之不难。惟乐府长短句初无定数，最难调迭，然亦有自然之声。古所谓"声依永"者，谓有长短之节，非徒永也。故随其长短，皆可以播之律吕；而其太长、太短之无节者，则不足以为乐。今泥古诗之成声，平侧长短、句句字字，摹仿而不敢失，非惟格调有限，亦无以发人之情性。①

李东阳指出，与音节整齐的律诗不同，乐府诗的句子长短不齐，较难把握其音节，但也有其"自然之声"。古人说"声依永"，就说明诗并不是用来"徒永"的，而是要根据句式的长短和音乐配合在一起才行。如果句子太长或太短，缺少音节，则无法配乐。今天的人不懂得这个道理，只是拘泥于古乐府的每句字数和平仄，逐字逐句进行模仿，这样做的结果就是造成作品"格调有限"，且无法发人之情性。可以看出，李东阳对于乐府诗音声的思考已经较为深入，其"自然之声"说也有一定的价值。

与"前七子"同时代的陆深（1477—1544）曾写过一篇《与康德涵修撰论乐》，在这篇文章里陆深也较为深入地探讨了声诗的变迁历史及古乐府文本与音乐的关系问题：

> 何柏斋曰："今世词曲与古乐同。"此言有理。顾曲折细微，古今须别尔，何者？古乐主声词，所以谱其声也。孔子所删，删其不合于管弦者。如素绚不录是已。谓之为逸诗者，非也。惟声最易亡，三百篇之声，未及汉已亡，今特传其词耳。汉乐府名新声，故词难诠次。新声又亡。至魏晋之词通解，而声又亡。后周得江左乐工。至隋唐声又亡。唐词多今律诗，而声又亡。宋歌诗余，声又亡。至金元时曲

---

① 李东阳著，李庆立校释：《怀麓堂诗话校释》，第 20—21 页。按："乐府长短句"原文作"乐府、长短句"，属断句不当，笔者已正之。

子盛行,今所传者,南北调二声在耳。谓即此是古乐,深未敢信也。大抵古人审声以选字,然后炼字以摛文。后世先结文字,乃损益律吕以和之,去元声远矣,恐非古也。即今词曲论之,亦有声意二端。声一定而意无穷。凡声急处是欲赶板,意缓处是欲合索。盖有眼以度腔调,丝在指拨,迟速惟意。若明皇迟玉笛以合《霓裳》是已。是故声傅节拍,意傅义理,此感通之妙,古今无二。谓即此是古乐,深亦未敢信也。旧传王粲、张飞等作传奇,俱含炼鍜人才意,所以鼓舞人精神不倦。此却与诗之正变合,不属义理。宋儒所释"正风""变风""大雅""小雅",是剩语也。①

康德涵,即康海(1475—1540),陕西武功人。弘治十五年(1502)状元,曾任翰林院修撰,为"前七子"之一。德涵是其字。何柏斋,即何瑭(1474—1543),怀庆府(今河南武陟)人,也曾任翰林院修撰,柏斋是其号。在这篇文章里,陆深指出虽然古今音乐道理相通,但今之乐并非古之乐。历代的声乐经历了古乐不断消亡与新乐不断产生的过程。关于诗歌文本与声乐的关系,古人是先"审声以选字",再形成文本;后世则是先写出文本,再进行配乐工作。所以研究古乐府必须先从其音声着手,宋儒所重的"义理"其实是不符合实际的。陆深在这里所说的显然也体现了"乐府以声为先"的观念。

明代后期的李维桢(1547—1626)还通过对比唐人乐府与汉魏六朝乐府在音乐上的区别来表达"诗以乐为先"的观念。他在《唐诗纪序》中说:"乐八音皆诗,诗三百皆乐。唐人乐府已非汉魏六朝之旧。自郊庙而外,时采五七言绝句。长篇中隽语被管弦而歌之,代不数人,人不数章。则唐与古殊矣。六朝以上惟乐府、选诗眉目小别,大致固同。至唐而益以律绝、歌行诸体,复不相侔。夫一家之言易工,而众妙之门难兼。则唐与古殊矣。"②李维桢认为唐人的乐府诗与汉魏六朝乐府相去甚远,主要的原因就在于唐人未能得到前代乐

---

① 陆深:《俨山集》卷九十一,上海古籍出版社 1993 年版(下同),第 587 页。
② 贺复徵编:《文章辨体汇选》卷二百九十七。

府诗在音声方面的真传。

当然,强调乐府诗的音声属性,并不一定要完全恢复古乐,事实上也很难做到。《二顾先生遗诗》中顾绁还有一段自序专门谈论了对于乐府诗音乐性的看法:

> 古乐府多奇特语,益人精神,然往往诘曲难读。或疑衍文,或强说之,为不知古者声辞合写,每一字即注一声。及乎末流伶官庸工袭沿鱼鲁,后之拟者或取本意、本调,或取调离意,或取意离调,或意调俱离而杂出,是岂能作协律都尉于九京,使之铿锵鼓兵力以求合哉!善乎刘勰之论曰:"诗为乐心,声为乐体。乐体在声,瞽师务调其器;乐心在诗,君子宜正其文。"然汉世文士多习音律,其后傅玄、张华之徒晓畅宫徵,故其所作有可观。至荀勖改杜夔之词,声节哀急,见讥阮咸。其后新声日繁,制作益富,大雅之风落落尔矣。予获汉曲律法九章,王礼一,镜歌三,清商三,相和杂调各按五音而谱之,颇亦可寻。然以异代之乐,不足深究。若夫移易宫商,颂扬当代,庶几藏之,以俟君子,或不虚啮柱穷思之意云。①

顾绁虽然也认为音乐对于乐府诗极为重要,但由于时代久远,异代之乐也不必深究,移易宫商颂扬当代可能是更恰当的做法。

第三节　乐府以汉魏为首
——对经典的选择

在乐府诗漫长的发展历程中,先后出现了汉代的鼓吹曲辞、横吹曲辞、相和歌辞,东晋南朝的清商曲辞,唐代的近代曲辞及新乐府辞等。郭茂倩在编撰《乐府诗集》时将这些作品一股脑儿全部收入其中。这样做的好处是最大限

---

① 顾杲、顾绁:《二顾先生遗诗》卷二。

度地为后人保存了前代的乐府诗作品。但另一方面,郭茂倩这种"贪多而求全"的编撰方式也存在一定的缺陷——我们无法通过《乐府诗集》来获得一种价值判断。什么时代的乐府诗才是最经典、最优秀的乐府诗呢? 郭茂倩显然没有提供答案。

实际上在整个唐宋时期,乐府诗学领域都缺少对于乐府诗经典的选择和判断。这一时期,诗学家们最热衷的还是对乐府诗的"解题",即探讨乐府诗题的由来、本事等,最典型的就是吴兢的《乐府古题要解》。在少有的关于乐府诗价值的判断里,也并未体现出对汉乐府的经典价值的认可。如元稹《乐府古题序》云:

> 况自《风》《雅》,至于乐流,莫非讽兴当时之事,以贻后代之人。沿袭古题,唱和重复,于文或有短长,于义咸为赘剩。尚不如寓意古题,刺美见事,犹有诗人引古以讽之义焉。曹、刘、沈、鲍之徒,时得如此,亦复稀少。近代唯诗人杜甫《悲陈陶》《哀江头》《兵车》《丽人》等,凡所歌行,率皆即事名篇,无复倚傍。余少时与友人乐天、李公垂辈,谓是为当,遂不复拟赋古题。①

在这篇序文里,元稹大力赞扬了杜甫即事名篇、自拟乐府新题的做法,认为杜甫的新题乐府诗才是真正符合风雅及乐府诗原来特点的。而那些沿袭古题、唱和重复之作并无多少价值。在元稹看来,只要所写之诗能够"讽兴当时之事",是否用古题并不重要。表面上看起来,元稹是要继承《诗经》和汉乐府的现实主义精神。但实际上,这种观点却构成对于汉乐府诗经典性的消解。因为按照元稹的逻辑,乐府诗用什么题目并不重要,只要有现实主义精神就行,这样就模糊了乐府诗与非乐府诗的边界,也模糊了对不同时代乐府诗之间价值高下的评判。

到了元代,随着杨维桢的诗集《铁崖古乐府》及左克明编撰的乐府诗总集

① 《元稹集》卷二十三,冀勤点校,中华书局2010年版(下同),第292页。

《古乐府》的出现,对乐府诗的价值判断方面发生了一些转变。

　　杨维桢(1296—1370),字廉夫,号铁崖、铁笛道人,又号铁冠道人、铁心道人、铁龙道人、梅花道人等,晚年又自号老铁、抱遗老人、东维子,绍兴路诸暨州枫桥全堂(今浙江省诸暨市枫桥镇全堂村)人。泰定四年(1327)进士,历任天台县尹、建德路总管府推官、江西儒学提举等职。元末明初著名诗人、书画家和戏曲家。与陆居仁、钱惟善合称为“元末三高士”。杨维桢的乐府诗集婉丽动人与雄迈自然于一体,史称“铁崖体”,影响极大。元至正六年(1346),吴复曾给杨维桢的《铁崖古乐府》作过一篇序文。序文中说:“三百篇而下,不失比兴之旨者,惟古乐府为近。”又云:

　　　　君子论诗,先情性而后体格。老杜以五言为律体,七言为古风,而论者谓有三百篇之余旨,盖以情性而得之也。刘禹锡赋三阁,石介作宋颂,后之君子又以黍离配三阁,清庙、猗那配宋颂,亦以其所合者情性耳。然则求诗于删后者,既得其情性,而离去齐梁晚梁李宋之格者,君子谓之得诗人之古可也。铁崖先生为古杂诗,凡五百余首,自谓乐府遗声。夫乐府出风雅之变,而悯时、病俗、陈善、闭邪,将与风雅并行而不悖,则先生诗旨也。①

　　吴复就明确指出“诗三百”以后,最能够继承比兴之旨的,就是古乐府。他认为诗歌最重要的就是性情(这与主张“诗体为先”者不同),“诗三百”之后,既能够得其性情,又能够离去齐梁后诗歌之格的,就可以称得上“得诗人之古”。吴复还认为乐府出于风雅之变,杨维桢的乐府诗很好地继承了古乐府的传统。在这里,吴复充分肯定了汉魏古乐府的价值,而对唐人乐府,尤其是杜甫、元白的新乐府只字未提,这其实已经隐含了对不同时代乐府诗的价值高下评判。

　　就在吴复给《铁崖古乐府》作序的同一年,左克明的《古乐府》十卷也编成

---

　　①　杨维桢著,楼卜瀸注:《铁崖古乐府注》“序”,乾隆三十九年(1774)刊本。

了。与吴复偏于强调诗歌的比兴之旨与"得其性情"不同,左克明更加强调古乐府诗的正统地位,他通过对于前代乐府诗的选编表现了自己对不同时代乐府诗价值的评判。《古乐府》卷首有左克明本人在元至正丙戌年(1346)所作的序言:

> 汉武帝立乐府官采诗,以四方之声合八音之调,用之甘泉圜丘,此乐府之名所由始也。历世相承,古乐废缺,虽修举不常而日就泯没。博洽推究,师授莫明。于是凡其诸乐舞之有曲,与夫歌辞可以被之管弦者,通其前后,俱谓之乐府。上追三代,下逮六朝。作者迭兴,仿效继出。虽世降不同,而时变可考。纷纷沿袭,古意略存。或因意命题,或学古叙事。沿能原闺门祍席之遗,而达于朝廷宗庙之上。方三百篇之诗为近,而下视后世词章留连光景者有间矣。克明窃伏山林,有志兹事。见闻浅鲜,终不克成。数年以来,勉强就绪。采撷前人之余意,探求作者之异同。按名分类,删繁举要。唐人祖述尚多,非敢弃置,盖世传者众,弗赖于斯。是编也,谓之《古乐府》,故独详于古焉。①

《古乐府》选诗的时间范围上起三代,下至陈隋。与郭茂倩《乐府诗集》相比,并未涉及唐代乐府诗。左克明本人对此的解释是唐人诗歌"世传者众",不需要依赖自己进行编撰了。但实际上左克明编撰《古乐府》的起因就是后人的词章往往只是留连光景之作,已失去了古乐府的精神。《古乐府》的编撰就是为了突出古乐府的重要性,这里面也隐含着对不同时代乐府诗价值的评判。

虽然元代杨维桢的乐府诗创作和左克明编撰的《古乐府》都在一定程度上体现出推尊古乐府的观念,但实际上一直到明代前期,汉乐府在乐府诗史上的经典地位都还未能得到确立。明初一些文人将唐代的李白、杜甫作为乐府

---

① 左克明编撰:《古乐府》,徐文武、韩宁点校,中华书局2016年版(下同),第9页。

诗创作的标杆。如贝琼在《琼台集序》中说:"熟玩是编,无虑数十百篇。其五言、七言近体必拟杜甫,其歌谣乐府必拟李白。"①《琼台集》是李廷铉的文集。贝琼称赞李廷铉的歌谣乐府必拟李白,而不是拟汉乐府。在另外一篇《陇上白云诗稿序》中,贝琼又说:

> 余在钱唐时,与二三子录中州诗总若干首,成编题曰《乾坤清气》。盖元初文治方兴,而吴兴赵公子昂、浦城杨公仲弘、清江范公德机务铲宋之陈腐,以复于唐。其相继起于朝者,有蜀虞公伯生、西域马公伯庸、江右揭公曼硕、莆田陈公众仲,在外则永嘉李公五峰、会稽杨公铁崖、钱唐张公句曲。而河东张公仲举亦留三吴,以乐府唱酬,金春玉应,骎骎然有李、杜之气骨,而熙宁、元丰诸家为不足法矣。②

这些记载说明元明易代之际,还没有明确形成"乐府以汉魏为首"的观念。而复归唐诗的提法已经出现,这时乐府诗的最高典范是李杜而不是汉乐府。但与此同时,推尊汉乐府的思潮也在酝酿之中。苏辙的九世孙苏伯衡(1329—1392)在《翰林应奉唐君墓志铭》中说:

> 翰林应奉唐君处敬,年四十有四以病卒于濠之瞿相山。其孤之淳奉骨归越,祔于山阴县承务乡赤土山。君生有异质,敏而克勤。幼从先生王莱山授毛氏诗,比长兼通诸经,旁及子史,阴阳、医卜、书数之学无不研究。资为古文,简洁而雅奥。律诗步骤盛唐,乐府古诗上薄汉魏。场屋之文特其余事。③

在这篇铭文里,苏伯衡称赞唐处敬律诗步骤盛唐而乐府古诗上薄汉魏,已经隐含了将唐代的律诗和汉魏的乐府古诗奉为经典的观念。又如吴勤在《蚓窍集》"原序"中也称赞管时敏"五言乐府有汉魏体"④,也体现了一种"乐府以

---

① 贝琼:《清江贝先生集》卷二十八。
② 贝琼:《清江贝先生集》卷二十八。
③ 程敏政选编:《皇明文衡》卷八十四,四部丛刊影明本(下同)。
④ 管时敏:《蚓窍集》"原序",载林鸿:《鸣盛集(外八种)》,上海古籍出版社1991年版(下同),第674页。

汉魏为首"的观念。

到了明代中后期,"乐府以汉魏为首"的观念已经被广泛接受。如黄省曾(1490—1540)《上李崆峒书》云:

> 独见我公天授灵哲,大咏小作,拟情赋事,一切合辙。江西以后,逾妙而化。如玄造范物,鸿钧播气,种种殊别,新新无已。而脉理骨力,罔不底极。岂世之徒尚风容色泽,流连光景之作者可得而测公之藩垣哉!布贱索处,无由多得珍撰。每于士绅家借录讽咏,洋洋乎古赋、骚选,乐府、古诗汉魏,而览眺诸篇逼类康乐。近体、歌行少陵、太白。古文奇气俊度,跌荡激昂,不异司马子长,又间似秦汉名流。①

在这封书信里,黄省曾称赞李梦阳的乐府古诗近于汉魏,而近体歌行则近于杜甫、李白,古文则近于司马迁。尽管有吹捧之嫌,但还是可以看出作者持有的"乐府以汉魏为首"的观念。

著名的诗学家杨慎也有类似的观点。他在《唐绝增奇序》中说:"予尝品唐人之诗,乐府本效古体而意反近,绝句本自近体而意实远。欲求风雅之仿佛者,莫如绝句。唐人之所偏长独至,而后人力追莫嗣者也。"②杨慎对唐人绝句的评价极高,认为这是唐人之所偏长独至。而对于唐人的乐府诗,杨慎的评价却很一般,认为"意反近",未能得到汉魏古乐府的精髓。这里当然也隐含了"乐府以汉魏为首"的观念。

文徵明(1470—1559)在《广西提学佥事袁君墓志铭》中则称赞袁永之:"为文必先秦两汉为法,乐府师汉、魏,赋宗屈、贾,古律诗出入唐、宋。见诸论撰,莫不合作。"③很显然,文徵明是把汉魏的乐府诗和先秦两汉的散文、屈原、贾谊的赋以及唐宋的律诗作为不同类型文学的典范来看待,这是非常明确的"乐府以汉魏为首"的观念了。在《吏部郎中西原先生薛君墓碑铭》中,文徵明

---

① 贺复徵编:《文章辨体汇选》卷二百三十八。
② 杨慎:《升庵集》卷二,上海古籍出版社1993年版(下同),第23页。
③ 文徵明:《甫田集》卷三十三,陆晓东点校,西泠印社出版社2012年版,第504页。

又称赞薛蕙"为诗温雅丽密,有王孟之风;乐府歌词追躅汉魏"①,也是同样的观念。

胡应麟也对汉、魏乐府与李、杜乐府进行过比较:

> 唐人诸古体,四言无论。为骚者太白外,王维、顾况三二家,皆意浅格卑,相去千里。若李、杜五言大篇,七言乐府,方之汉、魏正果,虽非最上,犹是大乘。韩《琴曲》、柳《铙歌》,仿佛声闻阶级,此外,蔑矣。②

胡应麟尽管表面上也肯定了李、杜乐府诗的价值,认为是"大乘",但相比之下,汉、魏乐府诗却是"正果",才是"最上",这里的价值高下评判还是非常明显的。王世贞同样也对李、杜乐府诗提出过批评,他认为:"太白古乐府窈冥恍惚,纵横变幻,极才人之致。然自是太白乐府。"又说:"青莲拟古乐府,以己意、己才发之,尚沿六朝旧习,不如少陵以时事创新题也。少陵自是卓识,惜不尽得本来面目耳。"③王世贞虽然肯定了李白乐府诗的才气纵横和杜甫乐府诗自创新题的"卓识",但同时也认为李、杜二人的乐府诗并非汉魏乐府诗的原貌,也就是说,不符合乐府诗本来的特点。这也就间接肯定了汉魏乐府诗的经典性和不可超越性。

明人总体上认为乐府诗以汉魏为首,但具体又有以汉魏为首、以汉为首之区别。晚明辨体诗学的代表人物许学夷就认为"乐府以汉人为首":"乐府之诗,当以汉人为首。冯汝言云:'琴操肇于上古,如《神人畅》《南风歌》之类,又在仲尼前。但今所传之曲,未必尽出于古耳。乐府之名,自兴于汉,何得以此相掩?'"④许学夷引用冯汝言的话指出,尽管乐府诗中有一些属于先秦甚至是孔子之前的作品,但"乐府"之名兴于汉是无可置疑的,所以乐府诗还是应该

---

① 薛蕙:《考功集(外三种)》"附录",上海古籍出版社1993年版,第128页。
② 胡应麟:《诗薮》内编卷一,第21页。
③ 王世贞:《弇州四部稿》卷一百四十七。
④ 许学夷:《诗源辩体》卷三,杜维沫点校,第54页。

以汉人为首。

一些诗学家还强调了汉、魏之别。如胡缵宗（1480—1560）《跋汉诗后》云：

> 读诗者，一则曰汉魏，二则曰汉魏，平时读汉魏诗，以为魏犹汉也。及读乐府，则汉自为汉，而魏不能及矣。试咏之，汉铙歌相和诸曲，浑厚隽永，无愧于古歌谣辞。魏诗可读者三曹尔矣，然操、丕、植固汉人也，故附之汉。苟评前代之诗，亦唯曰汉而已矣。自汉而战国，而春秋，三百篇可驯致也。①

胡缵宗认为，读诗之人多以汉魏并称，如果从古诗这个角度来说还是可以的。但如果读乐府诗，就会发现魏乐府远不及汉乐府。汉乐府中的鼓吹铙歌、相和歌等有浑厚隽永之妙，接近于古歌谣辞。而魏代乐府诗成就最高的曹氏父子，其实也是汉人。胡缵宗还认为汉诗代表了诗歌的最高水平。从胡缵宗的论述很明显可以看出明代中期复古诗学的强大影响。

第四节　鸣盛世、讽现实与抒性情
——明人眼中的乐府功能

按照 M.H.艾布拉姆斯的理论，文学观念可以归纳为"模仿说""实用说""表现说""客观说"四种。其中"模仿说"、"实用说"与"表现说"与我们要研究的明代乐府诗学都有较为密切的关系。而在这三者之中，"模仿说"与"实用说"其实是捆绑在一起的，模仿是为了实用，单纯的模仿并无意义。沙尔·巴托（又译为夏尔·巴图）就认为，模仿并不是对粗糙无饰的日常现实的模仿，而是对"美的本质"的模仿，这种美的本质也就是"真实的影子"，是把个别事物的特征聚合成包含"一切完美"的模式而形成的。②

---

① 胡缵宗：《鸟鼠山人小集》卷十四，明嘉靖刻本（下同）。
② ［法］沙尔·巴托：《可以归结为单一原则的艺术》，巴黎，1747 年，第 9—27 页。

在明人眼中,乐府诗可以用来歌颂大明的太平盛世,也可以反映北方游牧民族及倭寇入侵给百姓带来的苦难,或是帮助大家回忆远古时候的淳朴民风,这些都是为了更好地教化百姓,让国家获得长治久安。正如 M.H.艾布拉姆斯所说:"诗歌的模仿只是一种手段,其最近目的是使人愉快,而愉快也只是手段,最终目的是给人教导。"①当然,一部分文人也把乐府诗看作表现自我和抒发性情的工具,这属于"表现说"的范畴。M.H.艾布拉姆斯认为:"表现说的主要倾向大致可以这样概括:一件艺术品本质上是内心世界的外化,是激情支配下的创造,是诗人的感受、思想、情感的共同体现。因此,一首诗的本原和主题,是诗人心灵的属性和活动;如果以外部世界的某些方面作为诗的本质和主题,也必须先经诗人心灵的情感和心理活动由事实而变为诗。"②表现说强调了诗人自身的情感、激情对创作的决定性作用,这与明代乐府诗学中以情论诗的倾向是吻合的。

在明代文学思想中,通过诗歌来"鸣国家之盛"本来就是一股极为重要的思潮。罗宗强先生即认为,自永乐至洪熙年间,由于社会比较安定,"传圣贤之道、鸣国家之盛、颂美功德、发为治世之音于是成为文学思想发展的主流"③。但实际上这种"鸣盛世"的文学思想在中国历史上很早就存在了。《礼记·乐记》中所谓的"治世之音安以乐,其政和"就是这个意思。元末明初的王祎(1321—1373)在《张仲简诗序》中说:"国家致治,比隆三代。其诗之盛,实无愧于有唐。重熙累洽,抵今百年。士之达而在上者,莫不咏歌帝载,肆为瑰奇盛丽之词,以鸣国家之盛。其居山林间者,亦皆讴吟王化,有忧深思远之风,不徒留连光景而已。"④按:王祎,字子充,浙江义乌人。洪武元年

---

① [美]M.H.艾布拉姆斯:《镜与灯:浪漫主义文论及批评传统》,郦稚牛、张照进、童庆生译,第 13 页。

② [美]M.H.艾布拉姆斯:《镜与灯:浪漫主义文论及批评传统》,郦稚牛、张照进、童庆生译,第 20 页。

③ 罗宗强:《明代文学思想史》上册,第 138 页。

④ 王祎:《王忠文集》卷五,清文渊阁四库全书本(下同)。

(1368)曾奉明太祖之命修《元史》。洪武五年(1372)招谕云南,不幸为脱脱所害。从内容上看,王祎写这篇诗序的时候应该还身处元朝,故有"抵今百年"之语。但序言中以诗歌鸣盛世的思想是非常明显的。到了明代,何淑在洪武八年(1375)七月十六日给邓雅(1328—?)《玉笥集》所作的"原序"中说:

> 余友邓君伯,言行纯而学优,才美而志远。少力于学,壮而未行,老于风骚乃有所得。其为诗歌,每出人意表,简而不疏,直而不俚。其间道气运之盛衰、论人事之得失,往往从容不迫,而意已独至。使接踵陶、韦间,未见其大相远也。视所谓山林枯槁者,盖不侔矣。是果气使之然欤?抑情乎哉!尝示余以所为《玉笥集》数百篇,且求为序,余因讽味有感焉。嗟夫!今之于诗道者,或气满志得,则不暇以为;或羁愁穷困,则不得以为。若君者,学于少,得于壮,成于老。富贵荣达之心虽浅,而温柔敦厚之度愈深。是果诗之幸欤?其亦君之幸也欤!将见由变而之正,由山林而之台阁。所谓宣宫商、谐金石,以鸣国家之盛者,未必不在于君也。①

在这篇序言里,何淑称赞邓雅的诗歌简而不疏、直而不俚,道气运之盛衰、人事之得失能够从容不迫,并建议邓雅由山林而之台阁,通过诗歌创作来鸣国家之盛者。

在洪武朝高度重视礼乐建设的背景下,洪武八年(1375)凤阳府新铸了一口大钟,用来颂扬皇帝的英明神武。宋濂还专门写了一篇《凤阳府新铸大钟颂》:

> 皇帝既正大统,建都江表。德绥威詟,万邦咸臣。用群臣奏临濠为龙飞之地,赐名曰凤阳……今我熙朝稽古右文,定于中制,宣导天地,孚洽神人,中和所致,嘉瑞毕协,增拓化原,亦于是乎有赖,非特严

---

① 邓雅:《玉笥集》"原序",清文渊阁四库全书本。

昏旦之禁而已。濂待罪国史,以文辞为职业,义当扬发蹈厉,以鸣国家之盛……①

写这篇颂文时,宋濂正在奉朱元璋之命主修《元史》。在宋濂看来,凤阳府铸钟之举当然值得赞颂,而自己修史是以文辞为职业,也应当扬发蹈厉,以鸣国家之盛。

永乐年间,台阁体诗风兴起,"诗鸣盛世"的思想更加流行。台阁体的代表人物"三杨"之一的杨士奇也明确表达过"鸣盛世"的观点。他在《詹事府少詹事兼翰林侍读学士赠嘉议大夫礼部左侍郎曾公墓碑铭》中说:

> 天之生才,甚难也。然高明强毅、宏博奇伟、智能勇略之士,世未尝乏用,惟文章者不易得。夫探造化之阃,征帝王之法,通古今之赜,潆滀融会而后出之,上焉者发挥性道,修正人纪,此圣贤之事,不可几及。次焉者推明义理,纪述功德,作为风雅,以鸣国家之盛,司马迁、相如、扬雄、班固、韩、柳、欧、苏作者之事,然亦代不数人焉,信乎其难也。②

杨士奇认为,有勇有谋的才能之士历代都不缺少,唯独文章之士最不易得。文章作者成圣贤之事固然不易,而能够作为风雅,"以鸣国家之盛"的文学家在每个时代都只有寥寥数人。

到了明代中期茶陵派的代表人物李东阳那里,诗歌同样被看作是鸣盛世的工具。杨一清在《怀麓堂集》"原序"中说:

> 古之人所以名世而不朽者有三:立德、立功、立言是已。今天下政化出于一,《六经》《四书》之旨如日丽天,固无俟于所谓立言者。其见于著作,若纪述铺叙之为文,咏歌吟讽之为诗,可以考见得失,垂世鉴戒,而兴起其善端,大则用之朝廷,施诸天下,以鸣一代之盛。谓

---

① 《宋濂全集·艺园前集》卷四,第 2 册,浙江古籍出版社 1999 年版(下同),第 1216—1217 页。

② 杨士奇:《东里文集》卷十四,刘伯涵、朱海点校,第 199 页。

非古者立言之遗意哉！①

这篇序言虽然是杨一清所写,并非出自李东阳本人的手笔,但文中所体现出来的诗学思想和李东阳是一致的。杨一清认为,诗歌最大的作用就是用于朝廷、施诸天下,以鸣一代之盛。这种诗学观念与宋濂、杨士奇等人是一脉相承的。

在这股"诗鸣盛世"的思潮中,明人的乐府诗创作及乐府诗批评扮演了重要角色。明初陈琏《岭南声诗鼓吹·序》云:

> 岭南入国朝,为大藩。若方面之臣,绣衣之使,来宣化,观风乾,皆当代伟人。而牧民典教,旅寓土著者,亦多名士。故其赋咏之工,往往传诵于人。然未有采录以成编者。合肥王先生仲迪,寓琼郡有年。尝从琼山教论赵扐谦游学,博识高而喜赋咏。于是旁采国初以来名宦与旅寓、土著文人才士之诗,得若干首,曰《岭南声诗鼓吹》。未及板行,殁于羊城。广州府同知句容陈君士逊,属郡士赵怀粲、涂友良校正镂梓,以成其志,可谓义举矣。间以成本寄予,属言为序。予时长通政使司事,未及为之,而士逊寻终于官。今其子絓复申前请,谊不可辞。予惟圣朝德教洽乎四海,声名文物盛于前代,以故搢绅君子作为歌诗,格调高古,声音雄浑,足以起人之听。谓之"鼓吹"不亦宜乎!且"鼓吹",军乐也。古乐府有"铙歌鼓吹曲"之名。昔元遗山选唐人七言近体通五百余首,题曰《唐诗鼓吹》,赵文敏公尝叙之,盛传于世。然则仲迪之名编,岂非得遗山之意乎?矧所选诸体诗,飒飒乎治世之音,有足观者。予知不独传于岭南,将传于四方矣。于是乎书。②

陈琏,广东东莞人。根据《(嘉庆)东莞县志》记载,陈琏是洪武二十三年

---

① 李东阳:《怀麓堂集》"原序",第2页。
② 陈琏:《琴轩集》卷六。

(1390)庚午科进士,曾官至礼部侍郎。① 又据《(道光)广东通志》记载,陈琏曾著《乐府通考》二卷。② 根据陈链的记载,明初岭南一带并入明王朝,成为重要的藩属。当时岭南一带钦慕中原文化,并有一些中原文人流寓当地,因此当地也有不少文学名士。他们的作品虽然也广为传诵,但一直未有人加以采录。合肥王仲迪曾寓居海南,并从琼山赵㧑谦游学。王仲迪采录了明初以来岭南一带名宦及旅寓、土著文人的诗歌,编为《岭南声诗鼓吹》,但还未来得及出版就去世了。后来广州府同知陈士逊等人加以刊刻出版,并请陈琏作序。陈链因公务繁忙,尚未来得及作序而陈士逊也去世了。后来陈士逊的儿子陈絚再一次向陈链提出作序的请求,陈链感觉无法再推辞,于是写了这篇序文。陈链认为诗集中的作品格调高古雄浑,反映了明王朝德教声名与文物之盛,于是借鉴古乐府中有铙歌鼓吹曲之名,将诗集命名为《岭南声诗鼓吹》。诗集中所选的诸体诗都堪称治世之音。尽管《岭南声诗鼓吹》中的作品并不全是乐府诗,但陈琏作的这篇序言却反映了采诗观风、作乐府诗为治世之音的观念。

明武宗正德十四年(1519),宁王朱宸濠在南昌发动了叛乱,但很快就被王守仁平定。消息传到京城时,明武宗正打算御驾亲征,于是黄佐创制了《铙歌二十二首》,用以歌颂朝廷的功德与武宗的英明神武。诗序曰:

> 正德十有五年秋,宗室以宁叛衅于九江,归于豫章就俘。将告于甸人,皇帝犹自将讨之。以将军泰为副,游击将军彬、阉人忠前驱。所至无不雷惊云骇者。七萃之士,靡不怀归。臣佐谨撰《铙歌》,冀有闻焉。③

按:黄佐(1489—1566),字才伯,号泰泉,广东香山县(今属珠海)人。正德五年(1510)解元,嘉靖元年(1522)进士,历任翰林院编修、江西佥事、广西

---

① 彭人杰等修,黄时沛等纂:《(嘉庆)东莞县志》卷二十三,清嘉庆三年(1798)存古堂刻本。
② 阮元等修,陈昌齐等纂:《(道光)广东通志》卷一百九十八《艺文略十》,清道光二年(1822)刻本。
③ 黄佐:《泰泉集》卷二,清文渊阁四库全书本(下同)。

督学、南京国子监祭酒等职。从时间上看,黄佐创制《铙歌二十二首》正是在他进士及第之时。

同样的观念还体现在明代中期皇甫涍所作的《因是子乐府序》中:

> 诗之弊,盖自晚唐以迄于今,历七百余。祀而能兴者,何其鲜哉!仰惟先朝慕古之士,往往与俗异。好开元之风,其庶几焉。时则孝宗皇帝铺张文德,振疚育才。气运之隆,圣人是征。辉赫照耀,一代之盛美,实肇于此。正德以来,作者益众,而古诗出焉。然则文章盛衰,果不由于人也。予窃病夫古风盛行于今,而今之谈诗者喜为苛论,不以大公之心裁之,缉缉翩翩,荧惑相夸,终无以复古之全盛,以成国家之弘化。斯不亦谈诗者之过与!夫诗不出于古,盖亦弊而已矣。是故学之者速化于讽咏,使古人之作若自己出,情辞自达,达则恶可已也。由是间有合于古者,非骤窃以缀,亦其势然也。久而化焉,岂复有是哉!或者指摘毛发以为作者,羞考其所为,则钩剔幽曲,悍险自足,反之情则匪和,协之音则舛矣,将焉用之?甚则法唐者辄无意于汉魏,工《选》者又诋訾于开元。呜呼!谈诗者一至于此,安得挺拔不惑、和平其心者而与之论耶!予兄因是子旧作乐府百首,日以示予,则删者过半。即而读之,其劣于古者盖鲜矣。观其意,直欲极诣以求乎至当,而不俯仰于世俗之谈者。予所谓挺拔不惑、和平其心者,兄非其人乎?复古之全盛,以成国家之弘化,予于是有望也已。故举予之所病于今者,以为《因是子乐府序》。①

皇甫涍,明中叶长洲(今江苏苏州)人。据《(隆庆)长洲县志》卷十四记载:"皇甫涍,字子安,韶秀异常,少遂有名世之志。擩词发藻,迥出流辈。作《续高士传》以著志。为文必古人为师,诗尤沉蔚伟丽。弟濂,字子约。玩弄爵服,厌弃簿书,戒阍者勿妄通宾,惟高僧大士时获瞻晤。郡庭邑室,绝迹罕

---

① 皇甫涍:《皇甫少玄集》卷二十三,清文渊阁四库全书本。

臻。"①根据《长洲县志》卷六的记载,他是嘉靖十一年(1532)壬辰科林大钦榜的进士,曾做过浙江佥事等职务。其兄皇甫冲,其弟皇甫汸、皇甫濂,皆有才名。这篇序文中所说的"因是子",应该就是他的兄长皇甫冲。在这篇序文里,皇甫涍对晚唐以来诗歌的弊端及当时盛行的狭隘复古诗学有所不满,并认为皇甫冲的乐府诗可以"复古之全盛""成国家之弘化",这当然也是"鸣盛世"的乐府观念。

在乐府诗的所有类别中,鼓吹铙歌最早就是军乐,其作用就是颂战功、歌升平。关于铙歌的起源,沈约在《宋书·律志序》中说:

> 郊庙乐章,每随世改,雅声旧典,咸有遗文。又案今鼓吹铙歌,虽有章曲,乐人传习,口相师祖,所务者声,不先训以义。今乐府铙歌,校汉、魏旧曲,曲名时同,文字永异,寻文求义,无一可了。不知今之铙章,何代曲也。今《志》自郊庙以下,凡诸乐章,非淫哇之辞,并皆详载。②

在沈约看来,随着世代变迁,古人的郊庙乐章和鼓吹铙歌在不断发生变化。在沈约生活的时代,虽然铙歌还在流传,但只剩下声音与古人相近,辞义已大不相同。而到了隋唐以后,古乐亦失传,后人的铙歌鼓吹更多变成了一种歌功颂德的文化符号。

乐府铙歌本来只是鼓吹铙歌,一般只用来歌颂开国君主的功绩,但明人却大大扩展了铙歌的使用范围。明太祖通过战争打败了元朝及方国珍、张士诚等人,明代建国后又先后面临北方游牧民族和倭寇的入侵,其间还不时会出现藩王的叛乱,各种战事一直不断。在战争取得胜利时,朝廷里的大臣或民间的士子往往通过创作鼓吹铙歌来称颂君主的圣明及大明王朝的国威。这在乐府诗的发展历史上的确是一种罕见的现象。

---

① 张德夫修,皇甫汸纂:《(隆庆)长洲县志》卷十四,明隆庆五年(1571)刻本。
② 沈约:《宋书》卷十一,中华书局1974年版,第204页。

早在洪武年间,王绅就创作了《拟大明铙歌鼓吹曲十二首》。王绅在序言中说:

> 臣幸生明时,获际雍熙之治。世职儒业,而臣文叨窃禄位,愧无以黼黻皇猷伏睹。

> 太祖皇帝手提三尺,取胡元,平僭乱,以肇造区夏,所以雪近代之耻。其功诚不在汤武下,可无所述以见于咏歌、以被于音乐乎!爰取汉魏以来所载铙歌鼓吹词,效其体为十二篇,以纪丰功伟烈,曰《大明铙歌鼓吹曲》。以上虽其言鄙陋,不足以铺张万一。或者命将出师之时,用之军旅行阵之间,亦可以知祖宗缔造之艰难,与佐命元勋之劳烈。①

王绅(1360—1400),字仲缙,义乌凤林乡(今浙江省义乌市尚阳乡)人,是王祎的次子,宋濂的弟子。明太祖时曾任翰林待制。王绅创作《拟大明铙歌鼓吹曲十二首》的动机就是为了颂扬太祖之功德,这十二首包括《神龙跃》《殪奔鲸》《开洪基》《平江汉》《缚狡兔》《平胡邦》《海波平》《拓闽境》《定关陕》《荡胡穴》《开川蜀》《斲苞桋》。这些作品从客观上记载了朱元璋起兵灭元建立明朝的过程。因为称北方少数民族为"胡",并有"雪耻"之说,清四库馆臣在编纂《四库全书》时将这十二首作品全部删去。

到了永乐朝,明王朝在与北方游牧民族的战争中多次取得了胜利,这种局面也通过创作鼓吹铙歌的方式得以反映。如杨士奇曾创作《平胡铙歌鼓吹辞》十二篇,并作序言曰:

> 臣闻兵者,圣人所以卫民之具也。故为天下国家者,不可一二日而忘武备。易曰:"除戎器,戒不虞。"书曰:"克诘戎兵,至若征伐搜狩。"具见于《诗》《礼》《春秋》,皆圣人重武事也。洪惟我国家,肇膺天命。武以靖乱,文以经邦。列圣相承,其道一揆。陛下嗣承大统,

---

① 程敏政选编:《皇明文衡》卷四。

恢弘化理。海内海外，日月所照临之地，其人皆据诚效顺，祇奉方物，朝献阙下。惟朔漠残虏，叛服不常，屡寇边陲，扰我黎庶。乃今岁之秋，田穀登场，三农毕务。皇上因田猎以阅武，龙旌所向，于畿东郊，而东北塞垣不远。伊迩遂戒六御，亲饬边防，车驾莅蓟州之石门。边报胡虏入寇，已迫塞下。上曰："天厌其恶，俾来就毙乎!"将士皆踊跃思奋。上曰："兵贵神速。朕以铁骑先驰赴之，当令迅雷不及掩耳尔。将士以次徐来。"即日上率铁骑三千出喜峰关。翼日与胡虏遇，虏骇愕出不意，谓神兵自天而下也。上麾铁骑为左右翼，前包虏阵。飞矢如雨，虏狼狈死者甚众，余率裹创退走。上以铁骑数百绕出虏后，尽获之。遂斩其酋渠，而生系其众。虏无一迹得遁者。遂命将士捣虏巢穴，而悉收其部落、族属及所畜聚驼马、牛羊、辎重以累万计。关塞以北，膻腥之区，荡然一清。临边之氓遂以安枕无虞。臣惟皇上圣志，宵旰孜孜，笃在安民。车驾之初出也，因农隙以讲武事，因所历以饬边防，非有意杀伐也。而天绝丑虏，将受其命于圣明，故使之豝豕跳踉，而天戈一麾，瞬息之顷灰灭澌尽。此皆本于皇上爱民之仁，得天助佑。而明断天纵，英武神奋，遂建廓清之大功。盖近代帝王所鲜有也。臣尝考见古昔盛时，帝王建武功者，皆有铙歌鼓吹乐辞被之弦歌，用示永远。臣忝执笔，从属车后，目睹圣武神功之盛，不能自默。谨仿汉唐篇数，撰铙歌鼓吹曲辞十二篇，庶几宣盛美于无穷焉。①

公元1414年，明成祖朱棣北征蒙古，与瓦剌战于忽兰失温，将其击败，杨士奇共作《平胡铙歌鼓吹辞》十二篇以颂扬其事，包括《田猎》《边奏》《度关》《皇武》《天讨》《安边》《武成》《班师》《献俘》《劳卒》《隆德》《圣寿》。清四库馆臣在编纂《四库全书》时亦全部删去。

————————

① 程敏政选编：《皇明文衡》卷四。

而到了弘治年间,明王朝又有所谓的"中兴"。程敏政则作《大明中兴铙歌鼓吹曲》八章加以歌颂,其序言曰:

> 臣闻铙歌鼓吹有曲尚矣。然自汉后,率以颂创业之主,而中兴蔑闻焉。岂非其臣之少文,无以极扬厉之美,或其主之德业容有不足声者邪?臣备员从官,亲见陛下嗣统以来,拔去奇衺,刬平僭乱,盛德大业,振古所无。而颂声不扬,无以显示后世。臣窃歉焉。谨撰《大明中兴铙歌鼓吹曲》八章,虽其辞意荒谬,不敢上拟古作,然倡之而来雅音,被大乐用,昭陛下圣德大业于无穷,或自臣始。①

所谓大明中兴,就是指明孝宗朱佑樘在位期间的"弘治中兴"。从汉代以来,《铙歌》《鼓吹》一般只用来歌颂每个朝代的创业之主。以明代而论,除开国皇帝朱元璋外,朱棣因迁都北京,亦被称为"成祖"。而明孝宗朱佑樘之所以能得到这种特殊的尊荣,和其自身的贤明也是分不开的。朱国桢说过:"三代以下,称贤主者,汉文帝、宋仁宗与我明之孝宗皇帝。"②孝宗即位后,能够拔除奸佞,平定内乱,整饬吏治,兴修水利,轻徭薄赋,文治武功,让明朝呈现出一派中兴的气象。程敏政故作《大明中兴铙歌鼓吹曲》八章进行歌颂,包括《宣重光》《难壬人》《断峡藤》《刿大竹》《扫搀抢》《靖山戎》《西河清》《石城摧》,每首都有相应的本事。如《断峡藤》一首序言曰:"广西瑶人自大藤峡蔓于东,扰雷、廉、高、肇四州,遣师讨之。寇平,作《断峡藤》第三。"《西河清》一首序言曰:"敌据黄河套,岁入寇延宁,西师弗解。遣将行边,俘馘以献,作《西河清》第七。"③这也反映出明人重视用乐府诗歌颂盛世的功能。

到了武宗正德年间,宁王在南昌发动叛乱,但很快被王阳明平定。于是黄佐作"铙歌二十二首"以颂之。另外,《泰泉集》卷九"七言绝句"部分又有"《凯歌词》十首",其一云:"圣驾南巡江水清,凯旋惟恐露威灵。虎贲夜散常

---

① 程敏政:《篁墩文集》卷六十一,清文渊阁四库全书本(下同)。
② 朱国桢辑:《皇明史概·皇明大政记》卷二十一,明崇祯间刻本。
③ 程敏政:《篁墩文集》卷六十一。

山阵,龙气朝缠细柳营。"其七云:"锦鞯白马出新河,簇队吴娃善凯歌。谱得升平新乐府,内家休按旧云和。"①可见亦是为平定宁王之乱而作。

明代后期的胡应麟又有《拟大明铙歌曲十八首》,其自序曰:

> 夫《鼓吹铙歌》之作,肇自有熊,所以象成功、昭盛美。凡圣王受天明命,摧陷廓清之烈,非此亡以被诸声容粤。自商周以征伐定天下,一时播告之章勿可睹已。汉《铙歌十八曲》,其辞迄今尚存,虽文义讹脱,难以尽谐,歌中之辞亦匪专为武功而设,至味其音节,隐然发扬蹈厉之风,视汉诸古诗优柔驯厚者迥绝不伦,则《铙歌》所由作可知已。……谨按我圣祖发轫之初,以迄于四方底定之日。叙次其事,为《大明铙歌曲》一十八章。诚知谀闻谫识,上不足以鸣昭代之鸿庥,下不足以骛西京之逸轨。以较唐宋诸家,庶几近之。②

胡应麟认为铙歌之作起自黄帝,其功能就是"象成功、昭盛美"。胡应麟的这组铙歌与王绅《拟大明铙歌鼓吹曲》在内容上相近,数量上则增加到十八首。尽管作者说自己的创作"不足以鸣昭代之鸿庥",但"鸣盛世"正是他创作的初衷。

除了反映战争的胜利、歌颂明王朝的国威与皇帝的英明,明人对鼓吹铙歌的重视还体现在对前代乐歌的"补写"上。如宋濂就补写了《宋铙歌鼓吹曲》十二章,其自序曰:

> 臣闻真人应运而起,旋阴转阳,协和神人,划革僭伪,期底隆平。于时五季之乱已极,光岳气分,河海怒溢。强臣悍将割土分疆,擅执节钺,倒持天柄,敢拒帝命,莫之敢制。我太祖躬属橐鞬,奉命四征,赫声濯灵,所向辄克,奸恶授首,献于太庙。已而大功既茂,天命攸归,乃受周禅,即皇帝位。玺书诞颁,天日昭焕。凡厥臣庶,莫不翘足延颈以俟太平。……惟我太祖应乎天而顺乎人,陈桥之戴,黄衣之

---

① 黄佐:《泰泉集》卷九。
② 胡应麟:《少室山房集》卷一,上海古籍出版社1993年版(下同),第7—8页。

加,盖迫于甚不得已尔。由是能大一统,臣服四海,用作神主。圣德神功,巍巍堂堂。传至孙子,亿万斯年。跨汉唐而追三代,何其盛哉!然而短箫铙歌,黄帝、岐伯所以建威扬德、风敌劝士者也。周制因之,其在《大司乐》,则王师大献,乃令奏恺乐;在《大司马》,若师有功,则恺乐献于社。大氐皆军乐也。古乐久已亡失,至汉有《朱鹭》等十二曲列于鼓吹,谓之铙歌,今尚可考见。自时厥后,代有其辞。而唐柳宗元独准汉曲,仿其篇数,作《鼓吹铙歌》以纪高祖、太宗功德及征伐勤劳之事。臣虽不佞,自幼以文字为职,辄取法汉唐,穷思毕精,作为歌辞,以侑戎乐。治兵振旅之际,得于马上奏之,焜耀铿鍧,震撼无际。使有宋之成烈,增光于后,无让于前。臣死且不朽!①

因为南宋王朝亡于北方游牧民族之手,故明太祖朱元璋起兵反元时曾以"恢复汉室"相号召。明朝建立后,即以正统自居。宋濂补作宋代铙歌鼓吹曲,歌颂宋太祖的丰功伟绩,正有继承发扬正统之意。

除宋濂外,胡应麟又有《补蜀汉铙歌十二首》,在诗序中作者有对铙歌功用的进一步阐述,这些内容我们在后面还会详细论及。

在明人眼中,乐府诗除了具有"鸣国家之盛"的作用外,也可以反映现实、讽谕现实,这也是乐府诗最基本的功能之一。尤其到了明代中期以后,内忧外患不断,各种矛盾日益突出。在这种背景下,乐府诗讽谕现实的功能得到了更多的重视。如谢榛曾创作过一组《哀哉行》:

燕京老人鬓若丝,生长富贵无人欺。少年慷慨结豪侠,弯弓气压幽并儿。自嗟迩来筋力衰,动须僮仆相扶持。忽惊杂骑到门巷,黄金如山难解危。余息独存剑锋下,子孙散尽生何为。厩马北驱嘶故主,劲风吹断枯桑枝。哀哉行,天何知。

燕京小儿眉目青,出门嬉戏娘叮咛。一眄容颜问所欲,恨不上摘

---

① 《宋濂全集·郑济刻辑补》第3册,第1868—1870页。

月与星。岂意今秋值丧乱，兄妹散失身伶俜。北去伤心涕泪零，风沙
满面栖荒坰。长成被发能跃马，阴山射猎无时停。回首宁不念乡国，
长城日落天冥冥。哀哉行，谁堪听。

燕京少妇殊可怜，自嫁北里无婵娟。临镜装成数顾影，日换罗绮
何新鲜。正尔相欢鼓琴瑟，愿如并蒂池中莲。中秋月好宁长圆，烽烟
散落高梁川。铦锋逼人动寒色，不忍阿夫死眼前。一去龙沙断归路，
吁嗟此身犹独全。哀哉行，天胡然。

燕京女儿何盈盈，隔花娇语如春莺。邻姬盛装失光彩，颜色信是
倾人城。许嫁城中羽林将，千金奁具犹言轻。门前一朝塞马鸣，晓眠
未足心魂惊。颠倒衣裳科鬓发，驱之北去悲吞声。独恨跣足走荆棘，
不与爷娘同死生。哀哉行，难为情。①

作者在诗题下自注"时庚戌八月十六日敌犯京师"。庚戌，当指明世宗嘉
靖二十九年（1550）。这里所说的"敌"，指的是蒙古土默特部落俺答汗的军
队。这一年六月，俺答汗因"贡市"的请求未获明世宗应允而发兵攻打大同。
八月，又进逼京师，东直门、德胜门、安定门北民居皆被毁。史称"庚戌之变"。
谢榛这组乐府诗从燕京老人、小儿、少妇、女儿四种不同人物的视角描述了这
场战乱给京城一带百姓造成的巨大创伤。按："哀哉行"并非《乐府诗集》中已
有的旧题。晋代陆机曾写过《赠顾骠骑》八首，其八有"哀哉行人，感物伤情"
的句子。② 南宋末年俞德邻写过《前哀哉行》《后哀哉行》③，反映蒙古部落入
侵时国家和民族遭受的苦难，应该就是受到陆机的启发。谢榛沿用这一诗题，
反映了明人强化乐府诗反映现实、讽谕现实功能的观念。

除了北方游牧民族的入侵，东南沿海的倭寇之患在嘉靖、万历年间也达到
了顶点。一些诗人也通过乐府诗创作反映倭寇入侵给百姓带来的深重灾难，

---

① 谢榛：《四溟集》卷二，上海古籍出版社1993年版（下同），第612页。
② 陆机：《陆士龙集》卷二，四部丛刊景明正德翻宋本。
③ 俞德邻：《佩韦斋集》卷一，清文渊阁四库全书本。

表达了对士兵们的同情,讽刺了地方官员的腐败无能。

从洪武年间开始,倭寇就不时侵扰东南、东北、山东等地,到了嘉靖年间东南一带所受之害尤深,谢榛的《哀江南》八首给我们描绘了一幅较为完整的"江南受难图","新兵五都尽,旧业几家存"(其三),"华亭未奏捷,烽火更西湖。海舰贼来去,天兵功有无"(其五),"飘零国土老,长望一悲歌"(其四),"古来兵不到,湖里洞庭山"(其六)。① 这里所说的"洞庭山",并非指洞庭湖里的君山,而是指太湖里的东、西洞庭山。根据清同治《苏州府志》记载:"嘉靖癸丑,倭至洞庭周湾。"②嘉靖癸丑,当指嘉靖三十二年(1553)。又据《闽书》记载:"岁乙卯,倭犯太湖,抵苏之洞庭。(陈)冕陈兵湖中,遣之随贼,射毙百倭走之。"③乙卯年,当指嘉靖三十四年(1555)。由此可知《哀江南》八首可能作于嘉靖三十四年(1555)前后。其中第八首写道:

> 氛祲频年动,东南尽处看。海摇千舰出,兵犯七闽寒。杀伐宁无
> 定,凭陵信有端。遥闻日本使,犹自贡长安。④

诗的前六句高度概括了多年来倭寇入侵给东南带来的危害,最后两句虽略有反讽之意,但从客观上反映了倭寇之乱的复杂性。面对倭寇入侵,防倭需要大量的人力物力,加上部分地方官员不能体恤百姓,给当地人民造成了沉重的负担和巨大的灾难。一些诗人用乐府诗创作真实地记录了这些情况。如王问《筑城谣常熟县作》云:

> 筑城入荒草,白沙无烟莽浩浩。筑城上高山,崩崖错崿青冥间。
> 我生不辰可奈何,昔日防边今备倭。冯冯一杵复一杵,丁夫如云汗如
> 雨。星火出门露下归,野田苗稀黄雀飞。今年县官复征税,城下相逢
> 只垂泪。⑤

---

① 谢榛:《四溟集》卷三,第650—651页。
② 冯桂芬:《苏州府志》卷一百一十三,清光绪九年(1883)刊本。
③ 何乔远:《闽书》卷八十四,明崇祯间刻本(下同)。
④ 谢榛:《四溟集》卷三,第651页。
⑤ 朱彝尊编:《明诗综》卷四十七,清文渊阁四库全书本(下同)。

《明史》卷二八二"邵宝传"后附有王问的小传。王问(1497—1576),字子裕,号仲山,江苏无锡人。嘉靖十七年(1538)进士,授户部主事监徐州仓,改南京职方,迁车驾郎中、广东金事,行至半道时因思念家中老人即弃官归家。父亲去世后不再出仕。曾筑室湖上读书三十年,不履城市。数被荐不起。工诗、文、书、画,清修雅尚,士大夫皆慕之。卒年八十。另据《明史·艺文志四》记载,王问有《仲山诗选》八卷。

常熟是当时倭寇侵扰的重灾区。在这首诗里,作者描述了当地百姓"昔日防边今备倭"而不得休息的残酷现实,不禁令人想到杜甫《兵车行》中的名句:"或从十五北防河,便至四十西营田。去时里正与裹头,归来头白还戍边。"①作家不仅从正面记录了"丁夫如云汗如雨,星火出门露黑归"的筑城劳作场景,还用"野田苗稀黄雀飞"侧面烘托了倭寇入侵、丁夫忙于筑城而农业生产遭到破坏的现实景象。诗的结尾可谓画龙点睛,在百姓生活如此困苦的情况下,县官不仅不体恤丁夫,反而"复征税",让丁夫们城下相逢时只能暗自垂泪。整首诗有叙事有白描,有对百姓的同情,也有对地方官员的不满和讽刺。文字虽然不多,也未直接发表议论,但表现的内涵非常丰富,堪称是明代乐府诗中的现实主义杰作。

朱彝尊《明诗综》卷四十七"王问"条注:"王敬美云:'子裕诗翛然清远。'穆敬甫云:'仲山如姑射仙人,吸露餐霞,都无尘埃之气。'"②王敬美即王世懋,穆敬甫即穆文熙,与王问都是生活在同时代的人,他们对王问诗歌的评价也基本一致,即"清远脱俗"。当然"清远脱俗"主要是就王问的五言诗来说的,其新题乐府诗的特点并非如此。《明诗综》的编者朱彝尊就引《静志居诗话》注:"仲山兼擅画、书、诗。画多游戏;诗不起草,五言平衍者多;歌行稍觉顿挫。"③朱彝尊认为王问的诗歌率性随意,但其乐府歌行创作却不同,具有顿

---

① 杜甫:《杜诗镜铨》,杨伦笺注,上海古籍出版社1962年版,第33—34页。
② 朱彝尊编:《明诗综》卷四十七。
③ 朱彝尊编:《明诗综》卷四十七。

挫跌宕的特点。从《筑城谣》等诗作来看,确实如此。

与王问《筑城谣》相近的还有王翘的《赏火谣》:

> 金阊门外贼火赤,万室齐烧才顷刻。城头坐拥肉食人,对火衔杯
> 如赏春。城中哭声接城外,宰独何心翻痛快。愤兵独有任公子,夜半
> 巡城泪不止。缒城跃马出沙河,义师都向湖心死。①

王翘(1505—1572),字叔楚,苏州嘉定人,嘉靖中倭乱尝居幕府赞军事,有《小竹集》。这首诗的前面还有一篇序言:"吴城六门,莫盛于西阊。六月初,贼举火焚枫桥达昼夜。时宰坐,睥睨间饮酒顾望,无异平日。时烈风大作,烟焰蔽天,不辨咫尺,哭声遍城内外。或指城上云:'勿啼哭,看城上赏火。'吁! 有是哉作。"②根据《明史》记载:"[嘉靖三十三年(1554)]五月壬寅,倭掠苏州。"③"(嘉靖)三十三年(1554)正月自太仓掠苏州,攻松江,复趋江北,薄通、泰。四月陷嘉善,破崇明,复薄苏州。"④可知《赏火谣》一诗正作于嘉靖三十三年(1554)。此诗写倭寇进逼苏州,战火已烧到金阊门外,但"肉食人"仍然在城头饮酒,如同在欣赏春景。诗人发出了沉痛的质问:"城中哭声接城外,宰独何心翻痛快?"对地方官员的贪生怕死和麻木不仁进行了批判。

在批判腐败无能的地方官员的同时,明代的乐府诗人还对在抗倭战斗中流血牺牲的士兵们表达了深切的同情。《明诗综》卷四十七选录了王问的八首诗,其中有三首属于反映现实的新题乐府诗。除了《筑城谣》,还有《官军来》和《团兵行》,其中后一首写道:

> 销镵锹,铸刀兵,佃家丁男县有名。客兵贪悍不可制,纠集乡勇
> 团结营。宁知县官不爱惜,疾首相看畏占籍。奔命疲劳期会繁,执戟
> 操场有饥色。星火军符到里门,结束戎装蚤出村。将军令严人命贱,

---

① 朱彝尊编:《明诗综》卷五十四。
② 朱彝尊编:《明诗综》卷五十四。
③ 张廷玉等:《明史》卷十八《世宗本纪二》,第2册,第242页。
④ 张廷玉等:《明史》卷三百二十二《日本列传》,第27册,第8352页。

一身那论亡与存。保正同盟卫乡里,何期远戍吴淞水。极目沙壖白骨堆,向来尽是良家子。①

这首诗提到了"远戍吴淞水",显然也和当时的抗倭战斗有关。不被县官爱惜的佃家丁男,经常疲于奔命,连饭都吃不饱。倭寇入侵的紧急军情传来,团兵们一大早就穿上戎装从村里出发了。诗的后半部分对"将军令严人命贱"的不合理现象进行了控诉,并揭示了"极目沙壖白骨堆,向来尽是良家子"的残酷事实。

表达诗人对士兵们同情的还有李攀龙的《东光》:

胡儿平,倭奴何不平? 倭奴利海战,海堑船为城。诸军彀骑士,驰射难纵横。②

在李攀龙生活的时代,东南沿海的倭寇之患始终难以平定。在这首诗里,李攀龙分析了明朝军队难以平定倭患的原因。在他看来,倭寇惯于海战,可以长年生活在海上。而明军本来最出色的是骑射部队,在海面上却难以施展,陷于苦战甚至是失败也是难以避免的。精辟的议论背后也饱含着诗人对将士们枉死海上的同情。

除了"鸣盛世"与"讽现实","抒性情"也被明人看作是乐府诗的重要功能之一。抒情言志本来就是诗歌的重要使命。无论是《尚书》中说的"诗言志",还是陆机《文赋》所说的"诗缘情而绮靡",都带有诗人通过诗歌创作抒发胸臆性情的意思。只是前者更偏重于"宏大叙事",后者则侧重于个人化的情感。M.H.艾布拉姆斯提出的"表现说"其实就是指文学作品抒发作者性情的功能。

明初的宋濂在《答章秀才论诗书》中说:

元、白近于轻俗,王、张过于浮丽,要皆同师于古乐府。……由此观之,诗之格力崇卑,固若随世而变迁。然谓其皆不相师,可乎? 第

---

① 朱彝尊编:《明诗综》卷四十七。
② 李攀龙:《沧溟集》卷一。

所谓相师者,或有异焉。其上焉者师其意,辞固不似,而气象无不同;其下焉者师其辞,辞则似矣,求其精神之所寓,固未尝近也。然唯深于比兴者,乃能察知之尔。虽然,为诗当自名家,然后可传于不朽。若体规画圆,准方作矩,终为人之臣仆,尚乌得谓之诗哉!是何者?诗乃吟咏性情之具,而所谓风、雅、颂者,皆出于吾之一心,特因事感触而成,非智力之所能增损也。古之人,其初虽有所沿袭,末复自成一家言,又岂规规然必于相师者哉?呜呼!此未易为初学道也。近来学者,类多自高,操觚未能成章,辄阔视前古为无物。且扬言曰:"曹、刘、李、杜、苏、黄诸作虽佳,不必师,吾即师,师吾心耳。"故其所作,往往猖狂无伦,以扬沙走石为豪,而不复知有纯和冲粹之意。可胜叹哉!①

宋濂认为唐代的元稹、白居易及张籍、王建只是学到了古乐府"轻俗"与"浮丽"的一面,而他的审美标准是纯和冲粹。宋濂认为诗是吟咏性情之具,所谓的《风》《雅》《颂》,都是人心因事感触而成。所以一味拘于成法、沿袭前人必然无法自成一家。另外,作家又必须向前人学习,没有学习的积累,一味强调"师吾心"也是不可取的。这应该是他对明初一些作家刻意模仿铁崖体豪放甚至是狂怪的诗风有所不满而发的。从宋濂的这段话可以看出,他所说的"抒情"并不是对狂放感情的无节制的抒发,而是要讲究纯和冲粹,这和儒家诗教中的"温柔敦厚"是一致的。

明代中期的崔铣(1478—1541)在《殷近夫墓志铭》中说:"近夫讳云霄,号石川。取岳氏,男子一人曰哸,女子三人。初刚斋卒,近夫则礼治丧。既卒,服始冠将昏,与其妻之父母约必如昏,礼乃举。后又考订古今祭礼,行之惟谨。故鲁人多执礼者。近夫爱诵程氏、朱氏书,其为文非秦汉人语不习。又以诗者,抒情表志,风人于善。自汉魏至唐作者,皆辨其音节而拟之,作古乐府四百

---

① 《宋濂全集·潜溪后集》卷四,第 1 册,浙江古籍出版社 1999 年版,第 208—210 页。

篇。"①按:殷云霄(1480—1516),字近夫,号石川,山东寿张(今山东省阳谷县寿张镇)人,弘治十八年(1505)进士。崔铣也认为诗歌中所抒之情应该可以"风人为善",殷云霄拟作四百篇古乐府的动机正在于此。

"前七子"之一的徐祯卿亦认为:"夫情能动物,故诗足以感人。荆轲变徵,壮士瞋目;延年婉歌,汉武慕叹。凡厥含生,情本一贯,所以同忧相瘁,同乐相倾者也。故诗者风也,风之所至,草必偃焉。圣人定经,列国为风,固有以也。若乃歔欷无涕,行路必不为之兴哀;恳难不肤,闻者必不为之变色。故夫直戆之词,譬之无音之弦耳,何所取闻于人哉?"②在徐祯卿看来,诗歌之所以能够感人,就是因为诗中表现了真挚的情感。像《易水歌》《李延年歌》这样的乐府诗不仅有诗教属性,也有抒情功能。当然,徐祯卿所说的"情"与宋濂、崔铣等人所说的相近,更倾向于"宏大叙事",符合正统的封建伦理思想。

明代后期,随着商品经济的发展和程朱理学禁锢的松弛,阳明心学广为流传,人们对自我的关注也上升到了前所未有的高度。"重情"的观念也在文学批评领域得到了更加广泛的接受。这里我们所说的"重情",与宋濂、徐祯卿所说的并不相同。在特殊的时代背景下,人们更加注重人类自身的情感欲望,爱情、亲情、友情都成为人们看重的对象。人们对乐府诗的看法当然也会受到这种思潮的影响。

其中最典型的就是钟惺、谭元春的乐府诗批评。谭元春在评点张衡《同声歌》时,提出"情语不在艳,而在真"③,强调了"真情"对于文学作品的重要性。在同卷对辛延年《羽林郎》的评点中,谭元春又说:"'使君自有妇,罗敷自有夫',其言烈而嗔。'男儿爱后妇,女子重前夫',其言婉而烈。'将缣来比素,新人不如故',其言厚而雅。'顾得一心人,白头不相离',其言俚而厚。皆

---

①　崔铣:《洹词》卷三,清文渊阁四库全书本。
②　徐祯卿:《谈艺录》,载何文焕辑:《历代诗话》下册,中华书局2004年版(下同),第766页。
③　钟惺、谭元春选评:《诗归·古诗归》卷四,上册,张国光、张业茂、曾大兴点校,第64页。

以情真事切为妙。"①《古诗归》卷十四钟惺在评点无名氏《地驱乐歌》时则说："说老女情状好笑,然犹妙在真情不讳。世上多有隐忍羞涩,而其中不可知,不可言者。"②同样强调了"情真"的价值。《唐诗归》卷五钟惺在评点刘元叔《妾薄命》"待君朝夕燕山至,好作明年杨柳春"二句时又说:"真悲,真怨,过时之感,语深不觉。"③钟、谭二人高度评价"情"对于乐府诗创作的重大价值。《唐诗归》卷三十钟惺在评点张籍《白纻歌》时说:"情深而至。"④认为此诗因为饱含深情所以成为一首好诗。而在评点张籍《寄衣曲》时钟惺又说:"至情至义,无此不成乐府。"⑤钟惺显然是把情看作是乐府诗必备的元素。当然他所说的"情"更近于普通人的喜怒哀乐,带有明显的世俗意味。

到了明末,整个明王朝已处于风雨飘摇中。一部分朝廷重臣希望通过"情性之辨"来维系明王朝统治的思想基础。如蒋德璟在《原诗》中说:

> 情者,性之子;性者,天之就。有性即不能无情,有情即不能无诗。非古有诗,今无诗也。然而今实无诗。盖夫子雅言《诗》与《书》《礼》参。而孟氏曰:"《诗》亡而《春秋》作。"及观子夏所称"经夫妇,成孝敬,厚人伦,美教化,动天地而感鬼神",则诗中之《书》《礼》也;"明得失,哀刑政,郑滥宋燕,卫趋齐辟",则诗中之《春秋》也。大哉!诗是之谓真诗。是故其人不择卿相,其胸不傍书史,其法不局四声而宫商叶,其材不综万有而丹青润,其旨兼《书》《礼》《春秋》之用而意象深微。思议路断,于经外别为一宗,故妙在于涵泳反复,徐而识其性情之所以然。自郑康成以注《礼》之学笺《诗》,已是梦境。而或并

---

① 钟惺、谭元春选评:《诗归·古诗归》卷四,上册,张国光、张业茂、曾大兴点校,第69页。

② 钟惺、谭元春选评:《诗归·古诗归》卷十四,上册,张国光、张业茂、曾大兴点校,第279页。

③ 钟惺、谭元春选评:《诗归·唐诗归》卷五,上册,张国光、张业茂、曾大兴点校,第109页。

④ 钟惺、谭元春选评:《诗归·唐诗归》卷三十,下册,张国光、张业茂、曾大兴点校,第592页。

⑤ 钟惺、谭元春选评:《诗归·唐诗归》卷三十,下册,张国光、张业茂、曾大兴点校,第593页。

小序而臆去之,则梦中之梦矣⋯⋯以情言,则情之所至,悠然而动,涣然而兴,皆性也,则皆诗也。盖亦循其本矣。古之人熏染于圣教之久,一念而孝敬、人伦、教化、刑政、得失之政隐跃心目间,以为天地鬼神之性原与人性通,故其性治而情亦治。汉犹邻古,差有可观。而所以情其性者,则晋唐为甚。晋以老庄成运,一变而趋淫靡,《子夜》乐府不异平康。唐以诗取士,如今之时义,格套既熟,不复知圣贤为何语。后之诗沿此两派,而舜、皋、周、召、尹、吉之意亡矣。而欲其呼吸之间,动天地而感鬼神,岂不远哉![①]

按:蒋德璟(1593—1646),字中葆,号八公,福建泉州晋江人。崇祯年间曾任礼部尚书兼东阁大学士、户部尚书、太子少保文渊阁大学士等职。蒋德璟认为情是性之子,这种观点应该是受到了朱熹等人的影响。但蒋德璟还是认可诗歌是具有抒发性情功能的。

在明末战乱的环境中,一些爱国之士内心充满了压抑、愤懑的感情,对于他们来说,创作乐府诗是抒发情志的最佳途径。据《陈忠裕全集年谱》记载:"崇祯七年(1634)甲戌春,复下第罢归。予既再不得志于春官,不能无少悒悒。归则杜门谢宾客,寡宴饮,专意于学矣。是岁作古诗乐府百余章。"[②]陈忠裕,即明末著名的爱国诗人陈子龙(1608—1647)。崇祯七年,即公元1634年。此时距明朝灭亡只剩十年时间。陈子龙于这一年春天参加科举考试再次失利,只得悒悒归家。因到家后,闭门谢客,专心学问。就在这一年,他创作了古诗和乐府诗一百多首,用以抒发自己的抑郁不平之气及忧国伤时的情感。另据《陈忠裕全集年谱》卷下王昶等人考证语:"《明史稿·夏允彝传》:'子完淳,字存古。生有异禀,七岁能诗文,十三拟庾信作《大哀赋》,文采宏逸。允彝死后二岁,以子龙狱连及,亦逮下吏。谈笑自如,作乐府数十阕。临刑神色

---

① 贺复徵编:《文章辨体汇选》卷四百三十二。
② 陈子龙:《陈忠裕全集年谱》卷上,清嘉庆刻本(下同)。

不变,年有十八。'"①按:夏完淳(1631—1647),别名复,字存古,松江华亭(今上海松江)人,明末少年抗清英雄,是陈子龙的学生。夏完淳入狱后,创作了数十首乐府诗,这些作品虽然已经失传,但应该都是血泪性情之作,反映了其坚贞不屈的民族气节。

---

① 陈子龙:《陈忠裕全集年谱》卷下。

第四章　乐府诗总集刊刻、编撰与明代乐府诗学

　　乐府诗总集,是指按照时代或其他标准辑录的乐府诗歌作品集。一方面,这些总集对乐府诗作品的选取体现了编者的乐府观念;另一方面,编者往往会给选取的作品加上叙论、解题、注释或跋语等,这些部分往往都包含乐府诗学的内容。本书所讨论的乐府诗歌总集包括两个部分:一是前代的乐府诗总集在明代的刊刻、流传情况及包含的乐府诗学内容,如郭茂倩的《乐府诗集》、左克明的《古乐府》等;二是明代新出现的乐府诗歌总集的编撰、刊刻、流传情况及蕴含的乐府诗学内容,如《古乐府诗类编》《历代乐府诗词》与《六朝乐府》《乐府原》《古乐苑》《唐乐府》等。

第一节　《乐府诗集》与《古乐府》在明代的刊刻、流传情况

　　《乐府诗集》是宋代郭茂倩编纂的一部乐府诗歌总集。是书辑录了从先秦至唐代的乐府歌辞,共十二大类,一百卷。该书体系宏大,搜罗广泛,是后人研究唐前乐府诗最重要的基础文献。关于该书的版本,尚丽新《〈乐府诗集〉的刊刻与流传》《〈乐府诗集〉在宋代的流传》等文曾作过详细考述。在宋代刊

本中,除了传世的傅增湘增订的"傅宋本"八十一卷(为残本,现藏于中国国家图书馆)外,还可以根据王咸、毛晋校记和陆贻典校本所录冯班之校语复原的钱谦益绛云楼藏"绛宋本",以及可以根据陆贻典校本中引用的钦远游校语复原的清初常熟钦远游所藏"钦宋本"。其中传世的傅宋本具有较高的文献价值。

国家图书馆又藏有集庆路儒学元至正元年(1341)刊本《乐府诗集》残本三十九卷,包括卷二十六至卷四十二、卷四十六至卷四十八、卷八十二至卷一百。为刻本,十一行二十字,细黑口,左右双边三鱼尾。关于至正本的底本,尚丽新通过对比认为是一个漫漶不清的本子,在形成的过程中可能参考了傅宋本和绛宋本,并对二者的取舍下了一番功夫。① 这也是传世的唯一的元代刊本。入明之后,南监曾对《乐府诗集》的书板多次进行修补。到了明末,毛晋父子又以一种无补明修本为底本,以绛宋本为校本,推出了全新的《乐府诗集》,且先后又进行过两次校改,所以又有"汲古阁本"与"汲宸本"的区别。对于这个过程,尚丽新的论文已经有较为详细的描述。

但尚丽新未注意到的是,在明代《乐府诗集》除了刻本系统外,还存在抄本系统。国家图书馆现藏有明代《乐府诗集》残本七卷(第一卷至第七卷),为抄本(见图4-1、图4-2)。其中前五卷与后二卷笔迹明显不同,显然并非同一人所抄。十一行二十字,白口,黑格,四周单边。较为遗憾的是,这个本子的卷首缺少了三页,即缺少了可能存在的序言,因而我们很难判断这个本子的抄写者及成书时间。不过这个本子第七卷的卷末有两方印文,一方为"养德斋藏书印",另一方为"符氏家藏"。据《明会要·方域一·国都》记载,"养德斋"在"乾清宫后檐西"。② 可见这个本子曾经入藏过明代皇宫内的养德斋。从盖印的位置看,只在第七卷的卷末用印,说明这个本子在入藏养德斋时很可能就

---

① 尚丽新:《〈乐府诗集〉的刊刻和流传》,上海师范大学博士学位论文(下同),2002年,第64页。

② 龙文彬纂:《明会要》卷七十一。

只剩下了七卷。内容虽然不多，但仍有较高的文献校勘价值。如《乐府诗集·郊庙歌辞》有《玄冥》一首。傅宋本前四句作"玄冥陵阴，蛰虫盖臧，草木零落，抵冬降霜"。汲古阁本第三句作"中木零落"，其余相同。而明抄本前四句为"玄冥陵阴，蛰虫盖藏，山木零落，抵冬降霜"。通过对比不难发现，"藏"明显优于"臧"，"山"明显优于"中"。则第二句最后一个字应作"藏"，而汲古阁本第三句首字"中"应为"山"字形相近之误。

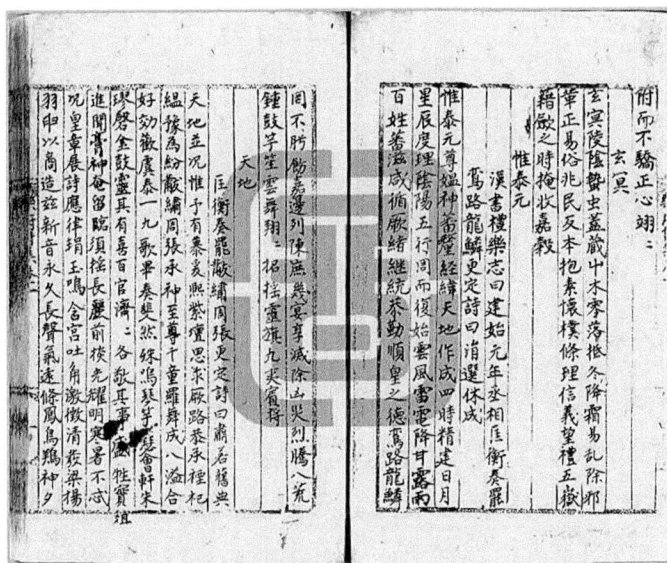

图4-1　国家图书馆藏明抄本《乐府诗集》卷一页面

关于元本《乐府诗集》在明代的流传情况，尚丽新的论文也进行了较为详细的考述，但仍有遗漏之处。明杨士奇《文渊阁书目》曾著录有"《乐府诗集》一部二十册，《乐府诗集》一部二十册，《乐府诗集》一部十六册"①。文渊阁作为皇家藏书之处，其中必然包含了很多珍稀典籍。根据杨士奇的记载，当时文渊阁中至少收藏了三个版本的《乐府诗集》，其中两种为二十册，一种为十六册。遗憾的是，《文渊阁书目》中的记载过于简略，甚至连卷数都未标明，让后

---

① 杨士奇：《文渊阁书目》卷二。

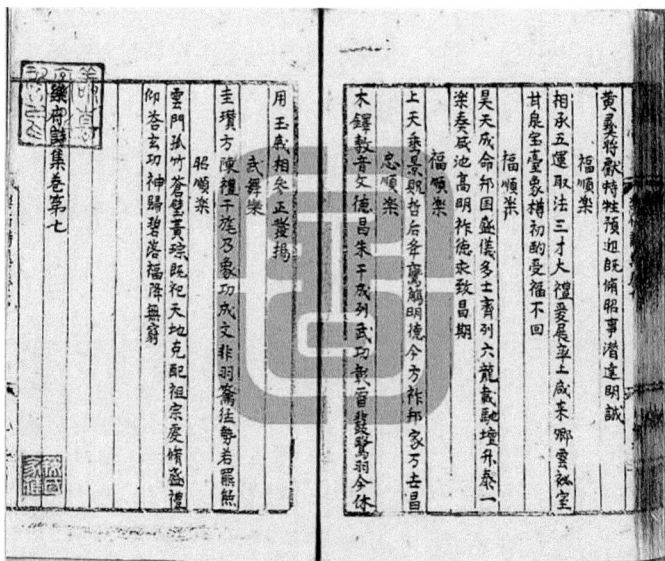

图 4-2　国家图书馆藏明抄本《乐府诗集》卷七页面

人难以窥得全貌。

　　《乐府诗集》在清代以前的流传并不广,尚丽新认为:"总之《乐府诗集》的流传可以简要概括为:它的总体流传状况绝对不及一部流行的诗文集热闹。清代以前,它的流传时盛时衰,并不稳定。从流传的地域范围来看,它一直集中于经济文化发达的江浙一带,这也表明这部书的影响是极有限的。各个时代对它的接受都比较片面,元人希望从中抽取诗乐复古治乱教化的部分,明人重在文学复古,这样,在客观上就使得它的学术价值长期以来没有受到充分的认识和公正的评价。"①关于"接受比较片面"这一说法,我们认为尚待商榷。但《乐府诗集》在明代流传不广、接受有限却是真的。

　　从明代一些著名文人对乐府诗的定义和分类就可以看出这一点。如胡应麟在《诗薮》中说:"韦楚老《祖龙行》,雄迈奇警,如:'黑云障天天欲裂,壮士朝眠梦冤结。祖龙一夜死沙丘,胡亥空随鲍鱼辙。腐肉偷生五千里,伪书先赐

————————

　　①　尚丽新:《〈乐府诗集〉的刊刻和流传》,第7页。

扶苏死。墓接骊山土未干,瑞光已向芒砀起。陈胜城中鼓三下,秦家天地如崩瓦。龙蛇撩乱入咸阳,少帝空随汉家马。'长吉诸篇全出此,而诸选皆不录,漫载之。"①胡应麟认为韦楚老的《祖龙行》是一篇雄迈奇警之作,对李贺的乐府诗影响极大,但诸选皆不录。而实际上《乐府诗集·新乐府辞》已收录此诗,并注曰:"《汉书·五行志》曰:'秦始皇三十六年,郑客从关东来,至华阴,望见素车白马从华山上下,知其非人,道住,止而待之。遂至,持璧与客曰:"为我遗镐池君。"因言"今年祖龙死",忽不见。郑客奉璧,即始皇二十八年过江所湛璧也。是岁始皇死,后三年而秦灭。'颜师古曰:'此直江神告镐池之神,以始皇将死尔。'苏林曰:'祖,始也。龙,人君象,谓始皇也。'应劭曰:'祖,人之先。龙,君之象。'《祖龙行》盖出于此。"②胡应麟称诸选皆不录,可见他可能并未看过《乐府诗集》,因此作出了错误的判断。这也从侧面反映出当时《乐府诗集》流传不广,连胡应麟这样的诗学大家都不熟悉。

明代一些著名的诗学家和藏书家甚至连郭茂倩是什么朝代的人都弄不清楚。如杨慎《升庵诗话》"蜀栈古壁诗"条:"余于蜀栈古壁见无名氏号砚沼者书古乐府一首云:'休洗红,洗多红在水。新红裁作衣,旧红番作里。回黄转绿无定期,世事反复君所知。'此诗古雅,元郭茂倩《乐府》亦不载。"③郭茂倩分明是生活在两宋之交的人,而杨慎竟然称其为"元郭茂倩",可见对郭茂倩的相关情况极不熟悉。又如焦竑《国史经籍志》在著录此书时标为"《乐府集》一百卷",作者为"元郭茂倩"。④ 这说明焦竑也不熟悉相关情况。这当然是由于《乐府诗集》在明代流传不广、影响有限而造成的。

《古乐府》十卷,元左克明编撰,是继郭茂倩《乐府诗集》之后又一部重要的乐府诗总集。成书时间当在元至正六年(1346)。该书将收录的六朝之前

---

① 胡应麟:《诗薮》内编卷三,第52页。
② 郭茂倩编:《乐府诗集》卷九十一,第4册,中华书局1979年版(下同),第1276页。
③ 杨慎:《升庵诗话》卷十一,中册,载丁福保辑:《历代诗话续编》,第869页。
④ 焦竑辑:《国史经籍志》卷二,清粤雅堂丛书本(下同)。

的古乐府词分为八类,即古歌谣、鼓吹曲、横吹曲、相和曲、清商曲、舞曲、琴曲、杂曲。关于左克明编撰《古乐府》的动机,书前作者自序称:"冠以古歌谣词者,贵其发乎自然也;终以杂曲者,著其渐流于新声也。呜呼,乐府之流传也尚矣! 风化日移,繁音日滋,愚惧乎此声之不作也。故不自量度,推本三代而上,下止陈隋。截然独以为宗,虽获罪世之君子,无所逃焉。"①左克明认为随着音乐体系的变迁,繁音日滋,风化日移,古乐府有可能会完全失传,因此他编撰这部《古乐府》,让古人的优秀乐府诗作品得以流传下去。清人《四库全书总目》指出:"当元之季,杨维桢以工为乐府倾动一时。其体务造恢奇,无复旧格。克明此论其为维桢而发乎。"②认为左克明编撰《古乐府》是为了矫正"铁崖体"之弊端。

关于《古乐府》与《乐府诗集》之关系,《四库全书总目》认为:"考宋郭茂倩先有《乐府诗集》,所录止于唐末,极为赅备。克明此集,似乎床上之床。然考李孝光刻《乐府诗集》序,称其书岁久将弗传,至元六年济南彭叔仪始得本校刻。是郭书刊板之时仅在克明成书前六年,其板又在济南,距江西颇远,则编此集时当必未见郭书,非相蹈袭。"③则清四库馆臣认为左克明未必见过《乐府诗集》,《古乐府》并非简单蹈袭《乐府诗集》而成。但清四库馆臣的说法未必正确。虽然元刻本《乐府诗集》的刊刻时间只比《古乐府》成书早了六年,且书板在济南,但不能排除左克明见过宋本的《乐府诗集》。且从解题内容上看,《古乐府》有不少条目与《乐府诗集》基本相同。因此,左克明在编撰《古乐府》时是有可能参考过《乐府诗集》的。关于是书的版本情况,2016 年中华书局出版的由徐文武、韩宁点校的《古乐府·前言》已有相关辨析,但较为简略,故有必要进行更加深入的探讨。

关于元刻明修本的情况,以往的研究者们尚未注意到,实际上国家图书馆

---

① 左克明编撰:《古乐府》"原序",徐文武、韩宁点校,第 10 页。
② 纪昀等纂:《武英殿本四库全书总目提要》,第 55 册,第 40—41 页。
③ 纪昀等纂:《武英殿本四库全书总目提要》,第 55 册,第 41 页。

藏有三个元刻本《古乐府》，均为九行二十一字，黑口，左右双边。其中两种为六册本。其一，第一册书首钤有"平阳汪氏"及"北京图书馆藏"印，每一卷卷首又钤有"士钟"及"阆源父"印。按：汪士钟（1786—?），字春霆，号阆源，清长洲（今江苏苏州）人，曾历任观察使、户部侍郎等职。其父汪文琛以经商布匹致富，父子二人皆以藏书知名。可知这个本子曾被汪士钟收藏过。书首序言依次为孟昉序、赵德序、虞集序、左克明自序。有凡例及目录。书前后无跋语（以下简称"汪藏本"）。

其二，第一册书首钤有"元本""子晋之印""毛氏子晋""雪苑宋氏兰挥藏书记""锡祻堂"等印，第六册书首钤有"子晋私印""子晋""汲古阁""毛扆之印""斧季"等印。"毛氏子晋"，即明代后期常熟著名的藏书家、刻书家毛晋，与其子毛扆（字斧季）皆为著名藏书家，可见此本曾入藏毛氏汲古阁。"雪苑宋氏兰挥藏书记"，则是清代藏书家宋筠的钤印。宋筠（1681—1760），字兰挥，号晋斋，河南商丘人，宋荦之子。康熙四十八年（1709）进士，历任翰林院检讨、奉天府尹等职。明代以来商丘宋氏向以藏书丰富著称，这个本子也曾被宋筠收藏过。"锡祻堂"，未知为何人钤印，然清雍正十三年（1735）刻本清刘于义等修《陕西通志》上亦钤有此印，则可知其人为清雍正年间以后的藏书家。序言依次为孟昉序、虞集序、赵德序、左克明自序。无凡例，有目录。书前后无跋语（以下简称"汲古阁藏本"）。

第三种为四册本，封面题"元刊善本　古乐府　左克明编　吴原博旧藏"。按：吴宽（1435—1504），字原博，号匏庵、玉亭主，世称匏庵先生。南直隶长洲（今江苏苏州）人。明宪宗成化八年（1472）状元，曾预修《宪宗实录》，官至礼部尚书。可见这个本子曾经被吴宽所收藏。此书卷首有清黄丕烈及季锡畴的手书跋语（这个本子可以简称为"黄跋本"），后面依次为孟昉序、左克明自序、虞集序、赵德序。有目录及凡例，但凡例排在目录之后。徐文武、韩宁在《古乐府·前言》中曾指出"此书的卷一、卷二后有方震孺手书的题款"，但实际上第一处题款并非为第一卷所题，而是在第一册结尾处，题款内容为：

"天启元年(1621)中秋后十日,方震孺读过并传抄全帙。此元刻罕有之善本也。"(见图4-3、图4-4)方震孺(1585—1645),字孩未,号念道人,原为安徽桐城人,后移家寿州。万历四十一年(1613)进士,历任沙县知县、御史等职。

根据方震孺所说,他是天启元年(1621)得见元刻本《古乐府》,并进行了全书抄录。但对于方震孺"元刻罕有之善本"的说法我们也要辩证地去看。从上文可以得知,传世的元刻本并不止黄跋本这一个,另外还有两个六册本。从刻印的情况来看,这三个本子显然源自同一底本,只是分成册数不同。且从清晰程度来看,汪藏本、汲古阁藏本还远在黄跋本之上(见图4-5、图4-6)。如黄跋本中卷二《思悲翁》《战荥阳》《汉之季》数首文字皆有漶漫不清之处,其中《战荥阳》诗题已完全不可见。而汪藏本、汲古阁藏本中这几首诗除了《战荥阳》正文中有几个字模糊外,其他皆清晰可见。类似的情况还有很多。所以,如果从保存《古乐府》原文的意义上看,汪藏本、汲古阁藏本的文献价值还在黄跋本之上。只不过黄跋本中多了方震孺的题款和黄丕烈、季锡畴的跋语,因此又具备了汲古阁藏本所不具备的文献价值。从时间先后上来说,汪藏本、汲古阁藏本形成的时间应该早于黄跋本。因为通常来说书板会随着时间的推移和印刷次数的增多而不断磨损破裂。至于汪藏本和汲古阁藏本形成的时间先后,则汲古阁藏本出现的时间可能更早。

黄跋本的第二处题款在卷二末尾处,内容为:"咸阳王禧谋逆死,宫人歌之。可怜咸阳王,奈何作事误。金床玉几不能眠,夜踣霜与露。洛水湛湛弥岸长,行人哪得度。"(见图4-7)这里所说的"咸阳王禧",当指北魏咸阳王元禧(拓跋禧)。诗中所载之本事最早见于

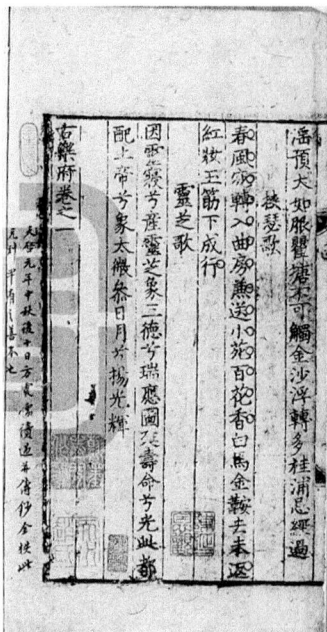

图4-3 国家图书馆藏黄跋本
《古乐府》卷一末页

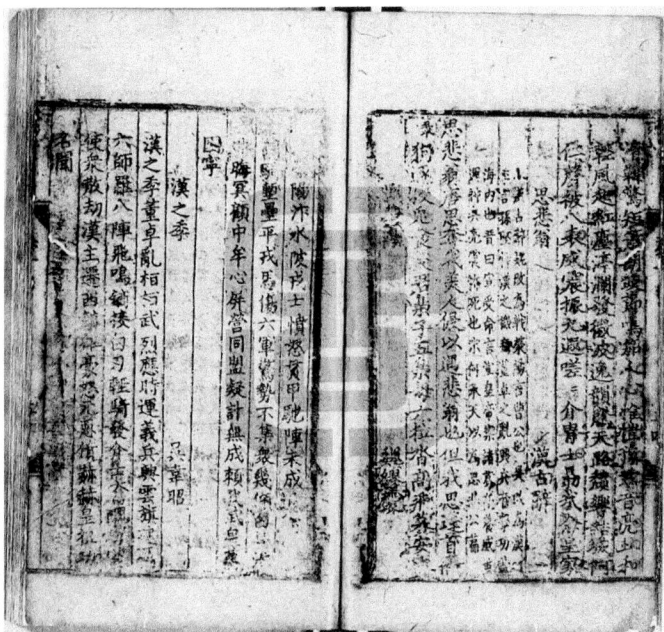

图 4-4　国家图书馆藏黄跋本《古乐府》卷二页面

《魏书·元禧传》：

> 咸阳王禧，字永寿。太和九年封，加侍中、骠骑大将军、中都大官。……世宗既览政，禧意不安。而其国斋帅刘小苟，每称左右言欲诛禧。禧闻而叹曰："我不负心，天家岂应如此！"由是常怀忧惧。加以赵修专宠，王公罕得进见。禧遂与其妃兄兼给事黄门侍郎李伯尚谋反……禧愧而无言，遂赐死私第。其宫人歌曰："可怜咸阳王……行人那得渡。"其歌遂流至江表，北人在南者，虽富贵，弦管奏之，莫不洒泣。①

元禧因为担心被魏世宗诛杀而谋反，失败后被赐死于私第，其宫人遂作此歌。至于方震孺为何要将这首诗题写于第二卷卷末，其原因却不得而知。

---

① 魏收：《魏书》卷二十一上，第 2 册，中华书局 1974 年版，第 533—539 页。

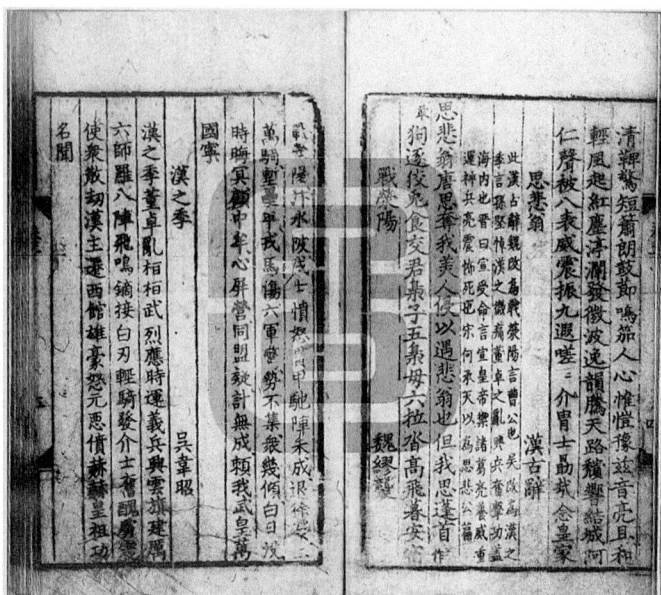

图 4-5　国家图书馆藏汪藏本《古乐府》卷二页面

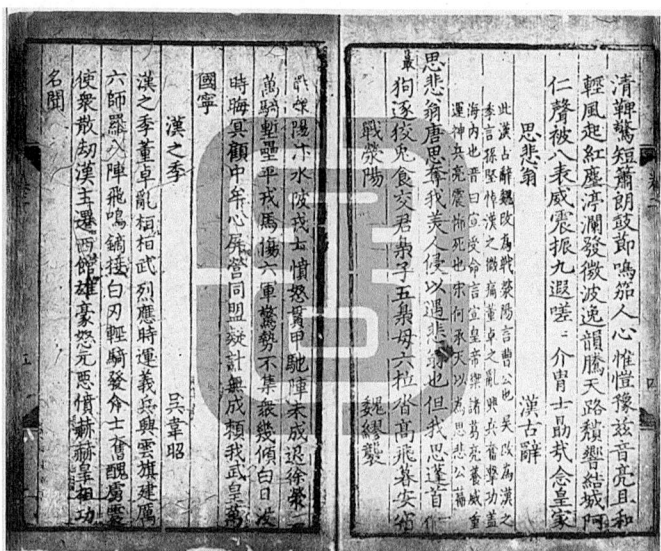

图 4-6　国家图书馆藏汲古阁藏本《古乐府》卷二页面

　　到了明代,《古乐府》一书又多次被刊印过。据《中国古籍总目》可知,明刊本《古乐府》包括:明正德四年(1509)孙玺刻本(仅存八卷残卷),现藏于山东大学图书馆;明嘉靖二十三年(1544)萧一中刻本,现藏于上海图书馆;明嘉靖二十六年(1547)汪尚磨刻本,现藏于上海图书馆;明王文元刻万历七年(1579)田艺蘅重修本,现藏于南京图书馆;明万历三十年(1602)何汝教刻本,现藏于上海图书馆;另有明刻本一种,现藏于上海图书馆、天一阁(明范钦批校);又有明刻重修本一种,现藏于南京图书馆。另外,据徐文武、韩宁"前言",尚有明万历二十九年(1601)郑舜宾刻本一种。

图4-7　国家图书馆藏黄跋本《古乐府》卷二末尾方震孺题款

　　从时间上看,这些刻本基本上都出现于明代中期以后,与文学复古思潮的兴起应该有着密切联系。在这一时期,刊刻古乐府和拟写古乐府诗的活动非常盛行。如顾清《东江家藏集》中《己卯新正二日,沈仁甫自滇南寄新刻〈古乐府〉至,中有所会,拟作一首》。[①] 按:顾清是弘治年间进士,卒于嘉靖六年(1527)后不久,则己卯年应为明武宗正德十四年(1519),从诗题来看,当时在滇南一带有刊刻《古乐府》之活动。另外,鸣盛世、讽现实、美教化本来就是乐府诗的重要职能,明人刊刻《古乐府》当然也是这种观念的反映。其中萧一中刻本、田艺蘅重修本、何汝教刻本书前后多有叙跋语,其中含有乐府诗学的内容。

　　萧一中,华容人,生卒年不详。据清《(乾隆)华容县志》记载:"萧一中字执夫,正德丁丑(1517)进士。知新城县。擢贵州道监察御史。疏援马录,逮

---

　　① 顾清:《东江家藏集》卷十四,清文渊阁四库全书本。

系诏狱,贬广西按察照磨。升分宜知县。积忤大学士严嵩。晋东昌府同知,南京刑部郎中。复以在新城时刻夏良胜《大礼疏草》再贬饶州府通判。少宰霍韬拔淹滞,升平乐知府、浙江按察司副使、江西按察使、浙江左右布政,转右副都御史,巡抚四川。未几卒。"①其《重刻古乐府跋》云:

> 《古乐府》者,元左克明所编次也。有谣,有歌,有行,有辞,有操,有曲。始自唐虞,迄于陈隋,不及唐以下。盖其音节虽殊,而格律犹未变为近体也。譬若商彝、周鼎,款识简质,虽弗适时用,而识者宝之。岂非以先王之泽犹存哉!予每诵是编而爱之,顾板行岁久,残缺至不可读,欲翻刻未能也。岁甲辰秋,予自江右谬转浙藩,思竟初志,暇日谋之。同寀诸公佥曰善。嗟乎!存遗音于绝响,试使端冕而听之,宁不足以移淫哇之风而助流淳穆之化邪!遂梓之,与好古者共焉。②

萧一中显然认为《古乐府》的编撰可以"移淫哇之风而助流淳穆之化",其刊刻《古乐府》的目的就是"与好古者共",这当然是充分肯定了乐府诗有助于教化的功能,也与正德年间兴起的文学复古思潮有关。

田艺蘅(1524—?),钱塘(今浙江杭州)人。据《(雍正)敕修浙江通志》记载:"字子艺,汝成子。年十岁从其父过采石,赋诗云:'白玉楼成招太白,青山相对忆青莲。寥寥采石江头月,曾照仙人宫锦船。'性不羁任侠,多闻好奇,世以比之成都杨慎。晚岁以贡为新安博士,罢归。所著有前后正续集数十卷,杂著数十种。"③其《重刻古乐府叙》云:

> 诗三百,圣人之经也。如机缕之有纵也。王纲紊纽,声律纭亡。
> 而汉刘氏犹传其绪响,孝武乃立乐府之官以统之。自廷雅、庙颂以及

---

① 狄兰标:《(乾隆)华容县志》卷七《人物上》二十六,清乾隆二十五年(1760)刻本。

② 左克明编撰:《古乐府》"跋",明萧一中刻本。

③ 李卫、嵇曾筠等修,沈翼机、傅王露等纂:《(雍正)敕修浙江通志》卷一百七十八《文苑一》,浙江书局清光绪二十五年(1899)刻本。

巷咏涂谣为制不同,如今之所纂,其名亦三百焉。盖商周而下,此其绍之矣。远振余音,上追绝调,庶几其纬乎! 在昔左氏肇采勋华,结于陈隋,名之曰《古乐府》。管弦间作,淫哇未肴。组织粲然,自成杼轴。其见卓尔矣。太府中庵徐公好雅复古,欲章风教于四方。爰访善本,属蘅合郭茂蒨所集纶同绎异而缉正之。于是得王将毂武库旧钣残阙者,补伪乱者刊,遂完藻璧。文事武备,贞伯故兼长也。它日鼓吹、凯歌,干舞奏绩,王将军以之。若夫明良、赓歌、太常、锡乐,不佞又将于我徐公而考其成矣。飒飒乎岂不大明之音也哉!①

原文中"蒨"当为"倩"字之误。田艺蘅认为左克明编撰《古乐府》可以上承"诗三百"及汉乐府,且不取"淫哇"之作,"其见卓尔"。而其重刻《古乐府》的动机则是"复古"与"章风教",这显然也是受到了明代重视乐府诗现实功能之观念影响。

何汝教,其生卒年及事迹不详。其万历三十年所刻《古乐府》每卷卷首皆标有"明永兴何汝教校正",可知何汝教为浙江萧山人。其所作《古乐府跋》云:

声音之道与政通,岂诬哉! 是故审声知音,审乐知政,先王慎之。八阕九奏,乃在邃初,庞乎尚矣。当《咸英》《韶护》之日,岂丝篁、金石独论浃肌髓哉! 政之醇也,《黍离》一变,驯至乐府。乐府何府?乐也。府何声? 政也。政在乐府,顷怀九德,已不胜《黍离》之悲。况乐府又化而为词谱,词谱曼声,宛恋滔荡,甚至又有桐城枣竿之变。按曲思古,此何乐哉! 转相驱扇,妖艳成风,即组绶之夫、靓闺之妇、韶䶂之儿,非此无以自媚。又谓非此无以媚人,如嗜饴然。假令太史氏采风以观政,政何如也? 噫! 可惧矣。余思《咸》《韶》而不得,乃镌《乐府》。②

---

① 左克明编撰:《古乐府》"叙",明田艺蘅刻本。
② 左克明编撰:《古乐府》"跋",明何汝教刻本。

何汝教明确指出"声音之道与政通",这反映出明人"诗以乐为先"的观念。他认为乐府本为古乐之继承者,但后来"化而为词谱",有"宛恋滔荡"之失,甚至又演变为小曲。这种演变的过程总体上来看是"转相驱扇,妖艳成风",已完成丧失了"采诗以观政"的作用。何汝教正是为了上追古人的声音之道,才重刻了左克明的《古乐府》。

从萧一中、田艺蘅、何汝教等人刊刻《古乐府》的行为及所作叙跋语可以看出,强调诗歌的音声属性与教化作用,将乐府诗作为"诗三百"的最佳继承者,一直是明人诗学理论的重要组成部分。尽管从明初到明末,文学思想复杂多变,但"诗教"这一重要传统却始终屹立不倒,这是我们今天在研究明代乐府诗学时必须注意的。

第二节 《古乐府诗类编》《历代乐府诗词》与 《六朝乐府》

明人除了刊印郭茂倩《乐府诗集》、左克明《古乐府》等前代乐府诗总集外,自己也编撰了一些乐府诗总集,如《古乐府诗类编》《历代乐府诗词》与《六朝乐府》等,这些集子在以往的学术研究中还未引起足够的重视。

按《古乐府诗类编》一书,《明史·艺文志》著录有"胡瀚《古乐府类编》四卷"①。《千顷堂书目》则著录有"胡翰《古乐府诗类编》四卷"②。清代以后各种书目未见著录,则此书清初之后可能已经亡佚。是书编者胡翰(1307—1381),字仲申,又字仲子,浙江金华人。有《胡仲子集》十卷传世,有王懋温明洪武十三年至十四年(1380—1381)刻本、清文渊阁四库全书本及清金华丛书刻本等。《明史·艺文志》作"胡瀚"应属偶误。据宋濂《胡仲子集·原序》所说:"今天子有国之初,大臣交荐先生才行。上悯其老,不欲重烦,以政命为衢

---

① 张廷玉等:《明史》卷九十九《艺文志四》,第 8 册,第 2498 页。
② 黄虞稷:《千顷堂书目(附索引)》卷二,瞿凤起、潘影郑整理,第 57 页。

州教授。会修《元史》，复荐入史馆。史成，赐金帛遣归。"①可见胡翰入明后曾任衢州教授，并预修《元史》。

王懋温刻本《胡仲子集》卷四有《古乐府类编序》一篇，清文渊阁四库全书本及金华丛书刻本皆作《古乐府诗类编序》。此序亦收录《皇明文衡》《荆川稗编》等书，作者皆标为"胡翰"。唯《明文海》卷二百十将作者标为"王祎"，显然是弄错了。胡翰在序文中说：

> 太原郭茂倩裒次乐府诗一百卷，余采其可传者更定为集若干卷。复论之曰："周衰礼乐崩坏，而乐为尤甚。自制氏为时，乐官能记其铿锵鼓舞而不能言其意，则天下之知者鲜矣。况先王之声音度数，不止其所谓铿锵鼓舞，其人固不能尽记也。以是言之，岂不难哉！若声诗者，古之乐章也。雅郑得失，存乎其辞，辩其辞而意可见。非若声音度数之难知，而国家之制作，民俗之歌谣，诗人之讽咏，至于后世遂无复雅颂之音。虽用之郊庙、朝廷，被之乡人、邦国者，犹世俗之乐耳。独何欤？盖诗之为用，犹史也。史言一代之事，直而无隐；诗系一代之政，婉而微章。辞义不同，由世而异。中古之盛，政善民安，化成俗美。人情舒而不迫，风气淳而不散。其言庄以简，和以平。用而不匮，广而不宣。直而有曲体，顺成而和动。是谓德音。及其衰也，列国之言各殊。俭者多啬，强者多悍。淫乱者忘反，忧深者思慼。其或好学而无主，困散而思治，亦随其俗之所尚。政之所本，人情风气之所感。故古诗之体，有美有刺，有正有变，圣人并存而不废。唯所以用之郊庙朝廷，非《清庙》《我将》之颂不得奏于升歌宗祀，非《鹿鸣》《四牡》《大明》《文王》之雅不得陈于会朝燕享。内之为闺门，外之为乡党。非《关雎》《麟趾》则《鹊巢》《驺虞》之风，情深而文明，气

---

① 胡翰：《胡仲子集（外十种）》"原序"，上海古籍出版社 1991 年版（下同），第 3 页。

盛而化神,故可以感鬼神、和上下、美教化、移风俗。今茂倩之所次有
是哉!"①

可见胡翰的《古乐府诗类编》主要是在郭茂倩《乐府诗集》的基础上编撰
而成。而其编撰的原则,显然也是强调了诗乐合一的教化功能。在胡翰看来,
音声与人情世运密切相关,所以古代的统治者都非常重视诗歌。而《乐府诗
集》中的作品也并不是篇篇"可传",因此他才又编选了这部《古乐府诗类编》。
可惜此书清代以后已经亡佚,我们无法窥得原貌。

《历代乐府诗辞》,周巽编撰。此书未见于明清各种书目,今仅见于明杨
士奇《东里续集》。《东里续集》卷十九云:

> 《历代乐府诗辞》,庐陵周巽亨编。起《击壤》,讫李唐,总诗一千
> 二百余首。论其世次,而以朱子所答巩仲至之说为主,兼取前辈论
> 议,亦间杂以己意。庐陵旧有刻板,然余未之得也。此册余客武昌
> 时,录于府学训导晏彦文。②

根据杨士奇这段跋语所说,周巽亨曾编过一本《历代乐府诗辞》。根据
《民国庐陵县志》卷十九中记载:"(周)巽字巽亨,以字行,晚号龙唐耄艾。至
正间以从征瑶寇功授永明簿。著有《性情集》。其诗与郭钰、周霆震诸家相颉
颃。"③《四库全书总目·性情集提要》则云:"《性情集》六卷,元周巽撰。巽事
迹不见于他书,其诗集诸家亦未著录,惟文渊阁书目载有'周巽泉《性情集》一
部一册',与《永乐大典》标题同。《吉安府志》又载有周巽亨《白鹭洲》《洗耳
亭》二诗,检勘亦与此集相合。而集中《拟古乐府小序》则自题曰'龙唐耄艾周
巽'云云。以诸条参互考之,知巽为其名,而巽泉、巽亨乃其号与字也。集中
自称尝从征道、贺二县瑶寇,以功授永明簿,则在元曾登仕版。而所纪干支有

---

① 胡翰:《胡仲子集(外十种)》卷四,第43页。
② 杨士奇:《东里续集》卷十九"跋",清文渊阁四库全书本(下同)。
③ 王补、曾灿材纂:《民国庐陵县志》卷十九中,民国九年(1920)刻本(下同)。

丙辰九月,当为洪武九年(1376),则明初尚存矣。"①可知周巽为庐陵人,字巽亨,曾在元朝时做过永明簿,明初洪武九年(1376)尚在世。

《历代乐府诗辞》一书在收诗时间上与《乐府诗集》相近,都是从先秦古歌谣开始,直到唐人乐府。从数量上看,郭茂倩《乐府诗集》共收诗5000多首,而左克明《古乐府》仅收诗800余首。《历代乐府诗辞》收诗数量虽然远远比不上《乐府诗集》,但明显超过了《古乐府》,应该是元末明初非常重要的一个乐府诗集的本子。关于《历代乐府诗辞》对乐府诗的分类情况,虽然原书已佚,但我们可以通过周巽《性情集》中的《拟古乐府序》窥得部分信息:

> 余读太原郭茂倩所辑乐府诗,上自唐虞三代歌谣,下逮汉魏晋宋齐梁陈隋唐,君臣所拟诸体乐曲歌辞凡百卷,渊乎博哉! 服膺岁久,粗会其意,因以汉鼓吹、横吹、相和、清商、舞曲、琴曲、杂曲并近代新乐府辞,仿其体制,杂以平昔见闻,积成百有五十四篇。第学识浅陋,音节舞调未能合乎古作之万分。然于刍荛之言,或有可采。暇日令丘彬编次为二卷,以俟知音者相与正焉。岁在丙辰,九月望日。龙唐耄艾周巽谨识。②

《性情集》中所说的《拟古乐府》,应该是周巽本人拟写的乐府诗作品,共两卷154篇。周巽既然将自己的乐府诗作品分为鼓吹、横吹、相和、清商、舞曲、琴曲、杂曲及近代新乐府辞这八类,那么这些分类方法也很有可能会被他用于《历代乐府诗辞》的编纂。不过,既然该书收诗起于《击壤》,则极有可能像左克明《古乐府》一样单列出一个"古歌谣辞"的门类。因此,《历代乐府诗辞》中的诗歌分类至少有九类。

关于《历代乐府诗辞》的收诗标准,杨士奇认为"以朱子所答巩仲至之说为主"。杨士奇所说的"朱子所答巩仲至之说",指的应该是朱熹在回复给门

---

① 纪昀等纂:《武英殿本四库全书总目提要》,第47册,第90—91页。
② 周巽:《性情集》卷一,清文渊阁四库全书本。

人巩丰(字仲至)的书信当中所谈到的诗学理论:

> 顷年学道未能专一之时,亦尝间考诗之原委,因知古今之诗凡有三变。盖自《书》传所记虞夏以来,下及魏晋自为一等;自晋宋间颜谢以后,下及唐初自为一等;自沈宋以后定著律诗,下及今日又为一等。然自唐初以前,其为诗者固有高下,而法犹未变。至律诗出而后,诗之与法始皆大变,以至今日益巧益密,而无复古人之风矣。故尝妄欲钞取经史诸书所载韵语,下及《文选》汉魏古词,以尽乎郭景纯、陶渊明之所作,自为一篇而附于三百篇、楚辞之后,以为诗之根本准则。又于其下二等之中,择其近于古者各为一篇以为之羽翼舆卫,其不合者则悉去之,不使其接于吾之耳目,而入于吾之胸次。要使方寸之中无一字世俗言语意思,则其为诗不期于高远而自高远矣。①

可以看出,朱熹所说的"古今之诗凡有三变",且愈变愈下,与明代盛行的复古诗学有相通之处。朱熹将宋代以前的诗歌分成了三个阶段,即先秦至魏晋、晋宋至唐初、沈宋至宋代。他认为律诗出现后,诗法大变,"无复古人之风",所以他才想从经史和汉魏古诗中总结经验并形成一篇文字,作为"诗之根本准则"。他对后两个时期的诗歌虽然不是全盘否定,认为也可以有所取,但取诗的标准仍然是"近于古者"。这种观点无疑可以看作是明代复古诗学的滥觞。按照杨士奇所说,周巽在编撰《历代乐府诗辞》时,主要是受到朱熹《答巩仲至》的影响,以复古为指导思想,以近古者为上。这种收诗标准其实与左克明《古乐府》是有相近之处的。周巽生活于元末明初,这也说明,明代复古诗学思想并不是弘治、正德年间才出现的,而是从一开始就存在,只不过是在"前七子"那里得到了进一步的发挥。

明人虽然对汉、魏乐府普遍进行了推尊,但对东晋南朝乐府也给予了充分肯定。如"诗本性情,六朝乐府、三唐绝句,何莫非缘情之妙制"②;"五言绝,

---

① 朱熹:《朱子文集》卷一《答巩仲至》,清正谊堂全书本。
② 钱希言:《戏瑕》第一,明刻本。

须熟读汉、魏及六朝乐府,源委分明,径路谙熟;然后取盛唐名家李、王、崔、孟诸作,陶以风神,发以兴象。真积力久,出语自超"①;"六朝乐府虽弱靡,然尚因仍轨辙"②;"六朝乐府有绝妙者"③。在明人编撰的乐府诗总集中,也有一部是以六朝乐府诗为编撰对象的集子,题为《六朝乐府》。

按《六朝乐府》一书,最早见于《晁氏宝文堂书目》。《书目》卷中著录有"《六朝乐府》",并注曰:"南监刻,二十本。"④《书目》的编者晁瑮(1507—1560),直隶开州(今河南濮阳)人。根据《(嘉庆)开州志》卷六记载:"晁瑮字君石,别号春陵。性至孝,少失恃,奉继母以孝闻。及长,博极载籍,工词赋。嘉靖辛丑登进士,选庶吉士,授检讨。以父疾,疏恳归养。父卒。服阕升洗马。旋授国子监司业。性行端雅,文藻雄杰,为馆阁所重。平生慕贺监高风,更号鉴湖。所著有《鉴湖文集》《晁氏足征录》。卒祀乡贤。"⑤晁瑮喜欢访录收藏图书,家里藏书楼名曰"宝文堂",编有《晁氏宝文堂书目》。根据晁瑮所说,《六朝乐府》一书为南监刻本,共二十本。所谓"监本",是指历代国子监所刻之本,向以精校精审著称。国子监刻书始于五代后唐,宋代已成大观。元代因未设国子监,也无监本一说。到了明代,则有"南监"和"北监"之分。所谓"南监",指的就是南京国子监。南京国子监所刻印的书就被称为"南监本"。较为遗憾的是,晁瑮并未注明《六朝乐府》的编者、卷数等具体情况。不过,从"二十本"来看,此书规模应该不小。

比晁瑮生活时代稍晚的周弘祖在《古今书刻》中也著录过此书。《古今书刻》上编"诗文集"部分著录的乐府诗总集,除了《乐府诗集》外,也著录有《六朝乐府》一部。据叶德辉《重刊古今书刻序》记载:"《古今书刻》上下编二卷,明周弘祖撰。弘祖,湖广麻城人。嘉靖三十八年(1559)进士,除吉安推官,征

---

① 胡应麟:《诗薮》内编卷六,第114页。
② 胡应麟:《诗薮》外编卷一,第141页。
③ 孙矿:《居业次编》卷三,明万历四十年(1612)吕胤筠刻本。
④ 晁瑮:《晁氏宝文堂书目》卷中"乐府"类,明抄本。
⑤ 李符清修,沈乐善纂:《(嘉庆)开州志》卷六,清嘉庆十一年(1806)刻本。

授御史,邮督屯田马政。隆庆改元,司礼中贵及藩邸近侍荫锦衣指挥以下至二十余人,弘祖驰疏请止赏金帛、停世袭。后屡言事,迁福建提学副使。大学士高拱恶之,谪安顺判官。事迹具《明史》本传。此书上编载各直省所刊书籍,下编录各直所存石刻。其书《明史·艺文志》及各家藏书目均不著录。"①但《古今书刻》中也未标明《六朝乐府》的编者、卷数等具体情况,给后人留下了许多待解之谜。

第三节　徐献忠与《乐府原》的编撰

在明代中后期,出现了两种较为重要的乐府诗总集,即徐献忠的《乐府原》和梅鼎祚的《古乐苑》。与前一节所说的《古乐府诗类编》《历代乐府诗词》《六朝乐府》不同,《乐府原》《古乐苑》得以完整保存,且书前书后多有序言、跋语,因而具有较高的诗学研究价值。

《乐府原》的编者徐献忠(1483—1559),一说(1469—1545),松江府华亭(今上海松江)人,字伯臣,号长谷。嘉靖四年(1525)举人。《明史·文苑传三》对其记载极为简略,仅言其"字伯臣。嘉靖中,举于乡,官奉化知县。著书数百卷。卒年七十七,王世贞私谥曰贞宪"②。在范濂的《云间据目抄》中,有对徐献忠更加详细的记载:

> 徐献忠字伯臣,号长谷。公学博才高,日读书盈寸。为文深厚典据,大类子长,间杂东京。所论诗五言重魏晋,七言止取高岑而上,律止于大历。而自为诗沉郁彩秀,出入诸名家。尤长于赋,如《布赋》一篇悯念松人愁苦,周委详尽,能令循吏读之酸鼻。生平无他嗜好,惟著书自娱。有《金石文》《乐府》《吴兴掌故录》《唐诗品》《水品》《四明半政录》《洪范或问》《春秋纪传录》《大易心印》《四书本义》及

---

① 周弘祖集:《古今书刻》上编,清光绪三十二年(1906)长沙叶氏观古堂仿明刊本。
② 张廷玉等:《明史》卷二百八十七《文苑传三》,第15册,第7365页。

《分节参同契》《大地图行义》《山房九笈》《三江水利考》等，各自为集藏于家。真草书法苏赵，为世所珍。由乡举授奉化令，以气节自持，不能折腰俗吏。时同乡沈凤峰恺为副宪公，与节推杨枢为属吏。枢先谒恺，恺命侍坐。适公入，趋南坐不少逊。恺意不怿，公怒曰："而岂以我不能为陶彭泽耶！"后公坐诬挂冠，恺有阴挤焉。公厌松俗侈靡，卜居雪川。郡侯袁汝是重公学行，每叹泖峰佳丽，不能容徐公高隐为恨云。①

《云间据目抄》中所说之《乐府》，极有可能就是《乐府原》。

《乐府原》一书著录于《千顷堂书目》《明史·艺文志》等，皆作十五卷。唯《江南通志》著录为"《乐府原》四卷"②。该书今存明嘉靖四十五年（1566）高应冕刻本及明张所望校万历三十七年（1609）刻本，皆藏于上海图书馆。清四库馆臣在编纂《四库全书》时，并未全文收录此书，仅列入"总集类存目二"，注明"《乐府原》十五卷，内府藏本"。且清四库馆臣对此书评价不高，认为"是书取汉魏六朝乐府古题各为考证，并录原文而释其义。然所见殊浅，而又索解太凿。如杜氏《通典》谓房中乐为楚声，献忠则谓屈、宋骚辞，每言着一兮字，乃楚人怨叹之本声，而以《安世房中歌》为非其伦。亦未免拘泥鲜通矣"③。客观来说，《乐府原》中虽然存在一些穿凿之说，但仍不失为一个好的乐府诗选本，其诗学价值不容忽视。

此书卷首有徐献忠本人所作的序言：

　　《乐府原》者，原汉人乐府辞，并后代之撰之异于汉人者，以昭世
　变也。夫三代之乐与先王声教并亡失久矣，而雅颂其旨昭昭有存焉，
　可考见也。汉兴承秦之后，内有唐山尔雅之辞，外有张苍吹律之能。
　一代声文，犹仅有所立倡。孝景祀祖，称武德昭德之舞。及武帝诸祀

---

①　范濂:《云间据目抄》卷一，奉贤褚氏民国十七年（1928）刻本。
②　尹继善等修:《江南通志》卷一百九十二，清文渊阁四库全书本。
③　纪昀等纂:《武英殿本四库全书总目提要》卷一百九十二，第56册，第128—129页。

乐及东平王苍、光武庙乐,咸有足观者。而采诗之官,时复不废。虽伶人之奏,亦有风教存焉。奈何六代复以淫靡坏之,如秦之于三代也。当是时,郊庙诗词出于文学士所撰著,似亦有可观,而形器枯索。视汉乐之本于情者,不类远矣。嗟乎!予又何忍忘情于汉人之所存者乎?后世拟其辞者,又各以意见,不能尽白其义,予益有惜之。乃因左君克明所编次乐府诗及郭茂倩所广,各原其本意,加纂释云。儒者每病河汾拟经,独取于汉人之撰。噫!礼失而求之野。三代而下,舍汉人又何可之焉?斯亦不思而过言之矣。嘉靖庚申徐献忠识。①

嘉靖庚申,即嘉靖三十九年(1560)。在这篇序言里,徐献忠认为两汉乐府"咸有足观者",表达出"乐府以汉人为首"的观念。徐献忠虽然也强调乐府诗的教化功能,但他同时也认为汉乐府"本于情",自己也不能"忘情于汉人",这就强调了乐府诗的抒情功能,初步将"情"引入了明代乐府诗批评中。这也显示出明代中后期重情说对于乐府诗批评的影响,这种影响在钟惺和谭元春的《诗归》那里达到了一个高峰。徐献忠在序言里说明了自己的编诗原则,即"原其本意",以汉人乐府为尊。因为汉乐府是"诗三百"的最佳继承者。

在张所望校万历三十七年(1609)刻本《乐府原》卷首又有郑怀魁所作《乐府原·序》:

诗与乐二乎?《书》称言志者诗,和声者律,盖同原而合流。其在于周,太史观风之所采,即蒙瞍在公之所奏。诗三百篇,大率皆乐章也。自三□□言之制兴,于是可徒歌者谓之诗,其歌而可比管弦者谓之乐府,则诗与乐之途分焉。八代遗音汉□□□所传房中之曲、郊祀之章,变出楚骚,体存周咏,固其盛哉!铙歌讹舛□□□□古意可绎,洎乎相和七调渐启南音,一变为清商,总萃为杂曲,而多靡靡之乐矣。此徐伯臣氏所惓惓本于汉代而历选新声,叙其所以每讴吟而屡

---

① 徐献忠:《乐府原》"序",明万历三十七年(1609)刻本(下同)。

叹者也。考古乐府书,别有琴歌、舞曲,而伯臣不载焉。近隋唐歌辞因广乐府所志略而存之,其诸宋元词谱咸用芟夷,此以知其选矣。嗟乎!四诗比之四□□所出者,正如积石桐柏,嶓冢岷山,其沫可泳,其原可游也。浸淫流遁,雅郑不分,兹能扬泾渭于颓波,析淄渑于逝澜,功不亦伟乎!始伯臣耻折腰为令处,投簪逸泖上,与张元超氏商榷声诗,并称云间之杰。既姑蔑守叔翘君元超犹□也,手为伯臣讨正。是编属予序而镂诸郡。溯洄从之,乐其可知也已。昔季札观□周乐,自二南、列国之风肆及雅颂,具能陈其盛衰之故,乃言偃学道弦歌,施之于国矣。今伯臣原乐自汉而下,叔翘绍而明之,非徒晰于音,是方酌而兴之治而皆有吴君子也。斯偃札之流风为不亡矣。万历己酉八月既望,漳南郑怀魁辂思甫书于衢玉润轩。①

按:张所望(1556—1635),字叔翘,号七泽,明南直隶松江府上海县(今龙华乡)人。万历二十九年(1601)进士,历任刑部主事、衢州知府、广西副使、左江参政、湖广按察使等职。著有《阅耕录》《归田录》。郑怀魁(1563—1612),字辂思,号心葵,福建龙溪(今福建漳州)人。万历二十三年(1595)进士,官至浙江观察副使。曾与张燮等组织霞中社,为"霞中十三子"之一。著有《葵圃集》《海上杂谣》等。万历己酉,即万历三十七年(1609)。郑怀魁的这篇序言虽然已经有部分文字漶漫不清,但仍具有重要的诗学价值。首先,这篇序言肯定了中国早期诗乐合一的情况,并分析了后世诗与乐府相分离的原因。诗乐分离后,诗为"徒歌"者,而乐府则是"歌而可比管弦者"。其次,这篇序言介绍并肯定了徐献忠编撰《乐府原》的收诗准则与意义。徐献忠编撰《乐府原》显然是以"本于汉代"为基本原则,这也典型地体现出明人"乐府以汉人为首"的观念。且对于琴歌、舞曲,及宋元以后的乐府诗皆一概不收,这当然也是想通过《乐府原》的编撰来重振诗教,反映国家盛衰,并有利于教化。最后,这篇序

---

① 徐献忠:《乐府原》"序"。

言还记载了徐献忠辞官后与张元超一起商榷声诗及张所望校正《乐府原》的有关情况,这对后人研究《乐府原》无疑有极高的价值。

目前学界对于《乐府原》的研究还不够深入,直接以其为研究对象的仅有王辉斌《徐献忠及〈乐府原〉考释》及高歌硕士学位论文《〈乐府原〉研究》等少量几篇文章。其乐府诗学价值还未得到充分论述。我们认为《乐府原》诗学价值主要体现在以下几个方面。

一是对于乐府古辞的解题,这也是"原"的重要内容之一。在《乐府原》之前,虽然已经有吴兢《乐府古题要解》、无名氏《乐府解题》、郭茂倩《乐府诗集》、左克明《古乐府》等多部乐府解题类著作,但与前人相比,徐献忠《乐府原》在解题上仍然有自己的特点和价值。如"汉横吹曲辞"《入塞》一题,徐献忠解题云:"汉将士长征,得入塞者百无一二,则凯歌奏绩,驱马欢呼,其视出塞时悲愁之思不同。斯又横吹所重也。"①按《入塞》一题,《乐府诗集》卷二十一《出塞》解题曰:"《晋书·乐志》曰:'《出塞》《入塞》曲,李延年造。'曹嘉之《晋书》曰:'刘畴尝避乱坞壁,贾胡百数欲害之,畴无惧色,援笳而吹之,为《出塞》《入塞》之声,以动其游客之思,于是群胡皆垂泪而去。'按《西京杂记》曰:'戚夫人善歌《出塞》《入塞》《望归》之曲,则高帝时已有之,疑不起于延年也。'"②左克明《古乐府》大半承袭《乐府诗集》之说,但亦有创新。《乐府诗集》的解题内容侧重于考证诗题的由来,认为此题可能并非李延年所造。而《乐府原》的解题则分析了《入塞》与《出塞》所体现情绪的不同,强调了其在横吹曲辞中的重要地位。

又如《乐府诗集》三十"相和歌辞"部分有"四弦曲",其中包括梁简文帝等《蜀国弦》三首。《乐府诗集》对《蜀国弦》并未单独进行解题,只是引《古今乐录》的内容对"四弦曲"有一个简单的说明:

《古今乐录》曰:"张永《元嘉技录》有《四弦》一曲,《蜀国四弦》

① 徐献忠:《乐府原》卷四。
② 郭茂倩编:《乐府诗集》第2册,第318页。

是也,居相和之末,三调之首。古有四曲,其《张女四弦》《李延年四弦》《严卯四弦》三曲,阙《蜀国四弦》。节家旧有六解,宋歌有五解,今亦阙。"①

而《乐府原》卷六却对《蜀国弦》进行了详细的解题:

> 《蜀国弦》俱指蜀中事。梁简文帝辞,以妇人因夫使蜀思而寄之者也……此曲别无意义,情思索然。汉人旧曲定有所指,或高帝入蜀,或光武收蜀,下之为相和栖泊必有指着决非泛词也。②

徐献忠认为《蜀国弦》一题当来自刘邦入蜀或刘秀收蜀,绝非泛泛而作,这无疑是对前代乐府解题类著作的有益补充。

二是对曲辞类别的"总原"。除了对单独诗篇的解题,《乐府原》还为每类曲辞撰写了一个"总原",相当于《乐府诗集》每个曲辞门类的"总序"。如卷五"汉相和歌辞总原"曰:

> 相和歌,汉旧曲也。丝竹更相和,执节者口歌其曲以协其音,故曰相和。相和歌有六引,有七曲。六引者,箜篌、宫、商、角、徵、羽,每曲皆以引先之。七曲者,曰相和,曰吟叹,曰四弦,曰平调,曰清调,曰瑟调,曰楚调是也。相和十五曲,吟叹四曲,四弦一曲,平调七曲,清调六曲,瑟调九曲,楚调六曲。《晋书·乐志》曰:"凡乐章古辞存者,并汉世街陌讴歌,如'江南可采莲'、'乌生八九子'、'白头吟'之属。"其后渐被于弦管,即相和诸曲是也。魏晋之世相承用之,其阙失者魏武与诸作者补入焉。永嘉之乱,中朝旧音流散江左。后魏孝文、宣武用师淮汉,收其所获南音,谓之清商乐。然吴歌艳曲杂乱其中,而古音存者希矣。即是以观治乱之原,而声音之道感召于幽玄之际,亦略可识矣。后世明达之士欲雅乐是正,可无深辨而详考之耶!③

---

① 郭茂倩编:《乐府诗集》第 2 册,第 440 页。
② 徐献忠:《乐府原》卷六。
③ 徐献忠:《乐府原》卷五。

此段前半部分基本上是沿袭《乐府诗集》卷二十六"相和歌辞·总序"而来,只是字句上作了一些调整。但后半部分"吴歌艳曲杂乱其中""古音存者希矣"等却是《乐府诗集》中没有的,显示出徐献忠重视音声教化作用的乐府观念。

由于《乐府原》在曲辞分类上和《乐府诗集》有所不同,其总原的撰写原则也不一样。如卷三有"汉铙歌总原":

> 铙歌者,汉鼓吹部也。鼓吹本非正乐,不过优伶进奏之音。但汉世犹采民间风谣,及臣民讽诵,犹有三百篇遗意。至魏晋以后,张大其功业,自侈其杀伐,古人采诗之意略无有存者。虽唐代盛王其所制《破阵乐》《应圣期》《贺圣欢》,君臣同乐之辞,皆异于汉人采诗之意。甚者,杂以吴歌艳曲与邪狄偏音,复戾于汉人之声调,安得复以乐府名之?六朝有唐诸学士,无不拟铙歌、鼓吹之作,以为能继乐府。至其所为诗,得各出机杼,组织繁诗,既失命题之意,其词虽工,亦何取焉!今兹探究铙歌之原,以示敏学之士,使知汉人采诗之意,自魏晋而后虽无所述作可也。①

相比之下,《乐府诗集》卷二十一只是说:"《乐府解题》曰:'汉横吹曲,二十八解,李延年造。魏、晋已来,唯传十曲:一曰《黄鹄》,二曰《陇头》,三曰《出关》,四曰《入关》,五曰《出塞》,六曰《入塞》,七曰《折杨柳》,八曰《黄覃子》,九曰《赤之扬》,十曰《望行人》。后又有《关山月》《洛阳道》《长安道》《梅花落》《紫骝马》《骢马》《雨雪》《刘生》八曲,合十八曲。'"②只是简要交代了铙歌的由来和流传过程。《乐府原》中的"总原"则要详细得多。一方面指出了汉铙歌本身也并非"正乐",另一方面又认为其"犹有三百篇遗意"。后世吴歌艳曲不足以称为乐府,六朝唐人拟作亦无可取。从这里可以看出徐献忠"乐府以汉人为首"的乐府观念。

---

① 徐献忠:《乐府原》卷三。
② 郭茂倩编:《乐府诗集》第2册,第311页。

　　三是对乐府诗作品含义的注解与笺释。关于乐府诗之解题,前人已多有论述,徐献忠虽然也有部分创见,但沿袭之处多所不免。相比之下,对于诗歌意旨的把握和对诗句的笺释方面倒是《乐府原》的一大特色。这方面的内容过去似乎没有得到学界足够的关注。注解与笺释和解题似乎有相近之处,但又不同。解题的内容一般是紧接着放在题目之后,而笺释的内容却是放在诗歌作品主体之后。解题一般是交代诗题产生的由来,而注解与笺释则侧重于对诗歌意旨的分析和对诗句的解读。高歌《〈乐府原〉研究》一文曾将这部分内容归结为"诗歌评点",这种说法并不准确。所谓"评点",是指用较为简短的文字对作品中精彩的字、词、句或情感、主旨进行言简意赅的评价,往往是随文而行,这方面最经典的例子就是钟惺、谭元春的《诗归》。而《乐府原》却并非如此,徐献忠对诗歌作品的评语集中在作品之后,篇幅也较长,实际上并不是一种"评点",而是对诗意的注解与笺释。而且这部分内容一般是先概括诗歌意旨,再对作品进行逐句解读。如"汉铙歌"部分的《战城南》一诗,作者在诗题之后并未进行解题,但在诗歌主体之后却撰有注解与笺释的内容:

　　　　此伤战将竭忠而死于原野,虽无人收葬,亦所不顾。是真忠国之臣也。言野战而死,暴于原野,乌本可食其肉,然见者不忍,故云谁当谓乌言,且为客行所不忍而莫食其肉也。"豪野死"三句谓豪侠不良之人往往触法而死于野,谅不收葬,其腐肉合为汝食,安能去子而逃避? 此足以供汝之食,何必更食死事忠臣之肉哉? "水深激激"二句言可避难之处,顾不思避而死于国事。枭骑者,战阵之良马也。枭骑之死,驽马尚且徘徊而悲鸣,而况于人乎? 我之懦怯而不能战斗安得不伤壮士之死? 故伤之曰:"筑室在南,君乃死于北而不得居;禾黍已获,君乃没于王事而不得食。思为忠臣如君者安可得耶?"世之为良臣者,官居粒食岂不愿思? 顾其所遇艰难有不得不然者,故朝战而暮即不归,其为忠节亦可悲矣。上虞刘履《选诗补遗》以为刺朝廷不能用贤,失其旨。①

作者先是将《战城南》一诗的主旨定为伤"忠国之臣",接着就对诗歌进行逐句释义。末尾处还批评了刘履将此诗主旨定为"刺朝廷不能用贤"的做法。按:刘履(1317—1379),字坦之,上虞人,自号草泽间民,元末明初文史学家。刘履编有《风雅翼》,其中前八卷为《选诗补注》,"取《文选》各诗删补训释,大抵本之五臣旧注,曾原演义而各断以己意"。卷九至卷十为《选诗补遗》,"取古歌谣词之散见于传记诸子及《乐府诗集》者,选录四十二首,以补《文选》之缺"。②卷十选入《战城南》古辞,并在诗后注释曰:

> "客豪",言其得意如侠客之豪也,谅者信其必然之词。"激激",波腾跃貌。"冥冥",拥蔽貌。皆因所见以喻昏乱之象。"枭"通作"骁",良马也。"梁",川梁,可通南北者。筑室其上,则无由通矣。"禾黍不获",亦以喻贤者弃而不用,子谓君也。此篇叹朝廷不能用贤,盖有非所当使而使之,战斗以死者不复收葬,是弃之也。贤者弃而驽劣存,是使贤路蔽塞。君既无所资益,而忠良之士亦将绝意于仕进矣。故特为之反复思念而叹惜之也。③

刘履显然是将《战城南》一诗的意旨定为"贤者弃而不用""朝廷不能用贤"的。二者相较,徐献忠之说更加合理。

又如《乐府原》卷二十四对《冉冉孤生竹》古辞的注评:

> 此以孤竹之操比夫君之高节,所以愿托以终老,不二其志也。雅诗正志为闺房所重,无愧于《关雎》之风,东汉之美俗也。④

《乐府诗集》卷七十四及《古乐府》卷十都选入《冉冉孤生竹》古辞,但皆未有解题及注评内容,《乐府原》的注评显然具有填补空白的意义。

---

① 徐献忠:《乐府原》卷三。
② 纪昀等纂:《武英殿本四库全书总目提要》第55册,第53页。
③ 刘履编:《风雅翼》卷十,清文渊阁四库全书本。
④ 徐献忠:《乐府原》卷二十四。

四是对乐府诗歌体制的分析。这一点也是过往的研究者没有注意到的。徐献忠在编写《乐府原》时,除了解题、总原、注评等工作外,还对一些乐府诗作品的体制进行了分析。这些内容尽管不多,但显示了明代乐府诗学新的特征。如《乐府原》卷二收录汉郊祀歌《天地》一首:

> 天地并况,惟予有慕。爰熙紫坛,思求厥路。恭承禋祀,缊豫为纷。黼绣周张,承神至尊。千童罗舞成八溢,合好效欢虞泰乙。九歌毕奏斐然殊,鸣琴竽瑟会轩朱。璆磬金鼓,灵其有喜。百官济济。各敬其事,盛牲实俎进闻膏,神奄留。临须摇。长丽前掞光耀明,寒暑不忒况皇灵。展诗应律銂玉鸣,含宫吐角激徵清。发梁扬羽申以商,造兹新音永久长。声气远条凤鸣翔,神夕奄虞盖孟亨。①

《乐府诗集》卷一所收与此基本相同,只是"乙"作"一","皇灵"作"皇章","含"作"函","鸣"作"鸟","孟亨"作"孔享"。② 从诗的韵脚来看,"灵"优于"章",而"享"又优于"亨",《乐府原》正可以和《乐府诗集》进行文本互校。在诗歌正文之后,徐献忠评曰:"此篇四字为句,后皆七字句相杂。"指出这一篇本是四言诗,但诗的后半部分却杂有七言句。徐献忠又评《日出入》一首云:"此篇长短句,不类乐府。且词义疏鄙,不相贯浃。要之衰弱不振之音,似六朝人语,汉人之词殊复远矣。"③ 在徐献忠看来,《天地》篇所采用的四言体才是乐府郊祀歌的"正体",《日出入》等篇使用的是长短句,不像是乐府诗。徐献忠在这里所说的主要是指郊祀歌的体制,涉及乐府诗的体制问题,虽然论述不够深入,但体现了明人对于乐府诗体制的探索。

徐献忠的《乐府原》对明人及后世产生了较大影响。徐献忠去世后,王世贞在给其撰写的《文林郎知奉化县事贞宪徐先生墓志铭》中称其"探始中声,

---

① 徐献忠:《乐府原》卷二。
② 郭茂倩编:《乐府诗集》卷一,第1册,第4—5页。
③ 徐献忠:《乐府原》卷二。

旁极正变。作《乐府原》《唐诗品》"①。比徐献忠生活时代稍晚的陈士元在撰写《名疑》时曾引《乐府原》:"又按古乐府有《明君行》,即昭君也,避晋文帝讳。《乐府原》云:'王昭君,齐国王穰女。年十七入元帝后宫,积五六年,遣嫁单于呼韩邪,号昭君,曰宁胡阏氏。其后呼韩邪单于死,其子雕涂莫皋立,复妻昭君,生二女。与《匈奴传》稍涎。'"②清《师友诗传录》中记载门人问"七言律诗而外,如古诗、歌词,行、曲、引、篇、章、吟、咏、叹、谣、风、骚、哀、怨、拟、弄诸体,其体格音律字句,何以分别,始不混杂",张历友回答:"感触事物,托于文章,谓之辞。辞即词也。声音杂比,高下短长,谓之曲。品秩先后而推之而原之,谓之引。如《箜篌引》《霹雳引》之类是也。煌然而成篇谓之篇。章也者,顺理之名,断章之谓也。吁嗟慨想,悲忧愁思,谓之吟。长吟密咏,以寄其志,谓之咏。忧深思远,一唱三叹,变而不滞,谓之叹。古相和歌有吟叹曲,盖兼斯二者之能也,见徐伯臣《乐府原》。"③张历友引用了徐献忠《乐府原》中关于曲、引、篇、章、吟、咏的论述来答复门人的疑惑,也可见《乐府原》一书在清代的影响。

第四节　梅鼎祚《古乐苑》的编撰
及其诗学价值

与徐献忠的《乐府原》相比,梅鼎祚编撰的《古乐苑》规模更大,诗学价值也更高。关于《古乐苑》一书,《四库全书总目》曰:"《古乐苑》五十二卷,明梅鼎祚撰。鼎祚有《才鬼记》,已著录。是编因郭茂倩《乐府诗集》而增辑之,郭

---

① 王世贞:《弇州四部稿》卷八十九。
② 陈士元:《名疑》卷三,清文渊阁四库全书本。
③ 郎廷槐:《师友诗传录》,载王夫之等撰,丁福保辑:《清诗话》上册,上海古籍出版社 2015 年版(下同),第 133 页。

本止于唐末,此本止于南北朝,则用左克明《古乐府》例也。"①可见此书的编撰受左克明《古乐府》的影响较大。

梅鼎祚(1549—1615),字禹金,号胜乐道人,明宁国府宣城(今属安徽省)人,参政梅守德之子。据《安徽通志稿》所说,其人"以古学自任,诗文博雅,王世贞尝称之。申时行欲荐于朝,辞不赴。归隐书带园,构天逸阁,读书著述其中"②。《古乐苑》共包括《古乐苑》五十二卷、《前卷》一卷、《衍录》四卷,通行本有明万历十九年(1591)吕胤昌刻本,又有清文渊阁四库全书本。吕胤昌,万历十年(1582)举人,万历十一年(1583)进士,曾官至吏部主事、河南参议等职。吕胤昌刻本现藏于中国国家图书馆、上海图书馆等处,为十行二十一字,小字双行同,白口,左右双边。书首有民国著名藏书家徐汤殷的题识,并钤有"徐汤殷"及"南州书楼"印,可见此本曾入藏徐信符、徐汤殷父子的南州书楼。

此本卷首有汪道昆撰写的序言:

> 昔虞命典乐,求端于诗。诗三百,其皆乐乎! 鲁仲尼正之矣。上之遗佚杂出,不肄乐官;下之靡靡波流,注而不反。汉犹近古,衍之为郊庙、燕射、鼓吹、横吹、相和、清商之辞。五帝三代之遗音,犹有存者。六朝同源异委,去汉径庭。唐以挽近传之,去古燕郢。要以由前则主事,由后则主辞。主事则质有其文,主辞则以文灭质。此其大较也。《乐府》出郭茂倩,务博综以求全。《古乐府》出左克明,务典要而近古。各有所当,殊途同归。《风雅翼》出杨用修,比于乐,董董耳。至冯汝言《诗纪》出,倾九府而纵观,始帝世而终六朝,悉在司会。方之茂倩,则无不该;拟之克明,唐亦无预。溢目盈耳,业已足多。第载乐府什三、声诗什七。脱非易牙为政,孰辨渑淄。《古乐苑》出梅禹金,斐然博雅君子,居常掺《七略》、击百家,不佞颜为多财

---

① 纪昀等编:《武英殿本四库本书总目》卷一百八十九,第55册,第128—129页。

② 安徽通志馆修:《安徽通志稿·艺文考》子部卷十六,民国二十三年(1934)刻本。

宰矣。今所辑蜜（当作"密"）于郭，张于左，拓于杨，核于冯。盖自土鼓、蒉桴、控楬、柷敔，以至齐竽、秦缶、窜角、缑笙，百部具陈，不遗一咮。由唐下达，姑俟更端合之，纲举目张，金声玉振，犹浃枅津穷瀛海，岂不洋洋乎哉！即楚左史、郑公孙，不加博矣。司理吕玉绳相视莫逆，校而版之。宛陵猥云不佞由礼乐起家，则过新都问序。不佞且老，逡逡退让未皇。禹金有事泽宫，将报命执秩，一分三至，申之以畴昔之言。顾不佞不能诗，又恶知乐？窃惟说诗易，说乐难。诗犹解颐，乐则恐卧。非说乐之难也，论其世则难尽其变，则尤难。自其异者观之，有族有祖，恶乎异；自其同者观之，曰采曰流，恶乎同。浸假顾名思义，或合或离，审声知音，若远若近，藉第令取节，宁讵能待春容尽条贯哉！说者求之著与不著之间，则景之冈两也；求之合与不合之间，则九方皋之牝牡骊黄也；求之解与不解之间，则鹍鹏之雷声、象冈之玄珠也。如其文辞而已矣，将无害乎？虽然，皮之不存，毛将安傅，恶能去辞？千金之裘，非一狐之腋，宁不求备？即求备，宜莫如禹金。盖府言藏，苑言积。禹金之苑，其上林乎！不佞非司马村，何敢以前茅进于时。胡元瑞见客既本业而多，禹金广大精微无遗憾矣。明公尚古而右汉，先得我心与。汉代兴则王长公在丰沛，以降此其堀起者与。元瑞深于诗，固宜知乐。元美已矣。昔当推毂禹金，安得起之九原，是为玄晏，不佞且避席矣。禹金又言："玉绳既台，鼎祚亦有所撄心。幸而萧守君、吴相君、朱相君相与程督之，始告成事。"今而后乃知中和乐职不在益部，而在宛陵。盛矣！美矣！岁辛卯、月辛卯、日辛卯、时辛卯，书于太函。①

汪道昆（1525—1593），初字玉卿，改字伯玉，号南溟，又号太函。歙县西溪（今属安徽省黄山市徽州区）人。嘉靖二十六年（1547）进士，历任义乌知

---

① 梅鼎祚补正：《古乐苑》"序"，明万历十九年（1591）吕胤昌刻本（下同）。

县、武选司署郎中事员外郎、襄阳知府、福建按察使、兵部左侍郎等职。明代著名文学家、戏曲家、抗倭名将。在这篇序言里，汪道昆用"主事""主文"及"文、质"关系分析了汉魏乐府与六朝隋唐乐府的区别，并肯定了前者的价值胜过后者。其立论与胡应麟相似。接着又把《古乐苑》与郭茂倩《乐府诗集》、左克明《古乐府》、杨慎《风雅翼》、冯惟言《诗纪》进行比较，高度评价《古乐苑》的价值。其中或有溢美之词，然其对音乐文学之难的论述还是有一定道理的。文末注明写于"辛卯岁"，即指万历十九年（1591）。此前一年王世贞已经去世，故文中才会说"元美已矣"。文中提到的另外一位诗学家胡应麟当时四十一岁，正值盛年，其乐府诗学已经获得时人的认可。

在"凡例"部分，梅鼎祚介绍了《古乐苑》的编撰动机及命名由来："是编本据郭茂倩《乐府诗集》，补其阙佚，正其讹舛。始自黄虞，讫于隋代，则仿左氏克明。旧有《乐苑》其名近雅，因名之曰《古乐苑》。不必创异，无改贪功。"①梅鼎祚是想对郭茂倩《乐府诗集》进行补阙和正讹，而选诗时间则是受到了左克明《古乐府》的影响，讫于隋代。从对乐府诗的分类来看，《古乐苑》基本沿用了《乐府诗集》的分类方法，但增加了"古歌辞""仙歌曲辞""鬼歌曲辞"等新的类别。因为所收乐府诗截止于隋代，所以缺少"近代曲辞"和"新乐府辞"两个类别。

《古乐苑》的文献与诗学价值主要体现在以下几个方面：

一是对乐府诗作品的增补。清四库馆臣曾论述过《古乐苑》增补乐府诗作品的情况：

> 其所补者，如"琴曲歌词"庞德公之《于忽操》，见《宋文鉴》中，乃王令拟作，非真庞所自作也。"杂曲歌词"之《刘勋妻》，其诗《艺文类聚》称魏文帝作，《玉台新咏》称王宋自作，邢凯《坦斋通编》称曹植作。然总为五言诗，不云乐府，亦不以"刘勋妻"三字为乐府题也。

---

① 梅鼎祚补正：《古乐苑》"凡例"。

左思《娇女诗》自咏其二女嬉戏之事,亦不云乐府也。至梁昭明太子、沈约、王锡、王规、王缵、殷钧之《大言》《细言》,不过偶然游戏,实宋玉《大言赋》之流,既非古调,亦未被新声。①

从收录的作品来看,《古乐苑》对《乐府诗集》的"增辑"还远不止清四库馆臣在提要中所说的《于忽操》《刘勋妻》《娇女诗》等。如"杂曲歌辞"收入司马懿《宴饮歌》一首,并解题曰:"《晋书》曰:'高祖伐公孙渊过温,见父老故旧燕饮累日,怅然有盛,为歌曰……'"②,此诗《乐府诗集》不载,所以,《古乐苑》的增辑非常有价值。

梅鼎祚还对《乐府诗集》收录一些作品的标准进行了质疑,认为《乐府诗集》存在一些"滥收""误收"的现象,应该予以删正:

郭氏意务博击,间有诗题恩列乐府。如《采桑》则刘邈《万山见采桑人》;《从军行》则王粲《从军诗》、梁元帝《同王僧辩从军》、江淹《拟李都尉从军》、张正见《星名从军诗》、庾信《同卢记室从军》之类。有取诗首一二语窜入前题。如《自君之出矣》,则鲍令晖《题诗后寄行人》;《长安少年行》,则何逊《学古诗长安美少年》之类。有辞类前题原未名为歌曲。如《苦热行》,任昉、何逊但云《苦热》;《斗鸡篇》,梁简文帝但云《斗鸡》之类。有赋诗为题,而其本辞实非乐府。若张正见《晨鸡高树鸣》,本阮籍《咏怀诗》"晨鸡鸣高树,命驾起旋归";张率《雀乳空井中》,本傅玄《杂诗》"鹊巢丘城侧,雀乳空井中"之类。亦有全不相蒙。如《善哉行》,则江淹《拟魏文游宴》;《秋风》,则吴迈《远古意赠今人》之类。有一题数篇,半为牵合。如扬方《合欢诗》后三首为《杂诗》;《采莲曲》则梁简文后一首本《莲花赋》中歌之类。并当删正。③

---

① 纪昀等纂:《武英殿本四库全书总目提要》卷一百八十九,第55册,第129—130页。
② 梅鼎祚补正:《古乐苑》卷三十五。
③ 梅鼎祚补正:《古乐苑》"凡例"。

在梅氏看来，像刘邈《万山见采桑人》、王粲《从军诗》这些从原来的乐府诗题中"衍生"出来的作品都不能算是乐府诗。另外，《乐府诗集》中还收录了张正见《晨鸡高树鸣》、张率《雀乳空井中》等与乐府毫无关系的作品。

以《采莲曲》为例，《乐府诗集》"杂曲歌辞"有梁简文帝《采莲曲》二首及梁元帝《采莲曲》一首：

> 晚日照空矶，采莲承晚晖。风起湖难渡，莲多摘未稀。棹动芙蓉落，船移白鹭飞。荷丝傍绕腕，菱角远牵衣。（简文帝）

> 常闻蕖可爱，采撷欲为裙。叶滑不留綖，心忙无假薰。千春谁与乐，唯有妾随君。（简文帝）

> 碧玉小家女，来嫁汝南王。莲花乱脸色，荷叶杂衣香。因持荐君子，愿袭芙蓉裳。（元帝）①

《古乐苑》在收录梁简文帝"常闻蕖可爱"一首时注曰："后首本《采莲赋》中歌，姑从郭本收录。"在收录梁元帝"碧玉小家女"一首时又注曰："亦是《采莲赋》中歌，并非乐府。"②梅鼎祚认为这两首诗都是《采莲赋》中之歌，并非乐府诗，本不该收录，只是"姑从郭本"。

又如《乐府诗集》卷六十八收录刘孝威《雀乳空井中》一首："远去条支国，心知汉德优。聊栖丞相府，过令黄霸羞。挟子须闲地，空井共寻求。辘轳丝绠绝，桔槔冬藓周。将怜羽翼长，唯辞各背游。"郭茂倩自注云："晋傅玄诗曰：'鹊巢丘城侧，雀乳空井中。居不附龙凤，常畏蛇与虫。依贤义不恐，近暴自当穷。'《雀乳空井中》盖出于此。"③《古诗纪》卷九十八从之。《古乐苑》卷三十八虽然也收录此诗，但注曰："《雀乳空井中》亦非乐府。"④《乐府诗集》卷七十七收录卢思道《城南隅宴》一首："城南气初新，才王邀故人。轻盈云映日，

---

① 郭茂倩编：《乐府诗集》卷五十，第 3 册，第 731 页。
② 梅鼎祚补正：《古乐苑》卷二十六。
③ 郭茂倩编：《乐府诗集》卷六十八，第 3 册，第 985 页。
④ 梅鼎祚补正：《古乐苑》卷三十八。

流乱鸟啼春。花飞北寺道,弦散南漳滨。舞动淮南袖,歌扬齐后尘。骈镳歇夜马,接轸限归轮。公孙饮弥月,平原宴浃旬。即是消声地,何须远避秦。"①《古诗纪》卷一百三十二从之。《古乐苑》卷四十虽然也收录此诗,但注曰:"曹植与丁仪诗曰:'吾与二三子,曲宴此城隅。'则此本诗也。疑非乐府,姑从郭本。"②

由此可见,梅鼎祚对于乐府诗的收录标准还是以是否被采入乐府机构歌唱为第一标准。如果没有这种情况,即使诗题看起来是乐府诗,也不宜被当作乐府诗看待。

再如在"琴曲歌辞"部分,梅鼎祚注曰:"惟本曲所繇起,云其本为琴歌而不入琴操者,如《扈子穷劫》之曲,《处女鼓琴歌》《子桑琴歌》《相和歌》《秦琴女歌》《百里妻琴歌》《杞梁妻琴歌》,并附于内。又按嵇康《琴赋》有云:'东武太山,王昭楚妃。'注引魏武帝《东武吟》、曹植《太山梁甫吟》、石崇《楚妃叹》,则此类亦皆琴曲也。乐府各有分属,他如蔡邕《释诲》中胡老援琴而歌、嵇康《琴赋》中歌之类,并设为之辞。本非琴曲,不录。"③在梅氏看来,《琴操》及《乐府诗集》对琴曲歌辞的收录并不全面,像《穷劫之曲》《鼓琴歌》《子桑琴歌》《相和歌》等,本身都是琴歌,而《琴操》《乐府诗集》却未收录,所以《古乐苑》予以补录。另外,曹操的《东武吟》、曹植的《太山梁甫吟》、石崇的《楚妃叹》也都是琴曲,《古乐苑》也进行了补录(其中曹植一首在正录时题作《太山梁甫行》)。但对于蔡邕《释诲中》、胡老《援琴而歌》、嵇康《琴赋中歌》等,梅鼎祚认为皆属于"设为之辞",都不是琴曲,所以不予收录。从这里我们也可以看出,音乐性仍然是梅鼎祚收录乐府诗的第一标准。

当然,梅鼎祚《古乐苑》自身在把握录入标准时也并未做到尽善尽美,也存在张冠李戴及随意扩大选诗范围的问题。《四库全书总目》就曾指出:

①　郭茂倩编:《乐府诗集》卷七十七,第 4 册,第 1087 页。
②　梅鼎祚补正:《古乐苑》卷四十。
③　梅鼎祚补正:《古乐苑》卷三十。

强名之曰"乐府",则《世说新语》所谓"矛头淅米剑头炊,百岁老翁攀枯枝,井上辘轳卧婴儿""盲人骑瞎马,夜半临深池"者,何又不入乎? 温子升之《捣衣》,本咏闺情,亦强名曰"乐府"。柳恽、谢惠连、曹毗所作亦同此题,何又见遗乎? 梁简文帝之《名士悦倾城》,本题为《和湘东王》,亦偶拈成句,未必调名。沈约之《六忆诗》,隋炀帝之《杂忆诗》,且明标诗字。以及《闺诗》《闺怨》《春思》《秋思》之类,无不阑入,则又何诗不可入乐乎?《婉转歌》见吴均《续齐谐记》及《晋书》。刘妙容,鬼也;王敬伯,人也。《刘妙容歌》列"琴曲歌词"中,《王敬伯歌》自应列于其后。即两本字句小异,不过注"一作某"耳。乃以敬伯补入末卷"鬼歌"中,颠倒错乱,殊不可解。又开卷为古歌词,以《断竹》之歌为首,迄于秦始皇《祀洛水歌》,已不及郭本之托始郊庙为得体。而"杂歌谣词"中又出"古歌"一门,始于《击壤歌》,迄于《甘泉歌》,不知其以何为别。他如隋炀帝之《望江南》,采摭伪撰之小说,绝不考唐段安节《乐府杂录》至李德裕时始有此调,则益糅杂矣。①

清四库馆臣指出,《古乐苑》"琴曲歌辞"部分所收的庞德公《于忽操》,作者其实是宋代的王令。"杂曲歌辞"部分所收的《刘勋妻》,也并不是乐府诗。另外,《古乐苑》中还存在很多"强名之乐府"及归类不当的情况。

甚至《乐府诗集》中一些正确的收录作品却被梅鼎祚认为是错误的。如《乐府诗集》卷七十四收录《西园游上才》一首,不标作者,并解题曰:"沈约《咏月》诗曰:'月华临静夜,夜静灭氛埃。方晖竟户入,圆影隙中来。高楼切思妇,西园游上才。'因以为题也。"②《古诗纪》卷一百三十五从之。③《古乐

---

① 纪昀等纂:《武英殿本四库全书总目提要》卷一百八十九,第55册,第131—132页。
② 郭茂倩编:《乐府诗集》卷七十四,第3册,第1046页。
③ 中华书局本《乐府诗集》注曰:"《诗纪》卷一二五作王胄作。"所标卷数不对,冯惟讷也未说此诗作者是王胄。

苑》卷四十虽然也收录此诗，并将作者标为王胄，但梅鼎祚在解题时却说："按此亦非乐府。"①认为《乐府诗集》不应收录此诗。按:《通志》卷四十九《乐略一》有《宫苑十九曲》，其中第十八曲即题为《西园游上才》。可见《乐府诗集》收录《西园游上才》并非没有依据。梅氏可能没有看到《通志》中的相关记载，作出了错误的判断。这些都是需要予以纠正的。但清四库馆臣认为："然其捃拾遗佚，颇足补郭氏之阙。其解题亦颇有所增益。虽有丝麻，无弃菅蒯，存之亦可资考证也。"②《古乐苑》尽管存在一些不足，但并不影响其文献价值与诗学价值。

二是对于乐府诗解题的发展。《古乐苑》在解题方面与《乐府诗集》《古乐府》相比确实有所发展。如汉短箫铙歌《朱鹭》一题，郭茂倩《乐府诗集》解题云:

《仪礼·大射仪》曰："建鼓在阼阶西南鼓。"《传》云："建犹树也，以木贯而载之，树之跗也。"《隋书·乐志》曰："建鼓，殷所作。又栖翔鹭于其上，不知何代所加。或曰，鹤也，取其声扬而远闻。或曰，鹭，鼓精也。或曰，皆非也。《诗》云:'振振鹭，鹭于飞。鼓咽咽，醉言归。'言古之君子，悲周道之衰，颂声之息，饰鼓以鹭，存其风流。未知孰是。"孔颖达曰："楚威王时，有朱鹭合沓飞翔而来舞，旧鼓吹《朱鹭曲》是也。"然则汉曲盖因饰鼓以鹭而名曲焉。宋何承天《朱路篇》曰:"朱路扬和鸾，翠盖曜金华。"但盛称路车之美，与汉曲异矣。③

元左克明《古乐府》卷二解题曰:

此盖因饰鼓以鹭而名曲焉。魏缪袭改《朱鹭》为《楚之平》。吴韦昭改为《炎精缺》，言汉室衰，孙坚奋迅猛志，念在匡救王迹也。晋

---

① 梅鼎祚补正:《古乐苑》卷四十。
② 纪昀等纂:《武英殿本四库全书总目提要》卷一百八十九，第55册，第132页。
③ 郭茂倩编:《乐府诗集》卷十六，第1册，第225—226页。

傅玄改为《灵之祥》，言宣皇帝之佐魏，犹虞舜之事尧也。既有石瑞之征，又能用武以诛孟度之逆命也。宋何承天《朱路篇》曰"朱路扬和鸾，翠盖耀金华"，但称路车之美，与汉曲异。①

可见《乐府诗集》和《古乐府》都认为诗题是由鼓上饰纹而来。而《古乐苑·衍录》卷一云：

> 鹭惟白色。汉有朱鹭之祥，因而为诗。梁元帝《放生碑》云："玄龟夜梦，终见取于宋王；朱鹭晨飞，尚张罗于汉后。"谓此也。魏曰《楚之平》；吴曰《炎精缺》；晋曰《灵之祥》；梁曰《木纪谢》；北齐曰《水德谢》，言魏谢齐兴也；后周曰《玄龟精季》，言魏道陵迟，太祖肇开王业也。②

梅鼎祚认为《朱鹭》一题与汉代"朱鹭之祥"有关，并非仅仅因为鼓饰，提出了新的见解。

又如曹植《吁嗟篇》，《乐府诗集》的解题非常简单："《乐府解题》曰：'曹植拟《苦寒行》为《吁嗟》。'"③而《古乐苑》解题云："《选诗拾遗》作瑟调《飞蓬篇》。《乐府解题》曰：'曹植拟《苦寒行》为《吁嗟》。'《魏志》云：'植每欲求别见，独谈及时政，幸冀试用，终不能得时。法制待藩国峻迫，植十一年而三徙都，常汲汲无欢。'裴松之注云：'植尝为瑟调歌辞，则此篇也。'"④相比之下，梅鼎祚结合《三国志》裴注及《选诗拾遗》中对于曹植的生平和思想及创作的记载，对此诗的创作背景进行了较为深入的分析，其解题内容更加丰富且合理。

又如鲍照《结客少年场行》一题，《乐府诗集》解题曰：

> 《后汉书》曰："祭遵尝为部吏所侵，结客杀人。"曹植《结客篇》

---

① 左克明编撰：《古乐府》卷二，第 51 页。
② 梅鼎祚补正：《古乐苑·衍录》卷一。
③ 郭茂倩编：《乐府诗集》卷三十三，第 2 册，第 499 页。
④ 梅鼎祚补正：《古乐苑》卷十七。

曰:"结客少年场,报怨洛北邙。"《乐府解题》曰:"《结客少年场行》,言轻生重义,慷慨以立功名也。"《广题》曰:"汉长安少年杀吏,受财报仇,相与探丸为弹,探得赤丸斫武吏,探得黑丸杀文吏。尹赏为长安令,尽捕之。长安中为之歌曰:'何处求子死,桓东少年场。生时谅不谨,枯骨复何葬。'按结客少年场,言少年时结任侠之客,为游乐之场,终而无成,故作此曲也。"①

《古乐府》卷十收录此诗题为《结客少年场》,无"行"字,解题曰:

> 言轻生重义,慷慨以立功名也。《广题》曰:"汉长安少年杀吏,受财报仇,相与探丸为弹,探得赤丸斫武吏,探得黑丸杀文吏。尹赏为长安令,尽捕之。长安中为之歌曰:'何处求子死,桓东少年场。生时谅不谨,枯骨复何葬。'按《结客少年场》,言少年时结任侠之客,为游乐之场,终而无成,故作此曲也。"②

可见《古乐府》基本上完全沿袭了《乐府诗集》解题的内容。而《古乐苑》解题曰:

> 曹植《结客篇》:"结客少年场,报怨洛北邙。"《乐府解题》曰:"《结客少年场行》,言轻生重义,慷慨以立功名也。"《后汉书》曰:"祭遵尝为部吏所侵,结客杀人。"《广题》曰:"汉长安少年杀吏,受财报仇,相与探丸为弹,探得赤丸斫武吏,探得黑丸杀文吏。尹赏为长安令,尽捕之。长安中为之歌曰:'何处求子死,桓东少年场。生时谅不谨,枯骨复何葬。'按结客少年场,言少年时结任侠之客,为游乐之场,终而无成,故作此曲也。"按齐梁间《少年子》《长安少年行》,疑并本此,今亦附后。③

虽然前半部分所说的内容与《乐府诗集》《古乐府》基本相同,但最后却指

---

① 郭茂倩编:《乐府诗集》卷六十六,第3册,第948页。
② 左克明编撰:《古乐府》卷十,第321页。
③ 梅鼎祚补正:《古乐苑》卷三十四。

出齐梁间的《少年子》和《长安少年行》等诗题很可能是从《结客少年场行》衍生而出,从而在解题内容上超越了《乐府诗集》和《古乐府》。

又如《白附鸠》一诗,《乐府诗集》卷四十九标注作者为"吴均",解题非常简单,仅言:"《古今乐录》曰:'《白附鸠》倚歌,亦曰《白浮鸠》,本拂舞曲也。'"①而《古乐苑》卷二十五解题云:"《古今乐录》曰:'《白附鸠》倚歌,亦曰《白浮鸠》,本拂舞曲也。'按宋彭城王忌檀道济诛之,时人歌云:'可怜白浮鸠,枉杀檀江州。'唐刘梦得《过道济墓》诗云:'万里长城坏,荒云野草秋。秣陵多士女,犹唱《白浮鸠》。'则此曲始于此事明矣。郭氏《乐府》并不引及。《诗纪》附为晋辞,或宋以前旧有此曲邪?"②梅鼎祚根据冯惟讷《古诗纪》考证出宋彭城王杀檀道济时已有此曲。按:《古诗纪》卷一百五十六"檀道济"条云:"宋彭城王义康忌檀道济之功。会文帝疾动,乃矫诏送廷尉诛之。故时人歌云:'可怜白浮鸠,枉杀檀江州。'当时人痛之,盖如此。刘梦得尝过其墓而悲之曰:'万里长城坏,荒云野草秋。秣陵多士女,犹唱《白浮鸠》。'"③并注明引自《韵语阳秋》。今查《韵语阳秋》卷八,正有此条。郭茂倩在对此诗进行解题时的确遗漏了《韵语阳秋》中的这条记载。然梅鼎祚所谓"《诗纪》附为晋辞",且不标作者,今查《古诗纪》中此诗却明确系为梁吴均所作,可能是梅氏偶误所致。

郭茂倩《乐府诗集》卷四十五有《团扇郎六首》,并解题曰:"《古今乐录》曰:'《团扇郎歌》者,晋中书令王珉,捉白团扇与嫂婢谢芳姿有爱,情好甚笃。嫂捶挞婢过苦,王东亭闻而止之。芳姿素善歌,嫂令歌一曲当赦之。应声歌曰:"白团扇,辛苦五流连。是郎眼所见。"珉闻,更问之:"汝歌何遗?"芳姿即改云:"白团扇,憔悴非昔容,羞与郎相见。"后人因而歌之。'"④这六首诗在宋本和汲古阁本《乐府诗集》中均不标作者,郭茂倩在收录时应当视作古辞,内

---

① 郭茂倩编:《乐府诗集》卷四十九,第3册,第718页。
② 梅鼎祚补正:《古乐苑》卷二十五。
③ 冯惟讷编撰:《古诗纪》卷一百五十六。
④ 郭茂倩编:《乐府诗集》卷四十五,第2册,第660页。

容如下：

> 七宝画团扇，灿烂明月光。饷郎却暄暑，相忆莫相忘。
>
> 青青林中竹，可作白团扇。动摇郎玉手，因风托方便。
>
> 大车薄不乘，步行耀玉颜。逢侬都共语，起欲着夜半。
>
> 团扇薄不摇，窈窕摇蒲葵。相怜中道罢，定是阿谁非。
>
> 御路薄不行，窈窕决横塘。团扇鄣白日，面作芙蓉光。
>
> 白练薄不着，趣欲着锦衣。异色都言好，清白为谁施。

《乐府诗集》同卷在以上六首诗之后还收录了另外两首《团扇郎》：

> 手中白团扇，净如秋团月。清风任动生，娇声任意发。
>
> 团扇复团扇，持许自遮面。憔悴无复理，羞与郎相见。

这两首诗也未标明作者。中华书局在出标点本时将"手中白团扇"一首的作者定为梁武帝。

《古乐苑》卷二十四亦收录《团扇郎》，并解题曰：

> 《乐府集》曰："晋中书令王珉好捉白团扇，侍人谢芳姿歌之，因以为名。一说珉与嫂婢有爱，情好甚笃。嫂鞭挞过苦，婢素善歌，而珉好持白团扇，嫂令芳姿歌一曲当赦之。芳姿歌曰：'白团扇，辛苦五流离。是郎眼所见。'珉曰：'奈何遗却。'芳姿应声又歌曰：'团扇复团扇，许持自遮面。憔悴无复理，羞与郎相见。'"按《古今乐录》与后说同，末云后人因而歌之，但所言芳姿应声又歌云："白团扇，憔悴非昔容，羞与郎相见。"郭氏从之，然不作正录。前载"团扇复团扇"一首，《玉台》作桃叶《答团扇歌》。冯惟讷云："《团扇歌》事本如此，郭茂倩《乐府》所载'犊车薄不乘'四首乃晋宋古辞，失其名氏。杨慎以为芳姿本辞，误也。"①

梅鼎祚的解题中所引《乐府集》内容与今本《乐府诗集》相差较大。关于

---

① 梅鼎祚补正：《古乐苑》卷二十四。

《团扇郎》一题的本事,今本《乐府诗集》引《古今乐录》,只说与晋中书令王珉和嫂婢谢芳姿之间的爱情故事有关,并引歌两首。而《古乐苑》所引内容却与之不同。一是关于谢芳姿的身份提出了两种不同的说法。除了"嫂婢",又有"侍人"一说。二是关于谢芳姿所唱之歌,前一首"辛苦五流离"相同,但后一首"团扇复团扇"与今本《乐府诗集》解题中的"憔悴非昔容"不同("团扇复团扇"一首另外单独录入)。梅鼎祚又引《古今乐录》,其所说内容与今本《乐府诗集》一致。造成这些差异的原因极有可能是梅鼎祚所见之《乐府诗集》版本不同。

梅鼎祚认为郭茂倩没有"正录"谢芳姿"辛苦五流离"及"憔悴非昔容"两首歌诗是不对的,并在《古乐苑》中将这两首诗单独列出,这种做法无疑是正确的。另外,梅鼎祚还依据《玉台新咏》,将"七宝画团扇""青青林中竹""团扇复团扇"等三首诗的作者定为桃叶,也在《乐府诗集》的基础上又有所增益。

《古乐苑》还对《乐府诗集》一些解题内容中出现的错误进行了纠正。如《湘妃》一题,《乐府诗集》卷五十七解题曰:

> 《山海经》曰:"洞庭之山,帝之二女居之。"郭璞云:"天帝之女,处江为神,即《列仙传》所谓江妃二女也。"刘向《列女传》曰:"帝尧之二女,长曰娥皇,次曰女英,尧以妻舜于妫汭。舜既为天子,娥皇为后,女英为妃。舜死于苍梧,二妃死于江湘之间,俗谓之湘君。"《湘中记》曰:"舜二妃死为湘水神,故曰湘妃。"韩愈《黄陵庙碑》曰:"秦博士对始皇帝云:湘君者,尧之二女舜妃者也。刘向郑玄亦皆以二妃为湘君。而《离骚》《九歌》既有《湘君》,又有《湘夫人》,王逸以为湘君者,自其水神而谓,湘夫人乃二妃,璞与逸俱失也。尧之长女娥皇为舜正妃,故曰君,其二女女英自宜降曰夫人也。故《九歌》谓娥皇为君,女英为帝子,各以其盛者推言之也。礼有小君,明其正自得称君也。"按《琴操》有《湘妃怨》,又有《湘夫人曲》。①

---

① 郭茂倩编:《乐府诗集》卷五十七,第 3 册,第 826 页。

郭茂倩认为郭璞与王逸关于"湘君"和"湘妃"的解释都是错误的,正确的解释应该是娥皇为舜正妃故曰"君",女英自宜降为"夫人"。但梅鼎祚在《古乐苑》中对郭茂倩的说法进行了驳斥。《古乐苑》卷三十一《湘夫人》解题曰:

> 刘向《列女传》曰:"尧二女娥皇、女英以妻舜。既为天子,死于苍梧。二妃没江湘之间,俗谓之湘君。"王逸《楚辞注》曰:"二女随帝不反,堕于湘水之渚,因为湘夫人。"《琴操》有《湘妃怨》,又有《湘夫人曲》。郭氏《乐府》以其舜妃,遂附于《南风操》后。然此曲实未详所起,今惟依沈约世次。且《九歌》有湘夫人,亦仅附楚。郭至谓娥皇正妃为湘君,女英宜降为夫人者,甚谬。①

梅鼎祚认为郭茂倩"正妃"之说毫无依据,不足为凭。

三是《古乐苑》在乐府组诗分章断句上也提出一些新的见解。如唐山夫人《安世房中歌》,《乐府诗集》卷八共分为十七章,具体章节为:

> 大孝备矣,休德昭清。高张四县,乐充官廷。芬树羽林,云景杳冥。金支秀华,庶旄翠旌。《七始》《华始》,肃倡和声。神来宴娭,庶几是听。
>
> 鬻鬻音送,细齐人情。忽乘青玄,熙事备成。清思眇眇,经纬冥冥。
>
> 我定历数,人告其心。敕身齐戒,施教申申。乃立祖庙,敬明尊亲。大矣孝熙,四极爰轇。
>
> 王侯秉德,其邻翼翼,显明昭式。清明鬯矣,皇帝孝德。竟全大功,抚安四极。
>
> 海内有奸,纷乱东北。诏抚成师,武臣承德。行乐交逆,《箫》《勺》群慝。肃为济哉,盖定燕国。
>
> 大海荡荡水所归,高贤愉愉民所怀。大山崔,百卉殖。民何贵?

---

① 梅鼎祚补正:《古乐苑》卷三十一。

贵有德。

安其所,乐终产。乐终产,世继绪。飞龙秋,游上天。高贤愉,乐民人。

丰草葽,女罗施。善何如,谁能回。大莫大,成教德。长莫长,被无极。

雷震震,电耀耀。明德乡,治本约。治本约,泽弘大。加被宠,咸相保。施德大,世曼寿。

都荔遂芳,窅窊桂华。孝奏天仪,若日月光。乘玄四龙,回驰北行。羽旄殷盛,芬哉芒芒。孝道随世,我署文章。

桂华冯冯翼翼,承天之则。吾易久远,烛明四极。

慈惠所爱,美若休德。杳杳冥冥,克绰永福。美芳砲砲即即,师象山则。

呜呼孝哉,案抚戎国。蛮夷竭欢,象来致福。兼临是爱,终无兵革。

嘉荐芳矣,告灵飨矣。告灵既飨,德音孔臧。惟德之臧,建侯之常。承保天休,令问不忘。

皇皇鸿明,荡侯休德。嘉承天和,伊乐厥福。在乐不荒,惟民之则。浚则师德,下民咸殖。令问在旧,孔容翼翼。

孔容之常,承帝之明。下民之乐,子孙保光。承顺温良,受帝之光。嘉荐令芳,寿考不忘。

承帝明德,师象山则。云施称民,永受厥福。承容之常,承帝之明。下民安乐,受福无疆。①

梅鼎祚在解题时提出:"平调、清调、瑟调,皆周《房中》之遗声。按《汉书》云'《房中歌》十七章,然止列为九章。'宋刘敞注云:'疑本十二章,误为十七

---

① 郭茂倩编:《乐府诗集》卷八,第 1 册,第 109—111 页。

章,因分列为十七章之数.'马端临《文献通考》亦同.而郭茂倩《乐府》作十六章.今从刘氏为正文.《汉书》《郭本》分列于下."①梅鼎祚所说郭茂倩将《安世房中歌》断为十六章,可能是一种误解.因为在各个版本的《乐府诗集》中,"孔容翼翼"一句都是刚好刻印在一行的末尾,在分段时"孔容之常"以下很容易被误解成与"皇皇鸿明"是同一段的内容,应该还是十七章.但《古乐苑》中《安世房中歌》的断章之处与《乐府诗集》的确多有不同.如《乐府诗集》中第一、第二章,是从"是听"处断开,《古乐苑》则是从"翠旌"处断开.《乐府诗集》中"桂华冯冯"与"慈惠所爱"本为第十一、十二两章,后一章至"师象山则"止.《古乐苑》则从"桂华冯冯"至"克绰永福"并为一章,并注曰:"'桂华'一章十句,刘敞曰:'冯冯翼翼,此桂华前章之名也.古诗皆有篇名,今此独两章存.'郭本至山则一章.""美芳硊硊即即,师象山则"几句则并入后一章.

又如《乐府诗集》卷四十收录刘孝威《蜀道难》:

> 玉垒高无极,铜梁不可攀.双流逆蠒道,九坂涩阳关.邓侯束马去,王生敛辔还.惧身充叱驭,奉玉若犹悭.

> 岷山金碧有光辉,迁停车马正轻肥.弥思王褒拥节去,复忆相如乘传归.君平子云寂不嗣.江汉英灵已信稀.②

《乐府诗集》注明"二首",第一首自"玉垒"至"犹悭",第二首自"岷山"至"信稀".而《古乐苑》在收录此诗时作"一首",全文为:

> 玉垒高无极,铜梁不可攀.双流逆蠒道,九坂涩阳关.邓侯束马去,王生敛辔还.敛辔惧身尤,叱驭奉王献.若吝千金重,谁为万里侯.献马吞珠界,扬舲濯锦流.沈犀厌怪水,握镜表灵丘.禹山金碧有光辉,迁停车马正轻肥.弥思王褒拥节反,复忆相如乘传归.君平子云寂不嗣,江汉英灵已信稀.

并注曰:"《文苑英华辨证》曰:'此篇《文苑》与《类聚》同,唯郭氏《乐府》

---

① 梅鼎祚补正:《古乐苑》卷四.
② 郭茂倩编:《乐府诗集》卷四十,第2册,第591页.

分前五言、后七言各为一首,中阙六句。今从《文苑》为一首。'"①今查《艺文类聚》卷四十二及《文苑英华》卷二百,确实只作一首,且内容上比《乐府诗集》所收录的多出数句。《古乐苑》所从当为《文苑英华》之版本。《乐府诗集》或许另有底本,但内容上不如《文苑英华》完善。《古乐苑》的编撰可以补《乐府诗集》之不足。

《古乐苑》后又附有《衍录》四卷。尽管清四库馆臣曾认为《衍录》"盖剽剟冯惟讷《诗纪》别集而稍为附益,多采杨慎等之说"而成②,但实际上《古乐苑·衍录》并非简单抄袭而成,而是梅氏精心结撰而成,具有较高的诗学价值。

卷一为"总论",收录了刘勰《文心雕龙·乐府》、郑樵《通志》卷四十九《乐略第一》中的内容。

卷二仍为"总论",又分为"原古""体例""名义""声律""品藻"五个部分。其中"原古"部分收录刘勰《文心雕龙》、徐祯卿《谈艺录》《困学纪闻》《解颐新语》等关于诗歌及乐府起源的论述。如所引《解颐新语》云:"刘勰云:'钧天九奏,既其上帝;葛天八阕,爰乃皇时。《咸》《英》以降,《涂山》歌于候人,始为南音;有娀谣乎《飞燕》,始为北音;夏甲叹于《东阳》,东音攸发;殷厘思于《西河》,西音以兴。又《窴封》《南风》《沙澜》《方回》诸篇,皆音乐之祖也。仲尼学文王,伯牙作《水仙操》,亦不始于汉魏矣。'"③按:《解颐新语》是明皇甫汸撰写的一部诗话著作,原书已经失传。《四库全书总目·诗文评类存目》曾著录《解颐新语》八卷:"明皇甫汸撰。汸有《百泉子绪论》,已著录。是编乃其说诗之语,凡分八门:曰叙论,曰述事,曰考证,曰诠藻,曰矜赏,曰遗误,曰讥评,曰杂记。自称匡鼎说诗,人为解颐;陆贾造语,帝每称善。故窃比于二子。

---

① 梅鼎祚补正:《古乐苑》卷二十一。
② 纪昀等纂:《武英殿本四库全书总目提要》卷一百八十九,第55册,第132页。
③ 梅鼎祚补正:《古乐苑·衍录》卷一。

然沴诗有名于当时,而此书乃多谬陋,大抵皆袭旧文,了无精识,好大言而实皆肤词。"①从清四库馆臣的这段话我们可以窥得原书一二。尽管《四库全书总目》对《解颐新语》的评价不高,但正因为原书已经失传,《古乐苑·衍录》中所收录的这些内容就更显得弥足珍贵。

"体例"部分收录了《文心雕龙》《升庵集》《困学纪闻》《珊瑚钩诗话》《解颐新语》等关于诗中二言、三言、四言、五言、七言、乐府等体起源的论述。如收录了《珊瑚钩诗话》中关于诗歌中"双声"与"叠韵"手法由来的论述:"古今诗体不一。太师之职,掌教六诗,风、雅、颂、赋、比、兴备焉。三代而下,杂体互出。汉唐以来,铙歌、鼓吹、拂舞、矛俞因斯而兴。晋宋以降,又有回文反复,寓忧思辗转之情;双声叠韵,状连骈嬉戏之态;郡县药石,名六甲八卦之属。不胜其变。古有采诗官,命曰风人,以见风俗喜怒好恶。皮日休云:'疎杉低通滩,冷鹭立乱浪。'此双声也。陆龟蒙尝曰:'肤愉吴都姝,眷恋便殿宴。'此叠韵也。刘禹锡曰:'东边日出西边雨,道是无情却有情。'杜诗曰:'俱飞蛱蝶元相逐,并蒂芙蓉本自双。'又曰:'满目飞明镜,归心折大刀。'此皆风人类也。"②

又如关于谚语的起源,《古乐苑·衍录》引《解颐新语》曰:"《诗》曰'我歌且谣'。乐府载歌谣而不及谚语。如夏谚齐语皆有声韵三字,如'爱清静,作符命''能赋诗,裴让之'。四字如'虽有智慧,不如乘势''宁为鸡口,亡为牛后'之类。五字如'城中好高髻,四方高一尺。城中好广眉,四方且半额。城中好大袖,四方全匹帛'之类。七字如'嘉言逆耳利于行,良药苦口利于病''欲之仲桓问任安,居今行古任定祖''甑中生尘范史云,釜中生鱼范莱芜'之类。并《诗》之流也。"③这些内容对于我们研究乐府诗中的"杂歌谣辞"具有一定的参考价值。

"名义"部分收录了《文心雕龙》《白石诗说》《解颐新语》《珊瑚钩诗话》等

---

① 纪昀等纂:《武英殿本四库全书总目提要》卷一百九十七,第57册,第315页。
② 梅鼎祚补正:《古乐苑·衍录》卷二。
③ 梅鼎祚补正:《古乐苑·衍录》卷二。

文献中关于诗歌一些基本概念的论述。如引《白石诗说》云："守法度曰诗。载始末曰引。体如行书曰行。放情曰歌行。间之曰歌行。悲如虫螢曰吟。通乎俚俗曰谣。委曲尽情曰曲。"①又如收录了《解颐新语》关于"操""引""谣""讴"等概念的辨析："由操而下八名,引、谣、讴、歌、曲、辞、调皆起于郊祭、军、宾、吉、凶、苦、乐之际,审声以度词,审调以节唱,句度长短之数、声律平上之差,莫不由之准度而又区别。其在琴瑟者为操、引,采民甿者为讴、谣,备曲度者总为之新曲词调。斯皆由乐以定词,非选词以配乐也。由诗而下九名,行、咏、吟、题、怨、叹、章、篇,皆属事而作。虽题号不同,悉谓之诗可也。后之审乐者往往采取其词,度为新曲。盖选词以配乐,非由乐以定词也。纂撰者尽编为乐府。"②值得注意的是,还收录了一段《解颐新语》关于乐府诗"乐""舞""歌""曲"概念的论述："乐府则郊庙、燕射、鼓吹、横吹;乐则有雅乐、凯乐、散乐、俳乐;舞则有文舞、武舞、雅舞、杂舞,又鼗铎、羽钥、巾帔、干旄、白纻、皇人之舞;歌则有倚歌、杂歌、艳歌、踏歌、相和之歌;曲则有今曲、舞曲、文曲;清商调则有平调、侧调、清调、商调、楚调、瑟调;声则有正声、送声、间弦、契注。"③这些都属于"乐府辨体"的内容。由于《解颐新书》本身已经失传,《古乐苑·衍录》为我们间接保存了这些极为珍贵的乐府诗学文献。

　　"声律"部分所收录的内容较少,仅分别收录《陆文裕公外集》《真珠船》《诗谱》的一则材料。其中陆深《陆文裕公外集》中的内容是关于诗歌声律较为宏观的论述："郑渔仲谓'乐以诗为本,诗以声为用'。又谓'古之诗,今之辞曲也。若不能歌之,但能诵其文而说其义,可乎? 不幸世儒义理之说日胜,而声歌之学日微'。马贵与则谓'义理布在方册,声则湮没无闻'。其言皆有见。而朱文公亦谓'声气之和,有不可得而闻者,此读诗之所以难也'。夫乐之义理,诗词是也。声歌犹后世之腔调也。两者俱诣乃为大成。渔仲又谓'乐之

---

① 梅鼎祚补正:《古乐苑·衍录》卷二。
② 梅鼎祚补正:《古乐苑·衍录》卷二。
③ 梅鼎祚补正:《古乐苑·衍录》卷二。

失自汉武始',盖言亡其声耳。汉世乐府如《朱鹭》《君马黄》《雉子班》等曲,其辞皆存而不可读,想当时自有节拍短长高下,故可合于律吕。后来拟作者但咏其名物,词虽有伦,恐非乐府之全也。且唐世之乐章,即今之律诗。而李太白立进《清平调》,与王维之《阳关曲》,于今皆在不知何以被之弦索。宋之小词,今人亦不能歌矣。今人能歌元曲南北词,皆有腔拍。如《月儿高》《黄莺儿》之类,亦有律吕,可按一入于耳,即能辩之。恐后世一失其声,亦但咏月咏莺而已。此乐之所以难也。求元审声、宿悟神解者,世合有异材耳。"①

所收《真珠船》内容则是对南北方不同地域音乐与声歌不同特点的总结:"周官鞮鞻氏掌四夷之乐与其声歌。东方曰靺,南方曰任,西方曰侏离,北方曰禁。《文心雕龙》云:'涂山歌于候人,始为南音;有娀谣乎飞燕,始为北声;夏甲叹于东阳,东音以发;殷牝思于西河,西音以兴。'是四方皆有音也。今歌曲但统为南、北二音,如《伊州》《凉州》《甘州》《渭州》本是西音,今并以为北曲。由是观之,则《击壤》《康衢》《卿云》《南风》《白云》《黄泽》之类。《诗》之篇什,汉之乐府,下逮关、郑、白、马之撰,虽词有《雅》《郑》,并北音也。若南音,则《孺子》《接舆》《越人》《紫玉》《吴歈》《楚艳》,以及今之戏文皆是。然三百篇无南音,《周南》《召南》,皆北方也。"②按《真珠船》一书,明胡侍撰,有明嘉靖刻本,现藏于中国国家图书馆。十行二十字,白口,四周单边。明末黄焜另有《真珠船》一部,与此无涉。《四库全书总目》"杂家类存目"有《真珠船》八卷,清四库馆臣解题云:"明胡侍撰。侍字奉之,号濛溪,咸宁人。正德丁丑进士,官至鸿胪寺少卿。坐议大礼谪潞州府同知。事迹附见《明史·薛蕙传》。是书杂采经史故事及小说家言。其曰'真珠船'者,陆佃《诗注》引元稹之言谓'读书每得一义,如得一真珠船'也。然征引拉杂,考证甚疏。如以北曲为朝庙之音。信王子年《拾遗记》谓'七言昉于《寗封》《皇娥》等歌'。又

---

① 梅鼎祚补正:《古乐苑·衍录》卷二。
② 梅鼎祚补正:《古乐苑·衍录》卷二。

喜谈怪异果报之说。皆不免于纰缪。"①尽管清四库馆臣对胡侍《真珠船》评价不高,但书中对南、北曲调不同的探讨还是很有价值的。"声律"部分所收《诗谱》中的材料仅有一句话:"汉乐府真情自然,但不能中节尔,累度乃是好景。"②此则《古诗纪》卷一百四十七也曾引用,清文渊阁四库全书本《诗谱》反而不见。

"品藻"部分收录了《诗谱》《晋书·乐志》《诗家直说》《升庵诗话》《苕溪渔隐丛话》《艺苑卮言》《诗品》七种著作中品评历代乐府诗人及作品的内容。如引《诗家直说》云:"古辞《紫骝马歌》曰:'烧火烧野田,野鸭飞上天。'《折杨柳行》曰:'默默施行违,厥罚随事来。'魏武帝《陌上桑》曰:'驾虹霓,乘赤云,登彼九疑历玉门。'嵇康《秋胡行》曰:'思与王乔,乘云游八极。'古人命题措辞如此。欧阳公曰:'《小雅》雨无正之名。据序所言,与诗绝异。当阙其所疑。'"③按《诗家直说》,明谢榛撰,有明万历刻本,十行二十字,现藏于中国国家图书馆。此部分还收录了《诗家直说》中对于杜甫自制新题乐府的一段评价:"齐梁以来,文士喜为乐府辞,然沿袭之久,往往失其命题本意。《乌将八九子》但咏乌,《雉朝飞》但咏雉,《鸡鸣高树巅》但咏鸡,大抵类此。而甚有并其题失之者,如《相府莲》讹为《想夫怜》,《杨婆儿》讹为《杨叛儿》之类是也。盖辞人例多事语,言不复详研考,虽李白亦不免此。惟老杜《兵车行》《悲青坂》《无家别》等数篇,皆因事自出己意立题,略不更蹈前人陈迹,真豪杰也。"④与元稹《乐府古题序》相较,谢榛之说更加具体。

"品藻"部分还收录了杨慎《升庵诗话》对于李白等乐府诗人的品评,及王世贞《艺苑卮言》对于乐府诗创作方法的品评,本书其他章节已多有涉及,此处不再赘述。

---

① 纪昀等纂:《武英殿本四库全书总目提要》卷一百二十七,第35册,第101—102页。
② 梅鼎祚补正:《古乐苑·衍录》卷二。
③ 梅鼎祚补正:《古乐苑·衍录》卷二。
④ 梅鼎祚补正:《古乐苑·衍录》卷二。

　　《古乐府·衍录》卷三为"历代名氏",包括对历代乐府诗人的"评论辩解"。在这一卷,梅鼎祚收录了自上古至隋朝历代乐府诗人的姓名及事迹,按朝代先后排列。除了春秋战国以前只录姓名,自项羽以后一般都有简要的人物介绍和乐府活动相关事迹,事迹皆注明出处。如汉代"高帝"一条,先对刘邦的基本情况进行介绍:"姓刘氏,讳邦,字季,沛丰邑中阳里人。初为亭长,起兵破秦灭楚平定天下,由汉王即皇帝位,国号曰'汉'。十二年崩,群臣尊号曰高皇帝。"紧接着引《文心雕龙》:"高祖尚武、戏儒、简学,虽礼律草创,诗书未遑,然《大风》《鸿鹄》之歌,亦天纵之英作也。"又引《丹阳集》:"高祖大风之歌虽止于二十三字,而志气慷慨,规模宏远,凛凛乎已有四百年基业之气。《史记·乐书》谓之《三侯章》,令沛得以四时歌舞宗庙,盖欲使后之子孙知其祖创业之勤,不可怠于守成尔。武帝《秋风辞》《瓠子歌》已无足道,及为赋以伤悼李夫人,反复数百言,绸缪眷恋于一女子,其视高祖岂不愧哉。"①这些材料都对刘邦创作的《大风歌》进行了高度评价。

　　又如魏代"武帝"条,先简要介绍曹操的基本情况:"名操,字孟德,沛国谯人。汉举孝廉为郎,历位丞相,封魏王。后其子丕代汉,追谥曰'武皇帝',庙号太祖。《魏书》云:'太祖创造大业,文武并施,御军三十余年,手不释书。昼则讲武策,夜则思经传。登高必赋,及造新声,被之管弦皆成乐章。'"②接着收录各家诗话对曹操乐府诗创作的评价,如引《升庵诗话》云:"曹孟德乐府如《苦笑(当为'寒')行》《猛虎行》《短歌行》,脍炙人口久矣。其希僻罕传者,若'不戚年往,忧世不治,存亡有命,虑之为蚩',又云'壮盛智慧殊不再来,爱时进趣将以惠谁',不惟句法高迈,识趣近于有道。"③对于一些对曹操乐府诗提出批评的材料也一并收录,如《诗家直说》云:"魏武帝《短歌行》全用《鹿鸣》四句,不如苏武'鹿鸣思野草,可以喻佳宾'点化为妙。'沉吟至今'可接'明明

_____

① 梅鼎祚补正:《古乐苑·衍录》卷三。
② 梅鼎祚补正:《古乐苑·衍录》卷三。
③ 梅鼎祚补正:《古乐苑·衍录》卷三。

如月'，何必《小雅》哉！盖以养贤自任，而牢笼天下也。真西山不取此篇当矣。"①谢榛对曹操《短歌行》一诗评价不高，认为《短歌行》照搬了《小雅·鹿鸣》中的诗句，不如苏武之诗善于点化，真德秀没有收录此诗是有眼光的。虽然《诗家直说》这一观点值得商榷，但《古乐苑·衍录》将这些不同的观点都收录进来，无疑有利于我们更加全面地认识曹操的《短歌行》。

《古乐苑·衍录》卷四为"杂记"，主要是对各类乐府诗的评解驳异。作者按照《古乐苑》对乐府诗的分类标准，分别收录了"古歌""郊祀歌""汉鼓吹铙歌""晋凯歌""汉横吹曲""梁横吹曲""相和曲""吟叹曲""平调曲""清调曲""瑟调曲""大曲""清商曲""杂舞""琴操""杂曲歌辞""杂歌谣辞""鬼歌"等18类乐府曲调、诗题和作品的相关评解。材料来源非常广泛，既有《乐府诗集》《升庵集》《谈艺录》等常见的诗歌总集或诗话著作，也有《野客丛书》《夷白斋诗话》《葛长之诗话》等不常见的诗话或笔记小说著作。如"晋凯歌"条收录了《野客丛书》中的相关内容："张华《劳还师歌》曰：'昔往冒隆暑，今来白雪霏。'刘禹锡曰：'昔看黄菊与君别，今听玄蝉我却回。'权德舆曰：'去时楼上清明夜，月照楼前撩乱花。今日成阴复成子，可怜春尽未归家。'皆纪时也。此祖《诗》'昔我往矣，杨柳依依。今我来思，雨雪霏霏'之意。方干诗曰：'去时初种庭前树，树已胜巢人未归。'"②又如"清调曲"条，作者收录了《颜氏家训》中考辨"三妇艳"的内容："古乐府歌辞先述三子，次及三妇。三妇是对舅姑之称。其末章云：'丈人且安坐，调弦未遽央。'古者子妇供事舅姑，旦夕在侧，与儿女无异，故有此言。丈人亦长老之目，今世俗犹呼其祖考为先亡丈人。又疑丈当为大，北间风俗妇呼舅为大人公，丈之与大易为误耳。近代文士颇作三妇诗，乃为匹嫡并耦己之群妻之意。又加郑卫之辞。大雅君子，何其谬乎！"③在这一部分，作者还将《木兰诗》作为特殊的一项单独列出。除了收录

---

① 梅鼎祚补正：《古乐苑·衍录》卷三。
② 梅鼎祚补正：《古乐苑·衍录》卷四。
③ 梅鼎祚补正：《古乐苑·衍录》卷四。

常见的严羽、刘克庄、谢榛等人关于《木兰诗》的相关论述,梅鼎祚还收录了《焦氏笔乘》中的一则材料:"木兰,朱氏女子,代父从征。今黄州黄陂县北七十里有木兰县、木兰山、将军冢、忠烈庙。"①这则材料中对木兰的姓氏、乡里等提供了全新的说法,具有较高的参考价值。

第五节　梅鼎祚《唐乐苑》与吴勉学《唐乐府》

在编撰古乐府之风盛行的情况下,明代中后期其实同时也出现过一股编撰唐人乐府诗的风气。《古乐苑》的编撰者梅鼎祚本人就开展过这方面的工作。据《古乐苑·凡例》记载:"《乐苑》下逮有唐,辞颇称备。窃意三唐之于六代,体要且殊,风轨自别,故今断从左氏。是编既成,当即为《唐乐苑》,用继其绪,务举其全。"②从这里可以看出,梅鼎祚一方面认为唐人乐府与六代乐府在体制、风格方面存在明显差异,所以他在编撰《古乐苑》时遵照了左克明的做法,未将唐人乐府诗纳入《古乐苑》的范围。但另一方面,梅鼎祚又打算在完成《古乐苑》的编撰工作后,即刻着手编撰一部《唐乐苑》,用来接续《古乐苑》,让自己的乐府诗编撰工作更加完备。从现有的记载看,梅鼎祚应该已经完成了《唐乐苑》的编撰。《千顷堂书目》卷二著录有"梅鼎祚《古乐苑》五十二卷、《衍录》四卷、《唐乐苑》三十卷"③。《明史·艺文志》也著录了"梅鼎祚《古乐苑》五十二卷、《衍录》四卷、《唐乐苑》三十卷"④。而《(嘉庆)宁国府志》卷二十记载:"《古乐苑》五十二卷、《唐乐苑》二十卷、《李杜诗钞》十卷、《书记洞诠》一百六十卷、《梅禹金集》二十卷……并梅鼎祚著。"⑤《(嘉庆)宁国府志》中所著录的《唐乐苑》卷数与《千顷堂书目》和《明史》不同。遗憾的

---

① 梅鼎祚补正:《古乐苑·衍录》卷四。
② 梅鼎祚补正:《古乐苑》"凡例"。
③ 黄虞稷:《千顷堂书目》卷二,瞿凤起、潘景郑整理,第57页。
④ 张廷玉:《明史》卷九十六《艺文志一》,第8册,第2362页。
⑤ 鲁铨等修、洪亮吉等纂:《(嘉庆)宁国府志》卷二十,清嘉庆刻本。

是,梅鼎祚编撰的《唐乐苑》今已亡佚,我们无法窥得原貌。

其实明人将"古乐府"与"唐乐府"相对立的做法较为普遍,如何楷《诗经世本古义》云:"今女萝正春而细长无杂蔓,故《山鬼》章云'被薜荔兮带女萝',萝青而长如带也,何与菟丝事。然两者皆附木,或当有时相蔓。古乐府云:'南山幕幕菟丝花,北陵青青女萝树。由来花树同一根,今日枝条分两处。'唐乐府亦曰:'菟丝故无情,随风任倾倒。谁使女萝枝,而来强萦抱。两草犹一心,人心不如草。'则古今多知其为二物者。"①显然是将古乐府与唐乐府作为一对相对应的概念加以使用。

在梅鼎祚编撰《唐乐苑》相去不远的时代,还出现了另外一部明人编撰的唐代乐府诗总集——《唐乐府》。

《唐乐府》一书,未见明代各书目著录,《明史》中亦未见记载。今天能够见到的最早著录此书的是清《四库全书总目·总集类存目三》:"《唐乐府》十八卷,两江总督采进本,明吴勉学编。勉学所编《河间六书》已著录。是集汇辑唐人乐府,只登初、盛而不及中、晚,皆郭茂倩《乐府诗集》所已采。间有小小增损,即多不当。如王勃《忽梦游仙》、宋之问《放白鹇篇》之类,皆实非乐府而滥收。而《享龙池乐章》之类乃反佚去。至诗余,虽乐府之遗,而已别为一体。李白《菩萨蛮》《忆秦娥》之类,亦不宜泛载。且古题、新题漫然无别,既无解释、复无诠次。是真可以不作也。"②另外,《(道光)徽州府志》卷十五著录有"吴勉学《唐乐府》十八卷"③;《(道光)歙县志》卷九也记载:"《河间六书》《古今医统》《正脉全书》《二十子》《唐乐府》,俱吴勉学。"④可知《唐乐府》一书的编者是明代嘉靖、万历年间著名的刻书家吴勉学。

按:吴勉学此人,生卒年不详,《明史》无传。《钦定续文献通考·经籍

---

① 何楷:《诗经世本古义》卷十八之上,清文渊阁四库全书本。
② 纪昀等纂:《武英殿本四库全书总目提要》,第56册,第249—250页。
③ 马步蟾:《(道光)徽州府志》卷十五,清道光七年(1827)刊本。
④ 劳逢源修、沈伯棠纂:《(道光)歙县志》卷九,清道光八年(1828)刊本。

考·子部·医家》曾记载:"吴勉学编《河间六书》二十七卷。勉学字肖愚,歙县人。"①《四库全书总目·子部·医家类存目》亦著录:"《河间六书》二十七卷。明吴勉学编。勉学字肖愚,歙县人。"②另据《(民国)歙县志》卷十记载:"吴勉学字师古,丰南人。博学藏书,尝校刊经史子集及医书数百种,雠勘精审。所辑《河间六书》收入《四库全书》中。又尝与吴养春校《朱子大全集》。"③《(光绪)重修安徽通志》亦云:"《河间六书》二十七卷,吴勉学著。《四库提要》:勉学字肖愚。"④可知吴勉学字肖愚,又字师古,是歙县丰南人。

从明代中叶以后,歙县成为当时全国有名的刻书中心之一。据《歙县志》卷十六记载:

> 明之中叶,邑中有力好古之家竞尚刻书。丰南吴勉学设肆名"师古斋",刻书最多。见存者有《古今医统》《二十子》《近思录》《花间集》《文选诗》《唐诗正声》《性理大全》《资治通鉴》《宋元资治通鉴》《两汉书》《世说新语》《礼记集说》诸书。他若吴养春治如斋刻《宣和博古图》;吴琯西爽堂刻《古今逸史》《晋书》《水经注》《诗纪》;汪士贤刻《汉魏六朝名家集》。部帙俱不少,颇见于藏家之目。沈德符《野获编》云:"今新安所刻《水浒传》善本有汪太函序。"又云:"《养正图说》,徽州人所刻,梨枣极精工,其图象出丁南羽手,飞动如生。当时刻书之精可见。"故胡应麟以歙县与苏、常、金陵、杭州并列为刻书之地。降及清代,小溪项絪、长塘鲍廷博、江村江昉、潭流黄晟等,刻书亦尚为艺林所重。嘉道而后,此风寖衰矣。⑤

由此可知,明中叶以后直到清代嘉庆、道光年间以前,歙县一带的刻书之

---

① 乾隆敕撰:《钦定续文献通考》卷一百八十四,清文渊阁四库全书本。

② 纪昀等纂:《武英殿本四库全书总目提要》卷一百五,第29册,第59页。

③ 石国柱、楼文钊修,许承尧纂:《(民国)歙县志》卷十,民国二十六年(1937)刊本(下同)。

④ 吴坤修等修,何绍基等纂:卢士杰续修,冯焯续纂:《(光绪)重修安徽通志》卷三百四十一《艺文志》,清光绪七年(1881)刻本。

⑤ 石国柱、楼文钊修,许承尧纂:《歙县志》卷十六。

风盛极一时,而吴勉学又是其中最杰出的代表,他的"师古斋"刊刻过《花间集》《文选》《资治通鉴》等重要古籍。其子吴中珩,字延美,也是一位著名的刻书家。

清赵吉士《寄园寄所寄》曾引《切庵偶笔》记载过吴勉学刻书的故事:

> 歙吴勉学梦为冥司所录,叩头乞生。旁有判官禀曰:"天生阳禄未终。"吴连叩头曰:"愿作好事。"冥司曰:"汝作何好事?"吴曰:"吾观医集,率多讹舛,当为订正而重梓之。"冥司曰:"刻几何书?"吴曰:"尽家私刻之。"冥司曰:"汝家私几何?"吴曰:"三万。"冥司可而释之。吴梦醒,广刻医书,因而获利,乃搜古今典籍,并为梓之,刻赀费及十万。①

这条记载中的"梦为冥司"一事虽然未必可信,但足以证明,吴勉学是以刻印医书起家,获利后广泛搜罗古今典籍,成为一代刻书名家。万斯同本《明史》著录有"吴勉学《医统正脉》四十二种",又有"吴勉学《古今逸史》"。② 然据《(民国)歙县志》可知,《古今逸史》的刻者并不是吴勉学,而是吴琯,《明史》此条记载应属于偶误。而且,吴勉学刻印之书极为丰富,远远超出了《明史》的记载范围。

《唐乐府》原本现藏于北京大学图书馆、中国国家图书馆、上海图书馆、天津图书馆等处,皆为十八卷明刻本,九行十九字。1997 年齐鲁书社影印出版的《四库全书存目丛书·唐乐府》即以北京大学图书馆藏的明刻本(以下简称"北大本")为底本。该本较为完整,目录第一页钤有"杨守敬"印及"宜都杨氏藏书"印,可知此本曾被清末著名的金石学家、藏书家杨守敬收藏过。杨守敬(1839—1915),谱名开科,榜名恺,晚号邻苏老人,湖北宜都人。著有《湖北金石志》《隋书地理志考证》《日本访书志》《禹贡本义》等,又自撰《邻苏老人年谱》一卷。杨守敬酷爱藏书,据《年谱》所说其五十岁时,"筑黄州邻苏园以

---

① 赵吉士:《寄园寄所寄》卷十一《泛叶寄》,黄山书社 2008 年版,第 909 页。
② 张廷玉等:《明史》卷一百三十五《艺文三》。

藏书。其城北即东坡赤壁,故以名"①。则此本极有可能曾被藏入邻苏园。

与北大本相较,中国国家图书馆收藏的明刻本(以下简称"国图本")虽然缺少卷一至卷四目录,卷五目录亦不全,但正文完整,目录可通过北大本补足。国图本目录第三页钤有"古潭州袁卧雪庐收藏"印。据《书林清话》记载:"袁芳瑛有卧雪庐藏书簿四本。"②可知"卧雪庐"正是袁芳瑛的斋号,《唐乐府》一书经过了袁芳瑛的收藏。据《国朝御史题名》记载,袁芳瑛"号漱六,湖南湘潭县人。乙巳科进士,由翰林院编修补授陕西道御史,官至江苏松江府知府"③。据《(光绪)松江府续志》卷二十记载,袁芳瑛于咸丰六年(1856)任松江知府。《(光绪)松江府续志》卷二十四又载:"(庄)世骧字侠君,咸丰九年(1859)举人。弱冠与娄县李继膺、同里熊其光、俞廷扬结吟花诗社,有四才子之目。后专事研经,知府袁芳瑛延校古籍,多所订正。"④袁芳瑛在当时是一位非常有名的藏书家,还是曾国藩的亲家。据叶昌炽《缘督庐日记抄》卷五记载:"再同又言湖南袁芳瑛漱六、直隶史湘崖皆富藏书,再同所得元本《玉海》即自袁氏散出。袁藏宋元刻《汉书》至十余种,可谓富矣。"⑤国图本《唐乐府》目录前又有"长乐郑振铎西谛藏书"印。则此本后来又为郑振铎先生所收藏。

与一般诗文集刊本情况略有不同的是,《唐乐府》的编辑者虽然只有吴勉学一人,但校正者却不止一人。此书前三卷的校正者是吴士奇,卷四至卷十八的校正者是陆麟祥。

《唐乐府》正文前三卷皆标注:"明新安吴勉学(师古)编辑,吴士奇(无奇)校正。"按:歙县古时又称新安郡,故称"新安吴士奇"。明代万历年间有三个吴士奇。一见于《(康熙)开建县志》卷四:"吴士奇,闽县人,万历二十年

---

① 杨守敬:《邻苏老人年谱》,民国石印本。
② 叶德辉:《书林清话》,民国二十四年(1935)长沙中国古书刻印社汇印郋园先生全书本。
③ 黄叔璥:《国朝御史题名》,清光绪刻本。
④ 博润修、姚光发纂:《(光绪)松江府续志》卷二十四,清光绪十年(1884)刊本。
⑤ 叶昌炽:《缘督庐日记抄》卷五,民国二十二年(1933)上海蝉隐庐石印本。

(1592)任。"①可知此吴士奇是闽县人,万历二十年(1592)时曾任开建县训导。二见于《(康熙)歙县志》卷九:

> 吴士奇字无奇,号恒初。万历壬辰进士。筮仕宁化县,调繁归安。升南户部主事,管浦口仓,榷水西门,皆尽职。迁江西司郎中,岁省度支十余万缗。出守吉安,政务简静。时上计书襆萧然,转四川提学副使,作三箴五要,训率严正。其教晋士如蜀时。历升湖广右布政使,摄左藩篆,核从来奸胥盗帑至十七万有余。再举卓异,升陕西左布政使,未任,晋太常寺卿。向时魏珰肆焰适权路,以右铨招,坚谢不往,遂以中旨致仕归。后以叙川功,蒙钦赏,起用抚按十余荐,坚卧不赴。所著《三祀志》《史裁》《考信编》《征信编》《绿滋馆稿》《楞严》,同其未刻者《皇明副书》一百卷以陈乞予。祭葬加赠工部右侍郎。②

根据《(康熙)歙县志》的记载,歙县人吴士奇是万历壬辰(即万历二十年,公元1592年)的进士。而就在这一年,闽县人吴士奇正在开建县任训导。关于歙县人吴士奇,钱茂伟在《晚明史家吴士奇史学述略》一文中曾对其生平事迹及学术进行过初步探讨,但还不够深入,也未涉及其校正《唐乐府》一事。③《歙县金石志》卷六曾收录吴士奇《程朱阙里碑记》一文,文末云:"皇明万历四十二年(1614),岁次乙卯,仲春月,吉旦,赐进士出身正议大夫、太常寺卿、前陕西、湖广左右布政使司、湖广按察使司、浙江右参政、敕提督山西、四川、云南等省学政里人后学吴士奇顿首拜撰并书。"④可见吴士奇于万历二十年(1592)被赐进士出身,万历四十二年(1614)时他正在担任正议大夫、太常寺卿。明万历间刻本《绿滋馆考信编》标注"新都吴士奇无奇撰"。按:徽州历史上也曾被称为"新都",从字号来看此吴士奇与《歙县金石志》中所记载的吴士奇必为

---

① 邵龙元纂修:《(康熙)开建县志》卷四"训导"条,清康熙三十一年(1692)刻本。
② 靳治荆修,吴苑等纂:《(康熙)歙县志》卷九,清康熙二十九年(1690)刻本。
③ 钱茂伟:《晚明史家吴士奇史学述略》,《安徽史学》1993年第4期。
④ 叶为铭辑:《歙县金石志》卷六,民国二十五年(1936)叶城叶氏家庙铅印本。

同一人。笔者以为,此吴士奇即为《唐乐府》的校正者之一。

第三个吴士奇是夔州人。据《潜江贞石记》卷四记载:"万历三十有二年甲辰秋九月重刻。赐进士第文林郎知潜江县事新安潘之祥、潜江县儒学教谕夔吴士奇、训导鄂唐仕、荆郑举立石。"①则此吴士奇为夔州人,万历三十二年(1604)时在潜江县担任教谕。

《唐乐府》的另外一位校正者陆麟祥,字长倩,其生平事迹不详。明末唐汝询曾有《夜别陆长倩得青字》诗②及《送陆长倩归广陵》诗③,此二诗中所说之陆长倩疑即陆麟祥,则可知陆麟祥为明末广陵(今江苏扬州)人,与唐汝询交往较多。

由于元左克明编撰《古乐府》的时间下限为陈隋,吴勉学编撰《唐乐府》显然是为补左克明选诗之不足。这和梅鼎祚编撰《唐乐苑》的目的相近。该书共收录唐代乐府诗18卷,诗题448个,作品1168首。诗篇多标明作者,部分作品注明写作时间。其中收录作品最多的诗人是李白,共220首。

《唐乐府》卷十八开头有"乐府十五"四个字。从作品数量上看,卷十八中收录的作品远远不止15首,诗题也不止15个,所以"乐府十五"指的并不是卷十八的作品数量或诗题数量。唯一的解释是,"乐府十五"指的是陆麟祥所校正的《唐乐府》后十五卷。前三卷皆标明"郊丘""封禅""宗庙""社稷""祭祀"等,后十五卷却没有标注"鼓吹曲辞""相和歌辞""杂歌谣辞"等乐府曲辞类别,而是直接选入作品。这在选诗体例上与《乐府诗集》和《古乐府》有明显区别。而且《唐乐府》各卷之间也没有严格按照曲辞类别划分,如卷四和卷五都包含了两个曲辞类别,而卷六、卷七又是同一个曲辞类别。如果按照《乐府诗集》中的曲辞类别标准来划分的话,《唐乐府》前三卷属于"郊庙歌辞"(卷一为"郊丘""封禅",卷二为"宗庙""社稷",卷三为"祭祀");卷四为"鼓吹曲

① 甘鹏云纂:《潜江贞石记》卷四,崇雅堂丛书本。
② 张豫章辑:《御选宋金元明四朝诗·御选明诗》卷一百十二,清文渊阁四库全书本。
③ 徐成敩修,徐浩恩纂:《(光绪)增修甘泉县志》卷二十一,清光绪七年(1881)刊本。

辞"及"横吹曲辞";卷五为"横吹曲辞"及"相和歌辞";卷六、卷七为"相和歌辞";卷八为"相和歌辞"及"清商曲辞";卷九为"清商曲辞""舞曲歌辞"及"琴曲歌辞";卷十为"琴曲歌辞"及"杂曲歌辞";卷十一、卷十二、卷十三为"杂曲歌辞";卷十四为"杂曲歌辞"及"近代曲辞";卷十五至卷十八为"近代曲辞"及"新乐府辞"。

可以看出,《唐乐府》在选诗时,虽然没有在每一卷开头明确标出类似于《乐府诗集》和《古乐府》那样的曲辞类别,但实际的诗歌排列顺序基本上还是遵照了《乐府诗集》中的曲辞类别顺序。但与《乐府诗集》相比,《唐乐府》中缺少"杂歌谣辞"这两个部分。这反映出吴勉学对于民谣谚语并不认可。

此书选取唐代乐府诗,并不像清四库馆臣所说的那样简单地将诗歌作品从《乐府诗集》中辑出。如卷十一选入骆宾王《从军中行路难》,题注"同辛常伯作";又有辛常伯同题诗一首。《乐府诗集》卷七十一却标作骆宾王《从军中行路难》二首。可见吴勉学绝非简单地从《乐府诗集》中辑诗,而是经过更加广泛的搜集和整理。另外,与《乐府诗集》所收录的作品相比,除了缺少《享龙池乐章》等少量作品外,《唐乐府》对初、盛唐乐府诗的收录范围进行了较大扩展。吴勉学对选诗标准进行了重新思考,体现出了更加灵活的乐府观念,其入选作品大大超过了《乐府诗集》,可补《乐府诗集》之不足。

《乐府诗集》在收录作品时,除了选入汉魏原有古题及后人用完全相同的古题进行的拟作外,还遵循了"衍题"的原则,即将一些由古题衍生出来的诗题也作为乐府诗题看待。《唐乐府》的编者其实也是按照这个原则扩大了选诗的范围。如《唐乐府》卷七选王维《黄雀痴》一首,此题显然是从《野田黄雀行》衍生而来,此诗《乐府诗集》没有选入。卷七又有宋之问、王维《息夫人》,储光羲《射雉词》,冯待征《虞姬怨》,诗题皆与《班婕妤》《婕妤怨》相类,入选也有一定道理,而《乐府诗集》未收录。卷八又收录《长信宫中树》一首、《长信草》一首,皆未见于《乐府诗集》。又如卷九收录高适《古乐府飞龙曲留上陈左相》一首;卷十二在李白《捣衣篇》后收录吴大江和沈宇二人的《捣衣》诗,又有乔知之《绿珠篇》《弃妾篇》、崔国辅《魏宫词》等;卷十三又收录徐贤妃《赋得北方有佳人》、孟浩然《赋得盈盈楼上女》。这些诗作均未见于《乐府诗集》,但诗题的内容与传统的乐府诗有较为密切的联系,显然也是吴勉学依据"衍题"原则收录的。

《唐乐府》的编者还将"衍题"的范围进一步扩大。除了从诗题内容上进行扩衍,还进一步将一些诗题中带有"曲""篇""行""歌""引""叹"的作品也收了进来。如在卷十二中,编者收录了李白《离会曲》《鼓吹入朝曲》、骆宾王《畴昔篇》、乔知之《倡女行》《丽骏篇》、陈子昂《鸳鸯篇》、王翰《飞燕篇》、司马逸客《雅琴篇》、李颀《王母歌》、王维《夷门歌》、李康成《王华仙子歌》、张潮《江风行》、元季川《古远行》、薛据《怀哉行》、张说《邺都引》、张鼎《邺城引》、王昌龄《甘泉歌》《河上歌》等。在卷十三中,又收录徐彦伯《孤烛叹》等。这些作品都未见于《乐府诗集》,而吴勉学却一概收录《唐乐府》。又如卷十六所收录的作品中,除了杜甫《悲青坂》《哀王孙》《大麦行》《哀江头》《兵车行》亦见于《乐府诗集》外,其他都是《乐府诗集》未收之作,包括杜甫《苦战行》、高适《九曲词三首》等。可见在他的乐府观念中,"歌行"与"乐府"有时并无明显界限,这显然是对乐府概念的泛化,而这种泛化的倾向在明代诗学界也是一种常见现象。

除了"衍题"和将歌行诗题纳入乐府外,吴勉学还根据自己的乐府观念收录了一些其他作品。如卷十二收录王维《落花落》一诗。此诗《乐府诗集》未收录,从诗题上看,和乐府诗似乎也无涉,但吴勉学却将其选入了《唐乐府》。这就说明,在吴勉学的乐府观念中,除了诗题或"衍题"可以作为评判乐府诗的标准外,应该还存在着其他方面的标准。笔者以为,这应该就是诗歌体式和风味的标准。我们不妨来看一下王维这首《落花落》的内容:

> 落花落,落花纷漠漠。绿叶青跗映丹萼,与君徘徊上金阁。影拂
> 妆阶玳瑁筵,香飘舞馆茱萸幕。落花飞,撩乱入中帷。落花春正满,
> 春人归不归。落花度,氛氲绕高树。落花春已繁,春人春不顾。绮阁

青台静且闲,罗袂红巾复往还。盛年不再得,高枝难重攀。试复旦游
落花里,暮宿落花间。与君落花院,台上起双鬟。①

从体式上看,这首诗三言、五言、七言句式长短错落,"落花落""落花飞"
"落花度"可以产生一种类似于民歌的重章叠唱的效果。另外从声韵的使用
上看,"落""漠""阁""幕"属入声十药韵;"飞""归"属上平五微韵,"帷"属上
平四支韵,二者是相近邻韵;"树""顾"属去声七遇韵;"还""攀""间""鬟"属
上平十五删韵。一首诗中,多次换韵,给人急管繁弦之感,这也是乐府歌行的
特征。这些因素交织在一起,使得《落花落》一诗在体式和风味上都呈现出乐
府诗的特征。吴勉学应该就是因此才将这首诗选入了《唐乐府》。

又如卷十三收录孟浩然《美人分香》、《春意》(一作《春怨》)及徐晶《阮
公体》:

艳色本倾城,分香更有情。髻鬟垂欲解,眉黛拂能轻。舞学平阳
态,歌翻子夜声。春风狭斜道,含笑待逢迎。(孟浩然《美人分香》)

佳人能画眉,妆罢出帘帷。照水空自爱,折花将遗谁。春情多艳
逸,春意倍相思。愁心极杨柳,一种乱如丝。(孟浩然《春意》)

秦王按剑怒,发卒戍龙沙。雄图尚未毕,海内已纷拏。黄尘暗天
起,白日敛精华。唯见长城外,僵尸如乱麻。(徐晶《阮公体》)②

孟浩然的两首诗虽然从诗题上看和乐府诗并无关联,但前一首所使用的
"倾城""平阳态""子夜声""狭斜道"皆为乐府诗中的常见意象,后一首以杨
柳丝之"丝"谐音相思之"思",亦为南朝清商乐府中的常见手法。正是这些意
象和修辞手法的运用,让这两首诗也具备了乐府诗的特征和风味。徐晶的诗
作虽然自称仿效阮籍体,却具备乐府诗的风味。除了在意象的使用上与《饮
马长城窟行》古辞相似外,作者还在字里行间对统治者暗寓讽刺之意,体现出

---

① 吴勉学辑:《唐乐府》卷十二,《四库全书存目丛书》集部第 347 册,齐鲁书社 1997 年版
(下同),第 462 页。
② 吴勉学辑:《唐乐府》卷十三,《四库全书存目丛书》集部第 347 册,第 477 页。

了现实主义精神。吴勉学也因此将这三首诗选入了《唐乐府》。

当然,吴勉学的这种做法也是存在一定风险的。正如吴相洲先生所说:"其实为《乐府诗集》补编作品要冒很大的风险。郭茂倩编《乐府诗集》,主要根据前代歌录编辑而成。歌录是乐府表演曲目,乐府性质可靠。后人若非找到郭氏未见歌录,仅凭类似乐府题名增补就太危险了。"①郭茂倩在编撰《乐府诗集》时基本上遵照前代乐书,其选诗依据比较充分。但同时笔者也认为,"乐府"这一概念在音乐文学发展的历史当中其内涵也是不断在变化的,"乐府"一词的原始意义、郭茂倩所说的"乐府"以及后人理解的"乐府"并不完全相同。在年代久远、乐书散佚严重的情况下,生活在明代后期的吴勉学在编辑《唐乐府》时,将诗歌文本情况作为重要的选诗标准,这种做法也是可以理解的。

值得注意的是,《唐乐府》卷十二还收录了张说《苏摩遮》五首。按"苏摩遮"一题,已见于崔令钦《教坊记》"曲名",题作"苏幕遮"。任半塘先生笺曰:"原为七言四句声诗,合浑脱舞,作'乞寒'之戏。"②任半塘先生在《教坊记笺订》一书中曾引希麟《续一切经音义》注明此曲出处,但实际上唐代释玄应《一切经音义》已有说明:

> "苏莫遮",西戎胡语也,正云"飒磨遮"。此戏本出西龟慈国,至今由有此曲。此国浑脱、大面、拨头之类也。或作兽面,或象鬼神,假作种种面具形状。或以泥水沾洒行人,或持羂索搭钩捉人为戏。每年七月初,公行此戏七日乃停。土俗相传云常以此法攘厌驱趁罗利恶鬼食啖人民之灾也。③

可见"苏幕遮"原是西龟慈国的曲名,后传入中原。任半塘先生所说的"原为七言四句声诗",应该指的是此曲传至中原后汉族文人所作之诗,或指

---

① 吴相洲:《乐府学概论》,第 274 页。
② 崔令钦撰,任半塘笺订:《教坊记笺订》,中华书局 2012 年版,第 104 页。
③ 释玄应:《一切经音义》卷四十一,清海山仙馆丛书本,第 804 页。

的就是张说所作五首《苏摩遮》。后来"苏幕遮"逐渐演变成一个词牌名。郭茂倩在编撰《乐府诗集》时，并未收录这个诗题，可见在郭茂倩的乐府观念中，词和乐府还是有明显区别的，词作不是乐府诗。而《唐乐府》的编者显然具有比郭茂倩更加灵活的乐府观念。在吴勉学看来，词与乐府诗关系密切，像"苏幕遮"这一类的词牌名在唐代本来就是乐府诗题。所以，他在编撰《唐乐府》时将张说的五首《苏摩遮》也选了进去。另外，《唐乐府》卷十八还将李白的《忆秦娥》和《菩萨蛮》也同时收录，也是类似的情况。吴勉学的这种做法无疑也是有一定道理的。

在对唐代不同时期诗人诗作的选取上，《唐乐府》带有明显的倾向性。《唐乐府》选诗涉及的所有诗人，全部出自初、盛唐，竟然没有任何一位中、晚唐诗人的乐府诗入选。包括元稹、白居易、李贺这样的优秀乐府诗人，也无一首作品入选。这也就是清四库馆臣所说的"只登初盛而不及中晚"。吴勉学的这种做法显然是受到了当时流行的复古诗学及推崇盛唐诗歌思潮的影响。上文已经说过，吴勉学曾刊刻高棅编撰的《唐诗正声》，而《唐诗正声》的选诗准则正是以盛唐诗为主，中、晚唐诗极少入选。从这个方面看，吴勉学的诗学观念与前后"七子"的领袖人物较为接近。

尽管清四库馆臣对其评价不高，然而《唐乐府》作为明代唯一留存下来的唐代乐府诗总集，除了其选诗内容、编排体例等本身就体现了编者的乐府观念外，还包含了诗歌异文考证、本事考证、作者考证等诗学内容，确实具有一定的文献价值和诗学价值。

《乐府诗集》作为收录宋代以前乐府诗最完备的总集，其价值不言而喻。但在长期的流传过程中，《乐府诗集》本身也存在不同的刊本。其中影响较大的两个刊本是宋刊残本及明代毛氏汲古阁刻本。中华书局1979年出版的点校本和上海古籍出版社1998年出版的标点本都是以汲古阁本为底本。但我们在实际的研究工作中发现，《乐府诗集》在明代的刊本情况其实非常复杂，除了汲古阁本及其所依据的底本外，应该还有其他多种不同的《乐府诗集》刊本在明代流传。如《唐乐府》卷十一在收录张九龄"自君之出矣,不复理残机。思君如满月,夜夜减清辉"一诗时,注曰:"《乐府》作辛弘智,误。"①

此诗见于高棅《唐诗品汇》卷三十八,作者标为张九龄。《曲江集》(祠堂本)卷三及《唐丞相曲江张先生文集》(南海潘氏藏明成化刊本)卷五题作"《赋得自君之出矣》"。由此可见,此诗的作者的确为张九龄,而不是辛弘智。从《唐乐府》此条记载可以看出,吴勉学当时所看到的《乐府诗集》中此诗的作者是标为辛弘智的。考汲古阁本《乐府诗集》,却并未收录此诗。这就说明,吴勉学所看到的《乐府诗集》与毛氏汲古阁刻本所依据的底本并不相同。《唐乐府》的编者无意中为我们保留了《乐府诗集》在明代不同刊本的情况。这对于我们今天研究《乐府诗集》具有重要的参考价值。

在十八卷唐代乐府诗作品中,有不少作品加上了编校者对于作品异文的按语。以入选的李白作品为例。卷五选入李白《公无渡河》一首:

> 黄河西来决昆仑,咆哮万里触龙门。波滔天,尧咨嗟。大万理百川,儿啼不窥家。杀湍湮洪水,九州始桑麻。其害乃去,茫然风沙。被发之叟狂而痴,清晨径流欲奚为?旁人不惜妻止之,公无渡河昔渡之。虎可搏,河难冯,公果溺死流海湄。海湄有长鲸,白齿若雪山。公乎公乎挂骨于其间。箜篌所悲竟不还。②

其中"万"字当为"禹"字之误。"桑麻",《乐府诗集》作"蚕麻"。编者于"哮"下注"一作吼";于"径"下注"今本作临";于后一处"海湄"下注"今本无海湄重字";于"骨"下注"一作胃"。③ 按"海湄"处,《李太白文集》《乐府诗集》《李太白集分类补注》《唐诗品汇》《全唐诗》等皆只有一处"海湄",而《乐府原》有两处"海湄",可见吴勉学在选这首诗时依照了其他底本,具体情况不得而知。从诗歌内容上看,用两次"海湄"语气和诗意都更加流畅,应该更接

---

① 吴勉学辑:《唐乐府》卷十一,《四库全书存目丛书》集部第347册,第456页。
② 吴勉学辑:《唐乐府》卷五,《四库全书存目丛书》集部第347册,第400页。
③ 吴勉学辑:《唐乐府》卷五,《四库全书存目丛书》集部第347册,第400页。

近于李白诗歌原貌。吴勉学在选这首诗时,并没有按照通行的"今本",而是选择了有两个"海湄"的底本,可见其考据之精。

又如卷十三选入的李白《久别离》一首:

别来几春未还家,玉窗五见樱桃花。况有锦字书,开缄使人嗟。至此肠断彼心绝,云鬟雾鬓罢揽结,愁如回飙乱白雪。去年寄书报阳台,今年寄书重相催。东风兮东风,为我吹行云使西来,待来竟不来。落花寂寂委青苔。①

编者于"嗟"下注"今本此上有至字",于"雾"下注"一作绿",于"揽"下注"今本作梳",于"东风兮东风"下注"以上五字宋本作'胡为东风'四字",于第二个"寂"下注"一作寞"。按"东风兮东风"处,汲古阁本《乐府诗集》卷七十二即作"胡为东风",吴勉学选诗时依照的当是《李太白文集》。从内容上看,"东风兮东风"更加符合全诗的风格,中华书局在出版整理本时也认为"按集本是"②。《唐乐府》中这些关于诗歌异文的按语不仅体现了编者的考据功力,也间接给后人留存了唐诗作品的不同版本,对后人研究唐诗提供了很好的文献参考。

《唐乐府》对诗歌本事的考证也有独到之处。如卷七选入李白《蜀道难》,题下注曰:

《严武传》云:"武为剑南节度使,房琯以故相为部内刺史,武慢倨不为礼。最厚杜甫,然欲杀甫数矣。"李白为《蜀道难》者,乃为房、杜危之也。《韦皋传》云:"天宝时,李白为《蜀道难》,斥严武也。陆畅更为《蜀道易》,以美韦皋。"或曰太白《蜀道难》讥章仇兼琼。萧士赟注曰:"太白深知玄宗幸蜀之非,故作是诗以达意。"余按《太平广记》云:"太白初自蜀至京师,贺知章闻其名访之。既奇其姿,又请所为文。白出《蜀道难》示之,读未竟,称叹数四,号为'谪仙人'。"观此

---

① 吴勉学辑:《唐乐府》卷十三,《四库全书存目丛书》集部第 347 册,第 472 页。
② 郭茂倩编:《乐府诗集》卷七十二,第 3 册,中华书局 1979 年版,第 1025 页。

《蜀道难》作于玄宗幸蜀之前,亦非严武节度剑南之日。《摭言》亦辨云:"太白自蜀至京,以新业贽贺知章。览《蜀道难》一篇,扬眉谓之曰:'公非人世人,岂非太白星精邪?'"则《蜀道难》之作久矣,非为房、杜也。然史称陆畅作《蜀道易》以美韦皋,考之当时去白未远,而业有斥武之说,似又作于天宝之后。岂知章称叹者非此诗,或《广记》误传而《摭言》误辨也?观其诗意,则又近士赟之说矣。①

此段所引《严武传》及《韦皋传》等关于李白作《蜀道难》乃为房、杜危之的说法,再引萧士赟有关"玄宗幸蜀之前"的说法,并及《太平广记》《唐摭言》李白初至长安见贺知章时所作之说。吴勉学并没有轻易赞成哪一种说法,而是通过分析提出了自己的见解。他认为这里还存在另外一种可能性,就是李白初至长安见贺知章时所出示的《蜀道难》并非这首《蜀道难》,所以才会造成巨大困惑。这也为我们理解《蜀道难》主旨之争提供了一条新的思路。

再如卷十二选入乔知之《绿珠篇》时在题下注曰:

> 知之有婢曰窈娘,美丽善歌舞,为武承嗣所夺。知之怨惜,因作《绿珠篇》以寄情,密送与婢。婢结诗衣带,投井而死。承嗣见诗,大恨知之。事见《知之传》及《本事诗》。②

在这里吴勉学引《旧唐书·乔知之传》及《本事诗》中的相关内容考证乔知之《绿珠篇》一诗的本事。窈娘原本是乔知之的婢女,美丽而又善于歌舞,但被武承嗣夺走。乔知之因此写了这首诗以寄情,窈娘"结诗衣带,投井而死"。武承嗣见到诗后对乔知之倍加怨恨。这些考证注解的内容对我们更好地理解《绿珠篇》无疑是有帮助的。

除了对作品异文及本事的考证,《唐乐府》的编者还指出了《乐府诗集》中将一些唐代乐府诗作者误标的问题。如《唐乐府》卷十四收录了吴筠的《步虚

---

① 吴勉学辑:《唐乐府》卷七,《四库全书存目丛书》集部第347册,第420页。
② 吴勉学辑:《唐乐府》卷十二,《四库全书存目丛书》集部第347册,第465页。

词》六首,编者注曰:"郭茂倩《乐府》作韦渠牟诗。"①考今本《乐府诗集》卷七十八,这六首诗的作者的确标为韦渠牟。吴勉学虽未详细说明将这六首《步虚词》的作者定为吴筠的理由,但想必有其原因,也为后人研究这六首乐府诗提供了更加丰富的文献依据。

当然,《唐乐府》也有一些失误之处。如卷一将《享太庙乐章五首》的创作时间标为"永徽中作",但实际上《乐府诗集》卷十已注明:"《唐书·乐志》曰:'高宗永徽已后,续造享太庙乐章:献太宗用《崇德之舞》,高宗用《钧天之舞》,中宗用《太和之舞》,睿宗用《景云之舞》,皇祖宣皇帝用《光大之舞》。旧乐章宣光二宫同用《长发》,其词亦同。开元十年(722)始别造词,而宣帝更用《光大》云。'"②可知这五首太庙乐章的创作时间并不相同,其中《崇德之舞》应该是高宗永徽年间所作,而其他四首则是中宗以后所作。吴勉学将五首乐章的创作时间全部定为"永徽中作"显然是错误的。

从诗学价值的角度来看,《唐乐府》作为罕见留存的明代乐府诗总集,其诗学价值至少包括以下两个方面:

一是体现出明代乐府诗学已经逐渐由高度重视音乐性、功能性发展到更加重视诗歌作品本身。在明代早期,明朝廷为了更好地发挥诗乐的教化作用,曾进行过恢复古乐的尝试。一些诗人在拟写古乐府诗时试图恢复古乐府的声调体制,但由于时代久远,上古和中古时期的音乐早已失传,古乐实际上是无法恢复的。在吴勉学生活的明代后期,有不少诗学家对乐府诗创作和研究中过分强调音乐性这一现象表示了不满。如方以智《通雅》曾言:

> 《系声乐府》,以声言乐也。郑樵著《绍兴系声乐府》,三百五十一曲系风雅声,八十四曲系颂声,百二十曲系别声,四百十九曲系遗声。崔豹以义说名,吴兢以事解目,然樵亦终不能知乐也。《唐志》

---

① 吴勉学辑:《唐乐府》卷十四,《四库全书存目丛书》集部第 347 册,第 481 页。
② 郭茂倩编:《乐府诗集》卷十,第 1 册,第 143 页。

有吴兢《乐府古题要解》、郗昂《乐府题解》、段安节《乐府杂录》、元稹《序乐府古题》。刘次庄、郭茂倩皆有《乐府集》。晁公武《志》取古今乐府分二十门。梅禹金《古乐苑》正依晁氏与左克明,自《芳树》《石流》诸铙歌及《蜻蝶行》《拂舞》《巾舞》诸篇皆不可句读,声词合录,其说或然。六朝拟者作六朝诗,唐拟者作唐诗,崆峒、沧溟揣摩彷佛,诗家借此以自熟其风度耳。必曰"我知其声",岂不诬哉!李东阳乐府直是唐长短歌行。若言入乐,不如填词。①

方以智认为宋代以后的乐府诗,包括明人自己的乐府诗都是不入乐的。从郑樵开始已经不解音乐。李东阳的乐府诗"直是长短歌行",李梦阳、何景明等人的创作也只不过是"借此以自熟其风度",并非他们真的懂得了古代的声乐。吴勉学在编撰《唐乐府》的过程中,一方面未在每卷开头标明曲辞类别,另一方面也未在所选诗歌前后引用各种乐书进行注释,这说明他并未将唐代乐府诗的音乐属性作为最重要的特征来看待,而是更加注重作品文本自身。这体现出明代后期乐府诗学的总体转向。

二是《唐乐府》的编撰在一定程度上体现出对明代后期逐渐走向僵化的复古诗学的反思。明代是一个复古诗学昌盛的时代,这种昌盛不仅体现在诗歌创作、诗歌批评上,诗集的编撰本身也是一种体现。明代先后涌现出《古诗纪》《古诗镜》《汉魏六朝一百三家诗》等古诗选本及《唐诗品汇》《唐音统签》等唐诗选本。这实际上代表了当时盛行的"古诗必汉魏,律诗必盛唐"的复古诗学思潮。在乐府诗领域,《乐府原》《古乐苑》等也体现了这一特点。而《唐乐府》是唐代乐府诗总集,打破了"古诗必汉魏"的局限,体现出明代后期诗学界对于逐渐走向僵化的复古诗学的反思。

---

① 方以智:《通雅》卷二十九,清文渊阁四库全书本(下同)。

第五章 拟古乐府创作与明代 乐府诗学

在明代诗坛上,拟古乐府诗的大量创作是一个令人瞩目的现象。像李东阳、王世贞、胡应麟这些诗界巨擘都积极参与了拟古乐府创作。拟写古乐府诗的行为,从建安年间曹氏父子那里已经大规模展开。到了南朝宋时期,文人拟写古乐府诗不仅仅是个人行为,甚至变成了一种由最高统治者倡导的集体行为。如《南史》中记载:"(颜)延之与陈郡谢灵运俱以文采齐名,而迟速悬绝。文帝尝各敕拟乐府《北上篇》,延之受诏便成,灵运久之乃就。延之尝问鲍照己与灵运优劣,照曰:'谢五言如初日芙蓉,自然可爱;君诗若铺锦列绣,亦雕缋满眼。'"①相比之下,曹氏父子更多是通过拟写古乐府诗来抒发己怀、反映时事,而宋文帝让颜延之和谢灵运拟写《北上篇》却带有文艺游戏的性质。从唐代以后,文人拟写古乐府诗的活动不断,其中反映时事、抒发情怀是主要动因。

明代文人创作拟古乐府的动机主要有四种:一是通过拟写古乐府诗来锻炼提高诗歌写作能力;二是单纯对古调的模拟,彰显对古人古时的向往;三是以乐府来歌咏历史人物和历史事件;四是通过拟古来反映现实。其中第一种

---

① 李延寿:《南史》卷三十四《颜延之传》,中华书局 1975 年版,第 881 页。

是最简单的动机,如王廷相在《与郭价夫学士论诗书》中说:"然措手施斤,以法而入者,有四务。真积力久,以养而充者,有三会。谓之务者,庸其力者也。谓之会者,待其自至者也……虽然,工师之巧不离规矩,画手迈伦必先拟摹。风骚、乐府各具体裁,苏李、曹刘辞分界域。擅文囿之撰,须参极古之遗调。其步武约其尺度,以为我则所不能已也。久焉纯熟,自尔悟入。"①在王廷相看来,拟写风骚和乐府诗正是学习诗歌的重要法门。但在这四种动机中,"咏史"却更有创造性。在明代以前,虽然也有诗人以乐府诗题来歌咏历史人物,如王安石的《明妃曲》,但只是偶然为之。而明代则出现了较大规模的拟古乐府咏史潮流。

从诗学思想上看,拟古乐府创作的兴盛当然和明代复古诗学的兴起有着密切关联。其实通过拟写古乐府诗来进行文学复古从宋代就开始了。如张载曾写过乐府七篇,题目皆为《短箫歌》《日重光》《度关山》《鸡鸣》等汉魏旧题,并自注曰:"载近观汉魏而下乐府,有名正而意调卒卑者,尝革旧辞而追正题意,作乐府七篇。"②张载拟写古乐府诗的动机正是为了纠正后人乐府虽然沿用古题但"意调卒卑"的问题。所谓"意",当指立意,思想内容;"调",则指声调。这种观点已开明人之先声。

但我们也应该看到,明人的拟古乐府创作又和复古思潮并不完全同步。一些诗学家通过拟写古乐府诗来推动文学复古,而另外一些诗学家则是借用拟古乐府的形式来表达对于复古主义的不满。一方面,诗人对于诗题的选择和题材、体裁的选择本身就反映了特定的乐府观念;另一方面,拟古乐府作品集前后往往有序言和跋语,其中也含有大量的乐府诗学内容。

在参与拟古乐府创作的明代作家中,除了李东阳、李攀龙、王世贞、胡应麟这些诗歌名家外,实际上还存在众多的参与者。一些作家的别集中虽未明确标为"拟古乐府",但用的都是汉魏南北朝旧题,实际上也是拟古乐府创作。

---

① 贺复徵编:《文章辨体汇选》卷二百三十六。
② 曹学佺编:《石仓历代诗选》卷一百三十三。

当然更值得重视的是那些明确将自己的乐府诗创作标为"拟"作的,如胡缵宗、李先芳、周道仁、沈炼等人的拟古乐府,这些作品本身及围绕这些作品产生的序言、跋语、诗评等内容,都具有一定的诗学价值。

第一节　李东阳的拟古乐府

李东阳是明代中期具有标志性意义的一位诗人和诗学家,甚至被称为"明王朝造就的第一个有广泛影响的诗人"①。他曾经创作过 100 余首拟古乐府诗。从版本上看,这 100 余首作品主要保存在两个版本中。一是在 100 卷的《怀麓堂集》中(通行本有清文渊阁四库全书本、清嘉庆八年(1803)陇下学易堂刊本等),前两卷皆标为"古乐府",共 101 首。其中卷一从《申生怨》至《奸老革》,共 56 首;卷二从《太白行》至《花将军歌》,共 45 首。二是题为李东阳撰的《拟古乐府》单行本二卷,有何孟春的注解及谢铎、潘辰的评语。其中卷上与《怀麓堂集》卷一收诗相同,卷下与《怀麓堂集》卷二收诗相同。这个版本目前有明魏椿刻本,现藏于国家图书馆等处;清顺治十五年(1658)李钰三麓堂刻本,现藏于湖南图书馆等处;清康熙三十七年(1698)怀古楼刻本,现藏于山西图书馆等处。另外,列朝诗集(抄本《醒翁老人题记》)丙集第一亦收录"李少师东阳古乐府一百一首",内容与单行本《拟古乐府》相同。

另外,《怀麓堂集》卷五十一"诗后稿一"又有《古乐府》二首,一为《朝母篇》,一为《乳姑曲》。在《古乐府》二首之后又有《猫相乳行》。如果加上这三首作品,李东阳的拟古乐府诗共有 104 首。

关于创作拟古乐府诗的时间和动机,李东阳自撰《拟古乐府引》曰:

予尝观汉魏间乐府歌辞,爱其质而不俚,腴而不艳,有古诗言志、依永之遗意。播之乡国,各有攸宜。嗣是以还,作者代出。然或重袭

---

① 徐朔方、孙秋克:《明代文学史》,浙江大学出版社 2006 年版,第 12 页。

故常,或无复本义,支离散漫,莫知适归。纵有所发,亦不免曲终奏雅之诮。唐李太白才调虽高,而题与义多仍其旧。张籍、王建以下无讥焉。元杨廉夫力去陈俗,而纵其辩博,于声与调或不暇恤。延至于今,此学之废盖亦久矣。间取史册所载忠臣、义士、幽人、贞妇奇踪异事,触之目而感之乎心,喜愕、忧惧、愤懑、无聊不平之气,或因人命题,或缘事立义,托诸韵语,各为篇什。长短丰约,惟其所止。徐疾高下,随所会而为之。内取达意,外求合律。虽不敢希古作者,庶几得十一于千百。讴吟讽诵之际,亦将以自考焉。其或刚而近虐,简而似傲,乐而易失之淫,哀而不觉其伤者。知言君子,幸有以正我云。弘治甲子正月三日西涯李东阳书。[①]

弘治甲子,即弘治十七年(1504)。可见这些拟古乐府作品大概创作于明孝宗弘治十七年(1504)。这段引言集中体现了李东阳的乐府诗学观点。一是李东阳认为汉魏乐府是"诗三百"最好的继承者,而后世的乐府诗作者或蹈袭前人,或丧失本义,均比不上汉乐府。这显然是"乐府以汉人为首"的诗学观念。二是李东阳提出了衡量乐府诗水平高下的重要标准"质而不俚,腴而不艳",即风格质朴却不失于俚俗,语言词汇丰满而不失浮艳。汉乐府无疑正是这方面的典范。三是李东阳对历史上几位著名的文人乐府诗作者进行了评价。他认为李白才调虽高,但其乐府诗在诗题和诗义方面缺少自创。而对于中唐的张籍、王建,李东阳却没有提出批评,这说明张王乐府的内容和风格都比较符合他的创作标准。对于元代影响极大的杨维桢,李东阳则认为其乐府诗在声与调两个方面皆有缺陷,这一点显然和李东阳大力提倡"格调论"有密切关系。而对于明代前期的乐府诗创作,李东阳显然评价不高,他说"此学之废盖亦久矣",言下之意就是明代前期的众多乐府诗作者并未领会汉魏乐府的真谛。

---

① 李东阳:《拟古乐府》"引言",明魏椿刻本(下同)。

　　从有关记载来看,李东阳创作这些拟古乐府诗的态度是极为认真的。他在《与杨邃庵书》中说:"仆哀疚以来,百事都废,聪明不及,岂复有所进乎?乐府之拟,实未敢草草,亦未敢轻以语人。高明者不以为非,则继此犹可求致。"李东阳强调自己在拟写这些古乐府诗时"未敢草草",并非文字游戏,而应该是有所寄托而发。①

　　在追求乐府诗诗题和诗义的创新方面,李东阳的观点与唐代的元稹较为一致。元稹在《乐府古题序》中就大力称赞杜甫的新题乐府诗"因事立题,无复依傍",而对李白的乐府诗有所不满。李东阳同样是说李白乐府诗"题与义多仍其旧",也就是缺少创新。李东阳自己在使用诗题时,的确是遵照了即事名篇的方法,如卷一《申生怨》《绵山怨》,卷二《太白行》《玉树行》,这些题目都是历史上从未有人使用过的诗题,完全是李东阳根据诗歌内容创制的。

　　从《拟古乐府》两卷的内容上看,都是就历史上的奇人奇事有感而发,而且往往是"不得其平则鸣",带有咏史性质。如卷一《屠兵来》云:

　　　　儿勿啼,屠兵来,赵宗一线何危哉!千金卖儿儿不死,真儿却在深山里。妾今有夫夫有子,死兵易,立孤难。九原下,报无惭颜。赵家此客还,此友穿。何故亡,盾何走。谁言赵客非晋臣,当时婴杵为何人。②

　　这首诗写的是历史上程婴、公孙杵臼等人营救赵氏孤儿一事。潘南屏评"赵家此客"二句:"客不负赵,赵乃负晋。此意亦甚警切。"③这首诗一方面赞颂了程婴等人为了保护赵氏孤儿牺牲自己的高尚情操,另一方面也对赵盾负晋一事有所讽刺。

　　又如卷一《筑城怨》云:"筑城苦,筑城苦。城上丁夫死城下,长号一声天

---

①　李东阳:《怀麓堂集》卷三十四,第368页。
②　李东阳:《怀麓堂集》卷一,第4页。
③　李东阳:《怀麓堂集》卷一,第4页。

为怒,长城忽崩复为土。长城崩,妇休哭,丁夫往日劳寸筑。"①写的是杞梁妻哭倒城墙一事。再如卷二《马嵬曲》云:"唐家国破君不守,独载蛾眉弃城走。金瓯器重不自持,玉环堕地犹回首。前星夜入紫微垣,王风净扫长安膻。上皇卷甲山川外,父老含悲长庆前。世间万事多反复,自古欢娱不为福。君不见西宫露剑迎,何如坡下屯兵宿。"②写马嵬事变之事,有劝诫君王不要贪图欢娱之意,谢方石评"此用唐体咏唐事"③。这些作品可谓都是对历史上的人或事件有感而发。

除了《拟古乐府》中的101首咏史乐府外,《怀麓堂集》卷五十一中的三首古乐府诗也颇值得关注。《古乐府》二首题注云:"靳克道少卿所藏杜惧男'朝母''乳姑'二图,请题其上,为赋《古乐府》二首。"④可见这两首乐府诗是应朋友靳克道之请题于画上的。《猫相乳行》一首题注云:"监察御史四明陆君美之仲兄文亨,素友义与君美。少相依,文亨每同堂而食,抚其诸子,恩义笃至,而外无间言。尝各畜一猫,猫各产三子,皆衔至堂中乳之。每一猫出,一猫必为代乳,若一无间然者。人以为友爱所感。君美既贵,感其兄之义,请记其事于予。予非韩昌黎氏,无能为说,因为乐府,作《相乳行》,俾其乡之人歌之,以传于无穷。"⑤则此诗是感于陆氏兄弟友爱之情而作。可见在李东阳看来,古乐府的功能也并非仅仅是用来咏史怀古,也可以针对现实而发。

李东阳从作品内在的"达意"与外在的"合律"两个角度评价了自己的拟古乐府诗。所谓"达意",当然是指诗歌内容可以表达自己的思想;而"合律",则是指诗歌的艺术形式和声律符合规范。当然,李东阳也对自己的创作有所批评,认为自己的作品可能存在乐而失之淫、哀而失之伤的部分。这也可以看

---

① 李东阳:《怀麓堂集》卷一,第4页。
② 李东阳:《怀麓堂集》卷二,第14页。
③ 李东阳:《怀麓堂集》卷二,第14页。
④ 李东阳:《怀麓堂集》卷五十一,第543页。
⑤ 李东阳:《怀麓堂集》卷五十一,第544页。

出李东阳还是用传统的儒家诗教来规范自己的拟古乐府创作的。

罗宗强先生曾经这样评价李东阳的拟古乐府创作：

在创作实践中，反映他的复古思想动向的，是他的乐府诗创作。他写了101首拟乐府，在《引》中说：自己喜爱汉魏间乐府歌辞的"质而不俚，腴而不艳，有古诗言志依咏之遗意"，见此学之久废，乃"间取史册所载忠臣义士，幽人贞妇，奇踪异事，触之目而感之乎心地，喜愕忧惧、愤懑无聊之气，或因人命题，或缘事立义，托诸韵语，各为篇什"；"内取达意，外求合律"。他写的是不合乐的乐府诗。他已明说喜欢的是汉魏间的乐府歌辞，也说只求合律。至于立意，则是借史事以发议论。对于他的这些拟乐府，后代褒贬不一，而其主要特点，则在于以理代情。这拟乐府以理代情的创作特点，正与他的诗歌主张相违。平心而论，虽以理代情，但仍不失其创新之意义；且意在复古之质实，又符合他所追求的明畅诗风。自艺术成就言，无甚可取；而就趋向言，则应视之为他的复古趋向之一表现。①

罗宗强先生认为李东阳拟古乐府诗是"不合乐的乐府诗"，总体特点是"以理代情"，在艺术成就上并无太多可取之处，其主要价值是反映出其诗学上的复古趋向。对于反映复古趋向这一点当然没有什么问题，但罗宗强先生所说的"不合乐"却还有可以商榷之处。李东阳其实是一个高度重视音声的诗人，他在《拟古乐府引》中其实也说到自己的作品是可以用来"吟讴讽诵"的，并非单纯的案头文字。另外，关于"以理代情"与其诗歌主张相违的问题，我们也要全面地去看。乐府诗的创作规律本来就与一般诗歌不同，中国古典诗歌虽然重抒情，但乐府诗却有着强大的叙事传统，往往是在叙事中来体现作者的观点和情感取向。而且李东阳明确宣称自己是在"拟作"古乐府，这些作品的抒情性本来就会弱一些。同时，这些拟古乐府作品也并不是没有"情"，

---

① 罗宗强：《明代文学思想史》上册，第272页。

无论是诗中人物之情,还是李东阳本人的爱憎喜恶,都是可以通过这些作品窥得的。

在单行本的《拟古乐府》中,除了体现出李东阳自身的乐府观念和诗学理论之外,谢铎和潘辰的评语也具有较高的诗学价值。谢铎(1435—1510),温岭桃溪(今浙江省温岭市大溪镇)人。王廷相所作《方石先生墓志铭》对其生平有较为详细的记载:

> 先生姓谢氏,讳铎,字鸣治,别号方石。生而资性澄朗,机神警悟。童时即能为韵语,年十四,叔父谢老先生授以《四子书》《毛诗》,辄通大义。将冠,游邑校,与同邑黄文毅公孔昭友契,服膺儒素,日相砥砺,以古人自期,乃并有时名。天顺三年浙江发解第二人,八年登进士第,选为翰林院庶吉士,授编修,预修英庙《实录》,赐银币升俸。成化九年被旨校《通鉴纲目》……孝皇初新庶政,征贤铨德,庭臣交章论荐,会修宪庙《实录》,遂诏起之。长沙李文正公贻书劝驾,极言君子道隆,乘运拯世之义。先生乃勉力入朝,供事兵馆。于汪直玉越开边事书之最直,升南京国子监祭酒。……力求解任,归家居将十年。士望日重,荐者益力。铨部乃拟国子监祭酒,上特命升礼部右侍郎掌祭酒事。……正德三年吏部荐先生儒术弘深,当大用。会权奄用事,矫令致仕。在家数年,卒。……所著有《桃溪集》《续真西山读书记》《伊洛遗音》《伊洛渊源续录》《四子释言》《元史本末》《宰辅沿革》《国朝名臣事略》《尊乡录》《赤城志》《文集》《诗集》《论谏录》《缪山集》百余卷。①

可知谢铎字鸣志,别号方石,是明英宗天顺三年(1459)举人,天顺八年(1464)进士,曾先后预修《英宗实录》《宪宗实录》,官至南京礼部右侍郎兼国子祭酒。卒赠礼部尚书,谥文肃。著有《桃溪集》《伊洛渊源续录》《尊乡录》

---

① 王廷相:《王氏家藏集》卷三十一,明嘉靖刻清顺治十二年(1655)修补本。

等。《明史》卷一百六十三有传,但记载不如《方石先生墓志铭》详细。

从年龄上看,谢铎比李东阳还年长十二岁。谢铎与李东阳同为"茶陵派"代表人物,二人交往较为密切。谢铎出任南京国子监祭酒即为李东阳所举荐。据《光绪太平续志》卷十二记载,谢铎曾作《贺李西涯入阁书》①。李东阳《怀麓堂集》中也多次提到谢铎。如卷十有《闻方石先生有南京祭酒之命喜而有作》一文,当为谢铎初任南京国子监祭酒时李东阳所作;卷十六又有《祥后次方石谢先生见慰四首》《次韵答方石先生斋居见寄》《再答方石》《枉诸友先君墓次方石先生韵奉谢二首》;卷五十八又有《哭方石先生次林待用都宪韵二首》,当为谢铎去世后所作。李东阳《拟古乐府》写成是在弘治十七年(1504),当时谢铎应该正在礼部侍郎兼南京国子监祭酒任上。

潘辰,《明史·陈济传》后有附传:"潘辰,字时用,景宁人。少孤,随从父家京师,以文学名。弘治六年(1493)诏天下举才德之士隐于山林者。府尹唐恂举辰,吏部以辰生长京师,寝之。恂复奏,给事中王纶、夏昂亦交章荐,乃授翰林待诏。久之,掌典籍事。预修《会典》成,进《五经》博士。正德中,刘瑾摘《会典》小疵,复降为典籍,俄还故官。南京缺祭酒,吏部推石珤及辰。帝以命珤,而擢辰编修。居九年,超擢太常少卿,致仕归,卒,特赐祭葬。辰居官勤慎,晨入夜归。典制诰时,有以币酬者,坚却之。士大夫重其学行,称为南屏先生。"②可知潘辰是景宁人,弘治六年(1493)应制举入翰林掌典籍事,预修《明会典》,进五经封博士。正德年间被刘瑾所黜,后又被任命为编修、太常少卿等。又据《(乾隆)重修景宁县志》卷八记载:"潘辰字时用。学术纯正,妙契性理,博极群书。为文章追摹秦汉。由荐举任翰林待诏,历升编修、太常寺少卿,直内阁二十七年,诰敕多出其手,士夫翕然称美。且严于自守,动遵圣贤绳墨,不以一毫非义自污。卒以年劳。朝命特赐葬祭阁下。杨石斋志其墓谓'与吴

---

① 陈汝霖修,王棻纂:《光绪太平续志》卷十二《艺文志五》,清光绪二十二年(1896)刻本(下同)。

② 张廷玉等:《明史》卷一百五十二,第14册,第4195页。

康斋异迹同道’,识者以为确论。所著有《南屏集》。”①

潘辰与谢铎、李东阳私交甚笃。据《光绪太平续志》卷十三记载,谢铎曾集《方岩书院诗》一卷,潘辰为之作《方岩书院诗序》云:

> 《方岩书院诗》一卷,凡若干首,翰林侍讲方石谢先生之所集也。成化庚子,先生以忧归黄岩,服阕不起,日读书于会缌庵。庵在所居之东杜山,去杜山不数里而近是为方岩。先生读书之暇,则以教其宗戚乡党之子弟,于是从游者众。因增筑傍舍以居,旋图为书院,将请其季父宝庆公主教其中而左右之。弘治改元,诏修先皇帝《实录》。先生以史官赴召,遂弗果。因留赀,属其宗叔怡云翁踵为之。今年夏翁报书院落成,先生闻之喜。以其面方岩之胜,名之曰“方岩书院”。乃赋酬翁。一时名公,如李西涯、吴匏庵,皆为和章以相之。先生粹为此卷,闲以示辰。辰读之则叹曰:于乎古道之不复也久矣!古者一道德同风俗上无异教,故士之所学者无异术。凡其扶人纪昭帝衷兴道致治以为天下者,皆其平居之所讲画者也。后世教化不明,人自为学,往往炫词章、矜名势,趋利与禄而不知止。其高者则亦洁己自好,与世杜绝,视斯人之善恶戚休若将浼焉,而不略关其意。于乎古道之不复也久矣!书院之设,教化之原,为道德风俗之计乎!②

成化庚子,即成化十六年(1480)。当时谢铎退居于黄岩会缌庵,为了更好地教育乡党子弟,就在方岩旁筹建书院。孝宗登基后,重新起用谢铎为史官修先皇帝《实录》,谢铎赴任时修建书院一事尚未完成,就留了一笔钱给他的族叔怡云翁继续修造工作。书院完工后,谢铎非常高兴,将书院命名为“方岩书院”,并写诗感谢怡云翁。当时的名公李东阳、吴宽等人皆有和章,谢铎就将这些诗篇编为《方岩书院诗》,潘辰为之作序。按李东阳《怀麓堂集》卷三十

---

① 张九华修,吴嗣范等纂:《(乾隆)重修景宁县志》卷八,清乾隆四十三年(1778)刻本。
② 陈汝霖修,王棻纂:《光绪太平续志》卷十三《艺文志》。

三又有《方岩书院记》一篇,文中有"越一年而以成报,则弘治己酉八月也"①之语,则可以知道方岩书院落成是在弘治二年(1489)八月。潘辰在这篇诗序里反复感叹"古道之不复也久矣",并多次强调"道德风俗"与"教化",表现出明显的复古诗学倾向,而这种倾向也体现在了他和谢铎二人对李东阳《拟古乐府》的评语中。

谢铎和潘辰对《拟古乐府》的评点有的是针对作品的主题思想,如《国士行》一首云:"漆为疠,炭为哑。彼国士,何为者。赵家饮器智家头,一日事作千年仇。报君仇,为君死。斩仇之衣仇魄褫,臣身则亡心已矣。"谢铎的评语是"云义者不以存亡易心,故如此,非身有之不能道"②。这首诗里的"国士",是指春秋战国时期晋国著名的豪侠豫让。豫让本为晋国正卿智伯瑶的家臣,后来智氏被赵襄子和韩、魏合谋灭掉,智伯瑶的头盖骨还被赵襄子做成了饮器。豫让为了给智氏报仇,用漆涂身,并吞炭成了哑巴,藏身在赵襄子途经的一座桥下,伺机行刺赵襄子。但事情败露,为赵襄子所擒。临死前豫让请求赵襄子把衣服脱下一件,让他象征性地刺杀,以报答智伯瑶之恩。赵襄子满足了他这个要求。豫让拔出宝剑击刺衣服后遂伏剑自杀。谢铎肯定了李东阳这首诗对豫让侠义精神的歌颂,并指出"非身有之,不能道",认为正因为李东阳自身有类似古人的侠义精神,他才能写出这样的作品。

有对诗歌章法结构的评点,如《颍水浊》一首云:"魏其侯家客醉舞,一语不回丞相怒。相家贵人半膝席,斩首穴胸那复惜。籍郎按项项不俯,颍川诸豪同日捕。魏其眦裂东朝东,首鼠不决辕驹穷。颍川水浊灌灭宗,谁令并杀老秃翁。相门白日啸二鬼,越明年春武安死。谁言死速不如迟,幸未淮南语泄时。"谢铎的评语是"其纡曲乃尔"。潘辰的评语是"组织史传以成乐章,可诵可戒"。③ 又如《九折阪》一首云:"九折阪,七尺身。回车为孝子,叱驭为忠

---

① 李东阳:《怀麓堂集》卷三十三,第351页。
② 李东阳:《拟古乐府》。
③ 李东阳:《拟古乐府》。

臣。孝子身为亲,忠臣身为君。七尺身,九折道,叱驭归来人未老。回头试问回车翁,何曾得葬琅琊草。"关于"七尺身,九折道"二句,潘辰评点曰:"又此一转更觉精神。"①

有对诗歌"句格"的评点。如《鸿门高》一首云:"鸿门高,高屹屹。日光荡,云雾塞。双舞剑,三示玦。壮士入目眦拆叶。谋臣怒,玉斗裂。网弥天。龙有翼。龙一去,难再得。"潘辰的评语是:"句短意壮,长者可学,短者不可到。虽旧格亦罕见此。"②

有对诗歌用典的评点,如《冯婕妤》一首云:"亦知仓卒非贾恩,恩多妒深翻在睫。冯婕妤,昔非勇,今非怯。掖庭佞儿何喋喋"。潘辰的评语是:"用事自活"。《美新欢》一首云:"美新叹昭阳祸水喷火灭,贼莽势炽哀平折。宫中腊日椒酒芳。金縢策秘符命昌,汉家老妇不姓吕。"潘辰的评语是:"用事极有斟酌"。③

有对比兴手法的评点,如《鹦鹉曲》云:"大儿孔文举,小儿杨德祖。余子碌碌不足数。身着岑牟前击鼓,祢生狂呼老瞒沮。我辱衡,衡辱我。我欲杀之犹雀鼠。一投荆,再送楚。黄鹤矶头赋鹦鹉。鹦鹉才多为舌误。"潘辰的评语是:"偶托一兴,意自可人"。④

有的是通过对比肯定诗歌价值,如对《筑城怨》一首,谢铎评语是:"当与崩城操争长"。有的是评点诗歌语言风格,如《避火行》一首有云:"夫人避火,避火不可。妇人不下堂,下堂羞杀我。夫人避火,避火不可。我身有傅还有姆,傅姆不来心独苦。"潘辰的评语是:"只用本色语,律协意足,他篇多类此。"

还有对精彩字、词、句、篇的赞叹。如《缚虎行》一首云:"董卓丁原在何处,布乎布乎嗟汝布。"潘辰评曰:"句意天成。"《南风叹》一首有"九原若见杨

---

① 李东阳:《拟古乐府》。
② 李东阳:《拟古乐府》。
③ 李东阳:《拟古乐府》。
④ 李东阳:《拟古乐府》。

家姑,应问妇来何太晚"二句,潘辰评曰:"晚字极有含蓄。"潘辰在评点《四时叹》一诗中"金独何为兮至吾门,吾闭吾门兮省吾身"这两句时说:"此二句直从意外生意,又进一步,使关西闻此未必不懰然而起也。"另外,潘辰在评点《明妃曲》一首时说:"古今咏明妃甚多,殆无复措手处。此篇新意迭出,恨不使前人见之。"①认为李东阳此诗富有新意,有超越前人之处。这些和李东阳提倡拟古乐府要在复古中有所创新的观点是高度一致的。

但谢铎和潘辰对李东阳拟古乐府诗的高度评价也引起了较大争议。孙绪就认为"时西涯方当国,喜人谀佞,故诸君投其好,以要美秩"②,谢铎、潘辰等人之所以高度推崇李东阳的拟古乐府,是因为李东阳当时执掌政权,具有特殊的政治地位。且李东阳"喜人谀佞",所以才会对其溜须拍马,以求获得更高的官职。

李东阳通过拟古乐府来歌咏历史人物和历史事件的做法,对明代中期以后文人乐府诗创作产生了较大影响。明末黄淳耀《陶庵全集》卷九有"拟古乐府"二十八首(该卷末有四言诗《题程孝直兰卷》一首,殊为不类),从题目上看却都是其自制之题,如第一首《狡兔窟》题注云:"责冯欢也。欢为孟尝君营三窟,以自固于齐。其后孟尝君相魏,遂与燕共伐破齐。"第二首《易水行》题注云:"诮荆轲也。轲欲生劫秦王,得约契以报太子,谬矣。"第三首《曹相国》题注云:"讥曹参也。参为相国,不能兴礼立乐。"第六首《平城苦》题注云:"讥汉高帝也。帝自平城归,始以宗室女为单于阏氏。元封中,再以宗室女妻乌孙。皆从其国俗。"第十首《哀赵郡》题注云:"惜北齐赵郡王睿也。睿欲出和士开,为士开所害,死于忠也。然睿尝与士开潜杀河南王孝瑜。"第十五首《渡泸篇》题注云:"美诸葛武侯也。客有讥侯者曰:'何不径伐魏,而与南人相持?'余曰:'蜀之南蛮,犹吴之山越也。山越不宾,则孙权不能不屈膝于魏;南蛮不

---

① 李东阳:《拟古乐府》。

② 孙绪:《沙溪集》卷十二,载边贡:《华泉集(外三种)》,上海古籍出版社1993年版,第609页。

服,则武侯不能不稽讨于曹。《出师表》有云:思惟北征,宜先入南。然则渡泸者,伐魏之始也。'"①可见黄淳耀的拟古乐府皆为歌咏历史人物而作,或讽刺,或哀伤,或赞美。这显然是受到了李东阳的影响。又如陆粲(1494—1551)《陆子余集》中有《咏史乐府二首》,题为《俎上翁》及《拥篲行》,②皆歌咏楚汉争霸之事。这两首诗的诗题都是陆粲自制之题,显然也是在李东阳咏史乐府诗的影响下写出的。

第二节　李攀龙、王世贞及胡应麟的
拟古乐府

明代中后期,拟写古乐府诗之风大盛,李攀龙、王世贞作为"后七子"的领袖人物,分别拟写过大量乐府诗。这些拟古乐府诗不仅在诗题的选用、题材的取向等方面都能体现出二人的乐府观念,作品往往还会有序言、评语等,这些都是明代乐府诗学的重要内容。

李攀龙的生平前面介绍《古今诗删》时已作简要论述。今存其别集《沧溟集》的第一、第二卷皆标为"古乐府"。其中卷一从《黄泽辞》至《白头》,共66首;卷二从《艳歌何尝行》至《河中之水歌》,共149首。两卷相加共215首。从数量上看,还远远超过了李东阳的《拟古乐府》。从诗题的选用上看,与李东阳"即事名篇"的做法不同,李攀龙的拟古乐府诗大都采用汉魏"相和歌辞"和"清商曲辞"的旧题,是真正的"拟写"。因此清四库馆臣曾说"今观其集,古乐府割剥字句,诚不免剽窃之讥"。但李攀龙的拟古乐府诗并不仅仅是剽窃之作。如卷一收录《东光》一首,虽然用的是汉代旧题,但写的却是明代的抗倭斗争,非常具有现实意义。

关于李攀龙创作这些拟古乐府诗的背景,王世贞《李于鳞先生传》一文有

---

① 黄淳耀:《陶庵全集》卷九,清文渊阁四库全书本。
② 陆粲:《陆子余集》卷八,清文渊阁四库全书本。

较为详细的交代：

> 寻按陕西按察副使，视其学政。……其乡人殷中丞来督抚，以檄致于鳞，使属文。于鳞不怿，曰："副使而属视学政，非而属也。且文可檄致耶！"会其地多震动，念太恭人老家居，遂上疏乞骸骨，拂衣东归。吏部才于鳞而欲留之，度已发，无可奈何，为特请予告。故事外臣无予告者，仅于鳞与何仲默二人耳。于鳞归，则构一楼田居，东眺华不注，西揖鲍山，曰："它无所溷吾目也。"绣衣直指郡国二千石干旄屏息巷左，纳履错于户。奈于鳞高枕，何去亦毋所报谢。以是得简贵声，而二三友人独殷许，过从靡间。时徐中行亦罢官家居，坐客恒满。二人闻之交相快也。于鳞乃差次古乐府拟之。又为录别诸篇及它，文益工，不胫而走。①

根据王世贞所说，李攀龙是在陕西按察副使任上因不满前来督抚的殷中丞愤而辞职回乡之后，"差次古乐府拟之"。从人物性格上看，李攀龙是一个极有个性的人，不愿意与世俗同流合污。他归乡之后拟写的这些古乐府，也不可能仅仅是一些文字游戏。在这些作品的字里行间，必然渗透着作者对历史和现实的思考。

在《沧溟集》卷一"古乐府"的开头，有李攀龙自己写的一篇序言：

> 胡宽营新丰，士女老幼相携路首，各知其室；放犬羊鸡鹜于通涂，亦竞识其家。此善用其拟者也。至伯乐论天下之马，则若灭若没，若亡若失。观天机也，得其精而忘其粗，在其内而忘其外。色物牝牡，一弗敢知。斯又当其无有拟之用矣。古之为乐府者，无虑数百家。各与之争词组之间，使虽复起，各厌其意。是故必有以当其无有拟之用。有以当其无有拟之用，则虽奇而有所不用也。《易》曰："拟议以成其变化，日新之谓盛德。"不可与言诗乎哉！②

---

① 王世贞：《弇州四部稿》卷八十三。
② 李攀龙：《沧溟集》卷一。

这段话虽然不长,但其中所论述的观点却容易引起误解。关于李攀龙所说的"胡宽营新丰",虽然有不少研究者都引用过这段材料,但对于其本事却少有考证者。据《西京杂记》卷二记载:"太上皇徙长安,居深宫,凄怆不乐。高祖窃因左右问其故,以平生所好,皆屠贩少年,酤酒卖饼,斗鸡蹴踘,以此为欢。今皆无此,故以不乐。高祖乃作新丰,移诸故人实之,太上皇乃悦。故新丰多无赖,无衣冠子弟故也。高祖少时,常祭枌榆之社。及移新丰,亦还立焉。高帝既作新丰,并移旧社,衢巷栋宇,物色惟旧。士女老幼,相携路首,各知其室。放犬羊鸡鸭于通涂,亦竞识其家。其匠人胡宽所营也。"①可见胡宽是替刘邦营建新丰的匠人。刘邦为了安慰老父亲思念故乡丰县之情,所以让胡宽按照丰县的模样在长安附近重建了新丰,并且把丰县的故人们也搬到了新丰。由于两地高度相似,那些从丰县迁移过来的父老乡亲,到了路首就能找到自己居住的房屋,连鸡鸭犬羊都能找到家。可见胡宽模仿营造之妙。

如果仅看这一部分,李攀龙似乎是主张字句相似的形式模拟的。故皇甫汸在《拟古乐府小序》中说:"古乐府拟者多矣。如訾茄、礴室、孙鱼、呼豨之类,皆未达其义而强附其辞,何异译言越裳而释字梵竺耶?济南李子谓如胡宽营新丰,士女老幼,相携路首,各知其家。犬羊鸡鹜,放于通涂,亦识其故。以为善拟。余谓义苟未达,即螺蠃速类,叔敖复生,终为螟蛉、优孟耳。魏武帝使缪袭造'鼓吹十二曲'以象四时,改汉《朱鹭》为《楚之平》,《思悲翁》为《荣阳》,《艾如张》为《获吕布》,《上之回》为《克官渡》,《翁离》为《旧邦》,《战城南》为《定武功》,《巫山高》为《屠柳城》,《上陵》为《平荆南》,《将进酒》为《平关中》,《有所思》为《应帝期》,《芳树》为《邕熙》,《上邪》为《太和》。师其意而不袭其辞,此善拟者也。"②皇甫汸所说的"济南李子",指的就是李攀龙。他认为李攀龙推崇胡宽营新丰式的形式模拟并不可取,真正的善拟应该是"师其意而不袭其辞",要能做到"义达",显然是对李攀龙提出了批评。郑静

---

① 葛洪:《西京杂记》,中华书局1985年版,第11—12页。
② 皇甫汸:《皇甫司勋集》卷四十一,清文渊阁四库全书本。

芳在《李攀龙模拟诗研究》一文中也认为李攀龙的拟古乐府诗"既有'胡宽营新丰'式的形似摹拟,也有'伯乐论天下马'式的神似摹拟,更有做到'日新富有'的李氏新乐府"①。按照这个解释,李攀龙是将胡宽营新丰看作形式模拟典范的。但事实并非如此,对李攀龙这个观点的批评属于误解。李攀龙虽然说胡宽是"善用其拟者",但他紧接着却说"若无若失"的"无有拟之用"才是更高的境界,其推崇的显然是"无有拟之用",而不是像胡宽营新丰那样的字句之拟。

李攀龙进行了大量的拟古乐府创作,但时人及后人对他的这些作品的评价总体来看却并不高。许学夷尽管也说过"拟古惟于鳞最长,如《塘上行》本辞云:……格仿本辞而语能变化,最为可法。若《相逢行》中添一二段,格虽稍变,然宛尔西京,自非大手不能。譬如临古人画,中间稍添树石,亦是作手"②,但同时也指出"终不能无疑者,乃于古诗、乐府悉力拟之,靡有遗什,律诗多杂长语,二十篇而外,不奈雷同"③,对其拟古乐府诗的创新性和创造力提出了质疑。李攀龙的好友王世贞也曾经说过:"于鳞拟古乐府无一字一句不精美,然不堪与古乐府并看。看则似临摹帖耳经。"④王世贞认为李攀龙的拟古乐府诗虽然字句已经非常精美,但与真正的古乐府诗相差甚远。后来袁宏道等人大力提倡"性灵",掊击复古,与李攀龙的拟古乐府诗有极大的关系。

钱谦益在《列朝诗集》李攀龙小传中也说:

> 攀龙字于鳞,历城人。嘉靖甲辰进士,授刑部广东司主事。历郎
> 中,出知顺德府,擢陕西提学副使。西土数地动,心悸念母,移疾归。
> 用何景明例予告。凡十年,起浙江副使,迁参政,拜河南按察使。母

---

① 郑静芳:《李攀龙模拟诗研究》,香港大学博士学位论文,2013 年。
② 许学夷:《诗源辩体》"后集纂要"卷二,杜维沫点校,第 414 页。
③ 许学夷:《诗源辩体》卷三十四,杜维沫点校,第 324 页。
④ 王世贞:《弇州四部稿》卷一百五十。

丧归,踊小祥,病心痛,卒。于鳞举进士,候选里居,发愤读书,刺探钩
摘,务取人所置不解者,摭拾之以为资,而其娇悍劲鸷之材足以济之。
高自夸许,诗自天宝以下,文自西京以下,誓不污吾毫素也。宦郎署
五六年,倡五子、七子之社。吴郡王元美以名家胜流羽翼而鼓吹
之,其声益大噪。及其自秦中挂冠,构白雪楼于鲍山、华不注之间,
杜门高枕,闻望茂著。自时厥后,操海内文章之柄垂二十年。其徒
之推服者,以谓上追虞姒、下薄汉唐。有识者心非之,叛者四起。
而循声赞诵者,迄今百年尚未衰止。要其撰著可得而评隲也。其
拟古乐府也,谓当如胡宽之营新丰,鸡犬皆识其家。宽所营者,新
丰也。其阡陌衢路未改,故宽得而貌之也。令改而营商之亳、周之
镐,我知宽之必束手也。《易》云"拟议以成其变化",不云"拟议以
成其臭腐也"。易五字而为《翁离》;易数句而为《东门行》《战城
南》;盗《思悲翁》之句而云"乌子五,乌母六";《陌上桑》窃《孔雀
东南飞》之诗而云"西邻焦仲卿,兰芝对道隅"。影响剽贼,文义违
反。拟议乎? 变化乎? 吴陋儒有《补石鼓文》者,逐鼓支缀,篇什
完好。余惎之曰:"此李于鳞乐府也。"其人矜喜,抵死不悟。此可
为切喻也。①

　　钱谦益对李攀龙的拟古乐府诗进行了猛烈的批评,甚至说其是"拟议以
成其臭腐"。他指出李攀龙拟写的《翁离》《东门行》《战城南》《思悲翁》等都
是剽窃古乐府诗而成,实属剽贼。而且其拟古乐府诗对后人产生了严重的负
面效应。在李攀龙的影响下,一些作者也开始采用这种"补缀"的方法来拟写
古诗文,这篇小传所说的补写石鼓文的吴陋儒就是这样一个人。钱谦益说他
补写的石鼓文像李攀文乐府,吴陋儒不知道钱谦益是在讽刺他,反而以为是在
夸奖他,这属于"抵死不悟"了。

---

① 钱谦益编:《列朝诗集》丁集第五,抄本(醒翁老人题记)。

清代著名的诗学家朱彝尊也批评过李攀龙的拟古乐府诗："于鳞乐府,止规字句,而遗其神明。是何异安汉公之《金縢》《大诰》,文中子之《续经》乎?"①西汉末年的王莽曾仿作《金縢》《大诰》,隋末王通曾作《续经》,皆为模拟古人、缺少生气之作。朱彝尊将李攀龙的拟古乐府诗与之相比,并称其"只规字句"而"遗其神明",可见朱彝尊对李攀龙的拟古乐府诗也是持批评态度的。

李攀龙的好友、继李攀龙之后为"后七子"领袖的王世贞也是一位善于拟写古乐府诗的诗人。其拟古乐府诗主要保存在《弇州四部稿》"诗部"卷四至卷七部分。其中卷四 75 首,卷五 59 首,卷六 47 首,卷七 185 首,共 366 首。从数量上看,王世贞的拟古乐府诗甚至超过了李东阳和李攀龙二人的总和,堪称明代拟古乐府的一位大家。从使用的诗题来看,卷四主要使用"郊庙歌辞""鼓吹曲辞""相和歌辞",卷五主要使用"杂曲歌辞""相和歌辞""鼓吹曲辞",卷六主要使用"杂曲歌辞",卷七主要使用"横吹曲辞""清商曲辞"。

在诗题的使用上,王世贞虽然大量沿用了汉魏六朝乐府的旧题,但也表现出一定的创新性。这主要体现在王世贞根据乐府古辞之题或诗中的内容"衍生"创制了一些新的乐府诗题。如《弇州四部稿》卷四有《榜枻歌》一题,此题虽不见于《乐府诗集》,然《乐府诗集》《越人歌》题注云:"刘向《说苑》曰:'鄂君子晳之泛舟于新波之中也,乘青翰之舟,张翠盖,会钟鼓之音毕。榜枻越人拥楫而歌,于是鄂君乃揄修袂……'"②则《榜枻歌》一题显然是王世贞依据"杂歌谣辞"《越人歌》古意而自创之题。又如卷五有《白石歌》一题,亦未见于《乐府诗集》。然《乐府诗集》卷四十七"清商曲"吴声歌曲有《白石郎曲》二首,内容为男女风情。卷八十三"杂歌谣辞"中又有宁戚《商歌二首》,其一曰:"南山矸,白石烂。生不遭尧与舜禅,短布单衣适至骭。从昏饭牛薄夜半,长

---

① 朱彝尊:《静志居诗话》卷十三,姚祖恩编,黄君坦校点,人民文学出版社 1990 年版,第381 页。

② 郭茂倩编:《乐府诗集》卷八十三,第 4 册,第 1169 页。

夜漫漫何时旦。"①王世贞此题当从《商歌》变化而来，与清商曲无关。再如卷六有《陇上壮士歌》，按《乐府诗集》"杂歌谣辞"有《陇上歌》，写陈安之事，王世贞敷衍其为《陇上壮士歌》；又有《华周杞梁妻》，按《乐府诗集》"杂曲歌辞"有《杞梁妻》，当为此题所本；又有《铙歌短箫曲》，按《乐府诗集》"鼓吹曲辞"类解："鼓吹曲，一曰短箫铙歌。刘瓛《定军礼》云：'鼓吹未知其始也，汉班壹雄朔野而有之矣。鸣笳以和箫声，非八音也。骚人曰"鸣篪吹竽"是也。'蔡邕《礼乐志》曰：'汉乐四品，其四曰短箫铙歌，军乐也。'"②可见"短箫铙歌"为鼓吹曲之本名，并非具体诗题，而明代诗人却常用"铙歌"直接作为诗题，其中也包括王世贞。从对这些诗题的使用上可以看出，在王世贞的乐府观念中，"诗题"并不是判断乐府诗的唯一标准，从原有诗题中"衍生"出近似的新诗题是很正常的现象。

除了从乐府古题或诗文中"衍生"出新的诗题，王世贞还进一步扩大了诗题的范围。如《弇州四部稿》卷五有《古八变歌》，按《乐府诗集》中未收录此题，王世贞却明确纳入乐府范围。梅鼎祚《古乐苑》"古八变歌"题注云："《选诗拾遗》云：'古歌有八变，九曲之名，未详其义。'"③王世贞与梅鼎祚是同一时代人，二人将《古八变歌》列入乐府诗的做法也高度一致。该卷又有《皇都篇》，卷六又有《秋闺曲》《箕山行》等，均未见于《乐府诗集》。这说明在王世贞的乐府观念中，"风格"和"意味"也是非常重要的判断标准。

王世贞对乐府诗题使用的创新性集中体现在《弇州四部稿》卷六《乐府变十九首有序》上。这十九首诗分别是《治兵使者行当雁门太守》《白日引》《寿宁泣》《尚书乐》《将军行》《越台高》《钦鵶行》《金吾缇骑行》《钧州变》《江陵伎》《白莲花》《凌节妇行》《莫州谣》《小儿谣五首》《乙卯市人谣》。王世贞自序云：

---

① 郭茂倩编：《乐府诗集》卷八十三，第 4 册，第 1167 页。
② 郭茂倩编：《乐府诗集》卷十六，第 1 册，第 223 页。
③ 梅鼎祚补正：《古乐苑》卷三十三。

　　古乐府自郊庙宴会外,不过一事之纪、一情之触,作而备太师之采云尔。拟者或舍调而取本意,或舍意而取本调,甚或舍意调而俱离之,姑仍旧题而创出吾见。六朝浸淫,以至四杰、青莲,俱所不免。少陵杜氏乃能即事而命题,此千古卓识也。而词取锻炼,旨求尔雅,若有乖于田畯红女之响者。余束发操觚,见可咏可讽之事多矣。间者掇拾为大小篇什若干,虽鄙俗多阙漏,要之庶几一代之音,而可以备采万一者,故不忍弃而藏之。①

　　王世贞认为所谓的古乐府,除了"郊庙歌辞""燕射歌辞"是用于皇家或宫廷正式场合外,其他的古乐府只不过是"一事之纪、一情之触",创作出来以备太师之采而已。后世之人忽略了这个道理,往往局限于古人之题、古人之调或诗歌本意,缺少创新,即使初唐四杰和李白也是这样,只有杜甫能够"即事而命题",王世贞认为这是"千古卓识"。从诗题的使用及诗歌内容来看,王世贞这些作品虽然称为拟古乐府,但其精神实质却和杜甫一脉相承,以新题写时事,即事名篇。这也能看出王世贞复古诗学并非一味机械拟古,而是重在精神的追步。

　　对于王世贞这种即事名篇、自创新题的做法,他的好朋友李攀龙是高度赞赏的。王世贞曾在写给张广平的书信中说:

　　又足下须某全集及批点《史记》、古乐府。《史记》固一二渔猎焉,然鄙不能日俯首而效丹铅之力,须后命足下。语不及左氏者,岂少之耶! 其叙事若真宰之琢,万形亡不极意穷巧,字字珠玉也。世人掇拾其余,沥可厌耳。不佞昔称使者治狱燕赵间,而燕中要人修睚眦迫急,谓旦夕不死且窜也。以故检西曹时赋乐府、四五言古、选近体诸、大小杂文,总得三十四卷。比于呜呜之歌,即不以施名山而覆瓿甘之,大要用自娱耳,岂敢以辱长者。亡已有所拟古乐府,然独江南

────────────────

①　王世贞:《弇州四部稿》卷六。

诸调颇足抗衡。间仿魏晋，十合二三，于汉往往离去不似也。于鳞节奏上下瞽师之按乐亡弗谐者，其自得微少。优孟之为孙叔敖，不如其自为优孟也。某近稍稍因新事创名，度以古曲，于鳞见之更喜心夺耳。今辄往旧著拟乐府及僭批古乐府，足下试观之。青州以后者，当再上也。①

根据这封书信中所说，李攀龙在见到王世贞"因新事创名"的这些拟古乐府后，"喜心夺耳"，可见李攀龙对这种做法也是高度认可的。

对于王世贞的拟古乐府创作，李攀龙总体上也是给予了高度评价。根据王世贞《书与于鳞论诗事》记载：

己未正月，余以台谒之济上。于鳞烹一豚候我田间，出蟹胥佐醑苦，剧谈久之，尽一瓻苦、五十六螯。漏且行尽，于鳞睨谓余曰："吾起山东农家，独好为文章，自恨不得一当古作者。既幸与足下相下，上当中原并驱，时一扫万古。是宁独人间世哉！奈何不更评攉所至，而令百岁后傅耳者，执柔翰而雌黄其语也。"余唯唯。于鳞乃言曰："王君足下行弃我济上去矣，焉用自苦龁龁为也。其不以吾二人更标帜者几希，请为世人实之。吾于骚赋未及为耳，为当不让足下。足下故卢枏俦也。吾拟古乐府少不合者，足下时一离之。离者，离而合也，实不能胜足下。吾五言古不能多，足下多乃不胜我。歌行其有间乎。吾以句，若以篇耳。诸近体靡不敌者。谓绝句不如我，妄。七言律遂过足下一等，足下无神境，吾无凡境耳。"②

己未，当指明世宗嘉靖三十八年(1559)。这一年正月王世贞去山东拜访了退居在家的李攀龙，二人饮酒谈诗。李攀龙是一个对自己文学才能高度自负的人，但他对王世贞的拟古乐府诗还是表示了钦佩之情。李攀龙认为王世贞的五言古诗、七言律诗不如自己，但承认王世贞的拟古乐府"离而能合"，自

---

① 王世贞：《弇州四部稿》卷一百二十一《张助甫》。
② 王世贞：《弇州四部稿》卷七十七。

己"实不能胜",可见他对王世贞的拟古乐府还是极为佩服的。

明末诗学家许学夷对王世贞的拟古乐府评价也比较高:"汉人乐府杂言有《铙歌十八曲》,中多警绝之语。但全篇多难解及迫诘屈曲者,或谓有缺文断简,或谓曲调之遗声,或谓兼正辞填调,大小混录。其意义明了,仅十二三耳。于鳞、元美篇篇拟之,岂独有神解耶? 中惟《上陵》《君马黄》《有所思》《上邪》《临高台》五篇稍可读,姑录之。……于鳞虽多相肖,而不免于袭。元美则别一调矣。"①许学夷认为,李攀龙的拟古乐府虽然形式上较为相似,但蹈袭痕迹太重,而王世贞的拟古乐府却能别成一调,其价值还在李氏拟古乐府之上。

当然,也有对李、王二人拟古乐府都持批评态度的人。比二人生活时代稍晚的费尚伊就认为李、王二人的拟古乐府皆无多少价值,他在《古乐府》一文中说:

> 古乐府可无作也。体自我创,速肖谓何。字而剽之,句而模之,独不曰盗之。属乎近代作者,无逾王、李。然持议各异,亦互有瑕瑜。元美纵横无所不可,而自运为多。于鳞沾沾学步,抵掌叔敖,恐亦未为得也。余不娴古文辞,每读乐府时,一拈弄估,亦自魏晋以下寥寥数章。其《白云》《黄泽》等篇,不敢牵合傅会。暇日检箧中藏,凡得若干首。寒蝉哀蚓,去两先生不翅霄汉。何论古人哉! 故曰"古乐府可无作也"。可以无作而作者,聊以备一体云尔。②

费尚伊委婉地对王世贞和李攀龙的拟古乐府提出了批评。表面上是说自己所写的古乐府水平太差,与王、李二人相去甚远。但他同时指出王世贞虽然纵横驰骋,但多为自说自话,写出来的并非正宗的乐府诗。而李攀龙则沾沾学步,亦步亦趋,机械地从字句上去模仿古乐府诗,也是不对的。在费尚伊看来,李、王二人对古乐府的拟写总的来说不算成功,因而提出"可无作也"的观点。

---

① 许学夷:《诗源辩体》卷三,杜维沫点校,第69页。
② 费尚伊:《市隐园集》卷一。

　　与李东阳的拟古乐府相比,李攀龙、王世贞虽然多用汉魏六朝乐府旧题,表面上看起来创造性不如李东阳。但作为"后七子"的领袖人物,李攀龙、王世贞拟写汉魏六朝乐府古题的做法却有独特的价值与影响。一是李攀龙、王世贞将拟写古乐府诗作为推动文学复古的重要手段来使用。乐府诗作为汉魏古诗的重要组成部分,李、王二人的拟写实际上就是其"古诗必汉魏"诗学观念的体现。二是经过李、王二人的拟写与评价,汉乐府的经典地位进一步得到确立,并影响了明清两代的乐府诗研究。

　　作为王世贞的晚辈,"末五子"之一的胡应麟也是一位重要的拟古乐府作者。王世贞在《石羊生传》中曾记载胡应麟有"《古乐府》二卷",但具体情况不得而知。《少室山房类稿》卷一至卷十全部为"乐府"。其中卷一"乐府十八首",即"拟大明铙歌十八首";卷二"乐府三十首",包括"汉铙歌十八首"及"补蜀汉铙歌十二首";卷三"乐府三十首",包括"拟汉郊祀歌十九首"及"琴操十一首";卷四"乐府二十五首",从《王子乔》至《枯鱼过河泣》二首;卷五"乐府三十首",自《短歌行》至《反三妇艳》二首;卷六"乐府十八首",自《远别离》至《东飞伯劳歌》;卷七"乐府五十五首",自《长安道》至《艳曲》;卷八"乐府六十一首",自《企喻歌》至《出塞曲》;卷九"乐府八十首",自《读曲歌》四首至《乌栖曲》五首;卷十"乐府七十四首",自《塞上曲》八首至《青楼曲》八首。以上共计421首。可以看出,胡应麟拟古乐府诗的数量远远超过了李东阳、李攀龙和王世贞等人,是整个明代创作拟古乐府诗数量最多的人。

　　胡应麟之所以大量创制拟古乐府诗,当然与他倡导文学复古有关。他在《报伯玉司马》一文中说:

　　　　第琅琊济没,宇宙寥寥。砥柱词场,灵光艺圃。万古文柄,执事一身系之。即手足之恩勉为少割,且仲淹学成名立第五,之称宣足以豪而其遗文。在箧孤子藐然,微执事而孰为经纪之,此不可不蚤为计也。仆比来旧殖益荒,间取乐府诸题一二拟议之,六旬之中遂得十卷,已刻成并志铭贡上。此道芜没千年,琅琊一振,今又厌厌长夜矣。

不肖间得其意耳,于古人无能为役也。①

在写给汪伯玉的书信中,胡应麟介绍了自己近年来拟写古乐府诗的大致情况,其所说"十卷"与《少室山房类稿》一致。胡应麟高度评价了王世贞拟古乐府诗的价值,所谓"芜没千年,琅琊一振",而王死后又变成了"厌厌长夜"。可以看出,胡应麟拟写古乐府诗的动机就是为了接续古道,追求文学上的复古。

与李东阳、王世贞在拟古乐府中自制新题相比,胡应麟使用的几乎全部都是汉魏六朝乐府古题,这显然是在复古诗学的道路上越走越远。在胡氏的拟古乐府诗中,有一个部分尤其值得关注,就是他对于蜀汉及明代"铙歌"的补写。《少室山房类稿》的卷一和卷二分别收录其"拟大明铙歌十八首"和"补蜀汉铙歌十二首",且都有诗序,集中体现了胡应麟的乐府观念。

在明人拟古乐府创作中,有一类特殊的作品,就是补写古乐歌。有些古乐府诗由于时代久远,流传下来的只剩诗题,明人根据诗题和本事进行了补写。又或者是只有"古事"留传下来,也可以进行补写。如何孟春就对《三士穷》琴操进行过补拟,其序曰:"《三士穷》琴操,其词未闻。春拟之云:'一士一心左右手,生当同乐死当守。饥寒命也穷谁救,吾生当舍义当取。推衣与子子不受,俱死无名岂我友。死者已别生者离,楚王置酒延其思。闻乐不乐对酒悲,援琴欲奏难为词。吁嗟乎,何以报之。革子已非羊角哀,谁能更葬齐戎夷。"②王世贞《弇州四部稿》卷五有"补铙歌四章",世贞自注云:"乐府唯铙歌歌吹不易拟,亦不能尽拟。后有四,唯名存而辞阙,余因为补之。亦取其近似而已,不能如优孟之抵掌也。'"③所说的四章,即指《钓竿》《玄云》《务成》《黄雀》(对应《乐府诗集》中所说《黄爵》)。王世贞对汉铙歌进行补写,并且认为古乐府诗中最难拟写的就是汉铙歌,也是复古诗学的体现。

---

① 胡应麟:《少室山房集》卷一百十三,第825页。
② 何孟春:《余冬诗话》卷上,民国九年(1920)上海涵芬楼景清道光十一年(1831)六安晁氏木活字排印学海类编本(下同)。
③ 王世贞:《弇州四部稿》卷五。

胡应麟也曾拟写过《大明铙歌曲十八首》，其自序不仅论述了"铙歌"的由来，而且着重强调了其最初的作用就在于"象成功，昭盛美"，"非此亡以被诸声容粤"，也就是说"铙歌"从一开始就是用来反映国家征战现实的。汉代的《铙歌十八曲》虽然并非专为武功而设，但其音节中隐含的发扬蹈厉的风格与汉代古诗迥异，其创作原因恐怕也不外乎是反映战争。

在胡氏另外创作的《补蜀汉铙歌十二首》诗序中，有对铙歌功用的进一步阐述：

炎精既缺，海宇三分。昭烈以汉室宗亲，亲任武乡。君臣一德，托孤寄命，比隆伊周。自两汉以还，大统故当以蜀为正。王通氏抗言："武乡不死，礼乐可兴。"识者咸谓不诬。顾汉氏而下，魏、吴、晋各有《铙歌》以播扬功德，蜀反缺焉。盖武乡身任复汉之责，魏、吴未灭，夙夜皇皇，惟誓师鞠旅东乡是图。舍是而播告声歌，彰明得意，此天下既平之事，非枕戈待旦之日所暇为也。又蜀之文人时尤不竞，谯周、郤正等辈，概之词赋，咸匪所长。亡论武乡未暇，即欲有事焉，未有可以肩草创之能洪润色之寄者也。惟是魏、吴制作流传迄今，才流艺士簧鼓笔端，动以昭烈武乡夷诸僭窃，顺逆邪正郁而勿彰，余甚憾之。昔陈寿《三国》帝魏先晋，紫阳一正其谬，称快千秋。不佞占毕词场余二十载，于乐府杂调颇睹一斑。每读《鼓吹铙歌》，至缪袭、韦昭、傅玄诸作，不胜扼腕，至欲鼓而攻之。噫，彼各自尊其主，势则宜然。百世之后是非大明，而操管握觚之俦，从事乐府惟齐梁月露冶艳相沿迄，未能一厝意于此。余则何敢以谦让，未遑也。爰效缪、韦诸体，为《蜀汉铙歌曲》一十二章，上以著昭烈间关戡定之绩，下以明武乡夹辅尽瘁之忠。即藻绘方之诸家，未当鲁卫。而理直义形，据事陈词，群嚣自废。忠臣志士之愤，或赖此其一雪矣。夫宋无《铙歌》，宋景濂尝追补之。惟后汉独缺云。①

---

① 胡应麟：《少室山房集》卷二，第17—18页。

从以上两篇胡氏自作的序言可以看出,胡氏高度重视乐府诗的"鸣盛世"及"美教化"的功能,他拟作、补作"蜀汉铙歌"及"大明铙歌"的目的非常明确,就是通过乐府铙歌来进一步确立大明王朝的"正统性",来歌颂大明盛世。这种乐府观念在整个明代都是被广泛接受的。

第三节　胡缵宗、李先芳、周道仁、沈炼的拟古乐府

在明代的拟古乐府作家中,还有几个人是值得关注的,包括胡缵宗、李先芳、周道仁、沈炼等。这些作家的共同点是,他们都有拟古乐府诗的单行本传世,且诗集前后往往有序言、跋语,既能反映乐府观念,也有诗歌批评的内容,具有较高的研究价值。

胡缵宗(1480—1560),字孝思,一字世甫,号可泉,又号鸟鼠山人。巩昌府秦州秦安(今属甘肃天水)人。《明史·刘䄖传》后附有《胡缵宗传》,但内容过于简单,仅云:"胡缵宗,陕西秦安人。正德三年(1508)进士。由检讨出为嘉定判官。历山东巡抚,改河南。"①但根据《明史》中的其他相关记载及地方志可知,胡缵宗出为嘉定通判的原因是拒绝依附于宦官刘瑾。其为人刚正不阿,政绩斐然,文学经学都有较高造诣,有"关西夫子"之称。《明史·艺文志》著录其《胡氏诗识》三卷、《鸟鼠山人集》十八卷、《拟古乐府》四卷、《诗》七卷等。《(同治)嘉定府志》卷三十二记载:"按袁永之云:'孝思诗出入汉魏,其视昌黎、少陵若弗屑者,而亦未始不合也。'王元美云:'胡孝思如娇儿郎爱吴音,兴到即讴,不必合板。'"②同时代的袁裹、王世贞等人对其诗歌创作都有较高评价。

《明史·艺文志》中所著录的胡缵宗《拟古乐府》四卷",应该指的就是其"《拟汉乐府》"。今天可见的《拟汉乐府》较早的本子有四卷本和八卷本两

---

① 张廷玉:《明史》卷二百二《刘䄖传附》,第18册,第5333页。
② 文良等修,陈尧采等纂:《(同治)嘉定府志》卷三十二,清同治三年(1864)刻本。

种,均为明嘉靖十八年(1539)刻本。其中四卷本较为少见,现藏于北京大学图书馆。八卷本为通行本,现藏于国家图书馆、湖南图书馆等处。笔者经眼的本子是国家图书馆收藏的明嘉靖十八年(1539)杨祜、李人龙刻本,十行十九字,小字双行同,白口,四周单边。包括《拟汉乐府》八卷、《补遗》一卷、《附录》二卷。但从编排顺序上看,《附录》二卷却排在前序之后、目录之前,而不是在书的末尾。

关于胡缵宗拟写汉乐府的动机,其自序云:

> 志发于言之谓诗,诗发于声容之谓乐府。乐府始自汉,按其声,玩其辞,意俱在言外。春永尔雅,鼓之沨沨,吹之洋洋,歌之嗢嗢,舞之翩翩,而其调古矣,故不曰"诗府"而曰"乐府"。《康衢》之谣,《南风》之歌,三百篇之什,古乐府也。皆可鼓以吹、歌以舞者,迨诗亡始不可鼓吹、歌舞矣,而汉乐府之所由作也。岂惠、武欲复古诗而合今乐,殆有意于宣天地之音,而谐阴阳之律乎!夫三百篇不独四言,多至七言、八言,少亦三言,乐府取裁焉。然长短、疾徐、清浊、高下,惟协为至。协斯谐矣,谐斯永矣。今观"鼓吹""横吹",浑而朴;"相和""清商",雅而畅;"舞曲""杂曲"隽而永。六署既分,五音六律渡协,上原雅颂,下薄骚岁。后有作者,其能外其格调、同其音响哉!故奏之郊庙,则为吉乐;播之师旅,则军乐。此不足以宣畅其心,而平其情哉!汉尚妖后之小令、新曲,沿本之钟吕、宫调,况乐府乎!苟作之既典,则宣之自协。宣之既协,则按之自谐协乎辞。斯谐乎声、协乎调,斯谐乎容。谓汉乐府不可拟乎!缵宗不知诗,亦不知音律,乃不量谬,拟乐府古辞若干首,皆于途次舆上偶乘兴而写其愿学之志尔。力欲意在言外,而未能也。乐府云乎哉?诗云乎哉?且未被之管弦,振之歌舞也。敢就有道而是正焉。天水胡缵宗世甫序。①

---

① 胡缵宗:《拟汉乐府》"自序",明嘉靖十八年(1539)杨祜、李人龙刻本(下同)。

在这篇序言里,胡缵宗先是强调了音声对于乐府诗的重要作用,表现了其"诗以乐为先"的观念;接着他又说汉代惠帝、武帝立乐府采诗的目的是"宣天地之音""谐阴阳之律",其意义重大。胡缵宗还专门分析了汉乐府与"诗三百"的关系,认为汉乐府无论是在精神实质上还是在诗歌体式上都是"诗三百"的最好继承者。他还对乐府诗中不同曲调所具备的不同艺术风格进行了分析,比如"鼓吹曲辞""横吹曲辞"的风格偏于浑朴,而"相和歌辞""清商曲辞"的风格偏于雅畅。后人拟作如果能够按照这个规律,那么"宣之自协"。所以胡缵宗认为,汉乐府并不是不可拟的。

《拟汉乐府》一书的编者、胡缵宗的门人杨祜也写了一篇序言。这篇序言的结尾注明"嘉靖己亥岁春三月既望,门人钱塘杨祜顿首拜书"①。按嘉靖己亥,即明世宗嘉靖十八年(1539)。从时间上看,胡缵宗《拟汉乐府》的成书时间虽晚于李东阳《拟古乐府》,却早于李攀龙、王世贞二人的拟古乐府。杨祜的序言主要包括两方面的内容。

一是描述了乐府诗兴起及衰落的过程,充分肯定了古乐府的价值。杨祜指出:"诗三百篇后,惟《离骚》为近,惟汉乐府为近。岂非去古未远,风教犹存,而先王之迹未遽泯邪?是故本于闺门,达于邦国,殷荐于帝庙。其为声也肆,其为化也远。诚四始之支余,三纬之羽翼也。苏、李始变五言,曹、刘继之,诗道灿然中兴,然乐府之旨微矣。嗣后康乐以缛章绘句倡于会稽,隐侯以切响浮声竞于江左。时代愈殊,风气愈下,则又忌声病主、工俳偶。格律虽严,其去乐府不亦远哉!唐李白慨然王风,援古寄兴,仅追子昂。元稹称杜甫诗人大成,然近体为多。"②在杨祜看来,"诗三百"之后,《离骚》和汉乐府是《诗经》最好的继承者。随着苏李五言诗及曹刘的出现,诗道灿然中兴,但乐府诗却走向了衰落。南朝以后,近体诗兴起,乐府诗进一步衰落,只有李白得到了古乐府的真谛,杜甫其实是以近体诗见长的。我们看到,杨祜的观点与王世贞等人推

---

① 胡缵宗:《拟汉乐府》"序"。
② 胡缵宗:《拟汉乐府》"序"。

崇杜甫"即事名篇"的观点并不相同。

二是肯定了乐府诗"鸣盛世""美教化"的功能,并确立了胡缵宗拟古乐府诗在明代诗歌史上的地位。杨祐认为:"皇明御天下百有七十年,道化旁魄,人文宣朗。弘治中,西涯李少师纵观百代,有作者之志,独以乐府自雄,今其言具在。然视元杨维祯,不啻傅毅于班固耳。可泉公以命世之才,兼轶古之识,应黄离之运,抚循暇日,拟为此篇。繇乎性情,止乎礼义,神悟妙解,虽西京间有不能逮者。藉屈宋降格命翰,莫知孰为后先也。""明人文道化之盛,且曰三百篇亡矣,诗不在兹乎。诗在兹乎!"①杨祐指出李东阳的乐府诗虽然名噪一时,但还远不如杨维祯。而胡缵宗的乐府诗"虽西京间有不能逮者"。作为胡缵宗的门人,杨祐对自己恩师或许会有溢美之词,但胡氏的拟古乐府确有其独到之处。

李先芳(1511—1594),字伯承,号北山,原籍湖北监利,后寄籍山东濮州李庄(今李进士堂镇)。明嘉靖二十六年(1547)进士。历任新喻知县、刑部郎中、亳州同知、宁国府同知等职。其善解音律,诗名早著。因为常年外出为官,故不在"后七子"之列,但与李攀龙、王世贞等人交往甚密。《明史·艺文志》著录其《安攘新编》三十卷、《杂纂》四十卷、《阴符经解》一卷、《东岱山房稿》三十卷等。

国家图书馆现藏有明嘉靖刻本李先芳《古乐府》二卷,九行十八字。书中皆为其拟古乐府诗。但从卷首序言来看,书名似乎应该是《拟古乐府》而不是《古乐府》。然每卷开头又标《乐岱山房诗录·古乐府》。其中卷上自《朱鹭》至《明妃曲》,包括"鼓吹铙歌""横吹曲""舞曲""琴曲""杂曲歌",共78首;卷下自《古从军行》至《谚语十六首》,包括"禽言""唐调曲"等,共59首。两卷合计137首。与胡缵宗等人的拟古乐府相比,李先芳将"禽言"和"唐调曲"也放了进来,显示出更加灵活的乐府观念。但这并不说明李先芳不受复古诗

---

① 胡缵宗:《拟汉乐府》"序"。

学的影响。李先芳在拟写古乐府诗时,虽然将"唐调曲"单列,诗题却是汉魏以来旧题,可见其"古乐府"的标准从诗题上来说并不包括唐代新出现的"近代曲辞"和"新乐府辞"。

关于李先芳拟写古乐府诗的时间和动机,其本人所作《拟古乐府序》云:

> 古乐府之不讲久矣。或曰难解,或曰虽解亦不文。往往弘词之士,开卷厌之。余惟"鼓吹铙歌"聱牙刺龊,诚不可读。太史公作《乐书》亦不载。而左克明复以《楚之平》附之,惑滋甚焉。彼好奇者曲解以求通,尤非也。他如《陌上桑》《羽林郎》《相逢》《独漉》等篇,昭明类掷不采,误矣。夫天球寡谐,古鼎难售,醴酒易醒,大羹不和。是岂可以言语争哉!至王元长、沈休文,自许能工古人律吕。今观其文,牵制附会,辞艰旨滴,其实大谬。善哉!钟嵘曰:"文制本须讽诵,不可塞碍。但令清浊流通,口吻调利,亦足矣。"余亦谓:"诗言志,凡责古人词之难易,而故效尤掠美,皆啜糟醨者也。"故曰:"神解玄悟张本,下逮六朝盛唐数子,或假题命意,或采旨属词,诸凡口不容言、情不自达者,托以泻之,非故剽拟前人,聊用适志耳矣。"近代名公取古人行事注斜韵,类成断案,亦名乐府。余极知不能,乃所预姑舍是焉。嘉靖丁巳秋日,濮阳李先芳序。①

按嘉靖丁巳,即明世宗嘉靖三十六年(1557),可知李先芳之《古乐府》于是年成书。则李先芳拟写古乐府诗的时间晚于胡缵宗而早于王世贞。从这篇序言看,与胡缵宗、王世贞等人强调乐府诗的"鸣盛世""美教化"的宏大叙事功能不同,李先芳更看重乐府诗的抒情言志功能。他认为左克明编撰《古乐府》时将《楚之平》附于"鼓吹铙歌"之后的做法是不可取的。古乐府虽然难解,但不能乱解,因为古乐府肯定也是按照"清浊流通、口吻调利"的原则创制出来的,后人解诗时断不可牵强附会。在这篇序言里,李先芳还批评了"近代

---

① 李先芳:《古乐府》"序",明嘉靖刻本(下同)。

名公"借拟古乐府歌咏古人古事的做法。他虽然没有指明"名公"是谁,但显然指的是李东阳。

尽管李先芳本人尤其重视乐府诗的抒情言志功能,但由于儒家诗教的强大传统,苏祐为其所作的《拟古乐府序》还是强调了乐府诗"鸣盛世""美教化"的功能:"乐者,圣王治情之具也。夫人有血气生知之性,而无喜怒哀乐之常。感物而动心术形焉。若《乐记》所云:'圣王慎所以感之者,乃调之以律度,文之以歌颂,荡之以钟石,播之以弦歌。使之阳而不散,阴而不集,刚气不怒,柔气不摄。由是可以涤性灵,可以祛怨思。施之于邦国,则朝廷序;施之于郊庙,则神祇格;施之于宴享,则君臣和;施之于战阵,则士民勇……仆也衰朽草泽,不足以揄扬国家之盛。若夫歌咏太平,如古《康衢》《击壤》之流,则不敢固逊也。夫审北山以为然否? 嘉靖己未中秋同郡谷原山人苏祐序。"①嘉靖己未,即嘉靖三十八年(1559)。可见苏祐的这篇序言作于李先芳《古乐府》编成的两年后。苏祐在序言中明确将诗乐作为"圣王治情之具",即统治者用来统治天下的工具。李先芳本人的序言中只是将乐府诗作为个人抒情言志的工具,苏祐显然觉得李先芳所说的还不够准确,于是进一步从"鸣盛世""美教化"的角度进行了论述,并希望能够得到李先芳的赞同。

国图本李先芳《古乐府》卷首除了苏祐和其本人所作的序言外,还有一篇朱衡所作的《东岱山房诗录序》,序中称赞李先芳的诗"情物互紫,文质有所底"②,但并未直接论及李先芳的拟古乐府。以往较少有人注意到的是,与李先芳过往甚密的王世贞其实也写过一篇《李氏拟古乐府序》:

> 伯承自燕中手一编遗世贞,曰:"余所拟古乐府,上下卷凡二,'铙歌'至'谚语'凡若干。自余咏诗,即他诗人人言之矣,度毋及乐府者,而独公择见而亟称,且请受木书焉。天下安能人人公择也。余所面质,百而不能一二举,则乐府之汶汶久矣,又焉为令人意操丹铅

---

① 李先芳:《古乐府》"序"。
② 李先芳:《古乐府》"序"。

而难我毋已。吾子叙之哉。"然伯承业已叙，竟其旨甚详，毋庸世贞。世贞独记举进士时从伯承游，好伯承五七言近体也，久之益好伯承五七言古经。别去又久之，乃伯承进我以乐府矣。历下于鳞妙其事，数要世贞更和其高下、清浊、长短、徐疾，靡不宛然肖协也。而伯承稍稍先意象于调，时一离去之，然而其构合也夫。合而离也者，毋宁离而合也者。此伯承旨也。伯承叙称近代名公取古人行事注议缉韵，类成断案，所愿舍是。伯承哉！有味吾言也。又云鼓吹铙歌聱牙刺齪不足读，则世贞向者固疑之以错简耳。或谓妃豨节铙鼓之声混存焉，虽然，《巫山高》，非三言之精乎？"蒲苇冥冥"，非四言之变乎？"驾马徘徊鸣""临高台以轩""桂树青丝""双珠玳瑁"，非五言之幼眇乎？"驾六飞龙四时和""江有香草目以兰""黄鹄高飞离哉翻"，非七言之雄飞乎？而奈何厌其筌，以聱牙刺齪病为也？至詈昭明所遗舍善矣，独不举《庐江小妇》《相逢艳歌》而举《木兰》。《木兰》，廋语耳，非不佞所素习也。姑以报伯承，其更进我乎哉！人所知伯承他诗，绝类王孟，间有入延清、长卿者。伯承，李氏名先芳，濮人。公择，王氏名遴，渤海人。于鳞，李氏名攀龙。世贞为吴人。①

在这篇序言里，王世贞先是将李先芳的拟古乐府与李攀龙进行了对比，认为李先芳"先意象于调"，能够做到"离而合"，这与王世贞本人的诗学观点高度一致，且李先芳对"近代名公"以乐府咏史的批评也是王世贞所认同的。但在序言的后半部分，王世贞也表达了自己与李先芳在乐府诗取向上的不同。李先芳认为流传下来的汉乐府"鼓吹铙歌"存在聱牙刺齪的问题，不宜过分推崇，更不宜机械模仿。而王世贞却认为铙歌尽管可能存在字声混存的问题，但仍有较高的文学艺术价值。李先芳批评《昭明文选》选诗不当，王世贞则认为瑕不掩瑜。这篇序言里还提到了王遴称赞李先芳乐府诗并建议付梓之事，具

---

① 王世贞：《弇州四部稿》卷六十四。

有一定的文献价值。

周道仁，生卒年不详，《明史》无传。国家图书馆现收藏其《乐府》一卷，刊刻者为"巍如馆"。为八行十八字，白口，四周单边。书中收录周道仁拟写的古乐府诗共 100 首。卷首标注"吴兴周道仁以修著同社张鹤冠日订"。可知周道仁字以修，为吴兴人。

此书《明史·艺文志》及明清两代各类书目均未见著录。清四库馆臣在编纂《四库全书》时曾在"别集类存目七"中著录此书，并对周道仁的情况有所介绍："《乐府》一卷。浙江孙仰曾家藏本。明周道仁撰。道仁字以修，乌程人。所作拟汉魏乐府凡一百三章，原附于所刊孙一元《太白山人稿》后。自序谓道不师孔颜，学不则经史，性不本忠孝，法不宪天王。岂伊无才，致讥寡识。其论甚正，正诗则仍摹拟形似而已。盖乐府音节，唐人已不能考矣。"①《总目》中说道仁为乌程人，可能另有所据。而《乐府》一书中的乐府诗总数，实为100 首，而非 103 首。

从选用的诗题来看，周道仁拟写古乐府同样多依汉魏六朝乐府旧题。但有一点值得关注，周道仁在《班婕妤》之后、《子夜四时歌》之前，使用了《长笛吐清气》《门有万里客》《饮马长城窟》《客从远方来》《婀娜当轩织》《行行重行行》《青青河畔草》《中庭有奇树》《明月何皎皎》等诗题。这些诗题实际上是汉魏古诗中的题目，而不是乐府诗题，郭茂倩《乐府诗集》也未将这些古诗收录。而周道仁在拟写古乐府诗时却使用这些诗题，说明他持有更加宽泛的乐府观念。

在国图本周道仁《乐府》的卷首，有其自作的序言一篇：

> 乐府者郊庙明堂之诗章也。圣人明作。臣邻拜飏。断自三代。肇兴炎汉。辞义兼举。等之雅颂。粤考旧文，似难句节。岂稽古者失传与。古之大曲，声辞尚矣，莫不有艳、有趋有乱。艳在曲前，与吴

---

① 纪昀等纂：《武英殿本四库全书总目提要》卷一百八十，第 52 册，第 204 页。

声之和若今之引子趋与乱,在曲后,与吴声之送。若今之尾声。总有声无字,借音非义。儒硕之家,诞肆阐扬。兢职流引,如制氏纪其铿锵,叔孙定其容与。中和之响,翕然还纯。斯为首庸也哉。逮其弊也,起于踵事增华,变本加厉。发三侯之章,设都尉之隶,幸上辛之祀,瑞天马之祥。议者谓乐之失也,自汉武帝始。其亡也自魏始。礼之失也自汉明始,其亡也自梁始。维时彦升休文,咸标特立之功。明远玄晖,并树还元之帜。而建安黄初已不可责,胜于齐梁南北朝诸体。此崔豹吴兢之徒所以抱痛新声,而欲求诸野也。六朝之去二代,亦如三唐之去六朝。倚韵制辞,风移世变,虽律法钧天玄黄剖地,将使卢骆诸人,屈苏李而谈十九首,风流减矣。拟乐府手,止称少陵一人耳。我朝首制科取士,虽以乐苑无专家,然伟人巨卿,如韩苑洛杨忠愍辈皆能以音声律吕之微,审察治忽,至于风雅讴吟,徐及乎封章奏牍之余者亦如抡材于邓林,斫玉于蓝田,雍雍备一代之选。余也僻处遐荒,见闻庸落,不察获灰葭管之义,焉识弦陶笙簧之音,空山寂户,旷日幽潜,尚嘉潘岳闲居则效虞卿闭阁寄情文囿。泛览辞林,陈其义类,举其体要,帝王文士,均以律吕分镳,郊庙房中,雅以声容合璧,拊石谐音,设于备舞。张华浩博,未许登堂。贾谊雄高,难充庭万。乃若志习滔淫,心广哀思,赋《雉子斑》但媆绣颈锦臆,歌《天马行》唯叙矣驰乱蹋,以致汲黯之诮,有来阮咸之讥。其合也如彼,其离也如此,是以发言蹈轨,名即溢于缥囊。荐语索瘢,氏已淬于缃帙。今古自为胜衰,小大自为评驳,汇而论之,要有统宗。夫道不师孔颜,学不则经史,性不本忠孝,法不宪天王。叔夜踞锻,岂伊无才。正平掺鼓,致讥寡识。肮脏未驯,徒自毙尔。但奢翰藻,何补衮裳。余友覆致意百篇中,以圣人出献,为《圣天子》拜飏明启之颂。以《出塞》《入塞》为草莽征志达情之词。犹或感召宣室,风刺时流,总此一腔至性,激集而彰。稍存纰缪,严加锄艾,若仅考历代兴废之迨,篇什存亡之故,学士善败之因,幽明享答之洽,又何以称焉。戊寅夏四月周道仁识。①

序言中所说的"韩苑洛"即韩邦奇(1479—1556),"杨忠愍"即杨继盛(1516—1555)。文末又点明写作的时间是"戊寅"年,则应该是指明神宗万历六年(1578)。

在这篇序言中,周道仁追溯了古代礼乐兴衰的历史,他认为乐之失自汉武帝始,其亡自魏始;礼之失自汉明帝始,其亡自梁始。随着风移世变,到了唐代古乐府精髓已失。对于后世的拟古乐府诗人,周道仁认为"止称少陵一人耳"。这种推崇杜甫乐府诗的观点与王世贞等人是一致的。周道仁认为拟古乐府创作不应该"但奢翰藻",而应该对现实有所裨补。这种观点在复古诗学高度发达的明代中后期还是非常可取的。

沈炼(1507—1557),字纯甫,号青霞山人。会稽(今浙江绍兴)人。明世宗嘉靖十七年(1538)进士,历任溧阳、茌平、清丰县令。因为人正直,得到陆炳的赏识调任锦衣卫经历。后以"十罪疏"弹劾奸相严嵩,被处以杖刑,谪居保安州种田。嘉靖三十六年(1557)被诬为谋反而遭到杀害。有《青霞集》。

国家图书馆现藏有沈炼《乐府》一卷。为抄本,九行二十至二十二字,蓝格,白口,四周双边。但从书中内容来看,却并非都是乐府诗。此书由《将进酒》开始,接下来是《刘生》《出自蓟北门行》《伤歌行》《赋得爱妾换马》《古塞下曲》《江南曲》《塞下曲》《古别离》,这些都属于汉魏乐府古题,内容上多写诗人在边塞见闻与感受,风格雄浑悲壮,具有诗史价值。但《古别离》之后的诗题却是《咏怀》《送萧道安赴云中》《感怀》《赋边诗》《寄竹溪殿下》《送张元禄赴南都》《谒楚王祠》等,已全非乐府诗题。

此书卷首有茅坤所作的序言:

> 青霞沈君名炼,字纯甫,会稽人。由锦衣经历上书诋宰执,宰执

---

① 周道仁:《乐府》"序",嶷如馆刊本。

深疾之,方力构其罪,赖天子仁圣,特薄其谴徙之塞上。先生抗疏言严嵩父子误国,请戮之以谢天下。诏杖之数十,谪出塞外。当是时,君直谏之名满天下。已而,君累然携妻子出家塞上。会北敌数内犯,而帅府以下束手闭垒以恣敌之出没,不及飞一镞以相抗。甚且及敌之退,则割中土之战没者及行者之馘以为功。而父之哭其子,妻之哭其夫,兄之哭其弟者,往往而是,无所控顲。君既上愤疆场之日驰,而又下痛诸将士日菅刈我人民而蒙国家也,数呜咽欷歔而以其所饮郁发之于诗歌文章,以泄其怀。即集中所载诸会是也。君故于时而其所著为诗歌文章,又多所讥刺。稍稍传播,上下震恐,始出死力相煽构,而君之祸作矣。宰执、帅府恨先生切骨,窜名白莲教中,戮于边。君既没,而一时闻寄所相与谗者,寻且坐罪罢去。又未几,故宰执之仇君者亦报罢。而君之门人给谏俞君于是裒辑其生平所著若干卷,刻而传之。而其子以敬来请予序之首简。茅子受读而题之曰:"若君者非古之志士之遗乎哉! 孔子删诗,自小弁之怨亲,巷伯之刺谗。以下其忠臣、寡妇、幽人、怼士之什,并列之为风。疏之为雅。不可胜数。皆古之中声也哉! 然孔子不遽遗之者,特悯其人,矜其志,犹曰发乎情,止乎礼义。言之者无罪,闻之者足以为戒焉耳。予尝按次春秋以来,屈原之骚疑于怨,伍胥之谏疑于胁,贾谊之疏疑于激,叔夜之诗疑于愤,刘蕡之对疑于亢。然推孔子删诗之旨而裒次之,当亦未必无录之者。君虽没,而海内之荐绅大夫至今言及君,无不酸鼻而流涕。呜呼! 集中所载鸣剑筹边诸什,试令后之人读之,其足以寒贼臣之胆,而跃塞垣战士之马。而作之忾也固矣。他日国家采风者之使出而览观焉,其能遗之也乎? 予谨识之,至于文词之工不工,及当古作者之旨与否,非所以论君之大者也。予故不著。"①

————————

① 沈炼:《乐府》"序",明抄本。

茅坤的序言追叙了沈炼被严嵩父子迫害贬谪塞外,并被构陷杀害的经过,也介绍了沈炼《乐府》集中作品的写作背景及流传情况。据茅坤所说,这些作品都是沈炼被贬至塞外后所作,一方面反映了当时边关将领的无能和对百姓的残害,同时也抒发了作者沉痛的感情。这些作品在传播之后,极大地震动了当权者,他们才会极力构陷沈炼并置之于死地。茅坤的序言并没有从诗歌艺术技巧的角度去谈,而是重点谈论了诗歌反映现实、讽刺现实及抒发性情的作用,其所持的乐府观念与"鸣盛者"显然有所不同。

从以上可以看出,明代拟古乐府的创作极为发达,不同作家的乐府观念和创作动机也不一样,而序言、跋语作者的评论角度也各不相同,这些都是明代乐府诗学的重要内容。但拟古之作既多,其创新性当然会引起质疑。明代后期"公安派"的江盈科(1553—1605)就说:

> 古乐府、古诗所命题目,如《君马黄》《雉子班》《艾如张》《自君之出矣》等类,皆就其时事构词因以名篇,自然妙绝。而我朝词人乃取其题目各拟一首,名曰复古。夫彼有其时、有其事,然后有其情、有其词,我从而拟之。非其时矣,非其事矣,情安从生?强而命词,纵使工致,譬诸巧工能匠塑泥刻木,俨然肖人,全无人气。何足为贵?夫肖者且不足,贵况不肖者乎?且《君马黄》《雉子班》等题若必一一拟作,则《关雎》《螽斯》之类何为丢下不拟?岂古乐府、古诗能古于三百篇耶?以此见拟古无用,迭屋架床,虚糜岁月,不足立名。若李杜歌行,如《庐山高》《蜀道难》《羌陂》《打鱼》《缚鸡》《茅屋为秋风所破》等类,皆因时因事命题名篇,自是高古奇绝,所以为诗中豪杰。然则作诗者不能自出机轴,而徒局蹐千古之题目名色中,以为复古,真处裈之虱也。[①]

江盈科对当时盛行的拟写古乐府之风进行了猛烈抨击。他指出古乐府诗

---

① 江盈科:《雪涛诗评》,《说郛》续本(宛委山堂刻)。

是"就其是时事构词",都是有感而发,所以"自然妙绝"。唐代的李杜同样是"因时因事命题名篇",也可以做到"高古奇绝"。而明代作家却打着复古的旗号,机械模拟乐府古题,就好比木雕泥塑,全无人气,所以不足为贵。江盈科甚至将其比作"裈中之虱",其不满可想而知。

第六章 明代诗学名家与乐府诗学

与唐、宋人相较,明人诗歌创作的总体水平虽然不高,但论诗活动却极为昌盛。正如《明代文学批评史》一书"说明"中所说:"明代是我国文学批评史上颇为热闹的一个时期,流派林立,异说纷呈。……在传统的诗文领域,文人们各树旗帜,坛坫自高。"①在二百余年的时间里涌现出高棅、李东阳、"前七子"、杨慎、"后七子"、胡应麟、胡震亨、许学夷、钟惺等一大批诗学名家。这些诗学名家既是诗歌的创作者,又是诗歌的评论者。他们分别从各自不同的诗学观念出发,对汉代以来的乐府制度、乐府文献进行过研究,对古乐府、唐乐府、宋元乐府及明代乐府诗的诗题、本事、体式、手法等进行过大量的分析和评论。由于他们在文坛上具有特殊地位,他们对于乐府诗的研究引领了不同阶段乐府诗学的发展。本书拟选取其中最具代表性的一些诗学名家进行论述,以求对明代乐府诗学有更加深入的剖析。

第一节 从李东阳到前后"七子"
——以乐府为复古

李东阳作为明代中期的政坛及诗坛领袖,其乐府诗观念我们在前面论述

---

① 袁震宇、刘明今:《明代文学批评史》,第1页。

其《拟古乐府》时已经有所介绍。李东阳及"茶陵派"是作为诗风平庸的"台阁体"的对立面登上历史舞台的。《四库全书·怀麓堂集提要》曾云："东阳依阿刘瑾,人品、事业均无足深论。其文章则究为明代一大宗。自李梦阳、何景明崛起弘、正之间,倡复古学,于是文必秦汉,诗必盛唐,其才学足以笼罩一世,天下亦响然从之,茶陵之光焰几烬。逮北地信阳之派转相摹拟,流弊渐深,论者乃稍稍复李东阳之传以相撑拄。……东阳如衰周弱鲁,力不足御强横,而典章文物尚有先王之遗风。殚后来雄伟奇杰之才,终不能挤而废之,亦有由矣。"①尽管清四库馆臣对李东阳的人品、事业评价不高,但也承认其文章为"明代一大宗"。尤其是在"前七子"复古诗学的弊端日益显露之后,李东阳的重要性得到了进一步凸显。

李东阳论诗主"格调",其《怀麓堂诗话》曰："诗必有具眼,亦必有具耳。眼主格,耳主声。闻琴断知为第几弦,此具耳也;月下隔窗辨五色线,此具眼也。费侍郎廷言,尝问作诗,予曰:'试取所未见诗,即能识其时代格调,十不失一,乃为有得。'费殊不信。一日,与乔编修维翰观新颁中秋书,予适至,费即掩卷问曰:'请问,此何代诗也?'予取读一篇,辄曰:'唐诗也。'又问:'何人?'予曰:'须看两首。'看毕,曰:'非白乐天乎?'于是二人大笑,启卷视之,盖《长庆集》,印本不传久矣。"②这段材料是大家都很熟悉的。但何为"格",何为"调",却并不容易说清楚。我们认为,李东阳所说的"格"近于格律,而"调"近于音响。"长篇中须有节奏,有操有纵,有正有变;若平铺稳布,虽多无益。唐诗类有委曲可喜之处,惟杜子美顿挫起伏,变化不测,可骇可愕,盖其音响与格律正相称;回视诸作,皆在下风。然学者不先得唐调,未可遽为杜学也。"③李东阳要求诗歌既要符合格律要求,又要有音调之美。

李东阳同意以声论诗的观点:

---

①　纪昀等纂:《武英殿本四库全书总目提要》卷一百七十,第48册,第100—101页。
②　李东阳著,李庆立校释:《怀麓堂诗话校释》,第24—25页。
③　李东阳著,李庆立校释:《怀麓堂诗话校释》,第60页。

　　　　陈公父论诗专取声,最得要领。潘祯应昌尝谓予诗宫声也。予
　　讶而问之,潘言其父受于乡先辈曰:"诗有五声,全备者少,惟得宫声
　　者为最优,盖可以兼众声也。李太白、杜子美之诗为宫,韩退之之诗
　　为角,以此例之,虽百家可知也。"予初欲求声于诗,不过心口相语,
　　然不敢以示人。闻潘言,始自信以为昔人先得我心。天下之理,出于
　　自然者,固不约而同也。赵撝谦尝作《声音文字通》十二卷,未有刻
　　本。本入内阁,而亡其十一,止存总目一卷。以声统字;字之于诗,亦
　　一本而分者。于此观之,尤信。门人辈有闻予言,必让予曰:"莫太
　　泄漏天机否也?"①

　　在李东阳看来,以声论诗最得要领,这显然是"诗以声为先"的诗学观念。
而且不同的诗人其作品可以对应不同的声调,像李白、杜甫的诗属宫调,而韩
愈的诗属角调。李东阳本人对自己的这个发现非常得意,甚至将其称为不可
泄露的"天机"。

　　重视诗歌音声的李东阳当然也会重视乐府诗的创作与评论,因为乐府诗
本来就和音声有着密切关联。在上一章里,我们已经讨论过他的《拟古乐府》
创作。而李东阳对于乐府诗的拟写与评论,并非简单的文字游戏,而是代表了
一种复古的文学倾向。虽然后来李梦阳、王世贞等人也批评过李东阳,但需要
注意的是,他们批评李东阳更多是因为李东阳未能鲜明地树起文学复古大旗,
在师法汉魏、盛唐的道路上走得还不够远,而不是因为李东阳不复古。

　　李东阳实际上是反对在拟古乐府的创作中"字模句拟"的。他曾指出:
"古、律诗各有音节,然皆限于字数,求之不难。惟乐府长短句,初无定数,最
难调叠;然亦有自然之声。古所谓声依永者,谓有长短之节,非徒永也。故随
其长短,皆可以播之律吕;而其太长、太短之无节者,则不足以为乐。今泥古诗
之成声,平侧长短、句句字字,摹仿而不敢失,非惟格调有限,亦无以发人之情

_____

　　①　李东阳著,李庆立校释:《怀麓堂诗话校释》,第64页。

性。若往复讽咏，久而自有所得。得于心而发之乎声，则虽千变万化，如珠之走盘，自不越乎法度之外矣。如李太白《远别离》、杜子美《桃竹杖》，皆极其操纵，曷尝按古人声调？而和顺委曲乃如此。固初学所未到，然学而未至乎是，亦未可与言诗也。"①李东阳认为与律诗和词相比，乐府诗句式长短"初无定数"，最难模仿，但也有自然之声。后人拟写古乐府诗，不应该句句字字去模仿，否则就会"格调有限"，且无法"发人之情性"。

与李东阳相比，以李梦阳、何景明为代表的"前七子"虽然也谈论和拟写古乐府诗，但谈论的角度已经发生了明显的变化。如何景明在《古乐府叙例》一文中曾说：

> 予读左氏《古乐府》，自唐虞三代以来，逸诗至六朝之言备矣。然其录不能无杂，要之不可尽举。予乃择其辞古训雅者，凡九十三首尔。夫三百篇之外，可以诵说者尽在是已。不其难乎！不其难乎！

> 左氏以音调类词。夫声音之道，予莫之有考也已，恐悖缪失实。书曰："歌永言，声依永"，今姑伦其辞。其辞伦，而音声亦各自见矣。诗厘上、中、下三卷，三卷各厘上、下，取其伦类以相参附。言辞高下，时代变易，作述源流，咸自著矣。

> ……

> "诗三百"皆弦歌，后世乐府或立篇题，词多托讽，义兼比、兴，其随事直陈，悉曰古诗，格变异矣。予故取其有篇题者入古乐府。若《古诗十九首》及他选诗，别为编列。

> 或曰：明良《五子之歌》，何以不入乐府？曰：夫既已著之经世之训矣。②

---

① 李东阳著，李庆立校释：《怀麓堂诗话校释》，第 21 页。按：校释本原文"乐府"与"长短句"之间有顿号，误，当删去。

② 何景明：《何大复集》卷三十四，李淑毅等点校，中州古籍出版社 1989 年版（下同），第 602 页。按：此点校本中最后一段中"篇题"作"升题"，误，笔者已正之。

253

从这篇文章可以看出,何景明也编撰过一部《古乐府》,共选诗 93 篇。与李东阳多谈音声不同,何景明显然是以篇题是否相类作为判断古乐府的标准。他在这篇叙言的前半部分已经说过自己对音乐没有研究,而且他认为古音难考,左克明的音调分类可能已经很牵强。这显示出"前七子"对于乐府诗的关注点已经逐渐从音声转到文本。

至于发生这种转变的原因,我们稍微思考一下就不难得出。李东阳多谈"音调",并大量拟写古乐府诗,这虽然也是一种复古的倾向,但由于古音早已失传,在李东阳生活的时代想模拟古调、恢复古调实际上是不可能的。如果过多强调乐府诗的"调",就会让拟写和复古遇到极大的困难而无法开展。所以何景明在谈论乐府诗时,有意避开了音调的问题,而重点关注诗歌的题目和文本内容,毕竟文本内容和体式是千古不变的,就算是身处明代的文人一样可以进行模拟。

我们通过李梦阳对于乐府古辞的拟写不难看出这一点,如《乌生八九子》一题:

> 乌生八九子,端坐秦氏桂树间。唶!我秦氏家有游遨荡子,工用睢阳强,苏合弹,左手持强弹,两丸出入乌东西。唶!我一丸即发中乌身,乌死魂魄飞扬上天。阿母生乌子时,乃在南山岩石间。唶!我人民安知乌子处,蹊径窈窕安从通?白鹿乃在上林西苑中,射工尚复得白鹿脯。唶!我黄鹄摩天极高飞,后宫尚复得烹煮之;鲤鱼乃在洛水深渊中,钓钩尚得鲤鱼口。唶!我人民生各各有寿命,死生何须复道前后。(《乌生八九子》古辞)①

> 乌生八九子,八九子喂饲两老乌,乃在城墙高树头。两老乌拮据为巢,心中实毒荼。昼夜喂饲八九子,八九子长成各自飞,不来顾老乌巢。风雨巢漂摇,今年有巢处,来年哺子何处所。猛虎能食人,尚

---

① 郭茂倩编:《乐府诗集》卷二十八,第 2 册,第 408 页。

复有子之亲。蝼蚁极细小虫,奉事长上礼若君臣,何得朋友如路人?
上车逢所知,下车称别离,泪下如雨眼迷离。来时不知南,不知北,我
去何劳问东西。车轮班班转,老乌飞飞啄赤觅。(李梦阳《拟乌生八
九子》)①

可以看出,李梦阳的拟作在诗歌体式上和古辞极为接近,同样为杂言体,
读起来时有拗口之处,内容上也同样有劝导世人之意。这当然是一种刻意的
模拟,表现出来的是一种明确的诗歌复古追求。清四库馆臣曾评价李梦阳
"其诗才力富健,实足以笼罩一时。而古体必汉魏,近体必盛唐,句拟字摹,食
古不化,亦往往有之"②,确为公论。

"前七子"中的另外一位重要人物康海则表达了对于音韵的矛盾态度。
其《林泉清漱集序》云:"野堂有美才敏思,遇有所感,则诗若词应口而出,无俟
点窜。俏意俊句层见叠出,挥洒示人,四座称羡,以为难能。至于填腔,诗韵得
谐即已,初不深求东钟江阳之细。其间或至以庚青协东钟,以寒山协盐咸者,
曰:'歌之不离,是即大协。我道盖如是耳。'客有难者,笑而不答。已而曰:
'于戏三百篇亦古之乐歌也。被之管弦,荐之郊庙,神人以和,顾岂拘拘于韵
者。天地间所闻皆韵,视作者何如耳。夫岂有不协哉!'长白山人徐本良
曰:'仁瑞之论奇矣,何古诗有协韵而律诗则专韵乎?今之歌曲犹律也,故
乐府法以知韵为第一义,分甚严也。世代之相乘,风俗之沿习,奈何可以如
是论也?'予次第野堂之著,将刊以传世,而犹以二君之言序诸卷首。虽所
以爱其才之美,又因以明其法之不可废也。"③《林泉清漱集》的作者王仁瑞
作诗不深求音韵,认为古之乐歌并不拘泥于声韵,且"天地间所闻皆韵"。
而徐本良则坚持"乐府法以知韵为第一义"。康海在为《林泉清漱集》作序
的时候,将二人的对话全部收录其中。既肯定了王仁瑞的诗才,同时也认为

---

① 李梦阳:《空同集》卷六,第 43 页。
② 纪昀等纂:《武英殿本四库全书总目提要》卷一百七十一,第 48 册,第 165 页。
③ 康海:《对山集》卷四。

诗法不可废。当然,后世说所说的"诗韵"和古乐府之音律并不能画等号。强调诗韵,其实已经将关注点转向了乐府诗文本,这与汉乐府的自然声韵已经相去甚远。

到了以李攀龙、王世贞为代表的"后七子"时代,"以乐府为复古"的倾向更加明显。李、王二人都拟作过大量的古乐府诗,并在乐府诗人及作品的评论中体现出明显的复古倾向。前文已经说过,李攀龙编撰的《古今诗删》显示了"诗以乐府为首"的取向。而王世贞通过评价胡应麟的拟古乐府表达了"乐府以汉人为首"的观念。他在《答胡元瑞》中说:

> 辱损致全集,瑰奇雄丽,变幻纵横,真足推倒一世。仆向为足下
> 作序,仅睹《计偕》《岩栖》二种中诸体尚未备,故末以西京、建安相
> 勖。今读《卧游》诸作,古诗、乐府已深入汉人壶奥,平处尚可驰骛公
> 干、仲宣,不知曹氏兄弟为何如耳。①

王世贞称赞胡应麟的乐府诗已深入汉人壶奥,胜过刘桢、王粲及曹氏兄弟。这实际上是对汉、魏乐府诗的高下进行了评判,体现了其"乐府以汉人为首"的观念。

但与"前七子"相比,王世贞的复古诗学显然作了一些必要的调整,不再追求对于古乐府的亦步亦趋,而是更注重继承古乐府的精神。其《书李西涯古乐府后》云:

> 吾向者妄谓乐府发自性情,规沿风雅。大篇贵朴,天然浑成;小
> 语虽巧,勿离本色。以故于李宾之拟古乐府,病其太涉论议,过尔抑
> 剪,以为十不得一。自今观之,亦何可少夫! 其奇旨创造,名语迭出。
> 纵不可被之管弦,自是天地间一种文字。若使字字求谐于《房中》
> 《铙吹》之调,取其声语断烂者而模仿之,以为乐府在是。毋亦西子
> 之颦、邯郸之步而已。②

---

① 王世贞:《弇州四部稿·续稿》卷二百六。
② 王世贞:《读书后》卷四,清文渊阁四库全书本(下同)。

　　王世贞早年对李东阳拟古乐府抨击甚多,但晚年看法有很大转变,认为李东阳拟古乐府亦有"奇旨创造,名语迭出","自是天地间一种文字"。而他对于当时文坛上一些刻意模拟古乐府古奥不通语言之辈是不认可的。

　　另外,王世贞对拟古乐府诗反映现实的功能也很看重,他写过一篇《貌工来序》:

　　　　《貌工来》者,拟古乐府题也。嘉靖中,吾州之乡先生周子仪倅绍兴郡,分署会稽,有惠政于民。又尝为其邑建三江堰闸,潴水以溉田,田改瘠而腴。周君政成,数被旌荐,当殊擢。而以不能终事上官,仅得滇中一守,弃之归。归且数年,而绍兴守张明道因民之思,欲建祠以祀君,而不能识其貌。使画工图以去。一时与君友者,陆伯子之箕、仲子之裘,各为乐府辞,侈之名之曰《貌工来》。而文待诏徵明以古隶书卷首。垂五十年,而君之子祥麟属世贞叙其事。世贞考汉时,郡太守而下独一丞或一都尉,其行事与守共之。而班史之传循能吏,往往有守而不逮丞尉。守之属为邑令,又往往详守而略于令。岂守之政独及民,而丞尉压于守不获究耶?夫苟曰及民孰有过于令者,而胡以独略也。然则班氏亦不获精心博采如扬子云之操不律以从軺轩使者而第取显重之人而著之传,宜其不能无略,且不逮也。今周君之为倅,不独压于守,又且逊丞。而能使人之称之,其惠政在署邑,而能使人思之至庙而貌之。周君固贤也。其人能不忘周君,不以周君之废且久而追貌之,其人亦贤也。张守因民思,迹周君于寂蔑之地,而昭之以风在位者,张守亦贤也。昔朱司农邑在桐乡有去后思且死,属其后"必葬我桐乡,若曹岁时祀,我不能如"。桐乡吏民后果然。而周君之捐馆,亦且隃四十年矣。祥麟兄弟孝而文,其能烝尝,君固无俟于绍兴之为祀者。第其人之能,庙貌君于废且久,则岁时之伏腊可推也。或谓《貌工来》于事无当,不曰《雁门太守行》为洛阳令王涣乐府耶?王以令,周君以倅行令事,皆得祀而后先载在乐府,无愧哉!

太师且采之,因以上太史公矣。①

从这篇序言可以知道,嘉靖年间王世贞的同乡先贤周子仪曾做过绍兴郡守的副手,分署会稽,有惠政。但周子仪因为不善于溜须拍马,并未得到重用,只被安排到云南一带做太守,于是弃官归家。数年之后,因为会稽百姓始终感念周子仪的功绩,继任会稽太守的张明道就准备为周子仪修建一座生祠。张明道没有见过周子仪,不知其相貌,于是就派画工到周子仪家里画其图而去。这件事在当时传为美谈,周子仪的好友陆之箕、陆之裘兄弟等人分别创作了乐府诗颂扬此事,诗题都叫作《貌工来》,集为一卷。卷首是文徵明的古隶书。近五十年后,周子仪的儿子周祥麟又请王世贞为此事作叙,于是王世贞写下这篇序言,序中歌颂了周子仪倅绍兴期间的功绩,同时认为众人不用《雁门太守行》为题,而即事名篇曰《貌工来》是正确的。这说明王世贞对乐府诗"映现实""美教化"的功能非常看重,且赞成"即事名篇""无复依傍"的新题乐府创作方法。王世贞虽然也说复古,但比起李梦阳,他已经对机械拟古的流弊进行了一定的矫正。

王世贞的弟弟王世懋则是通过高度推崇古乐府的"不可及"来体现其诗歌复古的观念。他在《艺圃撷余》中说:"初学者不知苦辣,往往谓五言古诗易就,率尔成篇。……不知律尚不工,岂能工古?……乐府两字,到老摇手不敢轻道。李西涯杨铁崖都曾做过,何尝是来?"②针对明代中期以后兴起的拟写古诗、古乐府的风潮,王世懋明确指出拟写古诗和古乐府的难度其实非常大。五言古诗表面上看起来容易写,但难度还在律诗之上。至于乐府,王世懋则将其推向了文学经典的巅峰,认为难度极大,"到老摇手不敢轻道",李东阳和杨维桢的乐府诗创作都未得要领。在元、明两代,杨维桢的《铁崖古乐府》和李东阳的《拟古乐府》名气很大,而王世懋却对二人的创作持否定态度,这也进一步凸显了乐府古诗的经典性和不可重复性。这当然也是明代第二次文学复古思潮的体现。

---

① 王世贞:《弇州四部稿·续稿》卷四十六,清文渊阁四库全书本。
② 王世懋:《艺圃撷余》,载何文焕辑:《历代诗话》下册,第777页。

第二节　杨　慎

——乐府文献研究的集大成者

　　杨慎作为"明代三才子"之一,其生活的时代刚好介于"前七子"与"后七子"之间。杨慎对于当时诗坛上盛行的拟古之风表示了不满,如对于被拟写最多的汉乐府"铙歌十八曲",他说:"汉'铙歌十八曲'自《朱鹭》至《石留》,《古今乐录》谓其声辞相杂、不复可分,是也。近世有好奇者拟之,韵取不协,字用难训,亦好古之弊矣。"①杨慎认为《古今乐录》对于后人所见到的汉乐府"铙歌十八曲"声辞相杂、不复可分的判断是正确的。明代一些拟写古乐府诗的人不明白这个道理,以为汉乐府本来就是艰深拗口的,所以在拟写时也故意将作品的声韵和文字写得晦涩难懂,这正是拟古者的弊端。

　　杨慎也是一位研究乐府诗的大家。其《升庵诗话》涉及乐府诗研究的内容近 60 则,且研究对象广泛,包括乐府诗文献研究、音乐研究、文学研究等。与前后"七子"多谈乐府诗的社会功能不同,乐府诗文献研究是杨慎乐府诗学用力最多、成就最高的部分。

　　杨慎虽然生于明代,但诗学理论较为持正,并未像前后"七子"那样一味抨击宋人,而是采取了更加包容的态度。他在论杜诗时曾经说:

　　　　杜子美云:"读书破万卷,下笔如有神。"此子美自言其所得也。读书虽不为作诗设,然胸中有万卷书,则笔下自无一点尘矣。近日士夫争学杜诗,不知读书果曾破万卷乎?! 如其未也,不过拾《离骚》之香草,丐杜陵之残膏而已。又尝记宋宣政间,文人称翟汝文、叶梦得、汪藻、孙觌四人。孙尝自评曰:"吾之视浮溪,浮溪之视石林,各少十年书。石林视翟忠惠亦然。"识者以为确论。今之学文者,果有十年

----

　　① 杨慎:《丹铅余录·摘录》卷十二。

乎?！不过抄《玉篇》之难字,效红勒之轧辞而已。乃反竣其门墙,高自标榜,必欲晚古人而薄前辈。何异蜉蝣撼大树乎?！①

南宋的严羽就曾批评宋人"以才学为诗",明代李梦阳等人更是攻讦宋诗不遗余力。而杨慎却对于读书、积累才学有不同的观点。杨慎认为读书虽然不是为了作诗,但一个人如果像杜甫那样胸中有万卷书,那么笔下就会无一点尘。近日士大夫纷纷以学杜为标榜,但实未读书。这种重视读书、重视材料积累的思想,必然会反映到他的乐府诗学观念和乐府诗研究中。杨慎在研究乐府诗时,侧重于字词、名物、本事、作者的考证,这与他读书多是有直接关系的。

杨慎的乐府诗文献研究主要包括以下四个方面。

一是对乐府诗题及本事的考证。由于时代久远,部分乐府诗题在流传的过程中失去了本意,给后人解读增加了难度。虽然有《乐府解题》《乐府诗集》和历代史书中的"乐志"部分等可供参照,但仍有很多难解之处。如《朱鹭》一题,《乐府诗集》卷十六引《仪礼》和《隋书·乐志》中的有关记载,得出"汉曲盖因饰鼓以鹭而名曲焉"②。然而此说只是解释了"鹭"的由来,却未能说清"朱"之含义。杨慎则在《升庵诗话》卷四中说:"古乐府有《朱鹭曲》,解云:'因饰鼓以鹭而名曲焉。'又云:'朱鹭咒鼓,飞于云末。'徐陵诗有'枭钟鹭鼓'之句,宋之问诗'稍看朱鹭转,尚识紫骝骄',皆用此事。盖鹭色本白,汉初有朱鹭之瑞,故以鹭形饰鼓,又以朱鹭名《鼓吹曲》也。梁元帝《放生池碑》云:'元龟夜梦,终见取于宋王。朱鹭晨飞,尚张罗于汉后。'与朱鹭飞云末事相叶,可以互证,补《乐府解题》之缺。"③在杨慎看来,正因为鹭一般都是白色,所以汉初的时候有朱鹭出现被认为是祥瑞之兆,并用鹭的图形装饰鼓,这才是《鼓吹曲》中《朱鹭》一题的由来。与《隋书·乐志》中的说法相较,杨慎的观点更合情理,且有梁元帝的诗歌可以作为验证,的确可以弥补《乐府解题》相

① 杨慎:《丹铅余录·摘录》卷十一。
② 郭茂倩编:《乐府诗集》卷十六,第1册,第226页
③ 杨慎:《升庵诗话》卷四,载丁福保辑:《历代诗话续编》中册,第703页。

关记载的缺漏。

又如《乐府诗集》卷七十六收录有沈约《夜夜曲》二首,并引《乐府解题》曰:"《夜夜曲》,伤独处也。"①卷七十九又收录薛道衡《昔昔盐》一首:"隋薛吏部有《昔昔盐》,唐赵嘏广之为二十章。《乐苑》曰:'《昔昔盐》,羽调曲,唐亦为舞曲。"昔"一作"析"。'"②杨慎则认为这两个乐府曲调其实是同一个。《升庵诗话》卷六云:"梁乐府《夜夜曲》,或名《昔昔盐》,昔即夜也。《列子》:'昔昔梦为君。'盐亦曲之别名。"③杨慎引《列子》中的记载,证明"夜"与"昔"同义。又指出"盐"为曲之别名。从而得出《夜夜曲》与《昔昔盐》为同一曲调的结论。

除了对部分乐府诗题的解读,杨慎还对一些乐府诗的"本事"进行了考证。如常见的"小姑无郎"一事,《升庵诗话》卷一云:"古乐府《清溪小姑曲》云:'开门白水,侧近桥梁。小姑所居,独处无郎。'唐李义山诗:'神女生涯元是梦,小姑居处本无郎。'小姑,蒋子文第三妹也。杨炯《少姨庙碑》云:'虞帝二妃,湘水之波澜未歇;蒋侯三妹,青溪之轨迹可寻。'"④"清溪小姑"虽然是后世诗歌中常见的意象,但关于乐府古辞中的"清溪小姑"的身份却一直是个谜。杨慎则通过引用杨炯《少姨庙碑》中的有关记载,考评出"清溪小姑"真实的身份应该是东汉末年蒋歆的三妹,从而让后人对"清溪小姑"的本事有了更准确的理解。

二是对乐府诗中名物的考释。杨慎还特别擅长对乐府诗中名物的考释。如"白纻"一词,《乐府诗集》卷五十五引《乐府解题》曰:"古词盛称舞者之美,宜及芳时为乐,其誉白纻曰:'质如轻云色如银,制以为袍余作巾。袍以光躯巾拂尘。'"⑤但并未明确说出"白纻"究竟为何物。杨慎则在《升庵诗话》卷三

---

① 郭茂倩编:《乐府诗集》卷七十六,第 3 册,第 1070 页。
② 郭茂倩编:《乐府诗集》卷七十九,第 4 册,第 1109 页。
③ 杨慎:《升庵诗话》卷六,载丁福保辑:《历代诗话续编》中册,第 752 页。
④ 杨慎:《升庵诗话》卷一,载丁福保辑:《历代诗话续编》中册,第 643 页。
⑤ 郭茂倩编:《乐府诗集》卷五十五,第 3 册,第 797—798 页。

中引王建和元稹的诗句进行佐证,得出"白紵,舞衣也"这一结论①,更好地解释了"白紵"一词的含义,有助于后人对于乐府古辞的理解。

又如刘言史《乐府杂词》曰:"蝉鬓红冠粉黛轻,云和新教羽衣成。月光如雪金阶上,迸却颇梨义甲声。"其中"义甲"一词历来意义不明。杨慎则在《升庵诗话》卷十二中说:"妓女弹筝护甲也,替指,或以银,或以玻璃,杜诗'银甲弹筝卸'是也。其曰'义甲'者,甲外有甲曰义,如假髻曰义髻,乐有义嘴笛,衣服有义栏,皆外也。项羽目所立楚王为义帝,以义男义女视之,其无道而猾贼甚矣,身死东城,讵非兆于此乎?"②杨慎根据"义髻""义栏"等词推定"义甲"的意思应当是妓女弹筝时佩戴的护甲,也就是我们今天所说的"假指甲",其说有理。

再如乐府古诗中的"双鲤"一词,以往大家都认为就是指两条鲤鱼,剖开烹制时就会发现鱼肚子里藏着书信。但杨慎认为并非如此:"古乐府诗:'尺素如残雪,结成双鲤鱼。要知心里事,看取腹中书。'据此诗,古人尺素结为鲤鱼形即缄也,非如今人用蜡。《文选》:'客从远方来,遗我双鲤鱼。'即此事也。下云烹鱼得书,亦譬况之言耳,非真烹也。五臣及刘履谓古人多于鱼腹寄书,引陈涉罝鱼倡祸事证之,何异痴人说梦邪!"③按照古乐府诗的说法,"双鲤"指的是将尺素结为鲤鱼形用来表达"缄封"之意,和后人用蜡封信不同。《饮马长城窟行》一诗中所说的"烹鱼得书"也并非真烹,而是譬喻。后世《文选》的注者们对此全都误会了。

杨慎对乐府诗中名物的这些考释往往能打破陈规、翻新出奇,并且多数言之有据,给后人更好理解乐府诗提供了很大帮助。

三是对乐府诗中字、词舛误的考订。在乐府诗长期的流传过程中,极有可能存在字、词方面的讹误。即使是郭茂倩所编的《乐府诗集》,也难免会出错。

---

① 杨慎:《升庵诗话》卷三,载丁福保辑:《历代诗话续编》中册,第 684 页。
② 杨慎:《升庵诗话》卷十二,载丁福保辑:《历代诗话续编》中册,第 890 页。
③ 杨慎:《升庵诗话》卷十三,载丁福保辑:《历代诗话续编》中册,第 901 页。

杨慎在《升庵诗话》中就指出了《乐府诗集》和左克明《古乐府》在字、词上存在的一些讹误。

杨慎《升庵诗话》卷四"狄香"条云："张衡《同声歌》：'洒扫清枕席，鞮芬以狄香。'鞮，履也。狄香，外国之香也。谓以香薰履也。近刻《玉台新咏》及《乐府诗集》改'狄香'作'秋香'，大谬。吴中近日刻古书，妄改例如此，不能一一尽弹正之。"①杨慎认为，张衡《同声歌》中的"狄香"原来是指外国之香，可以用来薰履。但后世所刻《玉台新咏》和《乐府诗集》都将"狄香"改成了"秋香"，完全丧失了原诗的本义，可谓"大谬"。

卷七"康浪"条又云："宁戚《饭牛歌》：'康浪之水白石烂。'康浪水在今山东，见《一统志》，可考。今《乐府》误作沧浪之水。沧浪在楚，与齐何干涉也。骆宾王文云：'观梁父之曲，识卧龙于孔明；听康浪之歌，得饭牛于宁戚。'此可以证。近书坊刻骆集，又妄改'康浪'作'康衢'，自是尧时事，与宁戚何干涉也。"②杨慎指出，宁戚是齐地人，《饭牛歌》中原来所说的"康浪之水"在山东，与楚地的"沧浪之水"毫不相干，这一点骆宾王的文也可以佐证。而《乐府诗集》却将"康浪"改成了"沧浪"，差之毫厘，失之千里，也属于明显的失误。

除了纠正《乐府诗集》在字句上存在的一些失误，杨慎还指出了左克明《古乐府》中一些类似的情况。《升庵诗话》卷十二"乐府误字"条云："陕西近刻左克明《乐府》本，节郭茂倩《乐府诗集》，误字尤多，略举一二。如《读曲歌》云：'逋发不可料，憔悴为谁睹。欲知相忆时，但看裙带宽几许。'逋发谓发之散乱未料理也。'逋'字下得妙，今改作'通发'，何解也？今据郭本正之。又《乌栖曲》云：'宜城酘酒今行熟。'酘酒，重酿酒也。不知何人妄改作'投泊'。酘酒熟则有理，'投泊'岂能熟也？虽郭本亦误。按《北堂书钞》云'宜城九酝酒曰酘酒'，并引此句。晋《白纻舞》词'罗袿徐转红袖扬'，何承天《芳

---

① 杨慎：《升庵诗话》卷四，载丁福保辑：《历代诗话续编》中册，第712页。
② 杨慎：《升庵诗话》卷七，载丁福保辑：《历代诗话续编》中册，第782页。

树曲》'微飙扬罗袿',皆误'袿'作'鞋'。"①杨慎认为左克明的《古乐府》本是
节选《乐府诗集》而成,但在这个过程中又出现了一些错讹。如将《读曲歌》中
的"逋发"改成了"通发","罗袿"改成了"罗鞋",都是明显的失误。另外,对
于《乐府诗集》中原本就存在的一些问题,左克明也没能发现并加以纠正。如
《乌栖曲》中的"酘酒",《乐府诗集》已经误作"投泊",左克明又沿袭其误。杨
慎引《北堂书钞》中的记载予以订正。

杨慎于乐府诗字、句的考订方面用力甚多,纠正了长期以来乐府诗作品中
存在的一些错误,这方面的贡献很大。

四是对乐府诗版本的考证及诗歌补录。乐府诗在流传的过程中可能会产
生不同的版本,有时它们在字句上还会存在比较大的差异。弄清楚这些情况
对于乐府诗的深入研究具有重要价值。杨慎在《升庵诗话》中提供了几个较
为罕见的乐府诗版本。

如关于杜甫的《丽人行》,《升庵诗话》卷十四"丽人行逸句"条云:"松江
陆三汀深语予:'杜诗《丽人行》,古本"珠压腰衱称称身"下有"足下何所着,
红渠罗袜穿镫银"二句,今本亡之。'淮南蔡衡仲昂闻之击节:'非惟乐府《鼓
吹》,兼是周昉美人画谱也。'"②杨慎从陆三汀那里得知,杜甫的《丽人行》古
本与当时的流行本不同,在"珠压"一句后面还多出"足下何所着,红渠罗袜穿
镫银"两句。蔡衡仲对这两句大加赞赏。遗憾的是,杨慎并没有具体说明这
个古本的来历。

又如《乐府诗集》卷三十五有《塘上行》五解,作者虽标为魏武帝,但按注
释实为魏文帝甄皇后临终所作。全文如下:

> 蒲生我池中,蒲生我池中,其叶何离离。傍能行人仪,莫能缕自
> 知。众口铄黄金,使君生别离。念君去我时,念君去我时,独愁常苦

---

① 杨慎:《升庵诗话》卷十二,载丁福保辑:《历代诗话续编》中册,第885页。
② 杨慎:《升庵诗话》卷十四,载丁福保辑:《历代诗话续编》中册,第923页。

悲。想见君颜色,感结伤心脾。今悉夜夜愁不寐。莫用豪贤故,莫用
豪贤故,弃捐素所爱。莫用鱼肉贵,弃捐葱与薤。莫用麻枲贱,弃捐
菅与蒯。倍恩者苦枯,倍恩者苦枯,蹶船常苦没,教君安息定,慎莫致
仓卒。念与君一共离别,亦当何时,共坐复相对。出亦复苦愁,出亦
复苦愁,入亦复苦愁。边地多悲风,树木何萧萧。今日乐相乐,延年
寿千秋。①

而《升庵诗话》卷十"甄后塘上行"条则收录了此诗的另外一个版本:

蒲生我池中,绿叶何离离。岂无蒹葭艾,与君生虽离。念君去我
时,独愁常苦悲。想见君颜色,感结伤心脾。念君常苦悲,夜夜不成
寐。莫以豪贤故,弃捐素所爱。莫以鱼肉贱,弃捐葱与薤。莫以麻枲
贱,弃捐菅与蒯。倍恩常苦枯,蹶船常苦没。教君安息定,慎莫致仓
卒。与君一别离,何时复相对。出亦复苦愁,入亦复苦愁。边地多悲
风,树木何搜搜。从君致独乐,延年寿千秋。

杨慎注曰:"此诗《乐府》亦载,而详略不同。然词义之善,无如此录之完
美,故书于此。"②从两个版本对比来看,《乐府诗集》中收录的作品分成了"五
解",并给每一解加了一个小标题(即每解的第一句话)。而且除了五言句之
外,还出现了两个七言句。相比之下,《升庵诗话》中收录的版本更像是一首
完整的五言古诗,语意也更加流畅,更符合甄后的身份和人物性格,应该是更
早的版本。

杨慎在《升庵诗话》中还收录了一首前人未曾发现的古乐府作品。卷十
一"蜀栈古壁诗"条云:"余于蜀栈古壁见无名氏号砚沼者书古乐府一首云:
'休洗红,洗多红在水。新红裁作衣,旧红番作里。回黄转绿无定期,世事反
覆君所知。'此诗古雅,元郭茂倩《乐府》亦不载。李贺诗云:'休洗红,洗多颜

① 郭茂倩编:《乐府诗集》卷三十五,第 2 册,第 522 页。
② 杨慎:《升庵诗话》卷十,载丁福保辑:《历代诗话续编》中册,第 847 页。

色淡。卿卿骄少年,昨夜殷桥见。封侯早归来,莫作弦上箭。'视前诗何啻千里乎?"①有一次杨慎经过蜀栈道,在山壁上发现了一首无名氏书写的古乐府诗,这首诗《乐府诗集》并未收录。杨慎认为,古乐府诗极为"古雅",相比之下李贺的《休洗红》诗语意太直露,与之相差甚远。

对乐府诗文献的研究是整个乐府诗研究的前提,也是乐府诗学研究的重要基石。杨慎作为明代中期较早的乐府诗学大家,在乐府诗题及本事的考证,名物的考释,字、词舛误的考订,诗歌版本的考证及诗歌补录上都取得了突出的成绩。与后来的胡应麟、许学夷等人相比,杨慎在乐府诗学理论体系的建构上做得还不多,他的一些考证工作也带有牵强附会的嫌疑,胡应麟就抨击过他关于《团扇歌》作者的考证:"《白团扇》'憔悴非昔容,羞与郎相见',王珉嫂婢谢芳姿歌也。王子敬妾桃叶,亦有《团扇歌》三首,其一云:'团扇复团扇,许持自障面。憔悴无复理,羞与郎相见。'与谢正同。岂王家婢妾,自相掇袭耶?然桃叶有'障面'句,意乃完足。芳姿语殊未见工。杨用修强桃叶一歌附会谢作,且云芳姿如此才而屈为人婢,信佳人多薄命。恐大令有知,攘臂地下矣!漫识此,发一笑。"②胡应麟认为杨慎将桃叶的作品附会为谢芳姿所作,实属可笑。

《历代诗话续编》的编者丁福保在《重编升庵诗话弁言》中说:

升庵渊通赅博,而落魄不检形骸,放言好伪撰古书,以自证其说。如称宋本《杜集》《丽人行》中有"足下何所有,红蕖罗袜穿镫银"二句,钱牧斋遍检各宋本《杜集》,均无此二句。又如岑之敬《栖乌曲》载《乐府诗集》,有"明月二八照花新,当垆十五晚留宾"之句。升庵截此二句,添"回眸百万横自陈"一句,别题为岑之敬《当垆曲》。又如李陵诗有"红尘蔽天地,白日何冥冥"二句,下阙,见《古文苑》,见

---

① 杨慎:《升庵诗话》卷十一,载丁福保辑:《历代诗话续编》中册,第869—870页。
② 胡应麟:《诗薮》外编卷二,第161—162页。

《文选》李善本《西都赋注》。《升庵诗话》备载全诗,下多十二句,云出《修文御览》。此书亡来已久,殊不可信。以文义考之,"白日何冥冥"下,何得遽接云"招摇西北指,天汉东南倾"邪?又载七平七仄诗,七平如《文选》"离袿飞绡垂纤罗",今考傅武仲《舞赋》《古文苑》《文选》,皆云"华袿飞绡杂纤罗",不言"垂纤罗"也。凡此种种,皆失之伪撰。又如称渤海、北海之地,今哈密、扶余中国之沧州、景州名渤海者,盖侨称以张休盛云云。不知哈密在西,扶余在东,绝不相及。沧景一带,地皆濒海,故又有瀛州、瀛海诸名。谓曰侨置,殊非事实。又"香云""香雨",并出王嘉《拾遗记》,而引李贺、元稹之诗,又以卢象"云气杳流水"句,误为"香"字,此亦其引据疏舛处。王弇州讥其求之宇宙之外,而失之耳目之前。陈耀文且有《正杨》之作以诋之,后学或引以病升庵。然升庵之才器,实在有明诸家之上,瑕玷虽多,而精华亦复不少。《四库提要》谓求之于古,可以位置于郑樵、罗泌之间。后学弃其瑕砧而取其精华可也。[①]

丁福保认为杨慎关于《丽人行》和《栖乌曲》逸句的说法可能出于伪造。杨慎的乐府诗文献研究的确有不少问题。但他依然认为杨慎所著精华甚多,其地位可以处于郑樵、罗泌之间。我们不能因为杨慎的乐府诗研究存在瑕疵,就否认杨慎在明代乐府诗学发展过程中的开创之功。当然我们说杨慎长于乐府诗文献研究,这并不意味着他对乐府诗学别的领域没有研究。杨慎对乐府诗的体式、字音等也有较多涉猎,限于篇幅在这里不再讨论。

第三节　胡应麟与许学夷
——乐府辨体与乐府诗史的初步构建

到了明代后期,随着乐府诗研究的逐渐深入,乐府诗学也呈现出一些新的

---

① 杨慎:《升庵诗话》"弁言",载丁福保辑:《历代诗话续编》中册,第634—635页。

走向和特征。其中一个重要的走向就是——诗学家对于乐府诗的辨体工作越来越细致,并且开始建构相对较为完整的乐府诗发展史。

胡应麟是明代后期较为重要的一位诗学家兼诗人。清四库馆臣曾称赞"其诗文笔力鸿邑,又佐以雄博之才,亦颇纵横变化,而不尽为风气所囿。当嘉、隆之季,学者惟以模仿剽窃为事,而空疏肤陋皆所不免。应麟独能根柢群籍,发为文章。虽颇伤冗杂,而记诵淹博,实亦一时之翘楚矣"①。清四库馆臣认为胡氏在明代中后期复古诗学大盛的背景下,能够"根柢群籍,发为文章",远胜那些模仿剽窃之辈,实为"一时之翘楚"。

胡应麟与"后七子"的领袖人物王世贞及其弟王世懋关系极为密切。《少室山房集》卷首有王世贞给胡应麟作的《石羊生传》,传文中记载了胡应麟与王氏兄弟交往的一些事迹。如"余弟敬美与观察公同年。过兰溪谓观察:'吾欲就阿戎谈,当胜卿。'遂即元瑞,剧语二夕,皆申旦临别,眷眷不忍释。曰:'吾于诗独畏于麟耳已矣,今庶几得足下。'"②这里所说的"敬美",就是王世懋的字。从这段话可以知道,王世懋与胡应麟的父亲、观察公胡僖同年,王氏兄弟皆是胡应麟的长辈。有一次王世懋路过兰溪,跟胡应麟有过两夕"剧谈"。王世懋之前论诗只服李攀龙,此时则对胡应麟极为佩服。李攀龙是王世贞之前"后七子"的领袖人物,比王世贞还年长十多岁。王世懋对胡应麟的评价可谓极高。又如"元瑞壮未有子,迄始举二子。戊子冬,复以按察公命赴公车,经至瓜洲而病。病积久不愈,慨然曰:'吾其殆乎!'谓余:'知应麟者唯子,幸及吾之身而传我,使我有后世,后世有我也。'"③胡应麟三十八岁到瓜洲时曾得过一场大病,病了很久都没痊愈。胡氏以为自己大限将至,感叹说幸亏王世贞已经替他作了这篇《石羊生传》,让自己不至于湮没于世。王世贞又在

---

① 永瑢等:《四库全书·少室山房集提要》,清文渊阁四库全书本(下同)。《四库全书总目》卷一百七十二著录《少室山房类稿》一百二十卷,与《少室山房集提要》内容相差较大。

② 胡应麟:《少室山房集》"石羊生传",第5页。

③ 胡应麟:《少室山房集》"石羊生传",第5页。

传文中称赞胡应麟"才高而气雄,其诗鸿郻瑰丽,迥绝无前。稍假以年,将与日而化矣。至勒成一家之言,若所谓《诗薮》者,则不啻迁史之上下千载,而周密无漏胜之"①。王世贞不仅高度评价了胡应麟的诗歌创作,更称赞《诗薮》的成就不亚于司马迁的《史记》。这里面固然有为好友作传时的溢美成分,但胡应麟的《诗薮》在中国古代诗话作品中确实有一定地位,王世贞所说也并非毫无凭据。

胡应麟与王世贞关系密切,其诗学当然也会受到王世贞的影响。清四库馆臣就曾指出:"(应麟)尝与李攀龙、王世贞辈游,其所作《诗薮》类皆附合世贞《艺苑卮言》。后之诋七子者,遂并应麟而斥之。"②但清四库馆臣认为《诗薮》完全是附合《艺苑卮言》,显然是低估了《诗薮》的价值。

从胡氏乐府诗学文献分布的情况看,其有关乐府诗的论述主要集中在《诗薮》"内编"的卷一至卷三,和"外编"的卷一至卷六。其中内编部分重在从诗歌体制上谈,而外编部分更多探讨源流演变问题。另外,在其《少室山房集》中,还有一些论述乐府诗的内容。其中有一部分是给自己创作的乐府诗写的"诗序"。如卷一《拟大明铙歌曲十八首》题下有序,论述了汉铙歌的源流与发展;卷二《补蜀汉铙歌十二首》的诗序则对铙歌的社会功用给予了充分肯定。还有一些是胡氏为其他人的诗集作的序或与他人来往的书信,其中也含有乐府诗学的内容。如卷八十六《唐长公诗集序》,卷一百十三《报伯玉司马》,卷一百十八《与顾叔时论宋元二代诗十六通》其七等,都体现了胡氏对乐府诗的看法和观点。

关于乐府诗的功能作用,胡应麟论述不多,也没有提出像"感于哀乐,缘事而发""歌诗合为事而作"这样有明确现实指向的理论。由此可见,胡应麟并不赞成白居易等人那样直接把乐府诗当作讽刺现实的工具这一做法。但这并不是说胡应麟的乐府观念与现实毫无关系。尤其是关于"铙歌",胡氏有过

---

① 胡应麟:《少室山房集》"石羊生传",第5页。
② 永瑢等:《四库全书总目·少室山房集提要》。

不少精彩的论述。如他为自己拟写的《大明铙歌曲十八首》序言及《补蜀汉铙歌十二首》诗序中,对铙歌功用都有精彩阐述,前文已经进行过论述。胡应麟认为,"铙歌"不仅要反映历史和当代战争的现实,更要有明确的价值取向,要能够反映正义。三国时期魏、蜀、吴争雄,后被西晋一统天下。胡氏认为蜀汉政权才是继承两汉的"正统",但魏、吴、晋各有铙歌流传后世,唯独蜀汉没有,且缪袭、韦昭、傅玄等人都是站在自己所处政权的角度来创制铙歌,导致"顺逆邪正郁而勿彰"。有鉴于此,胡应麟才会想到为蜀汉"补写"铙歌十二首。在胡应麟看来,铙歌的创作并非文字游戏或粉饰太平,而应该起到非常重要的礼乐教化作用,还要能发"忠臣志士之愤"。百世之后,虽然孰是孰非已经很明朗,但一些只知道舞文弄墨的人从事乐府创作,导致铙歌作品只有齐梁文学的月露冶艳之风,竟然未能将历史真相昭示世人,从而失去了铙歌应有的意义和价值。这也是刺激胡氏为蜀汉补写铙歌的一个重要原因。可以看出,胡应麟强调乐府诗"鸣盛世""映现实""美教化"等功能的取向与王世贞是极为接近的。

前文已经论及,在明代辨体诗学逐渐兴起的背景下,胡应麟曾试图对"乐府"的概念进行深入和彻底的辨析。他认为长期以来,"乐府"往往被当作一种诗体来对待,这是不准确的。乐府与绝句、律诗等概念不同,并不是某一具体的诗体,而是兼备众体,诗句可长可短,律诗、绝句皆可,是诗歌中非常特殊的一个门类。

但值得注意的是,胡应麟对"乐府"概念的使用有时也是比较随意的。有时他使用的是"广义"的乐府概念,如:

乐府之体,古今凡三变:汉、魏古词,一变也;唐人绝句,一变也;宋、元词曲,一变也。六朝声偶,变唐之渐乎!五季诗余,变宋之渐乎![1]

----

① 胡应麟:《诗薮》内编卷一,第14页。

这里所使用的乐府概念显然包括汉代以来的众多音乐文学样式,包括乐府诗、唐绝句、词、曲等。当然,在更多情况下,他使用的是"狭义"的乐府概念,即主要指乐府诗,而不包括一般的绝句和词曲。但即使单以"狭义"的乐府概念而论,胡应麟在使用的时候也不统一。如《诗薮》在谈论《郊祀》和《铙歌》时说:

> 《郊祀》多近《房中》,奥眇过之,和平少之。《铙歌》多近乐府,峻峭莫并,叙述时艰。汉人诗文,率明白典雅,惟此稍觉不类,亦犹《书》之《盘庚》,《易》之《太玄》耳。①

> 《郊庙》《铙歌》,似难拟而实易,犹画家之于佛道鬼神也。古诗、乐府,似易拟而实难,犹画家之于狗马人物也。②

从这两段话可以看出,胡应麟有时是将"乐府"作为与《郊庙》《铙歌》相对应的概念加以使用的。我们知道,宋代郭茂倩在编撰《乐府诗集》时,早已明确将《郊庙》《铙歌》归入。那胡应麟为什么会这么说呢?深入思考一下就会发现,如果将传统意义上的乐府诗除去《郊庙》《铙歌》,剩下的主要就是《相和歌》《清商曲》《杂曲歌辞》等最初由乐府音乐机构采自民间或在民歌基础上加工而成的乐歌及后世文人的拟作。这说明,在胡应麟的乐府观念中,有时他更倾向于将"乐府"理解为"乐府民歌"。而且,胡应麟所说的"铙歌"也并不局限于《乐府诗集》中收录的那些汉代以后出现的"鼓吹曲辞",而是上溯到了商周时代:

> 廊庙之文达以昌轼之源泉,混混乎而雅颂。祖述商周铙歌,宪章汉魏乐府,凭陵八代古风,驰骤两都歌行,出鬼入神。③

在给王世贞《弇州四部稿》写的序言中,胡应麟称赞王世贞的诗能够"祖述商周铙歌,宪章汉魏乐府",这里包含了两层意思:一是"铙歌"从商周时代

---

① 胡应麟:《诗薮》内编卷一,第8页。
② 胡应麟:《诗薮》内编卷二,第26页。
③ 胡应麟:《少室山房集》卷八十一《弇州先生四部稿序》,第580页。

开始就有了,而不是汉代才有;二是"商周铙歌"与"汉魏乐府"是并列的关系,这和他在《诗薮》中的说法一致。

如果考察一下明代早期的部分诗学家有关乐府诗的理论,我们就会发现,胡应麟的这种对"乐府"概念的运用并不是孤立现象。比如元末明初诗学家陈绎曾在他编写的《诗谱》中列举诗体时,将"汉郊祀歌"与"汉乐府"并列为两种不同的诗体。① 在陈绎曾看来,"汉郊祀歌"并不只是"汉乐府"的一种,必须单列。胡应麟显然与陈绎曾的观点相近,也将《郊庙》《铙歌》与"乐府"进行了区分。这些都反映出明代部分诗学家有意无意中将"乐府"更多理解为"乐府民歌"的倾向。当然,胡氏在更多时候使用的还是一般意义上的乐府诗概念,概念使用的不统一更多反映了此阶段乐府诗研究开始走向深入,对概念的辨析也更加细致了。

关于"乐府"与"诗"的关系,胡氏也有过较为详尽的论述。他认为,在"诗三百"的时代,诗即乐府,乐府即诗,就像最初的兵农合一,二者是无法刻意区分的。但诗亡乐废之后,屈原、宋玉的创作已经显示出乐歌与抒情诗的区别。到了汉代以后,乐府与诗门类始分,但二者相去尚不远。但从曹丕、曹植兄弟开始,乐府和诗在节奏及格调上都有了明显不同,自此有专工古诗者,有偏长乐府者。南朝梁陈以后,乐府古诗又渐变为绝句、词、曲。虽然名字仍叫乐府,但古乐府其实早已消亡。胡氏的这段话叙述的是乐府与诗从同一走向分化并逐渐消亡的过程,而这一过程实际上也就是乐府诗体走向独立和衰落的过程。在论述乐府与诗关系演变的同时,这段话也包含了胡氏的乐府观念。在胡应麟看来,乐府与一般意义上的诗主要的区别有两方面:一是是否"侑乐",也就是配乐歌唱;二是"节奏"和"格调"上的不同。关于配乐歌唱问题,尽管魏晋以后的乐府诗并非都是用来配乐歌唱的,但不可否认配乐歌唱的确是乐府诗最早的特征,也是最明显的特征,从这个角度来说胡应麟对乐府诗的特征把握

---

① 陈绎曾:《诗谱》,载丁福保辑:《历代诗话续编》中册,第 627 页。

是极为准确的。在这里胡氏并没有明确指出乐府与诗在节奏和格调上的区别是什么,但他在《诗薮》的其他部分有更详细的论述,这一点我们后面还会再论及。

除了对乐府诗进行辨体,胡应麟还试图构建起乐府文学发展的历史。在明代乐府诗学领域,很多诗评家都是用单向直线发展的眼光来看待乐府与诗的关系的。王世贞就在《艺苑卮言》附录一中说:

> 三百篇亡,而后有骚赋。骚赋难入乐,而后有古乐府。古乐府不入俗,而后以唐绝句为乐府。绝句少宛转,而后有词。词不快北耳,而后有北曲。北曲不谐南耳,而后有南曲。①

在王世贞看来,"诗三百"、骚赋、古乐府、唐绝句、词、北曲、南曲等是后者取代前者的关系,后者兴起的过程也就是前者衰亡的过程。实际上从宋元以来,将乐府作为风雅的继承者,也是一种普遍的乐府观念。如郑樵在《通志》"总序"中说:

> 然诗者,人心之乐也,不以世之兴衰而存亡。继风雅之作者,乐府也。史家不明仲尼之意,弃乐府不收,乃取工伎之作以为志。臣旧作《系声乐府》,以集汉魏之辞,正为此也。今取篇目以为次,曰《乐府正声》者,所以明风雅。②

郑樵认为乐府是风雅最好的继承者,但后世史家往往不明白孔子的意思,导致弃其不收而取工伎之作。这种说法从表面上看没问题,但实际上是一种笼统的、模糊不清的观点。因为如果只是简单地说乐府是风雅的继承者,并没有说清楚乐府究竟是怎样继承风雅的,其中的发展脉络并不清晰。胡应麟在《诗薮》中则给出了明确的答案:

> 《诗》三百五篇,有一字不文者乎? 有一字无法者乎?《离骚》,《风》之衍也;《安世》,《雅》之缵也;《郊祀》,《颂》之阐也;皆文义蔚

---

① 王世贞:《弇州四部稿》卷一百五十二。
② 郑樵:《通志·总序》第1册,浙江古籍出版社2000年版,第2—3页。

然,为万世法。惟汉乐府歌谣,采撷闾阎,非由润色。①

胡应麟认为,《安世房中歌》继承的是《诗经》中的"雅",《郊祀》歌继承的是《诗经》中的"颂",而"风"的继承者是《离骚》。相比之下,汉乐府歌谣并非《诗经》的直接继承者,而是由当时的乐府机构采撷于民间,而为"天下至文"。这里面依然含有将"安世歌""郊祀歌"与"乐府诗"相区别,更偏向于将"乐府"概念理解为乐府民歌的倾向。当然,胡应麟并未否认汉乐府歌谣与《诗经》存在一定的继承关系,只不过这种继承并非直接的继承,而是"间接"的继承:

> 四言盛于周,汉一变而为五言。《离骚》盛于楚,汉一变而为乐
> 府。体虽不同,诗实并驾,皆变之善者也。②

胡应麟认为,汉五言古诗是从《诗经》四言诗变化而来,而汉乐府则是从《离骚》演变而来。从前文可以知道,胡氏认为《离骚》是"风"的继承者,那么实际上他就建构了一条"风—离骚—汉乐府"的诗歌继承发展轨迹。当然,在这种情况下胡应麟使用的是他独特的乐府观念,这样使用时"乐府"概念主要是指乐府民歌或乐府歌谣。

比胡应麟小十二岁的许学夷是明代后期辨体诗学的集大成者,他对乐府的辨体和对乐府文学史的构建同样值得关注。在许学夷活跃于文坛之前的数十年,正是以"后七子"为代表的复古诗学和以"公安派"袁宏道兄弟提倡的"性灵说"为代表的重情诗学相继兴起的时代。袁氏兄弟对文学复古进行了猛烈抨击。如袁宗道在《论文》中就说复古者"无异缀皮叶于衣袂之中,投毛血于肴核之内也"③。但公安派矫枉过正,出现了信口信手、下里雅语的问题。而许学夷论诗较为平正,他对前后"七子"提倡复古和公安派反复古原因都有较为深刻的认识,对二者存在的毛病也都有所察觉:

----

① 胡应麟:《诗薮》内编卷一,第3页。
② 胡应麟:《诗薮》内编卷一,第6页。
③ 袁宗道:《白苏斋类集》卷二十,四库禁毁书丛刊本。

先进后进,趋尚不同,大都皆由矫枉之过。成化以还,诗歌颇为
率易,献吉、仲默、昌穀矫之,为杜,为唐,彬彬盛矣。下逮于鳞,古仿
汉魏,律法初唐,愈工愈精。然终不能无疑者,乃于古诗、乐府悉力拟
之,靡有遗什,律诗多杂长语,二十篇而外,不奈雷同。于是中郎继
起,恣意相敌,凡稍为近古者,靡不掊击,海南翕然宗之,诗道至此为
大厄矣。黄锡余谓:"世有于鳞,必有中郎。"亦稍有是也。①

在这段话里,许学夷先是肯定了前后"七子"诗歌复古的贡献,但随即对
拟写古诗、古乐府的行径提出了批评,指出拟作的问题主要是"雷同",也就是
缺少艺术个性和创造力。正因为前后"七子"的拟古存在问题,所以才会有袁
宏道等人出来反对拟古,但许学夷认为公安派提倡的"性灵"说更是诗道之大
厄。因此,许学夷论诗既不重"诗教"和"复古",也不重"性灵",而是重在从
诗歌体制去谈。他在《诗源辩体》卷一中说:"风人之诗,诗家与圣门,其说稍
异。圣门论得失,诗家论体制。至论性情声气,则诗家与圣门同也。若搜剔字
义,贯穿章旨,不惟与诗家大异,亦与圣门不合矣。"②在许学夷看来,诗学家与
儒家学者在论诗时的角度有所不同。儒家学者主要看重诗歌的功能,而诗学
家看重的却是诗歌体制。所以,《诗源辩体·凡例》第一条就说:"此编以《辩
体》为名,非辩意也,辩意则近理学矣。"③明确将诗学与理学区分开来。当然,
诗学家和儒学家论诗也有共通之处,都会谈论诗歌的"性情"与"声气"。具体
到汉魏诗歌,他更强调以"体制"来论诗:

沧浪论诗之法有五:一曰"体制",二曰"格力",予得之以论汉
魏;三曰"气象",予得之以论初唐;四曰"兴趣",予得之以论盛唐;五
曰"音节",则予得之以概论唐律也。④

---

① 许学夷:《诗源辩体》卷三十四,杜维沫点校,第324页。
② 许学夷:《诗源辩体》卷一,杜维沫点校,第6页。
③ 许学夷:《诗源辩体·凡例》,杜维沫点校,第1页。
④ 许学夷:《诗源辩体》卷三十五,杜维沫点校,第337页。

他从严羽的五种论诗方法中选择出"体制"与"格力"以论汉魏诗,可见诗歌辨体对于其乐府诗研究的重要性。

在《诗源辩体》一书中,许学夷对"乐府"一体进行了辨析。其辨体主要包括三个层面:一是对乐府体与"《诗经》体"的辨析。如"汉初乐府四言,如四皓《采芝操》、高帝《鸿鹄歌》,轶荡自如,自是乐府之体,不当于《风》《雅》求之。三曹乐府四言,皆出于此"①。许学夷认为,汉初的四言乐府诗《采芝操》《鸿鹄歌》"轶荡自如",是乐府之体,不能用《风》《雅》之体的标准去衡量。三曹的四言乐府诗就是从汉初四言乐府发展而来。可见许学夷辨别汉初的四言乐府诗与《风》《雅》的标准主要是其"轶荡自如"的风格。又如"《郊祀》三言,如《练时日》《天马徕》《华烨烨》《赤蛟绶》等篇,气甚遒迈,语甚轶荡,为三言绝唱。然自是汉人乐府,若以颂体求之,则失之远矣"②。许学夷认为汉乐府中三言的《郊祀》歌具有"遒迈"和"轶荡"的风格,与《诗经》中的"颂"体也是不同的。

二是对乐府体与"古诗体"的辨析。如:

> 汉人乐府五言与古诗,体各不同。古诗体既委婉,而语复悠圆,乐府体既轶荡,而语更真率。盖乐府多是叙事之诗,不如此不足以尽倾倒,且轶荡宜于节奏,而真率又易晓也。赵凡夫谓:"凡名乐府,皆作者一一自配音节。"予未敢信。乐府如长歌、变歌、伤歌、怨诗等,与古诗初无少异,故知汉人乐府已不必尽被管弦,况魏晋以下乎。若云采词以度曲,则《十九首》、苏李等篇,皆可入乐府矣。元微之《乐府古题序》,亦未尽得。③

许学夷认为乐府与古诗"体各不同"。古诗的语言风格委婉悠远,而乐府体却轶荡真率。乐府与古诗的区别并不在于是否可以配乐歌唱,因为汉人乐

---

① 许学夷:《诗源辩体》卷三,杜维沫点校,第53页。
② 许学夷:《诗源辩体》卷三,杜维沫点校,第55页。
③ 许学夷:《诗源辩体》卷三,杜维沫点校,第67页。

府已经不必尽被管弦,而汉代古诗也是可以入乐的。元稹的《乐府古题序》也未能说清这个道理。

为了说明乐府体与古诗的不同,许学夷还列举了汉代一些著名的古诗来加以说明。如"《古诗十九首》而外,惟《新树兰蕙葩》《步出城东门》二首可与并驾,《上山采蘼芜》《四座且莫喧》《十五从军征》三首诗类乐府体,余则未能完美耳"①。许学夷认为汉代流传下来的古诗中,只有《新树兰蕙葩》《步出城东门》两首可与《古诗十九首》并驾齐驱,而《上山采蘼芜》等三首却"类乐府体"。言下之意,这三首诗在体制上更像乐府诗,也不是典型的古诗。许学夷之所以说这三首类似乐府体,应该是因为这三首诗主要以叙事成篇,而不是依靠描写和抒情。可见许学夷是将叙事性作为汉乐府的一个重要特征来对待的。

三是对汉乐府内部体制的辨析。除了分辨乐府与"风雅颂"及"古诗"的区别,许学夷还对乐府诗内部的一些名称进行了辨析。如"汉人乐府五言,有歌、行、篇、引等,目名虽不同,而体则无甚分别。后人必欲于乐府诸名辨之,恐不免穿凿耳。今试举乐府数篇而隐其名,有能别为歌、为行、为篇、为引者,则余为无识矣"②。对于汉代五言乐府诗题中的"歌""行""篇""引"等,许学夷认为它们名称虽然不同,但从体制上来说并没有什么分别。后人如果想通过这些题名去分辨不同的体制,反而会失之穿凿附会。与胡应麟相比,许学夷在对乐府诗的辨体方面的确做得更加细致深入。

在对乐府诗进行辨体的基础上,许学夷还试图厘清乐府诗的来源。从时间逻辑上来说,比汉乐府更早的时代就是《诗经》和《楚辞》的时代,所以必须弄清楚汉乐府对二者的继承关系。许学夷指出:

> 风人之诗,不特为汉魏五言之则,变为后世骚、赋、乐府之宗。……"山有漆,隰有栗。子有酒食,何不日鼓瑟。且以喜乐,且

---

① 许学夷:《诗源辩体》卷三,杜维沫点校,第58页。
② 许学夷:《诗源辩体》卷三,杜维沫点校,第67—68页。

以永日。宛其死矣,他人入室。"其句法音调,又乐府杂言之所自出也。今人但知骚、赋、乐府起于楚汉,而忘其所自出,何哉?①

在他看来,"风人之诗"——也就是"诗三百"中的《国风》,不仅是汉魏五言诗的源头,也是骚、赋和乐府的源头。像《诗经·唐风》中的《山有枢》一篇,其句法音调显然影响到了后世的乐府杂言体。

许学夷还注意到汉乐府中的《安世房中歌》及《郊祀歌》对《诗经》中《颂》的继承关系:

> 《三百篇》始,流而为汉魏。《国风》流而为汉《十九首》、苏李、魏三祖、七子之五言。《雅》流而为汉韦孟、韦玄成、魏曹植、王粲之四言。《颂》流而为汉《安世房中》、武帝《郊祀》、魏王粲《太庙颂》《俞儿舞》之杂言。然五言于《风》为近,而四言于《雅》渐远,杂言于《颂》则愈失之。②

许学夷认为,《诗经》中的《风》《雅》《颂》分别对后世不同的诗人和诗体产生了影响,其中汉乐府中的《安世房中歌》及《郊祀歌》就是在《颂》的影响下产生的。

除了将《诗经》作为乐府诗的源头,许学夷还认为《离骚》也是乐府诗的一个重要源头:

> 张衡乐府七言《四愁诗》,兼本《风》《雅》,而其体浑沦,其语隐约,有天成之妙,当为七言之祖。……离骚变为乐府,而《四愁》尤善云。③

许学夷一方面肯定了《风》《雅》对于张衡《四愁诗》的影响,同时也指出"离骚变为乐府",显然是将《离骚》也看作是乐府诗的重要来源。

由以上可以看出,许学夷对乐府诗的辨体工作进行了诸多努力,也尝试构

---

① 许学夷:《诗源辩体》卷一,杜维沫点校,第3—4页。
② 许学夷:《诗源辩体》卷三,杜维沫点校,第44页。
③ 许学夷:《诗源辩体》卷三,杜维沫点校,第65页。

建起由《诗经》《离骚》到乐府诗的发展脉络。与王世贞、胡应麟相比,许学夷虽然没有对整个乐府文学史的发展进行整体的构建,但他对乐府诗和《诗经》《离骚》继承关系的探讨已经较为深入,这显示出明代后期乐府诗学的新趋势。

第四节　钟惺与谭元春
——无情不成乐府

与上文所说的几位诗学家不同,钟惺与谭元春的乐府诗学主要是通过编撰《诗归》及对所选之乐府诗进行注释和评点来完成的。与诗话类著作相比,注释和评点虽然不够系统,但作为具有中国古典学术特色的研究方式,其价值也不容小觑。正如张伯伟先生说:“自南宋以降,评点流行于世,甚至无书不施评点,更有其广泛的社会历史原因。”“注释主要是对于文本的解释,但其中也往往含有评论的内容。”①钟惺、谭元春编选的《诗归》及相关注释、评点同样构成明代乐府诗学的重要内容。

在明代后期,重情诗学的兴起是诗学界另外一种重要的趋向。前文已经说过,重情诗学是作为复古诗学的对立面登上历史舞台的。“公安三袁”、江盈科等人对前后“七子”摹拟古诗、古乐府的做法进行了猛烈抨击。但“公安派”矫枉过正,又产生了“俗”的倾向。在这种情况下,“竟陵派”的钟惺、谭元春又对重情诗学进行了适当的调整。钟惺在《诗归序》中说:“真诗者,精神所为也。察其幽情单绪,孤行静寄于喧杂之中,而乃以其虚怀定力,独往冥游于寥廓之外。”②谭元春亦云:“夫人有孤怀,有孤诣,其名必孤行于古今之间,不肯遍满寥廓,而世有一二赏心之人,独为之咨嗟彷徨者,此诗品也。”③可见钟、

---

① 张伯伟:《中国古代文学批评方法研究》,中华书局 2002 年版,第 544、563 页。
② 钟惺、谭元春选评:《诗归》上册,张国光、张业茂、曾大兴点校,第 3 页。
③ 钟惺、谭元春选评:《诗归》上册,张国光、张业茂、曾大兴点校,第 5—6 页。

谭二人是以"幽情单绪"和"孤怀""孤诣"来纠正复古诗学及公安派的弊端。

《古诗归》卷五和卷六皆为"乐府古辞",但实际上其他卷中也有不少乐府诗。只是卷五、卷六中选入的乐府诗皆为作者不详的乐府古辞。其中,卷五选入《练时日》等郊祀歌9首,《有所思》《上邪》《战城南》《临高台》等鼓吹铙歌4首,其余《江南》至《枯鱼过河泣》为相和歌,《白渠歌》(《乐府诗集》中题为《郑白渠歌》)、《鲍司隶歌》、《匈奴歌》为杂歌谣辞,《陇头歌》二首为横吹曲辞。值得注意的是,这一卷还选入了《古歌》"秋风萧萧愁杀人"、《古诗》一首"行行随道"、《古诗》二首"采葵莫伤根""甘瓜抱苦蒂",这几首诗《乐府诗集》皆未收录,见于《艺文类聚》《古诗纪》等书。而《古诗归》却明确将其归入"乐府古辞",这显然是补编《乐府诗集》的努力和尝试。

在评点《古诗》二首其二时,钟惺论及乐府与古诗的区别:"乐府与古诗声情微异,此二诗及上诗,虽以古诗命题,当入乐府。"①虽然钟惺并没有直接说明乐府与古诗在"声情"方面的差异究竟是什么,但我们可以通过评点内容进行分析。谭元春在评点《古诗》一首时说:"此诗'不可长饱,聊可遏饥',论人犹是常语,兼马则为奇情,可与知者道也。"钟惺则说:"骨韵气质,苍凉孤直。"②钟惺在评点《古诗》二首其一时又说:"厚语,愤甚!"③由此可见,钟、谭二人所说的乐府诗在声情方面的特点就是指感情的奇异、语言的厚重、风格的直质,这与古诗温婉的特点不同。《古诗归》卷三在评点汉武帝《瓠子歌》时称赞"其格调雄奇博厚,自是汉人文章风气之根"④。《古诗归》卷七在评点曹操《短歌行》一诗时,谭元春也提到了"细""厚""奇"等批评标准:"少小时读之,不觉其细。数年前读之,不觉其厚。至细、至厚、至奇!英雄骚雅,可以验后人心眼。"⑤认为曹操此诗虽然表面上看起来无特别之处,却是至细、至厚、至奇之诗。

---

① 钟惺、谭元春选评:《诗归·古诗归》卷五,上册,张国光、张业茂、曾大兴点校,第105页。
② 钟惺、谭元春选评:《诗归·古诗归》卷五,上册,张国光、张业茂、曾大兴点校,第105页。
③ 钟惺、谭元春选评:《诗归·古诗归》卷五,上册,张国光、张业茂、曾大兴点校,第105页。
④ 钟惺、谭元春选评:《诗归·古诗归》卷三,上册,张国光、张业茂、曾大兴点校,第45页。
⑤ 钟惺、谭元春选评:《诗归·古诗归》卷七,上册,张国光、张业茂、曾大兴点校,第123页。

　　至于"细"之含义,谭元春评点曹丕《善哉行》"上山采薇,薄暮苦饥。溪谷多风,霜露沾衣"四句"娟细";钟惺评价此诗"野雉群雊,猿猴相追"二句"写得悲凉而细";谭元春又评价"哀弦微妙,清气含芳"二句"俱写得细"。① 另外,《古诗归》卷八谭元春评点傅玄《吴楚歌》一首"细婉"②;该卷钟惺又评点谢尚《大道曲》"以幻杳精细之言,形出喧杂之景。偶然妙想,偶然妙舌,深求则失之"③。可见钟、谭二人所说的"细"就是指诗歌中对事件细致的叙述和对场景细致的描摹,这正是乐府诗的一大特点。关于"厚",谭元春在评点曹植《圣皇篇》中"祖道魏东门,泪下沾冠缨。扳盖因内顾,俯仰慕同生。行行将日暮,何时还阙庭"六句时说:"文字衰薄,陈思温厚若此,真诗人也!"钟惺在总评此诗时又说:"此与《赠白马王彪》同一音旨,而深婉柔厚过之,人称彼遗此何也?"④另外,《古诗归》卷十二钟惺在评点鲍照《拟行路难》"泻水置平地"一首时说:"极悲凉,极柔厚。婉调幽衷,似晋《白纻》《杯盘》二歌。"⑤在《唐诗归》卷七中钟惺又评点储光羲《野田黄雀行》云:"闲适诗,笃厚不作清态,又无田野气。"⑥可见"厚"是指诗人性情的温和及诗歌作品中抒发情感的含蓄蕴藉。曹植堪称这方面的典范。"奇"之含义,钟惺在评点曹丕《短歌行》时说:"'圣老'字奇!"⑦在评点曹丕《陌上桑》时曾说:"'雨面'字奇!"谭元春在评点曹丕《陌上桑》时说:"奇调,奇思,奇语,无所不有。"⑧评点傅玄《董逃行》"影欲舍形高飞"一句为"奇语"。⑨《唐诗归》卷十二谭元春评点常建《塞下

---

①　钟惺、谭元春选评:《诗归·古诗归》卷七,上册,张国光、张业茂、曾大兴点校,第127页。

②　钟惺、谭元春选评:《诗归·古诗归》卷八,上册,张国光、张业茂、曾大兴点校,第148页。

③　钟惺、谭元春选评:《诗归·古诗归》卷八,上册,张国光、张业茂、曾大兴点校,第159页。

④　钟惺、谭元春选评:《诗归·古诗归》卷七,上册,张国光、张业茂、曾大兴点校,第133页。

⑤　钟惺、谭元春选评:《诗归·古诗归》卷十二,上册,张国光、张业茂、曾大兴点校,第227页。

⑥　钟惺、谭元春选评:《诗归·古诗归》卷七,下册,张国光、张业茂、曾大兴点校,第134页。

⑦　钟惺、谭元春选评:《诗归·古诗归》卷七,上册,张国光、张业茂、曾大兴点校,第127页。

⑧　钟惺、谭元春选评:《诗归·古诗归》卷七,上册,张国光、张业茂、曾大兴点校,第128、129页。

⑨　钟惺、谭元春选评:《诗归·古诗归》卷八,上册,张国光、张业茂、曾大兴点校,第148页。

曲》"太平颂圣奇语"①。可见所谓的"奇"就是指诗歌在声调、构思和用语方面的奇特而不落俗套。

《古诗》一首和《古诗》二首因为具备这些特点,所以尽管题目是"古诗",但钟、谭二人却将其归入了乐府诗的范围。从这里我们也可以看出钟、谭二人的乐府观念,即不是简单以诗题或诗歌体制来定义乐府诗,而是兼及诗歌的思想感情和艺术特点。《古诗归》卷七钟惺在评点曹操《薤露》等诗时说:"《薤露》以下皆五字,然字字是乐府,不是五言古。今人以乐府语入五言古反肤,曹公以五言古作乐府反奥,何故?"②钟惺认为,虽然《薤露》《蒿里行》《善哉行》《秋胡行》等诗从体制上看起来都是五言古诗,但实际上却是乐府诗。明代人在写作五言古诗时爱用乐府语,反而显得肤浅。曹操用五言古诗的形式来写乐府诗,反而深奥。另外,钟惺在评点曹植《矫志诗》时说:"曹氏四言入乐府则妙,入古诗则弱。此篇情事崎岖,悟脉参错,而气甚高古,盖古诗而乐府者也。"③此诗《乐府诗集》未收录。钟惺认为此诗本为古诗,但蕴含了跌宕起伏的思想内容,脉络参错,风格高古,从这几方面来说都更像是乐府诗而不是古诗,是"古诗而乐府者"。《古诗归》卷十钟惺在评点《乐辞》"绣幕围春风"一首时又说:"字字工整,却字字是古乐府,不是律诗。"④《古诗归》卷十一又选入谢庄《山夜忧》一诗,钟惺评其题目曰:"妙题,可作乐府。"⑤在钟惺看来,《山夜忧》虽然本来并非乐府题,但从题目的形式和其所表现的内容来看,可以作为乐府题来看待。这些同样体现了钟惺的乐府诗观念。

在钟、谭二人的乐府诗研究中,"重情"标准得到了充分体现。如二人对于张衡《同声歌》的评点:

---

① 钟惺、谭元春选评:《诗归·唐诗归》卷十二,下册,张国光、张业茂、曾大兴点校,第252页。
② 钟惺、谭元春选评:《诗归·古诗归》卷七,上册,张国光、张业茂、曾大兴点校,第126页。
③ 钟惺、谭元春选评:《诗归·古诗归》卷七,上册,张国光、张业茂、曾大兴点校,第136页。
④ 钟惺、谭元春选评:《诗归·古诗归》卷十,上册,张国光、张业茂、曾大兴点校,第206页。
⑤ 钟惺、谭元春选评:《诗归·古诗归》卷十一,上册,张国光、张业茂、曾大兴点校,第211页。

邂逅承际会,得充君后房。小心得妙。谭情好新交接,恐栗若探汤。极承宠人实有此念,非情痴不知。谭要知敬畏与娇痴是两境,却不是两念。钟不才勉自竭,贱妾职所当。绸缪主中馈,奉礼助烝尝。思为苑蒻席,在下蔽匡床。愿为罗衾帱,在上卫风霜。"在上"、"在下"温存得妙,辛苦得妙! 谭洒扫清枕席,鞮芬以狄香。重户结金扃,高下华灯光。衣解巾粉御,列图陈枕张。素女为我师,仪态盈万方。前段谦畏极矣,到此不觉自矜、自怜,亦是负才色之常者。所谓畏慎、娇痴不是两念,益信矣。又众夫所希见,天老教轩皇。乐莫斯夜乐,没齿焉可忘。①

钟、谭二人对于张衡《同声歌》的评点非常典型地体现了其乐府诗学的特点,就是不着力于文献本身的考证研究,而是重在分析诗歌作品中人物的思想情感,且体会较为深入准确。当然,钟、谭二人并非对乐府诗文献本身毫不关注,如《古诗归》卷十四钟惺在评点包明月《前溪歌》时说:"此歌情款本妙,而'前窗'诸本多作'窗前',苦其不叶,今据杨用修所订改之。"②按:今本《升庵集》未见此内容,当已佚失。由钟惺所说可知,钟、谭二人在编撰《诗归》时,并非不关注乐府诗的文献,他们也吸收了明代以来杨慎等人关于乐府诗文献的最新研究成果。只不过,《诗归》在选评乐府诗时,并未将文献本身的研究作为重点,而是更重视情感对于诗歌的作用,尤其注重"真情"之价值。

钟、谭二人在总评《同声歌》时说:

此国风专一之思,莫作昵情看! 钟平子此诗,情语至境。昭明不取,取其《四愁》,何也? 又情词不在艳,而在真,尤不在快乐无方,而在小心翼翼。昔人谓"谨身以媚君子","谨身"即媚也。读《同声歌》愈悟其微。③

---

① 钟惺、谭元春选评:《诗归·古诗归》卷四,上册,张国光、张业茂、曾大兴点校,第63—64页。

② 钟惺、谭元春选评:《诗归·古诗归》卷十四,上册,张国光、张业茂、曾大兴点校,第277页。

③ 钟惺、谭元春选评:《诗归·古诗归》卷四,上册,张国光、张业茂、曾大兴点校,第64页。

钟惺认为《同声歌》在《四愁诗》之上,主要依据就是"情语至境",这也说明晚明时期"重情"的文学批评思想盛行。谭元春提出"情词不在艳,而在真",强调了"真情"对于文学作品的重要性。在同卷对辛延年《羽林郎》的评点中,谭元春又说:"'使君自有妇,罗敷自有夫',其言烈而嗔。'男儿爱后妇,女子重前夫',其言婉而烈。'将缣来比素,新人不如故',其言厚而雅。'愿得一心人,白头不相离',其言俚而厚。皆以情真事切为妙。"①《古诗归》卷十四钟惺在评点无名氏《地驱乐歌》时则说:"说老女情状可笑,然犹妙在真情不讳。世上多有隐忍羞涩,而其中不可知,不可言者。"②同样强调了"情真"的价值。

钟、谭二人认为,男、女之情是非常自然之事,除了二人对于张衡《同声歌》的评点,又如《古诗归》卷十谭元春在评点无名氏《子夜歌》时说:"女郎有极夸口语,有极谦让语,总之遇有情人,夸口亦妙,谦让亦妙!"③将年轻女子遇到"有情人"之后或"夸口"或"谦让"背后折射出的幸福而又惴惴不安的微妙心理刻画得活灵活现。又如同卷谭元春评点《欢闻变歌》:"发誓是男女痴处,不痴不妙。"钟惺则评曰:"情语到至处不含蓄亦妙。""读《紫玉歌》知此二语为真至。崔女《幽婚》《赠碗贻》诗,没命之后,始作相怜,尤为幻怪。情之在天地间如此!"④卷十四谭元春在评点无名氏《地驱乐歌》时说:"'枕郎左臂,随郎转侧','摩挲郎须,看郎颜色',千情万态,聪明温存,可径作风流中经史注疏矣。"⑤《唐诗归》卷十一钟惺在评点王昌龄《采莲曲》其二时又说:"从'乱'字、'看'字、'闻'字、'觉'字,耳、目、心三处参错说出情来,若直作衣服容貌相夸示,则失之远矣。"⑥这些评语都充分肯定了诗歌中精彩的情感描写。其

---

① 钟惺、谭元春选评:《诗归·古诗归》卷四,上册,张国光、张业茂、曾大兴点校,第69页。
② 钟惺、谭元春选评:《诗归·古诗归》卷十四,上册,张国光、张业茂、曾大兴点校,第279页。
③ 钟惺、谭元春选评:《诗归·古诗归》卷十,上册,张国光、张业茂、曾大兴点校,第197页。
④ 钟惺、谭元春选评:《诗归·古诗归》卷十,上册,张国光、张业茂、曾大兴点校,第200页。
⑤ 钟惺、谭元春选评:《诗归·古诗归》卷十四,上册,张国光、张业茂、曾大兴点校,第279页。
⑥ 钟惺、谭元春选评:《诗归·唐诗归》卷十一,下册,张国光、张业茂、曾大兴点校,第223页。

至在钟、谭二人看来,写"艳词"正是古往今来文人才子的本色与特长。《古诗归》卷十四谭元春在评点无名氏《琅琊王歌辞》时说:"情不微不至,不迂不微,不痴不迂,古来才人虽极方正难犯,下笔作艳词,自深于一切荡子。"①正因为才子有痴情的特点,所以才会将情感写得更加细致入微,这恰恰是那些所谓的荡子们做不到的。

当然除了男女之情,钟、谭二人在评点乐府诗时也涉及思乡之情、宾主之情、孝亲之情等。如《古诗归》卷十四谭元春在评点无名氏《琅琊王歌辞》"客行依主人,愿得主人强。猛虎依深山,愿得松柏长"一首诗时说:"游客读之心孤,地主读之情长。"②深刻揭示了这首诗所表现的门客期盼主人能够强盛的情绪。同卷钟惺评点《木兰诗》古辞云:"英雄本色,却字字不离儿女情事,便自有圣贤作用,不是一味英雄人所为。木兰何人?作《木兰诗》者何人也?"③钟惺看到了《木兰诗》的妙处正在于英雄气中又伴有儿女情长,既有木兰代父从军的孝心,又有父母姐弟听说木兰返乡时的喜悦。这些复杂的情感交织在一起,使得《木兰诗》产生了一种特殊的艺术张力,形成了独特的艺术魅力。这也让钟惺发出了"木兰何人?作《木兰诗》者何人"的感喟。《唐诗归》卷六在评点张若虚《春江花月夜》时,也是突出了"情"的地位。钟惺说:"浅浅说去,节节相生,使人伤感。未免有情,自不能读,读不能厌。"谭元春又说:"春江花月夜,字字写的有情,有想,有故。"④

钟、谭二人在评点乐府诗时,还经常用"幽"和"深"字。如《古诗归》卷十

① 钟惺、谭元春选评:《诗归·古诗归》卷十四,上册,张国光、张业茂、曾大兴点校,第278页。
② 钟惺、谭元春选评:《诗归·古诗归》卷十四,上册,张国光、张业茂、曾大兴点校,第278页。
③ 钟惺、谭元春选评:《诗归·古诗归》卷十四,上册,张国光、张业茂、曾大兴点校,第283页。
④ 钟惺、谭元春选评:《诗归·唐诗归》卷六,下册,张国光、张业茂、曾大兴点校,第121、122页。

二谭元春评点吴迈远《长相思》"闺阴欲早霜"一句是"幽秀之句"①,钟惺评点汤惠休《怨诗行》一诗"妍而深,幽而动,艳情三昧"②。《古诗归》卷十三钟惺在评点王融《渌水曲》"风泉动华烛"一句时又云:"五字有一种幽灵之气,使人心神竦肃。尝深夜与友夏寻荆门蒙惠二泉想此语之妙。"③《唐诗归》卷五钟惺在评点常理《古别离》"长眉满镜愁"一句时说:"镜中眉常语耳,以'长'字生出'满'字,无限深情。"又总评此诗云:"字字艳,字字幽,字字澹,字字深。有闺房之情,无粉脂之气。"④这些都是对诗歌中蕴含的情感进行深入体会后才能得出的结论。传统上一般认为二人的诗学倾向"幽深孤峭",可能跟他们研究的这种特点有关。至于"幽"和"深"的含义,"幽"当指思想感情表达方式上的含蓄甚至是晦暗难明;所谓"深",则是指思想感情的内敛深厚程度。二者有相近之处而又不尽相同。前者更侧重于风格,后者更侧重于内容。《唐诗归》卷十四谭元春在评点崔国辅《小长干曲》"菱歌唱不彻,知在此塘中"二句时说:"'唱不彻'比'只在此山中,云深不知处'深得多,而俗人只称彼何也。"⑤谭元春认为,崔国辅这两句诗比贾岛的名作《寻隐者不遇》中的"只在此山中,云深不知处"在情感意蕴上更加深厚,而世俗之人却只称道贾岛的诗,可谓无识。《唐诗归》卷二十八钟惺又评点刘禹锡《视刀环歌》曰:"诗作如是语,却妙在题又是视刀环,所以诗益觉深至。"⑥也是用"深"来称赞诗歌含蓄深厚的情蕴。

由此可见,钟、谭二人所说的"深"与"重情"之间是高度一致的。"深"既是一种文学风格,更是情感深度。《唐诗归》卷五钟惺在评点刘元叔《妾薄命》

---

① 钟惺、谭元春选评:《诗归·古诗归》卷十二,上册,张国光、张业茂、曾大兴点校,第233页。
② 钟惺、谭元春选评:《诗归·古诗归》卷十二,上册,张国光、张业茂、曾大兴点校,第234页。
③ 钟惺、谭元春选评:《诗归·古诗归》卷十三,上册,张国光、张业茂、曾大兴点校,第243页。
④ 钟惺、谭元春选评:《诗归·唐诗归》卷五,上册,张国光、张业茂、曾大兴点校,第108页。
⑤ 钟惺、谭元春选评:《诗归·唐诗归》卷十四,下册,张国光、张业茂、曾大兴点校,第291页。
⑥ 钟惺、谭元春选评:《诗归·唐诗归》卷二十八,下册,张国光、张业茂、曾大兴点校,第561页。

"待君朝夕燕山至,好作明年杨柳春"二句时又说:"真悲,真怨,过时之感,语深不觉。"①《唐诗归》卷三十钟惺评点张籍《白纻歌》曰:"情深而至。"②认为此诗因为饱含深情所以成为一首好诗。而在评点张籍《寄衣曲》时钟惺又说:"至情至义,无此不成乐府。"③钟惺显然是把情和义看作是乐府诗必备的元素。

在《诗归》对于乐府诗作品的收录选择上,也可以看出钟、谭二人的这种批评标准。如《唐诗归》中对于李白乐府诗的选择就与众不同。从殷璠《河岳英灵集》开始,李白的《蜀道难》《将进酒》《行路难》等就一直被视作李白乐府诗的精品,也被看作李白的代表作。但《唐诗归》在选李白作品时,这几首诗竟然全部没有入选。《唐诗归》卷十五钟惺在总评李白时说:"古人虽气极逸,才极雄,未有不具深心幽致而可入诗者。"④这说明钟、谭二人看重李白的并不是李白的气逸才雄,而是其深心幽致。而《蜀道难》《将进酒》《行路难》等诗体现的主要还是李白的气逸才雄,因此《唐诗归》没有选入这些作品。

应该看到,钟、谭二人对于"情"的认识与正统的封建观念是有所不同的,他们认为真情可贵,不应该被封建礼教纲常所压制。如《古诗归》卷六在评点《古诗为焦仲妻作》"同是被逼迫,君尔妾亦然"二句时,钟惺甚至说:"府吏之死,其母杀之也;其妻之死,妻之母之兄杀之也。二语便是公案。父母恶俗之效,遂能杀其子女,可畏! 可畏!"⑤而在评点焦仲卿夫妇自杀结局时,钟惺又

① 钟惺、谭元春选评:《诗归·唐诗归》卷五,上册,张国光、张业茂、曾大兴点校,第109页。
② 钟惺、谭元春选评:《诗归·唐诗归》卷三十,下册,张国光、张业茂、曾大兴点校,第592页。
③ 钟惺、谭元春选评:《诗归·唐诗归》卷三十,下册,张国光、张业茂、曾大兴点校,第593页。
④ 钟惺、谭元春选评:《诗归·唐诗归》卷十五,下册,张国光、张业茂、曾大兴点校,第300页。
⑤ 钟惺、谭元春选评:《诗归·古诗归》卷六,上册,张国光、张业茂、曾大兴点校,第110页。

说:"看来府吏始终是一朴直人,其妻始终是一灵变人。世间男子多情不专在宛曲,而在朴直。女人全节,不专在贞一,而在灵变。"①钟惺之持论,与传统的儒家伦理持论大不相同,这显然也是受到了晚明时期思想解放的影响。钟、谭二人高度肯定"情"对于乐府诗创作的重要性,甚至认为"情"之一字连方外人也无法回避。卷十二谭元春评点汤惠休云:"无一毫比丘气。安知艳逸幽媚之致,不是真禅?"钟惺又评:"余尝谓情艳诗到入微处,非禅寂习静人不能理会。"②卷十三谭元春在评点释宝月《估客乐》时又说:"有一步难离之意,偏是无发人妙作情语。"③在传统的观念中,参禅之人本来和"情"是对立的,但在钟、谭二人这里却将二者统一了起来,这进一步说明了晚明时期重情思潮的强大影响。

在推崇"真情"的同时,钟、谭二人也对沉溺于儿女之情而导致国家灾难的现象有所批判。《唐诗归》卷四选入李邕《铜雀妓》一诗,诗云:

> 西陵望何及,弦管徒在兹。谁言死者乐,但令生者悲。丈夫有余志,儿女焉足私。扰扰多俗情,投迹互相师。直节岂感激,荒淫乃凄其。颍水有许由,西山有伯夷。颂声何寥寥,唯闻铜雀诗。君举良未易,永为后代嗤。④

铜雀台是建安十五年(210)曹操在邺都所建,据说曹操曾登台赋诗,欲南下取东吴美人二乔置于台上。李邕的诗讽刺了曹操这一荒淫的做法。钟惺评"谁言死者乐?但令生者悲"二句是"绝情语";又总评此诗云:"斩截说得扫兴,可为永戒,知从方正人口中出。"⑤可见钟惺对于李邕的观点是持赞同态度的。

---

① 钟惺、谭元春选评:《诗归·古诗归》卷六,上册,张国光、张业茂、曾大兴点校,第111页。
② 钟惺、谭元春选评:《诗归·古诗归》卷十二,上册,张国光、张业茂、曾大兴点校,第234页。
③ 钟惺、谭元春选评:《诗归·古诗归》卷十三,上册,张国光、张业茂、曾大兴点校,第254页。
④ 钟惺、谭元春选评:《诗归·唐诗归》卷四,上册,张国光、张业茂、曾大兴点校,第85页。
⑤ 钟惺、谭元春选评:《诗归·唐诗归》卷四,上册,张国光、张业茂、曾大兴点校,第85页。

　　另外,由于时代背景和个人认识所限,钟、谭二人也不可能完全摆脱封建
正统观念的影响。如《唐诗归》卷五选入武则天《如意曲》,此诗《乐府诗集》
卷八十题作《如意娘》。钟惺评曰:"老狐媚甚,不媚不恶。"①将历史上非常有
作为的武则天说成了祸乱国家的狐狸精,这显然是认识上的局限性。又如
《唐诗归》卷十三钟惺在评点王諲《长信怨》"生君弃妾意"一句时说:"妒妇为
怙宠耳,诵此五字,妒肠冰冷矣。然性之所近,死且不避,弃安足辞?"又评"增
妾怨君情"一句"此五字又是妒的张本"。② 皆是封建士人对女性的歧视和偏
见。另外,《诗归》中对诗歌作品蕴含的思想感情的体会虽然绝大多数是比
较准确的,但也存在一些理解上的偏差和失误。如《唐诗归》卷十二选入高
适《燕歌行》一诗,关于此诗的主题,一般都认为是讽刺边关将领无能战败
和将士苦乐不均的。而钟惺在评点"战士军前半死生,美人帐下犹歌舞"二
句时却说"豪壮中写出暇整气象"③,完全没有体会到高适创作此诗的良苦
用心。

　　关于情与景之关系,钟、谭二人对"情景交融"说和"兴象"说似乎并不十
分认可,他们尤其强调情的决定作用。这在他们对刘希夷乐府诗的评论中表
现得很清楚。如《唐诗归》卷一钟惺在评点刘希夷《江南曲》六首时说:"数诗
写景处多,然妙在情而不在景。"④钟惺认为《江南曲》六首中虽然写景佳处也
不少,但诗歌的妙处却在于情而不在于景。在评点《捣衣篇》时钟惺又说:"此
诗密理深情,远胜《公子行》等篇。"⑤在评点《公子行》时他又说:"希夷自有绝
才绝情,妙舌妙笔,《公子行》《代悲白头翁》本非其佳处,而俗人专取之,掩其

---

① 钟惺、谭元春选评:《诗归·唐诗归》卷五,上册,张国光、张业茂、曾大兴点校,第113页。
② 钟惺、谭元春选评:《诗归·唐诗归》卷十三,下册,张国光、张业茂、曾大兴点校,第
274页。
③ 钟惺、谭元春选评:《诗归·唐诗归》卷十二,下册,张国光、张业茂、曾大兴点校,第
234页。
④ 钟惺、谭元春选评:《诗归·唐诗归》卷一,上册,张国光、张业茂、曾大兴点校,第40页。
⑤ 钟惺、谭元春选评:《诗归·唐诗归》卷一,上册,张国光、张业茂、曾大兴点校,第41页。

诸作,古人精神不见于世矣。今收此一篇与前后诸作同载,使有目者共之。"①
传统上一般认为《代悲白头翁》和《公子行》是刘希夷最优秀的作品,尤其是
《代悲白头翁》,更被认为创造出了典型的唐诗兴象之美,对张若虚《春江花月
夜》影响极大。但钟惺却认为这两首诗并非刘希夷最优秀的作品,只是"俗
人"推崇它们,导致其他真正优秀的作品反而被掩盖了。从这段评论中可以
看出,钟惺对于诗歌中的情景交融和兴象美并不十分看重,他最欣赏的还是诗
歌中所蕴含的深情。只要情深,自然是好诗。

在重"情"的同时,钟、谭二人还兼顾了诗中的"理",也就是诗歌作品中蕴
含的人生哲理与社会历史发展规律。除了前文说过的钟惺评点刘希夷《捣衣
篇》"密理深情",又如《古诗归》卷五钟惺评点乐府古辞《玄冥》"情理尤
奥"②。《古诗归》卷七评点陈琳《饮马长城窟行》"全是长短歌行,然径入唐人
集中不得。中有妙理"③。《唐诗归》卷十一钟惺在评点王昌龄《箜篌引》时
说:"理极紧密,法极深老,故不懈不粗,不宜草草看之。"④这些都是重"理"之
评。另外,钟、谭二人还进一步将"理"提升至哲学的高度。如同卷谭元春在
评点王昌龄《悲哉行》"观其微灭时,精意莫能论"时说:"与'空山多雨雪'同
一妙悟,勿谓其不敌。"钟惺又评曰:"'空山多雨雪,独立君始悟'是禅家妙语,
此二句是道家妙语。"⑤按:"空山多雨雪"二句出自王昌龄《听弹风入松阕赠
杨补阙》。谭、钟二人认为《悲哉行》中的这两句诗并不亚于"空山多雨雪",且
蕴含道家哲学。可见钟、谭二人在"重情"的同时,也考虑到了诗歌中蕴含的
哲理,这让他们的诗学体系更加完善。

---

① 钟惺、谭元春选评:《诗归·唐诗归》卷一,上册,张国光、张业茂、曾大兴点校,第41—
42页。
② 钟惺、谭元春选评:《诗归·古诗归》卷五,上册,张国光、张业茂、曾大兴点校,第90页。
③ 钟惺、谭元春选评:《诗归·古诗归》卷七,上册,张国光、张业茂、曾大兴点校,第138页。
④ 钟惺、谭元春选评:《诗归·唐诗归》卷十一,下册,张国光、张业茂、曾大兴点校,第
218页。
⑤ 钟惺、谭元春选评:《诗归·唐诗归》卷十一,下册,张国光、张业茂、曾大兴点校,第
206页。

第七章　乐府制度、乐府活动与音乐及诗歌体制研究

在前面六章里,我们已经讨论了明代乐府诗学的基本文献、发生背景、明人的乐府观念、乐府诗总集、诗学名家与乐府诗学的关系等。从本章开始,我们将着重对明代乐府诗学的内容进行探讨。关于乐府诗与古诗或徒诗的区别,多数人认为与其音声属性相关,当然也有像许学夷这样认为差别主要在"体制"的。但不论怎么说,乐府诗的出现与汉代乐府机构采诗歌唱有关,音声属性肯定是乐府诗中非常重要的一条属性。而音声属性又导致乐府诗从一开始就呈现出与古诗不同的体制特征。相对应的是,明代也出现了一些专门记载和探讨音乐的专书或章节。专书如韩邦奇《苑洛志乐》;包含章节的则有胡震亨《唐音癸签·乐通》等,另外,方以智《通雅》卷二十九"乐曲"、卷三十"乐舞"也全为乐论。与之相关,对乐府制度、乐府活动与音乐及乐府诗歌体制问题的研究,构成了明代乐府诗学的重要内容。

第一节　明人的乐府制度研究

在传统的观点看来,乐府作为朝廷中掌管部分音乐职能的机构产生于汉代。从《史记》《汉书》的相关记载可以看出,汉初朝廷就已经设置了"乐府

令"一职。但从 20 世纪 70 年代以来,随着文物考古工作的进展,秦代"乐府钟"重见天日,乐府机构的出现时间已经被提早到秦代。乐府作为朝廷掌管音乐的一个重要机构,从汉代以后它的设置情况及运行情况经历了不断的变化。乐府制度的变化又和其采诗和制乐活动的变化密切相关,因此对乐府制度及乐府活动的研究一直是乐府诗学领域非常重要的内容。从后汉班固《汉书·艺文志》、梁沈约《宋书·乐志》到唐杜佑《通典·职官》《通典·乐典》、宋郑樵《通志·乐略》,都有对乐府制度及乐府活动的相关记载和评论。其中尤其值得注意的是杜佑的《通典》,书中《职官》及《乐典》部分对唐代以前乐府制度的记载尤为准确赅要。如《职官七》中记载了"太乐署"及"鼓吹署"这两个与乐府关系密切的音乐机构的来源及设置和演变情况:

> 太乐署:《周官》有大司乐,掌成均之法,亦谓之乐尹,以乐舞教国子。秦汉奉常属官有太乐令及丞,又少府属官并有乐府令、丞。东汉永平三年,改太乐为大予乐令,掌伎乐人,凡国祭飨,掌诸奏乐。魏复曰太乐令、丞,晋亦有之。齐铜印墨绶,进贤一梁冠,绛朝服。梁、陈因之。后魏置太乐博士。北齐曰太乐令、丞。后周有大司乐,掌成均之法。后改为乐部,有上士、中士。隋有太乐令、丞各一人。大唐因之。掌习音乐、乐人簿籍。

> 鼓吹署:《周礼》有鼓人,掌六鼓四金之音。后汉有承华令,典黄门鼓吹,属少府。晋置鼓吹令、丞,属太常。元帝省太乐并鼓吹,哀帝复省鼓吹而存太乐。梁有鼓吹令、丞,又有清商署。北齐鼓吹令、丞及清商部并属太常。隋有鼓吹、清商二令、丞,至炀帝,罢清商署。大唐鼓吹署令、丞各一人,所掌颇与太乐同。[①]

这两段话内容虽然不多,但重在从源头和演变上说明了与乐府关系密切的"太乐署"与"鼓吹署"这两个音乐机构的来源及设置和演变情况,这些内容

----

① 杜佑:《通典》二十五,王文锦等点校,中华书局 1988 年版,第 695—696 页。

对于研究乐府诗当然具有重要价值。

由于明代最高统治者高度重视礼乐建设,明代文人对于历史上乐府制度的记载和讨论也比较多。比如关于乐府官署最早设立的时间,陈懋仁在注解《文章缘起》时说:

> 《汉书》:"汉武帝立乐府。"按《乐书》:"高祖过沛,歌《三侯》之章,令小儿歌之。高祖崩,令沛得以四时歌舞宗庙。孝惠、文、景无所增更于乐府。故知乐府之立,不起于武帝。武帝第作《郊祀》十九章而已。且孝惠二年,已命夏侯宽为乐府令矣。秦始皇坑焚后,亦使博士为《仙真人诗》。及行所游天下,令乐人歌弦之,似亦乐府。第仙真之诗,非所以殷荐上帝而配祖考耳。"①

由于班固《汉书·艺文志》中有汉武帝"立乐府"的说法,所以长期以来很多人认为乐府作为朝廷掌管音乐的机关最早设立于汉武帝时期。但陈懋仁认为,乐府之立不起于武帝。汉孝惠帝时已经任命夏侯宽为乐府令。且陈氏进一步指出,秦始皇焚书坑儒后曾让博士作《仙真人诗》,后其游历天下时又令乐人歌弦之,这些都类似于乐府创作。可见陈氏认为乐府最早起于秦代。从今天看来,陈懋仁的这个观点在当时是非常先进的。1976 年西安秦始皇陵出土的秦乐府钟刚好验证了这一观点。

著名的藏书家焦竑也曾对汉代与明代官制中掌管乐府的官员进行过比较研究:

> 汉之职官,以今制论之,太尉即今之本兵,左右前后将军即今之五府,其各置长史即今之参军,大夫、太中大夫、中大夫、谏大夫,即今之六科,期门即今之锦衣,廷尉即今之大理,治粟内史即今之户部,少府掌山海地泽之税,即工部之都水虞衡,尚书特节即今之尚宝,太医即今太医院,导官即今仪仗司,乐府即今太常诸属……②

---

① 任昉:《文章缘起》,陈懋仁注,清文渊阁四库全书本。
② 焦竑:《焦氏笔乘》卷二《汉职官与今制多同》,李剑雄点校,中华书局 2008 年版,第 68 页。

通过汉代职官与当朝的对比,焦竑指出汉代掌管乐府的官员就相当于明代的太常。

除了对汉代乐府制度的探讨,明人还试图对不同朝代乐府制度发展变迁的历史进行归纳总结。在这方面最突出的成果是韩邦奇的《苑洛志乐》。韩邦奇(1479—1556),字汝节,号苑洛,西安府朝邑县(今陕西省渭南市大荔县朝邑镇)人。正德三年(1508)进士,历任吏部员外郎、平阳通判、浙江按察金事、山西参议、南京兵部尚书等职。韩邦奇精通音律,是明代著名的音乐理论家。其所撰《苑洛志乐》,通行本有二十卷本及十三卷本两种。其中二十卷本有明嘉靖二十七年(1548)王宏等刻本,现藏于中国国家图书馆;又有清文渊阁四库全书本。十三卷本为清康熙二十二年(1683)淮南吴元莱刻本,现藏于中国国家图书馆、首都图书馆、天津图书馆等处。

《苑洛志乐》的前二卷取《律吕新书》为之直解。第三卷至第十九卷分别记载了乐仪、宫、调、律、乐器、乐谱、度量衡等基本音乐知识,其中颇多发明之处。清四库馆臣曾评价"其于律吕之原,较明人所得为密,而亦不免于好奇"①。在第二十卷中,韩邦奇对古代音乐及乐府制度的发展演变情况进行了概括总结,时间跨度从传说中的神农、伏羲氏之乐直到宋代音乐。如其中记载了西汉后期朝廷两次裁撤乐府机构及人员的情况:

> 本始四年,诏乐府减乐人。……哀帝时诏罢乐府官。郊祭乐及古兵法武乐,在经非郑卫之乐者,条奏别属他官。时郑声尤甚,黄门、名倡、丙彊、景武之属,富显于世。贵戚五侯、定陵、富平、外戚之家,淫侈过度,至与人主争女乐。帝自为定陶王时疾之,又性不好音。及即位,下诏曰:"惟世俗奢泰文巧,而郑卫之声兴夫。奢泰则下不孙而国贫,文巧则趋末背本者众。郑卫之声兴,则淫辟之化流。而欲黎庶敦朴家给,犹浊其源而求其清流,岂不难哉?!孔子不云乎'放郑

----

① 纪昀等纂:《武英殿本四库全书总目提要》卷三十八,第12册,第32页。

声,郑声淫'。其罢乐府官,郊祀乐及古兵法武乐,在经非郑卫之乐者,条奏别属他官。"丞相孔光、大司空何武奏郊祭乐人员六十二人,给祠南北郊大乐鼓员六人……可罢大凡八百二十九人,其三百八十八人不可罢,可领属大乐。其四百四十一人不应经法或郑卫之声皆可罢。①

又如对于隋文帝时郑译通过西域"七调"校正"七声"的记载:

> 隋文帝开皇二年,诏求知音之士参定音乐。沛国公郑译云:"考寻乐府钟石律吕,皆有宫、商、角、徵、羽、变宫、变徵之名。七声之内,三声乖应,每常求访,终莫能通。初周武帝时,有龟兹人曰苏祇婆,从突厥皇后入国,善胡琵琶。听其所奏,一均之中,间有七声,因而问之。答云:'父在西域,称为知音,代相传习。调有七种,以其七调勘校七声,冥若符合。一曰婆陁力华言平声,即宫声也。二曰鸡识华言长声,即南吕声也。三曰沙识华言质直声,即角声也。四曰沙侯加滥华言应声,即变徵声也。五曰沙腊华言应声,即徵声也。六曰般赡华言五声,即羽声也。七曰俟利箑华言斛牛声,即变宫声也。译因习而弹之,始得七声之正。'"②

以上这些内容虽然基本都是从《汉书·艺文志》《隋书·乐志》等记载中摘抄而来,但韩邦奇将这些原本分散在历代史书中的音乐文献资料收集整理在一起,就具有了总结中国历代乐府制度和乐府活动的意义,对于后人研究乐府和音乐文学具有一定的学术价值。

除了乐府制度和乐府活动,韩邦奇还探讨了历代乐府机构中其他一些相关情况,如乐器的设置。据《苑洛志乐》卷十记载:

> 《乐书》曰:"鼓之小者谓之应,大者谓之鼖。"朔鼓、棘鼓,《周官·小师》:"凡小乐事鼓棘。"《仪礼·大射》:"一建鼓在其南,棘

---

① 韩邦奇:《苑洛志乐》卷二十,清文渊阁四库全书本(下同)。
② 韩邦奇:《苑洛志乐》卷二十。

鼓、朔鼙在北。"有《瞽诗》曰"应田县鼓"。先儒以田为棘，则朔鼙皆小鼓也。以其引鼓，故曰棘；以其始鼓，故曰朔。后世乐府有左鼙、右应之鼓，设而不击。用四散鼓在县四隅，掌以为节。不合仪礼之制，革正之可也。棘亦在县，亦名鼙。①

针对后世乐府"有左鼙右应之鼓而不击用"的现象，韩邦奇引用《乐书》《周礼·春官宗伯·小师》及《仪礼·大射》中的记载解释了"鼙"与"应"的含义及由来，认为二者与《乐书》中所说的"应""鼗"及"朔鼓""棘鼓"有关。因此，后世乐府将"鼙""应"空悬不用，反而击四散鼓为节是不合仪礼之制的，需要予以革正。

除了韩邦奇的《苑洛志乐》，明代还有其他几部较为集中记载古代乐府制度和乐府活动的著作，如仇俊卿《通史它石》、彭大翼《山堂肆考》等。

仇俊卿，字舜徵，浙江海盐人，生卒年不详。据《(光绪)海盐县志》卷十五记载："父霈，字彦光，以贡为硖江训导。尝书座右云'五伦之间，宁过于厚；七情所发，惟怒难忍。'以自警。俊卿举乡荐，知惠安县，终国子助教。性好读书，至老未尝释卷。感慨时事，虽家居未尝不言倭寇。时策战守机宜上幕府，多中窾要。死之岁，闻平秀吉将入寇，犹愤发贻书浙抚，请如汉横海楼船故事，张中国威，识者壮之。寿九十有二。所著《瀛仙集》《通史它石》《海盐县志》。"②另据《(天启)海盐县图经卷十五》记载，仇俊卿为嘉靖十六年(1537)丁酉科举人。③

按《通史它石》三卷，有明天启三年(1623)刻本，现藏于北京大学图书馆。又有民国二十六年(1937)上海涵芬楼影印本，现藏于北京大学图书馆、武汉大学图书馆、浙江师范大学图书馆等处。是书卷上有关于古代乐府制度变迁的记载，如：

---

① 韩邦奇：《苑洛志乐》卷十。
② 王彬修，徐用仪纂：《(光绪)海盐县志》卷十五，清光绪三年(1877)刻本。
③ 樊维城修，胡震亨、姚士粦纂：《(天启)海盐县图经》卷十五，明天启四年(1624)刻本。

　　周公作《勺》，又有房中之乐歌，以后妃之德，乃奏《夷则》歌《仲吕》舞《大濩》，以享先妣。先妣姜嫄履大人迹，感神灵而生后稷，是周之先母。周立庙，自后稷为始祖，而姜嫄无所配，是以时立庙而祭之，谓之閟宫。周有《房中乐》，到秦名曰《寿人》。汉兴，乐家有制氏，以雅乐声律世世在在，太乐官但能纪其铿锵鼓舞，而不能言其义。高祖时，叔孙通因秦乐人制宗庙乐，又有《房中祠》乐，高帝唐山夫人所作也。凡乐，乐其所生，礼不忘本。高祖乐楚，故房中乐，楚声也。孝惠使乐府令夏侯宽备其箫管，更名曰《安世乐》。至孝武时，乃立乐府，有赵、代、秦、楚之讴。以李延年为协律都尉，多举司马相如等数十人造为诗赋，略论律吕，以合八音之调。内有掖庭才人，外有上林乐府，皆以郑声施于朝廷。……哀帝自为定陶王时疾之，又性不好音。及即位，下诏放郑声。郑声淫，其罢乐府官。郊祭乐、非郑卫之乐者条奏别属他官。魏武帝平荆州，获杜夔，善八音，常为汉雅乐郎，尤悉乐事，于是使创定雅乐。文帝受禅后，改汉《巴渝舞》曰《昭武舞》，改《安世乐》曰《正世乐》，使王粲改作《登歌安世》及《巴渝诗》。明帝太和初，侍中缪袭又奏《安世乐》，于汉时《房中》之乐也。往昔议者以《房中》歌后妃之德以风天下，正夫妇焉，宜改《安世》之名而为正始之乐。怀帝永嘉之末，伶官乐器皆没于刘石，遭离丧乱，旧典不存。梁裴子野《宋略》曰："先王作乐崇德，以格人神，通天地之至和，节群生之流放。天子之于士庶，未曾去其乐，而无非僻之心，以至周道衰微，日失其序。乱代先之以忿怒，亡国从之以哀思。优杂子女，荡目淫心。克庭广奏，则以鱼龙靡慢为环玮；会同享觐，则以吴趋楚舞为妖妍。纤罗雾縠侈其衣，踈金镂玉砥其器。在上颁赐宠，群臣从风而靡。王侯将相歌伎填室，鸿商富贾舞女成群。竞相夸大，互有争夺，如恐不及，莫为禁令，伤风败俗，莫不在此。陈初武帝诏求宋齐故事，奏乐颇有增益。及后主嗣位，沈荒于酒，视朝之外多在宴筵。

尤重声乐,遣宫女习北方箫鼓,谓之代北,酒酣则奏之。又于清乐中造《黄骊留》及《玉树后庭花》《金钗两臂垂》等曲,与幸臣制其歌词,绮艳相高,及于轻荡。男女倡和,其音甚哀。隋开皇时,平陈获宋齐旧乐,诏太常置清商署以管之。修皇后《房中》之乐。文帝潜龙时,颇好音乐,故尝因倚琵琶作歌二首,名曰《地厚》《天高》,托言夫妇之义。因节取之为《房内》《典命妇人》,并《登歌》《上寿》并用之。职在宫内女人教习之,于是秘书监牛弘、内史舍人虞世基等更共详议。"①

这段话从周公作《勺舞》及《房中乐》,直到隋文帝时期的"开皇乐议",对两千多年间中国古代的乐制发展演变情况进行了高度概括式的描述。其中以《房中乐》为线索,对先秦至汉魏时代的礼乐制度进行了较为详细的介绍。虽然内容基本上还是沿袭历代史书、乐书,但可以看出作者试图总结乐府制度史的尝试和努力。

彭大翼(1552—1643),字云举,号"一鹤先生",南直隶通州吕四(今江苏省南通市启东市吕四港镇)人。嘉靖年间曾任广西梧州通判、云南沾益州知州等职。其所著《山堂肆考》二百二十八卷《补遗》十二卷,有明万历刻本,现藏于国家图书馆等处;又有清文渊阁四库全书本、清刻本等。

《山堂肆考·徵集》有"音乐"五卷,即卷一百五十九至卷一百六十三。卷一百五十九考释各种音乐术语,包括"乐""乐德乐语""乐器乐文""变宫变徵"等,如"立乐府"条云:"汉武帝定郊祀之礼,祠太乙于甘泉,祭后土于汾阴,乃立乐府,采诗夜诵。以李延年为协律都尉,多举司马相如等数十人造为诗赋,略论律吕,以令八章之调。又作十九章之歌,以正月上辛祀甘泉圜丘,使童男女七十人俱歌昏祠至明。夜常有神光如流星止集于祠坛,天子自竹宫而望

---

① 仇俊卿:《通史它石》卷上,民国二十六年(1937)上海涵芬楼影印明天启三年(1623)樊维城刻盐邑志林本(下同)。

拜。此乐府之名所由始也。"①考证了乐府名称的源起。此卷还对历代乐舞相关术语进行了考释，如"惊鸿飞燕"条云："《乐府杂录》：舞者乐之容，有《大垂手》《小垂手》，或象惊鸿，或如飞燕。有'字舞'，以舞人亚身于地，布成字也。有'花舞'，着绿衣偃身，合成花字也。有'马舞'，拢马人着彩衣执鞭于床上，舞蹀躞蹄皆应节奏也。又有《回波乐》《春莺啭》《乌夜啼》之属，谓之'软舞'；《柘枝》《大凉州》《达摩枝》之属，谓之'健舞'。""节八音"条云："左隐五年，考仲子之宫将万焉。公问羽数于众，仲对曰：'天子用八，诸侯六，大夫四，士二。夫舞者，所以节八音而行八风，故自八而下。'公从之。于是初献六羽，按万舞之总名。"②

卷一百六十考释"乐章"概念及历代乐章之名。卷一百六十一为"乐章下"，仍然是对历代乐章的解题，同时也收录了一些和乐府有关的遗闻轶事。如"能变新声"条云："唐开元中，内人许子和，永新县乐伶女也。入宫因名永新，能变新声。高秋月明，喉啭一声，响传九陌。一日大酺于勤政楼下，万众喧哗，莫得闻鱼龙百戏之音。永新乃撩鬓举袂，狂奏谩声，广场寂寂，若无一人。"③这里收录了唐开元年间一位名叫许子和的宫女能变新声善于歌唱的事迹。又如"郭讷言佳"条云："邓粲《晋记》：太子洗马郭讷尝入洛，观妓人歌言佳。石崇问其曲，讷曰'不知'。崇笑曰：'卿不知曲，那得言佳？'讷答曰：'譬如见西施，何必识其姓名然后知美？'"④这条收录的是郭讷到洛阳观看妓人歌唱而称佳的事迹，他因为不知乐曲的名称，受到了石崇的质疑，但仍然坚持自己的看法。这些都是我们今天用来研究乐府文学的宝贵材料。卷一百六十二和一百六十三则分别收录了关于"钟、磬、琴、琵琶、瑟、箜篌"和"筝、箫、笛、篪、笙、竽、笳、鼓、角"的相关音乐资料。

---

① 彭大翼：《山堂肆考》卷一百五十九。
② 彭大翼：《山堂肆考》卷一百五十九。
③ 彭大翼：《山堂肆考》卷一百六十一。
④ 彭大翼：《山堂肆考》卷一百六十一。

除了以上所说的几部著作,诗学家胡应麟也对"杂剧"在乐府制度中地位的变迁进行过探讨。其《庄岳委谈下》云:

> 古教坊有杂剧而无戏文者,每公家开宴则百乐具陈,两京、六代不可备知,唐、宋小说如《乐府杂录》《教坊记》《东京梦华》《武林旧事》等编录颇详。唐制自歌人之外,特重舞队,歌舞之外又有精乐器者,若琵琶、羯鼓之属,此外俳优杂剧不过以供一笑,其用盖与傀儡不甚相远,非雅士所留意也,宋世亦然。①

元代以来,乐府中盛行杂剧。而胡应麟认为古时教坊中有杂剧而无戏文,古人的杂剧相当于杂耍表演,而非后人的"戏"。虽然两汉六朝乐府的具体制度已经难考,但唐代乐府中重歌舞乐器,俳优、杂剧只不过是供人一笑,与傀儡相似,并非乐府中的重要内容,文人雅士对此不必关注太多。

胡震亨则关注到唐代乐舞制度的变化,其《唐音癸签·乐通二》云:

> 按唐乐惟十二和、二舞为雅乐。自太宗以功德之盛,复造破阵、庆善二乐舞,于是后世相循,竞制乐以侈观听。舞佾制度,各以意为增减,不合古经。而臣下亦复撰乐献媚,女倡夷舞,同俳优戏剧之观,则已渐流为散乐,而远雅益甚矣。诸乐曲叠非一,马氏端临用高氏纬略之说,误以一乐为一曲,总计为五十有五曲。当时韦万石请奏上元等舞,有二十九雅者,有五十二雅者,有五十雅者;而韦皋奉圣一乐,曲之多尤备载正史,固未可数计也。②

胡震亨认为唐太宗造《破阵》《庆善》二乐舞对后人产生了较大影响,后人竞相制乐以满足耳目之需。而舞佾制度被后人随意增减,已经不合古人之制。再加上臣下撰乐献媚,俗乐逐渐繁盛。这是乐舞制度由雅向俗的转变过程。

由以上可以看出,明人试图对古代乐府制度进行全面性的总结与梳理。

---

① 胡应麟:《少室山房笔丛》卷四十一,第425页。
② 胡震亨编:《唐音癸签》卷十三,第130—131页。

其中尽管有不少观点和材料是承袭前代史书及乐志而来,但并不能因此否定明人在这方面的努力和贡献。

第二节　明人的乐府活动与音乐研究

在上一节里,我们主要探讨了明人对于历代乐府制度的探讨。与乐府制度密切相关的是乐府活动与音乐。明人对历代乐府活动也进行了一些考察,对乐舞曲调本身也进行了宏观和微观两个层面的研究。这些研究内容也是明代乐府诗学的重要内容。

明人对于历代乐府活动的考察也分为两个方面。一是对于与朝廷乐府机构直接相关的乐府活动的考察。如顾起元《客座赘语》一书曾探讨过东晋南朝时期乐府的采诗活动情况,该书"古词曲"条云:

> 晋南渡后,采入乐府者,多取间巷歌曲为之,亦若今《干荷叶》《打枣干》之类。如"吴声歌曲",则有《子夜歌》《子夜四时歌》《大子夜歌》《子夜警歌》《子夜变歌》《上声歌》《欢闻歌》《欢闻变歌》《前溪歌》《阿子歌》《团扇郎》《七日夜》《女歌》《长史变歌》《黄生曲》《黄鹄曲》《桃叶歌》《长乐佳》《欢好曲》《懊侬歌》《黄竹子歌》《江陵女歌》。如"神弦歌曲",则有《宿阿曲》《道君曲》《圣郎曲》《娇女曲》《白石郎曲》《青溪小姑曲》《湖孰姑曲》《姑恩曲》《采莲童曲》《明下童曲》《同生曲》。如"西曲歌",则有《三洲歌》《采桑度》……晋宋皆江左俗间所歌,梁"横吹曲"则似间取北土所咏,仿其音节,衍而成之。然其辞总皆儿女闺房、淫放哀思之语。李延寿所谓"格以延陵之听,皆为亡国之音"者也。①

顾起元首先指出了晋室南渡后乐府多采间巷歌曲的行为,他认为当时间

---

① 顾起元:《客座赘语》卷十,明万历四十六年(1618)刻本。

巷歌曲的性质就像明代的《干荷叶》《打枣干》之类,这个观点非常有见地。在这一条里,顾氏还非常详细地将东晋南朝时代的"吴声歌曲""神弦歌曲""西曲歌"及梁"横吹曲"的具体曲目一一列出。难能可贵的是,顾起元还对晋宋乐府与梁"横吹曲"在音乐曲调上的不同进行了分析,指出梁"横吹曲"存在间取北土音节的情况。这些对于南朝乐府音乐的讨论已经非常深入。

又如胡震亨《唐音癸签》曾探讨过初盛唐时期乐曲散佚及朝廷辑录创制乐章的情况。其《乐通一》有"论唐初乐曲散佚"条:

> 初,太宗命祖孝孙等定雅乐,寻诏褚亮等分制乐章。高宗上元中,复令太常少卿韦万石与太史令姚元辩增损当时郊庙燕会乐曲。迨则天称制,改易典章,歌辞多是内出。开元中,诏中书张说复行厘正,上自定声度,说为之辞。中间杂用贞观旧辞为多。太常卿韦绦尝铨叙为五卷,付大乐、鼓吹两署习之。此一代乐章刊定始末也。奈旧史不能考遵前代史例,于《乐志》中只录郊庙,而无朝会燕射等曲。新《志》则并郊庙不录。其辞因日就亡佚。旧史书序云:燕乐歌辞,太常先有宫商角徵羽五调,调各一卷,是贞观中侍中杨仁恭妾赵方等辑近代词人杂诗为之者。韦绦亦尝令太乐令孙玄成整比为七卷,以辞多不经,不录。今考会要,殿庭元日、冬至朝会乐章七,元日迎送皇帝奏太和,开元中源乾曜作;群官行奏舒和,上公上寿奏休和,皇帝受酒登歌奏昭和,显庆中李义府作;中宫朝会乐章四,东宫朝会乐章五,亦义府作。此固雅乐曲也,何以亦不录乎? 辞之近郑、卫者,既尽为之删,其稍近雅者,又复不亟存一二,唐乐章之挂漏独甚,史家固不能辞其责也。①

这里记载了唐太宗、唐高宗、武则天及唐玄宗时期朝廷制作及增损乐章的活动情况。雅乐从隋代以来已经逐渐走向消亡,但朝廷郊庙、宴会等场合又需

---

① 胡震亨编:《唐音癸签》卷十二,第125—126 页。

要使用雅乐乐章，所以初唐几位皇帝都曾让大臣对乐章进行过增损。直到玄宗朝，一代乐章的形式和内容才基本确立。但胡震亨也认为唐代乐章存在严重的漏收问题，如显庆年间李义府所作的《中宫朝会乐章》四首及《东宫朝会乐章》五首，应该都是雅乐，但"旧史"并未收录。对于唐代乐章"挂漏独甚"的问题，胡震亨认为史官负有不可推卸的责任。

杨慎曾论及唐人乐府中所唱诗歌的问题。其《升庵集》卷五十七"锦城丝管"条云：

> 唐人乐府多唱诗人绝句，王少伯、李太白为多。杜子美七言绝近百，锦城妓女独唱其《赠花卿》一首，所谓"锦城丝管日纷纷，半入江风半入云。此曲只应天上有，人间能得几回闻"也。盖花卿在蜀，颇僭用天子礼乐，子美作此讽之，而意在言外，最得诗人之旨。当时妓女独以此诗入歌，亦有见哉。①

杨慎指出，唐人乐府中所演唱的多是诗人绝句，尤其是王昌龄和李白的绝句。相比之下，杜甫虽然也有近百首绝句，但锦城妓女却只唱《赠花卿》这一首。杨慎认为这和《赠花卿》一诗寓讽刺之意而"最得诗人之旨"有关。这里虽然说的是锦城妓女，但安史之乱期间玄宗幸蜀，故锦城妓女实际上与朝廷乐府有着较为密切的关系。

旧题李贽所撰、清四库馆臣认为作者是张萱的《疑耀》中也记载过宋代教坊中以孔子为戏的情况，其"李至有功名教"条云：

> 前代俳优之辈，多有以吾孔子为戏，至宋至道二年重阳，皇太子、诸王宴琼林苑，教坊有以吾孔子为戏者。宾客李至言："唐太和中，乐府以此为戏，太（当作'文'）宗笞伶人以惩无礼。鲁哀公以儒为戏尚不可，况敢戏及先圣乎？"太子叹其言而止之，此戏遂绝。若李至者，诚有功于名教也。②

---

① 杨慎：《升庵集》卷五十七，第 511 页。
② 张萱：《疑耀》卷四，栾保群点校，文物出版社 2019 年版（下同），第 114 页。

根据此条记载,宋太宗至道二年(996)重阳节这一天,皇太子和诸王在琼林苑举办宴会,教坊中人以扮演孔子为戏。宾客李至列举了唐大和年间乐府中有伶人以孔子为戏受到唐文宗笞罚的故事,认为不可戏及先圣。皇太子觉得李至言之有理,停止了演出,从此之后这一类的戏剧表演就消失了。因此李至可以说是一个有功于名教的人。

与胡震亨同时代的董斯张(1587—1628)也在其《吴兴备志》及《广博物志》中记载过历代朝廷乐府中的一些活动。如《吴兴备志》卷九曾记载了南朝沈不害改定乐章制乐歌一事:"沈不害字孝和,举明经,天嘉初除嘉德殿学士。自梁季丧乱至是,国学未立,不害上书,诏嘉答之。又表改定乐章,诏使制三朝乐歌八首,合二十八曲,行之乐府。"①南朝陈世祖天嘉初年,沈不害曾奉命改定乐章,又制三朝乐歌行于乐府。《吴兴备志》卷六还记载了南宋绍兴年间宋翔向朝廷进献乐府诗的活动:"(宋)翔,崇安人,绍兴十二年(1142)进士,为张浚十客之一。韦太后既归,献《绍兴乐府》十二章。"②这里所说的韦太后,指的就是宋高宗赵构的生母韦氏。在靖康之变中,韦氏随徽宗一起被掳至北方。建炎改元后,韦氏被遥尊为宣和皇后。后经南宋朝廷与金国多次交涉,金主同意将韦氏放还。据《宋史·韦贤妃传》记载:"(绍兴)十二年(1142)四月,次燕山,自东平舟行,由清河至楚州。既渡淮,命太后弟安乐郡王韦渊、秦鲁国大长公主、吴国长公主迎于道。帝亲至临平奉迎,普安郡王、宰执、两省、三衙管军皆从。帝初见太后,喜极而泣。八月,至临安,入居慈宁宫。先是,以梓宫未还,诏中外辍乐。至是,庆太后寿节,始用乐。谒家庙,亲属迁官几二千人。"③可见韦太后南归是在绍兴十二年(1142)。也就是从庆贺韦太后寿节开始,南宋朝廷才恢复了礼乐。宋翔向朝廷进献《绍兴乐府》十二章,显然带有"鸣盛世""颂圣德"之用意。在《吴兴备志》中,此条注明出自《续文献通考》,然今

---

① 董斯张:《吴兴备志》卷九,清文渊阁四库全书本(下同)。
② 董斯张:《吴兴备志》卷六。
③ 脱脱等:《宋史》卷二百四十三,第25册,中华书局1977年版(下同),第8642页。

本《续文献通考》不载。则其文献价值更值得重视。

焦竑《焦氏笔乘续集》卷七引《丹阳记》记载了慈母山出产箫管竹并为乐府提供管乐器材料来源的情况："江宁县南三十里有慈母山,积石临江,生箫管竹。自伶伦采竹嶰谷,其后唯此簳见珍,故历代常给乐府,俗呼鼓吹山。今慈湖戍常禁采之。王褒《洞箫赋》即称此也。其竹圆致,异于众处。"①由于慈母山出产的竹子"圆致"异于他处,是制作箫管的极佳原料,所以历代常给乐府。这段材料从侧面为我们提供了乐府采集原料制作箫管乐器的情况。

董斯张在《广博物志》卷二十二中还记载了一些和乐府有关的奇异之事,如:

> 南陲之南,有扶娄之国。其人善能机巧变化,易形改服。大则兴云起雾,小则入于纤毫之中。缀金玉毛羽为衣裳,吐云喷火,鼓腹则如雷霆之声。或化为群犀象、狮子、龙蛇、火鸟之状,或变为虎兕,口中生人。备百戏之乐,宛转屈曲于指掌间。人形或长数分,或复数寸。神怪欻忽,衒丽于时。乐府皆传此伎,至末代犹学焉。俗谓之婆猴伎,则扶娄之音,讹替至今。②

这段话实际上大都承袭晋王嘉《拾遗记·周》有关扶娄国的记载,但文字略有不同。扶娄是神话传说中南方的一个小国,其国之人善于变戏法魔术。其技术传入中原乐府之中,并世代沿袭。通常所说的"婆猴伎"就是"扶娄"的讹音。

除了与朝廷乐府相关的活动,明人还记载了一些古人与音乐的趣事。如《广博物志》卷二十三记载了汉代马子侯不识音律的故事:

> 汉桓帝时,有马子侯者,为人颇痴。自谓晓音律,黄门乐人更相嗤诮。子侯不知名《陌上桑》,反言《凤将雏》,辄摇头欣喜,多赐左右钱帛,无复惭色。应璩新诗曰:"汉末桓帝时,郎有马子侯。自谓识

---

① 焦竑:《焦氏笔乘续集》卷七,明万历三十四年(1606)谢与栋刻本。
② 董斯张:《广博物志》卷二十二,清文渊阁四库全书本(下同)。

音律,使客奏笙竽。为作《陌上桑》,反言《凤将雏》。左右伪称善,亦复自摇头。"①

马子侯不识音律的故事最早见于《太平御览》。这位马子侯本身不懂音乐,却到处宣称自己通晓音律,但他连《陌上桑》的音律都听不出来,反而说是《凤将雏》。更可笑的是,身边的人为了得到赏赐,都谎称马子侯是对的。但他们背地里也在摇头叹息。董斯张在《广博物志》中对相关内容进行了重新编排组织,使得这个故事情节更加生动。

又如何通在《印史》卷三中记载了袁山松酒酣歌《行路难》一事:"袁山松少有才名,博学能文章,善音乐。乐府旧有《行路难》,山松文其辞句,每酣醉纵歌之,听者莫不流涕。为吴郡太守,值孙恩作乱,遂被害。"②按:袁山松即袁崧,陈郡人,东晋名士,袁方平之子,曾作《后汉书》一百卷。根据有关记载,袁山松善音乐,经常在酒酣时歌唱古乐府《行路难》,这反映出两晋时期文人乐府活动的一个侧面。

何良骏在《何氏语林》卷十一中也记载过赵子固酒醉歌古乐府一事:"赵子固清放不羁,好饮酒,醉则以酒濡发,歌古乐府,自执红牙以节曲。"③赵子固是南宋时期著名的画家。根据何良骏所说,赵子固喜欢喝酒,喝醉之后就会用酒把头发浸湿,吟唱古乐府,还自己拿着红牙板打节拍。可见南宋时文人歌唱古乐府的活动仍然存在。

除了对历代乐府活动进行记载和探讨,明人还对乐府音乐本身进行了较多研究工作。明人的乐府音乐研究主要包括以下三个方面。

一是对中国历代音乐发展的总体趋势进行描述。如邢云路《古今律历考》卷三十四云:

> 右考古历代乐论,或兴或废,淫雅不同,大都古乐渐亡。厥初犹

---

① 董斯张:《广博物志》卷三十三。
② 何通:《印史》卷三,明天启刻钤印本。
③ 何良骏:《何氏语林》卷十一,清文渊阁四库全书本。

未甚也,暴秦虽燔《乐经》,燔其文耳,乃其乐之器数节奏犹存也。曰《五行》,曰《寿人》,即周之《大武》《房中》。即二世娱郑卫,其声固淫乎。其宫商律吕岂遽相远以故。汉兴世世在太乐者,皆记其铿锵鼓舞。时故述作文武,犹古降神等乐。而河间与毛生诸雅材,类能采著存肆之。奈何历汉迄唐,陵夷一坏于新莽犹杂,再坏于刘宋,梵呗番声大罗法曲与金钗梨园辈又相率而溷乱之。轻荡吟哭,惊紧焦杀,靡所不至。大都汉唐创业之初稍兴雅正,而后遂凌弛亡当也。其间龟兹之七声,虽涉哀怨,尚可为七均之证。若何妥以黄钟一宫佞人主,则余律几废,其去乱正之音亦不能以寸耳。宋兴制乐,初亦可观。嗣是诸儒持议,纷如聚讼,如去清声缺匏土等类,皆舛也。至李太常周舞论一出,则有合于文武阴阳之节,而古乐之仪赖之以存矣。宋而金而元,率用汉津之乐,已不合古。而元专尚杂剧,队戏其乐章,则尽易古诗歌为词曲。盖古乐澌灭几无余矣。我明兴制礼作乐,卓越千古,可谓极治。而独古乐尚未尽复故。①

按:邢云路,字士登,安肃(今河北省保定市徐水区)人,生卒年不详。万历庚辰(1580)进士,官至陕西按察司副使。邢云路是明代杰出的天文学家,其所著《古今律历考》七十二卷,有明万历二十七年(1599)徐安刻本,现藏于国家图书馆等处;又有明万历三十五年(1607)刻本(现藏于天津图书馆等处)、清文渊阁四库全书本等。《古今律历考》卷三十四为"古今乐论",对先秦时代以来中国音乐的发展演变进行了总结。音乐的发展历史就是一部古乐渐亡的历史。而具体到每个朝代,又一般是建国之始重视恢复古乐,而随后古乐逐渐消沉。邢云路对明代制礼作乐的成绩进行了充分肯定,但同时也指出"古乐尚未尽复",中原敝俗尚未能革,俗乐依然盛行。

尽管"诗以声为先"是明人一条重要的乐府观念,也有人坚持古今音乐相

---

① 邢云路:《古今律历考》卷三十四,清文渊阁四库全书本(下同)。

同的观点,如张慎言(1577—1644)所说:"今之乐犹古之乐。箜篌、铙歌、觱栗、箛吹,皆可以被金石、享人鬼。而况词与曲乎?"①但到了明代后期,音乐学家们及诗学家们已经逐渐认识到"古乐已亡"和"古乐难复"的现实情况。除了邢云路,胡震亨、方以智等人也对宋代以来乐府诗创作与音乐分离的状况进行过论述。如胡震亨《唐音癸签·乐通四》有"唐人乐府不尽谱乐"条:

> 古人诗即是乐。其后诗自诗,乐府自乐府。又其后乐府是诗,乐曲方是乐府。诗即是乐,三百篇是也。诗自诗,乐府自乐府,谓如汉人诗,同一五言,而"行行重行行"为诗,"青青河畔草"则为乐府者是也。乐府是诗,乐曲方是乐府者,如六朝而后,诸家拟作乐府铙歌朱鹭、艾如张,横吹陇头、出塞等,只是诗;而吴声子夜等曲方入乐,方为乐府是也。至唐人始则摘取诗句谱乐,既则排比声谱真词。其入乐之辞,截然与诗两途,而乐府古题,作者以其唱和重复沿袭可厌,于是又改六朝拟题之旧,别创时事新题,杜甫始之,元、白继之。杜如哀王孙、哀江头、兵车、丽人等,白如七德舞、海漫漫、华原磬、上阳白发人、讽谏等,元如田家、捉捕、紫踯躅、山枇杷诸作,各自命篇名,以寓其讽刺之指,于朝政民风,多所关切,言者不为罪,而闻者可以为戒。嗣后曹邺、刘驾、聂夷中、苏拯、皮、陆之徒,相继有作,风流益盛。其辞旨之含郁委宛,虽不必尽如杜陵之尽善无疵,然其得诗人诡讽之义则均焉。即未尝谱之于乐,同乎先朝入乐诗曲,然以比之诸填词曲子仅佐颂酒赓色之用者,自复霄壤有殊。郭茂倩云:"自风雅之作,以至于今,莫非讽兴当时之事,以贻后世之审音者。傥采歌谣,以被声乐,则新乐府其庶几焉。"斯论为得之,惜无人行用之尔。②

胡震亨认为在古人那里诗乐本是合一的,后来诗和乐府才逐渐被区分开。再到后来,乐府已经被作为诗来看待,词曲才被当作乐府看待。唐代杜甫、元

---

① 张慎言:《泊水斋文钞》卷一,民国山西文献委员会辑铅印山右丛书初编本(下同)。
② 胡震亨编:《唐音癸签》卷十五,第 174 页。

白等人所作的新题乐府诗重在讽刺现实,其音乐性已经荡然无存。但在胡震亨看来,乐府诗本应该和音乐密切结合,所谓的新乐府也应该如此,只可惜无人行用之。这也导致了乐府诗与音乐逐渐走向分离。

方以智则认为宋代以来古乐已经失传,文人所创作的乐府诗其实已经与音乐的关系不大:

> 《系声乐府》,以声言乐也,郑樵著。绍兴《系声乐府》三百五十一曲系《风》《雅》声,八十四曲系《颂》声,百二十曲系别声,四百十九曲系遗声。崔豹以义说名,吴兢以事解目。然樵亦终不能知乐也。《唐志》有吴兢《乐府古题要解》、郗昂《乐府题解》、段安节《乐府杂录》、元稹《序乐府古题》。刘次庄、郭茂倩皆有《乐府集》。晁公武《志》取古今乐府,分二十门。梅禹金《古乐苑》正依晁氏与左克明,自《芳树》《石流》诸铙歌及《蛱蝶行》《拂舞》《巾舞》诸篇,皆不可句读。声词合录,其说或然。六朝拟者作六朝诗,唐拟者作唐诗,崆峒、沧溟揣摩仿佛。诗家藉此以自熟其风度耳。必曰我知其声,岂不诬哉!李东阳乐府直是唐长短歌行。若言入乐,不如填词。①

方以智认为郑樵的《系声乐府》虽然是"以声言乐",不同于崔豹的"以义说名"和吴兢的"以事解目",但郑樵本人也并没有真正懂得古乐。从六朝以来,历代拟作乐府诗的文人,其实都是借乐府的形式作当代的诗歌,用来抒发自我的情怀。如果说他们懂得古乐古声,则是大错特错了。如果非要讲音乐性,则不如填词。

二是探讨乐府中一些专门的音乐术语。由于乐府诗与音乐具有特殊的关系,在乐府曲调和诗歌作品中存在一些专门的音乐术语,如"拍""解""犯""趋"等。明人对这些专门术语也进行了一些探讨和研究。其中最具代表性就是胡震亨的《唐音癸签·乐通四》。在"总论""词曲""律调"之后,胡氏分

---

①　方以智:《通雅》卷二十九。

别对"拍""叠""遍""破""犯""解"等专门的音乐术语进行了解释。如关于"解",胡震亨云：

> 自古奏乐,曲终更无他变。隋炀帝以清乐雅淡,曲终复加解音,至唐遂多解曲。如火凤用移都师解,柘枝用浑脱解,甘州用吉了解,耶婆娑鸡用屈柘急遍解之类。古今乐录云：伧歌以一句为一解,中国以一章为一解。王僧虔云：古曰章,今曰解。作诗有丰约,制解有多少。是解本章什通名,非仅言其卒章之乱也。自隋、唐曲终解曲盛行,遂将解字当卒章字用；而章解之解,别称叠、称遍,不复更称解矣。①

在这段话里,胡震亨对乐府中的"解"之含义及古今之演变进行了深入分析。由《古今乐录》可知,"解"本是乐府章什之名,而不是指卒章之"乱"。只是到了隋炀帝时,由于隋炀帝嫌古乐过于清淡,于是在曲终加上了解音。唐代受隋代影响,遂多解曲。于是隋唐时期"解"就被当成了卒章字来使用。而原来作为章解的"解",在隋唐之后被称为"叠"或"遍",不再称为"解"了。胡氏的这段话对后人研究乐府音乐帮助很大。

又如对于"破"的解释：

> 唐人以曲遍中繁声为入破；陈氏乐书以为曲终者,非也。如水调歌凡十一叠,第六叠为入破,当是曲半调入急促,破其悠长者为繁碎,故名破耳。起于天宝间有此名,卒兆安、史乱,家国破,五行志以为非祥兆,然竟不可革云。②

这段话中所说的"陈氏乐书",当指北宋陈旸所作的《乐书》。陈旸《乐书》认为"破"是指曲终之处,胡震亨认为并非如此。"破"真正的含义应该是"破其悠长者为繁碎"。这一概念起于唐天宝年间,并且预示了安史之乱导致国破家亡。《五行志》也认为乐曲中有"破"是不祥之兆,但曲中加"破"的做

---

① 胡震亨编：《唐音癸签》卷十五,第 173 页。
② 胡震亨编：《唐音癸签》卷十五,第 172 页。

法却一直保留了下来。与陈旸相比,胡震亨的说法无疑更接近事实。

除了胡震亨的《唐音癸签·乐通》,后人辑录的反映何良骏、徐复祚戏曲理论的《何元朗徐阳初曲论》也有对于乐府音乐术语的解释,如关于"趋":"曲至紧板,即古乐府所谓趋。趋者,促也。弦索中大和弦是慢板,至花和弦则紧板矣。"①该书认为,古乐府中所谓的"趋",就相当于明代戏曲中的"紧板",即弹弦急促之处。这为后人更好理解古乐府中的"趋"提供了便利。

三是考证一些曲调类别或具体题目的起源及流传情况。如胡应麟就考证过《铙歌》和《燕歌》的起源及演变情况。关于《铙歌》,他在《拟大明铙歌十八曲·序》中说:"《铙歌》本二十二曲,其四曲亡。魏、吴所拟仅十二曲,说者咸以十曲仍用旧名,然其辞亦不复传,何也? 今止据存者十八曲拟之。考诸家词,惟缪、韦、傅常被施用,承天、宗元辈率私作之以备异时采择者,而凭依名义,流播迄今。故敢窃取其例焉。"②胡应麟指出,《铙歌》原本有二十二曲,在流传的过程中有四曲亡佚。到了魏、吴时期,所拟作的仅有十二曲了。其中十曲仍用旧名,但古辞已经失传。明人只是依据汉《铙歌》留存下来的题目进行拟写。在后人的拟作中,只有缪袭、韦昭、傅玄的作品经常被乐府所使用,像何承天、柳宗元等人只是私下拟写,凭借乐府的名义流播后世而已。也正因为有这些先例,胡应麟本人才敢于对《铙歌》进行拟写。

关于《燕歌》,胡应麟在《诗薮》中说:"《燕歌》初起魏文,实祖《柏梁》体。《白纻词》因之,皆平韵也。至梁元帝'燕赵佳人本自多,辽东少妇学春歌。黄龙戍北花如锦,玄菟城头月似蛾',音调始协。萧子显、王子渊制作浸繁,但通章尚用平韵转声,七字成句,故读之犹未大畅。至王、杨诸子歌行,韵则平仄互换,句则三五错综,而又加以开合,传以神情,宏以风藻,七言之体,至是大备。要惟长篇巨什,叙述为宜,用之短歌,纡缓寡态。于是高、岑、王、李出,而格又

---

① 何良骏、徐复祚:《何元朗徐阳初曲论》,民国元年(1912)至三年(1914)上海国粹学报社铅印古学汇刊本。

② 胡应麟:《少室山房集》卷一,第8页。

一变矣。"①在这段话里,胡应麟不仅指出了《燕歌》对《柏梁》的继承和对《白纻词》的影响,更把《燕歌》放在整个七言诗发展的历史进程中进行考察,已经初步具备了构建分调乐府诗史的眼光。

仇俊卿和曹学佺(1574—1646)等人对《巴渝舞》的起源进行过探讨。前者云:"《巴渝舞》者,汉高帝自蜀汉将定三秦,阆中人范目率賨人以从帝为前锋,号板楯蛮,勇而善斗。及定三秦,封目为阆中侯,复賨人七姓。其俗喜武舞,高帝乐其猛锐,观其舞后,使乐人善之。阆中有渝水,因以为名,故曰《巴渝舞》。"②后者则云:"巴渝人助武王伐纣,前歌后舞。及为汉前锋陷阵,锐气喜舞,帝善之,令乐人习学之。今所谓《巴渝舞》也。《英雄记》'曹公破袁谭,马上舞三巴'。此乐府歌舞之始也。"③与仇俊卿相比,曹学佺不仅将《巴渝舞》的起始时间上推至武王伐纣,还充分肯定了《巴渝舞》作为"乐府歌舞之始"的价值。

此外,李日华(1565—1635)还讨论过《吴歌》的音乐特点和流传情况:"吴音清柔,歌则窈窕洞彻,沉沉绵绵,切于感慕。故乐府有《吴趋行》《吴音子》,又曰《吴歈》,皆以音擅于天下,他郡虽习之不及也。"④李日华是嘉兴人,万历己丑(1589)进士,官至太仆寺少卿。李日华指出,《吴歌》窈窕缠绵的风格与吴音清柔的特点密切相关,其他地方的人虽然在努力学习,但也达不到同样的艺术效果。

第三节　明人的乐府诗体制研究

在前两节里,我们已经探讨了明人的乐府制度研究以及乐府活动与音乐

---

① 胡应麟:《诗薮》内编卷三,第46页。
② 仇俊卿:《通史它石》上卷。
③ 曹学佺:《蜀中广记》卷一百一《诗话记第一》,清文渊阁四库全书本。
④ 李日华:《六研斋笔记》二笔卷四,清文渊阁四库全书本。

研究。与音乐性密切相关,乐府诗在诗歌体制上也呈现出与其他类型诗歌不同的特点。我们在这里所说的"体制",既包括诗歌文本组织结构上的特征,也包括声韵音节上的特点。具体可分为以下三个方面。

一是对乐府诗与三言、七言、九言诗及绝句体关系的研究。在中国古代诗歌史上,汉乐府诗出现的时间较早,仅迟于《诗经》和《楚辞》,且诗歌形式多样,对后世的三言、七言、九言体及绝句的发展成熟都产生了重要影响。如对于乐府诗与三言诗的关系,陆深(1477—1544)在《俨山集》卷二十五中曾引用过霍韬的一段话对此进行论述:

> 霍渭涯谓三字亦可成体,是在《诗经》与《琴操》,古乐府已具。《天马歌》通篇用三字。鲍照《春日行》云:"献岁发,吾将行。春山茂,春日明。园中鸟,多嘉声。梅始发,桃始青。泛舟舻,齐棹惊。奏采菱,歌鹿鸣。风微起,波微生。弦亦发,酒亦倾。入莲池,折桂枝。芳袖动,芬叶披。两相思,两不知。"深谓三字语既短简,声易促涩,贵在和婉有余韵,令袅袅耳。如此诗落句是也。①

霍渭涯,即霍韬(1487—1540),广东南海(今广东省佛山市)人,官至礼部尚书、太子少保。霍韬认为诗歌中专门有三言一体,此体最早出现在《诗经》与《琴操》中,但到了汉乐府才走向成熟,《天马歌》则是较早的完整的三言诗。陆深则认为三言诗每句非常短,容易导致"促涩"的毛病,因此贵在和婉有余韵,鲍照《春日行》结尾两句就是很好的范例。

"后七子"之一的谢榛也论述过《天马歌》在三言体制发展过程中的意义:"'江有汜',乃三言之始。迨《天马歌》,体制备矣。严沧浪谓创自夏侯湛,盖泥于白氏《六帖》。"②谢榛认为《国风·召南·江有汜》一篇是三言诗的肇始,但每段的末尾仍有一句四言句。到了汉乐府《天马歌》,三言诗这一诗体才真正完备。严羽曾说三言诗是夏侯湛创制的,应该是受到了白居易《六帖》的影响。

---

① 陆深:《俨山集》卷二十五,第159页。
② 谢榛:《四溟诗话》卷二,宛平校点,第48页。

徐祯卿和胡应麟都曾探讨过七言诗的发展兴盛与乐府诗的关系。徐祯卿曾云:"七言沿起,咸曰'柏梁'。然宁戚扣牛,已肇《南山》之篇矣。其为则也,声长字纵,易以成文。故蕴气雕辞,与五言略异。要而论之:《沧浪》擅其奇,《柏梁》弘其质,《四愁》坠其隽,《燕歌》开其靡。他或杂见于乐篇,或援格于赋系。妍丑之间,可以类推矣。"①过去人们一直认为七言诗的起源是《柏梁》,但徐祯卿认为宁戚放牛时吟唱的《商歌》已经有七言诗句。在他看来,七言诗"声长字纵",其创作规律与五言诗不同,具有"奇""质""隽""靡"等特点,并以《沧浪》和《燕歌》等乐府诗作品为例进行了说明。

胡应麟则在《诗薮》中说:"建安以后,五言日盛。晋、宋、齐间,七言歌行寥寥无几。独《白纻歌》《行路难》时见文士集中,皆短章也。梁人颇尚此体,《燕歌行》《捣衣曲》诸作,实为初唐鼻祖。陈江总持、卢思道等,篇什浸盛,然音响时乖,节奏未协,正类当时五言律体。垂拱四子,一变而精华浏亮,抑扬起伏,悉协宫商,开合转换,咸中肯綮。七言长体,极于此矣。"②胡应麟认为,七言歌行一体正是在晋、宋、齐时期的《白纻歌》《行路难》及梁代的《燕歌行》《捣衣曲》影响下逐渐向前发展的。陈代至唐初七言歌行还不够成熟,经常会出现不合格律的地方,这和当时五言律诗的情况类似。到了文章四友,七言歌行才臻于成熟之境。

谢榛还探讨过乐府诗对九言体之影响。他曾说:"九言体,无名氏拟之曰:'昨夜西风摇落千林梢,渡头小舟卷入寒塘坳。'声调散缓而无气魄。惟太白长篇突出两句,殊不可及,若'上有六龙回日之高标,下有冲波逆折之回川'是也。"③九言体在诗歌中是一种极为特殊的样式,拟写难度很大。谢榛认为只有李白《蜀道难》中的两句深得九言体精髓。

除了论及乐府诗与三言、七言、九言体的关系,明人还论及乐府诗与绝句

---

① 徐祯卿:《谈艺录》,载何文焕辑:《历代诗话》下册,第768页。
② 胡应麟:《诗薮》内编卷三,第46页。
③ 谢榛:《四溟诗话》卷二,宛平校点,第48页。

体的关系。如高棅在《唐诗品汇》中说:"七言绝句始自古乐府《挟瑟歌》、梁元帝《乌栖曲》、江总《怨诗行》等作,皆七言四句。至唐初,始稳顾声势,定为绝句。然而作者亦不多见。"①高棅认为七言绝句这种诗体是从古乐府《挟瑟歌》、梁元帝《乌栖曲》、江总《怨诗行》等乐府诗发展出来的,到了唐代初年趋于定型,但当时作者还不多。谢榛《四溟诗话》卷四又记载:"孔文谷……又曰:'长篇是赋之变体,而去一"兮"字;近体则研炼精切,隳括谐俪,如文锦之有尺幅,绝句皆乐府也。'"②这里所说的孔文谷即孔天允,字汝锡,号文谷,又号管沈山人,1545 年前后在世。他认为"绝句皆乐府",是看到了绝句这一诗歌样式是从乐府诗中衍生而出,这一观点直到今天依然被学界所认可。

二是对汉乐府"声词合录"现象的探讨。汉乐府,尤其是《铙歌十八曲》,有很多拗口难通之处,其中有很多地方可能就是由于"声词合录"造成的。宋代沈括认为:"诗之外又有和声,则所谓'曲'也。古乐府皆有声、有词,连属书之,如曰'贺贺贺''何何何'之类,皆和声也。今管弦中之缠声,亦其遗法也。唐人乃以词填入曲中,不复用和声。"③朱熹也说过:"古乐府只是诗中间却添许多泛声,后来人怕失了那泛声,逐一声添个实字,遂成长短句。今曲子便是。"④虽然沈括和朱熹对"词"这种文体来源的解释不尽正确,但他所说的"和声""泛声"还是有道理的。

明代一些诗学家也对古乐府中"声词合录"现象进行了论述。如徐祯卿《谈艺录》云:"乐府中有'妃呼豨''伊阿那'诸语,本自亡义,但补乐中之音。亦有迭本语,如曰'贱妾与君共餔糜','共餔糜'之类也。"⑤徐祯卿认为古乐府诗中的"妃呼豨""伊阿那"等词语本身并没有实际的意义,只是起到"补乐

---

① 高棅编纂:《唐诗品汇》"七言绝句"叙目,第 4 册,汪宗尼校订,葛景春、胡永杰点校,第 1509 页。
② 谢榛:《四溟诗话》卷四,宛平校点,第 114 页。
③ 沈括:《梦溪笔谈》卷五,金良年点校,中华书局 2015 年版(下同),第 44—45 页。
④ 黎靖德编:《朱子语类》卷一百四十,清文渊阁四库全书本。
⑤ 徐祯卿:《谈艺录》,载何文焕辑:《历代诗话》下册,第 769—770 页。

中之音"的作用,也就是起到表音的作用。谢榛《四溟诗话》卷四又云:"栗太行曰:'诗贵解悟,识有偏全,斯作有高下。古人成家者如得道,故拈来皆合。拘拘于迹者末矣。'又曰:'诗莫古于《风》《雅》,皆可解;汉乐府有不可读者,声词杂写之诬由谱录尔。'"①谢榛所说的栗太行,指的应该是栗应宏,嘉靖年间举人,曾隐于太行山中,有《太行集》。栗应宏明确指出汉乐府中部分作品之所以不可读,就是由于谱录的过程中声词杂写造成的。

明代后期的胡应麟与胡震亨对古乐府中的"声词合录"现象也有过论述。如胡应麟说:"《上邪》言情,《临高台》言景,并短篇中神品。'妃呼豨''收中吾'二句,或是其音,当直为衍文,不害全篇美也。"②胡应麟认为汉乐府《上邪》中的"妃呼豨"和"收中吾"二句可能都是用来表音的,后人在读这两首诗的时候,应该把这两句当作衍文来对待,这样就不会影响全篇的美感。胡震亨对此有更加系统的论述:

> 古乐府诗,四言、五言,有一定之句,难以入歌,中间必添和声,然后可歌,如"妃呼豨""伊何那"之类是也。唐初歌曲,多用五七言绝句,律诗亦间有采者,想亦有剩字剩句于其间,方成腔调。其后即以所剩者作为实字,填入曲中歌之,不复别用和声,则其法愈密,而其体不能不入于柔靡矣,此填词所繇兴也。宋沈括考究所始,以为始于王涯。又谓前此贞元、元和间为之者已多云。③

在这段话里,胡震亨对古乐府诗中添加和声及和声变为实字的过程进行了更加详细的描述,并借此解释了词的起源。他的观点与沈括、朱熹、徐祯卿等人可谓一脉相承。当然在我们今天看来,这种解释不尽合理,但这终究是对乐府诗体制的重要探索。

比胡应麟生活时代稍晚的许学夷也谈论过乐府诗中"添字"的问题:

---

① 谢榛:《四溟诗话》卷四,宛平校点,第106页。
② 胡应麟:《诗薮》内编卷一,第18页。
③ 胡震亨编:《唐音癸签》卷十五,第170页。

卓文君乐府五言《白头吟》,沛然从肺腑中流出,其晋乐所奏一曲,乃后人添设字句以配章节耳。乐府《满歌行》《西门行》《东门行》及甄后《塘上行》皆然。昔人称李延年善于增损古词,则乐府于古词信有增损耳。①

许学夷认为,乐府古辞在流传的过程中会出现后人添设字句的现象,而其原因就是配合音乐章节的需要。像《满歌行》等都发生过这种情况。许学夷所说的其实也是一种由和声变为实字的情况,只是他并没有强调所添加的字句是否具有实际的含义。

明末的方以智也持有类似的观点:"汉立乐府,《练时日》诸篇词皆雕组,《铙歌》《芳树》《石流》不可读者,大字属词,细字属声,声词合录耳。'收中吾''妃呼豨''奴何奴轩'是也。郑渔仲集解题、郭茂倩、左克明、梅禹金皆以其名汇之,实不可奏诸管弦。"②

三是对乐府诗文本组织结构及音节的探讨。尽管汉乐府诗存在一些声词混写或字句讹脱的现象,但这些并不是造成汉乐府诗在体制上与古诗相去甚远的主要原因。实际上,乐府诗本身就具有特殊的体制。胡应麟就说过:"《铙歌十八章》,说者咸谓字句讹脱及声文混淆,固然;要亦当时体制大概如此。如《郊祀歌》《日出入》《象载瑜》,乐府《乌生八九子》等篇,步骤往往相类,岂皆讹脱混淆耶? 又魏缪袭、吴韦昭、晋傅玄,皆有拟《铙歌》辞。当时去汉未远,诸人固应见其全文,而所拟辞,节奏意度,亦绝与今所传汉词相类。推此论之,《铙歌》体制,概可见矣。"③胡应麟认为后人所见的汉《铙歌》应该是接近于原貌的,因为魏晋时代几位诗人应该见过全文,他们所拟写的作品在节奏意度上都和后人所见的汉《铙歌》相似。可见汉代《铙歌》的体制本就如此,并不是因为字句讹脱或声文混淆才变成后人见到的样子。胡氏还指出汉乐府

---

① 许学夷:《诗源辩体》卷三,杜维沫点校,第61页。
② 方以智:《通雅》卷首三。
③ 胡应麟:《诗薮》内编卷一,第18页。

中有些作品被完整地保存了下来:"《铙歌十八章》,漫不得其所。自《郊祀》,则全乐首尾具存。《练时日》,迎神也;《帝临》五篇,五帝也;《维泰元》,元精也;《天地》《日出入》,三大也;《天马》《景星》《灵芝》《白麟》《赤雁》,诸瑞也;《赤蛟》,送神也。"①他认为《铙歌》的篇章制度的来源已不可考,但《郊祀》歌"全乐首尾具存",后人见到的应该是完整的篇章结构。

明人对乐府诗的文本组织结构进行了多方面的探讨。如对于诗歌作品整体结构的思考。根据《四溟诗话》卷一记载:"刘才甫曰:'魏武《短歌行》,意多不贯,当作七解可也。'"②按此刘才甫,并非清代桐城派领袖刘大櫆,而是指明代后期的庐陵人刘才甫。根据《民国庐陵县志》卷十五记载,刘才甫是万历"二十三年癸卯"科进士。③ 过去,人们一直都将曹操《短歌行》看作一篇首尾连贯的作品,但刘才甫却认为这首诗"意多不贯",应该分成七解来看才对。

又如对于乐府诗中"艳""趋""乱"等单元在整个诗篇中所处位置的探讨。杨慎《升庵集》卷六十"乐曲名解"一条云:

> 《古今乐录》云:"《伧歌》以一句为一解,中国以一章为一解。"王僧虔启曰:"古曰'章',今曰'解'。解有多少,当是先诗而后声。诗叙事,声成文。必使志尽于诗,音尽于曲。是以作诗有丰约,制解有多少。又诸曲调皆有辞、有声,而大曲又有艳、有趋、有乱辞者。其歌诗也,声者若'羊吾''夷伊''那何'之类也。艳在曲之前,趋与乱在曲之后。亦犹《吴声》《西曲》,前有和、后有送也。"慎按:艳在曲之前,与《吴声》之和,若今之引子;趋与乱在曲之后,与《吴声》之送,若今之尾声。"羊吾""夷伊""那何",皆辞之余音袅袅,有声无字,虽借字作谱而无义。若今之"哩啰嗹唵吽"也。知此可以读古乐府矣。④

---

① 胡应麟:《诗薮》内编卷一,第 17 页。
② 谢榛:《四溟诗话》卷一,宛平校点,第 13 页。
③ 王补、曾灿材纂:《民国庐陵县志》卷十五。
④ 杨慎:《升庵集》卷六十,第 573 页。

对于大曲中的"艳""趋""乱"的位置,王僧虔曾作过较为详细的论述,指出艳在曲之前,趋与乱在曲之后,与《吴声》里的和声和送声相近。而杨慎对此进行了补充说明,指出艳类似于明代乐曲中的引子,而趋与乱类似于尾声。他还认为古乐府诗中的"羊吾""夷伊""那何"都只是表音用的,并无实际意义,类似于明代乐曲中的"哩啰嗹唵吽"。杨慎认为只有明白了这些道理,才能真正读懂古乐府。

胡应麟还关注到汉乐府诗一些特定的结尾方式,如:

> 乐府尾句,多用"今日乐相乐"等语,至有与题意及上文略不相蒙者,旧亦疑之。盖汉、魏诗皆以被之弦歌,必燕会间用之。尾句如此,率为听乐者设,即《郊祀》延年意也。读古人书有不得解处,能多方参会,当自了然。①

胡氏注意到,汉乐府中有不少作品的结尾都出现了"今日乐相乐"这样的句子,这些句子与诗题或上文在意思上往往并不连贯。他认为这些句子是在宴会上歌唱时专门为听众设置的。这里所说的《郊祀》"延年意",他还在另外一处论及:

> 《郊祀》《铙歌》诸作,凡结语,率以延龄益算为言。盖主祝颂君上,荫庇神休,体故当尔。乐府诸作,亦有然者,意致率同,后学或以为汉人套语,非也。甄后《塘上行》,末言'从军致独乐,延年寿千秋',本汉诗遗意,而注家以为妇人缠绵忠厚,由不熟东、西京乐府耳。②

他认为《郊祀》《铙歌》结尾处的这些祝寿之语是为了祝颂君王而作,并不是普通的套话。甄后《塘上行》,末言"从军致独乐,延年寿千秋"一句就是受到了汉乐府的影响,而注家不熟悉两汉乐府诗,误将这两句解释为"妇人缠绵忠厚"。

---

① 胡应麟:《诗薮》内编卷一,第19页。
② 胡应麟:《诗薮》内编卷一,第19页。

由于乐府诗与音乐有着密切关系,所以其体制也与音节声韵有关,其体制特征往往也通过诗歌的声韵音节体现出来。如何伟然《独鉴录》云:"昔人谓平韵可重押,若或平或仄则不可。又谓七言可重押,若五言则不可。予尝考汉魏五言多重押,大都乐府,体制自别。"①何伟然经过考证发现,汉魏五言诗中确实存在很多在押韵时"重押"的现象,但这些五言诗基本上都属于乐府诗的范围,在体制上与普通的五言诗有明显区别。

胡应麟还认识到不同时代的乐府诗在音节上也是有区别的。他在考证张若虚《春江花月夜》一诗的创作年代时说:"张若虚《春江花月夜》,流畅宛转,出刘希夷《白头翁》上,而世代不可考。详其体制,初唐无疑。"②胡应麟考证此诗的主要依据就是"体制",而他在这里所说的体制就是指流畅宛转的音节,这种音节正是初唐时代乐府歌行的特征。而且他还对当时一些人认为杜甫的乐府诗是"变体"的观点进行了批驳:"仲默谓:'唐初四子,虽去古甚远,其音节往往可歌。子美词虽沉着,而调失流转,实诗歌之变体也。'此未尽然。歌行之兴,实自上古。《南山》《易水》,隐约数言,咸足咏叹。至汉、魏乐府,篇什始繁。大都浑朴真至,既无转换之体,亦寡流畅之辞,当时以被管弦,供燕享,未闻不可歌也。杜《兵车》《丽人》《王孙》等篇,正祖汉、魏行以唐调耳。"③"前七子"之一的何景明(字仲默)曾认为杜甫的乐府歌行缺少流转的音节,是诗歌之变体。而胡应麟却指出汉、魏乐府的音节本来就是浑朴的,并没有什么"流畅之辞",但这并不影响它们入乐歌唱。由此看来,何景明等人对于杜甫乐府歌行的批评是没有道理的。

钟惺、谭元春的《古诗归》也强调诗歌音节对于乐府诗体制的重要性。如钟惺在评曹丕《艳歌何尝行》时说:"顾昐摇曳,情态之妙,生于音节!"④评甄

---

① 何伟然纂,吴从先定:《独鉴录》,明崇祯二年(1629)刻广快书本。
② 胡应麟:《诗薮》内编卷三,第51页。
③ 胡应麟:《诗薮》内编卷三,第47页。
④ 钟惺、谭元春选评:《诗归·古诗归》卷七,上册,张国光、张业茂、曾大兴点校,第129页。

皇后《塘上行》"莫以鱼肉贱,弃捐葱与薤。莫以麻枲贱,弃捐菅与蒯。出亦复苦愁,入亦复苦愁"六句"繁弦促节"①。评价魏明帝《步出夏门行》一诗"玲玲细响,如出湍濑。诉得动人"②。评曹植《妾薄命》云:"妮妮叙致,不尽情不已。看其音节抚弄停放,迟则生媚,促则生哀,极顾步低昂之妙!"③卷八又评傅玄《吴楚歌》"吞吐起落,音节生情"。评刘琨《胡姬年十五》"音节全是梁、陈"④。《唐诗归》卷三十又评张籍《雀飞多》"音节妙"⑤。皆可见钟、谭二人对乐府诗音节美的重视。钟惺认为乐府诗之音节与一般诗歌不同,《古诗归》卷十收录无名氏《济济篇》:"畅飞畅舞气流芳,追念三五大绮黄。去失有时可行,去来同时此未央。时冉冉,近桑榆。但当饮酒为欢娱。衰老逝,有何期?多忧耿耿内怀思。渊池广,鱼独希,愿得黄浦众所依。恩感人,世无比,悲歌且舞无极已。"钟惺评曰:"语似有欹断处,近汉铙歌音节。下数章妙过于此,而正以其太完好处远之,此看乐府法也。"⑥钟惺认为这首诗在语言上似乎有不连贯或脱字的地方,近于汉铙歌的音节。而后面的数章(指《晋白纻舞歌诗》《晋杯盘舞歌诗》等)都是较为完整的七言诗,但正因为太完整了,反而不似乐府诗。钟惺认为这才是"看乐府法",也就是要明白乐府诗在语言音节上要与一般诗歌不同才行。

---

① 钟惺、谭元春选评:《诗归·古诗归》卷七,上册,张国光、张业茂、曾大兴点校,第130页。
② 钟惺、谭元春选评:《诗归·古诗归》卷七,上册,张国光、张业茂、曾大兴点校,第131页。
③ 钟惺、谭元春选评:《诗归·古诗归》卷七,上册,张国光、张业茂、曾大兴点校,第135页。
④ 钟惺、谭元春选评:《诗归·古诗归》卷八,上册,张国光、张业茂、曾大兴点校,第158页。
⑤ 钟惺、谭元春选评:《诗归·唐诗归》卷三十,下册,张国光、张业茂、曾大兴点校,第595页。
⑥ 钟惺、谭元春选评:《诗归·古诗归》卷十,上册,张国光、张业茂、曾大兴点校,第195页。

第八章 乐府诗文献与诗歌本体研究

吴相洲先生曾在《乐府学概论》一书中将乐府学研究分为"文献研究""音乐研究""文学研究"等三个层面,并指出了研究的五个要素:"乐府一般由题名、本事、曲调、体式、风格五个要素构成。这些要素决定该题乐府性质,约束着作品回归自身传统。分析这些要素是认识具体作品乃至整个乐府诗体的基本途径。"①吴先生的说法很有道理,他提出的"三层面""五要素"的确涵盖了乐府诗研究的重要领域。但我们同时认为,这三个层面和五个要素并不是割裂开的,它们相互之间有着极为紧密的联系。而且,这五者也并不都在同一个层面上,如果在研究时将这五者一一分离出来单独研究而不能融会贯通的话,也可能会出现问题。在前面的章节里,我们已经就明代乐府诗学中的乐府制度、音乐以及与之相关的诗歌体制研究等问题进行了探讨。本章我们将对明代乐府诗学中关于乐府诗文献及作品本身的研究展开讨论。明人对于乐府诗文献的研究,我们主要讨论明人对于前代乐府文献的留存。而明人对于乐府诗作品本身的研究,我们不妨将其称为"本体研究"。这方面除了包括对于乐府诗题名、本事与作者的考证、字词与名物考证之外,还有对于乐府诗作品的"补遗"。

---

① 吴相洲:《乐府学概论》,第 116 页。

第一节　对前代乐府文献的留存

在漫长的历史发展过程中,曾出现过大量关于乐府诗学的相关文献。但由于时代久远,以及保存手段所限,一些文献未能直接流传下来,我们只能通过其他文献记载管中窥豹。明人所编的一些类书、杂考中收录了前代乐府诗学资料。如唐顺之《稗编》卷三十七至卷四十二"乐",收录了历代有关乐府诗和音乐的研究资料,包括《隋书·乐章》《晋书·乐章》、沈括《声气之感》、郑樵《乐府总序》、马端临《辨声乐不传之论》《辨乐亡之论》、胡翰《古乐府诗类编序》等。另外,该书卷七十三"文艺二·诗赋"中还收录了刘勰《文心雕龙五论》、吴讷《文章辨体二十四论》等,其中也多有关于乐府诗的论述。又如《古今说海》卷一百二十九"说纂十三·杂纂一"全文收录了唐段安节《乐府杂录》,卷一百四十"说纂十四·杂纂二"全文收录了唐崔令钦《教坊记》,起到了保存历代乐府文献的作用,并具有校勘价值。

除了以上所说的"全文收录"以外,明人各种著作还单独收录过前代乐府诗学文献的一些条目,这些内容过去较少有人关注,但实际上具有很高的研究价值。其中最典型的就是对于《乐府杂录》中部分条目的收录。按《乐府杂录》一书,作者是唐代的段安节。段安节为齐州临淄(今山东淄博)人,宰相段文昌之孙,太常少卿段成式之子,诗人温庭筠之婿,乾宁中为国子司业。其事迹见《新唐书·段成式传》末。《新唐书·艺文志》《崇文总目》及《郡斋读书志》皆著录段安节"《乐府杂录》一卷",唯有《宋史·艺文志》著录为"二卷"①,应属于偶误。关于《乐府杂录》一书的版本及流传情况,亓娟莉《乐府杂录校注·前言》曾进行过较为详细的考证。亓娟莉的校注本是以明代《古今逸史》本为底本展开校勘的,并借鉴了清代钱熙祚《守山阁丛书》本、当代

---

① 脱脱等:《宋史》卷二百二,第 15 册,第 5052 页。

《中国古典戏曲论著集成》本、洪惟助笺订本、罗济平校点本、吴企明点校本的成果，是目前较为全面的一个校注本。该书虽专门设立"补遗·考辨"一章，但所补条目仅限于《太平御览》《碧鸡漫志》《近事会元》等文献中的数条，还远称不上完备。①

清四库馆臣曾将《乐府杂录》收入《四库全书》，并给该书以较高评价："首列乐部九条，次列歌舞俳优三条，次列乐器十三条，次列乐曲十二条，终以别乐识五音轮二十八调图。然有说无图，其旧本佚之欤。《崇文总目》讥其芜驳不伦。今考其中乐部诸条与《开元礼》、杜佑《通典》《唐书·礼乐志》相出入，知非传闻无稽之谈。叙述亦颇有伦理，未知所谓'芜驳'何在？"②清四库馆臣认为该书内容有据，叙述亦较有条理，《崇文总目》批评其"芜驳"并无道理。但清四库馆臣没有认识到的是，《四库全书》中所收录的《乐府杂录》已经不是唐、宋时期的原貌，其中已经有较多阙漏。这一点我们从明人的相关文献记载中可以看出。

明人在研究乐府诗时曾广泛引用《乐府杂录》中的条目，而很多条目都不见于今本《乐府杂录》。陈耀文在《天中记》卷四十三中就多次引用《乐府杂录》，如"闻笛辨亡"条云：

> 闻笛辨亡安公子，始自炀帝将幸江都时，有乐工于笛中吹。其父病废于卧内，闻之乃问其子曰："何得此曲？"子对曰："宫中杂翻也。"父歔欷问其子曰："宫曰君，商曰臣。宫声往而不返，大驾东巡必不还矣。汝可托疾勿去也。"其精鉴如此。③

此条记载了隋炀帝巡幸江都前一位老乐工从笛曲中听出隋炀帝此行不利之事。这一则在今本《乐府杂录》中未见收录。另外，《天中记》卷四十三还收录了《乐府杂录》中记载的贺怀智弹弦的条目：

---

① 段安节：《乐府杂录校注》，亓娟莉校注，上海古籍出版社2015年版（下同）。
② 纪昀等纂：《武英殿本四库全书总目提要》卷二百十三，第31册，第182—183页。
③ 陈耀文：《天中记》卷四十三。

贺怀智以食为糟,鹍鸡筋作弦,用铁拨弹之。①

此条亦明确标为引自《乐府杂录》,而今本《乐府杂录》未见。这条内容较为详细地记载了贺怀智所弹乐器的制造原料及弹奏的方法,是非常珍贵的乐府诗学材料。《天中记》起到了保存古代乐府诗学文献的作用。

董斯张在《吹景集》卷十四中也曾节录过《乐府杂录》中的内容。如"学斋占毕载张曙《击瓯赋》"条云:

此赋已录《英华》中。按《飞燕外传》云:"帝以文犀簪击瓯。"此为击瓯祖系。庾肩吾《狭斜行》云:"三子俱来宴,玉箸击清瓯。不知马处士,传得刘郎正派否?"又段安节《乐府杂录》云:"武宗朝,郭道源善击瓯,率以邢瓯、越瓯共十二双,旋加减水于其中,以箸击之。咸通中,有异蟾者,亦善击瓯。"击瓯盖出于击缶,杨用修亦云:"蔺相如请秦王奏盆缶。"唐人击瓯,今人水盏,殆祖之。②

此段引《乐府杂录》中关于唐武宗朝郭道源善击瓯及咸通中有异蟾者亦善击瓯之事,用以说明"击瓯"之由来及发展经过。此条今本《乐府杂录》亦不载。

胡应麟在《少室山房笔丛》卷四十一中也节录过《乐府杂录》的一些内容,如:

《乐府杂录》云:"《苏中郎》,后周士人苏葩,嗜酒落魄,自号中郎,每有歌场辄入独舞,今为戏者着绯戴帽面正赤,盖状其醉也。"又有《踏摇娘》,羊头浑脱、九头狮子、弄白马、益钱,以至循撞跳丸、吐火吞刀、旋盘筋斗悉属此部。又《教坊记》云:"《踏摇娘》者,北齐有人姓苏,齄鼻,实不仕,而自号为中郎。嗜饮酗酒,每醉辄殴其妻,妻衔悲诉于邻里。时人弄之,丈夫着妇人衣,徐步入场行歌,每一迭旁

---

① 陈耀文:《天中记》卷四十三。
② 董斯张:《吹景集》卷十四,明崇祯二年(1629)韩昌箕刻本(下同)。

人齐声和之云:'踏摇和来,踏摇娘苦和来。'以其且步且歌,故谓之踏摇;以其称冤,故言苦。及其夫至,则作殴斗之状以为笑乐。今则妇人为之。"按此二事绝类,岂本一事耶? 然《杂录》又有《踏摇娘》等,不可深晓。观此,唐世所谓优伶杂剧,妆服、节套大略可见。①

《少室山房笔丛》中所节录的《乐府杂录》关于《苏中郎》的内容,今本《乐府杂录》不载。胡应麟不仅替后人保留了这则材料,还分析了这则材料与《教坊记》中记载的《踏摇娘》之间的关联。他认为这两者的故事类似,可能本为一事。但《乐府杂录》中另外又有《踏摇娘》,其中原因难以深究。

徐应秋在《玉芝堂谈荟》卷二十六中也节录过《乐府杂录》中的内容,如"鲛绡中有十洲三岛"条云:

> 《乐府杂录》:"康老子遇老妪持锦褥货鬻,乃以半千获之。寻有波斯人见之,乃曰:'此冰蚕丝所织,暑月置于座,满室清凉。'"②

这条内容亦未见于今本《乐府杂录》,可补今本之不足。

另外,有一些内容虽然今本《乐府杂录》中也有,但对应文本却有很大差异。如方以智《通雅》卷三十收录了《乐府杂录》中关于《贺若》的一段话:

> 《贺若》,瑟曲也。程泰之曰:"瑟中有《贺若》,乃唐文宗时,贺若夷善琴。"《乐府杂录》曰:"贺若夷令人琴,而自以瑟合之。锦瑟五十弦,乃尔雅之洒也。二十五弦为瑟。十三弦为筝。"③

考今本《乐府杂录》"琴"条云:"太和中,有贺若夷尤能,后为待诏,对文宗弹一调,上嘉赏之,仍赐朱衣,至今为《赐绯调》。"④则《通雅》所引之《乐府杂录》之相关内容与今本全然不同,这样《通雅》无疑起到了保存乐府诗学文献的作用。

---

① 胡应麟:《少室山房笔丛》卷四十一《庄岳委谈下》,第426—427页。
② 徐应秋:《玉芝堂谈荟》卷二十六,清文渊阁四库全书本(下同)。
③ 方以智:《通雅》卷三十。
④ 段安节:《乐府杂录校注》,亓娟莉校注,第117页。

除了对于《乐府杂录》的收录留存,明代还通过引用收录的方式留存了一些其他前代乐府诗学文献。如谢榛在《四溟诗话》卷二中就引用过元陈绎曾《文式》中的一段话:

> 《文式》:"放情曰歌,体如行书曰行,兼之曰歌行;快直详尽曰行,悲如蛩螯曰吟,读之使人思怨;委曲尽情曰曲,宜委曲谐音;通乎俚俗曰谣,宜隐蓄近俗;载始末曰引,宜引而不发。"此虽体式,犹欠变通。盖同名异体,同体异名耳。①

《文式》为元陈绎曾所作,这条内容对和乐府诗密切相关的歌、行、曲、引等概念进行了辨析。今存明刻本《文式》为残本,现藏于国家图书馆,该本中未见此条。《四溟诗话》也起到了保存前代乐府诗学文献的功能。

另外,明人还收录留存了一些珍贵的前代乐府诗作品不同的版本。如《山堂肆考》卷九十八"代父出征"条就收录了《木兰诗》的一个珍贵版本:

> 晋女子木兰者,代父征戍十二年而归,不受爵赏,人无知其为女也。乐府有《木兰词》曰:"唧唧复唧唧,木兰当户织。不闻机杼声,唯闻女叹息。问女何所思,问女何所忆。女亦无所思,女亦无所忆。昨夜见军帖,可汗大点兵。军书十二卷,卷卷有爷名。阿爷无大儿,木兰无长兄。愿为市鞍马,从此替爷征。木兰代爷去,秣马备戎行。易却纨绮裳,洗却铅粉妆。驰马赴军幰,慷慨携干将。"②

此处引用的《木兰诗》后半部分内容显然与我们常见的《乐府诗集》中的版本有较大出入。其实南宋祝穆《古今事文类聚》后集卷十一及宋潘自牧《记纂渊海》卷三十九已收录此版本。从这个版本我们可以看出,《木兰诗》在流传过程中应当经过了较大规模的改写,才形成了今天我们熟悉的那个版本。这对我们今天的《木兰诗》研究有着重要的启发意义。③

---

① 谢榛:《四溟诗话》卷二,宛平校点,第49页。
② 彭大翼:《山堂肆考》卷九十八。
③ 刘亮:《也谈〈木兰诗〉研究中的几个问题》,《乐府学》2015年第2期。

第二节 《说郛》的乐府文献价值

一百二十卷本陶宗仪《说郛》收录了《乐府解题》和段安节《乐府杂录》。今天存世的《乐府古题要解》有两个版本，一是明《津逮秘书》本(后被收入丁福保《历代诗话续编》)，一为明代抄本。《津逮秘书》本书末有毛晋跋语曰："汉武帝时乃立乐府，以李延年为协律都尉，举司马相如等数十人造为诗赋，略论律吕，以合八音之调，盖乐府之所肇也。自汉迄唐，作者猋起云合，从未有汇成一编者。惟唐史臣吴兢纂采汉魏以来古乐府词，分为十卷，惜乎不传。传者仅《古题要解》二卷，于传记及诸文集中，采其命名缘起，令后人知所祖习。又有《乐府解题》，不著撰人名氏，与吴兢所撰差异。今人混为一书，谬矣。但太原郭氏诸叙中辄引《乐府题解》，不及《古题要解》，不知何故。余家藏是书凡三本，一得之虞山杨氏，一得之锡山顾氏。二氏素称藏书家，不意施朱傅墨，较订数遍，其阙脱简讹字，尚多于几上凝尘。既得元版，颇善。但《会吟行》俱误作《吴吟行》。按会谓会稽，谢灵运诗'咸共聆会吟'，故云。其致与《吴趋行》同也。如《采薇操》亦曰'晨游高举'，《琴曲注》中引吴兢云云。兹集中不载，岂逸文尚多耶？海隅毛晋识。吴兢，汴州人。少励志，贯知经史，方直寡谐。比魏元忠荐其才堪论撰，诏直史馆，修国史。私撰《唐书》《唐春秋》，叙事简核，人以董狐目之。其捃摭乐府故实，与正史互有异同，真堪与《国史补》并垂不朽云。晋又识。"[①]

按：中华本《历代诗话续编》中的"故云。其致与《吴趋行》同也"应作"故云'其致与《吴趋行》同也'"，显然是标点之误。毛晋在跋语中说《乐府诗集》诸叙中辄引《乐府题解》而不及《古题要解》，不知何故。又说又有《乐府解题》不著撰人名氏，与吴兢所撰差异，今人混为一书。但从实际情况看，《乐府

---

① 吴兢：《乐府古题要解》，载丁福保辑：《历代诗话续编》上册，中华书局 1983 年版(下同)，第 67 页。

诗集》中多次引用的是《乐府解题》，并标明为吴兢所撰。明抄本《乐府古题要解》（现藏于中国国家图书馆）前面有陆东、梁梧的序，又有傅增湘的跋语，认为此本"视毛氏藏本为善"①。但两个版本内容基本相同。

《四库全书总目·诗文评类存目》曾著录吴兢《乐府古题要解》，并注云：

> 旧本题唐吴兢撰。兢有《贞观政要》，已著录。考《崇文总目》载《古乐府》《古题要解》共十二卷。晁公武《读书志》称兢纂采汉魏以来古乐府词凡十卷，又于传记及诸家文集中采乐府所起本义，以释解古题。观《崇文总目》，称二书共十二卷。而《读书志》称《古乐府》十卷，则所余二卷为《乐府古题要解》矣，卷数与今本相合。《崇文总目》又载《乐府解题》，称不著撰人名氏，与吴兢所撰《乐府古题》颇同，以《江南曲》为首，其后所解差异。此本为毛晋《津逮秘书》所刊，后有晋跋，称今人以兢所撰与《乐府解题》混为一书；又称太原郭氏诸叙中辄引《乐府解题》，不及《古题要解》。今考郭茂倩《乐府诗集》所引《乐府解题》，自汉《铙歌》《上之回》篇始，乃明题吴兢之名，则混为一书已不始于近代。然茂倩所引其文则与此书全同，不过偶删一二句，或增入乐府本词一二句，不应互相剿袭至此。疑兢书久佚，好事者因《崇文总目》有《乐府解题》，与吴兢所撰《乐府》颇同语，因捃拾郭茂倩所引《乐府解题》伪为兢书，而不知王尧臣等所谓"与《乐府》颇同"者，乃指其解说古题体例相近，非谓其文全同。观下文即云"以《江南曲》为首，其后所解差异"，是二书不同之明证。安有两家之书，如出一口者乎!?且乐府自乐府，杂诗自杂诗，卷末乃载及建除诸体，并及于字谜之类，其为捃拾以足两卷之数，灼然可知矣。晋《跋》称是书凡三本，一得之广山杨氏，一得之锡山颜氏，最后乃得一元板。然则是书为元人所赝造也。②

---

① 吴兢:《乐府古题要解》"跋"，明抄本。
② 纪昀等纂:《武英殿本四库全书总目提要》第57册，第261—264页。

可见清四库馆臣认为吴兢《乐府古题要解》原书久已亡轶,《津逮秘书》本《乐府古题要解》系元人将《乐府诗集》所引《乐府解题》的相关内容辑出而成。但使清四库馆臣也无法理解的是,郭茂倩在编《乐府诗集》时,为何大量引用了《乐府解题》,却只字不提《乐府古题要解》,郭茂倩所说的《乐府解题》与《乐府古题要解》到底是不是一回事?这显然还是一个需要破解的谜题。另外,对于清四库馆臣的说法,王运熙先生并不同意,他在《乐府诗述论》一书中说:"《四库提要》尝疑兢原书已佚,今本乃元人捃拾《乐府诗集》引文而成。考唐王叡《炙毂子杂录·序乐府篇》(见陶珽本《说郛》卷二三)引此书,内容与今本相同,《提要》之说,不足凭信。"①王运熙先生认为,《提要》之说不足为凭的主要依据就是津逮秘书本《乐府古题要解》的开头有一段序言,内容与《炙毂子杂录·序乐府篇》所引的《乐府题解》内容相同。

当然仅凭一篇序言就断定《津逮秘书》本《乐府古题要解》就是吴兢原本,显然是证据不足的,我们还必须考察两种著作在解题内容上的相似性。如果对比二者诗题的排列情况就可以发现,《炙毂子录·序乐府篇》之后的乐府诗题排列顺序,自《平陵东》之后,依次为《薤露歌》《蒿里歌》《长歌》《短歌》《陌上桑》《钓竿》《董逃歌》《上留》《日重光》《度关山》《对酒》《燕歌行》《秋胡行》《苦寒行》《塘上行》《善哉行》《东门行》《西门行》《煌煌京洛行》《艳歌何尝行(亦曰飞鹤行)》《步出东门行(亦曰陇西行)》《满歌行》《棹歌行》《雁门太守行》,并注明"已上乐府《相和歌》"。次列《殿前生桂树》《鞞舞》《白鸠篇》《碣石》,并注明"已上乐府《拂舞篇》"。次列《白纻篇》,并注明"已上乐府《白纻歌》"。次列《上之回》《巫山高》《君马黄》《有所思》《雉子班》《临高台》《芳树》,并注明"已上乐府《铙歌》"。次列《陇头吟》《黄鹤吟》《望人行》《折杨柳》《关山月》《洛阳道》《长安道》《骢马行》《紫骝嘶》《豪侠行》《杨花》《雨

---

① 王运熙:《乐府诗述论(增补本)》,上海古籍出版社2006年版,第333—334页。

雪》《刘生》，并注："已上乐府《横吹曲》"。次列《王昭君》《子夜》《前汉歌》《乌夜啼》《石城乐》《莫愁》《襄阳》，并注："已上乐府《清商曲》，南朝旧乐也。"次列《相逢狭路间行(亦曰长安有狭斜行)》《出自蓟北行》《艳歌行》《怨歌行》《游子行》《豫章行》《齐行》《饮马长城窟行(或云此蔡邕之词)》《门有车马客行》《猛虎行》《会吟行》《东门猛虎吟行(或云无行字)》《结客少年场行》《苦热行》《放歌行》《凤雏(旧说汉世乐曲也)》《西上上长安行》《怨歌行》《白马篇》《升天行》《空城雀》《半渡溪夜起行》《独不见》《携手曲》《阳春曲》《行路难》《蜀道难》《善哉行》《悲哉行》《大垂手(又有小垂手)》《秦王卷衣》《新城(亦曰长乐宫行)》《轻薄篇》，并注："已上乐府虽存题目，《相逢狭路间》以下，皆不知所起。《君子有所思》以下又无本辞。仲尼云：'有所不知，则阙以俟知者。'今据后人所拟，采其意而注之。"次列《思归引》《水仙操》《公无渡河(本曰箜篌引)》《铜雀台(一曰铜雀妓)》《走马引》《雉朝飞》《别鹤操》《上门怨》《婕好怨》，并注："已上乐府琴曲出《琴操》，记事与本传相连，今并存之，以广异闻。"次列《四愁》《四声诗》《情诗》《招隐》《反招隐》《藁砧今何在》《联句》《自君之出矣》《离合体》《盘屈诗》《回文诗》《百年歌》《步虚辞》《风入梁》，每题下各有解题。①

　　对比《津逮秘书》本《乐府古题要解》和《说郛》本《炙毂子录》，我们很容易就能发现二者之间的联系。虽然二者也有所不同，如《津逮秘书》本《乐府古题要解》从《江南曲》开始，紧接着是《度关山》《长歌行》等，《炙毂子录》却是从《雉朝飞》开始，紧接着是《走马引》《别鹤操》等，《长歌》与《短歌》并为一条，《度关山》则放在《日重光》和《对酒》之间。但《乐府古题要解》从《燕歌行》开始，依次为《燕歌行》《秋胡行》《苦寒行》《董桃行》《塘上行》《善哉行》《东门行》《西门行》《煌煌京洛行》《艳歌何尝行(亦曰飞鹤行)》《步出夏(一多东字)门行(亦曰陇西行)》《野田黄雀行》《满歌行》《棹歌行》《雁门太守

————————

① 陶宗仪:《说郛》卷二十三下。

行》《白头吟》，除了多出《野田黄雀行》和《白头吟》两题之外，其他所有诗题及排列顺序皆与《炙毂子录》相同。除了《相和歌辞》，《拂舞歌》《白纻歌》《清商曲辞》等诗题的排列情况也基本一致。由此可见，《津逮秘书》本《乐府古题要解》和《说郛》本《炙毂子录》必然有着某种内在联系。但我们是否就因此可以断定《津逮秘书》本《乐府古题要解》就是吴兢的原本呢？恐怕还远远不能。原因很简单，虽然二者在诗题的排序上基本相同，但解题内容却相差甚远。相比之下，《炙毂子录》中的解题内容较为简单，且有较多诗题根本没有解题内容。而《乐府古题要解》对每个诗题都有较为详细的解题。这说明，两者并非简单地来自同一个底本，而是其中另有曲折。至于序言部分与《炙毂子录》所引相同的问题，更有可能是后人在辑出《乐府古题要解》时从其他途径获得了这篇序言并冠于集首。

从具体的解题内容来看，《津逮秘书》本《乐府古题要解》有些内容的确和郭茂倩《乐府诗集》极为相似。所以，清四库馆臣才会认为今本《乐府古题要解》是元人从《乐府诗集》中辑出而成。但需要注意的是，在《乐府诗集》中郭茂倩所说的是"吴兢《乐府解题》"，并未说"吴兢《乐府古题要解》"。关于这一点可以有三种解释：一是吴兢撰写过两部相关著作，一为《乐府解题》，一为《乐府古题要解》，郭茂倩引用的是前者，但依据常理推测，这种可能性极小。二是《乐府诗集》中引用的"吴兢《乐府解题》"与《乐府古题要解》就是同一部著作，只是在郭茂倩编撰《乐府诗集》时这部著作还没有一个固定的名字，所以郭茂倩随口将其称为"吴兢《乐府解题》"。但《崇文总目》和《新唐书》都已经明确著录了吴兢的《乐府古题要解》，所以这种可能性也不大。三是《乐府诗集》中引用的《乐府解题》并非吴兢所作，郭茂倩误将其作者说成了吴兢，综合各种情况来看这种可能性是最大的。我们可以通过对比各种著作中对于同一乐府诗题的解题内容来印证这一点。

如《同声歌行》一题，《乐府古题要解》云："汉张衡所作也。妇人自言幸得充闺房，愿供勉妇职，不离君子。思为莞簟，在下以蔽匡床；思为衾帱，在上以卫霜露。缱绻枕席，没齿不忘焉。盖以喻当时士君子事君之心焉。"①而《乐府诗集》卷七十六则云："《乐府解题》曰：'《同声歌》，汉张衡所作也。言妇人自谓幸得充闺房，愿勉供妇职，不离君子。思为莞簟，在下以蔽匡床；衾裯，在上以护霜露。缱绻枕席，没齿不忘焉。以喻臣子之事君也。'"②相较之下，后者在"匡床"后多出"思为"二字，"卫"变为"护"，"盖以喻当时士君子事君之心焉"变为"以喻臣子之事君也"。二者文本显然不同。又如《乐府诗集》收录陶弘景《寒夜怨》，并注："《乐府解题》曰：'晋陆机《独寒吟》云："雪夜远思君，寒窗独不寐。"但叙相思之意尔。'"③而《津逮秘书》本《乐府古题要解》中并没有收录这个诗题和相关解题内容。

而对于另一些诗题，《乐府古题要解》中的相关内容比《乐府诗集》中所引用的明显更为丰富。如《上之回》一题，《乐府诗集》卷十六云："吴兢《乐府解题》曰：'汉武通回中道，后数出游幸焉。'"④而《乐府古题要解》云："汉武帝元封初因至雍，遂通回中道，后数出游幸焉。其歌称帝'游石关，望诸国，月支臣，匈奴服'，皆美当时事也。"⑤后者的内容要远比前者丰富。又如《有所思》一题，《乐府诗集》卷十六云："《乐府解题》曰：'古词言"有所思，乃在大海南。何用问遗君，双珠玳瑁簪。闻君有他心，烧之当风扬其灰。从今已往，勿复相思而与君绝"也。'"⑥而《津逮秘书》本《乐府古题要解》云："其辞大略言'有所思，乃在大海南，何用问遗君？双珠玳瑁簪。闻君有他心，烧之当风扬其灰。从今已往，勿复相思，而与君绝'也。若齐王融'如何有所思'、梁刘绘'别离安可再'，但言离思而已。"⑦经过对比我们不难判断，《津逮秘书》本《乐府古题

---

① 吴兢：《乐府古题要解》卷下，载丁福保辑：《历代诗话续编》上册，第59页。
② 郭茂倩编：《乐府诗集》卷七十六，第3册，第1075页。
③ 郭茂倩编：《乐府诗集》卷七十六，第3册，第1074页。
④ 郭茂倩编：《乐府诗集》卷十六，第1册，第227页。
⑤ 吴兢：《乐府古题要解》卷上，载丁福保辑：《历代诗话续编》上册，第36页。
⑥ 郭茂倩编：《乐府诗集》卷十六，第1册，第230页。
⑦ 吴兢：《乐府古题要解》卷上，载丁福保辑：《历代诗话续编》上册，第37页。

要解》显然不是简单地从《乐府诗集》辑出而成,而应该是另有来源。其中一种很大的可能性就是《津逮秘书》本《乐府古题要解》是吴兢原本在流传过程中散佚了一部分内容后形成的。而《乐府诗集》所引用的《乐府解题》并非吴兢《乐府古题要解》,而是另外一部著作。

如果上文关于《津逮秘书》本《乐府古题要解》及《乐府诗集》之间的关系推断无误的话,则还有一个显著的问题需要解决。在一百二十卷本《说郛》中,还另外收录了一部《乐府解题》。这部《乐府解题》与吴兢《乐府古题要解》是何关系,与郭茂倩在《乐府诗集》中引用的《乐府解题》又有何关联? 这些都是必须加以解决的问题。

《说郛》所收录的《乐府解题》一书,其作者在目录中标为"吴兢",在正文中标为"刘餗"。据清文渊阁四库全书本刘知几《史通》卷首第二篇"原序"云:"子玄子觊、餗、汇、秩、迅、迥,皆知名于时。觊博通经史,明天文、律历、音乐、医、算之术,终于起居郎。修国史,撰《六经外传》三十七卷、《续说苑》十卷、《太乐令壁记》三卷、《真人肘后方》三卷、《天官旧事》二卷。餗右补阙、集贤殿学士,修国史,著《史例》三卷、《传记》三卷、《乐府古题解》一卷。"①根据《史通》"原序"的说法,刘餗确实撰写过一部题为《乐府古题解》的著作。喻意志通过考证认为《说郛》所收录的《乐府解题》并非刘餗的《乐府古题解》:"然此本并非刘餗原本,亦非自刘餗原本中节录而得,而是后人(盖为明清时人)以南宋《绀珠集》中引吴兢《乐府题解》为蓝本编成。"②但喻意志此说尚可商榷。《说郛》中所收录的《乐府解题》在内容上的确和《绀珠集》中所引的《乐府题解》相近,二者内容肯定出自同一底本。但如果《说郛》本《乐府解题》只是照抄了《绀珠集》中所引吴兢《乐府题解》,却为何又在正文中要将其作者标为"刘餗"呢? 我们认为,这二者的确出自同一底本,但并非前者照抄了后者,而是存在更加复杂的情况,这个问题我们留待后文解决。

① 刘知几:《史通》"原序",清文渊阁四库全书本。
② 喻意志:《唐宋乐府解题类典籍考辨》,《音乐研究》2011 年第 2 期。

通过对比我们可以发现,《绀珠集》中所收录的吴兢《乐府题解》与《乐府古题要解》并非同一部著作。而从吴兢的角度来说,他有没有可能既撰写了《乐府古题要解》又另外撰写了一部《乐府题解》呢? 这就需要我们对《乐府题解》《乐府解题》《乐府古题要解》等书在唐宋时期的著录情况进行更加深入的考察和辨析。

成书于五代时期的《旧唐书》并未提及吴兢著有《乐府古题解》《乐府古题要解》或《乐府解题》一事,只是在《刘子玄传》中说:"(刘)餗,右补阙、集贤殿学士、修国史。著《史例》三卷、《传记》三卷、《乐府古题解》一卷。"①(《史通》"原序"同)宋初,《太平御览》在"经史图书纲目"部分著录了《乐府解题》一书,但并未标明作者,只在行文中引用过《乐府解题》的内容。通过对比我们可以发现,《太平御览》中所说的《乐府解题》与《乐府古题要解》之间的区别。如《太平御览》卷五百七十八"琴中"云:

> 《乐府解题》曰:"《水仙操》,伯牙学琴于成连先生,三年不成。至于精神寂寞,情之专一,尚未能也。成连云:'吾师方子春,今在东海中,能移人情。'乃与伯牙俱往,至蓬莱山留宿伯牙曰:'子居习之,吾将迎师。'刺舡而去,旬时不返。伯牙近望无人,但闻海水洞滑崩澌之声,山林窅窠,群鸟悲号,怆然而叹曰:'先生将移我情。'乃援琴而歌。曲终,成连回,刺船迎之而还。伯牙遂为天下妙矣"。②

而《乐府古题要解》卷下《水仙操》条云:

> 旧说伯牙学鼓琴于成连先生,三年而成。至于精神寂寞,情志专一,尚未能也。成连云:"吾师子春在海中,能移人情。"乃与伯牙延望,无人。至蓬莱山,留伯牙曰:"吾将迎吾师。"刺船而去,旬时不返,但闻海上水汩汲澌澌之声。山林窅冥,群鸟悲号,怆然叹曰:"先

---

① 刘昫等:《旧唐书》卷一百二,第10册,中华书局1975年版(下同),第3174页。
② 《太平御览》卷五百七十八,第3册,中华书局1960年版(下同),第2608页。

生将移我情。"乃援琴而歌之。曲终,成连刺船而还。伯牙遂为天下妙手。①

二者的解题内容异文甚多,可见并非出自同一底本。《太平御览》卷五百七十九"琴下"又云:"《乐府解题》曰:'魏武帝宫人有卢女者,故将军阴叔之姨也。七岁入汉宫,学鼓琴,琴特鸣异,善为新声。'"②相应的内容出现在《津逮秘书》本《乐府古题要解》卷下《雉朝飞》条:"魏武帝宫人有卢女者,故将军阴淑(一作升)之妹。七岁入汉宫,学鼓琴,特异于余妓,善为新声,能传此曲。至魏明帝崩,出降为尹更生妻。若梁简文帝'晨光照麦畿',但咏雉而已。"③同样可以发现《太平御览》中所引的《乐府解题》与《乐府古题要解》并不相同,这也进一步验证了宋初的确存在另外一部题为《乐府解题》的著作。这部《乐府解题》与吴兢《乐府古题要解》虽有相似之处,但内容也有很多不同。

比《太平御览》成书晚了约五十年的《崇文总目》著录了吴兢"《乐府古题真解》一卷"。又有《乐府解题》一卷,未标著者姓名,并注:"不著撰人名氏,与吴兢所撰《乐府古题》颇同。以《江南曲》为首,其后所解差异。"④则《崇文总目》所著录的《乐府解题》正是《太平御览》所引之《乐府解题》。由于今本《崇文总目》系清人辑成,其中这一条注释的内容来自元马端临《文献通考》:"《古乐府》《乐府古题要解》共十二卷,《崇文总目》唐吴兢撰,释古乐曲所以名篇之意。"⑤另外,《崇文总目》最主要的文字审定者是欧阳修,其主修的《新唐书》也著录了"吴兢《乐府古题要解》一卷"⑥。可见,今本《崇文总目》应该是原本在流传过程中因为字形相近将"要解"误作"真解"了。而郭茂倩编撰《乐府诗集》的时间又比《崇文总目》成书的时间晚了五十年。在《乐府诗集》成书的年

① 吴兢:《乐府古题要解》卷下,载丁福保辑:《历代诗话续编》上册,第57页。
② 《太平御览》卷五百七十九《乐部一七》,第3册,第2613页。
③ 吴兢:《乐府古题要解》卷下,载丁福保辑:《历代诗话续编》上册,第56页。
④ 王尧臣等:《崇文总目》卷一,清文渊阁四库全书本。
⑤ 马端临:《文献通考》卷一百八十六,中华书局1986年版,第1589页。
⑥ 欧阳修等:《新唐书》卷五十七《艺文志》,第5册,中华书局1975年版,第1436页。

代,大概《太平御览》及《崇文总目》所著录的《乐府解题》一书已经和吴兢的《乐府古题要解》在名称上发生了一定程度的混淆,故郭茂倩才将《乐府解题》的作者说成了吴兢。

比郭茂倩生活时代稍晚的葛胜仲(1072—1144)在《丹阳集》"风人诗"条中曾引用过《乐府解题》:"古辞云:'围棋烧败袄,着子故依然。'陆龟蒙、皮日休固尝拟之。陆云:'旦日思双履,明时愿早谐。'皮云:'莫言春茧薄,犹有万重思。'是皆以下句释上句。《乐府解题》以此格为风人诗,取陈诗以观民风,示不显言之意。至东坡《无题》诗云:'莲子擘开须见薏,秋枰着尽更无棋。破衫却有重缝处,一饭何曾忘却匙。'是文与释并见于一句之中,与风人诗又小异矣。"①考《津逮秘书》本《乐府古题要解》及《乐府诗集》,均未见此条内容。

此外还有多种宋人著作中引用过《乐府解题》的内容。如邵博(约1122—?)《邵氏闻见后录》卷十七云:"钱昭度有《食梨》诗云:'西南片月充肠冷,二八飞泉绕齿寒。'予读《乐府解题》,《井谜》云:'二八三八,飞泉仰流。'盖二八三八为五八,五八四十也。四十为井字。"②祝穆(?—1255)《古今事文类聚》续集卷十"井谜"条云:"《乐府解题》:'《井谜》云:"二八三八,飞泉仰流盖。"二八三八为五八,五八四十也,四十为井字。'故钱昭度《食梨》诗:二八飞泉绕齿寒。"③严羽《沧浪集》卷一云:"孔明《梁父吟》:'步出齐东门,遥望荡阴里。'《乐府解题》作'遥望阴阳里',青州有阴阳里;'田疆古野子',《解题》作'田强固野子'。"④以上诸条所引《乐府解题》内容,亦均不见于《津逮秘书》本《乐府古题要解》及《乐府诗集》。

从著录情况来看,郑樵《通志》著录了乐府解题类著作6种,既包括"《乐府古题要解》一卷,作者吴兢",又有"《乐府解题》一卷",未标作者。⑤ 晁公武

---

① 《锦绣万花谷》后集卷三十三引,清文渊阁四库全书本。
② 邵博:《邵氏闻见后录》卷十七,上海古籍出版社1983年版,第132页。
③ 祝穆:《古今事文类聚》续集卷十,清文渊阁四库全书本。
④ 严羽:《沧浪集》卷一,清文渊阁四库全书本。
⑤ 郑樵:《通志》卷六十四《艺文略第二》,第1册,第767页。

《郡斋读书志》著录有吴兢《古乐府》十卷并《乐府古题要解》两卷①,却未著录《乐府解题》。尤袤《遂初堂书目》"乐类"条著录有《乐府解题》《乐府古题要解》《续乐府解题》。② 这些都可以证明在两宋之交,《乐府解题》仍然是不同于《乐府古题要解》的另外一部著作。

到了南宋后期,陈振孙(1179—1261)《直斋书录解题》没有再著录《乐府解题》及吴兢的《乐府古题要解》,这两部著作可能当时已经不行于世。而到了元、明时期,学者们对于《乐府解题》一书误解、误收更多。除了《说郛》之外,元辛文房《唐才子传》言王昌龄曾撰"《古乐府解题》一卷,今并传"③;明杨士奇《文渊阁书目》著录"《乐府解题》一部五册。《乐府解题》一部二册"④;明唐顺之《稗编》卷三十七云:"昔唐史臣吴兢有《乐府解题》。"⑤这些说法显然都是不符合事实的。

关于今本(《津逮秘书》本)吴兢《乐府古题要解》与《崇文总目》中著录的《乐府解题》之关系,张晓伟认为:"在仔细对比今本和《炙毂子》本之后,可以认为,这里《崇文总目》说了二者'颇同'之后特别指出无名氏《乐府解题》'以《江南曲》为首',意思实为这是二者'颇同'中的不同之处,否则何必单独拿出来说? 可见今本就古题排序而言,更加接近《崇文总目》中无名氏的《乐府解题》。至于'其后所解差异',细玩文意,应该是指对《江南曲》的解释不同,不是指的全书题解文字都不同。"⑥张晓伟的解释可谓别出心裁,但实属牵强之辞,与常理相悖,故不足为凭。其在此基础上推断出来的结论——"今本的底本是《崇文总目》中不题撰人的《乐府解题》"⑦,也是不足为信的。

---

① 晁公武:《郡斋读书志校证》卷二,孙猛校证,上海古籍出版社1990年版,第96页。
② 尤袤:《遂初堂书目》,清文渊阁四库全书本。
③ 傅璇琮主编:《唐才子传校笺》卷二,第1册,中华书局1987年版,第260页。
④ 杨士奇:《文渊阁书目》。
⑤ 唐顺之:《稗编》卷三十七,清文渊阁四库全书本。
⑥ 张晓伟:《今本〈乐府古题要解〉与吴兢原本关系考》,《中国诗歌研究》2018年第2期。
⑦ 张晓伟:《今本〈乐府古题要解〉与吴兢原本关系考》,《中国诗歌研究》2018年第2期。

　　以上已经基本厘清了吴兢《乐府古题要解》和《乐府解题》的来龙去脉及相互区别。但唐宋时期还有两个相关的乐府解题类著作名称容易和《乐府古题要解》及《乐府解题》相混淆,故有必要作进一步的考证。这两个名称一个是"乐府古题解",另一个是"乐府题解"。

　　按:《乐府古题解》一书,最早见于唐刘知几《史通》卷首第二篇"原序",作者为刘知几的次子刘餗。《旧唐书·刘子玄传》亦有相近记载。《新唐书·艺文志第五十》同样著录"刘餗《乐府古题解》一卷"①。两宋之际的郑樵《通志·艺文略第二》同样著录了《乐府古题解》一卷,并注明作者是刘餗。② 由此可见,《乐府古题解》的作者的确是刘餗而非吴兢。但该书《郡斋读书志》及《直斋书录解题》均未著录,则南宋中期以后该书逐渐销声匿迹。

　　而"乐府题解"一名,最早见于唐代王叡(《全唐诗》谓其为"元和(806—820)后诗人"。《炙毂子诗格》中引及李郢诗,《全唐诗》谓李郢为"大中十年(856)进士"。故王叡大中十年后尚在)。《炙毂子录》"序乐府"云:

　　　　炙毂子曰:"《乐府题解序》云:'乐府之兴,肇于汉魏。历代文士,篇咏实繁。或不观本章,便断题取义。赠人利涉,则述《公无渡河》;庆彼再婚,乃引《乌生八九子》;赋《雉班》者,但美琇锦;歌《骝马》者,但序驰骤。若兹者不可胜载,递相祖袭,积用为常。欲令后生援以取正顷,因涉阅传记,兼诸家文集,每有所得,辄以纪之。岁月积深,或成卷轴。因以编次,目之故为《古题解》。耽学君子,无或忽之也。'"③

　　王叡在对各乐府古题进行解题后说明:"以上古题及近代援古题名题、汉代杂题,多起齐梁。又有古歌诗数千篇,亦两汉之行于世。而题目又如《两头纤纤》《五杂俎》等体,复不类,并不载之也。炙毂子曰:'此部全出《乐府题

---

①　欧阳修等:《新唐书》卷六十《艺文志四》,第 5 册,中华书局 1975 年版,第 1623 页。
②　郑樵:《通志》卷六十四,第 1 册,第 767 页。
③　陶宗仪:《说郛》卷二十三下。

解》，余加以《古今注》附之义，俟作者采经史以补之也。'"①然王叡未标明《乐府题解》一书作者是谁。以王叡的生活年代推算，《乐府题解》一书应出现于中唐元和年间以前。从诗题排列顺序上看，王叡所说的《乐府题解》应该就是吴兢的《乐府古题要解》。

到了宋代，朱胜非（1082—1144）《绀珠集》卷八曾收录《乐府题解》40 条内容，并标明作者为吴兢。《说郛》本《乐府解题》中的 19 条内容可能就是因袭此书。但从内容上看，《绀珠集》本《乐府题解》虽然作者标为吴兢，但解题内容却与郭茂倩《乐府诗集》中所引"吴兢《乐府解题》"及《津逮秘书》本《乐府古题要解》相去甚远。如《乌生八九子》一题，《绀珠集》本《乐府题解》云："《乌生八九子》，古词言'乌生八九子，端坐秦氏树'，言乌生子当在岩，今来坐树间，故为弹所杀。"②《乐府古题要解》则云："古词：'乌生八九子，端坐秦氏桂树间。'言乌母生子，本在南山岩石间，而来为秦氏弹丸所杀；白鹿在苑中，人得以脯；黄鹄摩天，鲤鱼在深渊，人可得而烹煮之。则寿命各有定分，死生何叹前后也。若梁刘孝威'城上鸟，一年生九雏'，但咏鸟而已，不言本事。"③相比之下后者的解题内容要丰富得多。还有一些诗题，虽然解题的内容接近，但说法却明显不同。如《泰山吟》一题，《绀珠集》本《乐府题解》云："《蒿露歌》，一名《蒿里行》，又名《泰山吟》。"④而《乐府古题要解》并未单独对《泰山吟》进行解题，而只是在对《蒿露歌》《蒿里传》进行解题时说："复有《泰山吟行》，亦言人死精魄归于泰山，《蒿露》《蒿里》之类也。"⑤

同时，《绀珠集》本《乐府题解》中也有些内容是《津逮秘书》本《乐府古题要解》中所没有的。如《伯牙操》一题，《说郛》本《乐府解题》云："伯牙学琴于

①　陶宗仪：《说郛》卷二十三下。
②　朱胜非：《绀珠集》卷八，清文渊阁四库全书本（下同）。
③　吴兢：《乐府古题要解》卷上，载丁福保辑：《历代诗话续编》上册，第 26 页。
④　朱胜非：《绀珠集》卷八。
⑤　吴兢：《乐府古题要解》卷上，载丁福保辑：《历代诗话续编》上册，第 25 页。

成连先生。成连曰:'吾师子春在海中,能移人意。'与俱往。至蓬莱山,留伯牙曰:'此居习之,吾将迎师。'刺船而去,旬日不返。伯牙但闻水声洞洞,山林冥杳,禽鸟啼号,乃叹曰:'吾师谓移人意者,谓此也。'援琴而歌,顿悟其妙旨。"①而《津逮秘书》本《乐府古题要解》中并无《伯牙操》一题。又如《藁砧今何在》一题,《绀珠集》本《乐府题解》云:"藁砧为夫也,山上复有山,言夫出也。'何时大刀头',问何时还也。'破镜飞上天',言月半时还也。"②而《津逮秘书》本《乐府古题要解》也并未收录此题。由此可见,《绀珠集》中所收录的《乐府题解》与《乐府古题要解》并非同一部著作,其作者也并非吴兢。

那么《绀珠集》中所收录的《乐府题解》又是从何而来呢? 按《乐府题解》一名,未见于《旧唐书》《太平御览》《崇文总目》《新唐书》等。最早著录该书的是郑樵《通志》。《通志·艺文略第二》曾著录"《乐府题解》十卷",并注明作者为"刘次庄"。③ 刘次庄,字中叟,晚号戏鱼翁,北宋潭州长沙(今属湖南)人。宋神宗熙宁七年(1074)赐同进士出身。曾历任殿中侍御史、江南西路转运判官等职。其生活时代与郭茂倩相近。其《乐府题解》一书,北宋末年后诸家已记载不一。阮阅《诗话总龟》曾引《乐府集》多条内容。郑樵《通志》中说的是刘次庄"《乐府题解》十卷"。晁公武《郡斋读书志》著录"《乐府集》十卷、《乐府序解》一卷",并注:"刘次庄所序也。古乐府之所起二十二,横吹曲二十四,日月云霞十九,时序十一,山水二十三,佛道十二,古人十七,童谣三,古妇人二十三,美女十六,酒六,音乐十一,游乐十三,离怨二十八,杂歌行五十七,都邑四十六,宫殿楼台十六,征戍弋猎十七,夷狄六,虫鱼鸟兽三十三,草木花果二十五。次庄,元祐间人也。"④而陈振孙《直斋书录解题》卷十五则著录"《乐府集》十卷《题解》一卷",并注:"题刘次庄。《中兴书目》直云次庄撰。

---

① 陶宗仪:《说郛》卷一百。
② 朱胜非:《绀珠集》卷八。
③ 郑樵:《通志》卷六十四,第1册,第767页。
④ 晁公武:《郡斋读书志校证》"读书附志",下册,第1215页。

取前代乐府,分类为十九门,而各释其命题之意。按:《唐志》乐类有《乐府歌诗》十卷者二,有吴兢《乐府古题要解》一卷。今此集所载,止于陈、隋人,则当是唐集之旧。而序文及其中颇及杜甫、韩愈、元、白诸人,意者次庄因旧而增广之欤。然《馆阁书目》又自有吴兢《题解》及别出《古乐府》十卷、《解题》一卷,未可考也。"①可知刘次庄《乐府题解》一书将前代乐府诗分门别类并各释其命题之意,所载时间截止到陈隋。所分门类或说21门,或说19门。晁公武认为是"刘次庄所序",陈振孙则认为该书是在唐人旧集的基础上由刘次庄增广而成。可见刘次庄所作内容包括两个部分:一部分是收录编次前代乐府诗作品,即《乐府集》;另一部分是对这些作品的解题,即《乐府题解》或《乐府序解》。郑樵所说的"《乐府题解》十卷"应该是笼统而言之。但将这些内容统称为"《乐府集》"从北宋末年就已经开始了。

成书于徽宗年间阮阅《诗话总龟》一书多引《乐府集》内容,尤其是卷四十四中引用《乐府集》内容多达十条。如:"《生别离》《楚词》曰:'悲莫悲于生别离。'《古诗》云:'行行重行行,与君生别离。相去万余里,各在天一涯。'"②"《别鹤操》高陵牧子作也。娶妻五年而无子,父兄为之改娶;妻闻之,中夜起倚户而悲啸,牧子闻之,怆然而歌曰:'将乖比翼隔天端,山川悠远路漫漫。揽衣不寝食不餐。'后人因为乐章焉。"③这些显然都是解题的内容,而不是对于诗歌作品的收录。虽然《诗话总龟》并未注明《乐府集》的作者是何人,但应该就是刘次庄。另外,这本书在两宋之际也容易跟《乐府解题》相混淆,如吴曾(约1112—1184)《能改斋漫录》卷一"钱塘苏小小"条云:"刘次庄《乐府解题》曰:'钱塘苏小小歌。苏小小,非唐人。'"④但既标名作者是刘次庄,则书名应该是《乐府题解》而非《乐府解题》,吴曾的说法属于偶误。

---

① 陈振孙:《直斋书录解题》卷十五,徐小蛮、顾美华点校,上海古籍出版社1987年版(下同),第446页。
② 阮阅:《诗话总龟》卷四十四,载吴文治主编:《宋诗话全编》第2册,第1809页。
③ 阮阅:《诗话总龟》卷四十四,载吴文治主编:《宋诗话全编》第2册,第1810页。
④ 吴曾:《能改斋漫录》卷一,载吴文治主编:《宋诗话全编》第3册,第2998页。

那么,刘次庄的《乐府题解》是否就是《绀珠集》卷八所引的《乐府题解》呢？通过对比我们就会发现并非如此。对于《白头吟》的解题,《诗话总龟》卷四十四所引《乐府集》云:"相如将聘茂陵女为妾,文君作《白头吟》以自绝,相如乃止。故李白辞云:'头上玉燕钗,是妾嫁时物。赠君表相思,罗袖幸时拂。莫卷龙须席,从他生网丝。且留琥珀枕,还有梦来时。'此最为警策。"①《绀珠集》卷八所引《乐府题解》则云:"《白头吟》。司马相如将聘茂陵女为妻,文君作《白头吟》云:'凄凄重凄凄,嫁女不须啼。愿得一心人,白头不相离。'示相如以自绝。乃不聘。"②二者内容迥然不同。又如《别鹤操》一题,《绀珠集》本《乐府题解》题作《别鹄操》,并解题云:"商陵牧子妻五年无子,父母将令改娶,妻闻之作此曲。"③其解题内容也与《诗话总龟》所引《乐府集》相去甚远。由此可见,《绀珠集》卷八所引的《乐府题解》并非刘次庄的《乐府解题》。另外,也不是吴兢的《乐府古题要解》。《乐府古题要解》对《白头吟》的解题内容为:"古词:'皑如山上雪,皎若云间月。'又云:'愿得一心人,白头不相离。'始言良人有两意,故来与之相决绝;次言别于沟水之上(一作北),叙其本情;终言男儿当重意气,何用于钱刀也。一说司马相如将聘茂陵人女为妾,文君作《白头吟》以自绝,相如乃止。若宋鲍照'直如朱丝绳',张正见'平生怀直道',唐虞世南'叶如幽径兰',皆自伤清直芬馥,而遭铄金点玉之谤,君恩似薄,与古文近焉。"④可见,南宋时期还存在另外一部叫作《乐府题解》的书,其作者在一些记载中被说成是吴兢。《直斋书录解题》中所说的"然《馆阁书目》又自有吴兢《题解》"或即指此。关于《绀珠集》中所说的这部《乐府题解》为何会被说成是吴兢所作,笔者认为最有可能的还是和唐代刘餗的《乐府古题解》有关。

---

① 阮阅:《诗话总龟》卷四十四,载吴文治主编:《宋诗话全编》第4册,第1809—1810页。
② 朱胜非:《绀珠集》卷八。
③ 朱胜非:《绀珠集》卷八。
④ 吴兢:《乐府古题要解》卷上,载丁福保辑:《历代诗话续编》上册,第33页。

正如前文所说,《说郛》所收录的《乐府解题》与《绀珠集》所收录的《乐府题解》在内容上相近,应该是出自同一底本。《说郛》本在目录中将作者标为"吴兢",但在正文中却将作者标为"刘𬱖"。这表面上看起来只是个简单的失误,但可能有更深层的原因。根据相关史料记载,吴兢与刘𬱖一家的交情匪浅。据《旧唐书·刘子玄传》记载:"知几自负史才,常慨时无知己,乃委国史于著作郎吴兢,别撰《刘氏家史》十五卷、《谱考》三卷。"①刘知几曾委托吴兢替自己承担撰写《国史》这一重要工作,显然是将吴兢当作人生难得的知己来看待。《吴兢传》又云:"兢家聚书颇多,尝目录其卷第,号《吴氏西斋书目》。"②虽然《吴氏西斋书目》早已失传,但从两家人的交情看,刘𬱖的《乐府古题解》应该也被吴家所收藏,并被编入了《吴氏西斋书目》。这样一来,《乐府古题解》在后世流传的过程中,就很可能会被误认为是吴兢的著作。

从著录情况看,《新唐书》和《通志》都曾著录"《乐府古题解》",并标明作者为刘𬱖。但成书于宋宁宗庆元六年(1200)的魏仲举《五百家注昌黎文集》卷一《雉朝飞操》樊汝霖注语已曰:

> 吴兢《乐府古题解》云:"旧说齐宣王时木犊子所作也。木犊子年七十无妻,出薪于野,见雉雌雄相随,意动心怨,乃仰天叹曰:'圣王在上,恩及草木鸟兽,而我独不获。'因援琴而歌以自伤。其声中绝。魏武帝宫人有卢女者,阴叔之妹。七岁入汉宫,学鼓琴,能传此曲。若梁简文帝'晨光照妾机',但咏雉而已。"③

樊汝霖将《乐府古题解》的作者说成是吴兢而非刘𬱖,说明从南宋中期以后这种失误已经非常普遍。

考《津逮秘书》本《乐府古题要解》卷下《雉朝飞》条:"旧说齐宣王时,处士犊沐(一作水)子所作也。年七(一作五)十无妻,出采薪于野,见雉雄雌相

---

① 刘昫等:《旧唐书》卷一百二,第10册,第3171页。
② 刘昫等:《旧唐书》卷一百二,第10册,第3182页。
③ 魏仲举编:《五百家注昌黎文集》卷一,清文渊阁四库全书本。

随而飞,意动心悲,乃仰天而叹曰:'圣王在上,恩及草木鸟兽,而我独不获!'因援琴而歌以自伤。其声中绝。魏武帝宫人有卢女者,故将军阴淑(一作升)之妹。七岁入汉宫,学鼓琴,特异于余妓,善为新声,能传此曲。至魏明帝崩,出降为尹更生妻。若梁简文帝'晨光照麦畿',但咏雉而已。"①一为"木犊子",一为"犊沐子",显然并非出自同一底本。则樊汝霖所引之"《乐府古题解》",并非《乐府古题要解》,而可能是刘餗的《乐府古题解》。

但《绀珠集》卷八所引的《乐府题解》及《说郛》所收录的《乐府解题》是否就是刘餗《乐府古题解》的一部分呢? 恐怕也不是这样。《绀珠集》卷八所引《乐府题解》《雉朝飞》条云:"齐宣王时,牧犊子五十无妻,见雉相随,而作此曲。"②这一条解题无论是从内容还是表述上看,既不同于《乐府古题要解》,也不同于《五百家注昌黎文集》中所引的《乐府古题解》。唯一的解释是,南宋时期另外存在一部名为《乐府题解》的著作,这部著作伪托吴兢所作,但不同于吴兢的《乐府古题要解》和刘餗的《乐府古题解》,也不同于刘次庄的《乐府题解》。《绀珠集》卷八所引之《乐府题解》及《说郛》所收录的《乐府解题》均来源于此。

至此,我们总算将《乐府解题》《乐府题解》《乐府古题要解》《乐府古题解》等著作的概念及相互关系初步厘清。而《说郛》等明代类书为我们保存了极为宝贵的乐府诗学文献。

第三节　考证乐府诗题名、本事与作者

题名是诗歌不可分割的一个组成部分。对于一首诗来说,题名可以为读者揭示诗歌的主题、情感指向甚至是写作背景。与其他诗歌类型不同,乐府诗的诗题带有"类型化"和"程式化"的特征。即后人往往沿用前代的乐府诗题

① 吴兢:《乐府古题要解》卷下,载丁福保辑:《历代诗话续编》上册,第55—56页。
② 朱胜非:《绀珠集》卷八。

进行创作。"即事名篇"往往被看成乐府诗创作中的特殊现象。而最初使用某个乐府诗题的篇目涉及之事,又被称为这个乐府诗题的"本事"。诗题和本事一起构成了对于后世诗人拟作的引导与约束,让乐府诗创作呈现出独特的文学传统。因而,对乐府诗诗题和本事的研究,也构成了明代乐府诗学的重要内容。

从明代中期开始,诗学家们对于乐府诗的解题和本事考证工作逐渐兴盛起来。何孟春(1474—1536)的《余冬诗话》就有不少有关的内容。如关于《杞梁妻》本事的探讨:

> 长城,秦皇所筑以备北狄者。前此赵武灵王既袭胡服,自代并阴山下至高阙为塞山,下有长城,战国武灵王所筑也。史子诸录并无妇哭城崩之事。《列女传》:"齐庄公袭莒,杞殖战而死,其妻无所归,召枕其夫之尸于城下而哭之三日,城为之崩。既葬,遂赴淄水死。"乐府《琴操》有《杞梁妻》,崔豹《古今注》:"杞殖妻妹朝日之所作也。殖战死,妻抗声长哭,杞都城感之而颓,遂投水死。其妹悲姊之贞,乃作歌,名曰《杞梁妻》,为梁殖之子也。"殖,春秋时人也,赵及秦筑城时不啻数百年。《列女传》及《乐府》注所谓城者,乃杞都,非长城也。秦赵所筑,去杞不啻数千里。梁妻时于秦赵,既河清弗俟,而杞于长城又风马牛不相及也。唐僧贯休赋《杞梁妻》云:"秦之无道兮四海枯,筑长城兮遮北胡。筑人筑土一万里,杞梁贞妇啼呜呜。上无父兮中无夫,下无子兮孤复孤。一号城崩塞色苦,再号杞梁骨出土。疲魂饥魄相逐归,陌上少年莫相非。"二事打合成调,不知何据。①

按《杞梁妻》一题,《乐府诗集》归入"杂曲歌辞"。郭茂倩在解题时也曾引《列女传》及《古今注》中的内容,但未考虑到长城的建筑者、建筑时代及地理位置。何孟春则广征博引,从而证明《杞梁妻》一题的本事是杞殖妻哭颓杞

---

① 何孟春:《余冬诗话》卷上。

都,与长城无关。何氏还引用了贯休的拟作,说明从唐代开始就已经出现了将杞殖妻哭颓城墙与长城混而为一的现象。解题的深度和广度较《乐府诗集》都有所发展。

又如对于乐府诗题《杨叛儿》的解题:

> 乐府《杨婆儿》,《齐书》云:"郁林王在西川,令女巫杨氏祷祝,速求天位。及文惠薨,谓由杨氏之力,倍加敬信,呼杨婆。宋氏以来,人间有《杨婆儿歌》,以此。"而《乐志》又云:"齐隆昌时,杨闵母为师巫。闵小随母入宫,长为后所幸。童谣曰:'杨婆儿,共戏来。'语讹为叛儿。"所记不同。①

《杨叛儿》一题,《乐府诗集》归入"清商曲辞·西曲歌"。郭茂倩也曾引《唐书·乐志》进行解题,认为此题由杨旻而起,后由《杨婆儿》误为《杨伴儿》,《古今乐录》作《杨叛儿》。而《余冬诗话》里的这段话除了引用《唐书·乐志》,还记载了《齐书》中关于《杨婆儿》的另外一种说法,即与郁林王在西川令女巫祷祝有关。这对《乐府诗集》的解题工作无疑也可以起到补充作用。

比何孟春生活时代稍晚的杨慎是一位乐府诗文献研究大家。他的《升庵集》《丹铅余录》《升庵诗话》等著作中有不少关于乐府诗题及本事研究的内容。除了前文已经说过的关于汉乐府《朱鹭》的解题,又如对于《邯郸才人嫁为厮养卒妇》诗题及本事的探究:

> 予观乐府有《邯郸才人嫁为厮养卒妇》,特亡其辞,亦失其解。及考《史记·张耳传》洎《楚汉春秋》,并云赵王武臣为燕军所获,囚于燕狱。先后使者往请,辄为燕所杀。赵有厮养卒,谢其舍中曰:"吾将载赵王归。"舍中人笑之。乃走燕壁,以利害说燕将。燕以为然,乃归赵王。厮养卒御王以归。武臣归赵,以美人妻养卒以报之。是其事也。予观养卒有战国策士之风。太史公书其事,文既奇;乐府

---

① 何孟春:《余冬诗话》卷上。

歌其事,亦奇矣。六朝及唐人拟作者,皆似眯目道黑白。虽吾乡太白,亦迷其原。昔吾亡友何仲默一日读《焦仲卿妻》乐府,谓予曰:"古今惟此一篇,更无第二篇也。凡歌辞简则古,此篇愈繁愈古。子庶几焉可作一篇,与此相对。"予谢未遑然,亦未有兹奇事直当之也。去今二十年,屏居滇云,平昼无事,散帙见此事,思与仲卿事适类。复忆仲默言,乃操觚试为之,以成此篇。惜不使仲默见之。永昌张愈光,亦仲默文字友也,遂往一通以寄愈光云。①

按:《乐府诗集》中《邯郸才人嫁为厮养卒妇》一题古辞已佚,也缺少解题。杨慎根据《史记·张耳传》和《楚汉春秋》中所记载的厮养卒说燕将归赵、赵王以美人妻之一事,证得乐府《邯郸才人嫁为厮养卒妇》一题即本于此。而六朝与唐人之拟作皆"迷其原昔",未得要领。然陈耀文《正杨》卷二引李裒语云:"《邯郸才人嫁为厮养卒妇》。杨用修引《张耳传》厮养卒说燕王事,云是此卒。且曰古今作者如'眯目道黑白。虽吾乡太白,亦昧其源'。因撰一古风长篇,谓可方《焦仲卿妻》。然《张耳传》只云厮养卒,并无才人嫁为妇语,曷以知所嫁者即此卒耶?《张耳传》非隐书,古今人所同喻,岂得云通不检此人,皆眯目耶?且古人作乐府,多袭旧题,变出新意,曷欲定掇本事耶?凡此诸不可通,而诗之佳否姑勿及也。"②李裒指出《汉书·张耳传》中只说到了厮养卒,但并无"才人嫁为妇"一事。且《汉书·张耳传》为历代常见之书,不可能南朝、唐代诸作家都未看过这条材料,杨慎的推论有误。今检《汉书·张耳传》,确实只有厮养卒说燕将归赵一事,而并无赵王以美人妻之一事。梅鼎祚在《古乐苑》卷三十七中进一步补证曰:"此事《史》《汉》并同,注中俱无《楚汉春秋》字。"③认为杨慎引用《楚汉春秋》可能属于臆造。由此可见,明代中期以后诗学家们对于乐府诗题及本事的探讨非常热烈,这是乐府诗学在明代得到发展和深化

---

① 杨慎:《升庵集》卷十四,第123页。
② 陈耀文:《正杨》卷二。
③ 梅鼎祚补正:《古乐苑》卷三十七。

的一个重要表现。

到了明代后期，一些新编的类书中也有不少探究乐府诗题和本事的内容。彭大翼《山堂肆考》卷一百六十一"乐章下"对一些乐府诗题进行了解题。如《白雪》一条云：

> 《襄阳耆旧传》："宋玉识音而善文，襄王好乐而爱赋，既美其才，而憎其似屈原也。乃谓之曰：'子盍从楚之俗，使人贵子之德乎？'玉对曰：'昔楚有善歌者，王其闻与？始而曰《下里》《巴人》，国中唱而和之者数百人；中而曰《阳阿》《薤露》，国中唱而和之者数十人；既而曰《阳春》《白雪》《朝日》《鱼丽》，含商吐角，绝节赴曲，国人唱而和之者不过数人。盖其曲弥高其和弥寡。'"①

而《乐府诗集》卷五十七对《白雪歌》的解题为："谢希逸《琴论》曰：'刘涓子善鼓琴，制《阳春》《白雪》曲。《琴集》曰：《白雪》师旷所作商调曲也。'《唐书·乐志》曰：'《白雪》，周曲也。'张华《博物志》曰：'《白雪》者，太帝使素女鼓五十弦瑟曲名也。'高宗显庆二年，太常言《白雪》琴曲本宜合歌，今依琴中旧曲，以御制《雪诗》为《白雪》歌辞。又古今乐府奏正曲之后，皆别有送声，乃取侍臣许敬宗等和诗以为送声，各十六节。六年二月，吕才造琴歌《白雪》等曲，帝亦制歌辞十六章，皆著于乐府。"②另外，《乐府诗集》卷五十在对《阳春曲》进行解题时说："刘向《新序·宋玉对楚威王问》曰：'客有歌于郢中者，其始曰《下里巴人》，国中属而和者千人。其为《阳陵采薇》，国中属而和者数百人。其为《阳春白雪》，国中属而和者，数十人而已也。引商刻角，杂以流徵，国中属而和者，不过数人。是以其曲弥高，其和弥寡。'"③可见彭大翼在引《襄阳耆旧传》给《白雪》解题时，在《乐府诗集》的基础上引用了新的材料，让诗题的由来和本事更加清晰地呈现在读者面前，可以补《乐府诗集》之不足。

---

① 彭大翼：《山堂肆考》卷一百六十一。
② 郭茂倩编：《乐府诗集》卷五十七，第3册，第823页。
③ 郭茂倩编：《乐府诗集》卷五十，第3册，第729—730页。

又如《采葛妇歌》,《乐府诗集》对《采葛妇歌》的解题较为简单:"《吴越春秋》曰:'采葛,越之妇人,伤越王用心,乃作若何之歌。'"①仅言"伤越王用心",读者并不知道越王用心如何。而彭大翼的解题非常详细:"《吴越春秋》:越王自吴还国,知吴王好服,令国中男女入山采葛,作黄丝之布以献。吴王乃增越王之封,赐羽毛之饰、几杖诸侯之服。采葛妇人伤越王用心之苦,乃作歌以道意曰:'尝胆不苦味若饴,今我采葛以作丝,女工织兮不敢迟。弱于罗兮轻霏霏,号絺素兮将献之,吴王悦兮忘罪辜。'"②不仅将越王勾践卧薪尝胆之苦心写出,也将妇人入山采葛的原因及诗题之由来交代清楚。其解题内容与《乐府诗集》相比的确是大大发展了。

梅鼎祚《古乐苑》卷首也收录了《采葛妇歌》,全诗为:"葛不连蔓棻台台,我君心苦命更之。尝胆不苦甘如饴。令我采葛以作丝,女工织兮不敢迟。弱于罗兮轻霏霏,号絺素兮将献之。越王悦兮忘罪除,吴王欢兮飞尺书。增封益地赐羽奇,机杖茵蓐诸侯仪。群臣拜舞天颜舒,我王何忧能不移。"并解题云:

> 《吴越春秋》曰:"越王自吴还国,劳身苦心,悬胆于户,出入尝之。知吴王好服之被体,使国中男女入山采葛作黄丝之布,以献之吴王。乃增越之封赐,羽毛之饰,机杖诸侯之服。越国大悦。采葛之妇伤越王用心之苦,乃作若之何诗。"③

《乐府诗集》中收录的《采葛妇歌》正文极为简短:"尝胆不苦味若饴,今我采葛以作丝。"④《古乐苑》所收录的诗歌内容及解题内容大大超越了《乐府诗集》和《古乐府》,反映了明代诗学家在文献研究和解题研究方面的努力。明末钟惺、谭元春编撰《古诗归》时,就是采用了《古乐苑》中的内容。

---

① 郭茂倩编:《乐府诗集》卷八十三,第4册,第1171页。
② 彭大翼:《山堂肆考》卷一百六十。
③ 梅鼎祚补正:《古乐苑》卷首。
④ 郭茂倩编:《乐府诗集》卷八十三,第4册,第1171页。

除了彭大翼的《山堂肆考》，明代还有其他一些类书著作包含乐府诗题及本事研究的内容。顾起元《说略》中就有多处对乐府诗题进行过解题或对相关的本事进行过辨析。如该书《方舆下》中就有关于《莫愁乐》《石城乐》起源及本事的考证：

> 江左今有莫愁湖，在西城南。按古乐府有《莫愁乐》《石城乐》。《唐书·乐志》曰："石城有女子名莫愁，善歌谣。"《石城乐》第二歌云："阳春百花生，摘插环髻前。捥指蹋忘愁，相与及盛年。"《莫愁乐》云："莫愁在何处，莫愁石城西。艇子打两桨，催送莫愁来。"尚未详也。莫愁，卢家女子，善歌唱，尝入楚宫。李商隐诗"如何四纪为天子，不及卢家有莫愁"是也。莫愁村今在承天府汉江西，石城在州西北，晋羊祜所建。郑谷诗"石城昔为莫愁乡，莫愁魂散石城荒。江人依旧棹舴艋，江岸还飞双鸳鸯"，王横诗"村近莫愁连竹坞，人歌楚些下苹洲"，又沈佺期诗"卢家少妇郁金香"。即此也。按《通考》载梁武帝诗"洛阳女儿名莫愁"，云莫愁卢家女，洛阳人。则莫愁又有两人矣。①

在这段话里，顾起元不仅引用了《唐书·乐志》及《石城乐》《莫愁乐》作品中关于莫愁身世的说法，更引用了唐代李商隐、郑谷、王横、沈佺期等人的诗作加以旁证。与《乐府诗集》中仅引《乐府解题》"古歌亦有莫愁，洛阳女，与此不同"相较②，顾起元引《文献通考》中所载梁武帝诗关于莫愁"卢家女，洛阳人"的说法，并判定莫愁"有两人"，无疑更加详细深入。

值得注意的是，顾起元在考证诗题本事时，已经体现出较为明确的"补前人之缺"的意识。如对于《朱鹭》一题，顾氏说："古乐府有《朱鹭曲》。解云：'因饰鼓以鹭而名曲焉。'又云：'朱鹭咒鼓，飞于云末。'徐陵诗有'凫钟鹭鼓'之句，宋之问诗'稍看朱鹭转，尚识紫骝骄'，皆用此事。盖鹭色本白，汉初有

---

① 顾起元：《说略》卷三。
② 郭茂倩编：《乐府诗集》卷四十八，第 3 册，第 698 页。

朱鹭之瑞,故以鹭形饰鼓,又以朱鹭名鼓吹曲也。梁元帝《放生池碑》云:'元龟夜,梦终见。'取于宋王朱鹭晨飞尚张罗于汉后,与朱鹭飞云末事相叶,可以互证,补乐府解题之缺也。"①关于《朱鹭》一题,前人已多有解题之说。顾起元引徐陵、宋之问、梁元帝之诗作,指出不仅是"饰鼓以鹭",还代表了祥瑞之意。他本人认为这些结论可以"补乐府解题之缺",这正是一种明确的诗学意识。

此外,像胡应麟《诗薮》中对《铙歌十八章》本事的考释②,徐伯龄《蟫精隽》中对《雉朝飞》本事的考证③,徐𤏡《徐氏笔精》对《钓竿》的考释④,周复俊《全蜀艺文志》对《淫豫歌》的考释⑤,都颇有见地。

除了对乐府诗题、本事的考释与研究,明人还对一些乐府古诗的作者进行了考证辨析。如明初的高棅就曾探讨古乐府《木兰诗》的作者。其《唐诗品汇》"木兰歌"条云:

> 《木兰辞》一首,诸家选本及乐府俱以为不知名。蜀《文苑英华》乃作韦元甫诗,恐非也。郭茂倩《乐府》载《木兰辞》有二篇,前一篇必古辞,后一篇或如《文苑英华》云,韦元甫之作。按,木兰乃一女子,丈夫志节,求如木兰者,鲜矣。是诗辞义高古,殆与其人相当。刘后村云:《木兰辞》,唐人所作也。乐府唯此作叙事体有始有卒,虽辞多质俚,然有古意。严沧浪云:《木兰歌》最古,然"朔气传金柝,寒光照铁衣"之类,已似太白,必非汉魏人诗也。⑥

《文苑英华》曾将古乐府《木兰诗》的作者定为韦元甫,高棅认为这是不对

---

① 顾起元:《说略》卷十一《律支》。
② 胡应麟:《诗薮》内编卷一。
③ 徐伯龄:《蟫精隽》卷十三,清文渊阁四库全书本。
④ 徐𤏡:《徐氏笔精》卷三"诗谈",清文渊阁四库全书本(下同)。
⑤ 周复俊:《全蜀艺文志》卷三,清文渊阁四库全书本。
⑥ 高棅编纂:《唐诗品汇》"七言古诗"卷十三,第3册,汪宗尼校订,葛景春、胡永杰点校,第1268页。

的。郭茂倩《乐府诗集》中曾收录两篇《木兰辞》,高棅认为前一篇必然是古辞,后一篇才是韦元甫所作。高棅还收录了刘克庄和严羽关于《木兰辞》作者和创作年代的观点。他虽然没有对刘克庄的观点进行正面评价,但他既然说《木兰辞》"辞义高古",显然并不同意刘克庄的说法。

景泰、弘治年间的何乔新曾对一首署名杨维桢的乐府诗的真伪进行过考辨。他在《跋闽人余应诗》一文中说:

> 予年二十时,赴江西乡试。于馆人家见古乐府一帙,内有《沙漠主》一篇,云杨廉夫所作。予方从事科举之业,不暇录,但记其篇末句云:"吁嗟乎!凤为鸠,龙为鱼,三百年来龙凤裔,竟来漠北称单于。"又识其后云:"宋太祖之德至矣。肇造帝业,不传诸子而传诸弟。太宗负约,金人之祸,举族北迁。而太祖之末孙复绍大统,有江南者百余年,为元所灭。而瀛国公之子阴篡元绪,世为漠北主。天之报太祖一何厚哉!"其言颇与应合。近考《铁崖乐府》无此篇,岂出于假托邪?抑有所遗邪?①

据何乔新所说,在他二十岁赴江西参加乡试的途中,曾于馆人家见到古乐府一帙,其中有一首《沙漠主》署名杨维桢所作。何氏考察了杨维桢传世的《铁崖古乐府》,却没找到这首诗。他推测这首诗可能是他人假托杨维桢所作,但也有可能是《铁崖古乐府》中漏收了此诗。

作为明代中期杰出的乐府诗学家,杨慎的乐府诗文献研究影响很大,其《丹铅余录》《升庵集》中也有不少考证乐府诗作者的内容。在他的影响下,明代中后期诗学界出现了一种奇特的现象,一些诗学家专门以反驳杨慎的观点来著书立说。这些人里不仅包括《正杨》的作者陈耀文,还包括明代后期著名的诗学家胡应麟。胡氏《艺林学山》《丹铅新录》等都是受杨慎的直接影响而写成的。《艺林学山》中就有不少内容是涉及乐府诗作者研究的。

---

① 何乔新:《椒邱文集》卷十八,上海古籍出版社 1991 年版(下同),第 292 页。

如关于《慕容攀墙视》的作者，杨慎《升庵集》卷六十"石城乐"条曾云："《石城乐》，宋臧质作；《碧玉歌》，一名《千金意》，晋孙绰作；《慕容攀墙视》，慕容垂作。《乐府》皆失其名，当表出之。"①杨慎认为《慕容攀墙视》的作者是慕容垂，但在《乐府诗集》中这首诗和《石城乐》《碧玉歌》等都未能标明作者。而胡应麟在《艺林学山一》中却对杨慎的说法提出了质疑：

> 《慕容攀墙视》三首，今载《乐府》，殊不类垂自作，盖当时童谣耳。《广记》录唐文皇过垂墓，见一人，因问之，答曰："我昔胜君昔，君今胜我今。荣华各异代，何用苦追寻。"此则垂之鬼所作，然当垂偏霸之日，文皇不知竟何状耶？漫书发一笑。②

胡应麟认为《乐府诗集》中所载的《慕容攀墙视》三首不可能是慕容垂本人所作，而应该是当时的童谣。胡氏还引用了《太平广记》中记载的唐文皇遇慕容垂鬼的故事，补录了一首歌谣作品。

在胡应麟最重要的诗话著作《诗薮》中，也有一些关于考证乐府诗作者的内容。如关于汉《郊祀歌》的作者问题，胡氏指出：

> 汉《郊祀歌十九章》，以为司马相如等作，而《青阳》《朱明》四章，史题邹子乐名。按四章体气如一，皆四字为句，辞虽淳古，而意极典明，当出一人之手，是为邹作无疑。前有《帝临》一章，与四篇绝类，章法长短正同。盖五篇共序五帝，亦邹作无疑，史缺文耳。余《练时日》等篇，辞极古奥，意致幽深，错以流丽。大率祖骚《九歌》，然骚语和平，而此太峻刻。至《天门》《景星》篇中，间有句读难定、文义眇通处。《日出入》一篇，绝与《铙歌》相类，又与《郊祀》体殊，大率非一人作，未可据为长卿也。③

关于汉代《郊祀歌》的作者，传统上一般认为是司马相如等人。但胡应麟

---

① 杨慎：《升庵集》卷六十，第567页。
② 胡应麟：《少室山房笔丛》卷十九，第193页。
③ 胡应麟：《诗薮》内编卷一，第17页。

却认为《青阳》《朱明》四章及《帝临》一章的作者是邹子。而《日出入》一篇在体制上与《铙歌》相近，而与《郊祀》不同，作者应该并非一人，不能简单地将作者归为司马相如。

又如关于《答项王楚歌》一首的作者，胡氏认为："'汉兵日夜至，四面楚歌声。大王意气尽，贱妾何聊生。'决非虞美人作。"①按：南宋王应麟《困学纪闻》卷十二云："太史公述楚汉春秋，其不载于书者。《正义》云：'项羽歌，美人和之。'《楚汉春秋》云：'歌曰"汉兵已略地，四面楚歌声。大王意气尽，贱妾何聊生。"是时已为五言矣。五言始于五子之歌行露。'"②梅鼎祚《古乐苑》及冯惟讷《古诗纪》据此收录《答项王楚歌》，作者题作"虞美人"。胡应麟却认为作者决非虞美人。

杨慎《升庵诗话》也曾对一些乐府诗的作者进行过考辨。如对于李群玉的一首乐府诗："李群玉乐府云：'人老自多愁，水深难急流。'"③而胡应麟《艺林学山一》认为此诗并非李群玉所作："此李端《古别离》诗，见本集及《英华》《品汇》甚明。且群玉晚唐，亦必不办此也。"并注曰："杨后引李端全篇亦载二语，此当是一时误记。"④胡应麟指出这首诗是李端所作的《古别离》，李端本人的诗集和《文苑英华》《唐诗品汇》都有收录。而且李群玉是晚唐诗人，这首诗的风格也与他的创作特征不符。胡氏还发现杨慎本人也曾全文引用过李端这首诗。因此，《升庵诗话》中这一条属于误记。

除了像高棅、杨慎、胡应麟这样的诗学名家，明代出现的一些诗歌选集中也包含考证乐府诗作者的内容，如冯惟讷《古诗纪》与张溥《汉魏六朝百三家集》。

《古诗纪》卷三十四曾选入《吴趋行》"茧满盖重帘"一首，并注曰："此首

① 胡应麟：《诗薮》内编卷二，第31页。
② 王应麟：《困学纪闻》卷十二，清文渊阁四库全书本。
③ 杨慎：《升庵诗话》卷九，清光绪七年（1881）至八年（1882）广汉钟登甲乐道斋仿万卷楼刻函海本。《历代诗话续编》本《升庵诗话》未收此条。
④ 胡应麟：《少室山房笔丛》卷十九，第192页。

及《饮酒乐》,《乐府》不载名氏,次陆机之诗。《诗汇》作机诗。"①这首《吴趋行》在《乐府诗集》中未标明作者,传统上被视作无名氏之作。而冯惟讷却根据《诗汇》的记载,将这首诗的作者定为陆机。同卷又有《饮酒乐》"蒲萄四时芳"一首,并注曰:"《乐府》作《还台乐》,谓陈陆琼诗,误。"②《乐府诗集》中此诗作《还台乐》,并将作者标为陈代陆琼。冯惟讷指出此诗的作者也是陆机,《乐府诗集》关于此诗作者的标注有误。该书卷四十一又收录《胡姬年十五》"虹梁照晓日"一首,并注曰:"《乐府》作晋刘琨;《五言律祖》作梁刘琨。然晋未有律体,《律祖》或有考也。"③则此诗《乐府诗集》将作者标为西晋刘琨,而《五言律祖》却将此诗作者定为梁代刘琨。冯惟讷认为西晋时期律体尚未出现,《五言律祖》一书的记载或另有依据。该书卷四十二又收录《情人碧玉歌二首》,并注曰:"《碧玉歌》一名《千金意》,晋孙绰所作。《乐府诗集》云宋汝南王作。"④《乐府诗集》将《情人碧玉歌》的作者定为宋汝南王,而冯惟讷却认为是晋孙绰所作。该书卷四十七又有《答团扇歌三首》,并注曰:"《乐府》以前二首作古辞,后一首作王金珠。"⑤《乐府诗集》将前二首定为古辞,第三首的作者定为王金珠。而冯惟讷却认为这三首诗的作者都是桃叶。

张溥所编《汉魏六朝一百三家集》中同样有不少考证乐府诗作者的相关内容。如对于《相逢行》"行行即长道"一首,张溥注曰:"《乐府》作惠连,今从《艺文》作灵运。"⑥在《乐府诗集》中,这首诗的作者标为谢惠连。而张溥根据《艺文类聚》的记载,将此诗作者定为谢灵运。又如《临高台》"高台半行云"一首,张氏注曰:"《乐府》作简文,今从《玉台》作武帝。"⑦在《乐府诗集》中,此

---

① 冯惟讷编撰:《古诗纪》卷三十四,清文渊阁四库全书本。
② 冯惟讷编撰:《古诗纪》卷三十四。
③ 冯惟讷编撰:《古诗纪》卷四十一。
④ 冯惟讷编撰:《古诗纪》卷四十二。
⑤ 冯惟讷编撰:《古诗纪》卷四十七。
⑥ 张溥编:《汉魏六朝一百三家集》卷六十六。
⑦ 张溥编:《汉魏六朝一百三家集》卷八十。

诗的作者标为梁简文帝。而张氏根据《玉台新咏》的记载将作者定为梁武帝。又如《折杨柳》"杨柳乱成丝"一首,张氏注曰:"《乐府》作柳恽者,非。"①再如《京洛篇》"南游偃师县"一首,张氏注曰:"《乐府》作《煌煌京洛行》,列鲍照后,而逸作者之名。或以为鲍诗,非也。"②《乐府诗集》中此诗题作《煌煌京洛行》,列在鲍照的作品之后,但未标作者名字。有人认为这首诗的作者也是鲍照,而张氏不同意这样的观点。

由以上可以看出,冯惟讷的《古诗纪》和张溥的《汉魏六朝一百三家集》对郭茂倩《乐府诗集》中作者的标注多有校订,体现出较为明确的诗学意识。

第四节　考证乐府诗字词与名物

字词是构成诗歌的最基本元素,一首无论多么精彩的诗歌作品,都是由最基本的字词构成的。而一字之音,一词之义,又往往会对整个作品的内涵产生较大的影响。在明代乐府诗学中,不乏对乐府诗字词的考证研究。其中既有对于不同版本中字词异文的考辨,也有对于字词读音及含义的考释。从时段上看,明人对于乐府诗字词、名物的考证主要集中在明代中后期。前文已经说过,杨慎是明代乐府诗文献研究的集大成者,他对乐府诗文献的研究标志着明代中期乐府诗学的一个新的发展方向。明代中后期的一批诗学家,他们在杨慎的影响下,对乐府诗中的字词和名物也多有探讨。如陈耀文《天中记》、胡应麟《少室山房笔丛》《诗薮》、陈继儒《枕谭》、徐燉《徐氏笔精》、董斯张《吹景集》、方以智《通雅》等,都有相关的研究内容。

我们先来看一下明代乐府诗学中考证字词的情况。这里所说的"考证字词",包括考证字词异文、字词读音及字词含义等。考证字词异文的如朱载堉(1536—1611)《乐律全书》卷四十二云:

---

① 张溥编:《汉魏六朝一百三家集》卷八十三。
② 张溥编:《汉魏六朝一百三家集》卷八十三。

《乐府诗集》云："古《南风歌》,舜所作也。古《秋风辞》,汉武帝所作也。"二者并见南监旧板《乐府诗集》,即郭茂倩氏手编古本也。"喟其增叹",旧板原作"叹"字,盖与"凯风自南"而为叶韵。及查琴家旧谱,所载皆作"叹"字,与郭本同。惟近年新刻《风雅逸篇》《风雅广逸》《诗纪前集》《古乐苑》等俱妄改作"喟其增悲",与"仪"字叶,非也。当从郭本"叹"字为是。①

郭茂倩《乐府诗集》曾收录舜帝所作《南风歌》二首,其中有"凯风自南兮,喟其增叹"一句,"叹"与"南"字叶韵。朱载堉曾见过南监旧板,亦作"叹"字。而明代中期以后新出现的《风雅逸篇》《风雅广逸》《诗纪前集》《古乐苑》等书为了与"仪"字叶韵,都将"喟其增叹"一句改成了"喟其增悲",朱载堉认为这种做法是错误的。还是应该以《乐府诗集》中的"叹"字为准。

徐𤊹《徐氏笔精》卷三"诗谈"中也有较多考证乐府诗字词异文的内容。如"叶想衣裳"一条云:

太白《清平调》:"云想衣裳花想容。"蔡端明曾书此诗,作"叶想衣裳"。刘后村以为落笔之误,非也。盖端明书不苟作,况首字,安得有误?然细味之,"叶想衣裳"固自与牡丹稳帖,差胜"云"字。岂端明得正本,而后世反误耶?②

按:李白《清平调》第一首,通行本皆作"云想衣裳花想容"。但徐𤊹指出北宋著名的书法家蔡襄曾将此诗开头写作"叶想衣裳"。南宋刘克庄曾认为这只是蔡襄偶然的笔误。但徐氏认为蔡襄从不随便写字,更何况这是一首诗的开头处,更不可能写错。如果仔细体会一下,"叶想衣裳"反倒更与歌咏牡丹的主题契合,比"云想衣裳"更好。徐𤊹推测可能是蔡襄看到了李白诗集的正本,而后世之人看到的反而是有误的本子。此诗首字正当以"叶"为是。又如"驱雁"条论及王维《出塞》中的一处异文:

① 朱载堉:《乐律全书》卷四十二,清文渊阁四库全书本。
② 徐𤊹:《徐氏笔精》卷三。

　　谢日可廷赞云："王右丞《出塞》第三句'暮云空碛时驱马'、七句'玉靶角弓珠勒马'，重一'马'字。按鲍照诗'秋霜晓驱雁'，又'北风驱雁天雨霜'；又《洛阳伽蓝记》'北风驱雁，千里飞云'。然则右丞句为'驱雁'无疑矣。"日可此辨，足破千古之疑。①

　　按：谢廷赞（1557—?），字日可，江西金溪县人，万历十一年（1583）进士。谢廷赞曾指出王维《出塞》一诗的第三句"暮云空碛时驱马"和第七句"玉靶角弓珠勒马"重复了"马"字，不合常理。根据鲍照诗中"秋霜晓驱雁""北风驱雁天雨霜"及《洛阳伽蓝记》中"北风驱雁，千晨飞云"等句，可以推知通行本王维《出塞》一诗中的"驱马"当为"驱雁"，属于字形相近之误。徐𤊹认为谢日可此说有理，可以"破千古之疑"。这对于今天的王维研究无疑仍具有较高的文献参考价值。

　　除了以上所说的两条，《徐氏笔精》卷三"诗谈"还有一些关于考证乐府诗字词异文的内容。如"紃"条云："《卿云歌》：'卿云烂兮，礼漫漫兮。''礼'字乃'紃'字之误。紃似礼，又误作礼，失之远矣。紃，纷也。注云郁郁纷纷，即紃字之义。见《宋书·乐志》，人皆未考耳。"认为《卿云歌》中的"礼"字乃"紃"字之误。"康浪"条云："《宁戚歌》：'沧浪之水白石粲。''沧'当作'康'。齐有康浪水，见《一统志》。沧浪，楚水也。"认为《宁戚歌》中的"沧浪之水"应该是"康浪水"。"木叶"条云："木叶城在今辽东之地。沈云卿《古意》'九月寒风催木叶'是也。后人改为下叶，误矣。"②认为沈佺期《独不见》一诗中的"木叶"是指辽东的木叶城，后人将其改为"下叶"是错误的。

　　除了考证乐府诗中的字词异文，明人还对乐府诗中一些字词的读音及义进行了辨析。如杨慎在《丹铅余录》中说：

　　岑参《凯歌》"鸣笳攊鼓拥回军"，今本"攊"作叠，非。近制启明、定昏鼓三通，曰"发攊"，当用此字。俗作"擂"，非。攊亦俗字，然

---

① 徐𤊹:《徐氏笔精》卷三。
② 徐𤊹:《徐氏笔精》卷三。

差善于撾。古乐府"官家出游雷大鼓",雷转作去声。①

杨慎认为岑参《凯歌》中的"鸣箛撾鼓拥回军"一句,今本"撾"作"叠",是不对的。明代亦有清晨黄昏击鼓三通的制度,被称为"发撾"。"撾"字被俗作"搥",也是不对的。"撾"虽然也是俗字,但优于"搥"字。古乐府中"官家出游雷大鼓"一句中,"雷"字应该读去声。

徐爋《徐氏笔精》中有专门探讨乐府诗字词读音的内容,如"南叶心韵"条说:"南字古叶心韵。《诗经》:'凯风自南,吹彼棘心。'汉《铙歌》:'美人归以南,驾车驰马,美人伤我心。'""宁音"条又说:"宁古韵叶平声,与沈韵庚青通用。汉《郊祀》歌云:'穰穰复正直往宁,冯蠁切和疏写平。'"②徐氏认为古韵与今韵不同。汉乐府铙歌《君马黄》中"美人归以南"的"南"与"美人伤我心"的"心"是叶韵的;而郊祀歌《景星》中"穰穰复正直往宁"的"宁"与"冯蠁切和疏写平"的"平"也是叶韵的。

在考证读音之外,也有单独考证字词含义的。如杨慎《丹铅余录》就探讨过刘禹锡《竹枝词》中"生"字的含义:"宋人小说谓刘禹锡《竹枝词》'瀼西春水縠纹生'乃生熟之生,信是。《文选》谢朓诗'远树暧芊芊,生烟纷漠漠'亦然。小谢之句实本灵运,灵运撰《征赋》云:'披宿莽以迷径,睹生烟而知墟。'"③刘禹锡《竹枝词》中有"瀼西春水縠纹生"一句,宋人小说中曾将"生"字解释为生熟之生,杨慎认为这是对的。而《文选》中谢朓诗"生烟纷漠漠"及谢灵运《征赋》中"睹生烟而知墟"二句中的"生"也指生熟之生。徐爋《徐氏笔精》也有一些单独探讨乐府诗字词含义的内容。如"扑朔"条云:"'扑渥''扑朔',兔走也。《木兰辞》'雄兔脚扑朔',又作'扑渥'。东坡诗'寒窗暖足来扑渥'。"认为古乐府《木兰诗》中的"扑朔"是兔走的意思,与"扑渥"义同。"噫嘻吁"条又云:"蜀人见物惊异,必曰'噫嘻吁'。李白《蜀道难》用

---

① 杨慎:《丹铅余录·摘录》卷八。
② 徐爋:《徐氏笔精》卷三。
③ 杨慎:《丹铅余录·摘录》卷四。

方言也,古文未见此三语耳。"①指出李白《蜀道难》中的"噫嘻吁"并非古文,而是蜀地方言,蜀人见到令人惊异的事物就会发出"噫嘻吁"的感叹。

董斯张《吹景集》曾对曹植乐府诗中的"寒"字进行过考释,该书"子建乐府用寒字"条云:

> 曹子建乐府"炮鳖炙熊蹯",宋本作"寒鳖"。李善注:"韩羊、韩兔、韩鸡,本韩国所为也。韩,古寒字通。"此解殊强。按子建《七启》又云"搴芳莲之巢龟",宋本作"寒芳苓"。李善引《盐铁论》"羊淹鸡寒",又云:"寒,今胜肉也。"胜不晓何物,《侯鲭录》及《靖康缃素杂记》二书引《广韵》之"煮鱼煎食"曰:"胜,资眼云。涪肉谓之寒。"皆未甚悉。按胜,古鲭字,一作胜。《齐民要术》有胜鱼鲊法,又有五侯胜法。云用食板零拌杂鲊肉入水煮,如作羹法。《仪礼·士昏礼》云:"大羹涪在爨,又设涪于酱南。"注:"涪,去急反,煮肉汁也。"然则有汁者即谓之寒,不必更生别解矣。若用修、晦伯引崔骃《传》之"鸡寒"、曹植文之"寒鸽"说,殊未畅。考鸡寒出崔骃《博徒论》,杨陈俱云骃《传》,亦误也。若寒之与韩,自不可通。左氏世本以"韩哀"为"寒哀",《汉书·古今人表》以"寒浞"为"韩浞",或一时传写误耳。朗可韩厥可寒乎?②

通行本《文选》曹植《名都篇》中有"炮鳖炙熊蹯"一句。董斯张指出宋本中此句作"寒鳖",李善注解认为"韩"是"寒"的古字,董斯张认为此说过于牵强。另外,曹植《七启》中又有"搴芳莲之巢龟"一句,宋本又作"寒芳苓",李善引《盐铁论》中"羊淹鸡寒"一句,将"寒"注解为"胜肉"。而董斯张不同意李善的注释,他认为"寒"是一种近似于水煮的烹饪方法,没有必要更生别解。

明末方以智《通雅》一书中也有考证字词含义的内容。如关于古乐府《木

---

① 徐𤊺:《徐氏笔精》卷三。
② 董斯张:《吹景集》卷十。

兰诗》开头一句"唧唧"的含义,方以智说:"严羽《沧浪诗话》曰:'《木兰歌》
"促织何唧唧",《文苑英华》作"唧唧何切切",又作"历历"。《乐府》作"唧唧
复唧唧"。'乐天诗'啧啧雀引雏'。凡此皆以声取方言迹迹屑屑,不安也。"①
方氏认为"唧唧"是表声词,取自方言里的"迹迹屑屑",是指不安的意思。

与考证乐府诗字词音义相比,明人对于考证乐府诗中的名物更加热衷。
所谓的"名物",是指诗中出现的特殊的人名物名。在这一领域,杨慎的贡献
无疑最为突出。前文在讨论杨慎的乐府诗文献研究时已经列举过他对古乐府
中"白纻""义甲""又鲤"等名物的考释与辨析。另外,他还对乐府诗中的"空
侯""耳衣"等做过考释工作:

> "空侯",《乐书》云"师延为空国之侯所制",其字正当作空侯。
> 今作"箜篌",加竹,赘矣。其器丝、木二物,与竹了无相干也。大乐
> 部空侯二十三弦,在乐器中最大且高。凡琴、瑟、〈上竹下秦〉、筝、琵
> 琶、阮咸之属,皆丝木,相去仅未寸许。惟空侯丝与木相去远,声自空
> 出,空侯之名或因此。侯如汉《大风歌》"三侯"之侯,亦一说也。②

> 唐人《边塞曲》:"金装腰带重,锦缝耳衣寒。""耳衣",今之暖
> 耳也。③

杨慎根据《乐书》的记载,认为"空侯"是师延为空国之侯所制,本就应该
写作"空侯"。后人加上竹字头,写作"箜篌",反而是画蛇添足。而唐人《边塞
曲》中的"耳衣",则相当于明代人所用的暖耳。这些都可以看出杨慎知识之
渊博与考据之精到。

值得注意的是,杨慎对于古乐府诗中出现的一些名物的考释在明代后期
引起了学界的巨大反响。如杨慎曾对"石尤风"的含义进行过考证,一批学者
在杨慎的影响下,对"石尤风"也进行了各种补考和诠释。杨慎考释"石尤风"

---

① 方以智:《通雅》卷十。
② 杨慎:《丹铅余录·摘录》卷四。
③ 杨慎:《丹铅余录·摘录》卷八。

的原文为:

> 郎士元《留卢秦卿》诗云:"知有前期在,难分此夜中。无将故人
> 酒,不及石尤风。"石尤风,打头逆风也。行舟遇之,则不行。此诗意
> 谓行舟遇逆风则住,故人置酒而以前期为辞,是故人酒不及石尤风
> 矣,语意甚工。近人吴中刻唐诗,不解石尤风为何语,遂改作古淳风,
> 可笑又可恨也。①

杨慎认为郎士元《留卢秦卿》诗中所说的"石尤风"是指"打头逆风",该
诗是说行舟时遇到逆风就会停下来,比故人置酒留客的效果更好。近人吴中
刊刻唐诗,因为不了解"石尤风"的真实含义,就把"石尤风"改成了"古淳
风",是荒唐可笑的行径。

其实"石尤风"一词,最早出现于宋武帝《丁督护歌》中。在南宋时期,洪
迈《容斋五笔》及王应麟《困学纪闻》都已经对"石尤风"进行过考释,杨慎基
本上是沿袭了他们的观点。但由于杨慎本人在明代诗学界所具有的重要地
位,自从他对"石尤风"进行考释后,陈耀文、胡应麟、徐应秋、周婴等人纷纷跟
进,也从不同角度对"石尤风"进行了考证。如陈耀文《正杨》一书"石尤风"
条说:"古乐府宋武帝《丁督护歌》云:'愿作石尤风,四面断行旅。'似非打头风
也。"②陈耀文引宋武帝《丁督护歌》中诗句,认为"石尤风"不太可能是打
头风。

胡应麟的考证则更加细致,其《艺林学山八》中亦有"石尤风"一条,在列
举了杨慎和陈耀文的观点后,胡氏又说:

> 用修解本洪氏《随笔》,云:"石尤风,不知其义,意打头逆风也。
> 唐人好用之,陈子昂《苦风》云:'宁知巴峡路,辛苦石尤风。'戴叔伦
> 《送人》云:'知君未得去,惭愧石尤风。'"据唐人诸诗,则以为打头风
> 似无不可,律以晦伯所引,当是巨飓狂飙之类。今江湖间飘风骤起,

---

① 杨慎:《升庵诗话》卷三,载丁福保辑:《历代诗话续编》中册,第681页。
② 陈耀文:《正杨》卷四。

扬沙折樯,则往来之舟俱系缆不行,舟人所谓"大风三,小风七",余过淮、徐间往往遇之。唐人语咸出六朝,当以宋武歌为据,其云"四面断行旅"正指此也。以此意解唐人诗亦无不通,若以为打头风,则固有可行者矣,安得尚有"四面断行旅"之说哉。

又按,此诗《容斋随笔》作司空曙,诸家皆同,杨作士元误。

《困学纪闻》云:《容斋五笔》"石尤风"引陈子昂、戴叔伦诗,意其为打头风也。李义山诗作"石邮"(原注:来风伫石邮),杨文公诗亦作"邮"(原注:石邮风恶客心愁)。以上俱王伯厚说。余谓石尤之"尤"作"邮"字殊胜,近以用修拈出,琅琊伯仲亦多用之,然俱以为逆风耳。余作《六朝小乐府》云:"恼欢青丝筌,凌晨只欲开。狂风趁心起,四面石尤来。"盖用宋武歌中意,第上从旧"尤"字。近得此,忻然附录,以贻同好云。①

胡应麟认为,虽然从唐人之诗看将"石尤风"解释成打头逆风似乎也可以,但唐人诗歌语言是从六朝继承而来,所以在解释石尤风时当以六朝人的说法为准。陈耀文所引用的宋武帝诗句正说明了六朝人所说的石尤风近似于巨飓狂飙,而不是一般的打头风。胡氏还注意到王应麟《困学纪闻》中所说的李商隐和杨亿诗中将"尤"写作"邮"的情况,他认为作"邮"字更好。另外,胡应麟还指出《留卢秦卿》一诗的作者是司空曙,而不是郎士元,杨慎标错了作者。

比胡应麟生活时代稍晚的徐应秋在《玉芝堂谈荟》卷十九中也列出了"石尤风"一条:

《容斋五笔》:"石尤风,不见其义,意其为打头逆风也。唐人好用之,如陈子昂《入峡苦风》云:'故乡今日友,欢会坐应同。宁知巴峡路,辛苦石尤风。'戴叔伦《送裴明府》云:'滞水连湘水,千波万浪中。知君未得去,惭愧石尤风。'司空文明《留卢泰卿》云:'知有前期

---

① 胡应麟:《少室山房笔丛》卷二十六,第255—256页。

在,难分此夜中。无将故人酒,不及石尤风。'"则以为打头风亦无不可。如《正扬》所引宋武古乐府"愿作石尤风,四面断行旅",则当是巨扬狂飙之类。若打头风,则固有可行者矣,安得有"四面断行旅"之说哉?石尤风,一作石邮。李义山"来风贮石邮",杨文公"石邮风紧客心愁",尤俱作"邮",殊为胜也。杨用修云:"石尤,江中水虫名。此虫出,必有恶风。犹岭南人云'飓母',黄河人曰'孟婆'。"一曰石尤者,石氏女嫁为尤郎妇。尤出不归,妻忆之至死,曰:"吾当作大风,为天下妇人阻商旅也。"故名。①

按《留卢泰卿》,当为《留卢秦卿》。从内容上看,徐应秋的这段话大半是沿袭了胡应麟《艺林学山》的观点。但徐氏所说亦有两点值得注意:一是他引用了杨慎将"石尤"解释为"江中水虫"的说法。今天通行的《升庵集》中并未见到这则材料,或许徐氏看到的《升庵集》更加完备。二是徐氏还引用了关于"石尤"的另外一种说法——石氏女嫁为尤郎妇,因丈夫外出不归,思念至死并立誓化作大风的故事。这些内容相比胡应麟所说都是新增的。

到了明末,周婴也曾在《卮林》中对杨慎、陈耀文、胡应麟等人关于"石尤风"的考释内容进行过一次较为全面的总结。该书卷四有"石尤"条,先列举洪迈《容斋五笔》、杨慎《丹铅录》、陈耀文《正杨》、胡应麟《艺林学山》等著作中关于石尤风的考证内容,接着又加上周婴本人的论述:

述曰:宋孝武帝《丁督护歌》曰:"督护初征时,侬亦恶闻许。愿作石尤风,四面断行旅。"按此则所谓巨飓、盲飙者良是,非打头也。但奔飓之来,自然四面。胡元瑞云"四面石尤",则意叠词复耳。予又读元稹《洞庭遭风》诗曰:"罔象睢盱频逞怪,石尤翻动忽成灾。"以"罔象"取媲,而且云"翻动",则"石尤"乃飞廉、孟老之精,奇相、马

①　徐应秋:《玉芝堂谈荟》卷十九。

衍之族也。义山《古意》诗:"去梦随川后,来风伫石邮。"以"石邮"对"川后",益信其为怪族幽妖矣。元、李之解盖同。①

周婴,生卒年不详,字方叔,莆田(今福建省莆田县)人。据《莆田县志·艺文志》"周婴传"记载,婴崇祯十三年(1640)以贡入京,特授上犹县知县。其活动时间约在万历至崇祯之间。著有《卮林》十一卷。《四库全书总目》曾称赞:"是书体近类书,而考订经史,辨证颇为该洽。每条以两字标目,而各引原撰书之人姓以系之。如'质鱼''咨杜'之类,盖用王充'诘墨''刺孟'等篇目之例也。其中如驳王僧虔之纪次仲,及论杜诗之西川杜鹃等处,亦未免过于执滞。然所刊正处实多,非率尔。读书者可比王士禛《池北偶谈》,极称其辨'石尤风'一条,解古乐府'赐字义'一条。"②清四库馆臣也指出《卮林》中辨"石尤风"一条极为精到而为读书者所称。周婴一方面赞同石尤风不是打头风,同时又引元稹和李商隐的诗句,证得"石尤"近似于怪族幽妖一类,可谓有理有据。另外,在《卮林》"补遗"部分,周婴对"石尤"又进行了补考:"《杨用修外集》:'石尤,江中水虫名,此虫出必有恶风。舟人目打头风曰石尤,犹岭南人曰飓母,黄河人曰孟婆也。'按用修此解似得之,但亦未见所出,且以为水虫,太么麽矣。"③周氏引用杨慎之语与徐应秋《玉芝堂谈荟》中相近,可见杨慎文集中原来的确有这个内容,但后来散佚了。

除了对于"石尤风"的考释,杨慎还对古乐府诗中的"井公""双行缠"等名物进行过考证,而胡应麟也对杨慎的这些考释分别进行了补考和辨析。这些都足以说明杨慎对于明代后期乐府诗文献研究的巨大影响。

在明代后期,考证乐府诗名物也是广泛存在的现象。除了上文所说的,还有顾元庆(1487—1565)在《夷白斋诗话》中对于"石阘"的考释,陈绛(1513—

---

① 周婴纂:《卮林》卷四,王瑞明点校,福建人民出版社 2006 年版(下同),第 94—95 页。
② 纪昀等纂:《武英殿本四库全书总目提要》,第 33 册,第 125—126 页。
③ 周婴纂:《卮林》"补遗",王瑞明点校,第 310 页。

1587)在《辨物小志》中对于"兔无雌雄"的考辨①,陈继儒(1558—1639)在《枕谭》中对于"狄香"和"觳觫"的考释②,彭大翼在《山堂肆考》中对于"白榆"的考辨③,胡震亨在《唐音癸签》中对于"拨榖"的考证等④,都呈现出明代后期乐府诗文献研究的繁荣景象。

第五节　补编乐府诗作品

宋郭茂倩《乐府诗集》是后人公认的收录宋前乐府诗最完备的乐府诗总集,其编撰工作对后人研究乐府诗可谓功莫大焉。但《乐府诗集》也并非尽善尽美。一者收录时间下限只到唐五代,于北宋时期的乐府诗并无收录。二者对于唐前乐府诗的收录也多有遗漏之处。有鉴于此,又有元代左克明编撰《古乐府》、明代梅鼎祚编撰《古乐苑》《唐乐苑》、吴勉学编撰《唐乐府》等活动。另外,在一些其他的诗歌总集、选集中,如《古诗纪》,也存在一些补编乐府诗作品的内容。

我们可以看到,明人在补编乐府诗作品方面是有着明确意识的。根据何景明在《古乐府叙例》中所说,在读了元左克明《古乐府》之后,何景明一方面肯定其"自唐虞三代以来,逸诗至六朝之言备矣",但另一方面也指出《古乐府》一书还有未能"尽举"之处。因此,何氏自己又选择了九十三首"辞古训雅"的作品编为一部乐府类诗集。在编撰体例上,何氏认为自己不懂声音之道,故而"姑伦其辞",即主要是从作品文本出发,共分为三卷,每卷又分为上、下两个部分。⑤ 至于这部诗集的名称,何氏在这里虽然没有说明,但我们可以

---

① 陈绛:《辨物小志》,民国九年(1920)上海涵芬楼景清道光十一年(1831)六安晁氏木活字排印学海类编本。
② 陈继儒:《枕谭》,民国十一年(1922)上海文明书局石印宝颜堂秘笈本。
③ 彭大翼:《山堂肆考》卷三。
④ 胡震亨编:《唐音癸签》卷二十,第220页。
⑤ 何景明:《何大复集》卷三十四,第602页。

通过其弟子樊鹏撰写的《中顺大夫陕西提学副使何大复先生行状》考得:"先生通五经,尤好《易》《诗》,其阴阳、医卜、天文、地理、律吕、历数诸家,各造其妙。所著有《何氏集》《十二论定》《古乐府选》《汉魏诗》《三秦志》,皆行于世。"①可见何景明编撰的这部诗集名字是《古乐府选》。可惜的是,何景明的这部《古乐府选》未能流传下来。

与何景明生活时代相近的杨慎曾表现出明确的补编《乐府诗集》的意识。他在《升庵集》卷七十"邮亭书壁"条中说:

> 郑明道于邮亭,见壁上书云"要不闷依,本分明道",深然之日:"若依本分,便是君子也。"唐子西见邮壁书"天不生仲尼,万古如长夜",亦名言也。余于蜀栈古壁见无名氏号砚沼者书古乐府一首,云:"休洗红,洗多红在水。新红裁作衣,旧红番作里。回黄转绿无定期,世事反复君所知。"此诗古雅,元郭茂倩《乐府》亦不载。李贺诗云:"休洗红,洗多颜色淡。卿卿骋少年,昨日殷桥见。封侯早归来,莫作弦上箭。"视前诗何啻千里乎!②

据杨慎所说,他曾在蜀栈道古壁上看到过一首无名氏作者的古乐府诗,首句是"休洗红",诗风古雅,而郭茂倩的《乐府诗集》并未收录此诗。唐李贺也作过一首以"休洗红"开头的诗,但杨慎认为远不及蜀栈道古壁上的那一首。从这段话里,我们可以明显看出杨慎"补《乐府诗集》之缺"的意识。

冯惟讷的《古诗纪》虽然不是一部专门收录乐府诗的集子,但其中涉及的乐府诗颇多。其对于乐府诗作品的收录及相关注解也体现出了明显的补编《乐府诗集》的意识。如该书卷三十二收录了傅玄的一首《却东西门行》:"和乐唯有舞,运体不失机。退似前龙婉,进如翔鸾飞。回目流神光,倾亚有余姿。"注曰:"《乐府》不载,见《初学记》。"③冯氏指出,这首题为傅玄所作的《却

---

① 何景明:《何大复集》"附录",李淑毅等点校,第680页。
② 杨慎:《升庵集》卷七十,第693页。
③ 冯惟讷编撰:《古诗纪》卷三十二。

东西门行》在郭茂倩《乐府诗集》中并未收录,而是见于《初学记》,这显然带有补编《乐府诗集》的用意。

《古诗纪·宋第六》收录了鲍照《代少年时至衰老行》《代阳春登荆山行》《代贫贱愁苦行》《代边居行》《代邦街行》等五首作品,并于第一首题下注:"以下五首《乐府》不载。"①今查《乐府诗集》,确未收录这五首诗。冯惟讷此举也带有补编《乐府诗集》的用意。梅鼎祚在编《古乐苑》时沿用了这一做法。《古乐苑》卷三十六同样收录了这五首诗,并注曰:"此下五首乐府诸家不载。按《鲍照集》题上并有'代'字,则此必旧有是作,而照拟之也。大抵为嗟老伤穷,羁旅无聊之意而已。"②与冯惟讷的注解相比,梅鼎祚进一步强调"乐府诸家"不载,这就不仅带有补编《乐府诗集》的意图,还把补编的对象扩大到了所有前代乐府类诗集。《古诗纪》卷一百十二又收录萧子云《梁三朝雅乐歌六首》,并注曰:

> 《隋书·乐志》曰:"普通中荠疏之后改诸雅歌,敕萧子云制辞。既无牲牢,遂省《涤雅》《牷雅》云。"《南史》曰:"梁初郊庙未革,牲牷乐辞皆沈约撰。至是承用子云,启宜改之。敕答曰:'此是主者守株,宜急改也。'仍使子云撰定。敕曰:'郊庙歌辞应须典诰大语,不得杂用子史文章浅言。而沈约所撰亦多舛谬。子云作成,敕并施用。'"按梁雅乐歌十三首,《乐府》分郊庙、燕射二处载之。此六首三朝所用郊庙,尚阙四首。《乐府》失载。③

冯惟讷指出,《乐府诗集》虽然在郊庙、燕射两个部分共收录梁雅乐歌十三首,但萧子云所作的这六首乐歌《乐府诗集》却"失载",也应予补录。另外,《古诗纪》中还收录了陈张正见《帝王所居篇》一首,并注曰:"《乐府》不载,见

---

① 冯惟讷编撰:《古诗纪》卷六十。
② 梅鼎祚补正:《古乐苑》卷三十六。
③ 冯惟讷:《古诗纪》卷一百五。

《文苑英华》。"①考《乐府诗集》,的确未收录此诗。《文苑英华》卷一百九十二则载有此诗。然《古乐苑》将此诗收录"相和歌辞·瑟调曲",题注:"郭本置'杂曲歌辞',今移补。"②梅鼎祚说郭茂倩《乐府诗集》曾将此诗收录"杂曲歌辞",然今本《乐府诗集》未见此诗。可以推测,梅鼎祚在编《古乐苑》时,所见《乐府诗集》版本可能与今通行本不同。

作为明代最完备的古乐府诗总集,梅鼎祚的《古乐苑》中也有不少补编乐府诗作品的内容。如《古乐苑》卷二"齐南郊乐歌辞"根据《初学记》收录江淹歌辞三章,即《牲出入歌辞》《荐豆呈毛血歌辞》《奏宣烈之乐歌辞》,并注曰:"江淹造三章,正史及本集、郭氏《乐府》并不载。按齐永明初,尝诏淹造《藉田歌》。且齐郊祀有《宣烈》之乐,梁乐无是。《诗纪》云未详所用。今按辞中'荐通苍祇,殷崇配天'之语,为南郊近是。"③梅氏指出,江淹所制的这三章歌辞应该都属于乐府诗,而《乐府诗集》及江淹的别集中都未记载,应该补录。"杂曲歌辞"又收录魏文帝《刘勋妻》二首,解题曰:"《刘勋妻》,《艺文》云'代刘勋妻王氏杂诗二首',《玉台》作王宋自作。《通志》:'佳丽四十七曲,有《刘勋妻》'。王宋者,平虏将军刘勋妻也。入门三十余年后,勋悦山阳司马氏女,以宋无子出之,还于道中作诗二首。'"④此二首《乐府诗集》及《古乐府》均不载,也起到了补编《乐府诗集》的作用。

《古乐苑》卷三十八又收录梁昭明太子萧统《大言》诗,并解题曰:

> 《许彦周诗话》曰:"乐府记《大言》《小言》诗,录昭明。辞而不书,始于宋玉。何也?岂误耶?有说耶?按此则《大言》《细言》在宋时亦已载乐府矣。"《诗家直说》曰:"宋玉《大言赋》:'并吞四夷,饮枯河海。跂越九州岛,无所容止。'《小言赋》:'无内之中,微物生焉。

---

① 冯惟讷编撰:《古诗纪》卷一百十二。
② 梅鼎祚补正:《古乐苑》卷二十一。
③ 梅鼎祚补正:《古乐苑》卷二。
④ 梅鼎祚补正:《古乐苑》卷三十四。

比之无象,言之无名。视之则渺渺,望之则冥冥。离娄为之叹闷,神明不能察其情。'二赋出于列子,皆有托寓。梁昭明太子《大言诗》《细言诗》虽祖宋玉,而无谓君臣赓和,以文为戏。"①

梅鼎祚依据《许彦周诗话》所引的内容将《大言》定为乐府诗,并将初制者定为宋玉。此诗今本《乐府诗集》不载。《古诗纪·诗纪·梁第三》虽然收录此诗,但并未作为乐府诗看待。《古乐苑》卷三十九又收录北魏温子升《捣衣》,并解题云:"宋谢惠连有《捣衣诗》,后多拟作,不入乐府。子升此篇,郭、左亦不见载。然相传为乐府也。唐刘希夷、李白乐府并有《捣衣篇》。"②梅氏认为《乐府诗集》和《古乐府》虽然未收录此诗,但"相传为乐府",且刘希夷、李白的乐府诗中都有《捣衣篇》,温子升此诗也应该归入乐府诗。此皆是《古乐苑》补编《乐府诗集》的尝试。然清四库馆臣却认为将《大言》《捣衣》等诗收录欠妥。《四库全书总目》云:"至梁昭明太子、沈约、王锡、王规、王缵、殷钧之《大言》《细言》,不过偶然游戏,实宋玉《大言赋》之流,既非古调,亦未被新声,强名之曰乐府。则《世说新语》所谓'矛头淅米剑头炊,百岁老翁攀枯枝,井上辘轳卧婴儿。盲人骑瞎马,夜半临深池'者,何又不入乎?温子升之《捣衣》,本咏闺情,亦强名曰乐府。柳恽、谢惠连、曹毗所作亦同此题,何又见遗乎?"③清四库馆臣认为《大言》《细言》之类均为文字游戏,"既非古调,亦未被新声",不应归入乐府。而温子升的《捣衣》只是咏闺情之诗,以此为题的还有柳恽、谢惠连、曹毗等人,都不应归入乐府。很明显,清四库馆臣还是以是否入乐作为判断乐府诗的主要标准。

除了像《古诗纪》《古乐苑》中包含的这些明确带有补编《乐府诗集》和《古乐府》意识的内容,在其他一些明代诗学材料中,作者虽然没有表现出明确的补编意识,但在客观上却起到了补编的作用。如杨慎曾在《丹铅摘录》中

① 梅鼎祚补正:《古乐苑》卷三十八。
② 梅鼎祚补正:《古乐苑》卷三十九。
③ 纪昀等:《武英殿本库全书总目》,第55册,第129—130页。

记载过唐代女诗人薛涛的一首作品："'闻说边城苦,如今到始知。好将筵上曲,唱与陇头儿。'此薛涛在高骈宴上闻边报乐府也。有讽谕而不露,得诗人之妙。使李白见之,亦当叩首。元白流纷纷停笔,不亦宜乎。涛有诗集,然不载此诗。"①这首诗是薛涛在高骈宴上闻边报时所作,杨慎认为此诗是一首高妙的乐府诗,其水平不下于李白,更在元、白等人之上。此诗薛涛本人的诗集不载,《乐府诗集》也不载,杨慎的记载可以起到补编《乐府诗集》的作用。明末董斯张《广博物志》中也有几处相关的记载,如"《霜娥怨》,古乐府曲"。注:"汉人以中秋无月作。"②此诗《乐府诗集》未收录。又如"日南有月山,时人为之语曰:'东有日山西有月,年年征战无休歇。'"董氏注曰"古乐府"。③这两句《乐府诗集》同样不载,亦可起到补编作用。

客观地说,明人所做的这些补编工作对后人研究乐府诗的确具有一定的文献价值。但有时补编工作也会存在一些问题。除了选诗标准的问题外,还出现了错误的情况。如胡应麟曾在《诗薮》中说:

> 韦楚老《祖龙行》,雄迈奇警,如:"黑云障天天欲裂,壮士朝眠梦冤结。祖龙一夜死沙丘,胡亥空随鲍鱼辙。腐肉偷生三千里,伪书先赐扶苏死。墓接骊山土未干,瑞光已向芒砀起。陈胜城中鼓三下,秦家天地如崩瓦。龙蛇撩乱入咸阳,少帝空随汉家马。"长吉诸篇全出此,而诸选皆不录,漫载之。④

胡应麟认为此诗《乐府诗集》未收录,应予补录。但实际上今本《乐府诗集·新乐府辞》已收录此诗,并注曰:"《汉书·五行志》曰:'秦始皇三十六年,郑客从关东来,至华阴,望见素车白马从华山上下,知其非人,道住,止而待之。遂至,持璧与客曰:"为我遗镐池君。"因言"今年祖龙死",忽不见。郑客奉璧,

① 杨慎:《丹铅余录·摘录》卷八。
② 董斯张:《广博物志》卷四。
③ 董斯张:《广博物志》卷五。
④ 胡应麟:《诗薮》内编卷三,第51—52页。

即始皇二十八年过江所湛璧也。是岁始皇死,后三年而秦灭。'颜师古曰:'此直江神告镐池之神,以始皇将死尔。'苏林曰:'祖,始也。龙,人君象,谓始皇也。'应劭曰:'祖,人之先。龙,君之象。'《祖龙行》盖出于此。"①胡氏称"诸选皆不录"应属偶误。

---

① 郭茂倩编:《乐府诗集》卷九十一,第4册,第1276页。

第九章　明人的乐府诗创作论

本章所说的"创作论",是指明人对于乐府诗该如何进行创作的见解。明人在对乐府诗进行研究的过程中,发现了一些关于乐府诗创作的基本规律和准则。他们认为,只有按照这些规律和准则去创作,才能写出好的乐府诗作品来。文学创作论虽然也属于广义的文学批评,但与狭义的文学批评还是有明显区别的。当然,有的时候这两者之间又没有特别严格的界线,一位诗学家的同一句话,可能既包括创作论,也包含批评论的内容。在过去的学术研究中,我们对于古人的创作论关注得不是很多。20世纪80年代,张少康先生曾经出版过一部《中国古代文学创作论》①。该书从"艺术构思""艺术形象""创作方法""艺术表现的辩证法""艺术风格"五个角度去论述中国古代文学中的创作论,颇有启发意义。但该书所论,只是古代文学的一般规律。如果具体到不同的文体和不同的作家,还要具体去看。比如我们所要谈论的明代乐府诗学中的创作论,并不适合完全套用这五个角度,而应该根据实际去展开我们的论述。如"艺术风格",我们认为放到下一章"批评论"中更加合适。

---

① 张少康:《中国古代文学创作论》,北京大学出版社1983年版。

第一节　明人的乐府诗创作总论

在明人对于乐府诗创作的论述中,有一部分内容并非针对命题立意或具体的字、词、句、章法而言,而是注重从度与法、形与神、言与意、模拟与参悟、体制与气习、本色与情艳、诗歌与时代风气、艺术真实与生活真实等角度对乐府诗创作的准则进行一种总体性的论述。

我们一般都会将"法"与"度"连用,称为"法度"。但这二者实际上还是有区别的。"法"更多的时候是指一些具体的准则,而相比之下,"度"则是在遵守"法"的基础上文学作品呈现出来的一种总体态势。而这种态势是否符合某种文体的自身规律和要求,往往直接决定了文学创作的成败。"前七子"之一的徐祯卿就说过:"诗贵先合度,而后工拙。纵横、格轨,各具风雅;繁钦《定情》,本之郑卫;'生年不满百',出自唐风;王粲《从军》,得之二《雅》;张衡《同声》,亦合《关雎》。诸诗固自有工丑,然而并驱者,托之轨度也。"①徐祯卿认为,诗歌创作中最重要的一条就是要"合度",而具体的艺术手法是其次的。像繁钦《定情》、王粲《从军行》、张衡《同声歌》这些,虽然艺术手法的水平参差不齐,但之所以都能成为诗歌史上的优秀作品,主要就是因为它们都做到了"合度"。从这里我们可以看出,徐祯卿所说的"合度",就是一首诗的总体特征要和历史上相关内容的典范之作相符合。尽管徐祯卿所说的并不是专门针对乐府诗,但他举的诗例却以乐府诗为主,这也说明乐府诗最能体现出这方面的特点。

明人拟写古乐府诗之风极盛,但不能将拟写简单地理解为形式上的模仿。明代的诗学家也意识到,只有外在形式的相似是远远不够的,还必须"得其神""得其意",方能真正得到古乐府的精髓,从而自成一家。前文已经说过,

---

① 徐祯卿:《谈艺录》,载何文焕辑:《历代诗话》下册,第769页。

杨慎曾经拟写过一篇《邯郸才人嫁为厮养卒妇》,他的好友张含还专门为这首诗作了一篇《跋杨太史邯郸才人嫁为厮养卒妇》:

> 夫学诗惟其神,不于其形。《诗》《骚》曰经,何则于古? 故诗必自成其家,而后可传也。敬徒体规矩以画方圆,则貌象虽符同,而性情咸隐矣。奚诗之云? 故全乎神而后经,外经不可以言诗矣。子读用修《邯郸才人》乐府,喟而言曰:"于乎! 朝不采风,史不昭变,而治道衰;辞不当情,体不肇则,而诗道亡。诗亡而后治衰,诗亦大矣! 用修之有此作也,辞至繁而不可灭,故若简而实古;极博而不可增,故若杂而实要。以壮见,则若观江海之涛,层拥叠汛,骇目而悸心矣;以险见,则若陟嵩华之巅,凌霄俯汉,惊胆顿足矣。信矣哉! 减一文则义阙,增一事则辞妨。其可以言诗矣乎!"予昔论诗于仲默,彼曰:"行空之马,必服衔控;高才之诗,必准古则。"予曰:"九方歅之识马,不知毛色牝牡,得其神而已。诗贵于神,奚贵于古体之同乎? 今用修之有此作也,神全乎内,形见于外,无愧前修。苟较体而遗神,亦惑矣。宋人转移机轴,言自成家,何则于古? 而人有言曰:'宋无诗。'观此则体与古同异奚计焉? 故同其所同者,势丁于同,非故于同也;异其所异,势丁于异,非故于异也。同异果奚计也。是以袭句而拟者,盗抽字而饰者,巧盗之与其曷可乎? 用修性灵而识迈,才邃而学弘,实今之按辔文场者。故其言温丽雄远,不失古道。所谓彩皮毛极腠理,盖绰然而其大于是者。事君而极身,投荒而守道,夫惟执建可尚。故其见于摛发者,乃温乃丽,乃雄乃远,视务采夸声以为言者,殆姬姜之于燕环矣。"惜仲默旌雁早导,不得见此。①

张含为正德中举人,与杨慎交往甚密。这篇跋文虽是专为杨慎《邯郸才人嫁为厮养卒妇》一诗而作,但实际上包含了丰富的诗学理论内容。张含强

---

① 张含存稿,杨慎评选:《张愈光诗文选》卷七,民国三年(1914)至五年(1916)云南丛书处刻云南丛书本。

调学诗"惟其神,不于其形",不认可何景明所说的"高才之诗,必准古则",而应该自成一家。对于明代一些乐府诗作者"袭句而拟"的现象极为不满。张含称赞杨慎的这首《邯郸才人嫁为厮养卒妇》"温丽雄远"而又"不失古道",堪称拟古乐府诗创作的典范。可惜何景明此时已经去世,无法看到这首诗了。可以看出,张含一方面要求学习古人要得其神、有创新,但同时也要"不失古道",这实际上就是要求做到学习与创新的辩证统一。

　　生活在明代后期的赵南星(1550—1627)在《汪敬仲远游集序》中更加明确地谈论过乐府诗创作中的辩证关系:"敬仲之与余游三十年矣。敬仲以诗游海内,入赵则过余山中,出新篇相示,大抵多古诗、乐府。夫古诗、乐府者,古人在前,患其不似也,而复患其袭也,复患其不袭而离也。离之者,纤也,僻也,臆也。夫纤,非工也;僻,非古也;臆,非新也。敬仲可谓合而不袭矣。"①序言中所说之汪敬仲,即汪圣敩,撰有《远游集》。据赵南星所说,汪圣敩与自己交往三十年,并以诗游海内。汪入赵时路过赵南星隐居之处,示以新作之诗,大多为古诗、乐府。赵南星认为,乐府诗作为一种特殊的诗歌样式,因为古人多已有作,在写作时既怕不像古人,又怕完全承袭古人,又怕不承袭古人而背离古人,从而导致纤巧、生僻、臆造的问题。所以最好是能够做到"合而不袭",既符合乐府诗的独特传统,又能形成自己独特的面目。

　　胡应麟对乐府诗创作中的师古与创新有着更加详细深入的探讨。他不仅指出了在师古中创新的重要性,还试图揭示出创新的途径与门路。一方面,他充分肯定了在乐府诗创作领域学习古人的重要性:"取乐府之格于两汉,取乐府之材于三曹,以三曹语入两汉调,而浑融无迹,会于《骚》《雅》。噫,未易言也。"②胡应麟认为,创作乐府诗的人应该学习两汉乐府的格调和三曹乐府的诗歌语言,并将两者结合在一起,做到浑融无迹,这样才能上追《骚》《雅》。胡应麟也讲"合"于古人,但他更看重格调之合,而不是字面词义之合:

①　赵南星:《味檗斋文集》卷五,清畿辅丛书本。
②　胡应麟:《诗薮》内编卷一。

乐府自魏失传,文人拟作,多与题左,前辈历有辨论。愚意当时但取声调之谐,不必词义之合也。其文士之词,亦未必尽为本题而作,《陌上桑》本言罗敷,而晋乐取屈原《山鬼》以奏。陈思"置酒高堂上",题曰《空篌引》,一作《野田黄雀行》,读其词皆不合,盖本《公宴》之类,后人取填二曲耳。其最易见者,莫如唐乐府所歌绝句,或节取古诗首尾,或截取近体半章,于本题面目,全无关涉。细考诸人原作,则咸自有谓,非缘乐府设也。今欲拟乐府,当先辨其世代,核其体裁。《郊祀》不可为《铙歌》,《铙歌》不可为《相和》,《相和》不可为《清商》;拟汉不可涉魏,拟魏不可涉六朝,拟六朝不可涉唐。使形神酷肖,格调相当,即于本题乖近,然语不失为汉、魏、六朝,诗不失为乐府,自足传远。苟不能精其格调,幻其形神,即于题面无毫发遗憾,焉能有亡哉!①

在胡应麟看来,魏代以后乐府就已经失传了,后世文人的拟作与诗题多有相悖之处。他认为后人拟写古乐府诗不必拘泥于诗题原意,而应该更加重视"声调之协"。在拟写古乐府诗时,首先要"辨其世代,核其体裁",不能搞混了时代和曲调。如果能做到"形神酷肖,格调相当",即使内容背离了题意,也不失为优秀的乐府诗作品。反过来,如果格调不似,形神相远,即使严格按照题意来写,也是失败的。当然,胡应麟也不反对"用本题事",但曲调无疑是更重要的:"乐府大篇必仿汉、魏,小言间取六朝,近体旁参唐律。用本题事而不失本曲调,上也;调不失而题小舛,次也;题甚合而调或乖,则失之千里矣。近代诗流,率精于证题,而疏于合调。漫发此论。"②如果能做到用本题事而不失本曲调,这是最理想的。不失本曲调而与题意有一定背离,这是其次的。如果虽然合本题之事,曲调却失去,这是最下等的。他甚至认为魏、晋乐府中的一些错误之处后人也不妨承袭,这样不仅不妨碍表达效果,而且显得更有"古色":

---

① 胡应麟:《诗薮》内编卷一,第15—16页。
② 胡应麟:《诗薮》内编卷一,第16页。

"余谓拟魏、晋乐府,尽仍其误不妨,乃反有古色。正如二王字,律之六书,有大谬者,后人皆故学之。近时诸公,自是正论,余恐面目愈合,形神愈离,复阐兹义,第难为拘拘者道也。"①

在拟写不同体裁的乐府诗时,所应该模仿的对象是不一样的:"乐府三言,须模仿《郊祀》,裁其峻峭,剂以和平;四言,当拟则《房中》,加以春容,畅其体制;五言,熟习《相和》诸篇,愈近愈工,无流艰涩;七言,间效《铙歌》诸作,愈高愈雅,毋堕卑陬;五言律绝,步骤齐、梁,不得与古体异;七言律绝,宗唐初盛,不得与近体同。此乐府大法也。"②胡应麟认为乐府三言应模仿《郊祀》,四言应拟《房中》,五言古应仿《相和歌》,七言古当模仿《铙歌》,五言律绝当模仿齐梁,七言律绝当模仿初盛唐。另外,在拟写不同曲调时,也要准确把握每种曲调的特征:"拟《郊祀》,须得其体气典奥处;拟《铙歌》,须得其步骤神奇处。虽诘屈幽玄,必意义可寻,愈玩愈古乃佳。若牵强生涩,辞旨不通,而以为汉,匪所知也。"③如果不明白每种曲调的特点,而勉强进行拟写,就会出现牵强生涩的问题。

另外,胡应麟又特别指出了创作乐府诗自成一家的门径。他借鉴了严羽提出的"悟入"说,提出乐府诗创作的关键也在于"参"与"悟":

> 古乐府近代寥寥者,《房中》《郊祀》,典奥难入;《铙歌》《横吹》,艰诘难通;《相和》、杂谣,悃质难会。后人读《郊祀》《铙歌》,则见以为太深;读《相和》《清平》,则见以为太浅,故二者茫无入手。其病皆在习近体不习古风,熟唐音不熟汉语耳。若烂读上古歌谣及《三百篇》、两汉诸作,溯其源流,得其意调,一旦悟入,真有手舞足蹈,乐不自支者。

> 熟参《国风》《雅》《颂》之体,则《郊祀》《房中》若建瓴矣;熟读

---

① 胡应麟:《诗薮》内编卷一,第16页。
② 胡应麟:《诗薮》内编卷一,第13页。
③ 胡应麟:《诗薮》内编卷一,第17—18页。

《白云》《黄鹄》等辞,则《相和》《清平》如食蔗矣。①

　　诗不易作者五言古,尤不易作者古乐府。然乐府贵得其意。不得其意,虽极意临摹,终篇剿袭,一字失之,犹为千里;得其意,则信手拈来,纵横布置,靡不合节,正禅家所谓悟也。②

胡应麟在这里所说的显然是受到了严羽以禅喻诗的影响。严羽曾在《沧浪诗话》中提出"妙悟"与"熟参"的诗学观点,"大抵禅道惟在妙悟诗道亦在妙悟"③。而实现"妙悟"的前提是"熟参"历代优秀的诗歌,"试取汉魏之诗而熟参之,次取晋宋之诗而熟参之,次取南北朝之诗而熟参之,次取沈宋王杨卢骆陈拾遗之诗而熟参之,次取开元天宝诸家之诗而熟参之,次独取李杜二公之诗而熟参之……其真是非自有不能隐者"④。在此基础上,严羽又进一步大力提倡学习盛唐以前的诗歌:"论诗如论禅,汉魏晋与盛唐之诗,则第一义也。"⑤"工夫须从上做下,不可从下做上。先须熟读《楚辞》,朝夕讽咏,以为之本;及读《古诗十九首》、乐府四篇、李陵苏武汉魏五言,皆须熟读,即以李杜二集枕藉观之,如今人之治经,然后博取盛唐名家,酝酿胸中,久之自然悟入。"⑥针对乐府诗创作,胡应麟将读书的对象进行了调整,变成了"烂读上古歌谣及《三百篇》、两汉诸作",即可以"悟入"。这当然和其持有的"乐府诗以汉人为首"的观念有关。盛唐诗虽好,但并不代表乐府诗的最高水平,所以学写乐府诗的人可以不将其作为主要的学习对象。

　　值得注意的是,胡应麟虽然借鉴了严羽的"悟入"说,但并非简单照搬,而是有所发展。他在《诗薮》中又说:"严氏以禅喻诗,旨哉!禅则一悟之后,万法皆空,棒喝怒呵,无非至理。诗则一悟之后,万象冥会,呻吟咳唾,动触天真。

---

① 胡应麟:《诗薮》内编卷一,第14页。
② 胡应麟:《诗薮》内编卷二,第25页。
③ 严羽:《沧浪诗话》,载何文焕辑:《历代诗话》下册,中华书局1983年版(下同),第686页。
④ 严羽:《沧浪诗话》,载何文焕辑:《历代诗话》下册,第686—687页。
⑤ 严羽:《沧浪诗话》,载何文焕辑:《历代诗话》下册,第686页。
⑥ 严羽:《沧浪诗话》,载何文焕辑:《历代诗话》下册,第687页。

然禅必深造而后能悟,诗虽悟后,仍须深造。自昔瑰奇之士,往往有识窥上乘、业阻半途者。"①可见胡应麟发展了严羽的"悟入"说,指出诗家之悟虽与禅家之悟相通,但又有区别。诗人不仅要能够悟,在悟之后仍然需要在诗艺上进行锻炼,否则就会出现虽然具备一定见识但实际的创作能力却达不到上乘的情况。

除了论述学习与创新的辩证关系,明人还就乐府诗创作中的"言与意""俗与真"及不同乐府曲调类别的写作难度等问题展开过探讨。如谢榛就曾谈论过乐府诗作品中的"余音":

> 予初赋《侠客行》曰:"笑上胡姬卖酒楼,赌场赢得锦貂裘。酒酣更欲呼鹰去,掷下黄金不掉头。"此结亦如爆竹而无余音,遂更之曰:"天寒饮罢酒家楼,掷下黄金不掉头。走马西山射猛虎,晚来风雪满貂裘。"子美《少年行》,结句与前首相类,因拟之曰:"独过酒肆据胡床,指点银瓶索酒尝。连盏鲸吞不辞醉,直驱白马赴长杨。"②

谢榛自己曾经写过一首《侠客行》,但对于原来所写的结尾不太满意,并进行了修改。他认为,原来将"掷下黄金不掉头"作为结尾如"爆竹",缺少"余音",实际上就是说原来写的结尾虽然听起来声韵响亮,但没有达到"言有尽而意无穷"的艺术效果。

明代中期以后,随着阳明心学的崛起及重情诗学的兴起,"求真"之思潮日盛,在乐府诗创作论方面也出现了更加追求"真"的倾向。如徐渭在《奉师季先生书》中说:

> 前日承夫子赐书之后,即有长启奉献付尊门,云待钱信去便,故尚未得达函丈。其中有不尽者,则以诗之兴体起句,绝无意味,自古乐府亦已然。乐府盖取民俗之谣,正与古国风一类。今之南北东西虽殊方,而妇女儿童、耕夫舟子、塞曲征吟、市歌巷引、若所谓竹枝词,

---

① 胡应麟:《诗薮》内编卷二,第25页。
② 谢榛:《四溟诗话》卷一,宛平校点,第32页。

无不皆然。此真天机自动,触物发声,以启其下段欲写之情,默会亦
自有妙处,决不可以意义说者。①

徐渭认为古乐府其实也是民俗之谣,与《国风》一脉相承。乐府和当代盛
行的《竹枝词》等民谣最大的优点就是通过起兴的手法来引出下段欲写之情,
"天机自动,触物发声",而真情自现。其中妙处决不可以通过正统的"义理"
来加以解说。

胡应麟和许学夷等人则比较了不同乐府曲调拟写的难度。胡应麟指出:
"《郊庙》《铙歌》,似难拟而实易,犹画家之于佛道鬼神也。古诗、乐府,似易拟
而实难,犹画家之于狗马人物也。"②胡氏认为"郊庙歌辞"与"铙歌"形式古
奥,看起来难拟,但实际上却很容易拟写。而其他类别的乐府诗看起来很容易
拟写,实际上却很难。这就像画家画佛道鬼神容易,而画狗马人物很难,因为
前者大家都没见过,可以随意发挥;而后者大家都很熟悉,反而容易发现破绽。
后来许学夷也有类似的论述:

> 拟古惟古诗及乐府五言为难,而铙歌及乐府杂言为易。盖古诗
> 及乐府五言,体有常法,而意未可移,故拟者不能自如,而其情易疏。
> 铙歌及乐府杂言,体无常法,而意可窜易,故拟者得以操纵,而其调易
> 古。胡元瑞云:"郊庙、铙歌拟难拟而实易,犹画家之于佛道鬼神也。
> 古诗、乐府似易拟而实难,犹画家之于狗马人物也。"可谓善喻。试
> 观于鳞、元美所拟,当自得之。③

许学夷从诗歌辨体的角度入手,指出乐府五言诗因为"体有常法""意未
可移",所以拟者无法自由发挥,不能很好地表现自我的情感。而铙歌和乐府
杂言因为"体无常法",拟写者所受约束较少,可以自由发挥,反而格调更容易
接近古人。应该说许学夷对乐府诗的辨体已经非常细致深入了。

---

① 徐渭:《徐文长三集》卷十六,载《徐渭集》第二册,中华书局 1983 年版,第 458 页。
② 胡应麟:《诗薮》内编卷二,第 26 页。
③ 许学夷:《诗源辩体》卷三,杜维沫点校,第 53 页。

　　钟惺、谭元春在评点乐府诗时,出现了一些对乐府诗总体创作理论的论析。《古诗归》在对乐府诗进行批评时还引入了明代较为流行的"本色"论。如钟惺在评点《晋杯盘舞歌诗》时说:"尝疑《皇娥》《白帝》诸七言,为汉以后拟作,而无的据。观此伎俩,办之有余。此处纯乎情艳,自其本色,而于所拟者,稍改装作质奥面目耳。"①钟惺认为《晋杯盘舞歌诗》"纯乎情艳",但自是其"本色"。一些拟作者"装作质奥面目"反而不当。可见钟惺所说的"本色"应该是包括了作品的思想内容和艺术特点两个方面,只要这两个方面符合诗歌自身的特点和规律,就是"本色"。像《晋杯盘舞歌诗》虽然"纯乎情艳",但符合时代特征和自身的功能特点,就是"本色"之诗,没有必要在拟写的时候"装作质奥面目"。钟、谭二人关于乐府诗"本色"的论述,比起徐渭的"求真"来说,显然又进了一步。

　　另外,《古诗归》卷十五钟惺在评陈后主《有所思》时提出了文章关乎气运的观点:"陈、隋五言不足为律诗之始,而只觉其为古诗之终,由其工整后忽带衰响。气运所关,心手不知。"②钟惺认为,陈后主此诗虽然也有其妙处,但带有"衰响"。而造成这种现象的原因是时代气运所关,作者本人并没有察觉到这一点。钟惺此说不无道理。

　　又如关于乐府诗创作中"拟"和"代"的问题,《古诗归》卷十二中钟惺在评点鲍照乐府诗时说:"乐府拟不如代,拟必求似,代则犹能自出。作者择之。"③在鲍照的乐府诗中,的确出现了数量不少的"代"作和"拟"作,如《代东门行》《代挽歌》《代放歌行》《代夜坐吟》《代春日行》《拟行路难》等,而对于"代"和"拟"究竟有何区别,在钟惺之前尚无人论及。钟惺认为,拟谓的"拟"作,就是规模前人,必然以相似为目标;而用"代"的方式,则作者可

————————

① 钟惺、谭元春选评:《诗归·古诗归》卷十,上册,张国光、张业茂、曾大兴点校,第197页。

② 钟惺、谭元春选评:《诗归·古诗归》卷十五,上册,张国光、张业茂、曾大兴点校,第285页。

③ 钟惺、谭元春选评:《诗归·古诗归》卷十二,上册,张国光、张业茂、曾大兴点校,第226页。

以自出己意,可以更加自由地发挥,所以更胜于"拟"。关于鲍照乐府诗题中的"代"和"拟",葛晓音先生曾撰文说:"鲍照的乐府中,还有一组《拟行路难》,没有用'代'字为题。'拟'字的用法,从陆机、陶渊明及鲍照自己的《拟古》诗来看,都是模拟之意。《行路难》虽传说是汉代歌谣,但古辞和晋人袁山松改变音调后所制新辞都没有留存,无从得知鲍照是否模拟前人。这组诗的内容虽然较为广泛,有人命短浅之悲、思妇空闺之怨、征夫戍边之愁以及失意困顿之叹,但基本上都围绕着'世路艰难及离别悲伤之意'(《乐府解题》)的主题,与古题的题面意思一致,而'代'乐府体第一类虽用古题,主旨离题面原意却较远,这可能是鲍照不用'代'而用'拟'的原因。"①葛晓音先生在撰写这篇文章时可能并没有看到《古诗归》中的这条材料,但她对于乐府诗题中"代"与"拟"的分析却与钟惺基本一致,可谓是与古人不谋而合。

对于拟古乐府该怎样去"拟",《古诗归》中也有相关论述。钟惺在评点王融《青青河畔草》时说:"虽是拟古,自为清婉幽细之音,正以不甚似为妙。"②按:《青青河畔草》一题,本从相和歌辞瑟调曲古词《饮马长城窟行》中脱出。《饮马长城窟行》古词云:"青青河畔草,绵绵思远道。远道不可思,宿昔梦见之。"王融遂取其首句作为诗题进行拟写。在钟惺看来,王融此诗虽然是拟古,但并没有一味追求形似,而是"自为清婉幽细之音",恰恰因为这样,王融这首诗才具备了更高的价值。钟惺在这里对拟古乐府一般的创作理论进行了论述,他认为好的拟古乐府并不在于形似,而是贵在能够充分抒发作者自己细微的情感。这种观点既和明代诗坛上一些在形式上摹写古乐府的诗人相左,也和强调乐府诗反映现实功能的文人不同。另外,《唐诗归》卷二十七钟惺在

---

① 葛晓音:《鲍照"代"乐府体探析——兼论汉魏乐府创作传统的特征》,《上海大学学报(社会科学版)》2009 年第 2 期。
② 钟惺、谭元春选评:《诗归·古诗归》卷十三,上册,张国光、张业茂、曾大兴点校,第244 页。

评点于鹄《古词》三首时又说:"三诗皆以极近情事,发出古调,乃是真古。"①所说的也是同一意思。

在对乐府诗的评点中,钟、谭二人还触及艺术真实与生活真实的关系这一文学创作论的基本问题。钟惺在评无名氏《读曲歌》中"朝霜语白日"一句时说:"读曲歌中,如此等必无之事,不必然之想,如梦境,如卦象,闻之骇然,说来却显明,最妙。亦是齐梁间里巷闺阁中实有此语。"②钟惺认为,像"朝霜语白日"这样的事情在现实生活中是不可能发生的,但这样的语言却可以把读者带入一种如梦如幻的境界,让人"闻之骇然",其含义却不难理解,这是最奇妙的诗歌语言。的确,从生活真实的角度来说,不可能有人可以跟白日对话。但这句话却将女子分别后思念心上人的情绪描摹得栩栩如生,这又是极高的艺术真实。钟、谭二人在评点乐府诗时无意中已经触及了这个文学理论中极为重要的问题。

第二节　重叙事与轻议论

叙事与抒情、议论、描写等手法一起,构成了文学创作的最基本方法。与西方国家相比,中国无疑是个抒情诗的国度,但这并不意味着叙事对于中国文学不重要。董乃斌先生就曾指出:"中国文学史存在一条抒情传统,从古至今已得到较充分的阐论,且为海内外大多数研究者所认同。但中国文学史也存在着一条与之相对应的源远流长、内涵丰富的叙事传统,而且这两条传统乃是共生互补、相扶相益的关系。"③而在中国古典诗歌的各个类别中,乐府诗的叙

---

① 钟惺、谭元春选评:《诗归·唐诗归》卷二十七,下册,张国光、张业茂、曾大兴点校,第552页。
② 钟惺、谭元春选评:《诗归·古诗归》卷十二,上册,张国光、张业茂、曾大兴点校,第239页。
③ 董乃斌:《论中国文学史叙事和抒情两大传统》,《社会科学》2010年第3期。

事性无疑又是最突出的。班固在《汉书·艺文志》中对于汉乐府的经典评价"感于哀乐，缘事而发"，就已经揭橥了叙事对于乐府诗的重要性。笔者与董乃斌先生等人合著的《中国文学叙事传统研究》一书专门设有"汉魏隋唐乐府叙事论"一章，并高度肯定了叙事是乐府文学的核心特征："叙事性在乐府中是仅次于音乐性的一大特征，若从文学角度视之，则同样处于核心位置。音乐性主要关涉的是乐府的表演形式和艺术功能，叙事性则多关涉乐府诗的内容和表现手法，从文学研究的本位来说，对乐府叙事性的关注应当不在其音乐性特征之下。"[1]

当然，最早注意到乐府诗叙事特征的还是明人。明代诗学家们在研究乐府诗的过程中，发现乐府诗在叙事这一点上与其他诗歌不同。如徐祯卿说："乐府往往叙事，故与诗殊。盖叙事辞缓，则冗不精。'翩翩堂前燕'，迭字极促乃佳。阮瑀《驾出北郭门》，视《孤儿行》太缓弱，不逮矣。"[2]徐祯卿看到了乐府诗与其他诗歌在创作特点上的一个重要区别——乐府诗往往采用叙事手段来写。但叙事如果辞缓就会造成冗长不精的弊端，因此需要用叠字这样具体的创作手法。叠字可以造成急促的语气和艺术效果，这样就可以充分发挥乐府诗叙事的长处而避免出现冗长不精的弊端。在这里，徐祯卿虽然没有明确说出"故与诗殊"的"殊"具体指的是什么，但我们不难看出，徐祯卿认为其他类别的诗歌往往抒情描写的成分比较多，而叙事的成分较少，所造成的艺术效果也有明显区别。

但明人也并未否认描写手法对于乐府诗的作用。如谢榛就认为要在叙事的过程中加入描写：

> 《孔雀东南飞》，一句兴起，余皆赋也。其古朴无文，使不用妆奁服饰等物，但直叙到底，殊非乐府本色。如云："妾有绣腰襦，葳蕤自生光。红罗复斗帐，四角垂香囊。箱帘六七十，绿碧青丝绳。物物各

---

① 董乃斌等：《中国文学叙事传统研究》，中华书局 2012 年版，第 217 页。
② 徐祯卿：《谈艺录》，载何文焕辑：《历代诗话》下册，第 769 页。

自异,种种在其中。"又云:"鸡鸣外欲曙,新妇起严妆。著我绣夹裙,事事四五通。足下蹑丝履,头上玳瑁光。腰若流纨素,耳着明月当。指如削葱根,口如含朱丹。纤纤作细步,精妙世无双。"又云:"交语速装束,络绎如浮云。青雀白鹄舫,四角龙子幡。婀娜随风转,金车玉作轮。踯躅青骢马,流苏金镂鞍。赍钱三百万,皆用青丝穿。杂彩三百匹,交广市鲑珍。"此皆似不紧要,有则方见古人作手,所谓没紧要处便是紧要处也。①

谢榛指出《孔雀东南飞》一诗中大量使用"赋"的手法,也就是叙事的手段。叙事本身带有"古朴无文"的特点,如果不插入妆奁服饰等物的描写,只是直叙到底,那么就不是乐府诗的"本色"了。叙事过程中加入的这些描写,看起来无关紧要,但其实非常重要,古乐府成功的一个重要原因就在于此。

胡应麟也看到了叙事对于乐府诗的重要作用,他指出:"五言之赡,极于《焦仲卿》。杂言之赡,极于《木兰》。歌行之赡,极于《畴昔》《帝京》。排律之赡,极于《岳州》《夔府》诸篇。虽境有神妙,体有古今,然皆叙事工绝。诗中之史,后人但知老杜,何哉!"②胡应麟认为五言体的《孔雀东南飞》、杂言体的《木兰诗》、歌行中的骆宾王《畴昔篇》《帝京篇》,与杜甫晚年所写的《岳州》《夔府》排律,虽然在体制和意境上各有差异,但却有一个共同点,即"叙事工绝",都可以看作是诗中之史。后人只将杜诗评为诗史是不对的。另外,胡应麟还称赞左延年《秦女休行》"叙事真朴,黄初乐府之高者"③,傅玄"庞烈妇""盖效《女休》作者,辞义高古,足乱东、西京。乐府叙事,魏晋仅此二篇"④。显而易见,胡氏对于左延年及傅玄《秦女休行》之所以有较高的评价,主要是建立在这两篇都有强烈的叙事性上。而"足乱东、西京"一说,即指两汉乐府

① 谢榛:《四溟诗话》卷二,宛平校点,第64—65页。
② 胡应麟:《诗薮》内编卷一,第3—4页。
③ 胡应麟:《诗薮》内编卷一,第16页。
④ 胡应麟:《诗薮》内编卷一,第17页。

诗具有叙事性,而魏晋时期乐府诗中叙事成分已经大为减少,只有左延年和傅玄之作近于汉乐府。

明人不仅指出了叙事对于汉乐府的重要性,还进一步深入辨析了汉乐府中五言诗与七言诗在叙事方面的不同。如胡应麟指出:"乐府五言多首尾叙事,七言《东、西门行》等则不然。唐初四子乃盛有赋述而失之繁冗。惟少陵《哀江头》《王孙》《兵车》《丽人》《画马》等行,大得汉人五言法,而体格复不卑,绝可贵也。"①胡应麟认为汉乐府中五言诗的首尾多叙事的内容,而像《东、西门行》这样的七言诗却不是这样。初唐四杰赋述很多,但失之繁冗。只有杜甫的新题乐府诗得到了汉乐府五言诗在叙事方面的真传,而体格又不卑下,是难能可贵的。许学夷也指出:"汉人乐府五言,体既轶荡,而语更真率。子建《七哀》《种葛》《浮萍》而外,体既整秩,而语皆构结。盖汉人本叙事之诗,子建则事由创撰,故有异耳。较之汉人,已甚失其体矣。"②许学夷认为汉人的五言乐府都是叙事之诗,曹植的《七哀诗》等则"事由创撰",与汉人叙事之法不同,已经不是乐府正体了。

许学夷还对叙事的具体方法和途径有过论述。唐代大诗人杜甫和白居易的新题乐府诗同以叙事见长,但后人评价却明显有高低之分。许氏指出:

> 或问:"子言乐天五言古叙事详明,以文为诗,今观杜子美《新婚别》《垂老别》《无家别》等,亦皆叙事,何独谓乐天以文为诗乎?"曰:子美叙事,纡回转折,有余不尽,正未易及;若乐天,寸步不遗,犹恐失之,乃文章传记之体。试以二诗并观,迥然自别矣。③

这段话虽然说的是"五言古",但所举之例却都是新题乐府诗。在许学夷看来,杜甫"三别"等新题乐府诗中的叙事,能够做到"纡回转折,有余不尽",而白居易诗中的叙事却是"寸步不移",更接近于文章中的传记体,缺少了诗

---

① 胡应麟:《诗薮》外编卷一,第141页。
② 许学夷:《诗源辩体》卷三,杜维沫点校,第81页。
③ 许学夷:《诗源辩体》卷二十八,杜维沫点校,第271页。

歌应有的含蓄之美,因此优劣自别。

为了强调叙事作为乐府诗基本特征之一的地位,一些诗学家还将"议论"作为"叙事"的对立面加以批判。如胡应麟在《丹铅新录二》"古诗后人妄改"条中说:

> 古人诗句,不知其用意、用事,妄改一字便不佳。孟蜀牛峤《杨柳枝》词:"吴王宫里色偏深,一簇烟条万缕金。不忿钱唐苏小小,引郎松下结同心。"按古乐府《小小歌》有云:"妾乘油壁车,郎乘青骢马。何处结同心,西陵松柏下。"牛诗用此意,咏柳而贬松,唐人所谓"尊题格"也。后人改"松下"作"枝下",语意索然矣。
>
> 用修此意自佳,然不如"枝"字本色,一涉"松"字便着议论,知乐府体者可与语。①

杨慎曾引古乐府《苏小小歌》中"何处结同心,西陵松柏下"二句,批评后人随意将牛峤《杨柳枝》词中"不忿钱唐苏小小,引郎松下结同心"后一句改为"引郎枝下结同心",认为改之后"语意索然"。然胡应麟不同意杨慎这一观点。胡氏认为"松"字不如"枝"字本色,如果用"松"字,则会涉及议论。言下之意,胡氏认为议论这一手法不符合乐府体的特征。

王世贞对乐府诗中使用议论提出了更加猛烈的抨击:"拟古乐府,如《郊祀》《房中》,须极古雅,发以峭峻。《铙歌》诸曲,勿便可解,勿遂不可解,须斟酌浅深质文之间。汉魏之辞,务寻古色。《相和》《瑟曲》诸小调,系北朝者,勿使胜质;齐梁以后,勿使胜文。近事毋俗,近情毋纤。拙不露态,巧不露痕。宁近无远,宁朴无虚。有分格,有来委,有实境,一涉议论,便是鬼道。"②王世贞认为在拟古乐府创作中,要能做到不露痕迹,要"有分格,有来委,有实境",一旦涉及议论,"便是鬼道"。言下之意,在拟古乐府诗创作中绝对不能使用议论,如果用了,就是旁门左道。

---

① 胡应麟:《少室山房笔丛》卷六,第72页。
② 王世贞:《艺苑卮言》卷一,载丁福保辑:《历代诗话续编》中册,第959页。

其实,在中国古典文学中重叙事轻议论的取向由来已久。不只是在乐府诗领域,在所有的文学领域中似乎都是这样。与胡应麟和许学夷生活年代相近的郝敬(1557—1639)就曾指出:

> 古人文章深厚。但据事铺陈,是非美恶在不言之表。三百篇多用此体。二《雅》献纳,时有明诤显谏。虽《颂》告宗庙。如访落敬之《小毖》诸篇,亦是代口铺扬。夫子作《春秋》,全用此体,故自谓无毁誉。后世以铺叙为记事,外加讥赞,自是三代以后浅薄文字。①

郝敬认为古人的文章之所以给人深厚之感,主要原因就在于古人是用铺叙的手法来写,不直接去议论评价,而是非美恶自见。《诗经》中的作品就多是如此。而后世作家将叙事改为记事,同时又另外加上了赞美或批评的语言进行议论,所以三代以后文字就变得浅薄了。虽然我们不同意郝敬的这种文学退化论,但其重叙事轻议论的观点还是有一定代表性的。

当然,在明代诗学家中甚至存在将叙事、议论手法完全否定的人。如陆时雍就认为:"叙事议论,绝非诗家所需,以叙事则伤体,议论则费词也。然总贵不烦而至,如《棠棣》不废议论,《公刘》不无叙事。如后人以文体行之,则非也。戎昱'社稷依明主,安危托妇人''过因谗后重,恩合死前酬',此亦议论之佳者矣。"②陆时雍认为叙事和议论都是诗歌创作应该避免的,因为叙事会"伤体",而议论则"费词"。只有"不烦而至"才不算是毛病,即要有自然天成之妙。如果将其作为一种文体来书写就不对了。

第三节　字法、句法与章法

明代中期以后,乐府诗学的发展渐趋深入。诗学家们已经逐渐走出了传统的"解题研究"的苑囿,而将乐府诗作为诗歌文本的分析愈发细致。在创作

---

① 郝敬:《毛诗原解》,明万历郝千秋郝千石刻九部经解本。
② 陆时雍:《诗镜总论》,载丁福保辑:《历代诗话续编》下册,第1419页。

论方面,除了前面两节所说的"创作总论"及关于"叙事"的研究外,诗学家们还对乐府诗的字法、句法、章法等展开了前所未有的深入探讨。

所谓字法、句法、章法,本来是古人用于分析文章的,但从宋代以后也逐渐用于诗歌的分析。明代中后期,以谢榛、王世贞、胡应麟、胡震亨为代表的一批诗学家在乐府诗研究中大量使用字法、句法和章法的概念,以求对乐府诗创作理论能有更加细致的解读。

"后七子"中年岁较长的谢榛曾指出:"诗中罕用血字,用则流于粗恶。李长吉《白虎行》云:'衮龙衣点荆卿血。'顾逋翁《露青竹鞭歌》云;'碧鲜似染苌弘血。'二公妙于句法,不假调和,野蔬何以有味。"①谢榛认为诗中不宜用"血"字。李贺和顾况的两首诗之所以用得较好,是因为二人皆"妙于句法"。否则,就会像野蔬一样缺少味道。在《四溟诗话》中的另一处,谢榛又说:"古《采莲曲》《陇头流水歌》,皆不协声韵,而有清庙遗意。作诗不可用难字,若柳子厚《奉寄张使君》八十韵之作,篇长韵险,逞其问学故尔。"②谢榛《四溟诗话》中的这两处关于字法的论述虽然不是专门针对乐府诗而发,但都举了乐府诗为例,亦可看出其旨趣所在。

"后七子"的领袖人物王世贞也专门谈论过乐府诗的字法、句法和章法:"古乐府、选体、歌行有可入律者,有不可入律者,句法、字法皆然。惟近体必不可入古耳。"③王世贞的这段话说得比较深奥难懂。他大概的意思是古乐府及选体、歌行体诗在后世有的可以演变为律诗的组成部分,有的不可以,不管是句法和字法都是这样。但有一点是确定的,近体诗是肯定不能再进入古体而作为古体诗的组成部分了。在讨论歌行体的特点时,王世贞又说:

> 七言歌行,靡非乐府,然至唐始畅。其发也,如千钧之弩,一举透革。纵之则文漪落霞,舒卷绚烂。一入促节,则凄风急雨,窈冥变幻。

① 谢榛:《四溟诗话》卷四,宛平校点,第98页。
② 谢榛:《四溟诗话》卷一,宛平校点,第6页。
③ 王世贞:《弇州四部稿》卷一百四十四。

转折顿挫,如天骥下坂,明珠走盘。收之则如橐声一击,万骑忽敛,寂然无声。

> 歌行有三难,起调一也,转节二也,收结三也。惟收为尤难。如作平调,舒徐绵丽者,结须为雅词,勿使不足,令有一唱三叹意。奔腾汹涌,驱突而来者,须一截使住,勿留有余。中作奇语,峻夺人魄者,须令上下脉相顾,一起一伏,一顿一挫,有力无迹,方成篇法。①

王世贞认为七言歌行皆是乐府,但到了唐代这种文体才得到充分地发挥。对于七言歌行的章法,王世贞提出了"三难"的说法,而其中收尾尤难。如果诗的开头比较平和舒徐,就应该以雅词结尾,造成一唱三叹的效果。如果开头气势奔涌,则结尾处应该斩钉截铁,绝不可拖泥带水。若诗歌中段作奇语峻语者,则要能让整首诗前后一脉贯通,有起伏顿挫之美,且不露痕迹。这就是七言歌行应有的章法。

胡应麟在诗学理论上受到王世贞的影响,但又能青出于蓝。在《诗薮》中,胡应麟关于乐府诗中字法、句法、章法的论述较多。如关于字法,胡氏指出:"乐府长短句体亦多出《离骚》,而辞大不类。乐府入俗语则工,《离骚》入俗字则拙。如'沅有芷兮澧有兰,思公子兮未敢言','山有木兮木有枝,心悦君兮君不知',句格大同,工拙千里。盖榜枻实风谣类,非《骚》本色也。"②在胡应麟看来,杂言体乐府诗虽然很多是从《离骚》变化而来,但两者在字词的使用上却大不相同。乐府诗不避俗字,入俗语反而更加工致;而《离骚》却不宜用俗字,用了俗字就会显得拙劣。榜枻越人之歌实际上属于风谣一类,并非《离骚》的本色。

除了"俗字",胡应麟还对乐府诗中使用的"实字"和"虚字"进行了比较:"《郊祀》用实字,愈实愈典;《铙歌》用虚字,愈虚愈奇,皆妙于用文者也,而源流实本《三百篇》。盖《雅》《颂》语多典实,虚字助语,则全诗所同,但《铙歌》

---

① 王世贞:《艺苑卮言》卷一,载丁福保辑:《历代诗话续编》中册,第960—961页。
② 胡应麟:《诗薮》内编卷一,第20页。

下得更奇耳。"①胡氏认为,《郊祀歌》中应该用实字,实字用得越多,则愈典重。而《铙歌》中却宜用虚字,虚字用得愈多,愈有神奇之妙。二者之所以不同,是因为对《诗经》的继承不同。《郊祀歌》从《雅》《颂》衍生而来,《雅》《颂》本身就是讲究典实的,所以《郊祀歌》也应该多用实字。而虚字助语,《诗经》的各个部分都有运用,但《铙歌》下语更加神奇。

关于句法,胡应麟说:"《雁门太守行》通篇皆赞词,《折杨柳》通篇皆戒词,名虽乐府,实寡风韵。魏武多有此体,如《度关山》《对酒行》,皆不必法也。"②胡氏在这里所说的"赞词"和"戒词",并非现代汉语意义上的"词",而是指辞句。古乐府《雁门太守行》通篇皆为赞颂之句,而《折杨柳》通篇皆为告诫之句,这两首诗虽然名义上是乐府诗,但实际上缺少乐府诗的风韵。像曹操的《度关山》《对酒行》等,都是类似的情况,不值得效法。

关于乐府诗的章法,胡应麟也有所论述。如关于汉《郊祀歌》中的《练时日》《维泰元》两篇,胡氏指出:"《练时日》,骚辞也;《维泰元》,颂体也,二篇章法绝整。"③他认为这两首诗在章法上非常严整,从而能营造出典重之感。另外,关于汉《铙歌》中的《君马黄》一篇,过去曾有人认为这首诗中的文字有许多讹缺之处,故艰涩难懂。而胡氏却指出:"《铙歌》如《上之回》《巫山高》《战城南》三篇,皆首尾一意,文义了然,间有数字艰诘耳。《君马黄》一篇,章法尤为整比,断非讹脱也。"④他认为汉乐府《上之回》《巫山高》《战城南》三篇在章法上都是完整的,不难理解,只是偶尔有几个艰诘的字。而《君马黄》一篇从章法上来看"尤为整比",文字上并没有讹脱之处。

胡应麟有时还将章法、句法、字法放在一起说:

> 余篇,若"山有黄雀亦有罗,雀以高飞奈雀何"(《艾如张》语),

---

①　胡应麟:《诗薮》内编卷一,第15页。
②　胡应麟:《诗薮》内编卷一,第15页。
③　胡应麟:《诗薮》内编卷一,第17页。
④　胡应麟:《诗薮》内编卷一,第18页。

"驾六飞龙四时和"（《圣人出》），"拉沓高飞暮安宿"（《思悲翁》），

"何用莒之蕙用兰"（《翁离》），皆此体之筌蹄，魏、晋诸人，极力仿佛

者，读缪袭、傅玄辞可见。今徒取其字句讹脱不通处以拟《铙歌》，此

非口舌可争，第取魏晋诸人制作读之，自当以余为独见也。余章法、

句法、字法，悉在前条所举诸篇中，熟读自得之。①

这里所说的"前条所举诸篇"，指的就是前一条所列举的《战城南》《巫山

高》等篇。胡应麟认为自己关于乐府诗章法、句法、字法的观点都体现在此篇

目中，只要熟读这些篇目自然可以体会到。

除了胡应麟，明代后期还有一些诗学家探讨过乐府诗的章法和句法。如

胡震亨在论述乐府诗中长短句式时说："初唐七言古以才藻胜，盛唐以风神

胜，李杜以气概胜，而才藻风神称之，又加以变化灵异，故遂为大家。于鳞尝评

太白七古，强弩之末出长句为英雄欺人。愚谓句之有长短，始自三百篇，及楚

骚、汉乐府铙歌相和等曲。白亦用古法，有所本也。其长句，《日出入行》错用

篇中，《蜀道难》突用篇首，何尝尽出弩末？于鳞意在防滥则可，若以论白非

衷。"②李攀龙曾批评李白的七言古诗"强弩之末出长句"，是英雄欺人的写

法。而胡震亨认为并非如此。诗中长短句是《诗经》《离骚》和汉乐府《铙歌》

《相和歌》中就有的，李白诗中多用长句也是沿袭古法。李白《日出入行》一诗

中及《蜀道难》开头都用长句，并非"强弩之末"。

在《唐音癸签》卷四一中，胡震亨还探讨了不同长度的句式在乐府诗中运

用的情况：

西汉诗五言定体，间出二三四五六七言，甚有至九言者。乐府

《上陵》错用三四五六等言，《战城南》《君马黄》《有所思》错用三四

五七等言，《上邪》错用二三四五六七等言。始用五七等言成篇，陈

---

① 胡应麟：《诗薮》内编卷一，第18页。

② 胡震亨编：《唐音癸签》卷九，第88—89页。

琳《饮马长城窟》;始用三五七九等言成篇,鲍照《拟行路难》是也。①

胡震亨认为西汉诗歌中五言体是"定体",即最常规的诗体,但也有二言、三言、四言、五言、七言甚至是九言句式杂用的作品。如乐府诗《上陵》就是错用三言、四言、五言、六言句;《战城南》《君马黄》《有所思》错用三言、四言、五言、七言句;《上邪》错用二言、三言、四言、五言、七言句。最早用五言句和七言句成篇的是陈琳的《饮马长城窟》;最早用三言、五言、七言、九言句成篇的是鲍照的《拟行路难》。

明末的董斯张曾探讨过乐府诗中常见的"叠字"句法的来历及作用。其《吹景集》卷五"句法有宗"条云:

> 范天人见邻舟美人,戏成一绝云:"絮柳鸦黄隐绿堤,相逢暂尔却相违。相违应复劳相忆,见说明朝是别离。"客谓居士此诗相违二字迭用,声情妙协,创体新诡。居士曰:"此法亦有所宗。陈思《杂诗》云:'仆夫早严驾,吾行将远游。远游欲何之,吴国为我仇。'阮公《咏怀》云:'幽荒邈悠悠,凄怆怀所怜。所怜者谁子,明察自照妍。'陶公《饮酒》诗云:'所以贵我身,岂不在一生。一生能复几,倏如流电惊。'又《移居》诗:'农务各自归,闲暇辄相思。相思则披衣,言笑无厌时。'范云《赠俊公》诗:'幸及清江满,无使明月亏。月亏君不来,相期竟悠哉。'"古乐府中此类极多,太白《答杜秀才》、少陵《示从孙》诗咸祖之。白士亦临摹手,非创也。②

范天人在咏美人绝句中连用两个"相违",所用的手法,其实就是我们今天所说的"顶真",古人称之为"接字法"。这种手法在曹植《杂诗》、阮籍《咏怀》、陶渊明《饮酒》等作品中都能看到。董斯张指出这类的句子在古乐府诗中非常多,范天人其实也是学习前人的方法,并非首创者。

---

① 胡震亨编:《唐音癸签》卷四,第30页。
② 董斯张:《吹景集》卷五。

明代后期,在乐府诗创作论上最值得关注的还是钟惺和谭元春。其《古诗归》对乐府诗的一些具体创作手法有过深入分析。如对"字法"有很多评点。如谭元春评曹植《妾薄命》云:"篇中能者、坐者、进者,三'者'字各有其妙。用字之法,最是此等字极难顿放。"①对于卷八谢尚《大道曲》"音落黄埃中"一句,谭元春评曰:"视听皆幻,音响皆奇。换却'音'字,即不能如此秀妙。"钟惺又评:"'音'字妙,换作'声'字不得,'落'字尤妙!"②又如卷十一钟惺在评点谢灵运《苦寒行》"饥爨烟不兴"一句时说:"'烟不兴'妙绝,在气象光景上看出。若更作'起'字,便索然矣。'兴''起'二字不甚远,而异用若此,宜知之。"③卷十三谭元春又评刘绘《有所思》云:"'眉'字粘。'向隅'妙。"④卷十五谭元春又评隋炀帝《春江花月夜》"春花满正开"一句云:"'满'字,春花实有此境,却不与繁盛等字一例看。若云'开正满',则'满'字为繁盛矣。"⑤认为隋炀帝诗中"满"字不可简单理解为繁盛。《唐诗归》卷一谭元春在评点王适《古别离》"已能憔悴今如此,更复含情一待君"二句时说:"'已能''更复'叫应得'含情一待君','一'字尤惨。"钟惺又评曰:"'憔悴'着'能'字,凄然。"⑥《唐诗归》卷十五对李白《长歌行》"桃李务青春"一句的评点更有代表性。钟惺评曰:"虚字有力,便生出情来,如'桃李务青春''春风不相识''春风知别苦'之类是也,'知''识'字说得春风有心,'务'字说得桃李有事。"谭元春又评曰:"'务'字比'知'字'识'字深而有力,且'务'字穆,'知''识'字巧。学'务'字不得,其病在拙,学'知'字不得,其病为纤矣。"⑦这些都是对乐府诗中用字的细致分析。

① 钟惺、谭元春选评:《诗归·古诗归》卷七,上册,张国光、张业茂、曾大兴点校,第135页。
② 钟惺、谭元春选评:《诗归·古诗归》卷八,上册,张国光、张业茂、曾大兴点校,第159页。
③ 钟惺、谭元春选评:《诗归·古诗归》卷十一,上册,张国光、张业茂、曾大兴点校,第212页。
④ 钟惺、谭元春选评:《诗归·古诗归》卷十三,上册,张国光、张业茂、曾大兴点校,第253页。
⑤ 钟惺、谭元春选评:《诗归·古诗归》卷十五,上册,张国光、张业茂、曾大兴点校,第298页。
⑥ 钟惺、谭元春选评:《诗归·唐诗归》卷一,上册,张国光、张业茂、曾大兴点校,第20页。
⑦ 钟惺、谭元春选评:《诗归·唐诗归》卷十五,下册,张国光、张业茂、曾大兴点校,第303页。

除了"字法"，钟、谭二人对乐府诗的"句法"也有关注。如《古诗归》卷十五钟惺在评点《木兰诗》古辞"且辞爷娘去，暮宿黄河边。不闻爷娘唤女声，但闻黄河流水鸣溅溅。且辞黄河去"几句时说："'辞黄河'与'辞爷娘'句法变得妙。"①又评"爷娘闻女来"以下数句云："杜《兵车行》用爷娘唤女声等语，而复自注之，'草堂旧犬喜我归'四段亦用此语法。想亦极喜此诗耳。"②指出了杜甫《兵车行》和《草堂》诗对《木兰诗》句法的承袭之处。《唐诗归》卷十五钟惺又评李白《妾薄命》"以色事他人"一句"句法真得妙"。③ 但需要注意的是，钟、谭二人虽然强调了"句法"，但并不是说诗句越锤炼越好。《唐诗归》卷十一谭元春在评点王昌龄《箜篌引》"其时月黑猿啾啾"一句时说："'其时月黑'等句，皆炼词炼格者所不肯写入，不知诗中翻以此等为活眼。"钟惺亦评曰："俗人以炼则不宜用虚，不知虚处益炼。"④可见钟、谭二人认为诗句不需要过分地锤炼，而应该是虚实结合，诗歌中的虚写有时可以起到更好的效果。

除了"句法"和"字法"，《古诗归》还涉及对诗歌章法结构和"气脉"的分析。所谓"章法"或"篇法"，本来是散文创作和批评中的术语，钟、谭二人将其广泛用于诗歌批评，包括乐府诗批评。与"字法"和"句法"相比，"章法"或"篇法"无疑处在更高的层面上。《唐诗归》卷十谭元春评孟浩然《广陵别薛八》云："此岂有声色臭味哉？"钟惺又评曰："此等作，正王元美所谓篇法之妙，不见句法。"⑤钟惺在这里引用的是王世贞谈论七言律诗的一段话："七言律不难中二联，难在发端及结句耳。发端，盛唐人无不佳者；结，颇有之，然亦无转

---

① 钟惺、谭元春选评：《诗归·古诗归》卷十五，上册，张国光、张业茂、曾大兴点校，第283页。

② 钟惺、谭元春选评：《诗归·古诗归》卷十五，上册，张国光、张业茂、曾大兴点校，第283页。

③ 钟惺、谭元春选评：《诗归·唐诗归》卷十五，下册，张国光、张业茂、曾大兴点校，第302页。

④ 钟惺、谭元春选评：《诗归·唐诗归》卷十一，下册，张国光、张业茂、曾大兴点校，第217页。

⑤ 钟惺、谭元春选评：《诗归·唐诗归》卷十，下册，张国光、张业茂、曾大兴点校，第198页。

入他调及收顿不住之病。篇法有起有束，有放有敛，有唤有应。大抵一开则一阖，一扬则一抑，一象则一意，无偏用者。句法有直下者，有倒插者。倒插最难，非老杜不能也。字法有虚，有实，有沉，有响。虚响易工，沉实难至。五十六字，如魏明帝凌云台材木，铢两悉配乃可耳。篇法之妙，有不见句法者。句法之妙，有不见字法者。此是法极无迹，人能之至，境与天会。未易求也。"①钟惺同意王世贞的观点，认为篇法高于句法，句法又高于字法。如果真正得到了篇法之妙，句法也就可以忽略了。

《诗归》中所说的"章法"或"篇法"，有时是指一组诗歌在布局上的特点。如《古诗归》卷五钟惺评乐府古辞《练时日》云："此章似是总叙，而以下皆分献之辞。章法本屈子《九歌》，简奥似过之。"②按：此诗之后又选入《帝临》《青阳》《朱明》《西颢》《玄冥》《日出入》《天马》《华烨烨》等，与《乐府诗集》卷一"汉郊祀歌"中所选相近，但缺少《惟泰元》《天地》等篇。钟惺认为《练时日》一篇可以看作郊祀歌的总序，后面的数篇皆为"分献之辞"，这种章法上的特点应该是从屈原《九歌》学来的，只是更加简奥。钟惺所说不无道理。"章法"有时又指一首诗内部的结构安排，如《古诗归》卷五钟惺评乐府古辞《江南》云："章法奇。"③则指的是《江南》一诗在诗篇结构上极为奇特，与普通古诗不同。至于什么样的"章法"和"篇法"才是好的章法、篇法，《古诗归》卷四钟惺在评点蔡邕《饮马长城窟行》时说："转折甚多，不碎，不脱。篇法甚妙！"④所谓"不碎"，当指诗意的完整性；所谓"不脱"，当指诗意的前后连贯性。一首诗如果能够叙事抒情曲折多变，又能做到诗意完整，前后连贯，就是好的篇法。《唐诗归》卷六钟惺在评点张若虚《春江花月夜》时又说："将'春江花月夜'五

① 王世贞：《弇州四部稿》卷一百四十四。
② 钟惺、谭元春选评：《诗归·古诗归》卷五，上册，张国光、张业茂、曾大兴点校，第88—89页。
③ 钟惺、谭元春选评：《诗归·古诗归》卷五，上册，张国光、张业茂、曾大兴点校，第93页。
④ 钟惺、谭元春选评：《诗归·古诗诗》卷四，上册，张国光、张业茂、曾大兴点校，第65页。

字炼成一片奇光,分合不得,真化工手。"①可见钟惺认为诗歌章法的最高境界就是浑融为一,使人不觉。

关于"气脉",《古诗归》卷六钟惺在评点《古诗为焦仲卿妻作》时说"此隆古人气脉力量所至,不可强也"②;卷七钟惺在评点曹操《薤露》时说"气脉甚朴"③,在评点曹植《矫志诗》时说"情事崎岖,悟脉参错"④,这也是将分析散文的方法带到了乐府诗批评中。《古诗归》重视某些诗句在整首诗中的关键作用,如钟惺在评点《西洲曲》"开门郎不至"一句时说:"此五字甚妙,若开门一见便索然矣。下面许多情事,皆从此五字生。"点明了这一句承上启下的作用。谭元春则对于此诗在篇章结构上的完整和谐大加赞赏:"试看此一曲中拆开分看,有多少绝句? 然相续相生,音节幽亮,虽其下愈尽,而其上愈含蓄可味,何情绪之多也?"⑤谭元春认为此诗可拆成一首首的绝句,但合起来又是接续相生的一个整体。《唐诗归》卷五钟惺在评点张烜《婕妤怨》"贱妾裁纨扇,初摇明月姿。君王看舞席,坐起秋风时"四句时指出这是"隔句对体"⑥,是诗歌创作中一种特殊的篇章结构。

关于"清商曲辞"中常见的"谐音双关"手法,《古诗归》卷十谭元春在评点《子夜歌》"感欢初殷勤"一首时说:"凡用谜语是《子夜》《读曲》通套。只要如此深曲,不经人想过便与词家差远。"⑦此诗中"打金侧玳瑁,外艳里怀薄"二句,表面上是说玳瑁首饰的"外艳里薄",实际上却是一语双关,用以控诉男子的薄情寡义。谭元春所说的"谜语"显然就是指谐音双关的手法。卷十二中谭元春在评点无名氏《读曲歌》"知是宿蹄痕"一句时还对双关手法有进一

---

① 钟惺、谭元春选评:《诗归·唐诗归》卷六,下册,张国光、张业茂、曾大兴点校,第121页。
② 钟惺、谭元春选评:《诗归·古诗归》卷六,上册,张国光、张业茂、曾大兴点校,第111页。
③ 钟惺、谭元春选评:《诗归·古诗归》卷七,上册,张国光、张业茂、曾大兴点校,第124页。
④ 钟惺、谭元春选评:《诗归·古诗归》卷七,上册,张国光、张业茂、曾大兴点校,第136页。
⑤ 钟惺、谭元春选评:《诗归·古诗归》卷十,上册,张国光、张业茂、曾大兴点校,第205页。
⑥ 钟惺、谭元春选评:《诗归·唐诗归》卷五,上册,张国光、张业茂、曾大兴点校,第111页。
⑦ 钟惺、谭元春选评:《诗归·古诗归》卷十,上册,张国光、张业茂、曾大兴点校,第198页。

步的论述:"双关诗要含得不浅,最忌有井诨气,如此等者即佳。"①谭元春认为,诗歌中在使用双关手法时"最忌有井诨气",不能给人一种市井粗俗、插科打诨的感觉,而要"含得不浅",富有深情,发人深省。

另外,钟、谭二人对于乐府诗中常用的比兴手法也有所论述。谭元春在评点《读曲歌》"种莲长江边"一首时说:"一意到头者最妙,但忽然突出比兴者亦妙。三百篇中有在首句者,有在末句者。虽极纤小歌词,不可不知此法。"②在谭元春看来,在"诗三百"中就大量使用的比兴手法是一种非常重要的诗歌表现手法,清商曲辞中那些直抒胸臆之作固然是妙作,而诗中忽然使用比兴手法的作品也同样是佳作。他认为作诗之人必须懂得比兴,即使是创作最短小的诗歌也不能忽视此法。另外,《唐诗归》卷十一钟惺在评点王昌龄《长信秋词》"玉颜不及寒鸦色,犹带昭阳日影来"二句时曰:"此二句与'帘外春寒''朦胧树色'同一法,皆不说向自家身上,然'帘外春寒'句气象宽缓,此句与'朦胧树色'情事幽细,'寒鸦日影'尤觉悲怨之甚。"③"帘外春寒"出自王昌龄《春宫曲》:"昨夜风开露井桃,未央前殿月轮高。平阳歌舞新承宠,帘外春寒赐锦袍。""朦胧树色"出自王昌龄《西宫春怨》:"西宫夜静百花香,欲卷珠帘春恨长。斜抱云和深见月,朦胧树色隐昭阳。"④所谓"不说向自家身上",就是指作者善于使用比兴手法来托物寓意,让诗歌产生一种含蓄蕴藉的美感。

钟、谭二人注意到乐府诗中诗句和诗意相互袭用的现象。《古诗归》卷十四选入《折杨柳枝歌》四首,其中后两首为:

> 敕敕何力力,女子临窗织。不闻机杼声,唯闻女叹息。

---

① 钟惺、谭元春选评:《诗归·古诗归》卷十二,上册,张国光、张业茂、曾大兴点校,第238页。

② 钟惺、谭元春选评:《诗归·古诗归》卷十二,上册,张国光、张业茂、曾大兴点校,第240页。

③ 钟惺、谭元春选评:《诗归·唐诗归》卷十一,下册,张国光、张业茂、曾大兴点校,第223页。

④ 钟惺、谭元春选评:《诗归·唐诗归》卷十一,下册,张国光、张业茂、曾大兴点校,第223页。

问女何所思，问女何所忆。阿婆许嫁女，今年无消息。①

第一首诗的后两句和第二首诗的前两句与古乐府《木兰诗》完全相同。钟惺也注意到了这一点，但他认为乐府古曲中诗句相互袭用是很正常的现象："古曲乐府相袭，不以为怪，而其章法意义，有绝不同者。如此二曲之叹息思忆，与《木兰歌》一字不异，然其性情相去远矣。"②钟惺认为，虽然这两曲袭用了《木兰诗》的原句，但所抒发的情感却大不相同。《木兰诗》中写女子叹息是担忧父亲年迈无法从军，而这两首诗里写的女子叹息却是抒发愁嫁的心绪。这正是乐府古曲之妙。除了诗句原封不动的沿袭，在乐府诗创作中还有对于前代诗人诗作在诗风诗意上的承继现象。如《古诗归》卷十五选入江总《闺怨篇》，其二云："蜘蛛作丝满帐中，芳草结叶当行路。红脸脉脉一生啼，黄鸟飞飞有时度。故人虽故昔经新，新人虽新复应故。"钟惺评曰："似采鲍参军《行路难》中妙语，截作一诗，声格高于前作远甚。"③今检鲍照《拟行路难》十八首，其中确实有若干首在语句上与江总《怨诗篇》其二有相近之处：

> 锉蘖染黄丝，黄丝历乱不可治。昔我与君始相值，尔时自谓可君意，结带与君言，死生好恶不相置。今日见我颜色衰，意中索寞与先异，还君金钗玳瑁簪，不忍见之益愁思。（鲍照《拟行路难》其九）

> 君不见蕣华不终朝，须臾淹冉零落销，盛年妖艳浮华辈，不久亦当诣冢头。一去无还期，千秋万岁无音词，孤魂茕茕空陇间，独魄徘徊绕坟基。但闻风声野鸟吟，忆平生盛年时。为此令人多悲悒，君当纵意自熙怡。（鲍照《拟行路难》其十）

> 君不见春鸟初至时，百草含青俱作花，寒风萧索一旦至，竟得几

---

① 钟惺、谭元春选评：《诗归·古诗归》卷十四，上册，张国光、张业茂、曾大兴点校，第281—282页。

② 钟惺、谭元春选评：《诗归·古诗归》卷十四，上册，张国光、张业茂、曾大兴点校，第281—282页。

③ 钟惺、谭元春选评：《诗归·古诗归》卷十五，上册，张国光、张业茂、曾大兴点校，第291页。

时保光华？日月流迈不相饶,令我愁思怨恨多。(鲍照《拟行路难》
其十七)①

尽管江总并未原封不动地沿袭鲍照原句,但这种诗风诗意上的承继关系
还是相当明显的,钟惺所论很有道理。

从以上可以看出,明代中后期的诗学家们从不同角度对乐府诗的字法、句
法、章法进行了探讨。尽管用我们今天的眼光来看,他们的研究还不是很系
统,逻辑和体系也不是很严密。但这些探索为明代乐府诗学的发展作出了贡
献,实属难能可贵。

---

① 鲍照:《鲍参军集注》,钱仲联增补集说校,上海古籍出版社 2005 年版,第 235、237、
243 页。

第十章　明人的乐府诗批评论(上)

——风格批评

　　"文学批评"这一概念其实是 19 世纪从西方引入中国的,更早以前中国的诗学家们并没有使用过它。但有意思的是,尽管从 20 世纪以来学术界广泛使用"文学批评"这个概念,但"文学批评"到底是指什么,却是一个并不容易说清楚的问题。童庆炳先生曾将"文学批评"定义为"对以文学作品为中心兼及一切文学活动和文学现象的理性分析、评价和判断"①,这一解释显然是受到了当代西方文艺理论的影响。美国当代著名的文学理论家韦勒克与沃伦在《文学理论》一书中曾经写道:

　　　　在文学"本体"的研究范围内对文学理论、文学批评和文学史三者加以区别,显然是最重要的。首先,文学是一个与时代同时出现的秩序(simultaneousorder)这个观点与那种认为文学基本上是一系列依年代次序而排列的作品和是历史进程上不可分割的一部分的观点,是有所区别的。其次关于文学的原理与判断标准的研究与关于具体的文学作品的研究——不论是做个别的研究还是做编年的系列研究——二者之间也要进一步加以区别。要把上述的两种区别弄清

---

① 童庆炳:《文学理论教程》,第 374 页。

楚似乎最好还是将"文学理论"看成是对文学的原理、文学的范畴和判断标准等类问题的研究,并且将研究具体的文学艺术作品看成"文学批评"(其批评方法基本上是静态的)或看成"文学史"。当然,"文学批评"通常是兼指所有的文学理论的,可是这种用法忽略了一个有效的区别。亚里士多德是一个理论家,而圣-伯夫(A. Sainte-Beuve)基本上是个批评家。波克主要是一个文学理论家,而布莱克默(R.P.Blackmur)则是一个文学批评家。①

从这段话我们可以看出,广义的"文学批评"和"文学理论"接近,但狭义的"文学批评"则与"文学理论"有明显的区别。文学批评更倾向于对具体文艺作品的研究,而不是总结出抽象的规律。韦勒克在他的另外一部著作《批评的概念》中②,还追溯了"批评"一词的产生与发展的历史,可以帮助我们更好地理解"文学批评"一词的含义。

目前也有不少人将文学批评解释为"在特定文学理论指导下的对于具体文学现象的评价",但这样的解释并不适合于中国古典诗歌领域。因为我们的古人对于诗歌的批评往往呈现出随机性、非系统性,有时还会带有明显的主观情感色彩。而且,他们也未必有什么严密的文学理论作为指导。当然,文学批评肯定也会体现出一定的文学观念和文学理论,二者肯定有深刻的内在联系。我们所要探讨的明人对于乐府诗的批评就是如此。这些批评也许无法构成一个个完整的理论体系,但其中不乏真知灼见,同样是明代乐府诗学的重要组成部分。

近代以来中国文学理论界使用的"风格"概念,在很多情况下是对英文"style"的翻译。而"style"一词又源自希腊文,原指在蜡板上写字的工具,被引申为文字装饰思想的方式。19世纪德国文艺理论家威廉·威克纳格在其《诗

---

① [美]勒内·韦勒克、奥斯汀·沃伦:《文学理论(修订版)》,刘象愚等译,江苏教育出版社 2005 年版,第 32 页。

② [美]雷内·韦勒克:《批评的概念》,张今言译,中国美术学院出版社 1999 年版。

学·修辞学·风格论》中曾据此定义:"风格是语言的表现形态,一部分被表现者的心理特征所决定,一部分则被表现的内容和意图所决定。"①童庆炳在其《文学理论教程》中也曾对"文学风格"一词进行过定义:"所谓文学风格,是指作家的创作个性在文学作品的有机整体中通过言语组织所显示出来的、能引起读者持久审美享受的艺术独创性。这个定义的要点有:(1)创作个性是风格形成的内在根据;(2)主体与对象、内容与形式的统一是风格存在的基本条件;(3)语言组织和文体特色是风格呈现的外部特征。"②这些定义当然都有其合理之处。但我们也必须看到,尽管近代以来中国的文学风格论的确是受到了西方的巨大影响,但风格批评却是我国古代早就存在的。

在我国古代,"风格"一词最早用于人物品评。《抱朴子·遐览》篇云:"郑君本大儒士也,晚而好道,由以《礼记》《尚书》教授不绝。其体望高亮,风格方整,接见之者皆肃然。"③袁宏《后汉纪集校》卷二十一云:"(李)膺风格秀整,高自标特,欲以天下风教是非为己任。"④无论是葛洪称赞郑君"风格方整",还是袁宏称赞李膺"风格秀整",显然都是从品评人物的角度去说的。到了南朝,"风格"一词已被用于文学批评。刘勰《文心雕龙》有两处提到"风格"。其《议对》篇云:"及陆机断议,亦有锋颖,而腴辞弗剪,颇累文骨;亦各有美,风格存焉。"⑤《夸饰第三十七》又云:"故自天地以降,豫入声貌,文辞所被,夸饰恒存。虽《诗》《书》雅言,风格训世,事必宜广,文亦过焉。"⑥刘勰所说的"风格"与我们今天在文学批评中所使用的"风格"概念已经较为接近。到了唐代,白居易进一步用"风格"来指一个时代的文学特征:"诗者,志之所之也。

---

① [德]歌德等:《文学风格论》,王元化译,上海译文出版社1982年版,第18页。
② 童庆炳:《文学理论教程》,第304页。
③ 《抱朴子内篇》卷十九,张松辉译注,中华书局2011年版,第604页。
④ 袁宏:《后汉纪集校》卷二十一,李兴和点校,云南大学出版社2008年版,第258页。
⑤ 周振甫:《文心雕龙今译》"议对第二十四",中华书局1986年版(下同),第220页。
⑥ 周振甫:《文心雕龙今译》"夸饰第三十七",第328页。"格"一作"俗"。

在心为志,发言为诗。六义五言。诗人之赋丽以则。诗缘情而绮靡。建安之风格。"①由此可见,"风格"于文学理论绝非西方舶来品,而是中国传统文论中原来就有的重要内容。

第一节 高 古

中国传统文论中"风""气""格""调"等概念都被广泛运用,这些其实都和文学风格批评密切相关。托名司空图所作的《二十四诗品》实际上就是对于不同种类文学风格的一次全面总结。明人对于乐府诗的批评当然也包含了风格批评的内容,这些批评内容主要是围绕"高古""自然""雍容""遒丽""质朴""雄浑""简远""和平""峻绝""含蓄""淳厚"等概念展开的。这些概念在含义上并不统一,有些甚至带有矛盾和对立的色彩,这是由乐府诗自身的复杂性决定的。前文已经说过,乐府并非一种简单的诗歌体裁,而是多种体裁的集合体,对其风格的评价和辨析当然也会多种多样。

在明人对乐府诗风格的批评中,"高古"一词是使用较多的。《二十四诗品》中对"高古"一词的描述是:"畸人乘真,手把芙蓉。泛彼浩劫,窅然空纵。月出东斗,好风相从。太华夜碧,人闻清钟。虚伫神素,脱然畦封。黄唐在独,落落玄宗。"②按"畸人"一词出自《庄子·内篇·大宗师》:"畸人者,畸于人而侔于天。"③可见,"畸人"是指超凡脱俗之人,徐渭也曾自称"畸人"。虽然《二十四诗品》中只是一种感性化的描绘,但我们可以从中体会到"高古"指的应该就是超越现实凡尘俗世、向古人回归的一种宁静的境界。

从明初开始,"高古"一词就被用于乐府诗风格批评。如陈谟(1305—1400)《永言序》云:

---

① 白居易:《白孔六帖》卷八十六,清文渊阁四库全书本。
② 司空图:《二十四诗品》,载何文焕辑《历代诗话》上册,第39页。
③ 《庄子》卷三,郭象注,陆德明音义,章行标校,上海古籍出版社1995年版,第91页。

李伯葵氏以其《永言》示余，读之往复数四，叹其志于古道甚笃。
盖近古莫如《选》，次古莫如唐，后来者莫或尚之。伯葵学《选》，优柔
沉着，每有新意。至其曲折态度，情景俱会处，得于苏州为多。亦其
资禀冲嗜好澹，翛翛然出尘，整整然束礼，故其吟咏情性有之似之，甚
不易得也。七言乐府高古，如《辽阳行》；《白纻词》《长门怨》次之；
唐律圆美清炼又次之。自他人不能兼者，伯葵悉兼之矣。①

这段话所说的李伯葵，就是《剪灯余话》的作者李昌祺的父亲。李伯葵曾
将自己创作的《永言》赠给陈谟，陈谟称赞李之作能复古道，尤其称赞其七言
乐府《辽阳行》"高古"。显然，陈谟对李伯葵乐府诗的认可主要是建立在其对
古道的继承的恢复方面。

在另一篇《书刘子卿诗稿》中，陈谟再次提及乐府诗的"高古"风格："子卿
年甚富，气甚张，学甚劬，而尤善工诗。间适其馆，几上太白集也。自言于诗人
酷慕是家……读子卿拟古乐府数篇，风气日上，咄咄逼人。盖太白高古逼汉
魏，而子卿拟之好之，异时奏黄钟而破瓦釜，斥翡翠而掣鲸鱼，非子卿而何？"②
李白作为文人乐府诗的巅峰人物，引发了不少后人的追摹，这封书信中所说的
刘子卿就是其中一个。陈谟认为李白的乐府诗具有"高古"的特征，直逼汉魏
乐府，而刘子卿的拟作具有咄咄逼人的气势，可谓得汉魏乐府及李白乐府诗之
真传。从陈谟的这段话可以看出，他所理解的"高古"并不限于《二十四诗品》
中所描述的境界，而更加强调了诗歌的气势。

洪武三十一年（1398），吴勤在为管时敏《蚓窍集》所作的序言中，也谈到
了乐府诗的"高古"风格：

云间管公字时敏，竹间其别号也。公蚤岁读书三泖之上，钟山水
之秀为文儒。尝师事廉夫杨先生，执经座下为高弟，故其心术之正、
学问之博、文章德行之精醇，用于文明盛世，而功名事业炳乎其有耀

---

① 陈谟:《海桑集》卷五。
② 陈谟:《海桑集》卷九。

也经。壮年时仕为楚府纪善,扈从来武昌,邂逅旅邸,一见知为佳士。读其诗风格高古,一一可追古之作者。其五言乐府有汉魏体。五七言律诗多出盛唐,舂容雅澹,譬之黄钟大吕之音,孰不为之洗耳者乎![①]

按:管时敏其人生卒年不详,曾拜杨维桢为师,洪武九年(1376)征拜楚王府纪善。吴勤称赞其诗"风格高古","可追古之作者",而所举例子就包括其五言乐府创作,认为"有汉魏体"。

明代中期以后,诗学家们用"高古"来评论乐府诗风格的做法也较为常见。其中最有代表性就是胡应麟。在《诗薮》一书中,胡应麟多次用"高古"来批评乐府诗。如:

晋四言,惟《独漉篇》词最高古。如"独独漉漉,水深泥浊。泥浊尚可,水深杀我","空床低帷,谁知无人?夜行衣绣,谁知假真","猛虎斑斑,游戏山间。虎欲啮人,不避豪贤",大有汉风,几出魏上。[②]

傅玄"庞烈妇",盖效《女休》作者,辞义高古,足乱东、西京。乐府叙事,魏晋仅此二篇。[③]

唐山后东平《武德歌》,韦孟后傅毅《励志诗》,皆典实不浮,差可绍响。然高古浑噩,大弗如也。[④]

胡应麟认为晋代四言诗《独漉篇》"最高古",有汉人乐府之风,还在魏人之上。又称赞傅玄"庞烈妇"一诗"辞义高古",和两汉乐府风格相似,可以以假乱真。同时又认为《武德歌》虽典实不浮,但在"高古浑噩"方面远远比不上唐山夫人的《安世房中歌》。

除了以上所说,明人还有将"高"和"古"分开说的情况。如李东阳曾在

---

① 管时敏:《蚓窍集》"原序",载林鸿:《鸣盛集(外八种)》,第674页。
② 胡应麟:《诗薮》内编卷一,第4页。
③ 胡应麟:《诗薮》内编卷一,第17页。
④ 胡应麟:《诗薮》内编卷一,第8页。

《桃溪杂稿序》中说：

> 予与方石先生同试礼部时，已闻其有能诗名。及举进士，同为翰
> 林庶吉士，又同舍见所作《京都十景》律诗，精刻有法，为保斋刘公、
> 松岩柯公所甄奖。又见其经史之隙口，未始绝吟，分体刻日，各得其
> 肯綮乃已。予少且劣，心窃愧畏之。同官十有余年，先生学愈高，诗
> 亦益古，日追之而不可及。然先生爱我日至，每有所规益，必尽肝腑。
> 见所撰述，亦指摘瑕垢，不少匿。及先生以忧去，谢病几十年，每恨不
> 及亟见，见所寄古乐府诸篇，奇古深到，不能释手。比以史事就召，尽
> 见其《桃溪杂稿》若干卷，乃起而叹曰："诗之妙，一至此哉！"①

李东阳在这篇序言中用"学愈高，诗亦益古"和"奇古深到"来称赞谢方石
的乐府诗创作，其内涵与"高古"一致。谢榛也说过："唐山夫人《房中乐》十七
章，格韵高严，规模简古，骎骎乎商周之颂。迨苏李五言一出，诗体变矣，无复
为汉初乐章，以继风雅，惜哉！"②谢榛所说的"格韵高严，规模简古"，实际上
是对"高古"一词的进一步细化，分别是从气格声韵和外在形式两个方面来说
的，其内涵无疑更加具体。与胡应麟生活时代相近的冯时可也说过："楚声杳
渺，秦声雄高，汉因之而为乐府，其曲大备。"③在这里，冯时可虽然只说"雄
高"，但"杳渺"一词实与"古"相近，因此他说的也是汉乐府继承了楚声和秦声
"高古"的特点而"大备"。

可以看出，明人在乐府诗批评中推崇"高古"与文学复古思潮的兴起是密
不可分的。虽然一般认为明代文学复古思潮是兴起于李东阳与"前七子"，但
实际上从唐代以后，中国文学复古思想就不绝如缕，只是会在一些特定的时期
集中爆发和呈现。明代的诗学家们通过对乐府诗的评论来表达他们的复古思
想，这是他们推动文学复古的有力手段。而且，他们当中一些人甚至认为"愈

---

① 李东阳：《怀麓堂集》卷二十八，第299—300页。
② 谢榛：《四溟诗话》卷一，宛平校点，第3页。
③ 冯时可：《雨航杂录》卷下，清文渊阁四库全书本（下同）。

古愈好",在汉乐府产生之前的《诗经》和《楚辞》在"高古"方面更胜于汉乐府。

如谢榛即指出:"《离骚》语虽重复,高古浑然,汉人因之,便觉费力。"①谢榛认为《离骚》中虽然多有重复之语,但"高古浑然";汉人想学习《离骚》的这种风格特征,但给人以费力之感。这其实就是说《离骚》在"高古"方面更胜于汉乐府。冯时可虽然称赞汉乐府继承了楚声和秦声高古的特点,但又进一步指出:"然视二《南》之风化,固已蔑矣。建安风骨遒上,而深浑不足。应、徐辈之《公燕》诸作,靡丽之开源矣。陈思《洛神》之赋,淫艳之滥觞矣。知风之自微矣哉!"②冯时可认为汉乐府比起《周南》《召南》,在风化作用上已经远远不如。建安文学虽然风骨遒上,但深浑不足,应瑒、徐幹、曹植等人的创作有靡丽、淫艳之病,更无风化作用。这已经接近于"一代不如一代"的退化论文学观了。胡应麟其实也有类似的观点。他虽然推崇汉乐府的"高古",但同时又认为三代之文无法超越:"世谓三代无文人,《六经》无文法,吾以为文人无出三代,文法无大《六经》。《彖》《象》《大传》,一何幽也;《诰》《颂》《典》《谟》,一何雅也。《春秋》高古简严,《礼》《乐》宏肆浩博。谓圣人无意于文乎,胡不示人以璞也?"③胡氏认为文人"无出三代",文法"无大《六经》",实际上是将三代文学放在了文学史的最高位置上。而《春秋》之"高古简严",自然也是后人所无法企及的。

又如钟惺、谭元春在《古诗归》卷七中评点曹植《矫志诗》时说:"曹氏四言入乐府则妙,入古诗则弱。此篇情事崎岖,悟脉参错,而气甚高古,盖古诗而乐府者也。"④这首诗郭茂倩《乐府诗集》未收录。钟惺认为此诗本为古诗,但蕴含了跌宕起伏的思想内容,脉络参错,风格高古,从这几方面来说都更像是乐

---

① 谢榛:《四溟诗话》卷一,宛平校点,第32页。
② 冯时可:《雨航杂录》卷下。
③ 胡应麟:《诗薮》内编卷一,第2页。
④ 钟惺、谭元春选评:《诗归·古诗归》卷七,上册,张国光、张业茂、曾大兴点校,第136页。

府诗而不是古诗,是"古诗而乐府者"。显然也是将"高古"的风格作为乐府诗的重要特征。

第二节　质　朴

除了"高古","质朴"也是明人乐府诗风格批评的一个重要范畴。孔子最早论及"质"与"文"的关系:"质胜文则野,文胜质则史。文质彬彬,然后君子。"①可见孔子是用"质"与"文"的关系来品评人物的。"质"是指内在道德文化修养,而"文"则是指外在表现形式,二者必须相匹配,一个人才能被称为君子。到了南北朝时期,"质"和"文"开始被用于文学批评。如钟嵘说:"东京二百载中,惟有班固《咏史》,质木无文。"②班固所说的"质"和"文"在当时是指文学作品"质朴"与"藻丽"两种不同的风格。当然,也有将"质"和"文"分别看作思想内容和艺术形式的,如刘勰在《文心雕龙》中指出:"逮及商周,文胜其质,《雅》《颂》所被,英华日新"(《原道》第一),"马融之《广成》《上林》,雅而似赋,何弄文而失质乎"(《赞颂》第九),"唯陈寿三志,文质辨洽,荀张比之于迁固,非妄誉也"(《史传》第十六)。③ 后来魏徵在《隋书·文学传序》中又说:"江左宫商发越,贵于清绮,河朔词义贞刚,重乎气质。气质则理胜其词,清绮则文过其意,理深者便于时用,文华者宜于咏歌,此其南北词人得失之大较也。"④魏徵所说的"质"和"文"显然也倾向于作品的思想内容与艺术形式。

在明代乐府诗批评中,"质"和"文"主要都是作为艺术风格来使用的。在明人的乐府观念中,"质胜于文"或"宁质不文"显然是占据主要的地位的。对

---

① 朱熹:《论语集注·雍也第六》,第55—56页。
② 钟嵘:《诗品》,载何文焕辑:《历代诗话》上册,第2页。
③ 周振甫:《文心雕龙今译》,第12、86、147页。
④ 魏徵等:《隋书》卷七十六,第6册,中华书局1973年版,第1730页。

于乐府诗这一特殊的诗歌类别,诗学家们普遍将"质"放在了更加重要的位置上,对于"绮丽""绮靡"则多有否定。如明初的王祎在《黄子邕诗集序》中说:

> 盱江黄子邕氏善为诗。其诗有曰《醉梦稿》者,皆古乐府歌行、五言古体,总若干卷。其辞简质平实,一本于汉魏,而绝去近代声律之弊,殆几于古矣。嗟乎! 若子邕者,岂非其意欲追古之作者以为并,然可不谓为今世之能言者欤? 予尝论之,三百篇之诗,其作者非一人,亦非一时之所作。而其为言,大抵指事立义,明而易知。引物连类,近而易见。未尝有艰深矫饰之语,而天道之显晦,人事之治否,世变之隆污,物理之盛衰,无不著焉。此诗之体所以为有系也。后世之言诗者不知出此,往往惟炫其才藻,而漫衍华缛奇诡浮靡之是尚,较妍蚩工拙于辞语间,而不顾其大体之所系。江左以来,迄于唐宋,其习皆然。是其为弊,固亦非一日矣。今子邕乃能斥漫衍以为简,屏华缛以为质,黜奇诡以为平,祛浮靡以为实。读其辞,知其于天道、人事、世变、物理之际详矣。等而上之,讵止于汉魏而已哉! 故予以谓子邕之诗殆几于古。①

王祎认为"诗三百"之所以成为经典,一个非常重要的原因就是其语言质朴,不作华缛浮靡之语。而后世言诗者却不明白这个道理。从东晋以来,诗歌创作中的浮靡之风盛行已久。而黄子邕所创作的古乐府歌行在语言上能够做到"简质平实","屏华缛以为质",深得古人之真谛,不止上追汉魏了。

比王祎生活时代稍晚的王行(1331—1395)在《柔立斋集序》中说:"谷阳沈复之录其所为诗一卷,题曰《柔立斋集》,携以示予。洎为文序之。其集乐府几首,古诗几首。诗皆古淡朴雅,无绮靡新丽之尚。予甚善之。"②王行肯定

---

① 王祎:《王忠文集》卷七。

② 王行:《半轩集》卷五,载林鸿:《鸣盛集(外八种)》,上海古籍出版社1991年版(下同),第346页。

沈复之的乐府诗有古朴之风,而无绮靡新丽之病,显然是认为乐府诗应该具有质朴的风格。

明代中期的诗坛领袖李东阳曾用"简远"来称赞古乐府诗的语言,而"简远"与"质朴"从语言风格上说是相近的。其《怀麓堂诗话》曰:"古歌辞贵简远。《大风歌》止三句,《易水歌》止二句,其感激悲壮,语短而意益长。《弹铗歌》止一句,亦自有含悲饮恨之意。后世穷技极力,愈多而愈不及。予尝题敬仲墨竹曰:'莫将画竹论难易,刚道繁难简更难。君看萧萧秖数叶,满堂风雨不胜寒。'画法与诗法通者,盖此类也。"①李东阳认为《大风歌》《易水歌》《弹铗歌》等古歌的妙处正在于语句简远,语短而意长。后世诗歌往往搬弄技巧,纷繁复杂,但技巧越多反而越不及古歌。这就像画竹一样,复杂的竹子难画,而简单的竹子其实更难画。

"后七子"的领袖人物王世贞将乐府诗批评中"重质轻文"的论调推向了一个新的高度。他将"质"同时作为品评诗人与诗风的标准。他在写给张助甫的书信中说:"尝与于鳞言:'子建才敏于父兄,然不如其父兄质。汉乐府之变自子建始。李杜才高于六朝诸君子,然六朝乐府之变自李杜始。'"②在王世贞看来,曹植的才思敏捷程度超过了他的父亲曹操和兄长曹丕,但在"质"这个方面就不如其父兄了。乐府诗风格的改变正是从曹植开始。就像李白、杜甫的诗才高于六朝各位诗人,然而六朝乐府之变也是从李杜开始的。他也用"文、质"关系来评品不同时代、不同类别的乐府诗:

> 拟古乐府,如《郊祀》《房中》,须极古雅,发以峭峻。《铙歌》诸曲,勿便可解,勿遂不可解,须斟酌浅深质文之间。汉魏之辞,务寻古色。《相和》《瑟曲》诸小调,系北朝者,勿使胜质;齐梁以后,勿使胜文。近事毋俗,近情毋纤。拙不露态,巧不露痕。宁近无远,宁朴无虚。③

① 李东阳著,李庆立校释:《怀麓堂诗话校释》,第90页。
② 王世贞:《弇州四部稿》卷一百二十一。
③ 王世贞:《艺苑卮言》卷一,载丁福保辑:《历代诗话续编》中册,第959页。

王世贞的这段话虽然是在谈论如何拟写古乐府诗,但实际上也代表了他对不同时代不同类型乐府诗的看法。他认为《铙歌》应该介于浅深质文之间,北朝乐府偏于"质",南朝乐府偏于"文"。虽然"质"和"文"都不可太过,但"宁朴无虚"。

王世贞曾在评品明太祖朱元璋的乐府诗创作时谈到了他对于曹操乐府诗的认识:"高皇帝神武天授,生目不知书,既下集庆,始厌马上。长歌短篇,操笔辄韵,有魏武乐府风。制词质古,一洗骈偶之习。"①作为本朝诗人,王世贞对明太祖的创作固然有吹捧之嫌,但我们需要关注的是他用来比照的对象是魏武帝曹操的乐府诗。王世贞认为,明太祖的创作和曹操相似,"制词质古",是非常好的乐府作品。由此可以看出其重"质"的乐府诗批评倾向。

王世贞的后辈兼好友胡应麟也肯定了乐府诗重"质朴"的特点。他认为汉乐府诗之所以令后人难以追步,一个重要的原因就是其"浑朴"的风格后人难以模仿:

> 汉乐府杂诗,自《郊祀》《铙歌》、李陵、苏武外,大率里巷风谣,如上古《击壤》《南山》,矢口成言,绝无文饰,故浑朴真至,独擅古今。自曹氏父子以文章自命,宾僚缀属,云集建安。然荐绅之体,既异民间;拟议之词,又乖天造。华藻既盛,真朴渐漓。晋潘、陆,兴变而排偶,西京格制,实始荡然。独五言短什,杂出间阎闺阁之口,句格音响,尚有汉风。若《子夜》《前溪》《欢闻》《团扇》等作,虽语极淫靡,而调存古质。至其用意之工,传情之婉,有唐人竭精殚力不能追步者。余尝谓《相和》诸歌后,惟《清商》等绝差可继之。若曰流曼不节,风雅罪人,则端冕之谈,非所施于文事也。②

胡应麟认为汉乐府除了《郊祀》《铙歌》,其他大都是里巷风谣,就像上古的《击壤》《南山》歌一样,不需要文饰,而有浑朴真挚之美。到了建安时代,曹

---

① 王世贞:《艺苑卮言》卷五,载丁福保辑:《历代诗话续编》中册,第1023页。
② 胡应麟:《诗薮》内编卷六,第105—106页。

氏父子所作"荐绅之体"，开始追求乐府诗辞藻的华美，汉乐府的"真朴"也就逐渐丧失了。到了西晋，潘岳、陆机等人作排偶之体，"真朴"荡然无存。到了南朝，《子夜》等清商乐府，用语虽然淫靡，但"调存古质"，有唐人难以企及之处。所以说只有南朝《清商》可以承续汉代《相和》歌。尤为值得注意的是，胡应麟对那些批判南朝清商乐府"流曼不节，风雅罪人"的观点进行了驳斥。他认为这些说法是"端冕之谈"，只是片面强调了文学的社会功能和教化作用，而忽视了文学本身独立的价值。这说明到了明代后期，诗学家们已经注意到乐府诗不仅有社会功能，也有文学功能；不仅有思想价值，也有艺术价值。这无疑是一个巨大的进步。

就单篇乐府诗作品来说，他认为著名的北朝乐府《敕勒歌》的成功也正是因为有"浑朴"之妙："齐、梁后，七言无复古意。独斛律金《敕勒歌》云：'敕勒川，阴山下，天似穹庐盖四野。天苍苍，野茫茫，风吹草低见牛羊。'大有汉魏风骨。金武人，目不知书，此歌成于信口，咸谓宿根。不知此歌之妙，正在不能文者，以无意发之，所以浑朴莽苍，暗合前古。推之两汉，乐府歌谣，采自闾巷，大率皆然。使当时文士为之，便欲雕缋满眼，况后世操觚者！"①《诗薮》中收录的这首《敕勒歌》在文字上和通行本有所不同。关于北朝乐府《敕勒歌》的作者，有种说法是斛律金。斛律金是北朝敕勒族著名的武将，其实并不识字。而胡应麟认为此诗之妙，正在于是一个没有什么文化的人无意之间创作出来的，得质朴之妙，就像汉乐府歌谣是采自闾巷一样。假如让当时的文士来创作，极有可能"雕缋满眼"，更不用说后世的文人了。

比胡应麟生活时代稍晚的张慎言（1577—1644）也看到了乐府诗在语言上多用方言俗语的特点："三百篇柔情菁语。暨古乐府，率用方言巷谣而传之，至今脍炙不厌者，何也？故余以为填词者用俚俗，若杂若谐，以填词之格，而一持以古乐府《白纻舞歌》《子夜》《读曲》之声气。子馨雅能辨此矣。"②张

① 胡应麟：《诗薮》内编卷三，第45页。
② 张慎言：《泊水斋文钞》卷一。

慎言认为古乐府多用方言巷谣,后世却能脍炙不厌,正是肯定了"质朴"风格在乐府诗中的地位。

钟惺、谭元春在《古诗归》中也有大量论及乐府诗"质朴"风格的内容。在评点《古诗》一首时,钟惺说:"骨韵气质,苍凉孤直,为魏武乐府之祖。"[1]显然属于风格批评,并指出其对曹操乐府诗的影响。在评点甄皇后《塘上行》时,说其"婉朴有汉乐府遗意"[2];在评点曹植《来日当大难》时,说其"和媚款曲,缠绵纸外"[3],也是风格批评。《古诗归》卷十钟惺在评点无名氏《天郊飨神歌》时说:"郊庙诗,体气贵质奥,宁艰无肤。魏晋以下,一切应付可厌,取此以存其意。"[4]这说明钟惺的乐府诗风格批评并不只是针对单篇作品泛泛而谈,而是深入到对于不同的乐府诗类别的批评。对于郊庙歌辞,钟惺认为这一类作品最典型的风格应该是"质奥",也就是朴质深奥,宁可流于艰深,也绝不能写得肤浅。魏晋以后的郊庙歌辞往往是敷衍应付而作,价值不高。对于舞曲歌辞的语言风格,钟、谭二人虽然没有直接予以定义,但可以通过他们对乐府诗的评点看出。如《古诗归》卷十谭元春在评点无名氏《白鸠篇》时说:"妙想趣语,不觉其所以来,在乐府中尤妙耳。"[5]构思奇妙,语言诙谐有趣,看似信手拈出、毫不费力,这就是神妙的乐府语言。谭元春又评点无名氏《独漉篇》"独漉、独漉,水深泥浊。泥浊尚可,水深杀我"四句:"只前四语便是乐府语,以后妙语相引如线,故是快事,若语不能妙,又反不若止此。"[6]谭元春认为这四句是典型的乐府语,是因为这四句质朴自然中又带有谐趣和深理。

而对于清商曲辞的语言风格,钟、谭二人则以自然真率为上。如《古诗归》卷十钟惺在评点《子夜歌》"谁能思不歌?谁能饥不食"一首时说:"不必

---

① 钟惺、谭元春选评:《诗归·古诗归》卷五,上册,张国光、张业茂、曾大兴点校,第105页。
② 钟惺、谭元春选评:《诗归·古诗归》卷七,上册,张国光、张业茂、曾大兴点校,第130页。
③ 钟惺、谭元春选评:《诗归·古诗归》卷七,上册,张国光、张业茂、曾大兴点校,第136页。
④ 钟惺、谭元春选评:《诗归·古诗归》卷十,上册,张国光、张业茂、曾大兴点校,第193页。
⑤ 钟惺、谭元春选评:《诗归·古诗归》卷十,上册,张国光、张业茂、曾大兴点校,第194页。
⑥ 钟惺、谭元春选评:《诗归·古诗归》卷十,上册,张国光、张业茂、曾大兴点校,第194页。

深意,只口角妙绝!《子夜》《读曲》之妙皆在此。"①认为此诗纯用口语,言语中也未必蕴藏多少深意,但仍然是绝妙之诗。在评点《江陵乐》一首时说:"不必深,不必婉,直直写来,口角回翔,觉数语之外,尚有许多委折。"②又评《秋歌》云:"家常语写出情态。"③在评点《前溪歌》"逍遥独桑头"一首时则说:"浅妙,却又似隐语。"④评《圣郎曲》"酒无沙糖味"一句"俚语妙"⑤。谭元春则评《安东平》曰:"五解至朴、至俚、至华、至荡。女郎一片心,文士千般舌,得之欲狂。"⑥都肯定了清商曲辞在语言上质朴真率的特点。钟惺认为清商曲辞在语言上的这种特点正是其妙处所在。他在评点《那呵滩》时说:"填词俚曲语,却高于唐绝句数格。知其故,始可与言《子夜》《读曲》诸诗。"⑦在钟惺看来,正是这些"俚曲语",却在格调上比唐人绝句还高出数筹。明白了这一点,才能真正理解南朝清商乐府之妙。

从以上可以看出,钟、谭二人对乐府诗风格的理解应该是偏于质朴、率直的。《古诗归》卷十四钟惺在评点《木兰诗》古辞"昨夜见军帖,可汗大点兵。军书十二卷,卷卷有爷名"四句时说:"质的妙,似《焦仲卿妻》诗法。"谭元春总评此诗曰:"松快而质。"⑧可见"质朴"正是《孔雀东南飞》和《木兰诗》共同的特点。《唐诗归》卷十四谭元春在评点崔国辅《秦王卷衣》"夜夜玉窗里,与他卷衣裳"时又云:"直叙意深,如此等处又妙在不婉。"⑨(此诗《乐府诗集》卷六十二题作《妾薄命》)钟、谭二人是通过一个"情"字将不同的乐府风格统一在

---

① 钟惺、谭元春选评:《诗归·古诗归》卷十,上册,张国光、张业茂、曾大兴点校,第198页。
② 钟惺、谭元春选评:《诗归·古诗归》卷十,上册,张国光、张业茂、曾大兴点校,第202页。
③ 钟惺、谭元春选评:《诗归·古诗归》卷十,上册,张国光、张业茂、曾大兴点校,第200页。
④ 钟惺、谭元春选评:《诗归·古诗归》卷十,上册,张国光、张业茂、曾大兴点校,第201页。
⑤ 钟惺、谭元春选评:《诗归·古诗归》卷十,上册,张国光、张业茂、曾大兴点校,第202页。
⑥ 钟惺、谭元春选评:《诗归·古诗归》卷十,上册,张国光、张业茂、曾大兴点校,第203页。
⑦ 钟惺、谭元春选评:《诗归·古诗归》卷十,上册,张国光、张业茂、曾大兴点校,第203页。
⑧ 钟惺、谭元春选评:《诗归·古诗归》卷十四,上册,张国光、张业茂、曾大兴点校,第282、283页。
⑨ 钟惺、谭元春选评:《诗归·唐诗归》卷十四,下册,张国光、张业茂、曾大兴点校,第291页。

了一起。《唐诗归》卷三十一钟惺在评点孟郊《列女操》时说："语无委曲，直以确为妙。乐府亦有确而妙者。不专在委曲，顾情至何如耳。如'妾是庶人，不乐宋王'之类是也。"①钟惺认为，乐府诗只要"情至"，不需要风格上的宛曲，质朴、率直的语言风格亦可表现缠绵宛转的情感。这还是体现了钟、谭二人文学批评中"重情"这一总的指导思想。

钟、谭二人所说的"质朴"并非粗俗，"直"也不是"直露"和浅薄，而是情感在鲜明显豁的同时又富有深厚的韵味。《古诗归》卷十三谭元春在评点陆厥《临江王节士歌》时说："前数语作清润悲凉之言，有《易水歌》风调。是此题真神。'弯弓'二语，以直露失之。"②谭元春所说的是诗中"弯弓挂若木，长剑竦云端"这两句。从语意上看，这两句的确过于直露，缺少了诗歌应有的韵味。《唐诗归》卷一钟惺在评点刘希夷《将军行》"剑气射云天，鼓声振原隰。黄尘塞路起，走马追兵急。弯弓从此去，飞箭如雨集。截围一百里，斩首五千级"数句时说："非惟不粗，反觉叙得质实。"③也肯定了刘希夷此诗质而不粗的特点。

在推崇"质"的同时，明代一部分诗学家也意识到不能走极端的问题。他们虽然也肯定"质"，但又强调了与"粗浅""俚俗"的区别。乐府诗的风格倾向质朴，但也要避免出现"粗浅"和"俚俗"的毛病。如李东阳指出：

> 质而不俚，是诗家难事。乐府歌辞所载《木兰辞》，前首最近古。唐诗，张文昌善用俚语，刘梦得《竹枝》亦入妙。至白乐天令老妪解之，遂失之浅俗。其意岂不以李义山辈为涩僻而反之？而弊一至是。岂古人之作端使然哉？④

---

① 钟惺、谭元春选评：《诗归·唐诗归》卷三十一，下册，张国光、张业茂、曾大兴点校，第606页。

② 钟惺、谭元春选评：《诗归·古诗归》卷十三，上册，张国光、张业茂、曾大兴点校，第254页。

③ 钟惺、谭元春选评：《诗归·唐诗归》卷一，上册，张国光、张业茂、曾大兴点校，第35页。

④ 李东阳著，李庆立校释：《怀麓堂诗话校释》，第85页。

除了古乐府《木兰辞》外，李东阳在这段话里所列举的张籍、刘禹锡、白居易皆为唐代著名乐府诗人。李东阳明确提出乐府诗要能做到"质而不俚"，即既有质朴的风格，又能避免俚俗的毛病。他认为张籍的诗中虽然多用俚语，但不俚俗。刘禹锡的《竹枝词》也有这种妙处。相比之下，白居易所写的那些"老妪能解"的新乐府诗，却"失之浅俗"。

胡应麟也指出："《孔雀东南飞》，质而不俚，详而有体，五言之史也。而皆浑朴自然，无一字造作，诚为古今绝唱。"①他认为《孔雀东南飞》一诗之所以能成为古今绝唱，一个重要的原因就是其具有"质而不俚"的特点。《木兰辞》与《孔雀东南飞》被誉为乐府诗中的"双璧"，而李东阳和胡应麟皆称赞它们"质而不俚"，可见明代诗学家们对于乐府诗风格的思考。生活在明末的陆时雍在其《诗镜总论》中曾言："古之为尚，非徒朴也，实以其精。今人观宋器，便知不逮古人甚远。商彝周鼎，洵可珍也。不求其精，而惟其朴。以疏顽为古拙，以浅俚为玄澹，精彩不存，面目亦失之远矣。""古乐府多俚言，然韵甚趣甚。后人视之为粗，古人出之自精，故大巧者若拙。"②陆时雍指出，古乐府多用俚言却并不粗浅，而自有其精巧之处。后人不懂古诗的妙处，刻意追求"疏顽"和"浅俚"，以为这样就是"古拙"和"玄澹"，实际上是失之千里了。

陆时雍在《诗镜总论》中还进一步揭示了诗歌"过质而俗"的机理："诗有灵襟，斯无俗趣矣；有慧口，斯无俗韵矣。乃知天下无俗事，无俗情，但有俗肠与俗口耳。古歌《子夜》等诗，俚情亵语，村童之所赧言，而诗人道之，极韵极趣。汉《铙歌》乐府，多婆人乞子儿女里巷之事，而其诗有都雅之风。如'乱流趋正绝'，景极无色，而康乐言之乃佳。'带月荷锄归'，事亦寻常，而渊明道之极美。以是知雅俗所由来矣。夫虚而无物者，易俗也；芜而不理者，易俗也；卑而不扬者，易俗也；高而不实者，易俗也；放而不制者，易俗也；局而不舒者，易

①　胡应麟：《诗薮》内编卷二，第34页。
②　陆时雍：《诗镜总论》，载丁福保辑《历代诗话续编》下册，第1404页。

俗也;奇而不法者,易俗也;质而无色者,易俗也;文而过饰者,易俗也。"①陆时雍认为天下本无俗事俗情,一切情事皆可入诗,关键要看诗人有没有俗肠俗口。"质"本身不是问题,但如果一味求质,导致"质而无色",就会产生"俗"的问题。

一些诗学家不仅看到了一味尚质的弊端,还能进一步从"质"与"文"辩证关系的层面来阐发。如"前七子"之一的徐祯卿在《谈艺录》中说:

> 魏诗,门户也;汉诗,堂奥也。入户升堂,固其机也。而晋氏之风,本之魏焉。然而判迹于魏者,何也?故知门户非定程也。陆生之论文曰:"非知之难,行之难也。"夫既知行之难,又安得云知之非难哉?又曰:"诗缘情而绮靡。"则陆生之所知,固魏诗之渣秽耳。嗟夫!文胜质衰,本同末异,此圣哲所以感叹,翟朱所以兴哀者也。夫欲拯质,必务削文,欲反本,必资去末,是固曰然。然非通论也。玉韫于石,岂曰无文?渊珠露采,亦匪无质。由质开文,古诗所以擅巧。由文求质,晋格所以为衰。若乃文质杂兴,本末并用,此魏之失也。故绳汉之武,其流也犹至于魏;宗晋之体,其敝也不可以悉矣。②

在这里,徐祯卿虽然不是专门针对乐府诗而谈,但考虑到乐府诗在汉魏诗歌中的重要地位,其论断当然也包含乐府诗批评的内容。通过这段话我们也能看出徐祯卿"乐府以汉人为首"的观念。在诗歌的"文、质"关系中,徐祯卿强调质的决定性作用,认为质是本,文是末。古诗之所以擅巧,就是因为由质开文;而晋诗之所以衰落,是因为由文求质。徐祯卿虽然并未完全否定"文"的作用,但显然是崇质抑文的,他认为晋代以后的诗歌存在"文胜质衰"的问题,并提出了"削文拯质""反本去末"的说法。在他的诗歌观念中,不仅质重于文,而且像魏诗那样"文质杂兴"也是不允许的。

---

① 陆时雍:《诗镜总论》,载丁福保辑:《历代诗话续编》下册,第1411页。
② 徐祯卿:《谈艺录》,载何文焕辑:《历代诗话》下册,第766页。

作为明代后期乐府诗学的集大成者,胡应麟也善于从"文、质"关系的角度来论述"质"的重要性,同时又不完全否定"文":

> 周、汉之交,实古今气运一大际会。周尚文,故《国风》《雅》《颂》皆文;然自是三代之文,非后世之文。汉尚质,故古诗、乐府多质;然自是两汉之质,非后世之质。

> 文质彬彬,周也。两汉以质胜,六朝以文胜。魏稍文,所以逊两汉也;唐稍质,所以过六朝也。①

在胡应麟看来,周代尚文,所以"诗三百"都体现出文的特点;汉代尚质,所以古诗、乐府多质。这样一来,胡氏就将汉乐府诗的总体特点归入了"质"这一类。但实际上胡应麟并没有把汉乐府诗的"质"和"诗三百"的"文"对立起来,而是又补充说明,周代的文学做到了文质彬彬,也就是尽善尽美。和汉代的"质"真正相对立的是六朝的"文"。如果用"文、质"关系来分析的话,魏代的文学略偏于"文",所以稍逊两汉;唐代的文学略偏于"质",所以胜过六朝。按照胡应麟的评价标准,除了文质彬彬的周代文学,后世各朝文学都在"文"或"质"上有所偏重。相比之下,以"质"为主的胜过以"文"为主的。

我们看到,胡应麟并没有说文学"越质越好",他在评论三曹的乐府诗成就时说:"三曹,魏武太质,子桓乐府《杂诗》十余篇佳,余皆非陈思比。"②他认为曹操诗歌"太质",也就是过于质朴,言下之意缺少文采和文学美感,显然带有批评的意思。可见,胡应麟并没有认为诗歌"越质越好",而是有更加全面和深刻的认识。就像他所说的那样,汉乐府诗的"质""自是两汉之质,非后世之质",并不能简单地理解成只要"质"不要"文":"汉人诗,质中有文,文中有质,浑然天成,绝无痕迹,所以冠绝古今。"③在胡应麟看来,汉人的诗虽然总体上呈现出"质"的特征,但是"质中有文",能够做到质朴与华美的高度统一,所

---

① 胡应麟:《诗薮》内编卷一,第3页。
② 胡应麟:《诗薮》内编卷二,第28页。
③ 胡应麟:《诗薮》内编卷二,第22页。

以能够冠绝古今：

> 古诗自质,然甚文;自直,然甚厚。"上山采蘼芜""四坐且莫喧"
> "翩翩堂前燕""洛阳城东路""长安有狭邪"等,皆闾巷口语,而用意
> 之妙,绝出千古。建安如应璩《三叟》,殊愧雅驯;阮瑀《孤儿》,毕露
> 筋骨。汉、魏不同乃而。①

> 汉古《八变歌》,文繁于质,景富于情,恐是曹氏弟兄作。汉人语
> 亦有甚丽者,然文蕴质中,情溢景外,非后世所及也。②

因为汉诗做到了质中有文,所以闾巷口语也能"绝出千古"。相比之下,
《八变歌》文繁于质,可能是曹氏兄弟所作。

由以上可以看出,胡应麟关于乐府诗"文、质"关系的论述并非是对王世
贞简单的模仿和重复,而是有自己独立的思考和更深刻的理解。他对曹操乐
府诗的创作并不是特别推崇,原因就是曹操的诗"太质",没有能够像汉乐府
诗那样做到"质中有文"。由此可见,胡应麟对乐府诗"文、质"关系的理解已
经远远超越了王世贞,带有辩证色彩。他对于不同时代不同类别乐府诗和乐
府诗人特点的把握也更加到位。

生活时代稍晚于胡应麟的许学夷,其论诗虽然以"辨体"为先,但其对乐
府诗"文、质"关系的论述却与胡应麟相近。其《诗源辩体》云：

> 武帝《楚辞》《瓠子》二歌,质胜于文,气格苍古;《秋风辞》,文质
> 得宜,格在其中。王元美云："汉武固是词人,《秋风》一章,几于《九
> 歌》矣。"胡元瑞云："《大风》,千秋气概之祖,《秋风》,百代情致
> 之宗。"③

> 汉人乐府五言,如《相逢行》《羽林郎》《陌上桑》等,古色内含而

---

① 胡应麟:《诗薮》内编卷二,第25—26页。
② 胡应麟:《诗薮》内编卷一,第16页。
③ 许学夷:《诗源辩体》卷三,杜维沫校点,第59页。

华藻外见,可为绝唱。……晋宋以下,文胜质衰,绮靡不足观矣。①

许学夷于汉乐府中独推五言,而对杂言则褒贬不一。这与王世贞等人大不相同。其文、质的批评标准应该是受到了徐祯卿和胡应麟的影响。在许学夷看来,乐府诗"质胜于文"是可以的,"文质得宜"也是可以的,但"文胜质衰"则万万不行。"文胜质衰"会带来绮靡之病,晋宋以下的乐府诗"不足观"的原因正在于此。而汉高祖的《大风歌》、汉武帝的《瓠子歌》、汉乐府《相逢行》《羽林郎》《陌上桑》等,却因为"质胜于文"或"文质相宜"而成为千古绝唱。

第三节　遒劲与峻绝

除了"高古"与"质朴",明代乐府诗风格批评中还有"遒丽""雄浑""峻绝"与"自然天成""平淡含蓄"等常见的批评标准。这些风格看起来并不统一,其中"自然""平淡""含蓄"与"高古""质朴"相近,而"遒丽""雄浑""峻绝"等却相去甚远,有些甚至与"质朴"是互相矛盾的,而这正体现出乐府诗的丰富性和复杂性。而且明人对于乐府诗不同风格的认识也是随着明代诗学的不断发展而逐渐深入的。

在明初的时候,诗学家们还未能将乐府和古诗的风格明确区分开来,他们往往将乐府诗的风格笼统地说成"平淡""和雅"或"自然""含蓄"。如宋濂(1310—1381)在《元故翰林待制黄殷士墓碑》一文中说:"殷士讳昂,殷士其字也。临川金溪化原里人。……性嗜古文,而尤长于诗。补作古乐府诸题,音度和雅,无愧于古。四方士大夫多购求藏弄为荣。"②宋濂称赞殷昂补写的古乐府诗"音度和雅",显然是用古诗的标准来衡量乐府诗的风格。

①　许学夷:《诗源辩体》卷三,杜维沫校点,第68页。
②　程敏政选编:《皇明文衡》卷八十。

又如陈谟在《学村记》一文中说:"友人易君,别字学村。蕲记于海桑子,子嘉焉。或曰:'是矫也,君岂尝能村乎? 村贵真,不学而能。昔王建、张籍同时,同以乐府著声。评籍者曰其不及王建者,村不尽也,谓其不皆自然,未极于真耳。村固易学哉?' 予曰:'不然。《传》曰蛾子时术之。《志》曰人皆作之,作之不已,乃造自然。'"①在陈谟为其好友易学村所作的记文中,从他对张籍、王建乐府诗的高下品评中我们可以看出,陈谟虽然不同意有人将王建乐府诗胜过张籍的原因归结为"不学而至",但他显然是将"自然"作为非常重要的乐府诗批评标准。只不过他认为这种"自然"是要通过长期反复地练习才能达到的。陈谟在《书王伯允诗稿》一文中又说:

> 伯允茂才,以其录稿介余评之。余吟多率,且日就退,茂才殆将起予者乎! 辄以鄙见,间评一二而复之,曰:"学诗必自拟古始。虽李杜亦然。拟之而不近未也,拟之而甚近亦未也。初若甚近则几矣,其终也甚不近而实无不近,则神矣。茂才负锐气,不可第二。出一语不肯寻常。录稿中选体、唐律,思致清,声调熟。《三妇词》《蚕妇吟》《两渔歌》等,效张籍、王建,得其风骨,极可讽咏。乐府自《尊酒行》至《关山月》诸篇,足称拟古者。乃若诸七言长歌,气猛语激,愤嫉多而雍容少,略收敛涵蓄,则尤为佳也。"②

从这段话可以看出,陈谟对拟写古乐府诗的做法是认可的,认为这是学诗的必经途径。但王伯允拟作的歌行却有"气猛语激"的毛病,缺少雍容之致,需要进一步加以收敛涵蓄。这样才能达到"高古"或"深厚"的效果。

到了成化年间,这种将乐府诗风格归结为"平淡"或"含蓄"的做法依然存在。如周瑛在《读杨铁崖古乐府》中说:

> 乐府始于汉,惟《二侯章》其词壮浪,余皆意气和平渊永。想当时被之管弦,必雍容和美,令人心醉。铁崖生当叔世,才俊气逸,外感

---

① 陈谟:《海桑集》卷七。
② 陈谟:《海桑集》卷九。

内愤，渐入于戾。此词可谓工矣，然施之乐府，不几于北鄙之声乎！铁崖囿气化中不自知也。当时顾亮、张宪、李费辈皆在门下，使稍知风雅余韵，必不更求崛奇以胜之矣。①

杨维桢的乐府诗在明代影响很大，但周瑛认为汉乐府诗的主导风格是和平渊永，而杨维桢的乐府诗却外感内愤，渐入于戾，近于北鄙之声。在明人多推崇杨维桢乐府诗的背景下，周瑛却认为杨的乐府诗在风格上悖离了乐府诗的初衷，因而其"崛奇"的风格并不值得学习。

明代中期以后，仍有人将乐府诗风格简单归结为"平淡""含蓄"而反对"雄壮""奇丽"。如魏校（1483—1543）在《复胡郡守孝思其三》中说：

承示乐府，其格雄浑，其调悲壮沉郁，或婉而丽。盖兼众体而杂出之者乎。虽然，校不敢赞而敢献所疑。古诗中声之所出，所谓人诣乎天为至人，言诣乎天为至言。故可被之八音，其极动天地、感鬼神，而况于人乎！今所传三百五篇，非尽孔氏之旧，以其繁声多也。而后世莫能非之。知言者鲜，知音者弥鲜。乐府要皆出于风气，多属繁声。其劲以急者，边声也。有杀声者必有杀心。其靡靡者，俗乐也。有淫声者必有淫思。是故君子不可以不慎也。高明以为然否？②

对于胡孝思的乐府诗，魏校虽然也承认其格调雄浑悲壮沉郁，或婉而丽，但魏校认为乐府诗与"诗三百"相较。皆出于风气，多属繁声，边声杀气太重，俗乐淫声太多，君子应该慎之。这实际上就否定了乐府诗中存在的"雄壮""婉丽"等风格。

但总的来看，明代中期以后诗学家们对乐府诗的风格有了更加深入的认识。一方面，他们注意到乐府诗与古诗在风格上的差异；另一方面，他们也认识到乐府诗的风格不应该是单一的，而可以是丰富多样的，除了"高古""质

---

① 周瑛：《翠渠摘稿》卷四，林近龙编，载章懋：《枫山集（外四种）》，上海古籍出版社1991年版，第797—798页。
② 魏校：《庄渠遗书》卷十一，清文渊阁四库全书本。

朴""平淡""含蓄"这些,还有"遒丽""峻绝"等风格。如徐祯卿指出:"温裕纯雅,古诗得之。遒深劲绝,不若汉铙歌乐府词。乐府《乌生八九子》《东门行》等篇,如淮南小山之赋,气韵绝峻,止可与孟德道之;王刘文学,皆当袖手尔。"①徐祯卿认为"温裕纯雅"是古诗最显著的特点,而汉铙歌在风格上的突出特点是"遒深劲绝",《乌生八九子》《东门行》等皆"气韵峻绝"。这样徐祯卿就将乐府诗与古诗的风格进行了区分。另外,徐祯卿还进一步对乐府诗内部不同曲调之间的风格也进行了区分:"汉祚鸿朗,文章作新,《安世》楚声,温纯厚雅,孝武乐府,壮丽宏奇。"②徐祯卿在这里所说的"孝武乐府",并不是指汉武帝本人所写的作品,而是指汉武帝"立乐府"时代乐府机构采集创制的诗歌作品。他认为唐山夫人《安世房中歌》在风格上是"温纯厚雅"的,而武帝时期乐府诗风格则变为"壮丽宏奇"。他虽然没有明确说出"孝武乐府"的内容,但显然是指《铙歌》《相和歌》这些。

生活在明代后期的胡应麟在乐府诗风格的辨析上更进一步。一方面,他也指出了乐府诗与古诗在风格上的差异:"乐府至诘屈者,《朱鹭》《临高台》等篇;至峻绝者,《乌生》《东门行》等篇。然学者苟得其意,而刻酷临摹,则亦无大相远。故曹氏父子,往往近之。至古诗和平淳雅,骤读之极易;然愈得其意,则愈觉其难。盖乐府犹有句格可寻,而古诗全无兴象可执,此其异也。"③胡应麟认为古诗的风格是"和平淳雅",而乐府诗又具有"诘屈""峻绝"等风格。相比之下,乐府诗拟写还较为容易,而古诗却极难学。另一方面,他在《诗薮》中也多有对于不同曲调乐府诗不同风格的论述。如"《郊祀》,炼辞煅字,幽深无际,古雅有余。《铙歌》,陈事述情,句格峥嵘,兴象标拔。惜中多不可解。今人《安世》等篇,多不点目,宁暇此乎?"④胡应麟指出《郊祀》与《铙歌》风格

①　徐祯卿:《谈艺录》,载何文焕辑:《历代诗话》下册,第770页。
②　徐祯卿:《谈艺录》,载何文焕辑:《历代诗话》下册,第764页。
③　胡应麟:《诗薮》内编卷二,第26页。
④　胡应麟:《诗薮》内编卷一,第7页。

不同,前者幽深古雅,而后者峥嵘标拔。虽然说法略有不同,但实际上说的还是"平淡"与"雄奇""峻绝"的区别。

尤其值得注意的是,胡应麟不仅指出了乐府诗与古诗以及不同曲调乐府诗之间在风格上存在的差异,他还试图从诗歌史发展演变的角度去解释这种差异产生的原因。如关于汉代的四言乐府诗,胡应麟说:

汉四言自有二派:《安世》《讽谏》《自劾》等篇,典则淳深,商、周之遗轨也;《黄鹄》《紫芝》《八公》等篇,瑰奇风藻,魏、晋之前驱也。①

胡应麟认为,以汉乐府为代表的汉代四言诗有两种主要风格,一为典则淳深,一为瑰奇风藻。前者更多是对商周古诗的继承,后者则更多是魏晋诗风的先导。这样一来,胡应麟对乐府诗风格的解读就站到了诗歌史发展演变的高度,较前人无疑是前进了一大步。

生活时代稍晚于胡应麟的钟惺、谭元春将乐府诗风格批评进一步推向了细致深入。除了"高古""质朴""自然",他们在《古诗归》的选诗和评点过程中,还论及"细""厚""奇"等多种风格,从而将乐府诗与古诗在风格上的区别说得更加透彻。对此前文已有相关论述,此处不再重复。

由以上我们可以看出,无论是"高古""质朴",还是"自然""平淡",又或者是"遒丽""峻绝""细""厚""奇"等,都和明代复古诗学及重情诗学的兴盛密切相关。明人秉持"乐府以汉魏为首"的观念,将汉乐府作为乐府诗艺术批评的最高标准。其作出的诸多论断,都是在这个背景下完成的。同时我们也看到,随着诗学的不断发展,明代中后期的诗学家们对乐府诗风格的辨析越来越细致深入,其评论也愈发多元化,也愈发带有辩证色彩。这些都是值得肯定的。

---

① 胡应麟:《诗薮》内编卷一,第8页。

第十一章 明人的乐府诗批评论(中)

——品评作家作品

与西方文论更侧重于整体理论框架的构建不同,中国古代文学批评中对于具体作家作品的品评显得尤为突出。这些品评,或重在对不同作家创作水平的比较,或重在对于不同时代文学优劣的品秩,或是针对具体诗歌作品思想内容和艺术水准的高下判断等,都是文学批评的重要内容。在明代乐府诗学中,这种品评也主要反映在三个方面:一是对不同时代或同一时代的不同乐府诗人水平高下的评判;二是对一些具体乐府诗作品的品秩;三是对不同时代乐府诗总体成就的比较。品评的形式则包括诗话、诗注、评点等。下面我们分别从明人对汉魏六朝、唐宋元、明朝当代三个时期乐府诗人诗作的品评来论述。

第一节 对汉魏六朝乐府诗人诗作的品评

汉魏六朝既是乐府诗崛起的时期,也是乐府诗史上的高峰期。明人对这一时期的乐府诗人诗作的关注当然不会少。具体又可以分成两个阶段来看。

一是明人对汉魏六朝乐府诗人诗作的品评。

正如前文所说,明人普遍持有"乐府以汉魏为首"的观念,故对于汉魏乐府诗,明人多进行推崇。如胡缵宗在《陈思王诗集序》中说:"三百篇而后,汉尚矣;魏亦何可及也? 曹氏父子兄弟,固汉之支也,而魏之源开矣,质朴浑厚、舂容隽永,风格音调,自为阳春白雪。晋以下难为诗也。"①胡缵宗认为《诗经》之后汉诗成就最早,魏诗也是后人难以企及的。主要的原因就在于汉魏诗歌具有质朴的风格,而晋代以后的诗歌创作很难达到这个境界。

明人对汉魏时期一些优秀的单篇乐府诗作品进行了品评。如董其昌(1555—1636)在《樾馆诗选序》中说:

汉武帝《房中》乐府取唐山夫人所进十五章。当时枚马在庭,岂无隽响? 曾不以被管弦而搣金石,抑何鉴裁之超也。文君以《白头吟》少许胜《长门赋》多许,故相如心死倦游,不复走茂陵道。良以远山之黛,每与时徂;而才情丽藻,千载不化。②

董其昌认为汉武帝《房中》乐独取唐山夫人所进,当时枚皋、司马相如等人皆在宫廷,而武帝不取,足见其超卓的见识。卓文君《白头吟》虽短,却胜过长篇的《长门赋》,并终于挽回了司马相如。这些优秀作品所体现出来的才情丽藻,足以光耀千秋。

胡应麟在《诗薮》中也对汉魏乐府诗的一些具体作品有着高度评价,如"《大风》千秋气概之祖,《秋风》百代情致之宗,虽词语寂寥,而意象靡尽"③,"高帝《鸿鹄歌》,是'月明星稀'诸篇之祖,非《雅》《颂》体也。然气概横放,自不可及。后惟孟德'老骥伏枥'四语,奇绝足当"④。胡应麟肯定汉高祖的《大风歌》是"气概之祖",汉武帝的《秋风辞》是"百代情致之宗"。又说汉高祖的《鸿鹄歌》是曹操《短歌行》诸篇之祖,气概横放,后人难以企及。对于《孔雀东南飞》一诗,胡应麟说:"汉五言,'庐江小妇'外,文姬《悲愤》亦长篇叙事,犹

① 胡缵宗:《鸟鼠山人小集》卷十一。
② 贺复徵编:《文章辨体汇选》卷三百二。
③ 胡应麟:《诗薮》内编卷三,第49页。
④ 胡应麟:《诗薮》内编卷一,第9页。

褚先生学太史,但得其皮肤耳,精意妙语,不啻千里。读此乃知《孔雀东南飞》不可及。"①"建安以还,人好拟古。自《三百》、《十九》、乐府、《铙歌》,靡不嗣述,几于充栋汗牛。独《孔雀》一篇,更千百年无复继响,非以其难故耶!"②胡应麟认为蔡琰《悲愤诗》在写法上与《孔雀东南飞》相近,都是长篇叙事诗,但远不如后者精妙。《孔雀东南飞》的艺术成就也是后人难以企及的。后世拟古乐府作者众多,但无人敢拟写《孔雀东南飞》,正是因为难度太大。

除了对于一些单篇乐府诗作品的品评,胡应麟还品评了汉魏时期的几位著名乐府诗人。如:

> 汉名士,若王逸、孔融、高彪、赵壹辈诗,存者皆不工;而不知名若辛延年、宋子侯乐府,妙绝千古,信诗有别才也。③

> 建安中,三、四、五、六、七言,乐府,文赋俱工者,独陈思耳。子桓具体而微,仲宣四言过五言,孔璋七言胜五言,应、刘、徐、阮五言之外,诸体略不复睹,材具高下了然。④

胡应麟认为汉代的一些名士留存下来的诗歌很普通,反而是辛延年和宋子侯等不知名之人"乐府妙绝千古"。他又称赞建安时期乐府、古诗、文赋俱工者只有曹植一人,曹丕及建安七子皆有所偏至,才能都不及曹植。

汉魏时期的一些女诗人也引起了明代诗学家们的关注。谢榛曾指出蔡文姬对李白的影响:"蔡文姬《胡笳十八拍》曰:'城南烽火不曾灭,疆场征战何时歇? 杀气朝朝冲塞门,胡风夜夜吹边月。'此为太白古风法之祖。"⑤胡应麟也特别称赞了汉魏时期创作乐府诗的几位女诗人:"班姬团扇,文君《白头》,徐淑宝钗,甄后《塘上》,汉、魏妇人,遂与文士并驱,六代至唐蔑矣。"⑥胡应麟认

---

① 胡应麟:《诗薮》外编卷一,第 130 页。
② 胡应麟:《诗薮》外编卷一,第 131 页。
③ 胡应麟:《诗薮》外编卷一,第 130 页。
④ 胡应麟:《诗薮》外编卷一,第 137 页。
⑤ 谢榛:《四溟诗话》卷二,宛平校点,第 43 页。
⑥ 胡应麟:《诗薮》内编卷二,第 31 页。

为班婕妤、卓文君、甄后等女性作家所取得的诗歌成就足以和同时代的男子并驱。而六朝至唐代，再未出现这样优秀的女诗人了。

明人品评汉魏乐府最精彩的内容是围绕"三曹"优劣及《孔雀东南飞》的价值论争展开的。钟惺、谭元春在《诗归》卷七中通过选评充分肯定了三曹乐府诗的地位和价值。如钟惺在评点曹操《短歌行》时说："四言至此，出脱三百篇尽矣。此其心手不粘带处。'青青子衿'二句，'呦呦鹿鸣'四句，全写三百篇而毕竟一毫不似，其妙难言。"①肯定了此诗的独创价值。在评价曹丕《善哉行》时说："缓节安歌，灵通幽感。其口角低回，心情温瘁，有含辞未吐，气若芳兰之意。""同是短歌，同是善哉，父子同作，详其声意，武帝之武，文帝之文，各在言表矣。"②认为曹丕之作可以与其父曹操抗衡。在评点曹植则云："子建柔情丽质，不减文帝。而肝肠气骨，时有磊块处，似为过之！"③谭元春在评点曹植《野田黄雀行》时说："储光羲《野田黄雀行》以外数首，皆出于此。无君子心肠，无仙佛行径，无少年意气，而长于风雅者未之有也。"④二人皆认为曹植乐府诗还在其兄曹丕之上，并影响到唐代储光羲的乐府诗创作。

在充分肯定三曹乐府诗地位和价值的同时，《古诗归》却对同时代的王粲等人进行了批评。钟惺说："邺下西园，词场雅事。惜无蔡中郎、孔文举、祢正平其人以应之者！仲宣诸人，气骨文藻，事事不敢相敌。公宴诸作，尤有乞气。故一切黜之，即黜唐应制诗意也。稍取其明洁者数首，以塞千古耳食人之望，与曹氏父子诗共读之，分格自见，不待饶舌。"⑤在钟惺看来，王粲诸人无论气骨还是文藻都远不及曹氏父子，长期以来只是徒有虚名，《古诗归》里选其诗作也只是为了"塞千古耳食人之望"，将他们的作品与曹氏父子对读，优劣自见。在对王粲《从军行》进行评点时，钟惺从思想内容和手法等方面对此诗进

---

① 钟惺、谭元春选评：《诗归·古诗归》卷七，上册，张国光、张业茂、曾大兴点校，第123页。
② 钟惺、谭元春选评：《诗归·古诗归》卷七，上册，张国光、张业茂、曾大兴点校，第128页。
③ 钟惺、谭元春选评：《诗归·古诗归》卷七，上册，张国光、张业茂、曾大兴点校，第131页。
④ 钟惺、谭元春选评：《诗归·古诗归》卷七，上册，张国光、张业茂、曾大兴点校，第132页。
⑤ 钟惺、谭元春选评：《诗归·古诗归》卷七，上册，张国光、张业茂、曾大兴点校，第137页。

行了批评。如诗中有"筹策运帷幄,一由我圣君"二句,钟惺评"'圣君'二字,拥戴得无品"。诗中又有"我有素餐责,诚愧伐檀人"二句,钟惺又评"'伐檀人'用得无谓"。① 皆是对此诗的不满。

关于曹氏父子三人乐府诗成就的优劣,尽管不少人认为曹植乐府诗的地位高于曹操和曹丕,如胡应麟就说过:"三曹,魏武太质,子桓乐府《杂诗》十余篇佳,余皆非陈思比"②。但也有人认为曹植乐府诗不及曹操、曹丕。如王世贞就说过:"曹公莽莽,古直悲凉。子桓小藻,自是乐府本色。子建天才流丽,虽誉冠千古,而实逊父兄。何以故?材太高,辞太华。"③王世贞认为曹植虽然名气大,但乐府诗创作实际上不如其父曹操及其兄曹丕。主要的原因就在于他才华太高,辞藻太华丽,缺少质朴的风格。陆时雍在评点曹植《白马篇》时亦云:"大都子建乐府丰赡有余,精彩不足,如陈羹宿饭,咄嗟立办,求其新味无有耳。《斗鸡篇》'长鸣入青云,鼓翅独翱翔',世安得此青云鸡耶!"④陆时雍不仅批评曹植的乐府诗"精彩不足",甚至将其比喻为"陈羹宿饭",缺少创新,可见其对曹植乐府诗的评价极低。

而对于《孔雀东南飞》一诗,陆时雍也提出了诸多质疑:

> 焦仲卿诗有数病:大略繁絮不能举要,病一;粗丑不能出词,病二;颓顿不能整格,病三。尤可举者,情词之讹谬也,如云"妾不堪驱使,徒留无所施。便可白公姥,及时相遣归",此是何人所道?观上言"非为织作迟,君家妇难为",斯言似出妇口,则非矣。当县令遣媒来也,"阿女含泪答,兰芝初还时,府吏见丁宁,结誓不别离。今日违情义,恐此事非奇。自可断来信,徐徐更谓之"。而其母之谢媒,亦曰"女子先有誓,老姥岂敢言",则知女之有志,而母固未之强也。及

---

① 钟惺、谭元春选评:《诗归·古诗归》卷七,上册,张国光、张业茂、曾大兴点校,第137页。
② 胡应麟:《诗薮》内编卷二,第28页。
③ 王世贞:《艺苑卮言》卷三,载丁福保辑:《历代诗话续编》中册,第987页。
④ 陆时雍选评:《诗镜·古诗镜》卷五,任文京、赵东岚点校,第43页。

其兄怅然,兰芝既能死誓,何不更申前说大义拒之,而云"兰芝仰头答,理实如兄言。处分适兄意,那得自任专?"意当时情事,断不如是。诗之不能宛述备陈,亦明矣。至于府君订婚,阿母戒日,妇之为计,当有深裁。或密语以寄情,或留物以示意,不则慷慨激烈,指肤发以自将,不则纡郁悲思,遗饮食于不事。乃云"左手持刀尺,右手执绫罗。朝成绣夹裙,晚成单罗衫",其亦何情作此也?"晻晻日欲暝,愁思出门啼。府吏闻此变,因求假暂归。未至二三里,摧藏马悲哀。新妇识马声,蹑履相逢迎。"当是时,妇何意而出门?夫何缘而偶值?诗之未能当情,又明矣。其后府吏与母永诀,回身入房,此时不知几为徘徊,几为婉愤,而诗之情色,甚是草草,此其不能从容撼写又甚矣。或曰:"诗虚境也,安得与纪事同论夫?"夫虚实异致,其要于当情则一也。汉乐府《孤儿行》,事至琐矣,而言之甚详。傅玄《秦女休行》,其事甚奇,写之不失尺寸。夫情生于文,文生于情,未有事离而情合者也。①

陆时雍对《孔雀东南飞》一诗评价甚低,认为此诗不仅有"繁絮""粗丑""颓顿"三病,在情词方面还有更多讹谬。其叙事抒情远不如汉乐府《孤儿行》和傅玄《秦女休行》。但我们仔细分析一下就可以发现,陆时雍对此诗的不满主要还是因为刘兰芝这一女性人物形象的言行违背了传统的封建礼教。陆时雍对于《孔雀东南飞》的抨击无疑是狭隘的。

二是对两晋南北朝乐府诗人诗作的品评。

由于明代复古诗学的兴盛,"乐府以汉魏为首"的观念被普遍接受。明代中期以前诗学界对两晋南北朝的乐府诗的品评不多。但一些优秀的诗人诗作已经受到了关注。如陈谟在《鲍参军集序》中说:"唐以来诗人,唯李杜为大宗。然至少陵,赞白也无敌,则独举参军之俊逸媲焉。夫俊可能也,逸为难。

---

① 陆时雍:《诗镜总论》,载丁福保辑:《历代诗话续编》下册,第1404页。

俊如文禽,逸如豪鹰。凡能粲然如繁星之丽天,而不能回狂澜障百川者,以能俊而不能逸故尔。史称照古乐府文极遒丽,遒斯逸矣,丽斯俊矣。微少陵不足以知太白,微太白不足以拟参军也。虽然文以气为主,以意为辅,以辞为卫。读斯集者,玩参军之辞,必求其意;求参军之意,必尚其气。始参军谒王,欲贡诗言志,或难之,勃然曰:'千载上英才异士沉没不闻者,安可数哉! 大丈夫蕴蓄智能,可使兰艾不辨,与燕雀相随乎?'即奏诗。王大奇之。此其气何如也! 苏子曰:'方高力士用事,公卿争下之,愿出其门。而太白使之脱靴殿上。此其气已盖天下矣。'此太白所以配参军也。善观者其亦有取于斯。"①陈谟不仅指出了鲍照乐府诗"遒丽"的风格特征,还进一步肯定了鲍照对李白诗风的巨大影响。

明代中期以后,随着诗学发展的不断深入及重情诗学的崛起,对于乐府诗的评价标准也越来越多元化,两晋南北朝时期一些重要的作家作品得到了重视,品评的内容也愈发丰富。比如对于南朝梁简文帝等帝王的创作,虽然李梦阳等"前七子"多有不满,谢榛就曾经批评过梁简文帝的《怨歌行》:"梁简文《怨歌行》云:'十五颇有余,日照杏梁初。'起句似相承者。譬诸丛花缺处,半出美人绣襦,不见蝶首蛾眉,可能无恨? 况袭《陌上桑》而用之突然,或易为'窈窕谁家姝',庶得平稳,不失起语格式。"②谢榛指出梁简文帝《怨歌行》的开头是沿袭汉乐府《陌上桑》而来,但第二句显得突兀,不如改成"窈窕谁家姝"。但胡应麟和钟惺、谭元春却充分肯定了梁代几位帝王的乐府诗成就。如胡应麟说:"曹氏父子而下,六代人主,世有文辞者,梁武、昭明、简文,差足继轨。七言歌行,梁武尤胜。《河中之水》《东飞伯劳》,皆寓古调于纤词,晋后无能及者。简文《乌栖曲》,妙于用短;元帝《燕歌行》,巧于用长,并唐体之祖也。"③胡应麟认为梁武帝、昭明太子、梁简文帝等人是继曹氏父子之后六代人

---

① 陈谟:《海桑集》卷五。
② 谢榛:《四溟诗话》卷四,宛平校点,第98页。
③ 胡应麟:《诗薮》内编卷三,第46页。

主中文学成就最高的。梁武帝的《河中之水》《东飞伯劳》"寓古调于纤词"，而梁简文帝的《乌栖曲》和梁元帝的《燕歌行》虽然长短不一，但皆有妙处，极大地影响了唐人的创作。胡应麟还特别强调了梁简文帝《乌栖曲》的成就：

> 简文《乌栖曲》四首，奇丽精工，齐、梁短古，当为绝唱。如"郎今欲度畏风波"，太白《横江词》全出此；"可怜今夜宿倡家"，子安《临高台》全用此。至"北斗横天月将落，朱唇玉面灯前出"，语特高妙，非当时纤词比。余人竞拟皆不逮，惟江总"桃花春水木兰桡"一首，差可继之。①

胡应麟认为梁简文帝《乌栖曲》四首是齐梁时代的"绝唱"，对唐代诗人李白、王勃等人的创作都产生了重要影响。李白《横江词》、王勃《临高台》等都明显借用了梁简文帝的诗句和诗意。

在《古诗归》卷十三中，钟惺在评点梁简文帝《夜夜曲》时也对其诗歌成就进行了肯定："帝王诗文，自魏武帝而后，非惟作文士气，且有妇女气矣。然就彼法中亦自有神化。简文举体皆俊，声情笔舌足以发之，闺阁妙手。后主炀帝，不及远矣。"②钟惺认为，曹操以后的历代帝王所作乐府诗不只是有文士气，甚至多有妇女气。但有妇女气的诗也并非一无是处，如果能够深入其中，也能有出神入化之作。在这方面，梁简文帝堪称妙手，远胜过陈后主和隋炀帝。

由于受到复古诗学及"乐府以汉魏为首"观念的影响，胡应麟在品评晋代乐府诗时还是倾向于将"是否像汉魏乐府""是否有古意"等作为衡量标准。如：

> 晋乐府四言，有绝似汉人者，如《独漉篇》全章逼近。又《陇头谣》"陇头之水，流离四下。嗟我行役，飘然中野"，《安东平》"凄凄

---

① 胡应麟：《诗薮》内编卷六，第107页。
② 钟惺、谭元春选评：《诗归·古诗归》卷十三，上册，张国光、张业茂、曾大兴点校，第260页。

烈烈,北风为雪。船道不通,步道断绝",皆相去不远。齐、梁后,此调不复睹矣。①

晋《白纻辞》,绮艳之极,而古意犹存。②

晋乐辞"今日牛羊上丘陇,当时近前面发红",绝似汉人语。③

《木兰歌》是晋人拟古乐府,故高者上逼汉魏,平者下兆齐、梁。④

在胡应麟看来,晋代乐府诗最大的成就主要体现在"绝似汉人""古意犹存""上逼汉魏"这三个方面。

在两晋南北朝的乐府诗人中,最杰出的作者当数鲍照,明人对其创作的品评当然不少。除了前面说到的陈谟对鲍照乐府诗的品评,胡应麟也曾说过:"歌行至宋益衰,惟明远颇自振拔,《行路难》十八章,欲汰去浮靡,返于浑朴,而时代所压,不能顿超。后来长短句实多出此,与玄晖五言,俱兆唐人轨辙矣。"⑤充分肯定了鲍照《行路难》十八首"汰去浮靡,返于浑朴"的贡献及其在乐府歌行发展历史中的地位。

在《古诗归》卷十二中,钟、谭二人对鲍照乐府诗的价值及其在乐府诗史上的地位给予了极高评价。钟惺说:"鲍参军灵心妙舌,乐府第一手。"⑥将鲍照视作乐府诗史上第一等的作家。而鲍照的乐府诗之所以能取得如此高的成就,是因为"能以古诗声格作乐府,以五言性情入七言,别有奇响异趣"⑦。钟惺认为鲍照将五言古诗的声调格律带入了乐府诗的创作,使得其乐府诗兼得古诗之长,形成了独特的"别响异趣"。如对于鲍照《代东门行》一诗,钟惺评

① 胡应麟:《诗薮》内编卷一,第11页。
② 胡应麟:《诗薮》内编卷三,第43页。
③ 胡应麟:《诗薮》内编卷三,第44页。
④ 胡应麟:《诗薮》内编卷三,第44页。
⑤ 胡应麟:《诗薮》内编卷三,第45页。
⑥ 钟惺、谭元春选评:《诗归·古诗归》卷十二,上册,张国光、张业茂、曾大兴点校,第225页。
⑦ 钟惺、谭元春选评:《诗归·古诗归》卷十二,上册,张国光、张业茂、曾大兴点校,第225页。

曰:"促节厉响,情思婉转,乐府中古诗也。"①钟惺又评《拟行路难》"泻水置平地"一首说:"全副苏、李、《十九首》性情,从七言中脱出。乐府歌行,出入其中,游戏其外,可知而不可言。"②钟惺认为这首诗虽然借鉴了七言诗的形式,但在抒情方式上却非常像汉魏古诗。鲍照的乐府歌行能够融合传统的乐府诗和汉魏古诗二者之长,这是一种极为高明的写作手法,"可知而不可言"。另外,钟惺在评点《拟行路难》"春禽喈喈旦暮鸣"一首时又说:"此一诗之妙,散之可作苏、李、《十九首》,约之只如《子夜》《读曲歌》四语。难言,难言!"③指出了这首诗同时具备了南朝清商乐府与汉魏古诗的优点。这些无疑都是钟惺对于鲍照乐府诗妙处的深刻揭示。

　　在《古诗归》卷十四中,谭元春在评点吴均《行路难》时又将鲍照和王筠的同题诗放在一起对比,并同时推崇了这三位乐府诗人的创作:"此题当合王筠、鲍参军三作,同时取诵。不知其为两三人手也,始有所得。然鲍诗字字圆润浮动,无高妙感慨之痕,故当于王、吴二公共推之。"④谭元春认为三人的《行路难》诗有内在的相通之处,又各有特点。与王筠、吴均诗作的"高妙感慨"相比,鲍照的乐府诗"字字圆润浮动",有独特的艺术特征,所以在乐府诗史上有不可取代的地位。钟惺在同卷评点王筠《行路难》时,也对三人的同题诗作进行了比较:"从忧苦中酿出一段精细,从深密中发出一片风趣,其巧妙微透处,鲍参军不暇,然亦不必。若吴均,则直不能矣。此三人《行路难》之大致也。"⑤钟惺肯

---

①　钟惺、谭元春选评:《诗归·古诗归》卷十二,上册,张国光、张业茂、曾大兴点校,第225页。

②　钟惺、谭元春选评:《诗归·古诗归》卷十二,上册,张国光、张业茂、曾大兴点校,第227页。

③　钟惺、谭元春选评:《诗归·古诗归》卷十二,上册,张国光、张业茂、曾大兴点校,第228页。

④　钟惺、谭元春选评:《诗归·古诗归》卷十四,上册,张国光、张业茂、曾大兴点校,第269页。

⑤　钟惺、谭元春选评:《诗归·古诗归》卷十四,上册,张国光、张业茂、曾大兴点校,第272页。

定了王筠《行路难》的深密巧妙,这又是鲍照和吴筠诗作所不具备的特点。

第二节　对唐、宋、元乐府诗人诗作的品评

唐代是乐府文学史上继汉魏乐府、六朝乐府之后的又一个高峰。明人因为普遍有"乐府以汉魏为首"的观念,对唐代乐府诗的总体评价不如汉魏乐府高。如杨慎在《唐绝增奇序》中说:"予尝品唐人之诗,乐府本效古体而意反近,绝句本自近体而意实远。"①杨慎认为唐人的拟古乐府虽然在体制上仿效古人,却没有产生高古的效果。绝句则相反。谢榛曾对比过韩愈《琴操》与北朝乐府《敕勒歌》:"《碧鸡漫志》曰:'斛律金《敕勒歌》曰:"敕勒川,阴山下,天似穹庐,笼盖四野。天苍苍,野茫茫。风吹草低见牛羊。"'金不知书,同于刘项,能发自然之妙。韩昌黎《琴操》虽古,涉于摹拟,未若金出性情尔。"②按:《碧鸡漫志》原文为:"高欢玉璧之役……归使斛律金作《敕勒歌》,其辞略曰:'山苍苍,天茫茫,风吹草低见牛羊。'欢自和之,哀感流涕。金不知书,能发挥自然之妙如此……吾谓西汉后独《敕勒歌》暨韩退之《十琴操》近古。"③谢榛在王灼观点的基础上更进一步,认为韩愈的古琴操与《敕勒歌》相比属于摹拟,不如斛律金所作出自性情。

但唐代作为中国古典诗歌的黄金时代,出现了李白、杜甫、白居易等大诗人,他们在乐府诗创作领域都颇有建树。另外,像元稹、张籍、王建、李贺等人也都以创作乐府诗出名。从这个角度来看,唐代正是中国文人乐府诗的顶峰时期。明代乐府诗学中品评唐代乐府诗人诗作的内容当然也不会少。宋元时期,乐府诗创作有所衰落,但依然出现了一些优秀的乐府诗人和诗歌作品。尤其是元末的杨维桢,其《铁崖古乐府》名噪一时,并对明代诗坛产生了重大影

---

① 杨慎:《升庵集》卷二,第23页。
② 谢榛:《四溟诗话》卷二,宛平校点,第44—45页。
③ 王灼:《碧鸡漫志》卷一,罗济平校点,辽宁教育出版社1998年版,第3页。

响,明代诗学家对其也多有关注。

在唐代的乐府诗人,受关注最多的当数李白、杜甫、白居易、张籍、王建等人。尤其是李、杜二人,作为盛唐诗坛的双子星,又分别在乐府诗创作领域取得过巨大成功,对他们二人的品评和讨论也就格外热烈。

明代诗学家们对于李、杜二人的乐府诗总体评价还是很高的。李东阳就曾经充分肯定过李白乐府诗的创造性:"如李太白《远别离》、杜子美《桃竹杖》,皆极其操纵,曷尝按古人声调? 而和顺委曲乃如此。固初学所未到,然学而未至乎是,亦未可与言诗也。"①李东阳认为,李白在创作《远别离》一诗时并未机械地模仿古人声调,却有和顺委曲之美。当然李白的创新也是以学习古人为基础的。胡应麟则指出,李白能够在学习古乐府的同时充分发挥自己的艺术个性:

> 太白《独漉篇》"罗帏卷舒,似有人开。明月直入,无心可猜"四语独近。又《公无渡河》长短句中,有绝类汉、魏者,至格调翩翩,望而知其太白也。②

胡应麟一方面称赞李白《独漉篇》中四句及《公无渡河》中长短句"绝类汉、魏",得汉魏乐府之精髓;另一方面又称赞其"格调翩翩",充分显示了李白独特的艺术个性。胡应麟甚至将李白和杜甫看作古往今来最优秀的乐府诗人:

> 乐府则太白擅奇古今,少陵嗣迹《风》《雅》。《蜀道难》《远别离》等篇,出鬼入神,惝恍莫测。《兵车行》《新婚别》等作,述情陈事,恳恻如见。张王欲以拙胜,所谓差之厘毫;温李欲以巧胜,所谓谬于千里。③

他认为李白的乐府诗"擅奇古今",杜甫的乐府诗能够"嗣迹《风》《雅》",

---

① 李东阳著,李庆立校释:《怀麓堂诗话校释》,第21页。
② 胡应麟:《诗薮》内编卷一,第12页。
③ 胡应麟:《诗薮》内编卷二,第38页。

并分别列举了二人的代表作《蜀道难》《远别离》及《兵车行》《新婚别》加以说明。相比之下,张籍、王建、温庭筠、李商隐虽然也以乐府诗见长,但无论是欲"拙"还是欲"巧",皆与李白、杜甫差距甚远。

胡应麟还比较了李、杜二人在乐府诗创作方面的不同特点:

> 阖辟纵横,变幻超忽,疾雷震霆,凄风急雨,歌也;位置森严,筋脉联络,走月流云,轻车熟路,行也。太白多近歌,少陵多近行。①

> 太白《蜀道难》《远别离》《天姥吟》《尧祠歌》等,无首无尾,变幻错综,窈冥昏默,非其才力学之,立见颠踣。少陵《公孙大娘》《渼陂行》《丹青引》《丽人行》等,虽极沉深横绝,格律尚有可寻。②

胡应麟通过分析"歌"与"行"在体制风格上的不同特点,得出李白乐府诗"多近歌"而杜甫乐府诗"多近行"的结论。同时认为李白乐府诗纵横变幻,才华不足之人无法学习;而杜甫乐府诗虽然沉深横绝,但尚有格律可寻。

《唐音癸签》的作者胡震亨对李、杜乐府诗也推崇备至。一方面他充分肯定了李白在乐府诗领域的高深造诣:

> 太白于乐府最深,古题无一弗拟,或用其本意,或翻案另出新意,合而若离,离而实合,曲尽拟古之妙。尝谓读太白乐府者有三难:不先明古题辞义源委,不知夺换所自;不参按白身世遭遇之概,不知其因事傅题、借题抒情之本指;不读尽古人书,精熟离骚、选赋及历代诸家诗集,无繇得其所伐之材与巧铸灵运之作略。今人第谓太白天才,不知其留意乐府,自有如许功力在,非草草任笔性悬合者。不可不为拈出。③

胡震亨认为李白"于乐府最深",能够曲尽拟古之妙。而且李白在乐府诗领域的成就并非仅仅是因为其"天才",更有"功力在",今人往往误解。另一

---

① 胡应麟:《诗薮》内编卷三,第48页。
② 胡应麟:《诗薮》内编卷三,第49页。
③ 胡震亨编:《唐音癸签》卷九,第87页。

方面,胡震亨又认为杜甫在乐府诗领域是可以跟李白双峰并峙的人物:

> 拟古乐府,至太白几无憾,以为乐府第一手。矣谁知又有杜少陵出来,嫌模拟古题为赘剩,别制新题,咏见事,以合风人刺美时政之义,尽跳出前人圈子,另换一番钳锤,觉在古题中翻弄者仍落古人窠臼,未为好手。"尽道胡须赤,又有赤须胡",两公之谓矣。①

胡震亨指出,李白的拟古乐府已经登峰造极,但杜甫能够"别制新题"吟咏时事,继承风人刺美时政的做法,跳出了前人窠臼,因此可以和李白并驾齐驱。

与胡震亨认为的李、杜并重不同,王世贞、胡应麟等人则更加倾向于杜优于李。如王世贞说:"青莲拟古乐府以己意、己才发之,尚沿六朝旧习。不如少陵以时事创新题也。"②王世贞认为杜甫的乐府诗因为能够使用新题写时事,所以超过了以拟古为主的李白乐府诗。对于杨慎质疑杜甫讥刺现实的乐府诗过于直白的观点,王世贞也进行了批驳:

> 杨用修驳宋人"诗史"之说,而讥少陵云:"诗刺淫乱,则曰'雝雝鸣雁,旭日始旦',不必曰'慎莫近前丞相嗔'也……"其言甚辩而核,然不知向所称皆兴比耳。《诗》固有赋,以述情切事为快,不尽含蓄也。语荒而曰"周余黎民,靡有孑遗",劝乐而曰"宛其死矣,他人入室",讥失仪而曰"人而无礼,胡不遄死",怨谗而曰"豺虎不受,投畀有昊",若使出少陵口,不知用修何如贬剥也。且"慎莫近前丞相嗔",乐府雅语,用修乌足知之。③

杨慎不同意宋人"诗史"之说,并质疑杜甫《丽人行》中"慎莫近前丞相嗔"一句讥刺淫乱过于直露,不如《国风·邶风·匏有苦叶》中"雝雝鸣雁,旭日始旦"二句含蓄风雅。王世贞则指出,《诗经》中既有比、兴,也有赋"述情切

---

①　胡震亨编:《唐音癸签》卷九,第87页。

②　王世贞:《弇州四部稿》卷一百四十七。

③　王世贞:《艺苑卮言》卷四,载丁福保辑:《历代诗话续编》中册,第1010页。

事"的写法,并不都要追求含蓄。"慎莫近前丞相嗔"一句正是乐府雅语,是杨慎不懂诗才会这么说。

胡应麟则在《诗薮》中说:"短歌惟少陵《七歌》等篇,隽永深厚,且法律森然,极可宗尚。近献吉学之,置杜集不复辨,所当并观。李之《乌栖曲》《杨叛儿》等,虽甚足情致,终是斤两稍轻,咏叹不足。"①胡应麟认为杜甫《同谷七歌》等乐府歌行短篇"隽永深厚""法律森然",是最佳学习对象。相比之下,李白的《乌栖曲》《杨叛儿》等,虽然也很有情致,但"斤两稍轻",缺少一唱三叹之美。胡应麟还从"不用旧题"这个角度称赞杜甫的乐府诗胜过李白:

> 少陵不效四言,不仿《离骚》,不用乐府旧题,是此老胸中壁立处。然《风》《骚》、乐府遗意,杜往往深得之。太白以《百忧》等篇拟《风》《雅》,《鸣皋》等作拟《离骚》,俱相去悬远;乐府奇伟高出六朝,古质不如两汉,较输杜一筹也。②

胡应麟指出,杜甫不用乐府旧题是其"胸中壁立处"。虽然不用旧题,但深得乐府遗意。相比之下,李白拟作太多,其乐府诗虽然"奇伟高出六朝",但"古质不如两汉",因此总体成就是输给杜甫一筹的。

在品评李白乐府诗时,钟惺、谭元春还着意揭示了鲍照对于李白的影响。如《唐诗归》卷十六谭元春在评点李白《夜坐吟》时说:"似鲍参军'体君歌,逐君音,不贵声,贵意深'。而以'一语不入意'二句露出太白爽决陪俊之致,微有别耳。"③钟、谭二人指出李白《夜坐吟》实际上是受到了鲍照《代夜坐吟》的直接影响。只不过李白之作融入了他自己的风格,与鲍照的诗风还是有区别的。

为了突出李、杜二人在乐府诗领域的地位,明代诗学家们还往往将唐代其

---

① 胡应麟:《诗薮》内编卷三,第48—49页。
② 胡应麟:《诗薮》内编卷二,第38页。
③ 钟惺、谭元春选评:《诗归·唐诗归》卷十六,下册,张国光、张业茂、曾大兴点校,第321页。

他诗人拉来当陪衬。如高棅说："诗至开元、天宝间，神秀、声律粲然大备。李翰林天才纵逸，轶荡人群，上薄曹、刘，下凌沈、鲍。其乐府古调，若使储光羲、王昌龄失步，高适、岑参绝倒。况其下乎？朱子尝谓：'太白诗如无法度，乃从容于法度之中，盖圣于诗者。'"①高棅认为李白的乐府诗可以让储光羲、王昌龄失步，高适、岑参绝倒，更不用说其他人了。胡应麟又云："唐五言古，作者弥众，至七言殊寡。初唐四子外，惟《汾阴》《邺都》。盛唐李、杜外，仅高、岑、王、李。中唐刘、韦一二，不足多论。至元、白长篇，张、王乐府，下逮卢、李，流派日卑，道术弥裂矣。"②胡应麟在这里虽然讨论的是七言古诗，但实际上包含了乐府诗的内容。他指出，盛唐时期除李、杜外只有高适、岑参、王维、李颀略有可观；中唐刘长卿、韦应物不足多论，元稹、白居易、张籍、王建的乐府诗及卢仝、李贺等"流派日卑，道术弥裂"。与高棅相比，胡应麟虽然也承认李、杜乐府诗的独特地位，但他取法更宽，对于盛唐时代的其他乐府诗人也有推许之处。他曾将王昌龄的乐府诗与李白的创作进行对比：

> 太白《长门怨》："天回北斗挂西楼，金屋无人萤火流。月光欲到长门殿，别作深宫一段愁。"江宁《西宫曲》："西宫夜静百花香，欲卷珠帘春恨长。斜抱云和深见月，朦胧树色隐昭阳。"李则意尽语中，王则意在言外。然二诗各有至处，不可执泥一端。大概李写景入神，王言情造极。王宫词乐府，李不能为；李览胜纪行，王不能作。③

胡应麟对比了李白的《长门怨》和王昌龄的《西宫曲》，认为前者意尽语中，后者意在言外，但两首诗"各有至处"，不能简单地分出优劣。二人相较，李白更长于写景，王昌龄更善于言情。王昌龄的宫词乐府李白不能作，而李白的览胜纪行诗王昌龄也不能作。另外，胡应麟对于王翰、崔颢的乐府诗也给予

---

① 高棅编纂：《唐诗品汇》"五言古诗"叙目，第1册，汪宗尼校订，葛景春、胡永杰点校，第133页。

② 胡应麟：《诗薮》内编卷三，第49页。

③ 胡应麟：《诗薮》内编卷六，第119页。

了正面评价:"王翰《蛾眉怨》《长城行》,亦自怆楚,宜为子美所重。""崔颢《邯郸宫人怨》,叙事几四百言,李、杜外,盛唐歌行无赡于此。而情致委宛,真切如见,后来《连昌》《长恨》皆此兆端。"①

但对于初唐及中晚唐的乐府诗,明人评价普遍不高。如对于沈佺期的《独不见》,胡应麟说:"'卢家少妇郁金堂,海燕双栖玳瑁梁','谁谓含愁独不见,更教明月照流黄',同乐府语也,同一人诗也。然起句千古骊珠,结语几成蛇足,何也? 学者打彻此关,则青龙疏抄可尽火矣。"②胡应麟认为此诗开头虽佳,但结语"几成蛇足"。尤其是对于中唐元稹、白居易、张籍、王建等人的乐府诗,明代诗学家们多予抨击。

如宋濂就认为"元、白近于轻俗,王、张过于浮丽"③。王世贞则说:"乐府之所贵者,事与情而已。张籍善言情,王建善征事,而境皆不佳。"④王世贞认为张籍和王建的乐府诗境界都不佳。胡震亨在《唐音癸签》中曾引用过元代陈绎曾批评元、白乐府诗的一段话:"白诗祖乐府,务欲为风俗之用。元与白同志。白意古词俗,元词古意俗。"⑤陈绎曾认为元、白二人一个"词古意俗",一个"意古词俗"。胡震亨进一步补注:"按,乐府古与俗正可无论,患在易晓易尽,失风人微婉义耳。白尝规元:乐府诗意太切理,欲稍删其繁而晦其义。亦自知诗病概然故云。"⑥胡震亨认为陈绎曾对元、白二人的批评并不准确。"古"与"俗"对于乐府诗来说恰恰不是什么毛病,乐府诗真正需要避免的是"易晓易尽"而失去风人的微婉之义。元、白乐府诗的毛病就在于"意太切理"。

胡震亨对白居易的新乐府讽谕诗评价很低:"籍、建、长吉之不能追李杜,

① 胡应麟:《诗薮》内编卷三,第47、51页。
② 胡应麟:《诗薮》内编卷五,第85—86页。
③ 《宋濂全集·潜溪后集》卷四,第1册,第208页。
④ 王世贞:《弇州四部稿》卷一百四十七。
⑤ 胡震亨编:《唐音癸签》卷七,第69页。
⑥ 胡震亨编:《唐音癸签》卷七,第69页。

固也。但在少陵后仍咏见事讽刺，则诗为谤讪时政之具矣。此白氏讽谏，愈多愈不足珍也。"①他甚至认为白居易的讽谕诗还在张籍、王建和李贺之下。而且不仅是新乐府讽谕诗，白居易其他的乐府诗作品也遭到了明人的批评。如谢榛说过："白乐天《昭君》诗曰：'汉使却回凭寄语，黄金何日赎蛾眉？君王若问妾颜色，莫道不如宫里时。'此虽不忘君，而辞意两拙。"②谢榛毫不客气地批评白居易《王昭君》一诗"辞意两拙"。

胡应麟还批评过韩愈的《琴操》和柳宗元的《唐铙歌鼓吹曲》："退之《琴操》，子厚《鼓吹》，锐意复古，亦甚勤矣。然《琴操》于文王列圣，得其意不得其词；《鼓吹》于《铙歌》诸曲，得其调不得其韵，其犹在晋人下乎？"③胡应麟认为韩、柳二人虽然锐意复古，但前者"得其意不得其词"，后者"得其调不得其韵"，不仅无法和汉魏乐府诗相比，甚至还在晋人之下。

总的看来，明人除了对李、杜二人及盛唐几位诗人的乐府诗评价较高外，对初唐、中晚唐诗人的乐府诗评价一般都不高。这其实是明人"乐府以汉魏为首"及推崇盛唐诗两种观念共同作用的结果。当然，我们说的是一般的情况，中晚唐诗人的乐府诗作偶尔也会得到明人较高的评价。如杨慎就说过："'闻说边城苦，如今到始知。好将筵上曲，唱与陇头儿。'此薛涛在高骈宴上闻边报乐府也。有讽谕而不露，得诗人之妙。使青莲见之，亦当叩首。元白流纷纷停笔，不亦宜乎？"④杨慎高度称赞薛涛的这首乐府诗，认为李白若是见到也会拜伏，更不用说元、白之流了。

由于明人对于宋诗的总体评价不高，再加上宋代也少有以创作乐府诗见长的诗人，所以明人品评宋代乐府诗人诗作的内容较少。如谢榛曾品评过严羽的《从军行》：

---

① 胡震亨编：《唐音癸签》卷九，第87页。
② 谢榛：《四溟诗话》卷一，宛平校点，第32页。
③ 胡应麟：《诗薮》内编卷一，第12页。
④ 杨慎：《升庵诗话》卷十四，载丁福保辑：《历代诗话续编》中册，第914页。

严沧浪《从军行》曰:"翩翩双白马,结束向幽燕。借问谁家子,邯郸侠少年。弯弓随汉月,拂剑倚胡天。说与单于道,今秋莫近边。"此作不减盛唐,但起承全袭子建《白马篇》。①

谢榛一方面肯定严羽此诗"不减盛唐",具有较高的艺术水准;但同时他又指出此诗起承之处沿袭了曹植的《白马篇》。徐燉曾品评过千岩老人萧德藻的《采莲曲》和王镃的《塞上曲》及《渔父》:

宋萧德藻,号千岩,闽中人,以诗名于时。《采莲曲》云:"清晓去采莲,莲花带露鲜。溪长须急桨,不是趁前船。"又云:"相随不觉远,直到暮烟中。恐嗔归得晚,今日打头风。"绝似《玉台》。刘后村酷称之。②

括苍王镃,字介翁。宋室播迁,义不仕元。《宋史·艺文志》谓镃文集三十卷,世尠传矣。近其裔孙之栋丞瓯宁掇拾家乘,得《月洞集》一帙,特片鳞只羽耳。如《塞上曲》云:"马嘶经战地,雕认打围山。秋深云子黑,石莲老柿红。霜叶疏山居,云香老蒲花。春洞影凉生,槲叶午窗风。落叶石阑霜信早,败荷池屋雨声凉。"……《渔父》云:"竹丝篮里白鱼肥,日落江头换酒归。只恐明朝江雪冻,老妻连夜补蓑衣。"置之晚唐刘、许之间,谁辨其为宋人作也?③

从这两段话可以看出,徐燉称赞萧德藻的《采莲曲》"绝似《玉台》",又说王镃的《塞上曲》等风格与晚唐相近,而不似宋人所作,说明徐燉对宋诗并不认可。

生活在明代末期的何乔远(1558—1631)曾对南宋末年诗人谢翱的乐府诗有过高度评价:

谢皋羽《晞发集》,诗皆精致奇峭,有唐人风,未可例于宋视之

---

① 谢榛:《四溟诗话》卷二,宛平校点,第43页。
② 徐燉:《徐氏笔精》卷四"诗谈"。
③ 徐燉:《徐氏笔精》卷四"诗谈"。

也。予爱其《鸿门缿》一篇："天云属地汗流宇,杯影龙蛇分汉楚。楚
人起舞本为楚,中有楚人为汉舞。鸓鹠淬光雌不语,楚国孤臣泣俘
虏。君看楚舞如楚何,楚舞未终闻楚歌。"此诗虽使李贺复生,亦当
心服。李贺集中亦有《鸿门燕》一篇,不及此远甚,可谓青出于蓝。
元杨廉夫乐府力追李贺,亦有此篇,愈不及皋羽矣。其他如《短歌
行》："秦淮没日如没鹘,白波摇空湿弦月。舟人倚棹商声发,洞庭脱
木如脱发。"……虽未足望开元、天宝之萧墙,而可以据长庆、宝历之
上座矣。①

何乔远认为谢翱的诗风精致奇峭,《鸿门燕》一首远胜李贺同题之作。元
代杨维桢学习李贺,也写过一篇《鸿门燕》,就愈发不及谢作了。谢翱《短歌
行》等作虽不及盛唐诗,但如果放在中唐诗里算是上乘之作。

除了对于宋王朝诗人的品评,明人还关注到金国著名诗人元好问的乐府
诗创作。胡应麟在《诗薮》中就品评过元好问的七言乐府诗：

元好问,字裕之,七岁能诗,奇崛而绝雕镂,巧缛而谢绮靡。五言
高古沉郁,七言乐府不用古题,特出新意。歌谣慷慨,挟幽、并之气,
蔚为一代宗工。②

胡应麟认为,元好问的七言乐府诗像杜甫的乐府诗一样,能够不用古题而
自出新意,具有很大的艺术创造性。

在元代的乐府诗人中,明人关注最多的当然是杨维桢。钱谦益就说："余
观廉夫,学问渊博,才力横轶,掉鞅词坛,牢笼当代。古乐府其所自负,以为前
无古人。徵诸勾曲,良非夸大。"③杨维桢的《铁崖古乐府》在明代也被多次刻
印,可见其受欢迎程度之高。但有意思的是,胡应麟对杨维桢乐府诗的评价并
不高：

---

① 何乔远：《闽书》卷一百五十三。
② 胡应麟：《诗薮》杂编卷六,第 328 页。
③ 钱谦益撰集：《列朝诗集》第 1 册,许逸民、林淑敏点校,中华书局 2007 年版,第 370 页。

元末杨廉夫歌行,声价腾涌。今读之,大率秾丽妖冶,佳处不过
长吉、文昌,平处便是传奇史断。汉、魏风轨,未睹藩篱,而一时传赏
褚贵,信识真未易也。①

胡应麟认为杨维桢乐府歌行虽然名气极大,但在他看来,大多偏于"秾丽
妖冶"。其中好一些的作品也只不过和李贺、张籍的乐府诗接近,写得一般的
就类似于传奇史断了。汉魏乐府诗的精髓杨维桢丝毫未得,其作品却能传赏
一时,可见真正懂诗的人太少了。可以看出,胡应麟对杨维桢乐府诗的不满之
处就在于其背离了汉魏乐府诗"高古""质朴"的风格,这与胡氏乐府诗风格批
评的取向是一致的。

第三节 对明朝当代乐府诗人诗作的品评

前文已经说过,明代拟古乐府创作之风盛行,从明初的宋濂等人开始,到
李东阳、李梦阳、杨慎、李攀龙、王世贞、胡应麟等诗坛重要人物皆创作过大量
乐府诗,其他写过乐府诗的明代诗人更是不计其数。明人围绕当代乐府诗人
诗作进行品评的内容亦复不少。与品评前代诗人诗作往往能出于客观公正之
心不同,由于品评的是当代诗人,难免会受到一些因素的制约。如果品评的对
象是自己的好友,甚至是官场的上级,其吹捧逢迎的成分就会变多。这是我们
在研究的过程中需要加以注意的。

杨维桢既是元代后期最杰出的乐府诗人,又是明初诗坛的一位重要人物。
他对于同时代刘炳的乐府诗曾多有品评。刘炳有《刘彦昺集》,《四库全书总
目》云:"《刘彦昺集》九卷,明刘炳撰。炳字彦昺,以字行,鄱阳人。洪武初献
书言事,授中书典签,出为大都督府掌记,除东阿知县。阅两考,引疾归。《明
史·文苑传》附载《王冕传》中。所著诗文本名《春雨轩集》,乃其门人刘子昇

---

① 胡应麟:《诗薮》内编卷三,第56页。

所编。杨维桢尝为评定,其评亦附载集中。"①《刘彦昺集》卷三为"乐府拟题",卷四为"乐府",虽然名称略有不同,但从诗题上看基本上都是对乐府旧题的拟写,如卷三的《出塞》《入塞》《刘生》《明妃曲》,卷四的《上之回》《行路难》等。但也有部分诗题是在传统乐府旧题的基础上进行了一些变化,如卷三《乌生同刘子宪赋》《乌夜啼练高同赋》,卷四《紫骝马寄朱士正》《苏小小歌同端孝思赋》《董娇娆为周郁赋》《虞美人词》等。还有一些显然是刘炳自拟的新题,如卷四《见月行》《鬼妾行》等。杨维桢对刘炳乐府诗的品评主要集中在这两卷内。

有的是对诗歌主题思想的品评,如卷四《金铜仙人辞汉歌周伯宁同赋》一首,杨维桢评曰:"深戒穷兵之咎。"②认为这首诗是告诫统治者不能穷兵黩武。又如卷三《刘生》一首,杨维桢评曰:"不无自信。"③认为这首诗表现的是乐观自信的思想主题。再如《乌生同刘子宪赋》一首,杨维桢评曰:"纯孝可念。"④有的是评点诗歌的"格"与"调"。前者如卷三《出塞》一首,杨维桢评曰:"又似初唐体格。"⑤后者如《邕熙》一首,杨维桢评曰:"古调也。"⑥有评点诗歌章法结构的,如卷四《见月行》一首,杨维桢评曰:"曲折备尽。"⑦认为此诗在章法结构上具有曲折宛转之妙。还有对诗歌风格的评点,如卷四《董娇娆为周郁赋》一首,杨维桢评曰:"绮丽,绮丽。"⑧认为此诗的风格偏于绮丽。又如卷三《惜别词端孝思同赋》二首,杨维桢评曰:"艳怨。"⑨认为这两首诗的总体风

---

① 纪昀等纂:《武英殿本四库全书总目提要》第47册,第180—181页。
② 刘炳:《刘彦昺集》卷四,杨维桢评,载胡翰:《胡仲子集(外十种)》,上海古籍出版社1991年版(下同),第731页。
③ 刘炳:《刘彦昺集》卷三,杨维桢评,载胡翰:《胡仲子集(外十种)》,第726页。
④ 刘炳:《刘彦昺集》卷三,杨维桢评,载胡翰:《胡仲子集(外十种)》,第727页。
⑤ 刘炳:《刘彦昺集》卷三,杨维桢评,载胡翰:《胡仲子集(外十种)》,第725页。
⑥ 刘炳:《刘彦昺集》卷三,杨维桢评,载胡翰:《胡仲子集(外十种)》,第728页。
⑦ 刘炳:《刘彦昺集》卷四,杨维桢评,载胡翰:《胡仲子集(外十种)》,第730页。
⑧ 刘炳:《刘彦昺集》卷四,杨维桢评,载胡翰:《胡仲子集(外十种)》,第732页。
⑨ 刘炳:《刘彦昺集》卷三,杨维桢评,载胡翰:《胡仲子集(外十种)》,第728页。

格属于艳丽哀怨。还有的评点属于一般性的对作品整体或局部的品评，如卷三《明妃曲》一首，杨维桢评曰："结句佳。"①又如《燕子楼同周伯宁赋》一首，杨维桢评曰："再不忍诵。"②言下之意是此诗所流露的情绪过于伤感，让读者不忍多读。

明初的陈谟在《书王伯允诗稿》一文中曾称赞过好友王伯允对古乐府的拟写："学诗必自拟古始，虽李杜亦然。拟之而不近，未也；拟之而甚近，亦未也。……茂才负锐气，不可第二。……《三妇词》《蚕妇吟》《两渔歌》等效张籍、王建，得其风骨，极可讽咏。乐府自《尊酒行》至《关山月》诸篇，足称拟古者。"③陈谟认为"学诗必自拟古始"，所以拟写古乐府诗的行为不仅无可厚非，反而是学诗者必经的过程。当然在拟写时，要能做到不近不远。王伯允所写的《尊酒行》至《关山月》等乐府诗"足称拟古者"，正是达到了陈谟的要求。

解缙（1369—1415）则在《说诗三则》其三中称赞过刘基（1311—1375）的乐府诗：

> 《诗》三百篇之作，当世间巷小子能之。后世之作，虽白首巨儒莫臻其至。岂以古人千百于今世，遽如是哉？必有说矣，前人之诗未暇论，爰以国初枚举之。刘基起于国初，极力师古，煅炼其词旨，能洗前代膻酪之气。仆向选其集，首推重乐府古调，较之近体尤胜。④

根据这段话所说，解缙曾编撰过刘基的集子，而他最推重的就是刘基的乐府古调，认为远胜过其近体诗。而刘基成功的原因就在于"极力师古"，能够在诗歌创作中恢复古道。这也说明文学复古的思潮是从明初就一直存在的。

明初著名诗人高启的乐府诗曾得到过台阁体代表人物杨士奇的称赞。杨

---

① 刘炳：《刘彦昺集》卷三，杨维桢评，载胡翰：《胡仲子集（外十种）》，第 729 页。
② 刘炳：《刘彦昺集》卷三，杨维桢评，载胡翰：《胡仲子集（外十种）》，第 727 页。
③ 陈谟：《海桑集》卷九。
④ 解缙：《文毅集》卷十五，解悦编，载周是修：《刍荛集（外六种）》，上海古籍出版社 1991年版，第 820 页。

士奇认为高启"乐府及拟古胜为文,长于叙事"①。后来吴宽(1435—1504)又在《题重刻〈缶鸣集〉后》中说:

> 洪武史官高启季迪有诗千篇,号《缶鸣集》……若季迪生值元季,非不知有子美者。独其胸中萧散简远,得山林江湖之趣,发之于言。虽雄不敢当乎子美,高不敢望乎魏晋,然能变其格调,以彷佛乎韦、柳、王、岑于数百载之上,以成皇明一代之音。亦诗人之豪者哉!所恨蚤死,未见其所止何如。君子为之慨叹。故庐陵杨文贞公评诸诗,独夸其乐府拟古及五言律为胜,其意亦可识矣。②

吴宽认为高启性格虽与杜甫不同,但他的乐府诗和五言律诗实际上是向魏晋诗人和杜甫学习的结果。杨士奇的"独夸"是非常有眼光的。

李东阳作为明代诗学承前启后的一个关键人物,也是明代较早大规模创作拟古乐府诗的人,围绕他展开的乐府诗品评,构成了明代乐府诗品评的核心内容。这一方面是李东阳对于明代其他乐府诗人诗作的品评,如他对于杨士奇乐府诗的品评:"杨文贞公亦学杜诗。古乐府诸篇,间有得魏、晋遗意者。"③李东阳称赞杨士奇的拟古乐府诗"有得魏、晋遗意者",已经是很高的评价了。李东阳还品评过一位"蒙翁"的乐府诗:

> 蒙翁才甚高,为文章俯视一世,独不屑为诗,云:"既要平仄,又要对偶,安得许多工夫。"然其所作,如《公子行》《短短床》二曲,绰有古调。④

关于此"蒙翁"的真实身份,李东阳《题黄子敬编修所藏登瀛图》诗序曾称"吾外舅蒙翁"⑤,《叶文庄公集序》中又称"蒙翁岳公"⑥。《尔雅·释亲》载:

---

① 杨士奇:《东里集·续集》卷十九。
② 吴宽:《家藏集》卷四十九,清文渊阁四库全书本。
③ 李东阳著,李庆立校释:《怀麓堂诗话校释》,第198页。
④ 李东阳著,李庆立校释:《怀麓堂诗话校释》,第200页。
⑤ 李东阳:《怀麓堂集》卷九,第89页。
⑥ 李东阳:《怀麓堂集》卷二十八,第296页。

"妻之父为外舅，妻之母为外姑。"①可见此"蒙翁"正是李东阳第二任夫人岳德熙的父亲岳正。岳正(1418—1472)，字季方，号蒙泉，曾入内阁。岳正工于书画，诗歌亦有一定造诣。李东阳称赞其《公子行》《短短床》二首"绰有古调"，也是文学复古思想的体现。

在同时代的乐府诗人中，李东阳最推崇的人是谢铎。他在《怀麓堂诗话》中说：

> 近时作古乐府者，惟谢方石最得古意。如《过河怨》曰："过河过河不过河，奈此中原何？"《夜半檄》曰："国威重，空头敕。相权轻，夜半檄。"皆警句也。②

李东阳明确指出那个时代写作拟古乐府诗的诗人当中"谢方石最得古意"，并称其《过河怨》《夜半檄》中数句"皆警句"。谢铎与李东阳同为茶陵诗派的重要人物，李东阳对其乐府诗的推崇当然也是以文学复古思想为基础的。

相比之下，对李东阳自身《拟古乐府》的评价，无疑是明代乐府诗学中更加重要的内容。关于其《拟古乐府》创作的情况，前文已经作过介绍。由于李东阳在政坛、文坛的特殊地位，他的《拟古乐府》引起了时人及后人巨大的反响。

《列朝诗集》(抄本《醒翁老人题记》)丙集第一收录"李少师东阳古乐府一百一首"，诗歌内容与清文渊阁四库全书本《怀麓堂集》中乐府部分基本相同，但此本注明"谢铎、潘辰评，何孟春注"。谢铎和潘辰的品评有的是针对作品的主题思想，有的是针对诗歌章法结构，有的是针对具体艺术手法。因为谢铎、潘辰与李东阳是好友兼同事关系，二人对李东阳《拟古乐府》的品评又主要是以评点的形式进行，故二人对李东阳《拟古乐府》的评价较高且较为细致，对此前文已有论述。

---

① 郭璞注：《尔雅三卷附音释三卷》卷上，民国上海商务印书馆四部丛刊影宋本。
② 李东阳著，李庆立校释：《怀麓堂诗话校释》，第283页。

与杨慎生活时代相近的顾元庆（1487—1565）对李东阳的乐府诗评价也很高：

> 西涯先生在内阁时诗云："六年书诏掌泥封，紫阁春深近九重。阶日暖思吟芍药，水风凉忆种芙蓉。登台未买黄金骏，补衮难成五色龙。多病益愁愁转病，老来归兴十分浓。"音节浑厚雄壮，不待雕琢，隐然有台阁气象。此其所以难及也。至于乐府尤妙，其题与句篇自有新意，古人所未道者。①

顾元庆认为乐府诗代表了李东阳诗歌创作的最高水平。而李东阳的乐府诗最神妙之处在于所用诗题及句篇"自有新意"，虽说是拟古乐府，却是"古人所未道者"，具有很大的创造性。

"后七子"领袖人物之一的王世贞对李东阳乐府诗的评价经历过一个由负面到正面的转变过程。他在《书李西涯古乐府后》一文中说：

> 吾向者妄谓乐府发自性情，规沿风雅。大篇贵朴，天然浑成；小语虽巧，勿离本色。以故于李宾之《拟古乐府》，病其太涉论议，过尔抑剪，以为十不得一。自今观之，亦何可少夫！其奇旨创造，名语迭出。纵不可被之管弦，自是天地间一种文字。若使字字求谐于《房中》《铙吹》之调，取其声语断烂者而模仿之，以为乐府在是，毋亦西子之颦、邯郸之步而已。②

从这段话可以看出，王世贞在年轻时曾认为李东阳的乐府诗"太涉论议"，"十不得一"。但他晚年却改变了自己的看法，认为李东阳的乐府诗"奇旨创造，名语迭出"，虽然不能被之管弦，但"自是天地间一种文字"。从前后对李东阳拟古乐府诗不同的评价来看，王世贞晚年对形式主义拟古是有所反思的。

由于李东阳祖籍是湖南茶陵，杨林、张治编纂的《嘉靖长沙府志》对其乐

---

① 顾元庆：《夷白斋诗话》，明顾氏明朝四十家小说本。
② 王世贞：《读书后》卷四。

府诗创作给予了极高的评价：

> （李东阳）其文似韩，律绝句似唐，古诗似杜，奏议似陆贽，纳说似范祖禹，所拟古乐府直超汉魏也。①

杨林等人甚至说李东阳的拟古乐府诗"直超汉魏"，这当然与编者歌颂乡贤的心态有关。

但正如前文所说，由于李东阳特殊的政治地位和文坛地位，一些对其乐府诗的过高的评价可能是带有浓厚主观色彩的。客观来说，李东阳的拟古乐府诗虽然也有一定价值，但远远达不到"直超汉魏"的程度。与"前七子"同时的孙绪（1474—1547）就毫不客气地指出谢铎、潘辰等人对李东阳拟古乐府诗的评点溢美之词过多，甚至流于吹捧：

> 刘须溪批点杜诗，时有不满意。王梅溪注东坡诗，亦或有异同。杜与苏千古人豪，刘、王岂敢固訾之哉？不但所见不能尽同，抑亦作者有得意不得意，未能字字句句俱工也。近世胡云峰炳文于朱子，《周易》《四书注》极口称诵，千篇一律，使人厌观。尹起莘作《通鉴纲目发明》亦然。余尝谓二子，朱晦庵家奴婢也。正德间，何侍郎子元、潘编修辰、谢内翰鸣治注西涯李文正公乐府，溢美尤甚，至谓西涯格律远在李杜之上。时西涯方当国，喜人谀佞，故诸君投其好，以要美秩。比之胡尹，更在下风，可笑。②

孙绪指出，宋代刘辰翁批点杜诗、王十朋批点苏诗，也会提出一些批评意见。像杜甫和苏轼这样杰出的诗人，刘、王二人并非故意要说他们的坏话，而是因为大家对文学的见解本来就不可能完全相同，而且即使是杜、苏这样的大诗人，也不可能字字句句都毫无缺憾。相比之下，近世的胡云峰、尹起莘给朱熹文章作注，却只有称颂，千篇一律。谢铎、潘辰评，何孟春注的李东阳《拟古乐府》同样如此。三人对东阳乐府溢美太甚，主要的原因在于李东阳当时执

---

① 孙存、潘镒修，杨林、张治纂：《嘉靖长沙府志》卷六，明嘉靖十二年（1533）刻本。
② 孙绪：《沙溪集》卷十二，载边贡：《华泉集（外三种）》，第609页。

掌政权,三人皆投其所好,只是为了获得更好的官职。其行径还不如胡、尹。

王世贞的弟弟王世懋对李东阳的拟古乐府诗评价也不高。他在《艺圃撷余》中曾论述乐府诗和古体诗创作的难度,并指出"乐府两字,到老摇手不敢轻道。李西涯杨铁崖都曾做过,何尝是来?"①他认为李东阳和杨维桢的乐府诗都与乐府诗的"本色"相差甚远。

在明代后期,除了对李东阳乐府诗的品评内容较多,李攀龙的乐府诗也受到了广泛关注。如王世贞一向自负,但对李攀龙的乐府诗也很推崇。他在《书与于鳞论诗事》一文中说:"吾拟古乐府少不合者,足下时一离之。离者,离而合也。实不能胜足下。"②王世贞认为李攀龙的乐府诗能够做到"时一离之",即在拟写的过程中显示出自己独特的艺术个性,但又能"离而合",这是自己所无法企及的。许学夷亦云:"拟古惟于鳞最长,如《塘上行》本辞云:……格仿本辞而语能变化,最为可法。若《相逢行》中添一二段,格虽稍变,然宛尔西京,自非大手不能。譬如临古人画,中间稍添树石,亦是作手。"③许学夷肯定了李攀龙乐府诗"格仿本辞而语能变化"这一优点,认为"最为可法"。但许学夷同时也对李攀龙的乐府诗提出了一些质疑:

> 拟古与学古不同,拟古如摹贴临画,正欲笔笔相类……至于鳞、元美于古诗乐府篇篇拟之,则诗之真趣殆尽。④

> 汉人乐府杂言有《铙歌十八曲》,中多警绝之语。但全篇多难解及迫诘屈曲者,或谓有缺文断简,或谓曲调之遗声,或谓兼正辞填调,大小混录。其意义明了,仅十二三耳。于鳞、元美篇篇拟之,岂独有神解耶?中惟《上陵》《君马黄》《有所思》《上邪》《临高台》五篇稍可读,姑录之。……于鳞虽多相肖,而不免于袭。⑤

---

① 王世懋:《艺圃撷余》,载何文焕辑:《历代诗话》上册,第777页。
② 王世贞:《弇州四部稿》卷七十七。
③ 许学夷:《诗源辩体》"后集纂要"卷二,杜维沫点校,第414页。
④ 许学夷:《诗源辩体》卷三,杜维沫点校,第52页。
⑤ 许学夷:《诗源辩体》卷三,杜维沫点校,第69页。

许学夷指出,李攀龙于古乐府诗篇篇拟之,导致"诗之真趣殆尽"。且其拟写的《铙歌十八曲》,虽然与汉乐府面目相肖,但难以避免抄袭的嫌疑。

王世贞主盟文坛的时代,正是明代复古诗学达到最高潮的时期。众多文人拟写了大量乐府诗,文人对诗友或前代乐府诗人诗作进行品评都很常见。其中最有代表性的就是王世贞和胡应麟二人。在王世贞的《弇州山人续稿》中,我们可以看到他对同时代诗人的乐府诗创作多有品评。如其在《陶懋中镜心堂草序》中云:"懋中之于诗,自乐府《铙歌十九首》而下亡所不比拟。然离合操纵,往往见其指于骊黄牝牡之外。"①称赞陶懋中的拟古乐府能够"指于骊黄牝牡之外"。在《章子敬诗小引》中云:"章子敬诗宛宛有才情。乐府拟选,能于古调中作新语。"②称赞章子敬的乐府诗"能于古调中作新语"。在《大隐园集序》中云:"余因知(王)升甫之志之不但为器也。昇甫之为古乐府光发矣,工十而得五。"③称赞王升之的古乐府有"光发"之处,"工十而得五"。

胡应麟也对同时代诗人的乐府诗创作多有品评。如在《与王长公第一书》中,胡应麟称赞王世贞"四言斟酌《风》《雅》,杂些驰骤《离骚》,乐府比节三曹,《郊祀》联镳二京"④。在《幔亭篇答黄文学尧衢有序》中,称赞黄尧衢"乐府、杂诗,奔诣两都、六代间,令人应接靡暇","宛宛乐府词,珠玑烨璀璨"。⑤ 在《读徐迪功集》一文中,胡应麟还将徐祯卿的乐府诗与高观察放在一起进行了比较:"徐迪功、高观察,皆以冲澹胜者也。两君入唐与王孟绝相类。徐五言律不能工,有乐府、歌行、绝句,往往可观。高不能歌行、乐、绝,而五言律清新婉丽,出徐上。"⑥认为徐祯卿五言律诗虽然不能工,但乐府歌行绝句却往往可观。而高观察乐府歌行绝句不如徐祯卿,但五言律诗却在徐之上。

① 王世贞:《弇州山人续稿》卷四十五,明万历间王氏世经堂刻本(下同)。
② 王世贞:《弇州山人续稿》四十六。
③ 王世贞:《弇州山人续稿》卷五十。
④ 胡应麟:《少室山房集》卷一百十一,第802页。
⑤ 胡应麟:《少室山房集》卷十五,第93页。
⑥ 胡应麟:《少室山房集》卷一百五,第764页。

　　由以上我们可以看出，明人对于本朝、同时代乐府诗人诗作的品评往往带有较强的主观色彩，未必皆是客观之论。但这些品评有助于我们对明代乐府诗人诗作的理解，自有其诗学价值。

第十二章 明人的乐府诗批评论（下）

——源流演变批评与乐府诗史的构建

乐府诗学发展到了明代,在理论化、系统化方面取得了明显进展。一个非常重要的表现就是明人开始注重探寻乐府诗的起源、演进等问题,并从不同的角度尝试构建乐府诗史。回顾一下乐府诗学发展的历史我们就可以看出,唐宋时期虽然乐府诗学的发展也取得了显著的成绩,但这一时期诗学家们对乐府诗的研究还主要局限在解题、考证本事这些方面,而对乐府诗的源流、发展史缺少宏观和总体上的探讨,理论性、系统性明显不足。这当然是与诗学家们的乐府观念、理论水平密切相关的。而明代的诗学家们不仅在传统的乐府诗文献研究、音乐研究领域继续开拓,更进行了构建乐府诗史的尝试。这种尝试是从微观和宏观两个层面上去进行的。从微观上看,明代诗学家们非常注重分析不同时代乐府诗人和诗作之间的传承影响关系,并关注诗人在乐府诗发展过程中的创新价值;从宏观上看,他们又尝试把握和描述乐府诗整个发展演变的过程及其在中国古代诗歌史中的地位及变迁。

第一节 继承与影响批评

明人非常注重分析不同时代乐府诗人诗作之间的影响继承关系。如许学夷说："汉初乐府四言,如四皓《采芝操》、高帝《鸿鹄歌》,轶荡自如,自是乐府之体,不当于《风》《雅》求之。三曹乐府四言,皆出于此。"①许学夷认为,三曹的乐府四言诗出自汉初商山四皓《采芝操》、刘邦《鸿鹄歌》等乐府四言诗,受《诗经》四言诗的直接影响反而较小。明人还特别关注到唐诗受到前代乐府诗影响的情况。如《徐氏笔精·诗谈》"古词有本"条云:

> 古乐府"巴东三峡猿鸣悲,夜鸣三声泪沾衣",杜甫"听猿实下三声泪"本此。梁简文"采莲渡头拟黄河,郎今欲渡畏风波",李白"郎今欲渡缘何事,如此风波不可行"本此。古辞"白石郎,临江居,前导江伯后从鱼",李贺"沙浦走鱼白石郎"本此。古辞"陈孔骄赭白,陆郎乘斑骓",李贺"陆郎去矣乘斑骓"本此。唐人作诗,必熟读乐府诸作,能化旧为新,时时见笔端,不为蹈袭。②

徐𤊳指出,杜甫、李白、李贺的这些诗句都是从南朝梁简文帝等人乐府诗句化用而来,可见唐人作诗一方面借鉴了前代的乐府诗,但同时又能化旧为新,因此不算蹈袭。

杨慎则强调了李白对于古乐府的继承,《升庵集》"太白用古乐府"条云:

> 古乐府:"暂出白门前,杨柳可藏乌。欢作沉水香,侬作博山炉。"李白用其意衍为《杨叛儿歌》曰:"君歌杨叛儿,妾劝新丰酒。何许最关情,乌啼白门柳。乌啼隐杨花,君醉留妾家。博山炉中沉香火,双烟一气凌紫霞。"古乐府:"朝见黄牛,暮见黄牛。三朝三暮,黄牛如故。"李白则云:"三朝上黄牛,三暮行太迟。三朝又三暮,不觉鬓成丝。"古乐府云:"郎今欲渡畏风波。"李白云:"郎今欲渡缘何事,如此风波不可行。"古乐府云:"春风复多情,吹我罗裳开。"李反其意云:"春风无复情,吹我梦魂散。"古人谓李诗出自乐府古选,信矣。其《杨叛儿》一篇,即"暂出白门前"之郑笺也。因其拈用,而古乐府

---

①　许学夷:《诗源辩体》卷三,杜维沫点校,第53页。
②　徐𤊳:《徐氏笔精》卷三。

之意益显,其妙益见。如李光弼将子仪军,旗帜益精明。又如神僧拈佛祖语,信口无非妙道。岂生吞义山、拆洗杜诗者比乎!①

杨慎通过一系列的诗句对比,说明李白的乐府诗的确是从古乐府继承而来。只不过李白诗歌造诣极高,虽然有很多继承,但又能翻出新意。且经过他的创作,让后人能够更好地去了解古乐府诗的妙处。这绝对不是后世那些机械模拟李商隐和杜甫的诗人能够相提并论的。

胡应麟也关注到李白乐府诗对于魏、晋、齐、梁乐府诗的学习与继承:

> 太白《捣衣篇》等,亦是初唐格调。《蜀道难》《梦游天姥吟》《远别离》《鸣皋歌》皆学骚者。《白头吟》《登高丘》《公无渡河》《独漉》诸篇,出自乐府。《乌夜啼》《杨叛儿》《白纻辞》《长相思》诸篇,出自齐、梁。②

> 太白五言沿洄魏、晋,乐府出入齐、梁,近体周旋开、宝,独绝句超然自得,冠古绝今。③

胡应麟认为李白除了学习《离骚》外,其《白头吟》《公无渡河》《独漉篇》等都出自汉魏乐府,《乌夜啼》《杨叛儿》《白纻辞》《长相思》诸篇皆出自齐梁乐府。胡应麟所说的“出自”,非只是沿用了前代的诗题,更是指李白这些乐府诗在题材、艺术特点等方面皆学习了前人的长处,并能自成一家。胡应麟还关注到唐代的乐府诗人相互之间的影响:

> 元和中,李绅作《新乐府》二十章,元稹取其尤切者十五章和之……盖仿杜陵为之者,今并载郭氏《乐府》。语句亦多仿工部,如《阴山道》《缚戎人》等,音节时有逼近。第得其沉着,而不得其纵横;得其浑朴,而不得其悲壮。乐天又取演之为五十章,其诗纯用己调,

---

① 杨慎:《升庵集》卷五十八,第543页。
② 胡应麟:《诗薮》内编卷三,第54页。
③ 胡应麟:《诗薮》内编卷四,第70页。

出元下。世所传白氏《讽谏》是也。①

胡应麟指出，中唐诗人元稹的乐府诗是模仿杜甫而作，元稹的《阴山道》《缚戎人》等是模仿杜甫的新题乐府诗而作，并得到了杜诗的沉着和浑朴，而缺少杜诗的纵横与悲壮。白居易又进一步演变成五十首新乐府诗，但白居易的新乐府诗"纯用己调"，并未得到杜甫的真传，因此其成就在元稹之下。

胡应麟还对曹操、曹植、陆机等人乐府诗创作的新变意义给予了肯定："曹公'月明星稀'，四言之变也；子建《名都》《白马》，乐府之变也；士衡《吴趋》《塘上》，五言之变也。"②胡应麟认为曹操《短歌行》是四言诗之变，曹植《名都篇》《白马篇》是乐府之变，陆机《吴趋行》《塘上行》是五言诗之变。正是因为在继承中又有新变，这三人的乐府诗才有了独立的价值。

除了乐府诗人之间的影响关系，明人还关注到乐府诗体对后世不同诗歌体裁的影响。胡应麟就说过："世以乐府为诗之一体，余历考汉、魏、六朝、唐人诗，有三言、四言、五言、六言、七言、杂言、近体、排律、绝句，乐府皆备有之。……是乐府于诸体，无不备有也。"③乐府诗的确对后世的多种诗歌体裁都产生了影响。但从内容上看，明人的关注点主要是集中在乐府诗对后世绝句的影响和对后世七言古诗、歌行体的影响上。

明人很早就注意分析乐府诗对于绝句这一诗体的影响。如高棅说："五言绝句，作自古也。汉魏乐府古辞则有《白头吟》《出塞曲》《桃叶歌》《欢问歌》《长干曲》《团扇歌》等篇。下及六代，述作渐繁。"④高棅显然认为后世的五言绝句一体是在汉魏乐府中的《白头吟》《团扇歌》的影响下出现并逐渐兴盛起来的。生活在明代中后期的王世懋也曾论及绝句出于乐府诗这个问题：

---

① 胡应麟：《诗薮》内编卷三，第 53 页。
② 胡应麟：《诗薮》内编卷二，第 31 页。
③ 胡应麟：《诗薮》内编卷一，第 12—13 页。
④ 高棅编纂：《唐诗品汇》"五言绝句"叙目，第 3 册，汪宗尼校订、葛景春、胡永杰点校，第 1297 页。

晚唐诗,萎薾无足言。独七言绝句,脍炙人口,其妙至欲胜盛唐。愚谓绝句觉妙,正是晚唐未妙处。其胜盛唐,乃其所以不及盛唐也。绝句之源,出于乐府,贵有风人之致。其声可歌,其趣在有意无意之间,使人莫可捉着。①

针对当时出现的晚唐绝句妙于盛唐的说法,王世懋明确指出"绝句之源,出于乐府",因此绝句"贵有风人之致",诗意要含蓄不露,妙在有意无意之间。晚唐绝句刻意求妙,恰恰是其不如盛唐绝句之处。

胡应麟在《诗薮》中也多次论及乐府诗对绝句的影响,如:

唐五言绝,初、盛前多作乐府,然初唐只是陈、隋遗响。开元以后,句格方超。如崔国辅《流水曲》《采莲曲》,储光羲《江南曲》,王维《班婕妤》,崔颢《长干行》,刘方平《采莲》,韩翃《汉宫曲》,李端《拜新月》《闻筝曲》,张仲素《春闺曲》,令狐楚《从军行》《长相思》,权德舆《玉台体》,王建《新嫁娘》,王涯《赠远曲》,施肩吾《幼女词》,皆酷得六朝意象。高者可攀晋、宋,平者不失齐、梁。唐人五言绝佳者,大半此矣。②

胡应麟认为唐人五言绝句多是从乐府诗中来,只不过初唐时还只是沿袭陈隋遗响,盛唐之后才进一步形成了独特的艺术个性。但从评价标准来看,胡应麟所说的"酷得六朝意象""高者可攀晋、宋""平者不失齐、梁",仍然是将六朝乐府诗作为绝句的最高典范。他在评价李白绝句时说:"五言绝,唐乐府多法齐、梁,体制自别。七言亦有作乐府体者,如太白《横江词》《少年行》等,尚是古调。"③在评价唐代七言绝句时又说:"七言绝,李王二家外,王翰《凉州词》,王维《少年行》……陈陶《陇西行》,李洞《绣岭词》,卢弼《四时词》,皆乐

---

① 王世懋:《艺圃撷余》,载何文焕辑:《历代诗话》下册,第779页。
② 胡应麟:《诗薮》内编卷六,第113页。
③ 胡应麟:《诗薮》内编卷六,第114页。

府也。然音响自是唐人，与五言绝稍异。"①也是强调了六朝乐府诗对唐代绝句体制的影响。

除了对于绝句的影响，明人还关注到乐府诗对于后世七言古诗及歌行体的影响。如谢榛说：

> 《麈史》曰："王得仁谓七言始于《垓下歌》，《柏梁》篇祖之。刘存以'交交黄鸟，止于桑'为七言之始，合两句为一，误矣；《大雅》曰：'维昔之富不如时。'《颂》曰：'学有缉熙于光明。'此为七言之始。亦非也。"盖始于《击壤歌》"帝力于我何有哉"。《雅》《颂》之后有《南山歌》《子产歌》《采葛妇歌》《易水歌》，皆有七言而未成篇。及《大招》百句，《小招》七十句，七言已盛于楚，但以参差语间之，而观者弗详焉。②

按：此处所引宋王得臣《麈史》之内容，今本《麈史》未见。针对《麈史》中王得仁所说的"七言始于《垓下歌》"，谢榛认为此说不准确。他认为七言古诗应该始于《击壤歌》中"帝力于我何有哉"一句。之后《南山歌》等皆有七言，只是还未形成完整的诗篇而已。等到《楚辞》中的《大招》《小招》出现，七言已经开始繁盛了，只不过在七言句之间又加入了一些杂言句。谢榛虽然不同意七言始于《垓下歌》，但《击壤歌》《易水歌》等同样也是乐府诗，谢榛还是认为七言古诗起源于乐府诗。

胡应麟则就乐府对于歌行的影响有较多论述。他不仅指出"凡诗诸体皆有绳墨，惟歌行出自《离骚》、乐府，故极散漫纵横"③，还进一步分析了"歌"与"行"在乐府诗发展历程中的源流与变化。胡应麟认为，歌行是从乐府诗中的《大风歌》《垓下歌》等发展而来的，《四愁诗》《燕歌行》之后，六代之作虽少，但唐代以后诗人多有创作："歌行兆自《大风》《垓下》，《四愁》《燕歌》

---

① 胡应麟：《诗薮》内编卷六，第113页。
② 谢榛：《四溟诗话》卷一，宛平校点，第33页。按：原书标点有误，笔者已正之。
③ 胡应麟：《诗薮》内编卷三，第48页。

而后,六代寥寥。至唐大畅,王、杨四子,婉转流丽;李、杜二家,逸宕纵横。献吉专攻子美,仲默兼取卢、王,并自有旨。"①胡应麟还通过进一步将歌行的源头上溯到先秦古歌和乐府诗,并对"歌"与"行"的发展脉络进行详细考辨:

> 七言古诗,概曰歌行。余漫考之,歌之名义,由来远矣。《南风》《击壤》,兴于三代之前;《易水》《越人》,作于七雄之世;而篇什之盛,无如骚之《九歌》,皆七言古所自始也。汉则《安世》《房中》《郊祀》《鼓吹》,咸系歌名,并登乐府。或四言上规《风》《雅》,或杂调下仿《离骚》,名义虽同,体裁则异。孝武以还,乐府大演,《陇西》《豫章》《长安》《京洛》《东门行》《西门行》等,不可胜数,而行之名,于是著焉。较之歌曲,名虽小异,体实大同。至《长》《短》《燕》《鞠》诸篇,合而一之,不复分别。又总而目之,曰《相和》等歌。则知歌者曲调之总名,原于上古;行者,歌中之一体,创自汉人明矣。

> 今人例以七言长短句为歌行,汉、魏殊不尔也。诸歌行有三言者,《郊祀歌》《董逃行》之类;四言者,《安世歌》《善哉行》之类;五言者,《长歌行》之类;六言者,《上留田》《妾薄命》之类。纯用七字而无杂言,全取平声而无仄韵,则《柏梁》始之,《燕歌》《白纻》皆此体。自唐人以七言长短为歌行,余皆别类乐府矣。②

胡应麟首先指出"歌行"与七言古诗含义相近,接着从先秦时代的《南风歌》《击壤歌》开始考察歌行的发展源流。胡应麟指出,"歌"是曲调之总名;"行"是歌中之一体,创自汉人。而二者的产生与发展皆与乐府诗密切相关。今人以七言长短句为歌行,汉、魏时其实并没有这样的观念。胡应麟能够从歌行与乐府的关系来考察歌行的起源与发展,无疑是非常有见地的。

---

① 胡应麟:《诗薮》内编卷三,第49页。
② 胡应麟:《诗薮》内编卷三,第41页。

第二节　乐府诗起源与演变批评

与上一节所说的那些谈论乐府诗继承或影响的内容相比,明人对乐府诗的起源及乐府诗、乐府文学的发展演变过程的考察无疑更加令人瞩目。

关于乐府诗产生的时间,受到班固《汉书》的影响,刘勰《文心雕龙·乐府》认为"武帝崇礼,始立乐府"①。唐代元稹《乐府古题序》曾对此质疑:"刘补阙云:乐府肇于汉魏。按仲尼学《文王操》,伯牙作《流波》《水仙》等操,齐犊沐作《雉朝飞》,卫女作《思归引》,则不于汉魏而后始,亦以明矣。"②元稹认为,早在春秋战国时期就已经出现了孔子《文王操》、俞伯牙《水仙操》、牧犊子《雉朝飞》、卫女《思归引》等,可见乐府诗并不是汉魏才有的。针对这一问题,冯惟讷《古诗纪》"题例"云:"元稹自序乐府曰:'《诗》讫于周,《离骚》讫于楚。是后诗之流为二十四名:赋、颂、铭、赞、诔、箴、诗、行、咏、吟、题、怨、歌、章、篇、操、引、谣、讴、歌、曲、词、调,皆诗人六义之余。刘补阙云"乐府肇于汉魏"。按仲尼学《文王操》,伯牙作《水仙操》,则不于汉魏而后始,亦以明矣。'"冯惟讷自注:

> 按《琴操》肇于上古,如《神人畅》《南风歌》之类,又在仲尼前。但今所传之曲,未必尽出于古耳。乐府之名,自兴于汉,何得以此相掩耶?③

冯惟讷显然不同意元稹的观点。冯认为,《琴操》起源的时间更早,《神人畅》《南风歌》还在孔子之前。但流传到今天的《琴操》未必就是古时的《琴操》原貌。不能因为《神人畅》《南风歌》等就否定了乐府兴于汉的说法。梅鼎祚《古乐苑·衍录》卷二全文收录了《古诗纪》的相关说法。

---

① 周振甫:《文心雕龙今译》"乐府第七",第67页。
② 《元稹集》卷二十三,上册,冀勤点校,第292页。
③ 冯惟讷编撰:《古诗纪》卷一百四十六。

关于乐府诗的文学艺术渊源,由于两汉在时间上紧承先秦,所以明人一般都将乐府诗的源头归结到先秦文学上。但具体来说,又主要有源于《诗经》和源于《离骚》两种不同的观点。

将乐府诗的源头归于《诗经》的,如吴讷在《文章辨体序说》序题"乐府"中云:"南渡后夹漈郑氏著《通志·乐略》,以为古之达礼有三:一曰燕,二曰享,三曰祀。所谓吉、凶、军、宾、嘉,皆主此三者。仲尼所删之诗,凡宴、享、祀之时,用以歌之。汉乐府之作,以继三代……"①吴讷认为,在孔子所删的诗歌中主要是燕享祭祀的部分,这些作品虽然没有流传下来,但仍是《诗》的一部分。汉乐府就是继承三代时期的《诗》而创作的。

又如何乔新(1427—1502)在《论诗》一文中云:

> 论诗于三代之上,当究其体制之异;论诗于三代之下,当辨其得失之殊。盖究其体制,则诗之源流可见;辨其得失,则诗之高下可知矣。是故诗言志,歌永言。后世仿之以为歌,一曰《风》,二曰《赋》;后世拟之以为赋,吟咏性情,转而为吟,故嗟叹之,易而为叹。自诗变为乐府之后,孔子作《龟山操》,伯奇作《履霜操》,即或忧或思之诗。自诗变为《离骚》之后,贾谊之《吊湘赋》、扬雄之《畔牢愁》,即或哀或愁之诗。凡此皆诗之体制源流也。②

何乔新具有非常明确的考辨诗歌体制源流的意识。在何乔新看来,乐府和《离骚》都是由《诗》变化而来,孔子的《龟山操》和伯奇的《履霜操》既是乐府,又是表现忧思的诗。

胡直(1517—1585)亦在《论文二篇答瞿睿夫》中说:

> 古今文不一体,学文者亦不能以一体局。圣人之文,大都在道,其次在法。法,所以维道也。翱翔道法,因物成体者,非独时习,亦正变者之自然也。……诗之变为《成相》,为《离骚》,为琴操、乐府,为

---

① 吴讷编撰:《文章辨体序说》"乐府",于北山校点,第25页。
② 何乔新:《椒邱文集》卷一,第15页。

后之赋、颂、五七言古近不一体。①

胡直在这里所说的"成相"，是指周代民间的一种说唱文艺形式。《汉书·艺文志》曾著录《成相杂辞》十一卷，但久已亡佚。胡直同样认为《成相》、《离骚》、琴操、乐府、赋、颂、五七言古近体诗皆是从《诗》变化而来。

明代后期的许学夷善于从诗歌辨体的角度去论述不同时代、不同诗体之间的关系。他也认为乐府诗真正的源头是"诗三百"：

> 风人之诗，不特为汉魏五言之则，变为后世骚、赋、乐府之宗。……"山有漆，隰有栗。子有酒食，何不日鼓瑟。且以喜乐，且以永日。宛其死矣，他人入室。"其句法音调，又乐府杂言之所自出也。今人但知骚、赋、乐府起于楚汉，而忘其所自出，何哉？②

以往诗学家们只把"诗三百"看作汉魏五言古诗的源头，而很少论及"诗三百"与乐府诗之间的关系。许学夷认为这种观点是片面的，"诗三百"不仅是汉魏五言古诗之则，也是后世骚、赋及乐府之宗。如《唐风·山有枢》一篇就是乐府杂言体的源头。后人只知道骚、赋、乐府起于楚汉，而忘记了乐府诗真正的源头是"诗三百"。具体到诗歌作品，许学夷又说："《唐风蟋蟀》，是诗人美唐俗之诗。《山有枢》，虽讽而未为邪，孔子存之，益以见唐俗之美耳。汉人《生年不满百》及乐府《西门行》，语意实出于此。自是益起后世词人旷达之风矣。"③同样是说汉乐府和汉五言古诗的源头都是"诗三百"。

实际上从宋元以来，将乐府作为《诗经》《风》《雅》的继承者，也是一种普遍的乐府观念。如郑樵在《通志》"总序"中就说过"继风雅之作者，乐府也"④，认为乐府是《风》《雅》最好的继承者，但后世史家往往不明白孔子的意思，导致弃其不收而取工伎之作。元马端临在《辨乐亡之论》一文中也说："魏

---

① 胡直：《衡庐精舍藏稿》卷十四，清文渊阁四库全书本。
② 许学夷：《诗源辩体》卷一，杜维沫点校，第3—4页。
③ 许学夷：《诗源辩体》卷一，杜维沫点校，第20页。
④ 郑樵：《通志·总序》第1册，第2页。

晋以来之'短箫铙歌',即古之雅颂矣。"①这种说法从表面上看没问题,但实际上还只是一种笼统的、模糊不清的观点。因为如果只是简单地说乐府是《风》《雅》《颂》的继承者,并没有说清楚乐府究竟是怎样继承《诗经》的,其中的发展脉络并不清晰。这个任务显然要由明代诗学家们来完成。

如许学夷不仅指出乐府诗的源头是"诗三百",还进一步分析了"诗三百"中《风》《雅》《颂》三个部分与后世诗歌的源流对应关系:

> 《三百篇》始,流而为汉魏。《国风》流而为汉《十九首》、苏李、魏三祖、七子之五言。《雅》流而为汉韦孟、韦玄成,魏曹植、王粲之四言。《颂》流而为汉《安世房中》、武帝《郊祀》、魏王粲《太庙颂》《俞儿舞》之杂言。然五言于《风》为近,而四言于《雅》渐远,杂言于《颂》则愈失之。②

在许学夷看来,与汉魏时期的五言古诗和四言诗分别来源于《风》和《雅》不同,汉乐府中的《安世房中歌》《郊祀歌》及魏代的郊庙歌辞均是由"诗三百"中的《颂》演变而来。只不过汉魏乐府中的这些作品多用杂言体,离《颂》越来越远了。

又如邢云路在《古今律历考》中也分析了乐府中的"鼓吹曲辞""郊祀乐"与《诗经》中《雅》和《颂》的继承关系,其"论语考"云:

> 孔子删诗三百五篇,曰《风》曰《雅》曰《颂》。兹不及风者,《国风》多不正之声,庙朝所不奏,即《二南》亦用之房中耳。若不正之风,特存以示鉴戒也。故正乐止言《雅》《颂》。夫乐昉于黄虞而备于成周,《雅》《颂》之诗皆声依永、律和声也。厥后秦燔《乐经》,声律几废。至汉立为乐府,而乐府犹《诗》之流也。如"鼓吹"等为《雅》,"郊祀"等为《颂》,《房中》之乐等则繫之别声。③

---

① 唐顺之:《稗编》卷三十七。
② 许学夷:《诗源辩体》卷三,杜维沫点校,第44页。
③ 邢云路:《古今律历考》卷八。

　　邢云路不仅指出乐府是"《诗》之流"，还进一步指出"鼓吹曲辞"继承了《雅》，"郊祀歌"继承了《颂》，二者与《风》并无直接关联。

　　除了乐府来源于《诗经》，在明人中还有乐府来源于《楚辞》《离骚》的观点。其实早在元代时，吴澄就提出过乐府起源于民歌的观点，其《书李伯时九歌图后》云：

　　　　《九歌》者何？楚巫之歌也。巫以歌舞事神，手舞而口歌之。
　　《九歌》之目，天神五，人鬼二，地示一，俱非楚国所当祀。而况间乎
　　物魅一，又非人类所与接也。然则楚巫事之而有歌，何耶？古荆蛮之
　　地，中国政化之所不及，先王礼教之所不行。其俗好鬼，而多淫祀。
　　所由来远矣。三间大夫不获乎上，去国而南，睹淫祀之非礼，聆巫歌
　　之不辞，愤闷中托以抒情，拟作九篇。既有以易其荒淫媟慢之言，又
　　借以寄吾忠爱缱绻之意。后世文人之拟《琴操》，拟乐府，肇于此。
　　《琴操》、乐府古有其名，亦有其辞，而其辞鄙浅，初盖出于刖工野人
　　之口，君子不道也。韩退之作十《琴操》，李太白诸人作乐府诸篇，皆
　　承袭旧名撰造新语，犹屈原之九歌也。①

　　吴澄认为乐府诗的起源类似于《九歌》。《九歌》最初只是楚地民间巫歌，后来屈原为了抒发忠爱缱绻之意进行了拟作。后人拟写《琴操》和乐府诗是同样的道理。乐府诗最初出于刖工野人之口，"君子不道"。

　　部分明人也持有和吴澄相近的观点。但与吴澄不同的是，他们不仅认为乐府诗来源于《楚辞》《离骚》，一般还会强调是《诗经》先变为《楚辞》《离骚》，《楚辞》《离骚》再变为乐府。如明代初期的王行就在《题孙敏诗》一文中说：

　　　　自《国风》再变而为《楚辞》，又变而为乐府。乐府之变，去诗人
　　之意远矣。乐府近性情之正者，亦多音节短促，少宽厚和平之韵，起
　　读者淫佚哀伤之思。古人所谓"不足以讽而适以劝"也。惟《古诗十

---

　　①　贺复微编：《文章辨体汇选》卷三百七十四。

九》不大远,有诗人之意,为后人所当宗。然其阃域高深,又非初学

之士所能入。此诗又所以不易也。①

王行明确指出,《国风》变为《楚辞》,而《楚辞》又变为乐府。当然王行还

是将《诗经》作为中国古典诗歌的最高典范,乐府之"变"是愈变愈远,还不如

《古诗十九首》"有诗人之意"。

明初另外一位文学家苏伯衡(1329—1392)也说过:"惟诗之音,系乎世变

也。是以大小《雅》、十三《国风》出于文、武、成、康之时者,则谓之'正雅''正

风';出于夷王以下者,则谓之'变雅''变风'。《风》《雅》变而为骚些,骚些变

而为乐府、为选、为律,愈变而愈下。"②苏伯衡同样也认为《诗经》《风》《雅》变

为《楚辞》《离骚》,《楚辞》《离骚》再变为乐府等,也是"愈变而愈下"。

至明代后期,这样的观点依然存在。如旧题李贽(1527—1602),但实际

上是其门人张萱所编的《疑耀》卷三"乐府讹缺"条云:

> 《风》《雅》灭而《离骚》作,《离骚》又废,乐府继之,此诗之正宗
>
> 也。乐府者,汉之铙歌是也。当时采于民谣,杂以赵、代、秦、楚之风,
>
> 而传世永久……又《有所思》一篇,乃男女相绝而相怨者,其言摧折
>
> 之,焚烧之,与君断绝,不复相思,不为已甚乎? 以此喻君臣,则非三
>
> 宿而后出昼之义,以此喻夫妇,则略无忠厚之旨,岂若《氓》之诗,犹
>
> 有道其宿昔,拳拳不忍之意乎? 余尝欲变其本旨,谓"与君虽绝专思
>
> 君",庶可补于风雅,而有益于世教也。③

张萱也认为《离骚》是《诗经》的继承者,而乐府诗又是《离骚》的继承者,

同样是"诗之正宗"。但张萱同时认为像汉乐府《有所思》这样的作品不合君

臣之义、夫妇之伦。对于《有所思》一诗,张萱的批评标准显然是儒家温柔敦

厚、怨而不怒的诗教。这与王行、苏伯衡所说的"愈变而愈下"内在的思想基

---

① 王行:《半轩集》卷八,第389页。

② 苏伯衡:《苏平仲文集》卷四,清文渊阁四库全书本。

③ 张萱:《疑耀》卷三,栾保群点校,第92—93页。按:原书标点有误,笔者已正之。

础其实是一致的。

关于乐府诗到底是来源于《诗经》还是来源于《楚辞》《离骚》,胡应麟对这两种观点进行了某种程度上的整合。他在《诗薮》中说:

> 《诗》三百五篇,有一字不文者乎? 有一字无法者乎?《离骚》,《风》之衍也;《安世》,《雅》之缵也;《郊祀》,《颂》之阐也;皆文义蔚然,为万世法。惟汉乐府歌谣,采摭闾阎,非由润色。①
>
> 四言盛于周,汉一变而为五言。《离骚》盛于楚,汉一变而为乐府。体虽不同,诗实并驾,皆变之善者也。②

前文已经说过,胡应麟在使用"乐府"这一概念时有时并不严格,他在前一段话中所说的"乐府",显然是指"相和歌辞""杂曲歌辞""琴曲歌辞"等,而不包括"郊庙歌辞"和"燕射歌辞",这样的划分应该是依据西汉时"太予乐"与"乐府"职能分工的不同。胡应麟认为,《安世房中歌》继承的是《诗经》中的"雅","郊祀"歌继承的是《诗经》中的"颂",而"风"的继承者是《离骚》。而他又说《离骚》"一变而为乐府",则是指汉乐府诗中的"相和歌辞""杂曲歌辞""琴曲歌辞"等是继承《离骚》而来的。这样一来,胡应麟就将关于乐府诗是来源于《诗经》还是来源于《离骚》这两种观点巧妙地整合在了一起。客观来说,胡应麟的观点无疑更符合乐府诗的实际情况。

第三节 对乐府诗史的构建

在对乐府诗的起源及其对后世各种诗体影响进行考察的基础上,明人还进一步尝试对乐府诗的发展历史进行整体上的描述与构建。明初胡翰曾编撰《古乐府类编》,原书虽然已佚,但其《古乐府类编序》仍然保存了下来。这篇序言中就有描述乐府诗发展历史及构建乐府诗史的内容:

---

① 胡应麟:《诗薮》内编卷一,第 3 页。
② 胡应麟:《诗薮》内编卷一,第 6 页。

以其所谓郊祀、安世、黄门鼓吹铙歌、横吹、相和、琴操、杂曲,考之汉辞,质而近古。其降也为魏,魏辞温厚,而益趋于文。其降也为晋,晋之东,其辞丽遂变而为南北。南音多艳曲,北俗杂胡戎,而隋唐受之。故唐初之辞婉丽详整,其中宏伟精奇,其末纤巧而不振。虽人竭其才,家尚其学,追琢簇积,曾不能希列国之《风》,而况欲反乎《雅》《颂》之正,滋不易矣。①

在这段话里,胡翰对乐府诗在汉、魏、晋、南北朝、唐等各个朝代的发展演变情况进行了总体观照,并指出了每个时代乐府诗所呈现出的不同风格特征。这就初步具备了构建乐府诗史的意识。在胡翰看来,乐府诗以汉魏为首,"古质"应该是乐府诗最本质的特征。从汉魏到唐代,乐府诗越变越婉丽精巧,却远远不及汉乐府及《国风》,更不用说《雅》《颂》了。我们可以看出,在胡翰的观念中,乐府诗发展的历史其实就是越来越文人化、精致化,也越来越退化的过程。

活动于永乐年间的吴讷在其《文章辨体序说》"乐府"序题中说:

《易》曰:"先王作乐崇德,殷荐之上帝以配祖考。"成周盛时,大司乐以黄帝、尧、舜、夏、商六代之乐,报祀天地百神。若宗庙之祭,神既下降,则奏《九德》之歌、《九韶》之舞。盖以六代之乐,皆圣人之徒所制,故悉存之而不废也。

迨秦焚灭典籍,礼乐崩坏。

汉兴,高帝自制《三侯》之章,而《房中》之乐,则令唐山夫人造为歌辞。《史记》云:"高祖过沛诗《三侯》之章,令小儿歌之。高祖崩,令沛得以四时歌舞宗庙。孝惠、文、景,无所增更,于乐府习常肄旧而已。"至班固《汉书》则曰:"汉兴,乐家有制氏,但能纪其铿锵,而不能言其义。高祖时,叔孙通制宗庙乐,迎神奏《嘉至》,入庙奏《永至》,

---

① 胡翰:《胡仲子集(外十种)》卷四,第43—44页。

乾豆上奏《登歌》，再终下奏《休成》，天子就酒东厢坐定，奏《安世》。"然徒有其名而亡其辞，所载不过武帝《郊祀》十九章而已。后儒遂以乐府之名起于武帝，殊不知孝惠二年已命夏侯宽为乐府令，岂武帝始为新声不用旧辞也？

迨东汉明帝，遂分乐为四品：一曰《大予乐》，郊庙上陵用之；二曰《雅颂乐》，辟雍享射用之；三曰《黄门鼓吹乐》，天子宴群臣用之；四曰《短箫铙歌乐》，军中用之。其说虽载方册，而其制亦复不传。

魏晋已降，世变日下，所作乐歌率皆夸靡虚诞，无复先王之意。

下至陈隋，则淫哇鄙亵，举无足观矣。

自时厥后，唯唐、宋享国最久，故其辞亦多纯雅。①

在这段话里，吴讷不仅梳理了中国古代音乐制度发展的经过，同时还描述了乐府诗发展的历程。吴讷指出，《九德》之歌与《九韶》之舞是配合六代之乐产生的，汉高祖时期的《安世房中歌》与《大风歌》也与当时流行的音乐密不可分。班固所说的汉武帝"始立乐府"其实并不准确。东汉时汉明帝将音乐分为四品。魏晋之后，乐府诗多夸靡虚诞之辞，至隋陈更是"淫哇鄙亵"，无足观者。唐宋两朝，享国最久，乐府诗亦多纯雅。吴讷试图对先秦时代一直到宋代的音乐及乐府诗的发展过程进行一种总体上的观照，也已经具备了构建乐府诗史的意识。

到了明代中后期，随着复古诗学的兴盛，诗学家们构建乐府诗史的尝试也较为常见。如王世贞就在《艺苑卮言》附录一中说："三百篇亡，而后有骚赋。骚赋难入乐，而后有古乐府。古乐府不入俗，而后以唐绝句为乐府。绝句少宛转，而后有词。词不快北耳，而后有北曲。北曲不谐南耳，而后有南曲。"②在王世贞看来，"诗三百"、骚赋、古乐府、唐绝句、词、北曲、南曲等是后者取代前者的关系，后者兴起的过程也就是前者衰亡的过程。王文禄则在《诗的》中

---

① 吴讷编撰：《文章辨体序说》"乐府"，于北山校点，第24—25页。
② 王世贞：《弇州四部稿》卷一百五十二。

说:"楚屈原变骚,宋玉变赋,汉变乐府。如《浊漉》,题不可解。唐李白、白居易变今乐府,如《忆秦娥》《长相思》。宋元增新题,如《满江红》之类。又变为曲,艳丽绮靡,诗余极矣。今则不能变焉,不过述之而已。"①王文禄描述了从楚国骚赋到汉乐府,再到唐代今乐府("词"),再到元明散曲的发展过程。这个过程也是一个诗歌逐渐走向绮靡的过程。

彭大翼在《山堂肆考》卷一百六十中曾对"乐章源流"进行了详细辨析:

> 乐章即乐府之本,乐歌即乐府之流。自成周制为《颂声》三十一篇,厥后郑康成笺其每篇皆为乐歌。故知成周之乐章,即后世之乐歌也。至汉世则有乐府,如武帝《郊祀》等歌,班固《明堂》等诗,犹可以质鬼神而告宗庙也。晋宋之际,又有所谓古乐府之章,如释子兰、释贯休等作,虽托物以寓兴,而其辞终入于鄙俚,又与汉人之乐府异矣。孰知再变而为隋唐五代之乐歌乎! 当唐之世,如贺知章、白乐天之所述,犹足以发越性情而时寓讥讽也。岂知乐歌又变为宋朝之长短句乎! 世卒谓之词、曲,即乐府之异名也。然今世之所谓词曲,即唐人之乐歌,则又愈降而愈下矣。自词曲之变,又转而为巷陌市井之歌,则又乐府之不足道云。②

这段话不仅对"乐章""乐歌"等概念进行了辨析,还对"乐府"这一概念在历史上的发展变迁情况进行了梳理,指出成周之乐章即后世之乐歌,汉武帝时期的《郊祀》等歌及班固的《明堂》歌犹可以质鬼神告宗庙,而晋宋之后所谓的"古乐府"已入于鄙俚,与汉乐府不同。晋宋之乐府又变为隋唐五代之乐歌,犹足以发越性情、时寓讥讽。乐歌至宋代又变为长短句,后世即把词和曲作为乐府的异名。但实际上今世所说的词曲又只是唐人乐歌愈降而愈下者。而词曲又变为巷陌市井之歌,离乐府最初的定义更远了。

作为复古诗学理论化、系统化的集大成者,胡应麟不仅对历代的乐府诗

---

① 王文禄:《诗的》,民国二十七年(1938)上海涵芬楼景明隆庆至万历刻百陵学山本。
② 彭大翼:《山堂肆考》卷一百六十。

人、诗作品常有精彩点评，还尝试进一步对乐府诗的发展历史和规律进行总结。与前面所说的几位诗学家相似，胡应麟也将乐府诗的发展历史定义为一个逐渐演变并且逐步消亡的过程。在《诗薮》一书中，他明确指出乐府之体曾经有过三次大的演变："乐府之体，古今凡三变：汉、魏古词，一变也；唐人绝句，一变也；宋、元词曲，一变也。六朝声偶，变唐之渐乎！五季诗余，变宋之渐乎！"①从汉、魏古词到唐人绝句，再到宋、元词曲，乐府在历史上发生过三次大的变迁。而"六朝声偶"和"五季诗余"是过渡形态。而六朝之后的乐府史，就是一部古乐府逐渐走向消亡的历史：

> 六朝乐府虽弱靡，然尚因仍轨辙。至太白才力绝人，古今体格于是一大变。杜陵独得汉人遗意，第已调时时杂之。张籍、王建颇趋平淡，稍到天成，而材质有限，而时代压之，不能高古。长吉诸篇，元人举代学其险怪，弊流国初。李文正又本胡曾遗意，取史事断以经语，古乐府遂亡。②

在胡应麟看来，六朝乐府继汉魏乐府之后，虽然风格上偏于弱靡，但尚能"因仍轨辙"。到了唐代，李白让乐府诗体格大变。杜甫虽得汉人遗意，但时时杂以己调。张籍、王建材质有限，不能高古。李贺又有险怪之弊，其负面影响从元代一直延续到明初。李东阳学习唐代胡曾遗意，大量创作乐府诗来咏史，于是古乐府遂亡。另外，胡应麟还从乐府诗与古诗、律诗分化离合角度来说明乐府诗逐渐衰落的历史：

> 《三百篇》荐郊庙，被弦歌，诗即乐府，乐府即诗，犹兵寓于农，未尝二也。诗亡乐废，屈、宋代兴，《九歌》等篇以侑乐，《九章》等作以抒情，途辙渐兆。至汉《郊祀十九章》《古诗十九首》，不相为用，诗与乐府门类始分，然厥体未甚远也。如"青青园中葵"，曷异古风；"盈盈楼上女"，靡非乐府。魏文兄弟崛起，建安拟则前规，多从乐府。

---

① 胡应麟：《诗薮》内编卷一，第14页。
② 胡应麟：《诗薮》外编卷一，第141页。

唱酬新什,更创五言,节奏既殊,格调复别。自是有专工古诗者,有偏长乐府者。梁、陈而下,乐府、古诗变而律绝,唐人李、杜、高、岑,名为乐府,实则歌行。张籍、王建,卑浅相矜;长吉、庭筠,怪丽不典。唐末、五代,复变诗余。宋人之词,元人之曲,制作纷纷,皆曰乐府,不知古乐府其亡久矣。①

胡应麟指出,乐府与古诗本为一体,在"诗三百"的时代是不分彼此的。楚辞兴起后,二者才逐渐开始分离。到了汉代,乐府与古诗已经属于不同的门类,但二者仍相去不远。建安"三曹"崛起后,诗人中间出现了专攻古诗者与偏长乐府者。梁陈以后,乐府古诗逐渐变为律绝,李、杜、高、岑等人的乐府实际上只是歌行,张籍、王建失于卑浅,李贺、温庭筠失于怪丽。唐末五代后,乐府又变为诗余,即宋人之词与元人之曲。这些虽然都被称为乐府,但真正的古乐府其实消亡已久了。

应该说,构建乐府诗史的尝试并不始于明人,宋代郑樵《通志·乐略》、王灼《碧鸡漫志》中已有相关内容。但与前人相比,明人在谈论乐府诗演变时的角度与出发点更加多元。宋元时期的学者虽然也曾论及乐府的演变,但一般都是从音乐的角度去说。而明人不仅从音乐的角度去谈,也把乐府诗明确地作为一种诗体去谈,从而让乐府诗史更加生动丰富。

---

① 胡应麟:《诗薮》内编卷一,第13—14页。

第十三章　明代乐府诗学的诗学史价值及影响

　　明代乐府诗学作为中国古代乐府诗学史发展一个重要阶段,同时也是明代诗学的一个重要组成部分,其价值与影响至少体现在以下四个方面:一是成为明代复古诗学、重情诗学及辨体诗学发展的重要动力。正如前文所说,明代乐府诗学是在明代复古诗学、重情诗学及辨体诗学先后兴盛的背景下发展的。但另一方面,在复古诗学、重情诗学及辨体诗学兴盛的过程中,诗学家们对乐府诗的研究和评论又给复古诗学、重情诗学及辨体诗学的发展提供了强大的动力。对于这一点前文已多有论析,本章不再赘述。二是推动了中国乐府诗学由传统的解题诗学向评点、评论诗学转型。在唐宋时期,乐府诗学主要以解题的形式存在,关注重点主要放在诗歌本事的辨析上。而到了明代,随着诗歌评点、评论等形式的兴起,诗学家们的眼光不再局限于乐府诗的本事,而是扩展到乐府诗的思想内容、艺术手法的方方面面,并在此基础上对不同时代的作家作品进行品评,进一步开始构建乐府诗史。这在乐府诗学史上无疑是巨大的进步。三是对于乐府诗,尤其是汉魏乐府诗经典化的推动。在宋元时期,虽然出现了郭茂倩编撰的《乐府诗集》、刘次庄编撰的《乐府集》及左克明编撰的《古乐府》等,但乐府诗在中国古典诗歌领域的经典地位还未完全得到确立。而经过明代诗学家们的尝试和努力,乐府诗地位大大提高,成为可以与《诗经》、《楚辞》、汉魏古诗及唐诗相提并论的一种文学样式,正式进入中国古典文学经典的殿堂。四是对清代乐府诗学的影响。继明人之后,清人对乐府诗也关注颇多,清代也出现了众多乐府诗选本,诗学家们的评论、评点也非常丰富。而清人选评乐府诗的角度、方法和观点往往受到明人的影响,反映出明代乐府诗学的强大影响力。

第一节　中国古代乐府诗学的转型与诗学史巅峰

中国古代乐府诗学的研究迄今为止还是乐府学研究中较为薄弱的一个领域。无论是汉唐时期,还是宋元时期,或是明清时期,都还有待于学界同仁的大力开拓。国家社科基金项目"汉唐乐府诗学研究"的负责人王福利教授曾撰文说:"汉唐诸朝乐府活动和曲目辞章,均代表当时礼乐文化的最高成就和诗歌创作的一流水平,理应成为文史工作者重点关注的对象。但由于各种原因,情况却并非如此。"[1]其实不只是汉唐乐府诗学,历代乐府诗学的研究工作都还存在巨大的学术空间。我们正在研究的明代乐府诗学,当然也是中国乐府诗学史的一部分。与汉唐以来的乐府诗学相比,乐府诗学在明代发生了显著的转型,并达到了中国古代乐府诗学史的高峰。

这种转型至少包括三个方面的内容:一是从研究形式上看,从以解题诗学为主发展到了以评论诗学为主;二是从研究内容上看,从以传统的音乐研究为主转向了以文学研究为主;三是从研究角度上看,从只重视乐府诗的社会功能转向了对乐府诗思想艺术全方位的关注。

先来看研究形式的转变。今天所知较早的乐府诗学研究专书,包括《元嘉技录》《古今乐录》《乐府古题要解》《乐府解题》《乐府杂录》等,皆

---

① 王福利:《探寻汉唐乐府诗学的神秘宝藏》,《中国社会科学报》2016 年 7 月 6 日。

属于解题研究类著作。其中《元嘉技录》《古今乐录》二书久已亡佚,但郭茂倩在编《乐府诗集》时多有引用,因此我们今天仍然可以稍窥其貌。如《元嘉技录》一书,作者为张永。《乐府诗集》卷二十六、二十七、二十九、三十分别有一处引用《元嘉技录》中的内容,但均是通过《古今乐录》间接引用。可见郭茂倩在编《乐府诗集》时,此书已经亡佚。其中卷二十六"相和曲上"序云:

> 《古今乐录》曰:"张永《元嘉技录》:相和有十五曲,一曰《气出唱》,二曰《精列》,三曰《江南》,四曰《度关山》,五曰《东光》,六曰《十五》,七曰《薤露》,八曰《蒿里》,九曰《觐歌》,十曰《对酒》,十一曰《鸡鸣》,十二曰《乌生》,十三曰《平陵东》,十四曰《东门》,十五曰《陌上桑》。十三曲有辞,《气出唱》《精列》《度关山》《薤露》《蒿里》《对酒》并魏武帝辞,《十五》文帝辞,《江南》《东光》《鸡鸣》《乌生》《平陵东》《陌上桑》并古辞是也。二曲无辞,《觐歌》《东门》是也。"①

从这一条可以看出,《元嘉技录》中的主要内容应该就是对乐府诗不同曲调对应诗题及作者的介绍。这一条介绍了《相和十五曲》的具体曲名及歌词留存情况,对后人研究汉乐府相和歌有很大帮助。

《古今乐录》一书,作者为南朝陈释智匠,《乐府诗集》中多有引用。如卷十八注"吴鼓吹曲"《通荆门》一题云:

> 《古今乐录》曰:"《通荆门》者,言孙权与蜀交好齐盟,中有关羽自失之愆,戎蛮乐乱,生变作患,蜀疑其眩,吴恶其诈,乃大治兵,终复初好也。当汉《上陵》。"②

根据《古今乐录》所说,《通荆门》一题的创作背景是在蜀、吴两国交好结盟的情况下,把守荆州的关羽自己犯上作乱,两国的最高统治者均对其不满。

---

① 郭茂倩编:《乐府诗集》卷二十六,第 2 册,第 382 页。
② 郭茂倩编:《乐府诗集》卷十八,第 1 册,第 272 页。

吴国出兵将其消灭后,两国终复初好。《乐府诗集》卷十九注"晋鼓吹曲"《钓竿》一题又云:"古《钓竿行》。《古今乐录》曰:'《钓竿》,言圣皇德配尧、舜,又有吕望之佐,以济天功,致太平也。'"①这些都是精彩的解题内容。尤其是关于"关羽失荆州"的介绍,与后人通常的认知不同,有助于我们更全面地了解那段历史。

到了唐代以后,又陆续出现了吴兢《乐府古题要解》、无名氏《乐府解题》等重要的乐府诗学专著,对此前文已有详细论述。就郭茂倩《乐府诗集》和左克明《古乐府》来说,其中也包含大量的解题诗学内容。这些著作将解题诗学推向了高峰。当然,从汉代到宋元,对于乐府诗评论也时有出现,包括班固、刘勰、元稹等人对乐府诗都有精彩论述,但总的来看这一时期还是以解题诗学为主的时代。

而到了明代,一方面是解题诗学继续发展,如徐献忠《乐府原》、梅鼎祚《古乐苑》、吴勉学《唐乐府》等乐府诗总集中都有较多的解题内容,与前人相比时有新解。但更重要的是,明人对于乐府诗的评点、评论蔚然兴起,并成为乐府诗学的主流。李东阳、前后"七子"、胡应麟、许学夷、钟惺等重要的诗学家都对乐府诗进行过大量的评点、评论,这就让乐府诗学从唐宋时期较为零散的解题诗学转变为更具理论性和系统性的评论诗学。这无疑是乐府诗学发展的一大转折,也是一大进步。

从研究内容上看,乐府诗学发展到明代其转变也是非常明显的。在唐宋以前,乐府诗研究领域中最主要的就是对于诗题本事的解读和对乐府诗音乐性的探讨,而对于音乐性的探讨又是占据主导地位的。如时代较早的《汉书》,其卷二十二《礼乐志二》就详细记载了西汉时期乐府机构的设立演变及采诗作曲情况,于音乐制度尤详。如"孝惠二年,使乐府令夏侯宽备其箫管,更名曰《安世乐》。""高祖六年又作《昭容乐》《礼容乐》。《昭容》者,犹古之

---

① 郭茂倩编:《乐府诗集》卷十九,第1册,第284页。

《昭夏》也。""至武帝定郊祀之礼，祠太一于甘泉，就乾位也；祭后土于汾阴，泽中方丘也。乃立乐府，采诗夜诵，有赵、代、秦、楚之讴。"①此后历代史书均有《乐志》，如《宋书·乐志》《隋书·乐志》《旧唐书·乐志》等，记载了历代音乐制度的演变及其对乐府诗创作的影响。

除了历代史书中的《乐志》，一些诗学理论专著及政书中的乐府诗学内容也多数集中在音乐研究方面。如《文心雕龙今译·乐府第七》云：

> 乐府者，"声依永，律和声"也。钧天九奏，既其上帝；葛天八阕，爰乃皇时。自咸英以降，亦无得而论矣。至于涂山歌于候人，始为南音；有娀谣乎飞燕，始为北声；夏甲叹于东阳，东音以发；殷整思于西河，西音以兴：音声推移，亦不一概矣。匹夫庶妇，讴吟土风，诗官采言，乐胥被律，志感丝篁，气变金石；是以师旷觇风于盛衰，季札鉴微于兴废，精之至也。②

刘勰这是从宏观的视角来论述乐府诗的起源与发展。而《元嘉技录》和《古今乐录》中则有不少关于具体乐府诗题音乐性的探讨，如"《古今乐录》曰：'张永《元嘉技录》云：东光旧但有弦无音，宋识造其声歌。'"③根据《元嘉技录》所说，《东光》一题原来是只有配乐没有歌词的，后来宋识为其配上歌声。《古今乐录》作为一部乐学专著，其中记载音乐制度的内容当然更多。根据《乐府诗集》记载，《古今乐录》中曾收录过一张梁、陈时期的《宫悬图》，图中详细记载了梁陈时期宫廷中的音乐建制：

> 按《古今乐录》，有梁、陈时宫悬图，四隅各有鼓吹楼而无建鼓。鼓吹楼者，昔萧史吹箫于秦，秦人为之筑凤台。故鼓吹陆则楼车，水则楼船，其在庭则以簨虡为楼也。④

---

① 班固：《汉书》卷二十二，颜师古注，第 4 册，中华书局 1962 年版，第 1043—1045 页。
② 周振甫：《文心雕龙今译》"乐府第七"，第 65—66 页。
③ 郭茂倩编：《乐府诗集》卷二十七，第 2 册，第 394 页。
④ 郭茂倩编：《乐府诗集》卷十六，第 1 册，第 225 页。

类似的内容在《古今乐录》中颇多。除此之外，像杜佑《通典》、郑樵《通志》及马端临《文献通考》中也有大量关于乐府诗音乐性的研究内容。《通典》卷一百四十一至卷一百四十七为《乐典》；《通志》卷二十五《乐略第一》的开头即为《乐府总序》；《文献通考》卷一百二十八至卷一百四十八为《乐考》，详论历代音乐制度及乐歌、乐舞情况。正如前文所说，音乐性本来就是乐府的根本属性之一，"诗以乐为先"的乐府观念也是早已有之的。郭茂倩所编撰的《乐府诗集》，其分类方法也是以音乐性为标准的。

到了明代，"诗以乐为先"的观念依然盛行，明人对于乐府诗音乐性的研究也颇为繁盛，前文已经有过相关论述。但另一方面，明人的乐府诗学也逐渐开始将研究重心从音乐性向文学性转移。我们可以看出，李东阳、前后"七子"、胡应麟、许学夷、钟惺等人在研究乐府诗时，虽然也会谈及音乐性，但他们同时也将乐府诗作为文学作品来对待。他们的点评、评论往往是围绕作品的文学艺术特征来展开。这固然是由于时代久远，汉魏时期乐府诗的音乐已经失传所致，但这也可以看作明人对于乐府诗文学性的认识进一步深化的结果。从乐府诗学的角度来说，这当然是一种发展和进步。

第三个转变是研究角度的转变。正如前文所说，文学的功能是多方面的，艾布拉姆斯所说的"模仿说""实用说""表现说""客观说"其实都很有道理，我们不能将文学的功能简单地归于某一个方面。在汉魏至宋元期间，研究乐府诗的学者为数不少，成果也颇为丰硕。但这一时期乐府诗学的研究又存在明显的局限性，即学者们往往只从社会功能、教化功能角度去谈论乐府诗。除了我们熟悉的元稹的《乐府古题序》、白居易的《新乐府序》外，又如皮日休《正乐府十篇序》说："乐府，盖古圣王采天下之诗，欲以知国之利病，民之休戚者也。得之者，命司乐氏入之于埙篪，和之以管钥。诗之美也，闻之足以观乎功；诗之刺也，闻之足以戒乎政。故《周礼》，太师之职掌教六诗。小师之职掌讽诵诗。由是观之，乐府之道大矣。今之所谓乐府者，唯以魏、晋之侈丽，陈、梁之浮艳,谓之乐府诗,真不然矣!"①在皮日休看来,乐府诗本身就是古代圣王采诗以观民病的产物,其主要功能就是讽刺现实,因而其道大矣。而对于魏晋南朝乐府,皮日休基本上是全盘否定的,认为它们或侈丽或浮艳,今人认为它们才是乐府诗的观点是荒谬的。

类似的观点到了宋代依然流行。如宋初曹勋曾作《补乐府十篇》,并自序云:

> 夫《小雅》废而《颂》声寝,王泽竭而诗不作。何则? 治乱之迹殊,而哀乐之情变也。故《箫韶》歌虞,鸟兽率舞;靡靡歌桀,淫湎流化。是知吟咏情性,关乎盛衰。参诸天地,俯仰疾徐。捷于影响,形于风化。传以为动天地、感鬼神,不亦信哉! 予读古史,见六代之乐。及览《外传》,自宓牺以至于商,皆有其名而亡其辞。唐元结尝第而补之,惜其文胜理异。予志于古,而不及见者也。因申其名义,补而发之。庶几一唱三叹,当有赏音者存焉云尔。②

曹勋认为乐府诗不仅可以用来吟咏性情,更关乎王朝盛衰,绝非小事。古代乐歌皆有名无辞,唐代元结曾尝试补作,但"文胜理异",因此曹勋决定补作古乐歌。所谓"文胜理异",就是强调了乐府诗的思想性,而对其文学性有所忽视。

又如周紫芝《竹坡诗话》曾高度称赞张籍的乐府诗:"唐人作乐府者甚多,当以张文昌为第一。近时高邮王观亦可称,而人不甚知。观尝作《游侠曲》云:'雪拥燕南道,酒阑中夜行。千里不见雠,怒须如立钉。出门气吹雾,南山鸡未啼。腰间解下聂政刀,袖中掷去朱亥椎。冷笑邯郸乳口儿。'此篇词意,大似李太白,恨未入文昌之室耳。"③他在评论张耒《输麦行》时又说:"本朝乐府,当以张文潜为第一。文潜乐府刻意文昌,往往过之。顷在南都见《仓前村

---

① 皮日休:《皮子文薮》卷十,萧涤非、郑庆笃整理,上海古籍出版社 2017 年版,第 126 页。
② 曹勋:《松隐集》卷一,民国嘉业堂丛书本。
③ 周紫芝:《竹坡诗话》,载何文焕辑:《历代诗话》上册,第 354 页。

民输麦行》,尝见其亲稿,其后题云:'此篇效张文昌,而语差繁。'乃知其喜文昌如此。"①周紫芝将张籍称作唐代乐府诗人中的第一人,又将张耒称作宋代乐府诗人中的第一人,主要就是因为张籍和张耒的乐府诗都能以叙事的手法讽刺现实。王观的乐府诗虽然也有名气,但他的《游侠曲》却"大似李太白",未能达到张籍的境界。在周紫芝看来,李白、杜甫等人在乐府诗创作领域皆不如张籍,由此可见周紫芝的乐府观念与批评标准。

尽管社会教化功能是乐府诗中一项非常重要的功能,但乐府诗作为文学艺术本身的价值却被元稹、白居易、皮日休、周紫芝等人无意中抹杀了。他们将乐府诗简单地等同于讽刺诗,这也是后人对他们不满的一个非常重要的原因。到了明代,尽管社会教化功能仍然被诗学家们所重视,但乐府诗作为文学作品抒发作者个人性情的作用及其独立存在的文学艺术价值也得到了充分肯定。比如杨慎更多关注乐府诗的文献本身;许学夷在研究乐府诗时,主要是将其作为一种"诗体"来看待,关注的重点并不在其社会功能;钟惺、谭元春在点评乐府诗时,将"情"字置于首位。这些都体现出明代乐府诗学的转型与进步。

总而言之,乐府诗学发展到明代之后,在研究形式、研究内容、研究角度等各个方面都发生了明显的转型,这些转型都是乐府诗学进一步走向深入细致的表现。这也让明代乐府诗学的成就远远超越了前代,并成为中国乐府诗学史的巅峰。

第二节 对乐府诗经典化的推动

明代是一个各代各体文学走向经典化的时代。这种经典化,一方面和中国古典文学文本的整体凝定有关②,同时也离不开文学评论的兴盛与"文学代

---

① 周紫芝:《竹坡诗话》,载何文焕辑:《历代诗话》上册,第 354 页。
② 叶晔:《明代:古典文学的文本凝定及其意义》,《中国社会科学》2020 年第 2 期。

胜观"的新变。乐府诗也是在明代正式进入中国文学经典殿堂的。从文本凝定的角度来看,《乐府原》《古乐苑》《唐乐苑》《唐乐府》等乐府诗总集选本的出现,让乐府诗被广泛接受有了文本基础。从文学评论的角度来说,明人通过大量的诗话、诗歌序跋、诗歌评点将乐府诗逐渐推向了与《诗经》、《楚辞》、唐诗、宋词、元曲相并列的地位。

关于乐府诗的经典化,赵明正在《元明清时期的汉乐府研究》一文中说:"元明清以来,汉乐府成为诗评界经典,这与元代古乐府运动、明代复古运动和清代学者的推崇是分不开的。……明代前后七子掀起复古思潮,主张'文必秦汉,诗必盛唐',认为创作古体诗必须宗法汉魏,对汉乐府相和、杂曲的评价大大提高。"①赵明正看到了以前后"七子"为代表的明代复古诗学对乐府诗经典的推动作用,这是对的。但明代乐府诗学极为复杂丰富,诗学家们对于乐府诗评点、评论本身就是复古诗学的一个重要组成部分。而且,除了复古诗学,重情诗学与乐府诗学之间也存在着密切联系。所以,明人对于乐府诗经典化推动的过程是复杂的,并不能简单地将其归结为提倡"古体诗必须宗法汉魏"。

童庆炳先生曾经就文学的经典化有过一段精彩的论述:"文学经典的成立不仅需要文本的艺术品质第一极,还需要'文本接受'这第二极。……对于文学经典来说,它必须经过历代读者的持久的阅读、评论和研究,特别被一些具有权力的人、具有学者资格的人所评论和研究,才能延续它的经典地位。"②对于乐府诗来说,其经典化的过程同样离不开那些"具有权力的人、具有学者资格的人"对其进行评论和研究。需要注意的是,"具有权力的人"与"评论和研究"二者是缺一不可的。回顾一下唐、宋时期学者们对于乐府诗的评论和研究我们就可以发现,他们往往会在某个方面存在不足。

比如中晚唐"新乐府运动"中几位重要的人物,包括元稹、白居易、张籍、

① 赵明正:《元明清时期的汉乐府研究》,《湖南大学学报(社会科学版)》2006年第1期。
② 童庆炳:《〈红楼梦〉、"红学"与文学经典化问题》,《中国比较文学》2005年第4期。

王建、皮日休等人，他们虽然有一定的政治地位与学术地位，但并未成为当时公认的文坛领袖。另外，虽然唐宋时期也出现过一些非常重要的乐府诗选本或总集，如郭茂倩的《乐府诗集》、刘次庄的《乐府集》等，但由于他们本身并不是诗歌名家，亦不是学术大家，在政治上也没有多高地位，所以其影响其实是非常有限的。比如郭茂倩，尽管今天我们研究乐府诗一般都将其《乐府诗集》作为最基本的诗歌文献之一，但其生平经历及编撰《乐府诗集》的经过仍然有很多未解之谜。《四库全书总目》曾引《建炎以来系年要录》中的内容，考得郭茂倩是侍读学士郭褒之孙，源中之子，本浑州须城人，太原为其郡望。颜中其《〈乐府诗集〉编者郭茂倩的家世》一文已根据苏颂《苏魏文公集》卷五十九《职方员外郎郭君墓志铭》证明，郭茂倩的祖父名劝，字仲褒，"郭褒"系以字作名之误，"源中"当系"源明"之误。① 但笔者经过检索发现，颜中其的说法也有问题。郭茂倩的祖父的确是郭劝，但《四库全书总目》所引《建炎以来系年要录》中所说的"源中"却并非只是简单的错字。其实南宋时期陈振孙的《直斋书录解题》卷十五曾著录过郭茂倩"《乐府诗集》一百卷"，并介绍过郭茂倩的身世：

> 太原郭茂倩集。凡古今号称乐府者皆在焉。其为门十有二。首尾皆无序文，《中兴书目》亦不言其人。今按：茂倩，侍读学士劝仲褒之孙，昭陵名臣也，本郓州须城人。有子曰源中、源明。茂倩，源中之子也，但未详其官位所至。②

根据《直斋书录解题》所说，郭劝有两个儿子，名字分别是源中和源明，郭茂倩是源中之子。按：苏颂生活时代与郭氏祖孙三代相近，又与郭源明熟识，其在《墓志铭》中所说郭茂倩是源明之子的可信度肯定更高。但《直斋书录解题》中说郭劝另有一子名"源中"也是很有可能的。更重要的是，从陈振孙的记载我们可以看出，到了南宋后期，郭茂倩的相关情况已经不再为世人所熟

---

① 颜中其：《〈乐府诗集〉编者郭茂倩的家世》，《古籍整理研究学刊》1987 年第 4 期。
② 陈振孙：《直斋书录解题》卷十五，徐小蛮、顾美华点校，第 446 页。

知。陈振孙除了将郭茂倩之父误记作源中之外，对于郭茂倩所担任的官职也一无所知。而据苏颂所说，郭茂倩曾担任"河南府法曹参军"。

到了明代，竟然有不少著名的诗学家都将郭茂倩说成是元代人。如杨慎《升庵诗话》卷十一"蜀栈古壁诗"条云："余于蜀栈古壁见无名氏号砚沼者书古乐府一首云：'休洗红，洗多红在水。新红裁作衣，旧红番作里。回黄转绿无定期，世事反复君所知。'此诗古雅，元郭茂倩《乐府》亦不载。"①梅鼎祚《古乐苑衍录》卷四引用过杨慎的这段话，并未对"元郭茂倩"提出质疑。只有胡应麟《少室山房笔丛·艺林学山二》云："郭茂倩在严羽卿前，严诗评往往引之，今曰元人，误矣。"②然而胡应麟对郭茂倩的具体情况也知之甚少，仅仅是通过严羽评诗引用其语来判断出郭茂倩生活的时代在严羽之前。焦竑《国史经籍志》著录"《乐府集》一百卷"时将作者亦写作"元郭茂倩"。③ 可见明人对郭茂倩不熟悉乃是一种普遍现象。而造成这种现象的主要原因，就是郭氏家族及郭茂倩本人在宋代并不具有较高的政治地位与学术地位。郭茂倩虽然担任过"河南府法曹参军"，但这只是一个从七品的小官。《宋史》中也没有为郭氏祖孙三代专门立传。因此，虽然郭茂倩编撰了《乐府诗集》，但从客观来看，他在宋、元、明三代的学术影响力并不像我们今天想象得那么大。

到了元末，虽然出现了杨维桢这样的乐府诗名家，但他的主要贡献是在乐府诗创作方面，评论、研究做得很少，对乐府诗学的发展推动作用也不大。只有到了明代，"具有权力的人、具有学者资格的人"才真正大规模地进入乐府诗评论和研究领域。而且，这些对乐府诗进行评论和研究的人往往本身也可以创作乐府诗。

比如明代前期的乐府名家李东阳，他就同时具备了"权力"和"学者资格"这两个方面。从政治地位上看，李东阳曾官至内阁首辅。明代在不设宰相的

---

① 杨慎：《升庵诗话》卷十一，载丁福保辑：《历代诗话续编》中册，第 869 页。
② 胡应麟：《少室山房笔丛》卷二十，第 204 页。
③ 焦竑辑：《国史经籍志》卷二。

情况下,内阁首辅几乎就是"一人之下,万人之上"的角色。更重要的是,李东阳不仅位高权重,其人品气节、文学造诣也得到了广泛推崇。《明史·李东阳传》曾评价道:

> 东阳事父淳有孝行。初官翰林时,常饮酒至夜深,父不就寝,忍寒待其归,自此终身不夜饮于外。为文典雅流丽,朝廷大著作多出其手。工篆隶书,碑版篇翰流播四裔。奖成后进,推挽才彦,学士大夫出其门者,悉粲然有所成就。自明兴以来,宰臣以文章领袖缙绅者,杨士奇后,东阳而已。立朝五十年,清节不渝。既罢政居家,请诗文书篆者填塞户限,颇资以给朝夕。一日,夫人方进纸墨,东阳有倦色。夫人笑曰:"今日设客,可使案无鱼菜耶?"乃欣然命笔,移时而罢,其风操如此。①

《明史》的撰写者万斯同不仅称赞李东阳"有孝行""立朝五十年,清节不渝",还充分肯定了其"奖成后进,推挽才彦""以文章领袖缙绅"的巨大贡献。当时文坛上年轻一代多数都受到过他的影响,这种影响力不仅是因为李东阳的政治地位,也是因为其自身所具有的杰出文学才华。焦竑就曾经说过:"李文正当国时,每日朝罢,则门生群集其家,皆海内名流。其坐上常满,殆无虚日。谈文讲艺,绝口不及势利。其文章亦足领袖一时。正恐兴事建功,或自有人。若论风流儒雅,虽前代宰相中亦罕见其比也。"②焦竑就认为李东阳之所以能够让门生和海内名流常集其家,而只谈文艺不及势利,就是因为其文章亦足以领袖一时。其功业虽不显赫,但论风流儒雅,就算在前代宰相中也罕有能够和其相提并论的。

由于李东阳所具有的特殊地位,再加上他对于乐府诗的评论及100余首《拟古乐府》的创作,形成了独特的"李西涯体",从而在明代中期诗坛上带动起了拟写和评论乐府诗的热潮。当时很多年轻学者都是通过模仿李东阳拟写

---

① 张廷玉:《明史》卷一百八十一,第16册,第4824—4825页。
② 焦竑辑:《玉堂丛语》卷七,明万历四十六年(1618)徐象枟曼山馆刻本。

古乐府出道的。如"前七子"之一的王九思(1468—1551),据《明史拟稿·文苑传》所说:"王九思字敬夫,鄂人。眉目秀丽,如神仙中人。弘治九年(1496)进士,改庶吉士。试《端阳赐扇诗效李西涯体》,遂得首选,授翰林院检讨。"①王九思就是在选官试中写了一首模仿"李西涯体"的诗,"遂得首选"。而且不只是王九思,当时很多生活在北方的年轻学子都受到李东阳的影响,据《明史杂咏》所说:"北地虽非西涯门人,然如王九思以仿西涯体中选,其余诸子多有亲承指授者。"②

除了李东阳,积极参与乐府诗创作与评论的前后"七子"同样在当时的文坛上具有极高的地位。他们的政治地位虽然不如李东阳,但在文坛的影响力却有过之而无不及。如"前七子"的领袖人物李梦阳,堪称执当时天下文坛之牛耳,"当是时,天下人人称梦阳,梦阳益喜自负"③。即使罢官家居,登门者依然络绎不绝,"梦阳既家居,治园林供帐,宾客日进。尝从闾里侠少射猎繁台艮岳,闲自号空同子。海内慕空同子名,多造庐请顾,时时以侮嫚谢去"④。可见当时海内皆慕空同子的大名,很多人主动登门拜访,而李梦阳却爱理不理,这也从一个侧面反映了李梦阳在当时的地位和影响力。

以李攀龙、王世贞为首的"后七子"在文坛上同样地位显赫,正如《明史》所言:

> 攀龙之始官刑曹也,与濮州李先芳、临清谢榛、孝丰吴维岳辈倡诗社。王世贞初释褐,先芳引入社,遂与攀龙定交。明年先芳出为外吏。又二年,宗臣、梁有誉入,是为"五子"。未几徐中行、吴国伦亦至,乃改称"七子"。诸人多少年才高气锐,互相标榜,视当世无人。"七才"子之名播天下。摈先芳、维岳不与。已而榛亦被摈,攀龙遂

① 尤侗:《明史拟稿》卷四,清康熙间刻本(下同)。
② 严遂成:《明史杂咏》卷四,清乾隆间刻本。
③ 尤侗:《明史拟稿》卷四。
④ 尤侗:《明史拟稿》卷四。

为之魁。其持论谓文自西京、诗自天宝而下俱无足观,于本朝独推李梦阳,诸子翕然和之。非是则诋为宋学。攀龙才思劲鸷,名最高,独心重世贞,天下亦并称"王李"。又与李梦阳、何景明并称"何李王李"。其为诗务以声调胜。所拟乐府,或更古数字为己作。文则聱牙戟口,读者至不能终篇。好之者推为一代宗匠。①

《明史》不仅指出了"'七子'之名播天下"及李攀龙被"推为一代宗匠"的事实,还专门提到了李攀龙的拟古乐府诗创作。尽管《明史》对其拟古乐府诗的评价不高,但也不得不承认李攀龙及其拟古乐府诗在当时所产生的巨大影响。

正是因为有了李东阳、前后"七子"的带动,再加上杨慎、胡应麟、许学夷、钟惺等人作为羽翼,乐府诗创作及乐府诗评论才会成为一代风气,有力地推动了乐府诗在明代的经典化。而在这一过程中,乐府诗评论与乐府诗创作所起到的功能并不相同。客观来说,李东阳、李梦阳、李攀龙、王世贞、胡应麟等人创作的拟古乐府诗数量虽多,但其实水平并不高,这些诗歌作品本身并没有成为乐府诗中的精品。他们更多是通过拟写古乐府诗来显示一种诗学观念和诗学态度。相比之下,他们对乐府诗的评论对乐府诗的经典化产生了更加直接的推动作用。而这种评论的推动又体现为两个方面:一是对于乐府诗进行整体性的推崇,并体现出一种"文学代胜"的观念;二是对于单篇优秀的乐府诗作品的高度评价,尤其是《孔雀东南飞》与《木兰诗》。

在对于乐府诗进行整体性推崇方面,具体又可以分成两个小的方面来看。一是将乐府诗与《诗经》《楚辞》及汉魏古诗并列为诗歌史上的经典。如王行《题孙敏诗》云:"自《国风》再变而为《楚辞》,又变而为乐府。"②徐祯卿《谈艺录》亦云:"故古诗三百,可以博其源;遗篇十九,可以约其趣;乐府雄高,可以

---

① 张廷玉:《明史》卷二百八十七《文苑传三》,第 15 册,第 7377—7378 页。
② 王行:《半轩集》卷八,第 389 页。

厉其气;《离骚》深永,可以裨其思。"①可见,王行、徐祯卿都是把乐府诗与《诗经》和《楚辞》进行并列的。更有代表性的是明代后期的胡应麟和张萱,二人将乐府诗的地位抬到了前所未有的高度。胡应麟在《诗薮》中说:

> 男女构精,万物化生,人道之本也。太初始判,未有男女,孰为构精乎? 天地之气也。既有男女,则以形相禅,嗣续亡穷矣,复求诸天地之气可乎? 周之《国风》,汉之乐府,皆天地元声。运数适逢,假人以泄之。体制既备,百世之下,莫能违也。②

在胡应麟看来,汉乐府诗与周之《国风》不仅是普通的文学作品,更是"天地元声",只不过是在特定的时代通过一些诗人之口宣泄了出来,所以百世之下"莫能违"。而张萱则将乐府诗视为"诗之正宗":

> 《风》《雅》灭而《离骚》作,《离骚》又废,乐府继之。此诗之正宗也。③

张萱构建了一条由《诗经》到《离骚》再到乐府诗的发展脉络,并强调这些才是"诗之正宗"。这就赋予了乐府诗与《诗经》《楚辞》同样的经典地位。

二是将乐府诗与唐诗相提并论。明初的张羽就曾在《悼高青丘季迪》其三中说:"生平意气竟何为,无禄无田最可悲。赖有声名消不得,汉家乐府盛唐诗。"④这首诗虽然是悼念高启的,但张羽把汉乐府与盛唐诗并列,可见其对乐府诗的推崇。另外,毛晋所辑《六十种曲》中有《赠书记》一种,其第三出里当老苍头拿书给书生谈麈看时,谈麈说道:"这是唐诗,这是古乐府,这是古史。都是我看过的了。"⑤虽然这只是戏曲对白,但也可以反映出当时人们将乐府诗看作与唐诗具有同样重要地位的文学经典这一事实。

---

① 徐祯卿:《谈艺录》,载何文焕辑:《历代诗话》下册,第767页。
② 胡应麟:《诗薮》外编卷一,第127页。
③ 张萱:《疑耀》卷三"乐府讹缺",栾保群点校,第92页。
④ 张羽:《静居集》卷六,明弘治四年(1491)张习刻本。
⑤ 毛晋辑:《六十种曲·赠书记》,明末毛氏汲古阁刻本。

对于《孔雀东南飞》及古乐府《木兰诗》的关注和研究也是明人推动乐府诗经典化的重要途径之一。按：《孔雀东南飞》一诗，最早见于南朝除陵《玉台新咏》，作者未详，大约创作于汉末建安时期。而《木兰诗》一诗，最早著录于南朝陈释智匠《古今乐录》（按：《古今乐录》原书已佚，郭茂倩《乐府诗集》曾引用："《古今乐录》曰：'木兰不知名。'"）①后来唐代吴兢的《乐府古题要解》及元稹的《乐府古题序》也著录过此诗。另外，作者不详的《乐府解题》也著录过此诗。关于《木兰诗》的创作年代，笔者曾在《也谈〈木兰诗〉研究中的几个问题》一文中进行过探讨②，认定此诗创作时间为晋代，此处不再赘述。这两首诗在唐代的确产生过一定的影响，如李白曾作《庐江主人妇》诗，诗云："孔雀东飞何处栖，庐江小吏仲卿妻。"③温庭筠《懊恼曲》中又有"庐江小吏朱斑轮"一句④。韦元甫还曾仿作过一首《木兰诗》，《乐府诗集》亦收录。但总的看来，唐代及更早的诗学家们对《孔雀东南飞》和《木兰诗》并未给予特别高的评价。如元稹《乐府古题序》仅说这两首诗"未必尽播于管弦明矣"⑤。

到了宋代，《孔雀东南飞》和古乐府《木兰诗》虽然均被郭茂倩收入《乐府诗集》，但郭茂倩本人也并未给予高评。其他一些诗学家或偶尔论及这两首诗，但也未给予特别高的评价。如魏泰仅云"古乐府中，《木兰诗》《焦仲卿诗》皆有高致"⑥，刘克庄也仅说这两首诗"辞多质俚，然有古意"⑦。可见宋人也只是将这两首诗作为一般的优秀作品加以看待，并未将其推尊为诗歌史上的经典之作。元代左克明在编《古乐府》时也收录这两首诗，但也未作过多评价。

① 郭茂倩编：《乐府诗集》卷二十五，第 2 册，第 373 页。
② 刘亮：《也谈〈木兰诗〉研究中的几个问题》，《乐府学》2015 年第 2 期。
③ 李白：《李白全集注评》卷十九，郁贤皓注评，凤凰出版社 2018 年版，第 1392 页。
④ 温庭筠：《温飞卿诗集笺注》卷二，曾益等笺注，王国安标点，上海古籍出版社 1998 年版，第 51 页。
⑤ 《元稹集》卷二十三，上册，冀勤点校，第 292 页。
⑥ 魏泰：《临汉隐居诗话》，载吴文治主编：《宋诗话全编》第 2 册，第 1208 页。
⑦ 蔡正孙：《诗林广记》卷六，载吴文治主编：《宋诗话全编》第 9 册，第 9634 页。

《孔雀东南飞》和古乐府《木兰诗》正是到了明代才最终确立了其在中国诗歌史上经典之作的地位。如对于《孔雀东南飞》,王世贞云:"《孔雀东南飞》质而不俚,乱而能整,叙事如画,叙情若诉,长篇之圣也。"①将《孔雀东南飞》推为"长篇之圣"。胡应麟在《诗薮》中更是多次肯定《孔雀东南飞》的经典地位:

> "孔雀东南飞",质而不俚,详而有体,五言之史也。而皆浑朴自然,无一字造作,诚为古今绝唱。②

> 古诗短体如《十九首》,长篇如《孔雀东南飞》,皆不假雕琢,工极天然。百代而下,当无继者。③

> 汉五言,"庐江小妇"外,文姬《悲愤》亦长篇叙事,犹褚先生学太史,但得其皮肤耳,精意妙语,不啻千里。读此乃知《孔雀东南飞》不可及。④

> 如《孔雀东南飞》一首,骤读之,下里委谈耳;细绎之,则章法、句法、字法、才情、格律、音响、节奏,靡不具备,而实未尝有纤毫造作,非神化所至而何?⑤

胡应麟从浑朴自然的风格和章法、句法、字法、才情、格律等角度反复强调《孔雀东南飞》一诗为"古今绝唱""神化"之作,而且是"不可及""无继者"的。

古乐府《木兰诗》在明代的经典化过程与《孔雀东南飞》略有不同。与后者相比,《木兰诗》受到了更加广泛的关注,李东阳、杨慎、胡应麟、焦竑、钟惺、陆时雍等诗学名家均曾论及此诗。如李东阳说:"质而不俚,是诗家难事。乐府歌辞所载《木兰词》,前首最近古。"⑥杨慎则考证了诗中"明驼"一词的含

---

① 王世贞:《艺苑卮言》卷二,载丁福保辑:《历代诗话续编》中册,第980页。
② 胡应麟:《诗薮》内编卷二,第34页。
③ 胡应麟:《诗薮》内编卷二,第28页。
④ 胡应麟:《诗薮》外编卷一,第130页。
⑤ 胡应麟:《诗薮》外编卷一,第131页。
⑥ 李东阳著,李庆立校释:《怀麓堂诗话校释》,第85页。

义，其《升庵诗话》卷六"明驼使"一条云："《木兰辞》：'愿借明驼千里足，送儿还故乡。'今本或改'明'作'鸣'，非也。驼卧，腹不帖地，屈足漏明，则走千里，故曰明驼。唐制驿置有明驼使，非边塞军机，不得擅发。杨妃私发明驼使赐安禄山荔枝，见小说。"①钟惺则高度评价了《木兰诗》的思想内容与艺术成就："英雄本色，却字字不离女儿情事，便自有圣贤作用，不是一味英雄人所为。"②钟惺认为《木兰诗》不仅通过儿女情事写出了英雄气，更有"圣贤作用"，无疑是将《木兰诗》推上了文学经典的地位。

近代以来，乐府诗研究领域向有"双璧"之说，即指《孔雀东南飞》与《木兰诗》。此说其实也肇始于明人。胡应麟在《诗薮》中说过："五言之赡，极于《焦仲卿妻》；杂言之赡，极于《木兰》。"③胡应麟虽未明确提出"双璧"一说，但后人的"双璧"说显然是在他的影响下形成的。

除了直接推崇乐府诗的地位，一些明代诗学家还通过强调拟写古乐府诗的难度来侧面衬托乐府诗的经典性。如李东阳在《与杨邃安书》中说："仆哀疢以来，百事都废，聪明不及，岂复有所进乎？乐府之拟，实未敢草草，亦未敢轻以语人。"④李东阳强调自己对于乐府诗的拟写，确实"未敢草草"，是秉持着非常认真的态度去写的，可见拟写古乐府诗之难。而王世懋在《艺圃撷余》中说："乐府两字，到老摇手不敢轻道。"⑤在他看来，乐府诗在所有的诗歌类别中是最难把握的，如果缺少深厚的积淀根本无法写好。这当然也是对于乐府诗经典价值的肯定。

从以上可以看出，正是通过明代一批"具有权力""具有学者资格"的诗学家们的评论，让乐府诗正式进入了中国古代诗歌经典的殿堂。

---

① 杨慎：《升庵诗话》卷六，载丁福保辑：《历代诗话续编》中册，第744页。
② 钟惺、谭元春选评：《诗归·古诗归》卷十四，上册，张国光、张业茂、曾大兴点校，第283页。
③ 胡应麟：《诗薮》内编卷一，第3页。
④ 李东阳：《怀麓堂集》卷三十四，第368页。
⑤ 王世懋：《艺圃撷余》，载何文焕辑：《历代诗话》下册，第777页。

第三节　对清代乐府诗学的影响

清代作为中国封建社会最后一个王朝,也被视作中国古代文学文化的总结时期。在传统的学术界,一般认为从明到清,中国学术出现了较为显著的转型,即从明代理学到清代实学的转变。明人学风空疏,清人转而求实。而晚明学风空疏的原因又主要在于"心学"末流的弊病。但其实这种观点也只是一种笼统甚至是片面的说法。所谓的"实学",并非清人发明,明人也有精彩的考据,如前文所说的杨慎、王世贞、胡应麟等人关于乐府诗文献的考据,其水平并不在清人之下。且明人学风空疏者只是少数,并不能用"空疏"来简单概括有明一代的学风。对此,段超《晚明"学风空疏"考辨》一文已有相关论述。①

清人之所以对明代学术总体评价不高,原因主要有三个:一是清王朝建立以后,统治者因为自己身为异族入主中原,亟须从文化上确立自身统治的合理性,而最便捷的途径就是通过贬低明代文化来抬高自身。二是明代灭亡以后,汉族知识分子痛定思痛,希望能够总结国破家亡的历史经验教训,而"学风空疏"刚好又成为批判的靶子。三是满清入主中原后,为从思想上钳制汉族士人,大兴文字狱,大量知识分子被迫三缄其口,而转入烦琐的文章考据之中,反而让考据成为一代主流学风。正是这三个原因叠加在一起,导致清人对明代学术的总体评价不高。

但即使在这样的背景下,清人的乐府诗研究也不可能完全脱离明人的影响。无论是在"以乐府为咏史"方面,还是在乐府诗总集、选集的编纂及乐府诗评论上,都可以看到明代乐府诗学对于清人的影响。

前文已经说过,李东阳的拟古乐府在明代中后期产生了巨大影响,并称为"李西涯体",并引发了很多人的效仿。而这种影响一直延续到了清代。清代

---

① 段超:《晚明"学风空疏"考辨》,《社会科学战线》1998 年第 1 期。

也有不少文人效仿李东阳的做法,以乐府为咏史,通过拟写古乐府诗来吟咏史事,并抒发自己对于历史独特的见解。如清初著名的学者尤侗(1618—1704),就曾效仿"李西涯体"作过明史乐府数十首。据尤侗本人自编的《悔庵年谱》卷下所说:"予三载史局,纂《列朝诸臣传》《外国传》共三百余篇,《艺文志》五卷。因撮其事可备鉴戒者,拟《明史乐府》□□□,《外国竹枝词》□□□首。"①而其创作动机与出发点,据潘耒(1646—1708)在《尤侍讲艮斋传》中说:

> 世祖宾天,先生自伤数奇命蹇,分老田间。康熙戊午年,诏举博学鸿儒,公卿交章推荐,召试保和殿前,擢置高等。授翰林检讨,纂修《明史》。先生感不世知遇,思以文章上报国恩,屏绝应酬,覃心史事,分撰《列传》三百余篇、《艺文志》五卷。别采明代故实,仿"李西涯体"作乐府数十篇。又作《外国竹枝词》百余首。②

潘耒明确指出,尤侗创作《明史乐府》就是受到了李东阳拟古乐府诗的直接影响,且采用的题材都是从明史故实中来。对此,秦瀛《己未词科录》卷十亦云:"长洲尤展成,晚以博学鸿词入史馆,在局中仿'李西涯体'作《明史乐府》百篇,佳处殆不减李。"③除了篇数略有不同,秦瀛所说与潘耒基本相同。

除了尤侗,清代还有其他人也效仿过"李西涯体"。如徐釚《书吴园次记冒孝子救父始末后》一文曾记载过孙豹人效仿"李西涯体"作乐府诗的情况:

> 如皋冒孝子青若,于庚申七月以巢民先生家难,卒起同室之戈,已及寝门。孝子挺身奋节,几至刳腹绝肠、折颈折颐而不顾。卒免巢民于凶竖之手,身被重创亦竟无恙。识者咸谓孝义所感,鬼神默佑。

---

① 尤侗:《悔庵年谱》卷下,清康熙西堂全集本。
② 潘耒:《遂初堂集》卷十八,清康熙刻本(下同)。
③ 秦瀛:《己未词科录》卷十,清嘉庆刻本。

吴园次太守记其事甚详。渭北孙征君豹人,效西涯体作今乐府以
美之。①

根据徐釚所说,当时如皋有个名叫冒青若的孝子在家难中挺身救父,身受
重伤。吴园次太守曾记其事,渭北孙豹人则效仿"李西涯体"作乐府诗来赞美
其人。这些都显示出李东阳拟古乐府诗在清代的强大影响力。

然而对于"后七子"领袖李攀龙和王世贞的拟古乐府创作,清人的看法就
不一致了。如赵文哲曾称赞"王元美乐府千秋绝调"②,但杜荫堂却认为"于
鳞乐府,止窥字句而遗其神明。是何异安汉公之《金滕》《大诰》、文中子之《续
经》乎? 惟相和短章稍有足录者,然警策处亦寡"③。这些虽然只是对于明人
乐府诗创作的评价,但字里行间也能看到清人在乐府观念上受到明人的影响。

和明人相似,清人也编纂过一些乐府诗的总集、选集。从这些集子的内
容、体例等方面皆可以看出明人的影响。如在清初时期,出现过三种重要的乐
府类总集、选集,分别是朱嘉徵的《乐府广序》、顾有孝的《乐府英华》与朱乾的
《乐府正义》。王运熙先生《乐府诗述论》一书在论述乐府诗研究相关文献时,
曾论及这三种书,但所说较为简略。关于《乐府正义》和《乐府广序》,近年来
学界已有一定的关注。其中万紫燕《论〈乐府广义〉之释与评》一文已经注意
到《乐府广义》在内容编纂体例上受到明人的影响。如"朱鹭"一条对于杨慎
考证内容的引用,及《乐府正义》借鉴了梅鼎祚《古乐苑》的做法,将前代关于
乐府的一些论述作为正文的补充而予以收录"等④。但其实不只是《乐府正
义》,《乐府广序》与《乐府英华》的编纂同样体现出明人的影响。而且影响也
不仅体现在编纂体例和一些考证内容上,更体现在深层次的诗学观念上。

① 徐釚:《南州草堂集》卷二十八,清康熙三十四年(1695)刻本。
② 赵文哲:《媕雅堂诗话》,清同治光绪间乌程汪氏刻荔墙丛刻本。
③ 杜荫堂:《明人诗品》卷二,清道光间刻同治十三年(1874)虞山顾氏补刻小石山房丛
书本。
④ 万紫燕:《论〈乐府广义〉之释与评》,《贵州师范学院学报》2019年第8期。

清四库馆臣在给《乐府英华》一书撰写的提要中说：

> 国朝顾有孝编。有孝字茂伦，吴江人。自序称自汉迄唐乐府有数十家，而最著者郭茂倩之《乐苑》、左克明之《乐府》、吴兢之《乐录》、郄昂之《题解》、沈建之《广题》、徐献忠之《乐府》，各有意见因取而参定之。然所分各类亦多踵茂倩旧目，于体制无所考订。惟每章下略加注释而附以评语。盖其例主于选诗，与吴、郭诸家用意各不同也。①

这段话尤其值得注意的是最后一句。清四库馆臣看出此书"主于选诗"，因此"与吴、郭诸家用意各不同"，这一点其实正体现出明代以后乐府诗学的转型。前文已经说过，乐府诗学在明代发生了明显的转型，包括从以解题诗学为主转向了以评论诗学为主，从以传统的音乐研究为主转向了以文学研究为主。而清初《乐府英华》等书的编纂正体现出这些转变的影响。《乐府英华》等书将主要的关注点放在了乐府诗的文学性上，研究内容也以评论为主，这正是沿着明代乐府诗学开创的道路继续前进的结果。

对于《乐府广序》，虽然清四库馆臣对其评价不高，认为其将汉魏乐府及诗分为三集，分别归为《风》《雅》《颂》的做法实属"牵强支离"②，但朱嘉徵的分类方法实际上和明人也是有关联的。前文在探讨明代乐府诗学中的源流与演变批评时已经说过，明代诗学家将汉魏乐府诗中的一些曲调类别与《诗经》中的《风》《雅》《颂》相对应是常见的做法。朱嘉徵其实是在明人的基础上更进一步，直接将汉魏乐府诗中的所有曲调都分别归入《风》《雅》《颂》，这当然就属于"过犹不及"了。

在诗与乐的关系上，明人虽然普遍持有"诗以乐为先"的观念，但这种观念是以"诗乐合一"为前提的，明人并未将诗与乐割裂开来看。相比之下，清代一些学者虽然也强调"诗以乐为先"，但他们更多是将诗歌的音声与文本看

---

① 纪昀等纂：《武英殿本四库全书总目提要》卷二百九十四，第57册，第6页。
② 纪昀等纂：《武英殿本四库全书总目提要》卷二百九十四，第57册，第10—11页。

作是一种对立关系。如潘耒在《乐章议》一文中说：

> 顾今之乐章，不难于义而难于音，不难于辞而难于体。乐章以典
> 雅为宗。汉《郊祀》《安世》诸歌，辞极高古，读应《尔雅》。隋唐以
> 前，音杂《雅》《郑》，而辞皆醇正。自宋元始以词曲为乐府，明沿其
> 陋。九奏之内，古体、俗调杂出不伦。圣朝制作维新，诚宜删去诗余、
> 小令诸调，一以《雅》《颂》、乐府为准绳。特虑秉笔之士，无洞晓音
> 律如荀勖、张华之流，能自出裁制者；而太常乐工，亦恐无左延年、祖
> 孝孙之伦相与略论律吕、叶比音节，使依文按句而为之。则俗乐有所
> 不能骤革，使一仿古制，又恐不比于音律。诚宜详延通达律吕之士讲
> 论得失，使长于文学者为其辞，知音律者审其合节与否。歌之而成
> 声，比之而成音。然后文之管弦，被之金石。将见国家制作超唐迈
> 宋，与《雅》《颂》同风不难矣。①

很显然，潘耒是将诗歌的“义”与“音”进行了分离，认为得“义”并不难，
真正难的是“音”。在这段话里，潘耒追溯了乐府演变的历史，并指出只有让
懂文学的人制辞、知音律的人审其节拍，才能“超唐迈宋”，进而“与《雅》《颂》
同风”。

应该说潘耒的这段话是有针对性的。在潘耒之前，清初文坛上就有人提
出“重义轻音”之说，《乐府广序》就是其代表。许三礼（1625—1691）在给《乐
府广序》写的序言中说：

> 诗与乐，相为表里者也。六义存则诗存，六义亡则诗亡。诗存则
> 乐存，诗亡则乐亡。诗之有关于乐如此。今人不知有诗，而漫言乐，
> 如无舟楫而渡江河。乐于何有？自余论之。孝武立乐府之官，俾延
> 年所歌者，皆郑声也。江南多吴楚之音，江北多殊俗之奏。施及陈
> 隋，亡国日促，并俗调也。唐之黎园、教坊、宜春三院，杂以龟兹，多番

---

① 潘耒：《遂初堂集》卷五。

部也。于虖！乐岂易言哉！予以政事之暇，观止黯先生之《广序》，而爽然于诗乐之源流也。其以《相和三调》为《风》，《鼓吹》《横吹》为《雅》，《郊祀》《庙飨》为颂，亦断断无可议者。复取其声辞而绌绎之，颇仿，卜序以广其义焉。乐府自汉、魏、六代以历三唐，业次第梓以行世。其诗集，余方辨定为之授简。其文成数十万，厥指数千，要不越六诗之教。盖本原于忠臣、孝子之心，发明于保定扶会危之旨，良友、贞妇、羁人、逸士所寓意深远者，无不呼之欲出。此真删后之素臣，齐、鲁、韩、毛四家所欲言而未备者欤。①

许三礼在这里所说的"诗"，当然是指诗歌的文本层面及《诗经》"六义"。尽管他也说"诗与乐相为表里"，但实际意思是诗为里、乐为表，前者是本，后者是末。相比之下，前者是更有决定性意义的。《乐府广序》打破了《乐府诗集》以来以音乐曲调给乐府诗分类的方法，转而以《风》《雅》《颂》来给乐府诗归类，这显然是更加重视诗歌文本、表现手法及社会功能的做法，与"诗以乐为先"的观念迥然不同。除了《乐府广序》，朱乾的《乐府正义》在乐府诗分类上虽然不像朱嘉徵这么极端，但其所说"正义"，其实也是在强调乐府诗的文本层面与社会功能。潘耒强调"诗以乐为先"，应该就是针对清初文坛上这股过份强调乐府诗的文本与社会功能，而忽视了音乐性的潮流而发的。

除了乐府诗总集、选集的编纂，清初文人对乐府诗的评论也受到了明人的影响。如《师友诗传录》曾记载，当门人询问乐府五言、七言与五言、七言古诗的区别时，张笃庆的回答是"盖乐府主纪功，古诗主言情"，张实居的回答则是"乐府之异于诗者，往往叙事。诗贵温裕纯雅；乐府贵遒深劲绝"。②此二人的答案实际上是借鉴了明代徐祯卿、王世贞等人的观点。徐祯卿曾说过："乐府往往叙事，故与诗殊。""温裕纯雅，古诗得之。遒深劲绝，不若

---

① 朱嘉徵：《乐府广序》"序"，中国国家图书馆藏清康熙刻本。
② 朗廷槐：《师友诗传录》，载王夫之等撰，丁福保辑：《清诗话》上册，第134页。

汉铙歌乐府词。"①王世贞则说过："乐府之所贵者,事与情而已。张籍善言情,王建善征事,而境皆不佳。"②由此可见,张笃庆和张实居关于乐府诗叙事手法与遒劲风格的论述,基本都是从明代徐祯卿和王世贞那里照搬而来的。

清代中期以后,随着乾嘉考据之学的兴起,乐府诗研究也逐渐转入烦琐细致的字、词、句义的笺释与考证,但仍可以看出明人的影响。如谭献(1832—1901)曾编撰《汉铙歌十八曲集解》,其自序云:

> 班《书》不载《铙歌》,故无六朝、唐人旧注。声辞并写,当时采诗入乐,伶人不知厘别。陆机《鼓吹赋》云"咏悲翁之流思,怨高台之登临",又云"奏君马,咏南城。惨巫山之遏险,欢芳树之可荣"。古籍散落,讹阙至今。三五篇外,不堪授读。仪流连声诗,稍通旨趣,尝欲理董为言志之导。吾友陈子公迈以是曲问。炎夏昼长,发陈允倩《采菽堂古诗选》、张翰《风宛陵书屋古诗录》、庄葆琛《汉铙歌句解》、陈秋舫《诗比兴笺》四书,剟刺要删,略下己意为《集解》一卷。③

谭献强调《集解》之编是补古籍之讹阙,且借鉴了本朝四种诗歌选本与注本,并未提及明人。但实际上,明末董说(1620—1686)已经编写过《汉铙歌发》一卷。清四库馆臣曾作提要云:"是书取汉《铙歌》十八章反复解说。首论大意,次为论韵,次为论音。其论韵则有伏有击,有进退,有同摄,有同母同人。论音本《周礼》三宫之说,按宫、商、角、徵、羽,篇分章位,章分句位。立说殊为创辟。"④相比之下,谭献的《汉铙歌十八曲集解》也是先说大意,再谈论音韵等问题,在撰写体制上与《汉铙歌发》极为相似。尽管谭献在序言中并未提及

① 徐祯卿:《谈艺录》,载何文焕辑:《历代诗话》下册,第769—770页。
② 王世贞:《弇州四部稿》卷一百四十七。
③ 谭仪纂:《汉铙歌十八曲集解》,清光绪间元和江氏刻灵鹣阁丛书本。
④ 纪昀等纂:《武英殿本四库全书总目提要》第56册,第297—298页。

董说的《汉铙歌发》，但谭献编撰《汉铙歌十八曲集解》是受到了董说《汉铙歌发》的影响是毋庸置疑的。

当然，清代乐府诗学的内容也很丰富，我们在这只是初步管窥一下明代乐府诗学对清人的影响。这个问题还有待于更加深入地讨论。

结　　论

　　行文至此,似乎可以作一简要总结了。本书以"明代乐府诗学"为研究对象,除了探讨明代乐府诗学的发生背景、主要内容、价值与影响外,还分若干专题对相关文献、相关作家等进行了详细论述。从整体框架和布局上看,书稿前半部分更多讨论与明代乐府诗学相关的基本文献、时代背景与诗学背景等,而后半部分主要围绕明代的重要诗学家、乐府诗创作论与批评论、明代乐府诗学的价值与影响等问题展开。

一

　　在"绪论"部分,我们首先对研究的概念和范围进行了界定,尤其是重点分析了"诗学研究"与"批评史研究"的异同。我们认为,"乐府诗学研究"不仅包括一般意义上的诗歌批评研究,由于乐府诗的特殊性,还必须对音乐文献研究、拟乐府创作研究、乐府诗总集编撰、诗歌体制研究、乐府诗史构建等进行更加全面的考察,这样才能得出更加准确的结论。在研究思路上,我们还是立足于明代相关基本文献,在梳理文献的基础上展开一系列的专题研究,进而探讨明代乐府诗学的具体内容和价值。在研究方法上,主要采用文献法、历史研究法、比较研究法等。为了更好地把握研究前沿和动态,我们还对学界已有的相关成果进行了较为全面的梳理。经过分析我们发现,目前学界已有的以明代乐府诗学为直接研究对象的成果还不多;在研究中涉及明代乐府诗学的成果虽然有一些,但还不够系统。而明代乐府诗学作为中国乐府诗学史及明代诗学的重要组成部分,其价值显然还未得到充分发掘。这也正是本书写作的意义所在。

二

在第一章"明代乐府诗学的文献考察"部分,我们分别从四个层面对相关文献进行了较为全面的梳理与分析。一是"史书与书目"。"史书"包括《明史》《明史纪事本末》《明实录》《明会典》《明会要》等。史书不仅在"艺文志"部分著录了明代一些重要的乐府诗集、乐学资料,还记载了明代一些重要的礼乐活动,这对于我们分析明人乐府观念的形成非常重要。"书目"包括《文渊阁书目》《菉竹堂书目》《世善堂藏书目录》《千顷堂书目》《天一阁书目》等明代重要的书目类著作。这些书目中著录了一些重要的乐府诗作品集和乐府学著作,如《文渊阁书目》中关于《乐府集》和《乐府解题》的记载非常珍贵;《世善堂藏书目录》中著录的《古歌谣乐府》四卷未见他书著录;《千顷堂书目》中著录的《唐乐苑》三十卷等,给我们研究明代乐府诗学提供了更加广阔的空间。二是"乐府诗总集与诗歌总集、选集"。由于后文还有专门探讨乐府诗总集的章节,所以这一部分主要是考察了相关诗歌总集、选集的情况。包括专选古诗的《古诗纪》《汉魏六朝一百三家集》等,专选唐诗的《唐诗品汇》《唐音统签》等,也有通选历代诗歌的《文章辨体》《古今诗删》《诗归》等。这些诗集虽然不是专收乐府诗的,但均有乐府诗入选。编者在选诗时,其选诗标准本身就带有诗学选择的意义。另外,这些诗集还往往会有相应的注解和评点,这些也包含了乐府诗学的内容。三是"作家诗歌别集与诗话"。别集主要有两类:一是作家创作的"拟古乐府"作品专集,这部分内容后文设专章讨论。二是包含拟古乐府诗作品及记载乐府诗活动、乐府诗研究内容的作家别集,其中重要的包括李梦阳《空同集》、李东阳《怀麓堂集》、李攀龙《沧溟集》、王世贞《弇州四部稿》、胡应麟《少室山房集》等。重要的诗话则包括《麓堂诗话》《升庵诗话》《四溟诗话》《艺苑卮言》《诗薮》《诗源辩体》等。四是"类书与杂记、杂考"。明人所编一些类书中收录了前代乐府诗学资料，如陶宗仪《说郛》、唐顺之《稗编》、陈耀文《天中记》、陈禹谟《骈志》、顾起元《说略》等。而杂记、杂考中直接体现乐府诗学的内容更多一些，如陈建《拟古乐府通考》、杨慎《丹铅余录》《丹铅续录》《丹铅摘录》《丹铅总录》、陈耀文《正杨》、陈士元《孟子杂记》、胡应麟《少室山房笔丛》、郭孔延《古乐府析疑》等。

三

在第二章"明代乐府诗学的发生背景"部分，我们尝试从政治、经济、军事、文化、思想等多角度来分析明代乐府诗学的发生背景。在"帝国统一与内忧外患"一节，我们考察了明王朝统一后呈现的繁荣局面及面临的各种危机，尤其是北方游牧民族和倭寇的严重威胁，对有明一代文学思想产生了深刻影响。在明代乐府诗创作中，有一部分作品就反映了抗倭抗蕃战争的场景，或是歌颂战争取得的胜利。这些乐府诗的创作和接受本身就体现出一定的乐府观念，也是明代乐府诗学的内容之一。在"重视礼乐建设与理学兴盛"一节，我们侧重从文化、思想的角度来探讨明代乐府诗学的发生背景。明太祖从建国伊始就高度重视礼乐建设，从世宗到神宗再到思宗年间，向朝廷进献乐书的活动一直不断。虽然是出于维护皇权统治需要，但在客观上促进了整个社会对于礼乐及乐府诗的重视。在思想界，程朱理学的地位得到进一步巩固，但阳明心学的崛起也成为令人瞩目的现象。在这些思潮的指导下，在评价乐府诗时，那些更接近于雅乐的歌辞，或是具有反映现实、讽谏作用的乐府诗得到了比较高的评价，但同时诗学家们愈发重视"情"对于文学创作的作用。在"复古诗学、重情诗学与辨体诗学的兴盛"一节，我们探讨了明代这三种极为重要的诗歌思潮兴起的原因及其对乐府诗学的影响。明代中期以后，随着社会贫富分化剧烈，再加上各种内忧外患，知识分子的忧患意识空前高涨，文学复古思潮其实正是在这种背景下走向高潮。李梦阳、李攀龙、王世贞等复古诗学重要领袖人物都有过拟写古乐府诗和评论古乐府的行为，他们对于乐府诗的研究和评论，在很大程度上成为他们复古诗学的逻辑起点。而重情诗学思潮的兴起与阳明心学将士人心理从朱子理学的束缚下解放出来有关，同时也是复古诗学走向极端后文学内部自我调整的必然结果。钟惺、谭元春在编撰《古诗归》和《唐诗归》时，将"情"字当作选择乐府诗和评点乐府诗的重要依据。辨体诗学的兴起也是明代文坛上的重要现象，这一时期乐府诗作为一种诗体已经逐渐从汉魏古诗中分离出来，并拥有了一套相对独立的研究方法和批评标准。而在乐府诗内部，不同时代、不同曲调的乐府诗也被区分得越来越细致，这对于乐府诗学的深入发展具有重要意义。

四

在第三章"明人的乐府观念与乐府诗学"部分，我们主要从四个角度讨论了明人的乐府观念，并阐述了其对于乐府诗学的影响。在"乐府体的独立与概念的泛化"一节，我们认为明人已经将乐府作为一种特殊的诗歌类别从其他的诗体中独立出来。将古乐府置于诗集卷首的做法在明代逐渐成为通行做法，从一个角度说明了乐府体独立地位的获得。明代的诗学家不仅尝试对"乐府体"进行定义，同时也更加重视对于乐府与古诗、乐府与绝句之间，甚至是乐府诗内部不同类别的辨体。在"诗以乐为先——乐府主声说的强化"一节，我们回顾了乐府主声说的由来及在历史上的发展过程，并肯定了陈谟、朱同、高棅、李东阳、李梦阳、陆深、康海、李维桢等人对于乐府主声说的强化作用，同时指出明人也意识到古乐难复。在"乐府以汉魏为首——对经典的选择"一节，我们认为直到元明易代之际，还没有明确形成"乐府以汉魏为首"的观念，而复归唐诗的提法已经出现，这时乐府诗的最高典范是李杜而不是汉乐府。经过明代苏伯衡、黄省曾、杨慎、文徵明、胡应麟等人的努力，"乐府以汉魏为首"的观念才正式形成。其中具体又有以汉魏为首、以汉为首之区别。

一些诗学家还强调了汉、魏之别。在"鸣盛世、讽现实与抒性情——明人眼中的乐府功能"一节，我们根据艾布拉姆斯关于文学功能的理论，从三个角度探讨了明人眼中的乐府功能。在明人眼中，乐府诗可以用来歌颂大明的太平盛世，也可以反映北方游牧民族及倭寇入侵给百姓带来的苦难，或是帮助大家回忆远古时期的淳朴民风，这些都是为了更好地教化百姓，让国家获得长治久安。除此之外，"抒性情"也被明人看作是乐府诗的重要功能之一。尤其到了明代后期，随着商品经济的发展和程朱理学禁锢的松弛，阳明心学广为流传，人们更加注重人类自身的情感欲望，爱情、亲情、友情都成为人们看重的对象。"重情"观念也在文学批评领域得到了更加广泛的接受。其中最典型的就是钟惺、谭元春的乐府诗批评。

五

　　在第四章"乐府诗总集刊刻、编撰与明代乐府诗学"部分，我们讨论了两个方面的乐府诗歌总集：一是前代的乐府诗总集在明代的刊刻、流传情况及包含的乐府诗学内容，如郭茂倩《乐府诗集》、左克明《古乐府》等。在明代《乐府诗集》除了刻本系统外，还存在抄本系统。国家图书馆现藏有明代《乐府诗集》残本七卷（第一卷至第七卷），为抄本。我们判断这个本子曾经入藏过明代皇宫内的养德斋。从盖印的位置看，只在第七卷的卷末用印，说明这个本子在入藏养德斋时很可能就只剩下了七卷。内容虽然不多，但仍有较高的文献校勘价值。关于元刻明修本《古乐府》的情况，我们发现以往的研究者们尚未注意到，实际上国家图书馆藏有三个元刻本《古乐府》，其中汪士钟藏本和汲古阁藏本形成的时间应该早于黄跋本。到了明代，《古乐府》一书又多次被刊印过。从时间上看，这些刻本基本上都出现于明代中期以后，与文学复古思潮的兴起应该有着密切联系。二是明代新出现的乐府诗歌总集的编撰、刊刻、流传情况及蕴含的乐府诗学内容，如《古乐府诗类编》《历代乐府诗词》与《六朝乐府》《乐府原》《古乐苑》《唐乐府》等。胡翰的《古乐府诗类编》主要是在郭茂倩《乐府诗集》的基础上编撰而成。而其编撰的原则,显然也是强调了诗乐合一的教化功能。可惜此书清代以后已经亡佚。《历代乐府诗辞》,周巽编撰。此书未见于明清各种书目,今仅见于明杨士奇《东里续集》。起《击壤》,讫李唐,收诗一千二百余首。诗歌分类至少有九类。其编撰标准主要是受到朱熹《答巩仲至》的影响,以复古为指导思想,以近古者为上。《六朝乐府》是一部以六朝乐府诗为编撰对象的集子,最早见于《晁氏宝文堂书目》,周弘祖在《古今书刻》中也著录过此书。但此书已佚,编者、卷数皆不详。在明代中后期,出现了两种较为重要的乐府诗总集,即徐献忠的《乐府原》和梅鼎祚的《古乐苑》。二者现存刊本完整,且书前书后多有序言、跋语,因而具有较高的诗学研究价值。在编撰古乐府之风盛行的情况下,明代中后期其实同时也出现过一股编撰唐人乐府诗的风气,如梅鼎祚的《唐乐苑》与吴勉学的《唐乐府》。其中后者被完整地流传了下来,体现出明代乐府诗学已经逐渐由高度重视音乐性、功能性发展到更加重视诗歌作品本身,并在一定程度上体现出对明代盛行的复古诗学的反思。

六

在第五章"拟古乐府创作与明代乐府诗学"部分,我们探讨了明代诗坛上大量创作拟古乐府诗这一现象。拟古乐府创作的兴盛当然和明代复古诗学的兴起有着密切关联,但又和复古思潮并不完全同步。在参与拟古乐府创作的明代作家中,除了李东阳、李攀龙、王世贞、胡应麟这些诗歌名家外,还包括胡缵宗、李先芳、周道仁、沈炼等人。他们的拟古乐府作品本身及围绕这些作品产生的序言、跋语、诗评等内容,都具有一定的诗学价值。在追求乐府诗诗题和诗义的创新方面,李东阳的观点与唐代的元稹较为一致。从其《拟古乐府》两卷的内容上看,都是就历史上的奇人奇事有感而发,而且往往是"不得其平则鸣",带有咏史性质。李东阳从作品内在的"达意"与外在的"合律"两个角度评价了自己的拟古乐府诗。可以看出他还是用传统的儒家诗教来规范自己的拟古乐府创作的。李攀龙、王世贞作为"后七子"的领袖人物,分别拟写过大量乐府诗。虽然后人评价并不太高,但李攀龙、王世贞将拟写古乐府诗作为推动文学复古的重要手段来使用,二人的拟写实际上就是其"古诗必汉魏"诗学观念的体现。经过李、王二人的拟写与评价,汉乐府的经典地位进一步得到确立,并影响了明清两代的乐府诗研究。与李东阳、王世贞在拟古乐府中自制新题相比,胡应麟使用的几乎全部是汉魏六朝乐府古题,这显然是在复古诗学的道路上越走越远。胡应麟高度重视乐府诗的"鸣盛世"及"美教化"的功能,他拟作、补作"蜀汉铙歌"及"大明铙歌"的目的非常明确,就是通过乐府铙歌来进一步确立大明王朝的"正统性",来歌颂大明盛世。胡缵宗、李先芳、周道仁、沈炼等人都有拟古乐府诗的单行本传世,且诗集前后往往有序言、跋语,既能反映乐府观念,也有诗歌批评的内容,具有较高的研究价值。

七

在第六章"明代诗学名家与乐府诗学"部分,我们对明代二百余年时间里先后涌现出的李东阳、"前七子"、杨慎、"后七子"、胡应麟、胡震亨、许学夷、钟惺等一大批诗学名家的乐府诗学进行了高度概括式的论述。这些诗学名家分别从不同的诗学观念出发,对汉代以来的乐府制度、乐府文献进行过研究,对古乐府、唐乐府、宋元乐府及明代乐府诗的诗题、本事、体式、手法等进行过大量的分析和评论。由于他们在文坛上具有特殊地位,他们对于乐府诗的研究引领了不同阶段乐府诗学的发展。李东阳同意以声论诗的观点,他对于乐府诗的拟写与评论并非简单的文字游戏,而是代表了一种复古的文学倾向。与李东阳相比,以李梦阳、何景明为代表的"前七子"虽然也谈论和拟写古乐府诗,但谈论的角度已经发生了明显变化。何景明、李梦阳、康海等人在谈论乐府诗时,有意避开了音调的问题,而重点关注诗歌的题目和文本内容。到了以李攀龙、王世贞为代表的"后七子"时代,"以乐府为复古"的倾向更加明显。王世贞通过评价胡应麟的拟古乐府表达了"乐府以汉人为首"的观念。但与

"前七子"相比,王世贞对复古诗学显然作了一些必要的调整,不再追求对于古乐府的亦步亦趋,而是更注重继承古乐府的精神。王世贞的弟弟王世懋则是通过高度推崇古乐府的"不可及"来体现其诗歌复古的观念。杨慎作为一位研究乐府诗的大家,其《升庵诗话》涉及乐府诗研究的内容近60则。与前后"七子"多谈乐府诗的社会功能不同,乐府诗文献研究是杨慎乐府诗学用力最多、成就最高的部分。到了明代后期,随着乐府诗研究的逐渐深入,诗学家对于乐府诗的辨体工作越来越细致,并且开始建构相对较为完整的乐府诗发展史。胡应麟认为,汉五言古诗是从《诗经》四言诗变化而来,而汉乐府则是从《离骚》演变而来,从而建构了一条"风—离骚—汉乐府"的诗歌继承发展轨迹。许学夷对乐府诗辨体工作进行了诸多努力,也尝试构建起由《诗经》《离骚》到乐府诗的发展脉络。与王世贞、胡应麟相比,许学夷虽然没有对整个乐府文学史的发展进行整体的构建,但他对乐府诗和《诗经》《离骚》继承关系的探讨已经较为深入,这显示出明代后期乐府诗学的新趋势。钟惺与谭元春的乐府诗学主要是通过编撰《诗归》及对所选之乐府诗进行注释和评点来完成的。他们强调"真情"的价值,用"细""厚""奇""幽""深"等标准来评点乐府诗,丰富了明代乐府诗学的内容。

八

在第七章"乐府制度、乐府活动与音乐及诗歌体制研究"部分,我们重点讨论了明人对乐府制度、乐府活动与音乐及乐府诗歌体制问题的研究内容。在"明人的乐府制度研究"一节,我们发现著名的藏书家焦竑曾对汉代与明代官制中掌管乐府的官员进行过比较研究。通过汉代职官与当朝的对比,焦竑指出汉代掌管乐府的官员就相当于明代的太常。韩邦奇的《苑洛志乐》则对不同朝代乐府制度发展变迁的历史进行归纳总结。明代还有其他几部较为集中记载古代乐府制度和乐府活动的著作,如仇俊卿《通史它石》、彭大翼《山堂肆考》等。胡应麟对"杂剧"在乐府制度中地位的变迁进行过探讨。胡震亨则关注到唐代乐舞制度的变化。在"明人的乐府活动与音乐研究"一节,我们注意到明人对于历代乐府活动的考察也分为两个方面:一是对于与朝廷乐府机构直接相关的乐府活动的考察,如顾起元《客座赘语》一书曾探讨过东晋南朝时期乐府的采诗活动情况,胡震亨《唐音癸签》一书曾探讨过初盛唐时期乐曲散佚及朝廷辑录创制乐章的情况,杨慎曾论及唐人乐府中所唱诗歌的问题等;二是对乐府音乐本身进行的研究,包括对中国历代音乐发展的总体趋势进行描述,探讨乐府中一些专门的音乐术语,及考证一些曲调类别或具体题目的起源及流传情况等。在"明人的乐府诗体制研究"一节,我们分别讨论了明人对乐府诗与三言、七言、九言诗及绝句体关系的研究,对汉乐府"声词合录"现象的探讨,及对乐府诗文本组织结构及音节的探讨等。陆深、谢榛等人论述过《天马歌》在三言体制发展过程中的意义。徐祯卿和胡应麟都曾探讨过七言诗的发展兴盛与乐府诗的关系。谢榛还探讨过乐府诗于九言体之影响。明代一些诗学家也对古乐府中"声词合录"现象进行了论述。如徐祯卿认为古乐府诗中的"妃呼豨""伊阿那"等词语本身并没有实际的意义,只是起到"补乐中之音"的作用;胡震亨、许学夷、方以智等人则对古乐府中"添字"问题进行过较多论述。另外,明人对乐府诗的文本组织结构进行了多方面的探讨。如对于诗歌作品整体结构的思考,对于乐府诗中"艳""趋""乱"等单元在整个诗篇中所处位置的探讨等。

九

在第八章"乐府诗文献与诗歌本体研究"部分,我们主要讨论明人对于前代乐府文献的留存,以及对于乐府诗题名、本事与作者的考证、字词与名物考证,及对于乐府诗作品的"补遗"等。在"对前代乐府文献的留存"一节,我们重点考察了陈耀文《天中记》、董斯张《吹景集》、胡应麟《少室山房笔丛》、徐应秋《玉芝堂谈荟》等对于唐代乐府文献《乐府杂录》的收录留存情况。在"《说郛》的乐府文献价值"一节,我们主要探讨了一百二十卷本陶宗仪《说郛》中所收录的《乐府解题》《炙毂子录》等乐府学文献的来源及价值,并在此基础上对《乐府古题要解》《乐府题解》《乐府解题》《乐府古题解》等相关概念进行了深入辨析。在"考证乐府诗题名、本事与作者"一节,我们注意到从明代中期开始,诗学家们对于乐府诗的解题和本事考证工作又逐渐兴盛起来。何孟春的《余冬诗话》中就有不少有关的内容。杨慎作为乐府诗文献研究大家,他的《升庵集》《丹铅余录》《升庵诗话》等著作中有不少关于乐府诗题及本事研究的内容。到了明代后期,一些新编的类书中也有不少关于探究乐府诗题和本事的内容,如彭大翼《山堂肆考》、顾起元《说略》等,已经体现出较为明确的"补前人之缺"的意识。从明初的高棅开始,明人还对一些乐府古诗的作者进行了考证辨析,如对于古乐府《木兰诗》的作者的考证等。在"考证乐府诗字词与名物"一节,我们关注到明代中后期的一批诗学家在杨慎的影响下,对乐府诗中的字词和名物也多有探讨。如陈耀文《天中记》、胡应麟《少室山房笔丛》《诗薮》、陈继儒《枕谭》、徐𤋏《徐氏笔精》、董斯张《吹景集》、方以智《通雅》等,都有相关的研究内容。在"补编乐府诗作品"一节,我们讨论了《升庵集》《古诗纪》《古乐苑》《诗薮》等对《乐府诗集》和《古乐府》进行补编的情况,并指出明代诗学家们表现出了明确的补编《乐府诗集》的意识。

十

在第九章"明人的乐府诗创作论"部分,我们主要讨论明人对乐府诗该如何进行创作的见解。在"明人的乐府诗创作总论"一节,我们关注到在明人对乐府诗创作的论述中,有一部分内容是注重从度与法、形与神、言与意、模拟与参悟、体制与气习、本色与情艳、诗歌与时代风气、艺术真实与生活真实等角度对乐府诗创作的准则进行一种总体性的论述。如徐祯卿认为,诗歌创作中最重要的一条就是要"合度",而具体的艺术手法是其次的。张含则强调学诗"惟其神,不于其形",对明代一些乐府诗作者"袭句而拟"的现象极为不满。

赵南星认为,乐府诗作为一种特殊的诗歌样式,最好是能够做到"合而不袭",既符合乐府诗的独特传统,又能形成自己独特的面目。胡应麟认为,创作乐府诗的人应该学习两汉乐府的格调和三曹乐府的诗歌语言,并将两者结合在一起,做到浑融无迹,这样才能上追《骚》《雅》。胡应麟也讲"合"于古人,但他更看重格调之合,而不是字面词义之合。胡应麟发展了严羽的"悟入"说,指出诗家之悟虽与禅家之悟相通,但又有区别。诗人不仅要能够悟,在悟之后仍然需要在诗艺上进行锻炼,否则就会出现虽然具备一定见识但实际的创作能力却达不到上乘的情况。除了论述学习与创新的辩证关系,明人还就乐府诗创作中的"言与意""俗与真"及不同乐府曲调类别的写作难度等问题展开过探讨。在"重叙事与轻议论"一节,我们关注到明代诗学家们在研究乐府诗的过程中,发现乐府诗在叙事这一点上与其他诗歌不同。明人不仅指出了叙事对于汉乐府的重要性,还进一步深入辨析了汉乐府中五言诗与七言诗在叙事方面的不同。许学夷还对叙事的具体方法和途径有过论述。为了强调叙事作为乐府诗基本特征之一的地位,王世贞还将"议论"作为"叙事"的对立面加以批判。在"字法、句法与章法"一节,我们关注到明代诗学家们还对乐府诗的字法、句法、章法等展开了前所未有的深入探讨。如王世贞曾论及歌行体的章法、句法;胡应麟曾论及乐府诗的"俗字"、"实字"和"虚字";胡震亨曾论及不同长度的句式在乐府诗中运用的情况;钟惺、谭元春则在评点中经常论及乐府诗的"章法"、"句法"、"字法"及"气脉"。

十　一

在第十章"明人的乐府诗批评论(上)——风格批评"部分,我们首先探讨了"风格"概念的起源,指出"风格"于文学理论绝非西方舶来品,而是中国传统文论中原来就有的重要内容。接着从"高古""质朴""遒劲与峻绝"三个方面对明人的乐府诗风格批评进行了较为全面的分析。明初的陈谟、吴勤,明代后期的胡应麟等人都曾用"高古"来评论乐府诗的风格。李东阳在《桃溪杂稿序》中用"学愈高诗亦益古"和"奇古深到"来称赞谢方石的乐府诗创作,其内涵与"高古"一致。谢榛也曾用"格韵高严,规模简古"来评点唐山夫人的《房中乐》。明人在乐府诗批评中推崇"高古"与文学复古思潮的兴起是密不可分的,他们通过对乐府诗的评论来表达他们的复古思想,这是他们推动文学复古的有力手段。在明代乐府诗批评中,"质"和"文"主要都是作为艺术风格来使用的。在明人的乐府观念中,"质胜于文"或"宁质不文"显然是占据主要地位的。对于乐府诗这一特殊的诗歌类别,诗学家们普遍将"质"放在了更加重要的位置上,而对于"绮丽""绮靡"则多有否定。继王祎、王行、李东阳之后,王世贞将乐府诗批评中"重质轻文"的论调推向了一个新的高度。胡应麟也肯定了乐府诗重"质朴"的特点。他认为汉乐府诗之所以令后人难以追步,一个重要的原因就是其"浑朴"的风格后人难以模仿。钟惺、谭元春在《诗归》中也有大量论及乐府诗"质朴"风格的内容。钟、谭二人对乐府诗风格的理解应该是偏于质朴、率直的,但二人所说的"质朴"并非粗俗,"直"也不是"直露"和浅薄,而是情感鲜明显豁的同时又富有深厚的韵味。在推崇"质"的同时,明代一部分诗学家也意识到不能走极端的问题。他们虽然也肯定"质",但又强调了与"粗浅""俚俗"的区别。徐祯卿、胡应麟、许学夷等人还从文与质的辩证关系角度对乐府诗的风格进行了论述。除了"高古"与"质朴",明代乐府诗风格批评中还有"遒丽""雄浑""峻绝"与"自然天成""平淡含蓄"等常见的批评标准,体现出乐府诗的丰富性和复杂性。

十 二

在第十一章"明人的乐府诗批评论(中)——品评作家作品"部分,我们分别论述了明人对汉魏六朝、唐宋元、明朝当代三个时期乐府诗人诗作的品评。由于明人普遍持有"乐府以汉魏为首"的观念,故明人对于汉魏乐府诗多有推崇。董其昌、胡应麟等人对汉魏乐府诗的一些具体作品有着高度评价。胡应麟还品评了汉魏时期的几位著名乐府诗人。总的看来,明人品评汉魏乐府最精彩的内容是围绕"三曹"优劣及《孔雀东南飞》的价值论争展开的。明代中期以前诗学界对两晋南北朝的乐府诗的品评不多。明代中期以后,随着诗学发展的不断深入及重情诗学的崛起,对于乐府诗的评价标准也越来越多元化,两晋南北朝时期一些重要的作家作品得到了重视,品评的内容也愈发丰富。胡应麟和钟惺、谭元春充分肯定了梁代几位帝王的乐府诗成就。钟、谭二人对鲍照乐府诗的价值及其在乐府诗史上的地位给予了极高评价。明人对唐代乐府诗的总体评价虽不如汉魏乐府,但明代诗学家们对于李白、杜甫二人的乐府诗总体评价还是很高的。与胡震亨的李、杜并重不同,王世贞、胡应麟等人则更加倾向于杜优于李。但对于初唐及中晚唐的乐府诗,明人评价普遍较低。总的看来,明人除了对李、杜及盛唐几位诗人的乐府诗评价较高外,对初唐、中晚唐诗人的乐府诗评价一般都不高。这其实是明人"乐府以汉魏为首"及推崇盛唐诗两种观念共同作用的结果。由于明人对于宋诗的总体评价不高,再加上宋代也少有以创作乐府诗见长的诗人,所以明人品评宋代乐府诗人诗作的内容较少。元代杨维桢的《铁崖古乐府》在明代也被多次刻印,可见其受欢迎程度之高。但有意思的是,胡应麟对杨维桢乐府诗的评价并不高。明人围绕当代乐府诗人诗作进行品评的内容亦复不少。围绕李东阳展开的乐府诗品评,构成了明代乐府诗品评的核心内容。明代后期,李攀龙的乐府诗也受到了广泛关注。明人对于本朝、同时代乐府诗人诗作的品评往往带有较强的主观色彩,未必皆是客观之论。但这些品评有助于我们对明代乐府诗人诗作的理解,自有其诗学价值。

十　三

在第十二章"明人的乐府诗批评论(下)——源流演变批评与乐府诗史的构建"部分,我们主要讨论了明人对于乐府诗的起源、演进等问题的探寻,以及从不同的角度尝试构建乐府诗史的有关情况。在"继承与影响批评"一节,我们主要讨论了明人分析不同时代乐府诗人诗作之间的影响继承关系的内容。如许学夷认为"三曹"的乐府四言诗出自汉初商山四皓《采芝操》、刘邦《鸿鹄歌》等乐府四言诗,杨慎则强调了李白对于古乐府的继承。胡应麟不仅关注到李白乐府诗对于魏、晋、齐、梁乐府诗的学习与继承,还对曹操、曹植、陆机等人乐府诗创作的新变意义给予了肯定。除了乐府诗人之间的影响关系,明人还关注到乐府诗体对后世绝句、七言古诗、歌行体等不同诗歌体裁的影响。在"乐府诗起源与演变批评"一节,我们注意到明人一般都将乐府诗的源头归结到先秦文学上。但具体来说,又主要有源于《诗经》和源于《离骚》两种不同的观点。吴讷、何乔新、胡直等将乐府诗的源头归于《诗经》。许学夷不仅指出乐府诗的源头是"诗三百",还进一步分析了"诗三百"中《风》《雅》《颂》三个部分与后世诗歌的源流对应关系。而王行、苏伯衡、张萱等人认为《离骚》是《诗经》的继承者,而乐府诗又是《离骚》的继承者。胡应麟则对这两种观点进行了某种程度上的整合。在"对乐府诗史的构建"一节,我们注意到在对乐府诗的起源及其对后世各种诗体影响进行考察的基础上,明人还进一步尝试对乐府诗的发展历史进行整体上的描述与构建。胡翰对乐府诗在汉、魏、晋、南北朝、唐等各个朝代的发展演变情况进行了总体描述,并指出了每个时代乐府诗所呈现出的不同风格特征。吴讷也试图对先秦时代一直到宋代的音乐及乐府诗的发展过程进行一种总体上的观照。这些初步具备了构建乐府诗史的意识。到了明代中后期,随着复古诗学的兴盛,诗学家们构建乐府诗史的尝试较为常见。在王世贞看来,"诗三百"、骚赋、古乐府、唐绝句、词、北曲、南曲等是后者取代前者的关系,后者兴起的过程也就是前者衰亡的过程。王文禄描述了从楚国骚赋到汉乐府,再到唐代今乐府("词"),再到元明散曲的发展过程。彭大翼不仅对"乐章""乐歌"等概念进行了辨析,还对"乐府"这一概念在历史上的发展变迁情况进行了梳理。胡应麟从乐府诗与古诗、律诗分化离合角度来说明乐府诗逐渐衰落的历史。与前人相比,明人不仅从音乐的角度去谈乐府的演变,也把乐府诗明确地作为一种诗体去谈,从而让乐府诗史更加生动丰富。

十　四

在第十三章"明代乐府诗学的诗学史价值及影响"部分，我们将明代乐府诗学的价值与影响归于四个方面，并对后三个方面进行了详细论述。在"中国古代乐府诗学的转型与诗学史巅峰"一节，我们认为与汉唐以来的乐府诗学相比，乐府诗学在明代发生了显著的转型，并达到了中国古代乐府诗学史的高峰。这种转型至少包括三个方面的内容：一是从研究形式上看，从以解题诗学为主发展到了以评论诗学为主；二是从研究内容上看，从以传统的音乐研究为主转向了以文学研究为主；三是从研究角度上看，从只重视乐府诗的社会功能转向了对乐府诗思想艺术全方位的关注。这些转型都是乐府诗学进一步走向深入细致的表现。这也让明代乐府诗学的成就远远超越了前代，并成为中国乐府诗学史的巅峰。在"对乐府诗经典化的推动"一节，我们认为只有到了明代，"具有权力的人、具有学者资格的人"才真正大规模地进入乐府诗评论和研究领域。正是因为有了李东阳、前后"七子"的带动，再加上杨慎、胡应麟、许学夷、钟惺等人作为羽翼，乐府诗创作及乐府诗评论才会成为一代风气，有力地推动了乐府诗在明代的经典化。而在这一过程中，乐府诗评论与乐府诗创作所起到的功能并不相同。在"对清代乐府诗学的影响"一节，我们认为即使在清人对明代学术总体评价不高的背景下，清人的乐府诗研究也不可能完全脱离明人的影响。无论是在"以乐府为咏史"方面，还是在乐府诗总集、选集的编纂及乐府诗评论上，都可以看到明代乐府诗学对于清人的影响。如清初《乐府英华》等书的编纂正体现出明代乐府诗学转型的影响，将主要的关注点放在了乐府诗的文学性上，研究内容也以评论为主。而张笃庆和张实居关于乐府诗叙事手法与遒劲风格的论述，基本都是从明代徐祯卿和王世贞那里照搬而来的。清代中期以后，随着乾嘉考据之学的兴起，乐府诗研究也逐渐转入烦琐细致的字、词、句义的笺释与考证，但仍可以看出明人的影响。

参 考 文 献

一、经部

何楷:《诗经世本古义》,影印文渊阁四库全书本。

郝敬:《毛诗原解》,明万历郝千秋郝千石刻九部经解本。

孙希旦:《礼记集解》,沈啸寰、王星贤点校本,中华书局 1989 年版。

朱熹:《论语集注》,齐鲁书社 1992 年版。

朱载堉:《乐律全书》,清文渊阁四库全书本。

韩邦奇:《苑洛志乐》,清文渊阁四库全书本。

《尔雅》,郭璞注,民国上海商务印书馆四部丛刊景宋本。

二、史部

班固:《汉书》,颜师古注,中华书局 1962 年版。

魏收:《魏书》,中华书局 1974 年版。

沈约:《宋书》,中华书局 1974 年版。

李延寿:《南史》,中华书局 1975 年版。

魏徵等:《隋书》,中华书局 1973 年版。

刘昫等:《旧唐书》,中华书局 1975 年版。

欧阳修等:《新唐书》,中华书局 1975 年版。

脱脱等:《宋史》,中华书局 1977 年版。

张廷玉等:《明史》,中华书局 1974 年版。

万斯同:《明史》,清抄本。

赵尔巽等:《清史稿》,中华书局 1977 年版。

袁宏:《后汉纪集校》,李兴和点校,云南大学出版社 2008 年版。

杜佑:《通典》,王文锦等校点,中华书局 1988 年版。

郑樵:《通志》,浙江古籍出版社 2000 年版。

马端临:《文献通考》,中华书局 1986 年版。

李东阳纂修:《明会典》,清文渊阁四库全书本。

龙文彬纂:《明会要》,清光绪十三年(1887)永怀堂刻本。

谷应泰:《明史纪事本末》,河北师范学院历史系点校,中华书局 2015 年版。

姚广孝纂修:《大明实录(明太祖高皇帝实录)》,抄本。

杨士奇修:《明太宗实录》,广方言馆旧藏抄本。

孙继宗等修:《明英宗实录》,广方言馆旧藏抄本。

朱国桢辑:《皇明史概》,明崇祯间刻本。

何乔远:《闽书》,明崇祯刻本。

尤侗:《明史拟稿》,清康熙间刻本。

乾隆敕撰:《钦定续文献通考》,清文渊阁四库全书本。

刘知几:《史通》,清文渊阁四库全书本。

孙存、潘镒修,杨林、张治纂:《嘉靖长沙府志》,明嘉靖十二年(1533)刻本。

张德夫修,皇甫汸纂:《(隆庆)长洲县志》,明隆庆五年(1571)刻本。

樊维城修,胡震亨、姚士粦纂:《(天启)海盐县图经》,明天启四年(1624)刻本。

董斯张:《吴兴备志》,清文渊阁四库全书本。

靳治荆修,吴苑等纂:《(康熙)歙县志》,清康熙二十九年(1690)刻本。

邵龙元纂修:《(康熙)开建县志》,清康熙三十一年(1692)刻本。

尹继善等修:《江南通志》,清文渊阁四库全书本。

李卫、稽曾筠等修,沈翼机、傅王露等纂:《(雍正)敕修浙江通志》,浙江书局清光绪二十五年(1899)刻本。

狄兰标修:《(乾隆)华容县志》,清乾隆二十五年(1760)刻本。

张九华修,吴嗣范等纂:《(乾隆)重修景宁县志》,清乾隆四十三年(1778)刻本。

彭人杰等修,黄时沛等纂:《(嘉庆)东莞县志》,清嘉庆三年(1798)存古堂刻本。

李符清修,沈乐善纂:《(嘉庆)开州志》,清嘉庆十一年(1807)刻本。

鲁铨等修,洪亮吉等纂:《(嘉庆)宁国府志》,清嘉庆刻本。

阮元等修,陈昌齐等纂:《(道光)广东通志》,清道光二年(1822)刻本。

马步蟾纂修:《(道光)徽州府志》,清道光七年(1827)刊本。

劳逢源修,沈伯棠纂:《(道光)歙县志》,清道光八年(1828)刊本。

文良等修,陈尧采等纂:《(同治)嘉定府志》,清同治三年(1864)刻本。

王彬修,徐用仪纂:《(光绪)海盐县志》,清光绪三年(1877)刻本。

吴坤修等修,何绍基等纂;卢士杰续修,冯焯续纂:《(光绪)重修安徽通志》,清光绪七年(1881)刻本。

徐成敫修,徐浩恩纂:《(光绪)增修甘泉县志》,清光绪七年(1881)刊本。

冯桂芬修:《苏州府志》,清光绪九年(1883)刊本。

博润修,姚光发纂:《(光绪)松江府续志》,清光绪九年(1883)刊本。

陈汝霖修,王荣纂:《光绪太平续志》,清光绪二十二年(1896)刻本。

王补、曾灿材纂:《民国庐陵县志》,民国九年(1920)刻本。

安徽通志馆修:《安徽通志稿》,民国二十三年(1934)刻本。

叶为铭辑:《歙县金石志》,民国二十五年(1936)叶城叶氏家庙铅印本。

石国柱、楼文钊修,许承尧纂:《歙县志》,民国二十六年(1937)刊本。

王尧臣等:《崇文总目》,影印文渊阁四库全书本。

晁公武:《郡斋读书志》,孙猛校,上海古籍出版社 1990 年版。

陈振孙:《直斋书录解题》,徐小蛮、顾美华点校,上海古籍出版社 1987 年版。

杨士奇:《文渊阁书目》,影印文渊阁四库全书本。

周复俊:《全蜀艺文志》,影印文渊阁四库全书本。

叶盛编:《菉竹堂书目》,清道光二十九年(1849)至光绪十一年(1885)南海伍氏刻光绪十一年(1885)汇印粤雅堂丛书本。

晁瑮:《晁氏宝文堂书目》,明抄本。

周弘祖集:《古今书刻》,清光绪三十二年(1906)长沙叶氏观古堂仿明刊本。

焦竑辑:《国史经籍志》,清粤雅堂丛书本。

陈第:《世善堂藏书目录》,清乾隆六十年(1795)鲍氏刻知不足斋丛书本。

范濂:《云间据目抄》,奉贤褚氏民国十七年(1928)刻本。

黄虞稷:《千顷堂书目》,瞿凤起、潘景郑整理,上海古籍出版社 2001 年版。

范邦甸等:《天一阁书目 天一阁碑目》,江曦、李婧点校,上海古籍出版社 2010 年版。

永瑢等:《四库全书总目》,中华书局 1965 年版。

纪昀等纂:《武英殿本四库全书总目提要》,国家图书馆出版社 2019 年版。

尤袤:《遂初堂书目》,清文渊阁四库全书本。

三、子部

庄周:《庄子》,郭象注,陆德明音义,章行标校,上海古籍出版社 1995 年版。

王先谦:《荀子集解》,沈啸寰、王星贤点校,中华书局 2013 年版。

葛洪:《西京杂记》,中华书局 1985 年版。

葛洪:《抱朴子内篇》,张松辉译注,中华书局 2011 年版。

释玄应:《一切经音义》,清海山仙馆丛书本。

白居易:《白孔六帖》,清文渊阁四库全书本。

段安节:《乐府杂录》,亓娟莉校注,上海古籍出版社 2015 年版。

李昉等:《太平御览》,中华书局 1960 年版。

沈括:《梦溪笔谈》,金良年点校,中华书局 2015 年版。

邵博:《邵氏闻见后录》,上海古籍出版社 1983 年版。

黎靖德编:《朱子语类》,清文渊阁四库全书本。

欧阳询:《艺文类聚》,上海古籍出版社 1999 年版。

《锦绣万花谷》,清文渊阁四库全书本。

祝穆:《古今事文类聚》,清文渊阁四库全书本。

王应麟纂:《玉海》,江苏古籍出版社、上海书店 1987 年版。

王应麟:《困学纪闻》,清文渊阁四库全书本。

朱胜非:《绀珠集》,清文渊阁四库全书本。

陶宗仪:《说郛》,清文渊阁四库全书本。

杨慎:《丹铅余录》,清文渊阁四库全书本。

徐伯龄:《蟫精隽》,清文渊阁四库全书本。

陈耀文:《天中记》,清文渊阁四库全书本。

陈耀文:《正杨》,清文渊阁四库全书本。

陈禹谟:《骈志》,清文渊阁四库全书本。

顾起元:《说略》,清文渊阁四库全书本。

王世贞:《读书后》,清文渊阁四库全书本。

焦竑:《焦氏笔乘》,李剑雄点校,中华书局 2008 年版。

焦竑:《焦氏笔乘续集》,明万历三十四年(1606)谢与栋刻本。

仇俊卿:《通史它石》,民国二十六年(1937)上海涵芬楼影印明天启三年(1623)樊维城刻盐邑志林本。

胡应麟:《少室山房笔丛》,上海书店出版社 2009 年版。

唐顺之:《稗编》,清文渊阁四库全书本。

何良骏:《何氏语林》,清文渊阁四库全书本。

冯时可:《雨航杂录》,清文渊阁四库全书本。

郭棐编:《万历粤大记》,明万历间刻本。

郭孔延:《郭公青螺年谱》,民国抄本。

陈士元:《孟子杂记》,清湖海楼丛书本。

陈士元:《名疑》,清文渊阁四库全书本。

陈绛:《辨物小志》,民国九年(1920)上海涵芬楼景清道光十一年(1831)六安晁氏木活字排印学海类编本。

曹安:《谰言长语》,清文渊阁四库全书本。

顾起元:《客座赘语》,明万历四十六年(1618)刻本。

彭大翼:《山堂肆考》,清文渊阁四库全书本。

徐燉:《徐氏笔精》,清文渊阁四库全书本。

焦竑辑:《玉堂丛语》,明万历四十六年(1618)徐象枟曼山馆刻本。

邢云路:《古今律历考》,清文渊阁四库全书本。

陈继儒:《枕谭》,民国十一年(1922)上海文明书局石印宝颜堂秘笈本。

李日华:《六研斋笔记》,清文渊阁四库全书本。

曹学佺:《蜀中广记》,清文渊阁四库全书本。

何通:《印史》,明天启刻钤印本。

张萱:《疑耀》,栾保群点校,文物出版社 2019 年版。

何伟然纂,吴从先定:《独鉴录》,明崇祯二年(1629)刻广快书本。

方以智:《通雅》,清文渊阁四库全书本。

徐应秋:《玉芝堂谈荟》,清文渊阁四库全书本。

董斯张:《广博物志》,清文渊阁四库全书本。

周婴纂:《卮林》,王瑞明点校,福建人民出版社 2006 年版。

秦瀛:《己未词科录》,清嘉庆刻本。

赵吉士:《寄园寄所寄》,黄山书社 2008 年版。

黄叔璥:《国朝御史题名》,清光绪刻本。

甘鹏云纂:《潜江贞石记》,崇雅堂丛书本。

叶昌炽:《缘督庐日记抄》,民国二十二年(1933)上海蝉隐庐石印本。

叶德辉:《书林清话》,民国二十四年(1935)长沙中国古书刻印社汇印郋园先生全书本。

四、集部

陆机:《陆士龙集》,四部丛刊景明正德翻宋本。

鲍照:《鲍参军集》,钱仲联校注,上海古籍出版社 2005 年版。

杜甫:《杜诗镜铨》,杨伦笺注,上海古籍出版社 1962 年版。

杜甫:《集千家注杜工部诗集》,吉林出版集团有限责任公司 2005 年版。

《元稹集》,冀勤点校,中华书局 2010 年版。

魏仲举编:《五百家注昌黎文集》,清文渊阁四库全书本。

温庭筠:《温飞卿诗集》,曾益等笺注,上海古籍出版社 1998 年版。

皮日休:《皮子文薮》,萧涤非、郑庆笃整理,上海古籍出版社 2017 年版。

曹邺:《曹祠部集/附录曹唐诗》,清文渊阁四库全书本。

李昭玘:《乐静集》,清文渊阁四库全书本。

朱熹:《朱子文集》,清正谊堂全书本。

严羽:《沧浪集》,清文渊阁四库全书本。

吴莱:《渊颖吴先生集》,四部丛刊影元本。

袁桷:《清容居士集》,四部丛刊影元本。

杨维桢著,楼卜瀍注:《铁崖古乐府注》,乾隆三十九年(1774)刊本。

王祎:《王忠文集》,清文渊阁四库全书本。

王行:《半轩集》,《鸣盛集(外八种)》,上海古籍出版社 1991 年版。

邓雅:《玉笥集》,清文渊阁四库全书本。

宋濂:《宋文宪公全集》,嘉庆十五年(1810)严氏校刊本。

宋濂:《宋学士全集》,清同治七年(1868)至光绪八年(1882)永康胡氏退补斋刻金华丛书民国间补刻本。

《宋濂全集》,浙江古籍出版社 1999 年版。

刘伯温:《诚意伯文集》,四库明人文集丛刊本,上海古籍出版社 1991 年版。

张羽:《静居集》,明弘治四年(1491)张习刻本。

管时敏:《蚓窍集》,《鸣盛集(外八种)》,四库明人文集丛刊本,上海古籍出版社 1991 年版。

苏伯衡:《苏平仲文集》,清文渊阁四库全书本。

周巽:《性情集》,清文渊阁四库全书本。

胡翰:《胡仲子集》,四库明人文集丛刊本,上海古籍出版社 1991 年版。

刘炳:《刘彦昺集》,杨维桢评,载胡翰:《胡仲子集(外十种)》,四库明人文集丛刊本,上海古籍出版社 1991 年版。

贝琼:《清江贝先生集》,明万历三年(1575)李诗刻本。

陈谟:《海桑集》,清文渊阁四库全书本。

朱同:《覆瓿集》,载林弼:《林登州集(外四种)》,四库明人文集丛刊本,上海古籍出版社 1991 年版。

陈琏:《琴轩集》,民国间东莞陈氏刊聚德堂丛书本。

杨士奇:《东里文集》,刘伯涵、朱海点校,中华书局 1998 年版。

杨士奇:《东里集·续集》,清文渊阁四库全书本。

解缙:《文毅集》,解悦编,载周是修:《刍荛集(外六种)》,四库明人文集丛刊本,上海古籍出版社 1991 年版。

周瑛:《翠渠摘稿》,林近龙编,载章懋:《枫山集(外四种)》,四库明人文集丛刊本,上海古籍出版社 1991 年版。

李东阳:《怀麓堂集》,四库明人文集丛刊本,上海古籍出版社 1991 年版。

李东阳:《拟古乐府》,明魏椿刻本。

何乔新:《椒邱文集》,四库明人文集丛刊本,上海古籍出版社 1991 年版。

吴宽:《家藏集》,清文渊阁四库全书本。

王鏊:《震泽集》,清文渊阁四库全书本。

程敏政:《篁墩文集》,清文渊阁四库全书本。

石存礼等:《海岱会集》,清文渊阁四库全书本。

王守仁:《传习录》,王晓昕译注,中华书局 2018 年版。

李梦阳:《空同集》,四库明人文集丛刊本,上海古籍出版社 1991 年版。

何景明:《何大复集》,李淑毅等点校,中州古籍出版社 1989 年版。

康海:《对山集》,明嘉靖二十四年(1545)吴孟祺刻本。

边贡:《华泉集(外三种)》,四库明人文集丛刊本,上海古籍出版社 1993 年版。

杨慎:《升庵集》,上海古籍出版社 1993 年版。

张含存稿,杨慎评选:《张愈光诗文选》,民国三年(1914)至五年(1916)云南丛书处刻云南丛书本。

王廷相:《王氏家藏集》,明嘉靖刻清顺治十二年(1655)修补本。

孙绪:《沙溪集》,边贡:《华泉集(外三种)》,四库明人文集丛刊本,上海古籍出版社 1993 年版。

皇甫汸:《皇甫司勋集》,清文渊阁四库全书本。

皇甫涍:《皇甫少玄集》,清文渊阁四库全书本。

谢榛:《四溟集》,四库明人文集丛刊本,上海古籍出版社 1993 年版。

顾清:《东江家藏集》,清文渊阁四库全书本。

魏校:《庄渠遗书》,清文渊阁四库全书本。

李攀龙:《沧溟集》,清文渊阁四库全书本。

王世贞:《弇州四部稿》,清文渊阁四库全书本。

王世贞:《弇州山人续稿》,明万历间王氏世经堂刻本。

崔铣:《洹词》,清文渊阁四库全书本。

胡缵宗:《鸟鼠山人小集》,明嘉靖刻本。

胡缵宗:《拟汉乐府》,明嘉靖十八年(1539)杨祐、李人龙刻本。

文徵明:《甫田集》,陆晓东点校,西泠印社出版社 2012 年版。

陆粲:《陆子余集》,清文渊阁四库全书本。

薛蕙:《考功集(外三种)》,四库明人文集丛刊本,上海古籍出版社 1993 年版。

黄佐:《泰泉集》,清文渊阁四库全书本。

胡应麟:《少室山房集》,四库明人文集丛刊本,上海古籍出版社 1993 年版。

胡直:《衡庐精舍藏稿》,清文渊阁四库全书本。

李先芳:《古乐府》,明嘉靖刻本。

周道仁:《乐府》,嶷如馆刊本。

陆深:《俨山集》,四库明人文集丛刊本,上海古籍出版社 1993 年版。

顾杲、顾绲:《二顾先生遗诗》,民国元年(1912)至三年(1914)上海国粹学报社铅印古学汇刊本。

归有光:《震川集》,清文渊阁四库全书本。

唐顺之:《重刊荆川先生文集》,四部丛刊景明本。

费尚伊:《市隐园集》,民国间沔阳卢氏慎始基斋刊沔阳丛书本。

袁宏道著,钱伯城笺校:《袁宏道集笺校》,上海古籍出版社 2008 年版。

袁宗道:《白苏斋类集》,四库禁毁书丛刊本。

孙矿:《居业次编》,明万历四十年(1612)吕胤筠刻本。

沈炼:《乐府》,明抄本。

徐渭:《青藤书屋文集》,清海山仙馆丛书本。

《徐渭集》,中华书局 1983 年版。

张慎言:《泊水斋文钞》,民国山西文献委员会辑铅印山右丛书初编本。

赵南星:《味檗斋文集》,清畿辅丛书本。

钱希言:《戏瑕》,明刻本。

黄淳耀：《陶庵全集》，清文渊阁四库全书本。

董斯张：《吹景集》，明崇祯二年(1629)韩昌箕刻本。

陈子龙：《陈忠裕全集年谱》，清嘉庆刻本。

尤侗：《悔庵年谱》，清康熙西堂全集本。

潘耒：《遂初堂集》，清康熙刻本。

严遂成：《明史杂咏》，清乾隆间刻本。

徐釚：《南州草堂集》，清康熙三十四年(1695)刻本。

钟嵘：《诗品》，历代诗话本。

任昉：《文章缘起》，陈懋仁注，清文渊阁四库全书本。

吴兢：《乐府古题要解》，历代诗话续编本。

司空图：《二十四诗品》，历代诗话本。

胡仔：《苕溪渔隐丛话》，宋诗话全编本。

阮阅：《诗话总龟》，宋诗话全编本。

吴曾：《能改斋漫录》，宋诗话全编本。

魏泰：《临汉隐居诗话》，宋诗话全编本。

蔡正孙：《诗林广记》，宋诗话全编本。

张戒：《岁寒堂诗话》，中华书局1985年版。

严羽：《沧浪诗话》，历代诗话本。

王灼：《碧鸡漫志》，罗济平校点，辽宁教育出版社1998年版。

周紫芝：《竹坡诗话》，历代诗话本。

方回编：《瀛奎律髓》，明成化三年(1467)紫阳书院刻本。

陈绎曾：《诗谱》，历代诗话续编本。

宋绪编：《元诗体要》，明宣德八年(1433)姚肇刻本。

李东阳著，李庆立校释：《怀麓堂诗话校释》，人民文学出版社2009年版。

宋孟清编：《诗学体要类编》，明弘治十七年(1504)刻本。

徐祯卿：《谈艺录》，历代诗话本。

杨慎：《升庵诗话》，清光绪七年(1881)至八年(1882)广汉钟登甲乐道斋仿万卷楼刻函海本。

顾元庆：《夷白斋诗话》，明顾氏明朝四十家小说本。

谢榛：《四溟诗话》，宛平校点，人民文学出版社1961年版。

王世贞：《艺苑卮言》，历代诗话续编本。

王世懋：《艺圃撷余》，历代诗话本。

何良骏、徐复祚:《何元朗徐阳初曲论》,民国元年(1912)至三年(1914)上海国粹学报社铅印古学汇刊本。

何孟春:《余冬诗话》,民国九年(1920)上海涵芬楼景清道光十一年(1831)六安晁氏木活字排印学海类编本。

胡应麟:《诗薮》,上海古籍出版社 1979 年版。

王文禄:《诗的》,民国二十七年(1938)上海涵芬楼景明隆庆至万历刻百陵学山本。

胡震亨编:《唐音癸签》,上海古籍出版社 1981 年版。

江盈科:《雪涛诗评》,说郛续本(宛委山堂刻)。

许学夷:《诗源辩体》,杜维沫点校,人民文学出版社 1987 年版。

钟惺、谭元春选评:《诗归》,张国光、张业茂、曾大兴点校,湖北人民出版社 1985年版。

陆时雍选评:《诗镜》,任文京、赵东岚点校,河北大学出版社 2010 年版。

郎廷槐:《师友诗传录》,清诗话本。

朱彝尊:《静志居诗话》,姚祖恩编,黄君坦校点,人民文学出版社 1990 年版。

赵文哲:《媕雅堂诗话》,清同治光绪间乌程汪氏刻荔墙丛刻本。

杜荫堂:《明人诗品》,清道光间刻同治十三年(1874)虞山顾氏补刻小石山房丛书本。

吴冠文、谈蓓芳、章培恒汇校:《玉台新咏汇校》,上海古籍出版社 2014 年版。

欧阳询:《艺文类聚》,清文渊阁四库全书本。

《全唐诗》(增订本),中华书局 1999 年版。

郭茂倩编:《乐府诗集》,中华书局 1979 年版。

郭茂倩编:《宋本乐府诗集》,国家图书馆出版社 2018 年影印本。

左克明编撰:《古乐府》,明萧一中刻本,明田艺蘅刻本,明何汝教刻本,徐文武、韩宁点校,中华书局 2016 年版。

刘履编:《风雅翼》,清文渊阁四库全书本。

吴讷编撰:《文章辨体序说》,于北山校点,人民文学出版社 1962 年版。

偶桓编:《乾坤清气集》,清文渊阁四库全书本。

高棅编纂:《唐诗品汇》,汪宗尼校订,葛景春、胡永杰点校,中华书局 2015 年版。

刘濂:《九代乐章》,明嘉靖抄本。

冯惟讷编撰:《古诗纪》,明万历刻本。

徐献忠:《乐府原》,明万历三十七年(1609)刻本。

李攀龙编撰:《古今诗删》,徐中行订,明泰昌元年(1620)蒋一梅刻本(诗删评苑)。

张溥编:《汉魏六朝一百三家集》,明娄东张氏刻本。

胡震亨编:《唐音统签》,清康熙抄本。

梅鼎祚补正:《古乐苑》,明万历十九年(1591)吕胤昌刻本。

吴勉学辑:《唐乐府》,明刻本。

冯惟讷编撰:《古诗纪》,清文渊阁四库全书本。

贺复徵编:《文章辨体汇选》,清文渊阁四库全书本。

陈耀文辑:《花草粹编》,龙建国、杨有山点校,姚学贤审定,河北大学出版社2007年版。

程敏政选编:《皇明文衡》,四部丛刊景明本。

曹学佺编:《石仓历代诗选》,清文渊阁四库全书本。

毛晋辑:《六十种曲》,明末毛氏汲古阁刻本。

钱谦益编:《列朝诗集》,抄本(醒翁老人题记)。

朱嘉徵:《乐府广序》,中国国家图书馆藏清康熙刻本。

朱彝尊编:《明诗综》,清文渊阁四库全书本。

张豫章辑:《御选宋金元明四朝诗》,清文渊阁四库全书本。

谭仪纂:《汉铙歌十八曲集解》,清光绪间元和江氏刻灵鹣阁丛书本。

五、著作

黄节:《汉魏乐府风笺》,人民文学出版社1958年版。

任半塘:《唐声诗》,上海古籍出版社1982年版。

杨荫浏:《中国古代音乐史稿》,人民音乐出版社1981年版。

张少康:《中国古代文学创作论》,北京大学出版社1983年版。

姚大业:《汉乐府小论》,百花文艺出版社1984年版。

杨生枝:《乐府诗史》,青海人民出版社1985年版。

周振甫:《文心雕龙全译》,中华书局1986年版。

王昆吾:《隋唐五代燕乐杂言歌辞研究》,中华书局1986年版。

傅璇琮主编:《唐才子传校笺》,中华书局1987年版。

袁震宇、刘明今:《明代文学批评史》,上海古籍出版社1991年版。

张永鑫:《汉乐府研究》,江苏古籍出版社1992年版。

吴文治主编:《明诗话全编》,凤凰出版社1997年版。

萧涤非:《汉魏六朝乐府文学史》,人民文学出版社1998年版。

冯友兰:《中国哲学史》,华东师范大学出版社2000年版。

葛兆光:《中国思想史》第二卷,复旦大学出版社 2001 年版。

张伯伟:《中国古代文学批评方法研究》,中华书局 2002 年版。

朱易安:《中国诗学史》(明代卷),鹭江出版社 2002 年版。

李圣华:《晚明诗歌研究》,人民文学出版社 2002 年版。

郭英德:《中国古代文体学论稿》,北京大学出版社 2005 年版。

赵敏俐等:《中国古代歌诗研究:从〈诗经〉到元曲的艺术生产史》,北京大学出版社 2005 年版。

王运熙:《乐府诗述论(增补本)》,上海古籍出版社 2006 年版。

徐朔方、孙秋克:《明代文学史》,浙江大学出版社 2006 年版。

王明辉:《胡应麟诗学研究》,学苑出版社 2006 年版。

陈文新:《明代诗学的逻辑进程与主要理论问题》,武汉大学出版社 2007 年版。

杨明、羊列荣编著:《中国历代文论选新编(先秦至唐五代卷)》,上海教育出版社 2007 年版。

廖可斌:《明代文学复古运动研究》,商务印书馆 2008 年版。

赵敏俐:《汉代乐府制度与歌诗研究》,商务印书馆 2009 年版。

吴大顺:《魏晋南北朝乐府歌辞研究》,上海古籍出版社 2009 年版。

宋光生:《中国古代乐府音谱考源》,文化艺术出版社 2009 年版。

刘怀荣、宋亚莉:《魏晋南北朝乐府制度与歌诗研究》,商务印书馆 2010 年版。

左汉林:《唐代乐府制度与歌诗研究》,商务印书馆 2010 年版。

刘亮:《晚唐乐府诗研究》,中国社会出版社 2010 年版。

吴承学:《中国古代文体学研究》,人民出版社 2011 年版。

钱志熙:《汉魏乐府艺术研究》,学苑出版社 2011 年版。

任半塘:《教坊记笺订》,中华书局 2012 年版。

董乃斌等:《中国文学叙事传统研究》,中华书局 2012 年版。

罗根泽:《乐府文学史》,东方出版社 2012 年版。

罗宗强:《明代文学思想史》,中华书局 2013 年版。

陈书录:《明代诗文创作与理论批评的演变》,凤凰出版社 2013 年版。

陈利辉:《两汉乐府诗研究》,社会科学文献出版社 2013 年版。

王淑梅:《魏晋乐府诗研究》,社会科学文献出版社 2013 年版。

王淑梅:《北朝乐府诗研究》,社会科学文献出版社 2013 年版。

韩宁:《初唐乐府诗研究》,社会科学文献出版社 2013 年版。

曾智安:《乐府诗音乐形态研究:以曲调考察为中心》,北京大学出版社 2013 年版。

向回:《乐府诗本事研究》,北京大学出版社 2013 年版。

张煜:《乐府诗题名研究》,北京大学出版社 2013 年版。

周仕慧:《乐府诗体式研究》,北京大学出版社 2013 年版。

吴相洲:《乐府学概论》,人民文学出版社 2015 年版。

童庆炳:《文学理论教程》(第 5 版),高等教育出版社 2015 年版。

廖可斌:《明代文学思潮史》,人民文学出版社 2016 年版。

王辉斌:《中国乐府诗批评史》,武汉大学出版社 2017 年版。

李国新:《明代诗声理论研究》,中国社会科学出版社 2017 年版。

郁贤皓:《李白全集注评》,凤凰出版社 2018 年版。

王辉斌:《乐府诗通论》,武汉大学出版社 2018 年版。

周京艳:《中唐新题乐府艺术研究》,人民出版社 2019 年版。

孙尚勇:《乐府通论》,中华书局 2020 年版。

左东岭等:《中国诗歌研究史(明代卷)》,人民文学出版社 2020 年版。

郭丽:《乐府文献考论》,凤凰出版社 2020 年版。

党圣元、李正学:《清代文艺思想史》,北京师范大学出版社 2022 年版。

[法]沙尔·巴托:《可以归结为单一原则的艺术》,巴黎,1747 年。

《马克思恩格斯选集》第 3 卷,人民出版社 2012 年版。

[日]增田清秀:《乐府の历史的研究》,东京创文社 1975 年版。

[德]歌德等:《文学风格论》,王元化译,上海译文出版社 1982 年版。

[美]牟复礼、[英]崔瑞德编:《剑桥中国明代史》,张书生等译,中国社会科学出版社 1992 年版。

[美]雷内·韦勒克:《批评的概念》,张今言译,中国美术学院出版社 1999 年版。

[美]M.H.艾布拉姆斯:《镜与灯:浪漫主义文论及批评传统》,郦稚牛、张照进、童庆生译,北京大学出版社 2004 年版。

[美]勒内·韦勒克、奥斯汀·沃伦:《文学理论(修订版)》,刘象愚等译,江苏教育出版社 2005 年版。

六、论文

颜中其:《〈乐府诗集〉编者郭茂倩的家世》,《古籍整理研究学刊》1987 年第 4 期。

钱茂伟:《晚明史家吴士奇史学述略》,《安徽史学》1993 年第 4 期。

段超:《晚明"学风空疏"考辨》,《社会科学战线》1998 年第 1 期。

杨晓霭:《刘次庄〈乐府集〉考辨》,《文献》2004 年第 3 期。

蒋鹏举:《明代前期、中期的乐府诗创作与世风诗运》,《南都学坛》2005 年第 2 期。

蒋鹏举:《论明代乐府诗的价值》,《陕西师范大学学报(哲学社会科学版)》2005 年第 3 期。

童庆炳:《〈红楼梦〉、"红学"与文学经典化问题》,《中国比较文学》2005 年第 4 期。

赵明正:《元明清时期的汉乐府研究》,《湖南大学学报(社会科学版)》2006 年第 1 期。

陈斌:《许学夷的汉魏诗史观》,《福建师范大学学报(哲学社会科学版)》2006 年第 4 期。

邓新跃:《杨慎崇尚六朝的诗学取向的批评史意义》,《唐都学刊》2007 年第 2 期。

魏宏远:《论王世贞诗文流变观》,《兰州学刊》2008 年第 1 期。

李树军:《〈文章辨体〉与〈文体明辨〉的歌行与乐府研究》,《贵州文史丛刊》2008 年第 2 期。

李树军:《吴讷〈文章辨体〉的"乐府"分为六类》,《文献》2008 年第 4 期。

葛晓音:《鲍照"代"乐府体探析——兼论汉魏乐府创作传统的特征》,《上海大学学报(社会科学版)》2009 年第 2 期。

董乃斌:《论中国文学史叙事和抒情两大传统》,《社会科学》2010 年第 3 期。

喻意志:《唐宋乐府解题类典籍考辨》,《音乐研究》2011 年第 2 期。

王辉斌:《明代的拟古乐府创作及其褒贬之争》,《阅江学刊》2011 年第 5 期。

杨贵环:《许学夷〈诗源辩体〉对曹植诗的批评》,《湖北社会科学》2012 年第 7 期。

王辉斌:《徐献忠与〈乐府原〉考释》,《山西师大学报(社会科学版)》2014 年第 3 期。

刘亮:《也谈〈木兰诗〉研究中的几个问题》,《乐府学》2015 年第 2 期。

王辉斌:《梅鼎祚与〈古乐苑〉的乐府题解批评》,《学术论坛》2016 年第 1 期。

王辉斌:《胡应麟〈诗薮〉与乐府批评论》,《阅江学刊》2016 年第 1 期。

刘亮等:《杨慎的乐府诗文献研究》,《名作欣赏》2017 年第 3 期。

张晓伟:《今本〈乐府古题要解〉与吴兢原本关系考》,《中国诗歌研究》2018 年第 2 期。

万紫燕:《论〈乐府广义〉之释与评》,《贵州师范学院学报》2019 年第 8 期。

叶晔:《明代:古典文学的文本凝定及其意义》,《中国社会科学》2020 年第 2 期。

王立增:《古乐想象与文学呈现:明代乐府诗的复古和新变》,《中州学刊》2022 年第 10 期。

王福利:《探寻汉唐乐府诗学的神秘宝藏》,《中国社会科学报》2016 年 7 月 6 日。

夏静:《〈文章正宗〉的文类意识》,《光明日报》2019 年 6 月 24 日。

尚丽新:《乐府诗集的刊刻和流传》,上海师范大学博士学位论文,2002 年。

郑静芳:《李攀龙模拟诗研究》,香港大学博士学位论文,2013 年。

徐莹:《明代诗学中的汉乐府批评》,海南师范大学硕士学位论文,2013 年。

刘会月:《两汉乐府诗学研究》,苏州大学硕士学位论文,2015 年。

高歌:《〈乐府原〉研究》,江苏师范大学硕士学位论文,2017 年。

沈赟昀:《梅鼎祚〈古乐苑〉研究》,南京师范大学硕士学位论文,2018 年。

后　记

回顾我这二十多年来走过的学术历程,当初进入"乐府"这个研究领域实有误打误撞之嫌。本来在南京师范大学攻读硕士、博士学位期间,导师潘百齐教授主要是做唐诗艺术研究的,我一开始也想往这方面发展。但一个偶然的机会,读到了萧涤非先生的《汉魏六朝乐府文学史》,突然对乐府文学产生了浓厚兴趣,就想把唐诗研究和乐府诗研究结合起来。于是我将博士学位论文的题目设计为"晚唐乐府诗研究"。没想到这个想法跟潘师提出后,竟得到了他的肯定与大力支持。经过努力,到了2005年最终完成了近20万字的博士学位论文《晚唐乐府诗研究》。后来这本书于2010年由中国社会出版社出版,并获得了海南省第三届高等学校优秀科研成果奖三等奖。

让人始料未及的是,就在我博士毕业到海南大学工作后不久,学界对"乐府"的关注也在迅速升温。尤其是首都师范大学中国诗歌研究中心,从2007年开始主办了第一届乐府歌诗国际学术研讨会,之后每两年举办一次,并创办了《乐府学》辑刊,在学界产生了巨大反响。我的博士学位论文中的部分章节也有幸在《乐府学》上刊发出来。

2008年,我在职进入上海大学中国语言文学博士后流动站,师从董乃斌教授。董师当时正在带领几位弟子一起做国家社会科学基金项目"中国文学的叙事传统",自己又有幸承担了其中与乐府诗相关的章节。2012年,董师和我及几位同门合著的《中国文学叙事传统研究》由中华书局出版。这本书不仅入选了国家哲学社会科学成果文库，还在 2014 年获得了上海市第十二届哲学社会科学优秀成果奖二等奖。

在 2009 年举办的第二届乐府歌诗国际学术研讨会上，我有幸结识了赵敏俐先生和吴相洲先生。当时吴相洲先生已经发表了多篇关于乐府学的重要论文，并开始思考"乐府学"学科的构建及筹备成立"乐府学会"的有关事宜。2011 年 8 月，我又参加了第三届乐府歌诗国际学术研讨会。同年 11 月，我也邀请吴相洲先生到海南参加了第五届中国韵文学国际学术研讨会。2013 年 8 月，经中华人民共和国民政部批准，中国乐府学会成立大会在北京顺利召开，吴相洲先生和赵敏俐先生分别当选为会长、副会长，我这个资历尚浅的"青年学者"也当选为学会理事，算是学界先进们对自己的一点小小认可吧。

2017 年，我申请的"明代乐府诗学研究"获得国家社会科学基金一般项目立项。2019 年年底，由于多种原因，我从海南大学调动至绍兴文理学院工作。也就在 2019 年，吴相洲先生由北京南下至广州大学工作。在 2019 年 11 月广州大学举办的乐府学会第四届年会暨第七届乐府歌诗国际学术研讨会上，吴相洲先生还非常关心我工作调动的有关情况。没想到，这竟然成了我和吴相洲先生见的最后一面。2021 年 4 月，不幸的消息传来，吴相洲先生因病在北京去世，整个乐府歌诗学界都沉浸在悲痛之中。想到自己与吴先生的交往，及他给予我的关照与帮助，内心实在难以接受。但斯人已逝，除了缅怀与纪念，我想唯有继续做好乐府学的研究事业，才是对他在天之灵最好的告慰。

经过五年的艰辛劳动，《明代乐府诗学研究》50 万字的书稿终于在 2022 年上半年顺利完成并提交国家社会科学工作办公室。最终结项鉴定结果为"良好"。结果出来的那一刻，我也长舒了一口气，总算没有辜负这几年的光阴，也没有辜负各位师友的关心与期望。2023 年年中，我借赵敏俐先生来绍兴讲学之际，提出请他为书稿写序的想法，赵先生慨然应允，一挥而就。大概赵先生是出于提携后辈之意，序言中颇多赞誉之词，令我汗颜。除了感激之外,今后更需加倍努力,在乐府学的领域继续耕耘,争取日有进境。

由于本人水平有限,加上乐府学的研究本身难度就很大,本书中难免会有不少错漏之处,敬请学界各位同仁批评指正。

刘　亮

2023 年 12 月于会稽山阴

责任编辑：王彦波
封面设计：石笑梦
版式设计：胡欣欣

图书在版编目（CIP）数据

明代乐府诗学研究 / 刘亮著. -- 北京 ： 人民出版社，2024. 8. -- ISBN 978 - 7 - 01 - 026753 - 1

Ⅰ. I207. 226

中国国家版本馆 CIP 数据核字第 20248P5N94 号

明代乐府诗学研究

MINGDAI YUEFU SHIXUE YANJIU

刘 亮 著

人民出版社 出版发行

（100706 北京市东城区隆福寺街 99 号）

北京九州迅驰传媒文化有限公司印刷 新华书店经销

2024 年 8 月第 1 版 2024 年 8 月北京第 1 次印刷
开本:710 毫米×1000 毫米 1/16 印张:34.25
字数:505 千字

ISBN 978 - 7 - 01 - 026753 - 1 定价:129.00 元

邮购地址 100706 北京市东城区隆福寺街 99 号
人民东方图书销售中心 电话 (010)65250042 65289539